Über die Autorin:

Maja Winter ist das Pseudonym der erfolgreichen Autorin Lena Klassen, unter dem sie epische Fantasygeschichten veröffentlicht. 1971 in Moskau geboren, wuchs sie in Deutschland auf. In Bielefeld studierte sie Literaturwissenschaft, Anglistik und Philosophie. Neben ihren Fantasyromanen hat sie auch zahlreiche Kinder- und Jugendbücher sowie Romane für Erwachsene verfasst. Die Autorin lebt mit ihrem Mann und ihren zwei Kindern im ländlichen Westfalen.

Maja Winter

TRÄUME AUS FEUER

Roman

BASTEI LÜBBE TASCHENBUCH
Band 20 864

Dieser Titel ist auch als Hörbuch und E-Book erschienen

Originalausgabe
Copyright © 2016 by Bastei Lübbe AG, Köln
Textredaktion: Julia Abrahams, Köln
Kartenillustration: Markus Weber, Guter Punkt, München
Titelillustration: © Thinkstock/YankovT;
Thinkstock/Bob Orsillo; Thinkstock/Extezy;
Thinkstock/Mikhail Dudarev
Umschlaggestaltung: Guter Punkt, München
Satz: Urban SatzKonzept, Düsseldorf
Gesetzt aus der Garamond
Druck und Verarbeitung: CPI books GmbH, Leck – Germany
Printed in Germany
ISBN 978-3-404-20864-7

Sie finden uns im Internet unter www.luebbe.de
Bitte beachten Sie auch: www.lesejury.de

5 4 3 2 1

Ein verlagsneues Buch kostet in Deutschland und Österreich jeweils überall dasselbe.
Damit die kulturelle Vielfalt erhalten und für die Leser bezahlbar bleibt,
gibt es die gesetzliche Buchpreisbindung. Ob im Internet, in der Großbuchhandlung,
beim lokalen Buchhändler, im Dorf oder in der Großstadt – überall bekommen Sie Ihre
verlagsneuen Bücher zum selben Preis.

INHALTSVERZEICHNIS

Prolog

Teil I: Was sich hinter den Türen verbirgt   9
    1. Der rote Teller   11
    2. Die blaue Tür   24
    3. Der seidene Faden   42
    4. Die Liebe einer Lichtgeborenen   60
    5. Von Bären und Honig   89
    6. Durch die Zeit   99
    7. Tanzende Hirsche   115
    8. Eure Nichte, unser Sohn   131
    9. Die beiden Knappen   138
    10. Über die Dächer   158
    11. Ins Wasser springen   171
    12. Der größte Wunsch   194

Teil II: Wenn Hirsche sterben   205
    13. Eine Flasche Honigwein   207
    14. Mitten ins Herz   223
    15. Herzschlag   236
    16. Wie blind   254
    17. Im Licht   274
    18. Der Thron der Wahrheit   287
    19. Das schwöre ich   309
    20. Botschafter in Schwarz   328
    21. Dunkler Himmel   344
    22. Wasser aus der Wand   364
    23. Das Lächeln der Großkönigin   388

24. Das Fenster 405
25. Geh jetzt 413

Teil III: Blumen wachsen zwischen Steinen 433
26. Sternblume 435
27. Die letzte Hoffnung 448
28. Durch das Tor 463
29. In Trümmern 481
30. Sonnenträume 494
31. Der Ruf des Feuers 510
32. Prinzessin 527
33. Dies bin ich nicht 542

Personenverzeichnis 553

PROLOG

Sie sagen, wenn der Sommerwind dir warm ins Gesicht weht, spürst du die Flaumfedern unzähliger junger Vögel auf ihrem ersten Flug. Unter ihrem vorsichtigen Vorbeistreichen neigt sich das Gras, und die dünnen Zweige, auf denen sie sich niederlassen, wippen. Genieße es, halte ihnen das Gesicht entgegen. Auf dass einer dich vielleicht berührt wie ein Traum, den du nie mehr vergisst.

Sie sagen, wenn dir der scharfe, kalte Winterwind entgegenbläst, spürst du die scharfen Federn und Krallen der Krähen und Dohlen. Die Bäume neigen sich unter dem Gewicht der jagenden Schwärme, Busch und Strauch knicken, du hörst das Rauschen der vielen, vielen Flügel. Nimm dich in Acht, sagen sie, vor ihrem Zorn.

Sie sagen, wenn es schneit, regnen die Sterne vom Himmel, und die Nacht ist leer und jung. Schaust du nach dem Sternenfall nach oben und siehst den klaren Winterhimmel, sind es unzählige neugeborene Sterne, die über dir leuchten. Sie sagen, Sterne sind aus Eis und ein Geschenk. Und wenn ein Stern zerbricht, wird ein Gott aus seiner Mitte geboren.

Sie sagen, Träume sind aus Feuer. Hüte dich vor den Flammen, die Nacht und Tag verglühen lassen. Hüte dich vor dem Vulkan, der die Stunden zu Asche verbrennt.

Sie sagen, der Name deines Geliebten ist ein Lied im Frühling, und sein Kuss ist die Blume des Lebens. Und alle Bilder sind die Splitter eines Spiegels.

Sie sagen, am Grund des tiefsten Brunnens wartet eine andere Welt auf dich, und wenn du springst, bist du zu Hause. Sie sagen, am Grund des tiefsten Brunnens findest du, was du am meisten liebst.

Spring nicht, sagen sie, du könntest ertrinken.

Sie sagen viel, wenn der Tag lang ist. Hör nicht auf sie.

TEIL I:
WAS SICH HINTER DEN TÜREN VERBIRGT

1. DER ROTE TELLER

Ich sehe das Feuer. Es ist überall, hell und heiß und hoch, es lodert bis in den Himmel. Weit, weit über mir verschlingt es die Tausend Monde, die sich als glitzerndes Band über den Himmel ziehen. Zuerst leckt es nur an ihnen, mit raschen, spitzen Zungen, dann schießen hunderttausend schlängelnde Flammenfinger aus seinem Rachen. Es wirft sich über den hellsten der Monde und erstickt ihn. Das blendende Licht des Feuers bezwingt das sanfte Leuchten der runden Scheibe. Es ist so hell, dass meine Augen schmerzen. Ich fühle, dass ich blind werde, als hätte ich zu lang in die Sonne geblickt, aber ich kann nicht wegschauen, ich kann nicht anders, als in das lodernde Gleißen zu starren. Wie ein Kaninchen, das sich zitternd duckt, vor sich den Rachen der Wildkatze.

Es tut so weh, dass ich schreien möchte. Ich weiß, dass ich es tun werde, aber noch nicht jetzt. Ein paar Augenblicke noch muss ich aushalten. Muss ich zuschauen, nichts darf mir entgehen. Wie das Feuer die Monde frisst, einen nach dem anderen, all die silbernen Perlen, die sich wie ein Bogen über der Erde wölben, sie alle.

Hinter mir ist die Nacht. Ich nehme sie wahr, kühl und fremd, und für einen Moment kommt sie mir stärker vor als der wütende Brand. Es ist ja dunkel, denke ich, hinter mir ist es kalt und dunkel und still. Nun, da mir die Ruhe hinter meinem Rücken auffällt, wird mir bewusst, wie laut das riesige Feuer vor mir ist. Es kracht und knallt und zischt und brüllt. Ich lausche mit gespitzten Ohren, denn ich weiß, wie wichtig es ist, dass mir nichts entgeht. Mir ist klar, dass dies eine Prüfung ist; später werden sie mich fragen, was ich gesehen habe, was ich gehört habe, was ich riechen und schmecken konnte. Das Feuer schmeckt bitter, es brennt auf meiner Zunge, die Dunkelheit hinter mir hingegen ist scharf und süß.

Da, sind das Stimmen? Jetzt höre ich sie auf einmal. Ich ziehe meine Aufmerksamkeit vom Geschmack fort, der sich herb und ekelerregend durch meinen Mund gräbt, und erkenne die Stimmen. Es ist nicht das Feuer, das brüllt. Es ist die Stimme meines Vaters. Es ist ein Geheul ohne Worte, ein Kreischen, wie ich es noch nie gehört habe. So laut und furchtbar, dass es mich bis ins Mark trifft. Dass es mich wie ein entsetzlicher Schmerz durch und durch erschüttert, denn was ich höre, sind Schmerzensschreie. Und weitere Stimmen gesellen sich hinzu, unzählige, Männer und Frauen und Kinder, schrill und hoch und so laut, dass mir das Trommelfell zu platzen droht. Und über all den vielen Stimmen dröhnt das Geschrei meines Vaters.

Ich wanke rückwärts, fort von dem Feuer und dem Schmerz, und spüre, wie sich mein eigener Schrei in meiner Kehle zu regen beginnt, als würde etwas Lebendiges erwachen. Ich taumele rücklings in die Nacht hinein und spüre für einen kostbaren Moment die Stille und die Kühle, die mich empfängt wie das klare Wasser einer tiefen Quelle. Und dann sehe ich, wie eine Hand nach mir greift, eine schwarze verkohlte Hand an einem schwarzen verkohlten Arm, wie ein Ast, den man aus dem Lagerfeuer zieht. Ich sehe die schwarzen gekrümmten Finger, die sich nach mir ausstrecken, und ich bleibe gebannt stehen. Ich kann mich nicht rühren, ich starre auf die entsetzliche Hand, und als sie sich um meinen Knöchel legt, hart und unerbittlich, und mich zurück zum Feuer zieht, da endlich bricht mein Schrei aus mir heraus. Es ist, als würde ich zerbrechen, ich krampfe mich zusammen, und dann drängt das Heulen aus mir heraus, ein Schwall nach dem anderen, während ich mich zusammenkrümme und nach Luft schnappe. Aber der Schrei ebbt nicht ab, ich schreie und schreie und schreie ...

»Schsch, Anyana! Wach auf! Wach auf!«

Die kleine, mollige Frau rüttelte das Mädchen, das sich schreiend in dem riesigen Himmelbett wälzte. Schließlich packte sie

Anyana bei den Schultern und schüttelte sie, und als auch das den endlosen, ohrenbetäubenden Schrei nicht zum Verstummen brachte, holte sie den goldenen Wasserkrug, der auf dem elfenbeinernen Waschtischchen stand, und schüttete der Träumenden die ganze Ladung ins Gesicht.

Sofort trat Stille ein. Die Prinzessin öffnete die Augen, schluchzte noch einmal und fragte dann verwirrt: »Was ist passiert?« Sie setzte sich auf. Die roten Locken hingen ihr wild ins Gesicht, und im flackernden Licht der Lampe sah ihr Gesicht viele Jahre älter aus als zwölf. Ihre aufgerissenen Augen waren die Augen einer Botin, die eine schreckliche Nachricht zu überbringen hat.

»Du hast geträumt, Anyana. Nur geträumt. Es ist alles in Ordnung.« Die kleine Frau setzte sich auf die Bettkante und nahm das Mädchen in die Arme.

Aber Anyana befreite sich aus ihrem Griff. Sie schüttelte sich. Sie atmete. Sie fühlte die weiche Matratze, auf der sie saß, das glatte, seidene Laken, den feinen Stoff auf ihrer Haut. Sie fühlte die Haarsträhnen auf ihrer Stirn und ihren Wangen und die Wassertropfen, die ihr über das Gesicht rannen. Da war kein Feuer.

»Ich brauche ein Handtuch.«

»Natürlich, Prinzessin, natürlich. Kommt sofort.«

Ihre Amme sprang auf und kramte in der Schublade des Waschtisches. »Dein schönes Nachthemd ist nass. Du brauchst ein neues.«

Sie wollte ihr helfen, das durchnässte Kleidungsstück auszuziehen, doch Anyana wehrte ihre Hände ab. »Das kann ich selbst. Warum hast du mir bloß Wasser ins Gesicht geschüttet, Baihajun? Sogar mein Kissen ist ganz nass. Jetzt brauche ich auch noch ein neues Kissen.«

Baihajun lächelte. Im Schein der kleinen Öllampe sah ihr Gesicht geheimnisvoll aus wie das einer Lichtgeborenen aus dem Wald.

»Gleich kannst du weiterschlafen, Prinzessin. Ich wollte nur nicht, dass du das ganze Schloss aufweckst.«

Anyana streifte sich ein trockenes Nachthemd über. »Ich habe geträumt«, sagte sie langsam. Träge sah sie zu, wie ihre Kinderfrau das feuchte Kissen entfernte und in einer ihrer Kisten nach einem anderen kramte.

»Ja, Schatz, geträumt. Und ein schlimmer Traum, so wie sich das angehört hat. Sei froh, dass ich dich geweckt habe.«

»Ich muss diesen Traum jemandem erzählen«, sagte Anyana. Aber noch während sie sprach, begann das Bild des Feuers schon zu verblassen, und das Entsetzen, das sie zum Schreien gebracht hatte, verwandelte sich in ein dumpfes, ungutes Gefühl.

»Mir kannst du ihn erzählen«, ermunterte Baihajun sie und schüttelte das frische Kissen auf, bevor sie es Anyana in den Rücken stopfte.

»Da war ...« Sie verstummte.

»Ja, mein Schatz?«

Anyana schüttelte den Kopf. Sie war jetzt nur noch müde. »Ich weiß nicht mehr. Es war ... Ach, gute Nacht.«

»Ja«, sagte Baihajun leise, »schlaf jetzt einfach weiter, Liebes. Gute Nacht, Prinzessin.«

Der Frühstücksraum lag nach Osten hin. Warm tanzten die Strahlen der Morgensonne spielend über den Tisch und funkelten auf dem goldenen Besteck und den Kristallgläsern. In ihrem Licht leuchteten die Äpfel in der Schale und sahen zu kostbar aus, um gegessen zu werden. Aber niemand nahm darauf Rücksicht.

Winya genoss es, mit seiner Familie zu frühstücken. Seine Gemahlin, Prinzessin Hetjun von Anta'jarim, schälte gerade die zweite Frucht mit einem kleinen scharfen Messer, das sie flink zwischen ihren schlanken Fingern bewegte. Ihre Stirn hatte sie in Falten gelegt. Ihr sonst so schönes, ebenmäßiges Gesicht wirkte dadurch düster. Unter dem fixierenden Blick ihrer Mutter rutschte Anyana unruhig auf ihrem Stuhl hin und her. Sie trug ein smaragdgrünes Kleid, das Winya scheußlich fand, da das Mädchen darin wie eine Matrone aussah. Warum Hetjun darauf bestand, dass ihre Tochter solche Kleider trug, war ihm ein Rätsel.

»Baihajun sagte, du hättest wieder geträumt.«

»Hm, weiß nicht.« Anyana versteckte ein verlegenes Grinsen hinter einem mit Milch gefüllten Glas.

»Du weißt nicht, ob du geträumt hast?« Hetjun zog die Augenbraue hoch. »Du hast den halben Flur mit deinem Gebrüll geweckt.«

»Lass sie«, warf Winya ein. Hetjuns Verhöre konnten jedes gemütliche Beisammensein in eine Folter verwandeln. »Jetzt lass sie doch.« Vermutlich hatte es keinen Zweck, sich für Anyana einzusetzen. Hetjun machte sich oft genug darüber lustig, dass seine Stimme zu sanft sei, um irgendeine Wirkung zu erzielen. Doch er musste es wenigstens versuchen.

»Sei still, Winya. Und du, Anyana, du sagst mir um der guten Götter willen endlich, wovon du ständig träumst! Du bringst uns noch alle in Verruf!«

»Ja, darum geht es dir, nicht wahr?« Er kannte die Schwachstelle seiner Frau – die übergroße Angst davor, was die Leute sagen könnten.

Hetjun warf ihm einen Blick zu, als wollte sie ihn erdolchen oder lieber noch erwürgen, und wandte sich wieder Anyana zu.

»Nun? Du kannst mir doch nicht erzählen, dass du am Morgen alles vergessen hast. So bleich und dünn, wie du den ganzen Tag herumschleichst! Und das nun schon seit ... fünf Wochen?«

»Zehn«, flüsterte Anyana hinter ihrem Milchglas, »zehn Wochen.«

»Es ist ein Wunder, dass du noch nicht durchgedreht bist, und die armen Kreaturen, die in der Nähe deines Zimmers schlafen müssen, noch dazu!«

»Ja, Mutter.«

»Hetjun.« Winya begann diesmal etwas kraftvoller, doch Hetjun beachtete ihn gar nicht, sondern beugte sich vor, bis ihre langen rotbraunen Haare die Äpfel streiften. »Anyana. Das muss aufhören. Das ist dir doch klar. Wenn du einen Arzt brauchst –

oder eine Freundin? Ich könnte doch deine Freundin sein. Du kannst mir alles erzählen, was dich bedrückt.«

Anyana nickte. »Ja, Mutter. Darf ich jetzt aufstehen?«

Winya winkte ihr, und sie sprang so schnell auf, dass der kunstvoll geschnitzte Stuhl krachend zu Boden fiel. »Entschuldigung.« Sie schnappte sich noch eine Birne und war schon zur Tür hinaus.

»Winya!«, fauchte Hetjun. »So kriegen wir nie aus ihr heraus, was sie quält.«

»Was soll sie schon quälen? Sie ist zwölf Jahre alt. Du quälst sie, wenn du ihr so zusetzt.«

»Es ist nicht normal, dass sie alle drei oder vier Nächte solche Albträume hat.«

»Doch«, sagte er ernst. Diesmal ließ er es nicht zu, dass sie ihm auswich. »Und das weißt du so gut wie ich.«

»Ach, du meinst euer – Gesicht?« Sie hätte es nicht spöttischer und verächtlicher aussprechen können. Es war ein Wort, das sie ihm vor die Füße warf, und er bückte sich und hob es auf.

»Das Gesicht, ja.«

»Komisch nur«, höhnte sie, »dass sich deine ganze Familie darin einig ist, dass es dieses Gesicht nicht gibt. Dass es so etwas nie gegeben hat. Alles Hirngespinste.«

»Gefährliche Hirngespinste«, fügte er hinzu, »wenn man auf den Sonnenthron spekuliert.«

»Das ist ja gerade dein Problem!«, rief Hetjun aus und stieß das Messer in die goldglänzende Schale eines vollkommenen Apfels. »Dass du der Einzige bist, der nicht darauf spekuliert! Wirst du denn nie verstehen, was anderen diese Aussicht bedeuten kann? Der Sonnenthron. Wajun. Bedeutet sie dir denn nichts, Wajun, die leuchtende Stadt? Und wenn dir schon nicht, denk wenigstens an deinen Bruder! Er möchte dorthin, mehr als alles andere auf der Welt!«

Winya schüttelte den Kopf. »Großkönig Tizarun wurde gerade erst vor dreizehn Jahren gekrönt. Er ist Anfang vierzig. Nerun wird noch lange warten müssen.«

Hetjun zog das Messer aus dem Apfel und erstach eine Birne. Das Sonnenlicht glitzerte in den feinen Safttropfen, die an der Schneide nach oben krochen.
»Du bist so schön, wenn du wütend bist«, flüsterte er.
Ihr Gesicht brannte vor Zorn. »Bringst du mich absichtlich so auf?«, fauchte sie. »Das kannst du dir sparen.« Sie stieß den Stuhl so heftig nach hinten, wie Anyana es vor wenigen Augenblicken getan hatte, und rauschte mit wogenden Röcken aus dem Zimmer.
Winya seufzte. Die Sonne schien ihm in die Augen; er schloss sie und ließ das Glühen durch seine Lider dringen, bis das Licht vor ihm zu tanzen schien.

Hetjun marschierte den langen Flur entlang und die Treppe empor zu ihren Gemächern. Dem Laufburschen, der vor den Stufen wartete, warf sie einen kurzen, harten Blick zu. Sie hörte ihn davoneilen und lächelte grimmig. Sobald sie im Stall war, würde ihre Fuchsstute gesattelt sein. Wenigstens gab es in diesem Schloss noch Leute, auf die Verlass war.
In ihrem Ankleidezimmer wartete die Kammerfrau schon mit der Reitkleidung. Sie half Hetjun, sich des langen, aufdringlich raschelnden Kleides zu entledigen und die hautengen schwarzen Beinkleider anzulegen. Der rote Überrock fiel ihr mit keckem Schwung über die Hüften. Hetjun besah sich im goldumrahmten Spiegel und lächelte ihr Spiegelbild an. Das offene Haar fiel ihr halb ins Gesicht und verlieh ihr ein wildes, ungestümes Aussehen.
»Eure Frisur ...«, begann die Kammerfrau, aber Hetjun winkte ab.
»Das soll so bleiben. Der Wind wird ja doch alles durcheinanderbringen.« Sie spürte schon die Finger, die ihr die vorwitzigen Strähnen aus der Stirn streichen würden. Die Hand auf ihrem Rücken, vorsichtig tastend. Vielleicht würde sie ihm heute mehr gewähren. Vielleicht. Es kam darauf an.

In den Hosen sprang sie die Treppe wenig damenhaft hinunter, nahm immer mehrere Stufen auf einmal. Sie rannte hinaus auf den Hof, in dem die Sonne die Luft zum Flimmern brachte. Die Stute stand bereits gesattelt da und wartete.

»Hetjun!«

Ungeduldig wandte sie sich um. Da lief er, Winya, einen unmöglichen Hut über seinen unmöglichen Locken. Von den drei königlichen Brüdern hätte er womöglich der hübscheste sein können – er war groß und sehr schlank und hatte ein anziehendes Gesicht. Wäre sein ganzes Benehmen nicht zum Haareausreißen gewesen! Sie hatte den falschen Prinzen geheiratet, und mit diesem Fehler musste sie Tag für Tag leben.

»Soll ich nicht mitkommen?«

Sie lachte auf, ungläubig über so viel Dreistigkeit. »Du willst mit mir ausreiten? Du, Winya?«

Aus den Augenwinkeln sah sie, wie der Bursche peinlich berührt wegblickte. Irgendwann würde sie ihm noch sagen, dass er stets tun musste, als würde er nichts hören. Winya verstand absolut nichts davon, der Dienerschaft ihren Platz zuzuweisen.

»Aber...« Der Prinz hob hilflos die Hand. Das fehlte noch, dass er jetzt mitkam und ihr vielleicht sogar noch folgte. Reichte es denn nicht, wenn sie pflichtschuldigst mit ihm frühstückte?

Sie lächelte liebreizend. »Warum auch nicht? Dann komm doch. Soll ich auf dich warten? Das Pferd wird schon unruhig.«

Er zögerte, von ihrem Angebot und der gleichzeitigen Zurückweisung offensichtlich verwirrt. Dass er sich nie entscheiden konnte!

»Du kannst mir ja nachkommen.« Hetjun war schon halb aus dem Hof, als er sich endlich bewegte, und sie blickte sich nicht um, um zu sehen, wie er sich entschieden hatte.

Das Tor stand weit offen. Sie preschte über die Zugbrücke und hinaus auf die große Wiese. Über ihr war der Himmel blendend blau, nur durchbrochen von zwei feinen Streifen federigem Weiß. Der Mondgürtel stand tief über dem Horizont und verschwand halb hinter dem Wald, die tausend Mondsplitter so blass wie

Milchglas. Der heiße Sommerwind schlug ihr entgegen, und sie nahm die Herausforderung an. Ihr Ärger verwandelte sich in wildes Vergnügen, als sie ihrem Pferd die Sporen gab und die Entfernung zum königlichen Forst von Anta'jarim zunehmend schmolz. Falls Winya nicht direkt hinter ihr war, würde er sie nicht mehr einholen.

Sie blickte sich um. Nein, er hatte es nicht geschafft. Ihre Lippen verzogen sich zu einem verächtlichen Grinsen.

Unter den Bäumen öffnete sich kühl und dunkel ein anderes Sommerreich, eine Halle, getragen von hohen Säulen, überschattet von dunklem und hellem Grün. Die rote Stute tänzelte über den weichen Blätterboden, bis das Unterholz, das aus ihm hervorbrach, übermächtig wurde: hohes Gestrüpp, dornig und voll Beeren, nach Sommer duftend; breite Kissen von einem kleinblättrigen Gewächs mit unzähligen weißen Blütensternen; magere, vom Lichtmangel übermäßig in die Länge gezogene Stängel, mit gelblichen Blüten gekrönt. Hier gab es keinen Weg, und doch fand das Pferd ohne Hetjuns Unterstützung einen gewundenen, kaum sichtbaren Pfad durch das Dickicht hindurch. Das ruhige Murmeln fließenden Wassers ließ ihr Ziel erahnen.

Ein Rappe stand am Bach und trank. Den Mann, der hier irgendwo im Wald auf sie wartete, sah sie zunächst nicht, dann hörte sie ein Pfeifen. Seine Umrisse verschmolzen mit dem umgestürzten Baumstamm, auf dem er saß, die Beine lässig übereinandergeschlagen, die Hände mit dem Schnitzmesser beschäftigt. Er hatte schöne, elegante Hände, die nie schmutzig waren oder verletzt, und für einen Moment zweifelte sie, ob er wirklich schnitzte oder nur so tat.

»Ich fürchtete schon, du würdest nicht kommen.«

Hetjun ließ ihre Stute trinken und kletterte hoch zu ihm. »Da bin ich.«

Er steckte das Messer weg, streckte die Hand nach ihr aus und berührte ihre Wange.

»Du bist so schön.«

»Winya behauptet, ich bin nur schön, wenn ich wütend bin.«

»Dann sei wütend. Ich möchte dich erleben, wenn du am allerschönsten bist. Sei böse. Auf ihn. Auf mich. Auf alles.«

»Das bin ich auch«, sagte Hetjun. »Hast du den Teller mitgebracht? Jetzt sag nicht, du willst es nicht wenigstens versuchen, sonst werde ich wirklich wütend.«

Er lächelte zufrieden. »Ich habe ihn hier versteckt, schon vor einigen Tagen.« Er langte hinter sich und holte eine flache, dunkelrot lasierte Schale zwischen den Ästen hervor. »Nachdem es mit dem Zinnteller nicht geklappt hat, denke ich, wir versuchen es mit diesem.«

Hetjun zuckte die Achseln. »Was schaust du mich so an? Ich verstehe von Magie auch nicht mehr als du. Lass es uns einfach ausprobieren.«

Ihr Komplize balancierte zum Bach hinunter und füllte den roten Teller bis zum Rand mit klarem Wasser, dann stellte er ihn am Uferrand auf einen flachen Stein. Sie warteten, bis das Wasser sich beruhigt hatte. Es spiegelte die Bäume, die sich über den Bach neigten, und den Himmel darüber, und als sie sich beide über die Schale beugten, sahen sie ihre eigenen Gesichter.

Er zögerte. »Und wenn wir nicht denselben Magier erreichen wie letztes Mal?«

»Sei still«, zischte sie. Diese Möglichkeit wollte sie gar nicht erst in Betracht ziehen. Es musste einfach klappen. Vor Aufregung schwitzten ihre Hände so stark, dass sie sie an ihrer Hose abwischen musste.

Sie warteten. Keiner von ihnen bewegte sich, aber ihr Gefährte sog scharf die Luft ein, als Bäume, Himmel und Gesichter zu verblassen begannen und die Oberfläche dunkler wurde. Hetjun fröstelte, eine Gänsehaut überzog ihre Arme. Zugleich fühlte sie ein wildes Triumphgefühl in ihrer Brust, als ein anderes Gesicht vor ihnen auftauchte, ein braunhäutiges Gesicht mit einem spitzen schwarzen Bart.

»Sieh an.« Die Stimme des Magiers schien aus der Schale zu kommen. Winzige Wellen kräuselten das schwarze Wasser. »Wer spielt denn da wieder mit Dingen, von denen er nichts versteht?«

Er redete sie sofort in ihrer Sprache an, in Wajunisch, wenn auch mit einem grauenhaften Akzent. Das letzte Mal hatte er sie auf Kancharisch beschimpft, bis ihm klar geworden war, dass er es mit ahnungslosen Ausländern zu tun hatte.

»Habt Ihr den Zauber vorbereitet?«, fragte Hetjun. Ihr Herz schlug so schnell, dass sie beinahe ohnmächtig wurde, aber sie hatte ihre Stimme unter Kontrolle. »So, wie wir es abgesprochen hatten?«

»Den Todeszauber?« Der Kancharer blickte sie mit glitzernden Augen an. »Oh, es gibt viele Möglichkeiten, einen Menschen zu töten. Ein Fluch, über weite Entfernung gesprochen? Nein, das würde nur auf den Sprecher zurückfallen. Ein Gift? Schon besser, doch wer würde es verabreichen? Ihr?«

»Ein Wüstendämon«, sagte Hetjuns Begleiter. »Ihr hattet uns einen Wüstendämon versprochen.«

»In der Tat, das hatte ich.« Er lächelte sie an, seine weißen Zähne blitzten. »Er ist unterwegs zu Euch.«

»Was?« Hetjun schnappte nach Luft. »Zu uns? Warum? Das hatten wir so nicht abgemacht.« Sie untersagte es sich, dem Mann an ihrer Seite einen verzweifelten Blick zuzuwerfen. Das Bild des Zauberers würde verschwinden, wenn sie die Augen auch nur kurz abwandte. »Wie kann er zu uns unterwegs sein? Wir haben Euch nicht gesagt, wer wir sind und wo wir leben.«

Der Kancharer lächelte wissend. »Was dachtet Ihr, mit wem Ihr hier spielt? Dass Ihr einen Mord in Auftrag geben könnt, ohne Eure Identität preiszugeben?«

»Aber wir hatten alles besprochen. Wir sollten Euch heute den Namen des Mannes mitteilen, der sterben soll, und Ihr wolltet uns mitteilen, wohin wir das Gold schicken müssen.«

»Wollte ich das, Prinzessin Hetjun von Anta'jarim?«

Eiskalt lief es ihr den Rücken hinunter, als er ihren Namen aussprach. Wie konnte er das wissen? Und was bedeutete es, dass er es nun wusste? Ihre Hand bewegte sich schon in Richtung Schale, um sie umzustoßen, um das Gespräch zu beenden und diese unheilvolle Verbindung zu unterbrechen. Aber er hatte gesagt, dass der Wüstendämon zu ihnen unterwegs war. Der Mörder. Es gab kein Zurück. Was würde ein Assassine, der aus dem fernen Kanchar zu ihnen gereist kam, wohl tun, wenn sie ihm erklärten, dass sie es sich anders überlegt hatten?

»Der Wüstendämon wird in Kürze bei Euch eintreffen, verehrte Prinzessin. Ihm sagt Ihr den Namen. Ihm gebt Ihr das Gold.«

»Wie viel?«, fragte der Mann.

»Oh, das liegt ganz in Eurem Ermessen. Beleidigt ihn nicht, würde ich Euch raten.« Im nächsten Moment spiegelte das Wasser wieder nichts anderes als Bäume und blauen Himmel, und ihre Köpfe, die sich berührt hatten, schienen einem einzigen Schattenwesen zu gehören.

»Er kommt her«, sagte ihr Komplize dumpf. »Bei den Göttern, wir haben einen Wüstendämon nach Anta'jarim gerufen! Wie konnte er wissen, wer du bist und wo wir leben?«

»Der Mann ist ein Magier«, gab sie zurück. »Was wissen denn wir in Anta'jarim schon über Magier?«

»Über Wüstendämonen habe ich jedenfalls mehr Gerüchte gehört, als mir lieb ist. Wir müssen uns einigen, wie viel wir ihm bezahlen. Was kostet ein Tod? Was kostet *dieser* Tod, Hetjun?«

»Vielleicht mehr, als wir besitzen«, sagte sie langsam. Sie durfte der Angst nicht erlauben, ihre Pläne zunichtezumachen. »Aber nun können wir nicht mehr zurück.«

»Wenn du dich mit dem Assassinen triffst...«

»Ich?«

»Nun, meinen Namen hat er nicht erwähnt. Vielleicht weiß dieser Zauberer nur deinen. Es genügt doch, wenn du mit dem Wüstendämon sprichst.«

Er war ein von den Göttern verdammter Feigling! Sie lachte auf, und diesmal zitterte ihre Stimme vor unterdrücktem Zorn. »Ich soll mich also mit dem Mörder treffen? Hältst du mich wirklich für so dumm? Damit du die ganze Verantwortung auf mich schieben kannst, falls etwas schiefgeht! Du bekommst den Thron, und ich kann alles ausbaden, weil du deine Hände in Unschuld wäschst?«

»Hetjun, das würde ich nie tun!«

»Du sprichst mit dem Wüstendämon, wenn er hier eintrifft, dann kennt er uns beide. Du kannst mich nicht ins Verderben reißen, ohne dass ich dich mitnehme.«

»An was du alles denkst! Ich dachte, du vertraust mir?«

Sie antwortete nicht. Stattdessen zog sie seine Hand an ihre Lippen und küsste sanft seine Finger.

»Komm her«, bat er, »komm näher.« Er riss sie zu sich heran und drückte seinen Mund auf ihren. Seine Lippen waren wundervoll weich.

»Wir beide«, flüsterte sie. »Nur wir beide.«

»Ja«, sagte er, »nur wir. Für immer und ewig.«

2. DIE BLAUE TÜR

Nachdem Anyana dem Kreuzverhör ihrer Mutter entkommen war, schlich sie zuerst in ihr Zimmer zurück und schälte sich hastig aus dem verhassten Raschelkleid in Grün. Im Spiegel sah sie sich selbst in ihrer Unterwäsche – eine kleine, magere Zwölfjährige, die auch als Junge durchgehen konnte. Sie war so flach, wie ... Anyana suchte nach einem schmeichelhaften Vergleich, aber ihr fiel nur eins dazu ein: wie sie schon immer gewesen war. Sie mochte es, so zu sein, denn dadurch fühlte sie sich noch heimisch in dem Körper, an den sie gewöhnt war, während die Welt um sie herum unter all den stürmischen Veränderungen zu wanken und zu zerbrechen begann. Es waren nicht nur die Träume.

Nein, berichtigte sie sich selbst, *es sind vor allem die Träume. Deshalb sind meine Eltern auf einmal so seltsam. Sie sehen mich anders an als früher. Sie sprechen anders mit mir. Es ist, als wären sie andere Menschen geworden.*

Anyana näherte ihr Gesicht dem Spiegel und starrte lange und ungläubig auf ihr Kinn. Dieser rötliche kleine Punkt war doch nicht etwa ein Pickel?

Hastig wandte sie sich ab. Sie wollte sich nicht mehr sehen, sie wollte weg. Weg aus diesem Zimmer, weg von diesem Spiegel. Auf der Suche nach etwas Bequemeren zum Anziehen wühlte sie sich durch ihre Truhe und zog schließlich ein kurzes schlichtes Kleid heraus. Ein Kittel für eine Dienstmagd, wie Baihajun tadelnd sagen würde. Aber es war leicht und engte nicht ein, und vor allem passte es wesentlich besser zu der Hitze draußen. Hier drinnen war davon zwar nicht viel zu spüren, die dicken alten Mauern sorgten winters wie sommers für unangenehme Kühle, aber in der Küche würde es brüllend heiß sein.

Vorsichtig lugte sie um die Ecke, bevor sie aus ihrem Zimmer schlich. Sie stahl sich die Treppe hinunter, bückte sich unter den missbilligenden Blicken zweier ältlicher Kammerherren hindurch, und lief ausgerechnet Baihajun in die Arme.

»Prinzessin!«

»Ja?«, fragte sie ungeduldig, denn sie hatte es eilig. Ihre Cousine würde nicht ewig auf sie warten.

»Prinzessin.« Baihajun seufzte. »Nun lauf schon.«

Anyana grinste dankbar und flitzte an ihrer Kinderfrau vorbei und hinaus in den Hof. Es war, als würde sie gegen eine Wand aus Hitze und stickiger Luft prallen. Sie taumelte zurück und atmete tief durch.

»Kommst du auch schon.« Vor ihr tauchte wie aus dem Nichts Maurin auf, ihr kleiner Vetter. Er war sieben, einen Kopf kürzer als sie, aber reden konnte er mindestens dreimal so schnell. »Na los, Dilaya wartet schon auf dich.« Sein rotes Haar leuchtete heller als die Morgensonne.

Anyana folgte ihm über den Hof hinüber ins Küchengebäude, wo im Vorraum zum Allerheiligsten eine übel gelaunte Dilaya neben einem Fass hockte und an etwas knabberte, das große Ähnlichkeit mit einem Knochen hatte.

»Spielst du Hund?«, fragte Anyana. Waren sie nicht langsam zu alt für solche Kindereien?

»Pst«, befahl Dilaya. »Ich denke gerade.«

»Sie schmiedet gerade einen Plan«, verkündete Maurin begeistert und warf Anyana einen warnenden Blick zu, während er seine Schwester mit einem seligen Lächeln bedachte. »Einen ganz besonderen Plan.«

»Und der wäre?«, erkundigte Anyana sich. »Warst du schon drinnen? Was gibt es heute?«

»Kuchen«, sagte Dilaya und seufzte sehnsüchtig.

Anyana und Maurin seufzten mit.

»Ich glaube, der König erwartet Besuch. Wichtigen Besuch. Es wird jedenfalls ein ganz besonderer Kuchen, mit frischen Kirschen und ganz viel Zuckerguss.«

Diesmal seufzte Maurin besonders laut.

»Wir könnten reingehen und uns einfach ein Stück schnappen«, sagte Dilaya schließlich.

»Jau«, stimmte Maurin zu.

»Ist das dein Plan?«, fragte Anyana und musste sich bemühen, nicht allzu enttäuscht zu klingen. Auch das war etwas, was sich verändert hatte. Bis vor Kurzem hatte sie ihre Cousine, die zwei Jahre älter war als sie, uneingeschränkt bewundert. Doch auf einmal begann das Bild, das sie sich von Dilayas Scharfsinn, ihrem Mut und ihrer Vollkommenheit gemacht hatte, bedrohlich zu wackeln. Es war nicht das erste Mal, dass sie Dilayas Ideen nicht besonders bemerkenswert fand, aber ihre Hingabe war so tief verankert, dass sie den Zweifel jedes Mal als ein schockierendes Sakrileg empfand.

»Gerson wird uns erwischen«, wandte sie trotzdem ein.

»Wird er nicht«, behauptete Dilaya siegesgewiss. »Hat er noch nie.«

»Dann muss es ja einmal passieren.«

»Was ist los mit dir?«, fragte Dilaya ärgerlich. »Ich hab gesagt, es geht, und dann wird es auch gehen. Du brauchst ja nicht mitzukommen.«

»Bleib ruhig hier und halte Wache«, schlug Maurin vor.

Anyana zögerte. Sie hatte bisher immer Wache gehalten. Es hatte ihr nie etwas ausgemacht, denn Dilaya schmiedete die Pläne, und Maurin führte sie aus; bis zu diesem Moment war es ihr immer ganz logisch und richtig vorgekommen, dass sie für die Wache zuständig war. Aber nun, da sich alles verändert hatte, konnte sie keine Logik mehr darin erkennen, nur Zurückweisung.

»Ich komme mit«, sagte sie tapfer.

Dilaya schüttelte den Kopf. »Das kommt gar nicht infrage. Jemand *muss* aufpassen.«

»Und warum muss ich das immer sein?«

Dilaya schüttelte den Kopf. »Ach, Dummerchen. Jetzt lass es doch so, wie wir es schon immer gemacht haben. Komm, Maurin.«

Die Tür schwang auf, dahinter konnte Anyana nur dichten

Nebel erkennen. Brodelndes Stimmengewirr schwappte wie eine Welle nach draußen und verstummte wieder, als die Tür zufiel. Dann waren die Geschwister verschwunden.

Anyana trat hinter dem Fass hervor und spähte über den Hof. Weder ihre Mutter noch ihre Tante marschierten herbei, um ihre Kinder beim Naschen zu erwischen.

Wozu, dachte Anyana aufmüpfig, *soll ich eigentlich überhaupt wachen?*

Entschlossen öffnete sie die Schwungtür, hinter der sich die fremde Welt der Küche befand, eine Welt voller Hitze, voller Düfte, voller Menschen.

Sie schob die schwere Tür so weit auf, wie sie konnte, und quetschte sich hindurch.

Anyana hätte nicht gedacht, dass es möglich wäre, aber in der Backstube war es noch heißer als draußen im sonnendurchfluteten Hof: Die Luft war so dick, dass sie kaum einen Meter weit sehen konnte. Wie durch trübes Teichwasser watete sie vorwärts, vorbei an schneidenden, knetenden, rührenden, hackenden Gestalten, die sie gar nicht beachteten. Über den Feuern hingen gewaltige Kessel, in einer Wand befanden sich einige riesige Öffnungen, in die frisch aufgegangene Teiglaibe hineingeschoben und aus der frisch gebackene Brote hinausgezogen wurden. Der Lärm war ohrenbetäubend, an einem Tisch sangen die Frauen, die die Körner zerstampften, an einem anderen ließ sich ein Küchenjunge ausschimpfen, der etwas verschüttet hatte. Und hinter dem langen Holztisch, an dem mehrere Frauen Teig kneteten, standen Dilaya und Maurin vor einem massigen, breitschultrigen Kerl, der aussah wie ein Riese.

»Danke.« Dilayas helle Mädchenstimme durchdrang den Lärm. »Diese Karamellen sind wirklich das Allerbeste, was ich je gegessen habe.«

Der dicke Mann, in dem Anyana den Oberkoch Gerson erkannte, lachte dröhnend. »Dann nimm noch ein paar davon, Prinzessin. Und du auch, kleiner Prinz. Bitte schön. Und hier, eure Kuchen. Lasst es euch schmecken.«

Anyana tauchte rückwärts wieder in den Nebel ein. Sie drehte sich um und floh zwischen den Tischen und Leuten hindurch zum Ausgang, wobei sie sich zweimal an einer Tischkante stieß, einmal über einen fremden Fuß stolperte und schließlich mit voller Wucht gegen die Tür knallte.

Als Dilaya und Maurin mit dem Diebesgut erschienen, saß Anyana neben dem Fass und hielt sich mit der Hand die Stirn, um ihre pochende Beule zu verbergen.

»Alles frei?«, fragte Dilaya mit gedämpfter Stimme. »Keine Eltern oder Kindertanten?«

»Alles frei«, antwortete Anyana leise.

»Junge, das war wieder ein Abenteuer«, schwärmte Dilaya. »Dieser Gerson, Mensch, ist der auf der Hut! Wir schleichen von hinten heran, ganz vorsichtig, Maurin lenkt ihn ab, indem er ein paar Zwiebeln über den Boden kullern lässt, und ich schnappe mir schnell das Stück, das Gerson gerade abgeschnitten hat, wahrscheinlich um es selbst zu essen. Hast du seinen Aufschrei nicht bis nach draußen gehört, als er es gemerkt hat? Und hier – trara! – ist es!«

Sie präsentierte Anyana ein großes Stück Kuchen. Aus dem braunen Teig leuchteten rot die saftigen Kirschen.

»Ja«, sagte Anyana benommen.

»Komm, das müssen wir feiern!«, rief Dilaya. »Aber nicht hier. Lasst uns doch irgendwo anders hingehen.«

»Hinten bei der Jauchegrube«, schlug Maurin vor. »Da ist immer keiner.«

»Habt ihr mir kein Honigkonfekt mitgebracht?«, fragte Anyana.

»Konfekt?«, fragte Dilaya zurück und schien einen Moment lang verwirrt. »Wieso?«

»Ach, nichts«, meinte Anyana. »Ich dachte nur.«

»Na, kommt schon«, drängte Maurin, »ich hab Hunger.«

»Geht nur«, sagte Anyana. »Mir tut der Kopf weh.«

Ihre Cousine nahm sie kurz näher in Augenschein. »Du siehst ja ganz schrecklich aus, Any. Vielleicht solltest du lieber reingehen.«

»Ja, werde ich wohl.«

Sie winkten ihr zu und verschwanden, ohne ihr anzubieten, ein Stück vom Kuchen dazulassen. Anyana sah den beiden nach, wie sie lachend über den Hof rannten. Gleichzeitig drängte es sie, genauso laut zu weinen, aber hier konnte jederzeit jemand erscheinen, und sie wollte nicht, dass ihre Eltern davon erfuhren. Deshalb stand sie schwankend auf, immer noch die Hand an der Stirn. Um im Schatten zu bleiben, ging sie dicht an der Mauer entlang, auf der Suche nach einem Ort, an dem sie ungestört sein konnte. Schließlich stieß sie auf eine unscheinbare schmale Holztür in der rauen Ziegelwand, die ihr noch nie aufgefallen war. Sie war unverschlossen, doch als Anyana sie aufstoßen wollte, leistete sie Widerstand, und nur mit Mühe und unter lautem Ächzen und Knarren ließ sie sich einen Spaltbreit öffnen. Dahinter lag ein langer, dunkler Gang, der Anyana verlockend und sogar einladend vorkam. Entschlossen nahm sie die Einladung an und schlüpfte hinein.

Hier endlich ließ sie ihren Tränen freien Lauf. Sie wusste selbst nicht genau, warum sie eigentlich weinte – weil ihr der Schädel so schmerzte, oder weil sie so wütend auf Dilaya war? War es schlimmer, dass ihre geliebte Cousine sie belogen hatte, oder dass sie und Maurin sich heimlich über sie lustig machten? Oder ging es gar nicht um den angeblichen Kuchendiebstahl, sondern um das Gefühl, dass alle über ihre Träume Bescheid wussten und sie deshalb nicht ernst nahmen?

Anyana wusste es nicht genau, und deshalb weinte sie alle diese Gründe durch, bis sie schließlich keine Tränen mehr hatte.

Als sie sich wieder durch den Türspalt zwängen wollte, stellte sie erschrocken fest, dass Dilaya und Maurin lachend über den Hof rannten. Schnell zog sie sich wieder zurück und hoffte, dass die beiden sie noch nicht gesehen hatten. Sie wollte ihnen jetzt auf keinen Fall begegnen, und so beschloss sie, sich lieber den Gang entlangzutasten. Irgendwo musste er ja schließlich hinführen.

Es war dunkel, aber nicht so sehr, dass sie nicht noch etwas erkennen konnte; von weiter vorne drang Licht herein. Der Gang machte eine Biegung, und direkt dahinter war ein Fenster in der Mauer, das auf den großen Wald hinausging. Das hieß, dass sie bereits bis an die Außenmauer gelangt war – ging das überhaupt vom Wirtschaftsgebäude aus? Anyana kniff die Augen zusammen, aber die Bäume verwandelten sich nicht in die Obstbäume des königlichen Gartens. Die heiße Luft flimmerte über den dunklen Wipfeln.

Wohin führte dieser Gang wohl?

Schloss Anta'jarim war so groß, dass Anyana längst nicht alle seine Winkel erkundet hatte und bis an ihr Lebensende vermutlich nicht damit fertig werden würde. Über die Jahrhunderte hinweg war es gewachsen, hatte ein Baumeister nach dem anderen Türme und Kapellen, Säle und neue Stockwerke hinzugefügt. Wehrgänge und Mauern, die früher außen gelegen hatten, befanden sich nun mitten in der gewaltigen Anlage, der Burggraben war zu einem Teich in einem der Innenhöfe geschrumpft. Ganze Schlösser mit Thronsaal, Wachtürmen, Kapelle und Wohnräumen waren von neuen Anbauten überwuchert worden, bis sie nicht mehr als eigenständige Gebäude erkennbar waren. Aus diesem Wirrwarr ragten drei vollständig erhaltene Schlösser heraus. Die kleineren, beide an die tausend Jahre alt, flankierten das neueste, größte und prächtigste Bauwerk. Am besten kannte Anyana natürlich das Altdunkle, jenes Schloss, in dem sie mit ihren Eltern und den eigenen Dienstboten wohnte, während sie das sogenannte Helle Schloss, das Dilayas Familie bewohnte, nur flüchtig kannte und das in der Mitte gelegene Hauptschloss, in dem der König lebte, überhaupt fast nie betrat. Die ganze Anlage war ein Labyrinth nahezu unendlichen Ausmaßes, in dem man sich verirren konnte. Anyana fand es herrlich, immer etwas Neues zu entdecken – Säle und Galerien, die sich neben- und übereinanderschoben, uralte, aus groben Felsblöcken gehauene Kammern, Kapellen mit feinen, verschnörkelten Türmchen und bemalten Fensterumrandungen, Spitzdächer, weiß wie Zuckerhüte, zierliche Balkone und wuchtige Brüstungen, auf denen sie noch nie gestanden hatte, um von dort den Blick über das Land zu genießen.

Der Gang, dem sie nun über mehrere verwinkelte Treppen und unerwartete Biegungen folgte, hatte nichts mit den glatten Böden und behängten Wänden des Altdunklen gemein. Er wirkte noch älter, geradezu uralt – die Steine der Wände waren rau und kalt, und Anyanas offene Sandalen rutschten auf dem glatten, gewellten Fußboden, den unzählige Schritte ausgehöhlt hatten, sodass er in der Mitte tiefer war als zu den Wänden hin.

Das nächste Fenster zeigte ihr den Wald von einer bedeutend höheren Warte aus, die Baumkronen schienen beinahe zum Greifen nah, und als sie ihren Blick aus der Ferne wieder zurückholte und direkt nach unten blickte, erschrak sie, denn dort, auf einem Dachvorsprung in schwindelnder Höhe, saß eine Gestalt. Sie wusste nicht, was sie mehr erschreckte: dass es ihr Vater war, der dort unbeweglich hockte und von seinem Platz aus den gleichen Ausblick bewunderte wie sie, oder dass sie bis jetzt nicht gewusst hatte, dass er auf den Dächern herumkletterte. Auf einmal hatte sie das Gefühl, dass sie etwas schrecklich Verbotenes tat, und sie zog sich hastig zurück, bevor ihr Vater sich umdrehen und sie entdecken konnte.

Ihr Herz klopfte heftig, aber inzwischen hatte sie auch Gefallen an dem Abenteuer gefunden. Sie setzte ihren Weg fort, bereit für noch mehr seltsame Entdeckungen, und kam an eine Wendeltreppe, die steil in die Höhe führte. Bei jedem Fenster, aus dem sie hinausblickte, konnte sie abschätzen, wie hoch sie gekommen war. Sie rechnete damit, bald auf der Spitze eines hohen runden Turmes zu stehen, aber nach der nächsten Umrundung führte der Gang geradeaus weiter, ohne sie höher hinaufzubringen, und sie folgte ihm an einer ganzen Reihe offener, glasloser Mauerdurchbrüche vorbei, durch die die Sommerhitze sie anwehte, bis sie schließlich vor einer Tür stand.

Es war eine alte, verwitterte Tür aus blau gestrichenem Holz, von dem die Farbe größtenteils abgeblättert war. Sie passte überhaupt nicht zu Schloss Anta'jarim, sondern schien eher zu einem alten Bauernhaus zu gehören. Ein fein gemaltes Blumenmuster rankte wie ein Rahmen um sie herum. Anyana fragte sich mit einem merkwürdigen Gefühl, ob diese Tür in einen Teil des Schlosses führte, der anders war als alles, was sie bisher gesehen hatte. Vorsichtig trat sie noch einen Schritt näher und legte ihre Hand auf das Holz, als könnte ihr das helfen zu erkunden, was sich dahinter verbarg, bevor sie das Wagnis einging, die Tür zu öffnen.

In dem Moment, als ihre Handfläche die verblasste Farbe berührte, hörte sie Gesang. Zuerst dachte sie, es sei eine Täuschung, eine Melodie, die nirgends als in ihrem eigenen Kopf gespielt wurde, denn das Lied kam ihr vertraut vor, wenn sie auch nicht hätte sagen können, woher sie es kannte. Hatte sie es selbst gesungen? Hatte sie es geträumt? Doch dann wuchs in ihr die Gewissheit, dass es nicht ihre eigene Stimme war, die sie in ihren Erinnerungsfetzen hörte, sondern eine andere, fein und dünn, und sie ergriff den eisernen Ring, der statt eines Riegels ins Holz eingelassen war, und schob die Tür auf.

Zunächst sah Anyana gar nichts. Sie hätte nicht sagen können, ob es zu viel Dunkelheit war oder zu viel Helligkeit, die sie blendete. Erst allmählich gewöhnten ihre Augen sich an den Raum, in dem sie sich befand, und sie war fast enttäuscht, wie gewöhnlich und alltäglich er war.

Sie blickte in ein großes, aus glatten Ziegeln gemauertes Gemach, dessen Wände teilweise mit feingewebten Teppichen verhangen waren. Ein Bett stand darin, geschmiedet aus einem schwarzen Eisengestell, an dem schwarze metallene Rosenranken emporwuchsen. Kissen und Decken waren über und über mit Rosen bestickt, und Anyana war, als wehte der Duft der Blumen durch das Zimmer, schwer und süß. Große Kisten aus Ebenholz waren an den Wänden aufgereiht, aus einigen, halb geöffneten, quollen bunte Stoffe. Auf einem kleinen Tisch stand eine Vase, in der ein riesiger Strauß dunkler, fast schwarzer Rosen zwischen kleinen weißen Sommerblumen verwelkte und seine Blütenblätter bis auf den Boden verstreute.

Wie eine Spur wiesen die Blätter in die Mitte des Raumes, die Anyana ganz zuletzt ins Auge fasste, als müsste sie erst alles andere erkunden, bevor sie es wagte, sich mit dem Mittelpunkt auseinanderzusetzen. Dort bewegte sich ein großer schwarzer Schaukelstuhl sacht hin und her, und darin saß eine kleine alte Frau mit langem gelblichem Haar. In ihrem Schoß turnten vier gefleckte Kätzchen herum, die ihre flinken Hände am Herunterfallen hinderten. Aus den zusammengesunkenen Lippen der Greisin kam der Gesang.

Anyana öffnete den Mund zu einer Entschuldigung, aber die Frau kam ihr zuvor.

»Endlich bist du da.«

»Ihr kennt mich?«

»Oh ja«, sagte die Alte. Ihre Augen wirkten seltsam milchig, und Anyana erkannte mit einigem Schrecken, dass die Frau blind war. »Ich habe dich in meinen Armen gewiegt, als du klein warst, bis deine Eltern entschieden, dass sie dich lieber fern von mir aufwachsen lassen wollten.«

»Dann seid Ihr ... dann wart Ihr einmal meine Kinderfrau?«

»Sie haben dir nie von mir erzählt? Das hätte ich mir denken können. Ja, ich habe immerhin gewusst, dass sie Angst hatten. Angst, du könntest bekommen, was ich habe – und du hast es bekommen, nicht wahr? Ich weiß es. Ich habe es gespürt, durch all die vielen Mauern hindurch, über die Treppen und Gänge hinweg. Es ist zu dir gekommen, Anyana.«

»Was?«, fragte Anyana. Merkwürdigerweise fürchtete sie sich überhaupt nicht.

»Das Gesicht«, sagte die alte Frau.

»Was für ein Gesicht?«, fragte Anyana, aber in ihrem Herzen begann etwas wie in dunkler, freudiger Vorahnung zu brennen: Angst und Entzücken zugleich.

»Die Träume«, erklärte die Alte. »Sie sind zu dir gekommen. Du bist jetzt zwölf, richtig? Bei manchen beginnt es früher, bei den meisten erst später. Träume von Schatten und Spiegeln. Sie kommen zu dir, und du weißt nicht, was sie von dir wollen. Deine Eltern sind nicht willens, dir zu helfen, obwohl sie es so leicht könnten.«

»Schatten und Spiegel?«, fragte Anyana, die kaum wusste, was sie zuerst fragen sollte.

»Sie hätten dich gleich zu mir bringen sollen. Ich bin die Älteste mit dem Gesicht, die hier unter diesem Dach lebt. Die Älteste, aber nicht die Einzige, und auch das wissen sie zu ihrem Leidwesen genau. Komm näher zu mir, Kind. Komm her, damit ich nicht so laut sprechen muss. Komm. Du hast etwas Wundervolles erhalten.«

»Die Träume sind nicht wundervoll«, widersprach Anyana, der hier, in der traumhaften Atmosphäre des fremden Zimmers, ein paar Bilder in den Kopf sprangen, der Hauch einer Erinnerung, ein scharfer, bitterer Geruch und die Hitze auf der Haut und der Widerhall eines Schreis.

»Erzähl mir, was du träumst.«

Sie versuchte, es zu fassen zu bekommen, die Schlieren des Traumes zu einem Muster zusammenzuballen, aber sie konnte nicht nach ihm greifen.

»Gut«, sagte die Alte. »Versuch es einfach. Es ist nicht schlimm, wenn es nicht gleich klappt. Es könnte wichtig sein, aber es ist normal, wenn man am Anfang noch nichts damit anfangen kann. Du wirst lernen, damit umzugehen. Mit den Träumen. Mit den Wegen. Mit den Schritten.«

»Was für Schritte?«

»Oh, du wirst große Schritte machen. Durch das Gefühl des Traumes, den du in dir trägst, werden sie dir groß und bedeutend vorkommen, eingebettet in einen Zusammenhang, den du vage erahnst, wenn du auch niemals so viel wissen wirst, wie du möchtest. Aber zuerst komm her, nimm dir ein Kätzchen. Möchtest du etwas trinken? Ich hoffe, der Tee ist noch nicht kalt. Ich trinke ihn heiß, besonders heiß an solchen heißen Tagen. Aus den besten Kräutern aus meinem Garten, wo ich seltenere Gewächse ziehe als der Hofgärtner deines königlichen Vaters.«

»Ich bin nicht die Tochter des Königs«, stellte Anyana richtig. »Ich bin seine Nichte.«

Die alte Frau lächelte nur. »Siehst du die weißen Blumen dort?

Das ist Sternkraut, und du wirst es nirgendwo anders finden als in dieser Vase oder in meinem Tee. Es wächst nur in der Nähe von Brunnen, in die ein Stern gefallen ist, leider, denn es verstärkt den Geschmack der Kräuter und den Duft der Rosen ... Die meisten Gäste sind beeindruckt. Leider bekomme ich selten Gäste, denen ich etwas anbieten kann. Aber genau aus dem Grund haben sie mich in den Turm verbannt. Aus den Augen, aus dem Sinn, nicht wahr? Ich nehme es ihnen nicht übel. Es gibt Dinge, die ich vermisse, aber wirklich wegnehmen konnten sie mir nichts. Es gibt zu viel, was ich besitze, das mir niemand wegnehmen kann.«

»Wer seid Ihr?«, fragte Anyana, ganz benommen von den vielen Worten dieser Frau, die mehr über sie zu wissen schien als sie selbst. Sie hielt sich an einer kleinen fleckigen Katze fest, deren Fell sich unglaublich weich anfühlte. »Wo ist denn Euer Garten?«

»Ich bin deine Urgroßmutter Unya.« Die alte Frau lachte leise. »Haben sie dir je von mir erzählt? Du müsstest meinen Namen eigentlich kennen.«

»Unya«, wiederholte Anyana und überlegte. »Es gab einmal eine Großkönigin mit diesem Namen.«

»Großkönigin Unya von Wajun. Ja, die bin ich gewesen, vor langer Zeit, als meine Tage heller waren und mein Haar golden wie die Sonnenblumen im Spätgoldmond.«

»Ihr wart Großkönigin von Le-Wajun?«, fragte Anyana ungläubig. Die alte Frau, die langsam vor sich hinschaukelte, sah doch eher nach einer ehemaligen Kinderfrau aus als nach der einst mächtigsten Frau des Reiches.

»Großkönigin Unya. Ja, an der Seite von Aruja, dem stolzesten Großkönig, den Wajun je sah! Ich, gewählte Großkönigin, Gemahlin deines Urgroßvaters, der ein Bruder des Königs von Anta'jarim war. Ich kam aus dem Nichts und gab alles auf, um an Arujas Seite zu herrschen. Gemeinsam verkündeten wir die Ankunft der dunklen Göttin Kalini, die die Reisenden an die Hand nimmt. Was waren das für Zeiten! Goldene Jahre, Jahre der reichen Ernten, und alle meine Träume waren so lieblich, dass ich sie gesungen habe, als wären es Lieder! Bis Aruja starb und ich den Sonnenthron aufgab.

Ich berief die Wahlen ein, und sie ernannten einen Mann aus dem Hause Lhe'tah. Ich kam hierher, in Arujas Heimat, aber meine Träume waren düster und traurig und meine Schritte zu groß, sodass sie es nicht ertragen konnten – da beschworen sie mich zu schweigen. Sie fürchteten, es könnte schlecht aussehen für das Haus Anta'jarim, wenn bekannt würde, dass die königliche Familie durch mich die Gabe im Blut hat. Dabei hatten sie sie schon immer. Träume legten den Grundstein dieses Schlosses, tausend Türen öffneten sich zu den Sternen, es schneite auf die Türme, und in den Kellern gruben sie Brunnen. Doch die pflichtbewussten Könige hatten schon damals Angst vor dem Gesicht, und nicht sie allein. Die Abgesandten würden gewiss keinen Großkönig wählen, der mehr auf seine Träume hört als auf die Stimmen seiner Ratgeber. Aber was wollt ihr tun? Es liegt euch im Blut.«

»Uns allen?«, fragte Anyana. »Sie haben wirklich alle solche Träume? Auch meine Onkel und mein Vater?«

Unya lächelte ein feines, spöttisches Lächeln. »Ich spüre, dass sie träumen, wenn auch nicht bei allen so deutlich wie bei dir. Da sind Worte und Rufe und Gesang und Weinen, aber ich höre nicht immer heraus, wessen Stimme es ist. Prinz Winya, der Dichter – nein, ich glaube nicht, denn ich habe die Sehnsucht in seinem Herzen gespürt, wenn deine Mutter mir verbot, dir meine Traumlieder zu singen. Jarunwa, der König? Vielleicht, ja, warum nicht? Geht er nicht oft nachts umher und lehnt die Stirn an die kalte, harte Wand, als könnte er Stimmen hören, die aus den Mauern nach ihm greifen?«

»Das wusste ich nicht«, flüsterte Anyana.

»Und du hast sie auch, diese Gabe. Ich habe es geahnt, als du ein brüllender Säugling warst und in meinen Armen einschliefst. Ich sah die Sterne in deinen Augen, einen ganzen Himmel voll. Ich weiß, dass du sie alle berühren wirst.«

»Ich werde die Sterne berühren?«, fragte Anyana verwirrt. »Wie das?«

»Sterne, die in tiefe Brunnen fallen. Ich rede zu viel unverständliches Zeug, nicht wahr? Aber ich bin so froh, dass du endlich hergekommen bist. Du darfst die Katze behalten, wenn du magst.«

»Ich mag schon, aber ich darf nicht. Am liebsten hätte ich ja einen Hund, wisst Ihr, wie die Leute in Wajun. Aber«, sie hielt verwirrt inne, »Ihr wart ja da, Ihr kennt die leuchtende Stadt und die Magie, sicher habt Ihr auch Hunde gesehen?«

»Sie könnten in den Wäldern wildern, deshalb gibt es in Anta'jarim keine Hunde«, erklärte Unya. »Wir sind hier nicht wie die Leute in Guna, die um des Vergnügens willen auf die Jagd gehen. Aber vielleicht macht deine Mutter eine Ausnahme, wenn es ein ganz kleiner Hund wäre, der hier im Schloss bleibt?«

»Meine Mutter macht nie eine Ausnahme. Und eine Prinzessin soll nicht nach Stall und Gewöhnlichkeit riechen.«

»Eine Prinzessin! Armes Kind, du trägst eine schwere Bürde. Ganz Anta'jarim lastet auf deinen Schultern, ganz Le-Wajun, eine Welt und vielleicht noch eine Welt.«

»Aber das stimmt doch nicht«, wehrte Anyana ab und ließ das strampelnde grauweiße Kätzchen auf den Boden hinunter. »Ich bin nur die Tochter von Prinz Winya. Lijun ist der älteste Sohn des Königs, er wird Anta'jarim regieren.« Unzählige Fragen überschlugen sich in ihren Gedanken.

Unya ließ sich nicht davon beeindrucken. »Ich träume viel. Ich träume fast jede Nacht. Meine Träume erzählen mir Geschichten, sie spinnen die Dinge in ein Muster, sie weben die Fäden. Ich kann nichts daran ändern, ich kann nur zusehen. Ich schaue und weiß. Und ich weiß, dass die Träume, die des Nachts zu dir kommen, gefährlich und feurig sind. Es sind große Träume, deshalb ahne ich, dass du große Schritte gehen wirst. Aber damit ich raten kann, was sie bedeuten, müsstest du sie mir erzählen. Ich kann nicht die Träume eines anderen träumen. Es ist ein Gewicht, das du allein tragen musst, bis du fähig bist, es mit jemandem zu teilen.«

»Jemand schreit. Das weiß ich, jemand schreit. Und wenn ich den Mund öffne, werde ich auch schreien. Ich werde schreien, als würde ein Fluss aus meiner Kehle hervorbrechen, und der Schrei wird fließen und fließen und fließen, ohne Ende. Sie sterben«, flüsterte sie hilflos. »Und sie schreien. Ich wünschte, sie würden nicht so laut schreien. Sie sind im Feuer gestorben, und sie haben so laut geschrien, dass ich dachte, die Welt geht unter.«

»Nein«, sagte Unya, »nein, Kind, die Welt würde untergehen, wenn die Sterbenden schweigen. Sie müssen schreien. Du brauchst keine Angst zu haben, sie tun genau das, was sie tun müssen. Kennst du denn nicht die Geschichte vom Tod?«

»Welche Geschichte?«

»Alle Gedichte deines Vaters drehen sich um diese eine Geschichte. Wie der Tod sich verliebte. Alle fürchteten sich vor dem Tod, sie wandten sich ab, hielten sich die Augen zu, flehten um Gnade. Sie schrien, und der Tod warf ihnen das Fährgeld vor die Füße und ging weiter. Doch dieser eine Krieger, dem der Tod auf dem Schlachtfeld begegnete, schrie nicht und wandte sich nicht ab. Er blickte dem Tod ins Angesicht, und der Tod starrte zurück. Und sein kaltes Herz brannte plötzlich.«

»Ist der Tod eine Frau?«, fragte Anyana.

»Ich weiß es nicht, Herzchen«, sagte Unya, »und es spielt auch keine Rolle. Der Tod vergaß das Fährgeld und reichte dem Krieger die Hand. Das, was geschehen sollte, geschehen musste, geschah nicht. Denn statt dass der Tod den Krieger in die Totenwelt zog, zog der Krieger den Tod in unsere Welt.«

»Also ist niemand mehr gestorben. Das ist doch schön. Und es ist ein Märchen.«

»Nein«, sagte Unya. »Die Leute sind natürlich trotzdem gestorben. Aber der Tod hat ihnen kein Fährgeld gegeben, und der Kapitän des Totenschiffs hat die Seelen nicht mehr mitgenommen. Also irrten sie umher und wussten nicht, wohin.«

Das klang übel.

»Und dann gab es noch die Bilder. Damals war es noch nicht verboten, Menschen zu malen, denn die Leute wussten nichts darüber, wohin verirrte Geister gehen.«

»Aber es ist doch gar nicht verboten.« Im Schloss hingen unzählige Porträts, und Herr Lorlin, ihr Lehrer, unterrichtete sie und die anderen Schüler sogar in Zeichenkunde.

Unya stutzte. »Ist es nicht? Das Gesetz, das Aruja und ich verabschiedet haben, hat die nächste Sonne wohl gleich wieder aufgehoben. Ich hoffe, es hat die Bilderflut wenigstens etwas eingedämmt ... Lass mich weitererzählen. In vielen Häusern hingen damals die Bilder von Verstorbenen. Und die Seelen, die kein Fährgeld bekommen hatten, kehrten um und wollten plötzlich nach Hause, doch sie konnten sich in keinem Spiegel mehr sehen und flohen. Diejenigen allerdings, die ein Bild in ihrem Haus hatten, wurden die Geister nicht mehr los, denn jede Seele wurde von ihrem eigenen Bildnis angezogen.«

»Ah«, sagte Anyana. »Deshalb habt ihr die Bilder verboten.«

»Ja«, bestätigte Unya. »Denn jedes Bild ist eine Falle für die verlorene Seele.«

Ihr fiel eine besonders schlaue Frage ein. »Was ist, wenn es viele Bilder von einem Menschen gibt? Zu welchem Bild würde seine Seele dann gehen?«

»Sie wird in alle Himmelsrichtungen zerrissen«, sagte Unya düster.

»Dann sollte sie sich lieber von allen Bildern fernhalten. Wie ist die Geschichte ausgegangen? Die vom Tod und dem Krieger?«

»Die Menschen haben den Tod angefleht, seine Arbeit wieder aufzunehmen, aber er wollte nicht. Da haben sich die stärksten und mutigsten Kämpfer zusammengetan und den Krieger angegriffen, um ihn zu töten. Sie haben ihn in Stücke gehackt, und er hat so laut geschrien, dass der Tod sich die Ohren zuhielt und sich von ihm abwandte. Und so wurde die Welt gerettet.«

»Darüber schreibt mein Vater keine Gedichte«, sagte Anyana. »Das wüsste ich.«

»Doch«, widersprach Unya. »Alle Gedichte handeln vom Tod und von der Liebe. Und von der Frage, ob man schreien oder sich fügen soll.« Und dann fragte sie leise: »Dies ist wichtig, mein Kind: Wer hat geschrien? Wer ist in deinem Traum gestorben?«

»Ich weiß nicht. Wirklich, ich weiß es nicht.« Denn wie hätte sie sagen können: Alle?

»Manchmal ist es vielleicht auch barmherziger, wenn die Dinge im Dunkel bleiben«, sagte die Alte. »Wo steht der Tee, den ich dir angeboten hatte? Jetzt ist er bestimmt kalt.«

»Danke«, meinte Anyana. »Ich möchte keinen Tee. Ich glaube, ich muss wieder zurück.«

Unya wandte ihr das faltige Gesicht zu. »Wirst du wiederkommen?«

»Ja«, versprach Anyana feierlich. »Ich komme wieder.« Aber während sie es sagte, wehte ihr Traum sie an wie ein Sturm, der einem entgegenbläst, und sie erschrak vor den grellen Flammen und floh.

Als sie die Tür in der Mauer hinter sich schloss und die Mittagssonne in ihrem Nacken spürte, kam es ihr vor, als würde sie erwachen. *Ein seltsamer Traum*, dachte sie. *Eine alte Frau mit einem Arm voller Katzen. Das kann ich nur geträumt haben. Gleich wird Dilaya kommen und mich auslachen.*

Dilaya. Die Erinnerung daran, was Dilaya getan hatte, lag ihr wie ein schwerer Ziegelstein im Magen. Nein, sie wollte nicht, dass ihre Cousine kam und sie auslachte. Sie wollte, dass sie nie wieder ausgelacht wurde und ihr nie wieder Feigheit vorgeworfen wurde von Menschen, die feiger waren als sie selbst.

»Any?«

Es war nicht Dilaya. Sie drehte sich um und sah ihren Vater im Hof stehen. Der breitkrempige Hut warf einen dunklen Schatten über sein Gesicht. Anyana dachte daran, wie sie ihn oben auf dem Dach gesehen hatte, und fühlte sich wie jemand, der heimlich im Tagebuch eines anderen gestöbert hat und dessen Blick zufällig auf einen halben Satz gefallen ist, über den er sein ganzes Leben grübeln wird, ohne die Möglichkeit zu haben, jemals nachzufragen, was er bedeutet.

»Ja, Vater?«, sagte sie schließlich und blinzelte hilflos ins Licht.

»Du warst hinter dieser Tür?«
»Ja, war ich.«
An seinem Zögern merkte sie, dass er irgendetwas fürchtete.
»Bist du weitergegangen? Hast du – die blaue Tür gesehen?«
»Ja, hab ich.« Anyana machte es ihm nicht einfacher, indem sie sofort alles zugab. Sie war es nicht, die etwas zu verbergen hatte. Schließlich hatte er ihre Urgroßmutter vor ihr versteckt.
»Warst du bei ihr?«
Sie nickte. Von ihrem Vater erwartete sie keine ernsthaften Vorwürfe, das war nicht seine Art. Aber sie fühlte auch, dass er die Sache nicht einfach auf sich beruhen lassen würde. »Warum«, brach es plötzlich aus ihr heraus, ohne dass sie es wollte, »warum habt ihr mir nie etwas gesagt? Sie war die berühmte Großkönigin Unya! Warum muss sie im Turm leben? Ist es wegen der Träume?«
Sie wollte ihn festhalten. Sie wollte ihn zwingen, ihr zu sagen, was es mit dieser Gabe auf sich hatte, was daran so schrecklich war, dass sogar eine Großkönigin, die in Wajun regiert hatte, in ein abgelegenes Zimmer gesperrt wurde. Sie wollte ihn schlagen und treten, um ihrer ohnmächtigen Wut Ausdruck zu verleihen, aber natürlich konnte sie das nicht. An ihr lag es nicht; ihr Zorn und ihre Trauer waren so groß, dass sie davon überwältigt wurde. Dass er der Bruder des Königs war und außerdem ihr Vater bedeutete in diesem Augenblick gar nichts. Aber Winya stand so still vor ihr, so sanft, dass sie es nicht konnte. Sie konnte ihn nicht angreifen. Anyana senkte den Kopf und fiel wieder in das Schweigen zurück, das wie ein langjähriger Vertrauter zwischen ihnen herrschte.
»Ich wollte dich bewahren«, sagte er endlich leise.
»Wovor? Vor meiner Gabe? Vor dem Gesicht? Du siehst ja, dass es nichts gebracht hat.« Die Anklage loderte aus jedem ihrer Worte, aber sie fühlte sich unendlich schuldig dabei.
»Any«, sagte Prinz Winya nur, dann drehte er sich um und ging über den Hof zurück ins Schloss. Sie sah ihm nach, bis er in den dunklen Schatten vor der Mauer verschwand.

3. DER SEIDENE FADEN

Natürlich hatte Anyana gehofft, ihre himmlisch schöne Cousine und ihren lästigen kleinen Vetter nie im Leben wiederzusehen – oder wenigstens die nächsten ein, zwei Stunden von ihnen verschont zu bleiben –, aber so groß das Schlossgelände auch war, vor Dilaya und Maurin gab es kein zuverlässiges Versteck. Die beiden fanden sie, als sie gerade im Schatten hinter dem Stallgebäude eingedöst war, und weckten sie gnadenlos.

»Da bist du ja!« Maurin, die Hände in die Hüften gestemmt, bombardierte Anyana mit einer sehenswerten Abfolge von gekränkten, spöttischen, gelangweilten oder gar frechen Gesichtsausdrücken.

Dilaya strich sich vornehm über die leuchtenden Locken. »Immer muss man dich suchen, Any. Man könnte meinen, du willst nichts mit uns zu tun haben.«

Anyana hatte ihre Entdeckung in der Backstube für sich behalten wollen als ihr schmerzhaftes Geheimnis, dessen Last sie bis ins hohe Alter mit sich herumschleppen würde. Aber es brodelte zu heftig in ihr, und nachdem die letzte Frage mindestens zur Hälfte nach einem Vorwurf klang, sprudelte es giftig aus ihr heraus.

»Ja, das könnte man meinen. Es könnte ja wirklich sein, dass ich mal für mich sein möchte und nicht immer nur euch bei euren Heldentaten begleiten will und euch bewachen soll oder beschützen oder was auch immer und dann eure mickrige Beute mit euch teilen will – nein, vielleicht will ich auch einfach mal irgendwo sitzen und meine Ruhe haben!«

»Oh«, machte Maurin verblüfft.

»Any«, sagte Dilaya streng, »was ist los?«

»Nichts. Gar nichts. Abgesehen davon, dass ich dir immer geglaubt habe, jede einzelne deiner aufgeblasenen Lügengeschichten, aber sonst ist nichts.«

»Lass mich raten«, meinte Dilaya kühl. »Du bist uns in die Küche gefolgt und hast gesehen – ja, was? Dass wir Kuchen mitgenommen haben?«

»Mitgenommen? Ha! Euch höchstpersönlich überreicht von Gerson, dem Oberschrecklichen! Dem Obernettesten, sollte ich wohl sagen, wie?«

»Ich verstehe gar nicht, warum du dich so aufregst«, versetzte Dilaya mit ihrer erwachsensten, belehrendsten, unerträglichsten Stimme. »Ja, er hat uns den Kuchen gegeben. Na und? Das heißt nicht, dass wir dich ständig angelogen haben und dass wir jetzt nur noch Lügner sind. Wir haben oft genug Kuchen geklaut, bis Gerson uns erwischt hat. Ist noch gar nicht so lange her. Und seitdem steckt er uns hin und wieder mal was zu. Ich war mir heute gar nicht sicher, ob wir was kriegen würden, weil doch bald die wichtigen Gäste kommen, es hätte also sein können, dass er sauer geworden wäre. Wie du es auch drehst und wendest, es war ein Wagnis.«

»Hm«, machte Anyana und wusste nicht so recht, ob sie so schnell klein beigeben sollte. Ihre Auflehnung hatte süß und scharf zugleich geschmeckt, und obwohl etwas in ihr sich nach Versöhnung sehnte, war sie doch zu aufgewühlt, um sogleich in ihre alte Vertrauensseligkeit zurückzufallen.

»Wir lieben Wagnisse«, erklärte Maurin stolz.

»Ach ja?« Sie hatte nie gedacht, dass sie jemals mit Dilaya streiten würde. Streiten! Sie! Die Tochter des sanftmütigsten Mannes von ganz Anta'jarim! Vielleicht war sie ja doch mehr nach ihrer scharfzüngigen Mutter geraten. »Du nennst es ein Wagnis, dir von einem fetten Koch Süßigkeiten zustecken zu lassen? Da ist es ja hier hinterm Stall auf dem Misthaufen gefährlicher!«

Dilayas Gesicht verfinsterte sich. Maurin studierte das Mienenspiel seiner Schwester, stellte sich sehr gerade hin und zauberte einen Ausdruck wütender Entschlossenheit auf sein niedliches Jungengesicht.

»Dann komm doch mit«, sagte Dilaya langsam. »Dann lass uns doch alle zusammen etwas *richtig* Gefährliches, Verbotenes machen. Das ist es doch, was du willst, oder? Wir werden ... wir können ...«

»Ja?«, fragte Anyana gespannt. Wie immer wartete sie auf den Einsatzbefehl – schon wieder war sie in ihre alte Rolle gefallen! Daher sagte sie schnell: »Nein, diesmal bin ich dran. Ich werde mir etwas ausdenken.«

»Aber kann sie das denn?«, fragte Maurin seine Schwester verstört.

»Natürlich«, antwortete Dilaya mit einem gezwungenen Lächeln. »Zeig uns, was du draufhast, kleine Cousine.«

Anyana biss sich auf die Unterlippe. Da hatte sie sich ja etwas Schönes eingebrockt. Wenn das, was sie sich überlegte, wirklich gefährlich war, hatte sie selber Angst davor, aber wenn es bloß ein Kinderspiel war, würde sie sich für alle Zeiten lächerlich machen.

»Ich will!«, schrie Maurin plötzlich. »Ich will, ich habe eine Idee, bitte, bitte, ich will!«

Dilaya sah ihre jüngere Cousine prüfend an.

»Na gut«, sagte Anyana, obwohl sie befürchtete, dass man ihr die Erleichterung allzu deutlich ansah. »Aber nur, weil du der Jüngste bist, Maurin. Und das nächste Mal bin ich dran.«

Aber Dilaya hörte ihr schon gar nicht mehr zu. »Raus damit!«, forderte sie ihren Bruder auf. »Was hast du vor?«

Sie mussten sich zu ihm herabbeugen, um sein Flüstern zu verstehen.

»Wir spielen Wüstendämonen und schleichen uns in Herrn Lorlins Zimmer«, wisperte er. Seine Augen strahlten vor Vorfreude. »Er ist heute ins Dorf geritten, ich habe es genau gesehen. Der kommt so schnell nicht wieder.«

»Ja, das machen wir!«, stimmte Dilaya begeistert zu.

»Aber das dürfen wir doch nicht.« Es war heraus, bevor Anyana den Satz zurückhalten konnte.

»Und die Strafarbeit letzte Woche? Durfte er mir die aufgeben? Es war ungerecht. Soll er ruhig sehen, was er davon hat.«

Anyana hätte Dilaya darauf hinweisen können, dass es gar nicht *so* ungerecht gewesen war, weil sie die Regierungsdaten der Großkönige von Le-Wajun nicht auswendig gelernt hatte und nicht einmal sagen konnte, welcher Großkönig zu welcher Großkönigin gehörte, und das wusste schließlich jeder. Aber sie war die Einzige, die fand, dass Herr Lorlin gar kein schlechter Lehrer war, schließlich war sie ja auch die Einzige, die Spaß daran hatte, sich die Dinge zu merken, die sie dort lernten.

»Großkönigin Unya und Großkönig Aruja«, flüsterte sie.

»Was?« Dilaya packte sie am Arm. »Komm, wir machen es. Oder traust du dich doch nicht?«

»Natürlich traue ich mich!«

Der Lehrer wohnte in einem der kleineren Türme, recht weit vom Schulzimmer entfernt. Die Chance, ungesehen bis vor seine Tür zu gelangen, stand nicht schlecht, aber wie sollten sie hineinkommen? Maurin machte sich da jedenfalls keine Sorgen. Er huschte durch die Gänge, duckte sich unter jedem Fenster und drehte sich manchmal zu den Mädchen um, den Finger an den Lippen, als wären sie lauter als er. Dabei kicherten sie höchstens manchmal.

Kurz vor dem Turm trafen sie eine Magd mit einem Stapel Wäsche. Sie war ungefähr in ihrem Alter, ein Mädchen mit feinem blondem Haar, die Hände rissig von der Arbeit. Sie lächelte ihnen freundlich zu.

»Wollt ihr zu Herrn Lorlin? Er ist nicht da.«

Eine Weile standen sie nur da und fühlten sich ertappt. Dann hörte Anyana sich sagen: »Das macht nichts. Ich muss nur eine Hausaufgabe abgeben. Ich schieb sie ihm unter der Tür durch.« Im selben Moment fiel ihr auf, dass sie nicht das kleinste Zettelchen dabei hatte, aber sie hoffte, dass die Magd nicht darauf achtete.

»Leg sie ruhig auf den Tisch. Das Zimmer ist offen, ich muss noch die Bettwäsche wechseln.«

Maurin schnaufte ärgerlich, sobald das Mädchen außer Hörweite war. »So macht es ja gar keinen Spaß.«

»He, irgendetwas musste jemand sagen, oder?«

»Aber jetzt haben wir ja die Erlaubnis reinzugehen. Das ist langweilig.«

Sie stiegen die Wendeltreppe hinauf und betraten ein kleines, halbrundes Zimmer. Es enthielt das übliche Mobiliar: Bett, Kleiderkiste und Waschtisch, und dazu einen überbordenden Tisch, beladen mit Büchern und Zetteln. Über der Stuhllehne hing ein dunkelblauer Umhang. So sehr Herr Lorlin sich auch bemühte, ihnen Ordnung beizubringen, ihm selbst war es offenbar nicht gelungen, seine eigenen Ratschläge zu beherzigen.

»Jeder nimmt was mit«, befahl Maurin. »Schnell!«

»Aber dann wird er wissen, dass wir es waren«, meinte Dilaya.

»Aber wenn wir nicht wenigstens etwas stehlen, fühle ich mich gar nicht wie ein Wüstendämon.«

»Wie ein was?«, fragte Anyana.

»Mensch, weißt du nicht, was ein Wüstendämon ist?« Maurin schüttelte den Kopf über so viel Ignoranz. »Ein Spion und Mörder und Dieb aus Kanchar. Sie haben dort eine Schule, da lernt man nicht die Länder und die Könige, sondern wie man eine Tür aufbricht, ohne dass jemand es merkt. Und wie man jemanden tötet, ohne dass Blut fließt. Und wie man ...«

»Hör auf!«, zischte Dilaya. »Das glaubt doch eh kein Mensch. Jetzt nimm dir schon irgendwas, was Lorlin nicht vermisst, und dann lasst uns verschwinden.« Sie griff in die Kleiderkiste und holte einen Strumpf heraus. »Ha! Da wird er sich ewig fragen, wo der zweite ist.«

»Ich hab auch was«, sagte Maurin und schob sich ein Bündel Pergament unters Hemd. »Los jetzt, schnell weg.«

Anyana stand mit leeren Händen da. Sie hatte ein ganz, ganz übles Gefühl.

»Du drückst dich doch nicht etwa?« Dilaya trat noch schnell an den Schreibtisch, schlug ein Buch auf und riss eine Seite heraus. »Hier, nimm. Und jetzt gehen wir!«

Sie hasteten die Treppe hinunter, ohne Herrn Lorlin zu begegnen, und vertrauten sich dem altbekannten Labyrinth der Flure an, durch das sie zielsicher rannten, von plötzlichen Lachanfällen geschüttelt. Das abgerissene Pergament brannte in Anyanas Hand. Sie hatte es noch nicht einmal angeschaut, aber es knisterte heiß und feurig zwischen ihren schweißnassen Fingern.

»Auftrag erfüllt«, sagte Maurin zufrieden, bevor sie sich trennten. »Wie wahre Wüstendämonen.«

»Du spinnst doch«, sagte seine Schwester.

»He, die gibt es wirklich! Das habe ich mir nicht bloß ausgedacht! Jeder weiß, dass die Kancharer mit den Todesgöttern im Bunde sind.«

»Komm, Brüderchen.« Dilaya schubste Maurin nach rechts, und Anyana wandte sich nach links.

»Ach, und wenn ich du wäre«, rief Dilaya ihr noch nach, »würde ich diesen Zettel nicht so offen herumtragen, Any. Nachher triffst du noch Herrn Lorlin.«

Erst in ihrem Zimmer wagte Anyana, einen Blick auf das Pergament zu werfen. Es war ein Gedicht ihres Vaters, das sie sogar schon im Unterricht behandelt hatten. Herr Lorlin war ein glühender Verehrer des überragenden Dichters Winya von Anta'jarim und versuchte ihnen immer wieder zu vermitteln, welch große Ehre es war, ihn zum Onkel oder sogar zum Vater zu haben.

Ich trat durch die Zeit
Ging durch die Uhr
Wo der Thron
Herzschlag
Blüht.

»Na wunderbar«, seufzte sie. »Wir haben Herrn Lorlins Lieblingsbuch zerstört.« Sie war eine Diebin, eine gefährliche Wüstendämonin, die durchs Schloss schlich und harmlose Leute bespitzelte und bestahl. Plötzlich konnte sie nicht länger an sich halten; sie warf sich auf ihr Bett und lachte, bis ihr die Tränen kamen.

Der See war blau wie ein Saphir, eingefasst von den dunklen Schatten der Uferbäume. Kristallklar und kühl spielte das Wasser um Karims Haut. Seine Hände, die er knapp über der Wasseroberfläche hielt, bildeten eine Schale. Darin spiegelte sich weder der Himmel noch er selbst, sondern ein stolzes braunhäutiges Gesicht mit einer kühnen Nase und einem spitzen Bart. Joaku, der Meister der Wüstendämonen, lachte.

Das kam so selten vor, dass Karim ihm fasziniert zuhörte und einen Augenblick lang nicht wachsam war.

»Mit wem sprichst du?«

Ertappt riss Karim die Hände auseinander, und das Bild zerfloss in den Wellen. Das passierte ihm sonst nie – er war immer und überall wachsam, und er hatte die Kunst, sich unbemerkt mit seinem Meister zu unterhalten, über die Jahre hinweg perfektioniert. »Mit niemandem«, sagte er zu seinem Freund Laikan, der an ihn herangeschwommen war. »Ich übe meine Rede.«

Laikan stellte sich auf die Füße. Der See war an dieser Stelle so flach, dass man stehen konnte. Weiter draußen verriet die dunkle Färbung des Wassers seine Tiefe, doch hier in Ufernähe war der ideale Platz für eine heimliche Unterredung. Am anderen Ufer lärmten die drei edlen Herren, mit denen er und Laikan unterwegs waren. Sidon stand breitbeinig im knietiefen Wasser und versuchte mit einem angespitzten Stock einen der armlangen Fische zu erwischen, Kann-bai hatte sich in der Sonne ausgestreckt und schimpfte wahlweise über die Mücken, die störrischen Pferde oder die unnützen Knappen, womit er Laikan meinte, der in aller Seelenruhe das Schwimmen genoss. Wihaji sprang wie ein Junge durchs Wasser und verscheuchte die Fische, die Sidon zu fangen gedachte. Mit seiner pechschwarzen Haut, auf der die Wassertropfen funkelten, hätte er der Rabengeist sein können, vor dem man sie im letzten Dorf gewarnt hatte.

Laikan grinste. »Du übst für die Hochzeit? Das hätte ich dir gar nicht zugetraut.«

»Wihaji hat mich gebeten, etwas Passendes zu sagen.« Karim zuckte mit den Achseln. Er tat lässiger, als er sich fühlte. Die Hochzeit, zu der es nicht mehr kommen würde, bereitete ihm keine Sorgen, doch das Gespräch mit Meister Joaku hatte ihn daran erinnert, was ihm bei der Rückkehr nach Wajun bevorstand. Das, was er tun musste. Das, was er tun wollte. Er hatte nie ein anderes Ziel gehabt als dies, und dennoch flutete Angst durch seine Adern, und statt der Vorfreude, die er doch eigentlich hätte fühlen müssen, war da nur Entsetzen und der glühende Wunsch, er könnte den Zeitpunkt weiter hinauszögern.

»Der Graf winkt und ruft dich.«

»Soll er.« Laikan machte keinerlei Anstalten zurückzuschwimmen. »Ich habe mir diese Pause verdient.«

Karim breitete die Arme aus und warf sich nach hinten. Er schloss die Augen und ließ sich vom Wasser tragen, eine Welle schwappte ihm in die Ohren und dämpfte die Stimme seines Freundes. Noch immer hallte Joakus Lachen in ihm nach.

»Karim, mein Junge«, hatte der Meister gesagt. »In Anta'jarim erwarten dich Gold und Verrat. Die schönste Frau von Le-Wajun strebt nach Höherem.«

Sein ganzes Leben lang hatte Karim sich auf den Mord vorbereitet, der das Antlitz der Welt ändern würde. Er war dafür ausgebildet worden, er hatte die härtesten Jahre seines Lebens in der Schule in Jerichar verbracht, hatte dafür Blut, Schweiß und Tränen vergossen. Er war so weit, ein Rückzieher war unmöglich, nun galt es noch die letzten Vorbereitungen zu treffen. Die Entwicklungen in Anta'jarim begünstigten ihre Pläne auf unerwartete Weise; es war, als wären sogar die Götter auf ihrer Seite. Eigentlich hätte er in Joakus Gelächter einstimmen müssen.

Stattdessen wünschte er sich, er könnte auf dem Rücken über den See treiben und dort, wo das Wasser am kältesten war, wo es mit eiskalten Fingern in seine Haut stach und ihn betäubte, nach unten sinken. Tief hinunter, bis er nichts mehr fühlte.

»Schule fällt heute aus«, verkündete Dilaya geheimnisvoll.

»Was?«, fragte Anyana. »Wieso denn? Dann habe ich die Großkönige der vergangenen vierhundert Jahre ganz umsonst auswendig gelernt!«

»Tja.« Das rätselhafte Grinsen ihrer Cousine verwandelte sich in eine äußerst selbstzufriedene Grimasse. »Ohne Lehrer kein Unterricht, stimmt's? Und ohne Unterricht keine Schule. Stattdessen könnten wir etwas unternehmen, etwas richtig Spannendes...« Dilaya legte die Stirn in Falten.

»Wieso ohne Lehrer?« Anyana wollte es nun ganz genau wissen. »Ist Herr Lorlin krank?«

»Herr Lorlin ist weg.«

»Er kann nicht weg sein. Gestern war er doch noch da. Er ist aus dem Dorf zurückgekommen, das habe ich selbst gesehen.«

»Kann sein, aber jetzt ist er weg.«

»Du lügst.«

»Sag nicht zu mir, dass ich lüge! Ich lüge überhaupt nicht. Meine Mutter hat es gesagt, und sie hat es vom König. Siehst du!«

»Was ist denn mit Herrn Lorlin passiert?« Anyana wunderte sich darüber, dass der König etwas damit zu tun haben sollte. Obwohl seine beiden kleinen Söhne stundenweise am Unterricht teilnahmen, hielt Onkel Jarunwa sich normalerweise aus allen Schulangelegenheiten heraus. »Und sag jetzt nicht schon wieder, er ist weg. Ich will wissen, wohin er gegangen ist und warum.« Sie wusste zu gut, dass ihre Cousine alle Neuigkeiten nur häppchenweise bekanntgab und bis zum Schluss ihr Wissen genüsslich langsam ausspielte.

»Hat er gemerkt, dass wir sein Buch zerrissen haben? Will er uns deshalb nicht mehr unterrichten?«

»Rate mal, warum Maurin nicht hier ist.«

»Keine Ahnung. Wenn Herr Lorlin uns auf die Schliche gekommen wäre, müssten wir alle Hausarrest haben. Oder hat Maurin später noch etwas angestellt?«

An Dilayas Miene sah sie, dass sie auf der richtigen Spur war. »Was hat er denn getan?«

»Er hat Herrn Lorlin ein paar Briefe gestohlen, sehr geheime Briefe an ... du wirst es nicht glauben: an deine Mutter.«

»Was? Er hat meiner Mutter Briefe geschrieben? *Herr Lorlin?*« Anyana konnte es nicht fassen.

»Jawohl. Maurin hat sich auf den Treppenabsatz vor dem Hauptschloss gestellt und sie laut vorgelesen. Alle, die vorbeigegangen sind, konnten es hören. Ich war dabei, du kannst es mir ruhig glauben. Schade, dass du nicht da warst.«

Anyana brachte ihr Bedauern darüber zum Ausdruck, dass sie Maurins Heldenstück nicht miterlebt hatte.

»Wieso waren die Briefe denn bei ihm, wenn er sie meiner Mutter geschrieben hat?«

»Wahrscheinlich hat er sich nicht getraut, sie ihr zu geben. Maurin hat also gelesen. Und natürlich haben alle gleich erkannt, dass es Herrn Lorlins Briefe waren, denn so wie er spricht ja sonst keiner. Da hat es ziemlich verdutzte Gesichter gegeben. Und dann ist Herr Lorlin gekommen und hat es gehört.«

»Au weia.« Dilaya brauchte ein paar Ausrufe zwischendurch, damit sie sicher sein konnte, dass ihre Geschichte ankam, und Anyana tat ihr den Gefallen. »Und dann?«

»Ich glaube, er ist direkt zum König gegangen und hat um seine Entlassung gebeten.«

»Dabei war er doch so stolz, Lehrer im Schloss zu sein.« Anyana hatte Mitleid mit Herrn Lorlin. Er war ein viel besserer Lehrer gewesen als die letzten beiden, die Maurin vertrieben hatte. Allerdings hatte er sogar Glück gehabt. Noch vor zweihundert Jahren wäre er dafür hingerichtet worden.

»War es wenigstens nett, was er geschrieben hat?«, wollte sie wissen.

Dilaya kicherte. »Es war wunderbar. Ich möchte auch solche Briefe bekommen, eine ganze Wagenladung voll. Lauter Liebesschwüre! Und dann suche ich mir den Mann heraus, der die allerschönsten Worte verfasst hat, und lasse ihn ein bisschen zappeln. Er soll ja nicht gleich merken, dass er mir gefällt.«

»Ich brauche keine Wagenladung voll Gedichte«, meinte Anyana, denn natürlich war klar, dass die blondgelockte Dilaya wesentlich mehr Lobpreisungen und Briefe bekommen würde, mit ihrem makellosen Puppengesicht und den großen blauen Augen. Sie dagegen ... nun, sie war auch eine Prinzessin, also würde es wohl nicht an Bewerbern mangeln. Trotzdem nagte die Sorge an ihr, dass sie keinen einzigen Brief erhalten würde.

»Ach, Häschen, du kriegst bestimmt auch welche«, tröstete Dilaya, aber der gönnerhafte Ton in ihrer Stimme war nicht zu überhören. »Du bist sehr klug.«

»Das hört bestimmt bald auf, wenn wir keine Schule mehr haben«, sagte Anyana grimmig, und plötzlich brachen beide in Gelächter aus. Es war ein schönes Gefühl, gemeinsam zu lachen.

»Na komm. Wir gehen in den Wald, wie wäre das? Wir nehmen uns ein Picknick mit und verbringen den ganzen Tag am Wasser. Wir könnten angeln.«

»Du weißt, ich hasse Fisch.« Sie wollte lieber lesen.

»Es geht doch nicht um den Fisch, Dummerchen.« Dilaya seufzte über so viel Begriffsstutzigkeit. »Es geht darum, dass wir Maurin nachher erzählen können, dass wir geangelt haben.«

Maurin liebte Angeln über alles.

»Du besorgst uns ein Pferd, Any, und ich schaue nach, was ich in der Küche auftreiben kann.«

»Eigentlich würde ich diesmal lieber in die Küche gehen«, sagte Anyana. Es gab keinen bestimmten Grund dafür, außer dem einen, dass sie nicht nach Dilayas Pfeife tanzen wollte.

Diese ließ sich jedoch nicht das Heft aus der Hand nehmen; kurzerhand formulierte sie den Befehl um.

»Du schleichst dich in die Küche und besorgst das Picknick. Ich gehe in den Stall und leihe uns ein Pferd aus.«

Sie nickten sich zu und huschten über den Hof in verschiedene Richtungen davon, um ihren abenteuerlichen lehrerlosen Tag vorzubereiten.

Doch Anyana kam nicht weit. Sie war noch nicht einmal bei der Küche angelangt, als sie ihrem Vater in die Arme lief. »Warum bist du nicht im Unterrichtsraum? Und Dilaya? Dilaya!«

Dilaya, schon halb auf dem Weg zu den Ställen, verharrte und drehte sich aufreizend langsam um.

»Kommt her, alle beide. Wo wollt ihr hin? Warum seid ihr nicht im Schulzimmer? Marsch, aber schnell! Die Prinzen sitzen schon seit einer halben Stunde da und warten. Jetzt aber zügig!«

Er scheuchte sie vor sich her wie ungehorsame Ziegen, die sich bei der kleinsten Unaufmerksamkeit davonstehlen würden. »Was fällt euch ein, an einem ganz normalen Schultag nicht zum Unterricht zu erscheinen?«

»Aber ich dachte...«, begann Dilaya.

»Ja? Was dachtest du denn?«

»Weil Herr Lorlin nun fort ist...«

»Das ist überaus bedauerlich, aber er ist schließlich nicht der einzige Lehrer auf dieser wunderschönen Erde, nicht wahr?«

»Aber... es ist doch niemand angekommen!«

Die Mädchen wechselten verwirrte Blicke. Auf Dilayas Stirnrunzeln hätte man Wäsche waschen können.

Prinz Winya gab ihnen keine Antwort. Er trieb sie vor sich her, über den Hof zu einem Nebeneingang und durch den hallenden Flur bis zum Schulzimmer. Sie hatten erwartet, den neuen Lehrer am Pult sitzen zu sehen, aber außer Maurin und den Söhnen des Königs, die sich die Zeit damit vertrieben hatten, ihre Tische zu verzieren, war niemand da.

»Setzt euch«, wies Winya sie an und trat ans Pult.

Lijun, der Kronprinz, und Terya, sein jüngerer Bruder, saßen bereits betont artig auf ihren Stühlen, die Hände auf dem Tisch gefaltet – direkt über ihrer neuesten Schnitzerei.

Maurin wirkte am Boden zerstört.

»Prinz Winya, wann kommt denn unser neuer Lehrer?«, fragte Dilaya.

»Wenn ein Schüler eine Frage stellen will, muss er die Hand heben, warten, bis er die Erlaubnis bekommt zu sprechen, aufstehen und dann fragen.« Winya hob die Brauen, als sei er über ihr impertinentes Verhalten sehr empört.

»Du bist unser Lehrer, Vater?«, platzte Anyana heraus.

»Für dich gilt das Gleiche, Prinzessin Anyana«, rügte Prinz Winya kühl, aber sie sah das Lächeln in seinen Augen. »So, Prinzessin Dilaya, ich sehe, du reißt dir fast den Arm aus – ja, jetzt darfst du fragen.«

Dilaya stand auf. »Bist du jetzt unser Lehrer, Onkel Winya?«

Der Dichter nickte und lächelte zufrieden. »So ist es. Jedenfalls, bis wir einen neuen Bewerber haben. Heute ist Geschichte dran. Wie ich erfahren habe, seid ihr gerade dabei zu lernen, welche Großkönigspaare in Wajun über das Sonnenreich Le-Wajun geherrscht haben. Habt ihr eure Hausaufgaben gemacht?«

Zerknirscht wandte Dilaya den Blick ab, denn in dem Glauben, die Schule würde für mindestens ein paar Wochen ausfallen, hatte sie natürlich nichts getan. Für Maurin galt dasselbe.

»Prinz Lijun? Weißt du Bescheid?«

Lijun stand auf und begann mit unsicherer Stimme. »Ähm – da waren Großkönig Finuja und Großkönigin ... ähm ... Großkönigin ...«

»Es ist schon wichtig, sich beide Namen zu merken«, sagte Prinz Winya. »Immerhin waren sie beide zusammen die Sonne. Allerdings nicht die erste, wie du wohl angenommen hast, sondern bereits das elfte Großkönigspaar in der Geschichte.«

»Unya und Aruja«, rief Anyana.

Ihr Vater runzelte die Stirn, fragte jedoch nicht, warum sie ausgerechnet diese beiden erwähnte. »Wusstet ihr, dass der Glanz ihrer Herrschaft auf einigen sehr blutigen Kriegen beruht? Doch ich schlage vor, wir beginnen in der Gegenwart und arbeiten uns langsam zur Vergangenheit vor. Heute sprechen wir über das regierende Herrscherpaar, die Sonne von Wajun.«

Er trat einen Schritt zur Seite, sodass sie die Bilder sehen konnten, die hinter ihm an der Wand hingen. Das eine zeigte einen dunkelhaarigen Mann mit bronzefarbener Haut, der stolz und ernst in die Ferne blickte. Auf seiner Stirn lag ein goldener, diamantenbesetzter Reif, aber er hätte diesen Schmuck nicht benötigt, um die Autorität eines von den Göttern ausgezeichneten Königs zu verströmen.

»Er sieht so *gut* aus«, flüsterte Dilaya versonnen.

Anyana fand es absurd, für den göttlichen Großkönig von Le-Wajun zu schwärmen. Wie konnte sie ihn betrachten, als wäre er bloß ein normaler Mann?

Auf dem zweiten Gemälde war eine wunderschöne Frau mit großen, dunklen Augen abgebildet. Sie hatte ihr langes schwarzes Haar hochgesteckt und mit Perlen und bunten Edelsteinen geschmückt wie eine edle Dame. Trotzdem hatte ihr Lächeln etwas mädchenhaft Verträumtes, als wäre sie auf diesem Thron, auf dem sie saß, noch nicht wirklich angekommen.

»Ich finde Tenira unglaublich hübsch«, wisperte Dilaya. »Du nicht auch?«

»Ja«, flüsterte Anyana zurück. »Sie sieht aus wie eine Göttin.«

»Prinzessin Anyana!«, rief Winya aus. »Kannst du uns sagen, welchen Namen das Sonnenpaar den tausend Göttern hinzugefügt hat?«

»Taran-Manet, Göttin des Sommers.« Sie dachte angestrengt nach, aber mehr fiel ihr nicht dazu ein. »Das stimmt doch, oder?«

»Oh ja, das ist richtig. Großkönig Tizarun und Großkönigin Tenira haben den Namen der Gottheit des Sommers im fünften Jahr ihrer gemeinsamen Regierung verkündet. Allerdings hatten ihnen die Götter schon in ihrem zweiten Jahr einen Namen offenbart: Mechal, Gott der schicksalhaften Verknüpfung. Nie gehört? Ich fürchte, euer Herr Lorlin hat euch nicht alles beigebracht, was es zu wissen gibt.«

Dilaya meldete sich. »Wieso haben sie denn zwei neue Götter bekommen?«

»So ist das nicht, Dilaya. Erstens bekommt der Großkönig nicht einen neuen Gott, sondern die Götter offenbaren jedem Großkönigspaar den Namen eines Gottes, den es natürlich schon seit undenkbaren Zeiten gibt. Das ist ein Unterschied. Und zweitens ...«

»Baihajun sagt, dass immer neue Götter geboren werden«, sagte Anyana und vergaß, die Hand zu heben. »Stimmt das? Sie werden in einem Brunnen geboren, in den ein geborstener Stern gefallen ist. Und die Namen, die von der Sonne verkündet werden, sind die Namen der neuen Götter.«

»Baihajun ist deine Amme, Kind. Du solltest ihr nicht alles glauben.«

»Und woher kommen die Götter dann?«, wollte Dilaya wissen.

»Die Götter kommen nicht von irgendwoher. Sie sind einfach da. Allerdings ... so genau können wir das natürlich nicht wissen.« Winya gab seine Unwissenheit mit einem Achselzucken zu. »Wir sind auf das beschränkt, was sie uns offenbaren. Und die Götter sprechen nicht zu uns mit einer Stimme wie ein Mensch. Sie reden durch Träume und Gesichte ...«

»Und Gedichte?«, warf Maurin kichernd ein.

»Nun, machen wir weiter. Wo waren wir? Zwei Götternamen ... ja, das ist ungewöhnlich. Gehässige Stimmen behaupteten, Tizarun und Tenira hätten Mechal erfunden, um dem Volk überhaupt etwas verkünden zu können. Das soll auch schon bei anderen Großkönigspaaren vorgefallen sein, aber böse Zungen behaupten viel. Ist also Taran-Manet die einzige echte Göttin, die ihnen offenbart wurde, und Mechal nicht? Ich nehme an, dass aus diesem Grund nicht viel über ihn geredet wird, obwohl er meiner Meinung nach der interessantere und mächtigere der beiden ist. Ja, ihr merkt schon, ich glaube daran, dass es diesen Gott der schicksalhaften Verknüpfung gibt. Den Weber, den Fadenspinner ... Die Menschen haben schon immer daran geglaubt, dass er existiert und die Wege der Menschen und aller anderen Götter miteinander verknüpft.«

»Aber warum ...«, setzte Dilaya noch einmal an.

»Es gibt kein Gesetz, dass ein Großkönigspaar nur einen Gott verkünden darf«, sagte Prinz Winya. »Wie könnten wir auch den Göttern etwas vorschreiben? Sie geben, was und wem sie wollen. Sie entscheiden allein, wann es an der Zeit ist, uns ihre Namen zu sagen. Mechal, merkt euch das. Mechal und Taran-Manet. Das bringt mich auf etwas ... Ja, machen wir mit Tizarun und Tenira weiter. Weißt du, wie lange sie schon über unser Land regieren, Maurin?«

»Seit dreizehn Jahren.«

Winya nickte zufrieden. »Weißt du denn auch, wie es kam, dass Tizarun, vor diesen dreizehn Jahren noch Prinz Tizarun von Lhe'tah, zum Großkönig von ganz Le-Wajun und zur Sonne gekrönt wurde? Anyana!«

Das war leicht. »Das Haus Lhe'tah war an der Reihe, einen Kandidaten aufzustellen, nachdem die Sonne von Wajun, die davor regiert hatte, zerbrach, als Großkönig Weanun starb. Großkönigin Ruanta war die Schwester des Königs von Anta'jarim.«

»Tizarun hat in der Schlacht von Guna gekämpft!«, platzte Maurin heraus, den Schlachten über alles begeisterten. »Er ist ein Kriegsheld! Und deswegen ist er jetzt Großkönig.« Für ihn schien klar zu sein, dass jeder richtige Held mit dem Segen der Göttlichkeit belohnt werden sollte.

Winyas Augen glänzten. »Eine Geschichte«, sagte er. »Eine richtig gute Geschichte, das ist sie. Er wurde ein Held und entging nur knapp dem Tod.« Wenn Winya Geschichten erzählen konnte, war er in seinem Element. »Tizarun eroberte halb Guna. Eines der letzten Dörfer, das er mit seinen Soldaten einnahm, war Trica, in dem viele Leute lebten, die lange Zeit Widerstand geleistet hatten. Menschen kancharischer Herkunft, die Guna lieber in den Grenzen Kanchars sehen wollten als zu Le-Wajun gehörig... Der Sieg war schon errungen, und die Wachsamkeit seiner Leute ließ nach. Aber die Kancharer hatten einen Hinterhalt gelegt an der Straße, die von Trica wegführte, auf der der junge Prinz Tizarun fortreiten sollte. Fast einen ganzen Tag lang lagen die Feinde auf der Lauer; sie griffen nicht einmal ein, während um das Dorf gekämpft wurde. Die Menschen in Trica waren ihnen nicht so wichtig wie der Sohn des Königs von Lhe'tah. Sie wollten, dass er die Rebellen besiegt glaubte, dass er sich in Sicherheit wähnte.«

»Und dann?«, schrie Maurin. »Haben sie ihn erwischt?«

Winya schüttelte den Kopf. »Wäre er nur ein wenig früher losgeritten, es würde keinen Großkönig Tizarun geben, keine Großkönigin Tenira... Jemand anderes wäre Kandidat geworden, und das Volk hätte einen anderen gewählt. Aber die Götter beschützen ihre Lieblinge. Kurz bevor Prinz Tizarun sich auf den Rückweg machte, stürmte ein herrenloses Pferd ins Dorf. Ich vermute, die Rebellen hatten ihre Pferde ein gutes Stück weiter weg angebunden, um nicht durch ihr Wiehern verraten zu werden. Eins muss sich losgerissen haben, und von allen Richtungen, in die es hätte laufen können, wählte es ausgerechnet die Straße nach Trica. Das ist die Handschrift der Götter, Kinder. Tizaruns Männer waren sofort auf der Hut und überprüften die Straße, bevor sie ihren Feldherrn gehen ließen. Sie stießen auf den Hinterhalt und überwältigten die Feinde in einem kurzen, blutigen Kampf. Manch einer, der sich schon auf die Siegesfeier gefreut hatte, ließ dort an der Straße von Trica sein Leben. Einige seiner besten Freunde waren darunter. Und so ritt Prinz Tizarun unbeschadet wieder davon und wurde einer der Helden der Schlacht um Guna. Er kehrte siegreich und vor allem lebendig zurück. Man sagt, in seinen Augen habe eine Traurigkeit gelegen, die ungewöhnlich sei für einen jungen Feldherrn, aber nicht ungewöhnlich für einen Soldaten, der seine Kameraden bestatten musste. Dafür haben sie ihn geliebt.«

Winya sah seine Schüler der Reihe nach an. »Und? Was lernen wir aus dieser Geschichte? Ich will es euch verraten. Der Faden des Schicksals, den die Götter spinnen, ist sehr dünn.«

»Was bedeutet das?«, fragte der kleine Terya.

»Das ist eure Hausaufgabe«, sagte Winya. »Denkt darüber nach, was es bedeutet. Denkt an den Gott Mechal, der über Tizarun gewacht hat. Aber es geht nicht nur um die Geschicke der Mächtigen, es geht um jeden Einzelnen. Ich möchte, dass jeder sich ein Beispiel dazu überlegt. Ihr dürft jetzt gehen.«

»Was? Jetzt schon?«

»Ich bin sicher, mit dieser Aufgabe werdet ihr einige Stunden zu tun haben. Außerdem sollt ihr an diesen ersten Tag, an dem ich euer Lehrer bin, voller Freude zurückdenken. Das gilt allerdings nicht für dich, Maurin. Du hast natürlich weiterhin Hausarrest.«

Maurin setzte die kummervollste, mitleiderregendste Miene

auf, die je ein Schüler in diesem Raum zustande gebracht hatte – und hier waren bereits viele Generationen königlicher Kinder unterrichtet worden.

Prinz Winya schüttelte den Kopf. »Tut mir leid, Junge. Ich bin vielleicht der netteste Lehrer, den man sich vorstellen kann, aber ich bin nicht der allmächtige Großkönig. Ich habe keine Befugnis, einen Hausarrest, den deine Eltern verhängt haben, wieder aufzuheben.«

4. DIE LIEBE EINER LICHTGEBORENEN

Sie hatten das Pferd, eine sanfte graue Stute, an einem langen Strick angebunden, sodass es in Ruhe Blätter von den Bäumen rupfen konnte. Die beiden Mädchen hatten es sich am Bach gemütlich gemacht. Sie kühlten ihre Füße im eiskalten Wasser, während sie in die Äpfel bissen, die Anyana aus der Küche geholt hatte. Um Obst zu bekommen, musste man nicht einmal stehlen. Die Strahlen der Nachmittagssonne, die durch das dunkelgrüne Blätterdach schien, tanzten über die hüpfenden Wellen.

»Was für ein Tag«, seufzte Dilaya. »Einfach vollkommen.«

»Hast du schon darüber nachgedacht? Über den seidenen Faden der Götter?«

»Erinnere mich nicht daran. Es war gerade so schön.« Ein Schwarm silberner Fische huschte vorüber. »Wir hätten doch eine Angel mitbringen sollen.«

»Wenn wir meinem Vater morgen keine gute Antwort geben, wird er verärgert sein.«

»Tatsächlich?« Dilaya wippte träge mit den Zehen. »Kann er das denn, verärgert sein?«

»Er zeigt es vielleicht nicht so wie andere Leute. Aber wir werden bestimmt nicht wieder einen ganzen Nachmittag frei bekommen. Oder höchstens mal einen, an dem es regnet.«

In Wirklichkeit war Anyana sich nicht sicher, wie ihr Vater das Lehrerdasein meistern würde und wie streng er tatsächlich mit seinen Schülern umgehen konnte. Aber ihr lag viel daran, dass ihre Cousins und Cousinen sich benahmen und ihm nicht allzu sehr zusetzten. Wenn ihr Vater als Lehrer versagte – sie konnte sich nichts Peinlicheres vorstellen. Dass alle ihm auf der Nase herumtanzten und sie am Schluss die Einzige war, die noch halbwegs tat, was er wollte ... Das durfte nie, nie geschehen.

»Das Bild von Großkönig Tizarun hängt an der Wand, solange ich auf der Welt bin«, sagte Dilaya versonnen. »Er ist so unglaublich hübsch. Und ein Held ist er auch noch! Kannst du dir vorstellen, wie es wäre, wenn die Sonne von Wajun alt und hässlich wäre?«

Dilaya zog ihre Füße aus dem Wasser.

Wenn er einen Sohn hätte ...

»Wenn sie einen Sohn bekommen, ist er etwas zu jung für dich.« Anyana breitete die Arme aus. »Hier kommt Prinzessin Dilaya, uralt und wunderhübsch, und hält um die Hand des jungen, gut aussehenden Großkönigs an ...«

Dilaya knuffte Anyana in die Seite, sie schubste zurück, und auf einmal lagen sie beide im Wasser.

Anyana konnte nichts dafür, aber das Gelächter, das in ihr steckte, ließ sich nicht bändigen. Sie prustete los.

»Allerdings wäre Tizaruns Sohn gar kein Großkönig.« Dilaya stimmte in ihr Lachen ein. »Nach dem jetzigen Paar ist unsere Familie an der Reihe. Vielleicht werde ich ja Großkönigin. Dann müsstest du vor mir auf die Knie fallen und mir huldigen.«

Anyana war daran gewöhnt, ihrer Cousine zu huldigen, daher konnte sie sich das recht gut vorstellen. »Oder ... Maurin. Maurin, der edle Großkönig von Le-Wajun!«

Als sie sich beruhigt hatten, hängten sie ihre Kleider zum Trocknen über ein paar Äste, die weit über den Bach ragten, und legten sich auf die warmen Steine am Ufer. Anyana zerrte ihren Korb näher und holte das Buch heraus, das sie mitgebracht hatte, einen in hellbraunes Leder eingefassten Band mit Goldschnitt. Es war die perfekte Lektüre für schöne Sommertage, Geschichten, in denen man sich verlieren konnte.

»Was liest du da?«, erkundigte sich Dilaya.

»Geschichten über die Edlen Acht«, sagte Anyana. »Ihre Heldentaten und ihre Abenteuer.« Am liebsten mochte sie die Geschichten von Kirian, dem jüngsten Mitglied der legendären

Heldentruppe, doch auch Lan'hai-yia, die einzige Frau, begeisterte sie mit ihrem Mut. Die Gräfin war nicht auf den Mund gefallen und sagte den Männern mit gewählten Worten, wo es langging. Wenn sie darüber nachdachte, dass ihr Vater diese Frau kannte, empfand sie eine große Ehrfurcht.

»Die Geschichte, wie Tenira und Tizarun sich verliebt haben, steht nicht zufällig auch darin? Das ist meine Lieblingsgeschichte«, meinte Dilaya.

Anyana blätterte zum Ende des Buches. Es war die letzte Geschichte, denn danach gab es keine Abenteuer der Helden mehr. Mit der Liebe endete alles.

»Hier ist sie«, sagte sie. »Du kannst mitlesen, wenn du möchtest.«

Die Geschichte von Tenira und Tizarun

Tenira, neuntes Kind des lhe'tahnischen Fürsten Micoc und einzige Tochter der Schneidergehilfin Niamie, war sechs Jahre alt, als sie Prinz Tizarun zum ersten Mal erblickte.

Mit einem Stapel Stoffmuster beladen, war sie unterwegs zur Dame Jowarie, einem Edelfräulein von hohem Rang und erlesenem Geschmack, als eine Gruppe Reiter durch das große Tor in den sonnendurchfluteten Hof einritt. Tenira blieb neugierig stehen, und dann durchzuckte es sie wie ein Blitz, und sie ließ die Tücher fallen. Mit angehaltenem Atem bewunderte sie den schönsten Mann, den sie je gesehen hatte. Die Welt um sie herum hörte auf zu existieren.

Einer der Reiter war noch nie auf Schloss Weißenfels an der Rima gewesen. Neugierig schaute er sich um, und sein Blick fiel auf das Kind mit den wallenden schwarzen Locken, den großen dunklen Augen und den kräftigen Brauen, das ihn wie gebannt anstarrte. Überrascht wandte er sich an den Freund, der links von ihm ritt. »Ich wusste gar nicht, dass du noch eine Schwester hast, Laimoc.«

Der Angesprochene schüttelte den Kopf. Sein Gesicht mit den dunklen Augen und den dichten schwarzen Brauen, umrahmt von schwarzen Locken, verdüsterte sich. »Habe ich auch nicht.«
»Sie sieht genauso aus wie du.«
»Hast du es also gemerkt«, sagte Quinoc, der rechts ritt, ein Mann um die zwanzig mit derselben bemerkenswerten Familienähnlichkeit. »Es ist einfach nicht zu übersehen. Aber erwähne sie bloß nicht unserem Vater gegenüber, Tizarun, es dürfte sie eigentlich gar nicht geben.«
»Oh«, meinte der Prinz verwirrt, »ich glaube, ich verstehe.« Er sah noch einmal zu dem kleinen Mädchen hinüber, das ihn unverwandt mit offenem Mund bestaunte.
»Tja.« Quinoc grinste anzüglich. »Viele Fürsten haben so ihre kleinen Geheimnisse.«
Sie stiegen von den Pferden und überließen sie den Knechten, dann schritten sie die Stufen zur Eingangshalle hoch. Tizarun konnte sich schon denken, wie der Fürst aussah, der sie dort oben erwartete.

»Wer ist das?«, fragte Tenira Bino, den Küchenjungen, als dieser an ihr vorbeihuschen wollte. Aus ihrer Stimme sprach ungläubiges Staunen.
»Laimoc und Quinoc. Deine Brüder – äh, ich wollte sagen, die Söhne von Fürst Micoc. Sie sind in Lhe am Hof des Königs, gepriesen sei er, ausgebildet worden und kehren heute nach Hause zurück. Man sieht ihnen gar nicht an, was für wilde Kämpfer sie sind.«
»Die kenne ich doch. Ich meine den anderen.«
»Du hast noch nie einen so dunkelhäutigen Kerl gesehen, wie? Das ist Fürst Wihaji von Lhe'tah, ein Neffe des Königs, gepriesen sei er. Seine Mutter ist die Schwester des Königs, gepriesen sei er, doch man sagt, sein Vater komme aus dem Süden, deshalb sei seine Haut so schwarz wie Pech. Es heißt, er könne einen Mann mit einem Zahnstocher und einem Katzenschnurrhaar töten.«

»*Ach, den doch nicht. Ihn!*«

Bino, Küchengehilfe ersten Ranges, ließ sich nicht bremsen: »Man nennt sie die Edlen Acht. Der bullige Mann mit der Stirnglatze ist Graf Kann-bai von Schanya, er ist der Anführer in der Schlacht, wenn die Helden gemeinsam kämpfen.«

»*In welcher Schlacht?*«

»*An der Grenze zu Kanchar gibt es immer wieder Scharmützel*«, *erklärte Bino ungeduldig.* »*Der Blonde mit den blauen Augen ist Herzog Sidon von Guna, der beste Schütze, den es je gab, in dieser Welt und in der nächsten. Er würde dir mit der Armbrust die Haare spalten, wenn du ihn ärgerst, selbst wenn du zweihundert Meter entfernt von ihm stehst. Der ernste Junge neben ihm ist sein Vetter und wird Kirian genannt. Er sieht gut aus, findest du nicht?*«

Tenira schnaubte nur verächtlich. »*Der ist höchstens dreizehn. Das ist kein Held, sondern ein Knappe.*«

»*Oh, aber ich habe mir sagen lassen, dass er stets die verrücktesten Ideen beisteuert. Er ist ein kleines Genie und außerdem ein echter Graf. Sein richtiger Name ist Kir'yan-doh von Guna. Die Gunaer lieben ihn abgöttisch, habe ich mir sagen lassen. Die Frau dort mit dem spitzen Gesicht ist seine ältere Schwester, Gräfin Lan'hai-yia. Sie soll die beste Strategin sein, die Le-Wajun zu bieten hat.*«

»*Das sind sieben. Wer ist er?*«

Der Küchenjunge sah sie mitleidig an. »*Das, meine Süße, ist Prinz Tizarun, der Sohn unseres Königs, er sei gepriesen.*«

»*Zaruni*«, *flüsterte Tenira ehrfürchtig. Dann schrie sie, so laut sie konnte:* »*Zaruni! Zaruni!*« *Sie war schon mitten im Sprung, als Bino sie packte und festhielt.*

»*Was tust du denn?*«, *zischte er fassungslos.* »*Lass die Edelleute in Ruhe!*«

Tizarun war mit seinen Freunden bereits oben auf der Treppe angekommen. Als er die Schreie hörte, drehte er sich überrascht um. »*Was will sie denn?*«

»*Komm*«, *sagte Laimoc,* »*du brauchst sie gar nicht zu beachten.*«

Tizarun tauschte einen Blick mit Wihaji.
»Der Fürst erwartet uns«, sagte sein Vetter und fügte mit spöttischem Lächeln »Zaruni« hinzu.
Tizarun lächelte säuerlich und folgte den anderen ins Schloss.
Irgendwann hörte das kleine Mädchen auf zu schreien.

»So schnell? Hat die Dame Jowarie ...« Niamies Blick fiel auf die verschmutzten Stoffmuster und wanderte von dort hoch zu Teniras strahlendem Gesicht. Das Mädchen war nicht im Mindesten zerknirscht.
»Mama! Ich habe ihn gesehen, den Prinzen!«
Niamie seufzte. »Die schönen Stoffe sind hin! Das wird Ärger geben, Schneidermeister Lintjon wird es an mir auslassen. Kannst du denn nicht einmal etwas richtig machen?«
»Mama! Der Prinz ist hier!«
Ihre Mutter schüttelte den Kopf, und ihr Ärger, der nicht zu der begeisterten Tenira durchdringen konnte, hätte manch einen erwachsenen Mann erschreckt. Niamie war eine zierliche junge Frau, fast selbst noch ein Kind. Ihr feines weißblondes Haar war so hell wie ihre Haut, und sie wirkte so zart und zerbrechlich, dass die rauen Burschen am Hof unwillkürlich Beschützerinstinkte entwickelten. Ihre gelbbraunen Augen waren jedoch streng und entschlossen, als sie sagte: »Du weißt, dass ich dich bestrafen werde, Tenira. Du musst lernen, Verantwortung zu übernehmen für die Aufgaben, die ich dir übertrage.«
Ihre Worte rauschten an dem Mädchen vorbei.
»Ich bin in ihn verliebt.«
»Du bist sechs Jahre alt. Du bist nicht verliebt.« In Niamies Stimme klang ein warnender Unterton mit.
»Ich werde ihn heiraten«, verkündete die Sechsjährige im Brustton tiefster Überzeugung.
»Du wirst jetzt diese Knöpfe hier annähen«, befahl ihre Mutter. »Und wehe, sie sind nicht fest. Du wirst so lange hier im Zimmer bleiben, bis du fertig bist.«

Den ganzen Nachmittag saß Tenira am Fenster und hoffte, den Prinzen noch einmal über den Hof gehen zu sehen.
»Zaruni.«

Von da an besuchte Prinz Tizarun den Hof von Fürst Micoc jedes Jahr, um Zeit mit seinen Freunden Laimoc und Quinoc zu verbringen. Manchmal begleitete ihn einer der jungen Herzöge oder Grafen, meistens Fürst Wihaji. Selten kamen alle acht Edlen auf Schloss Weißenfels zusammen. Jedes Mal, wenn er dort war, verfolgte den Prinzen ein kleiner Schatten, unsichtbar in die Bogengänge und hinter die Säulen gedrückt, ein huschender kleiner Geist im fadenscheinigen Kleidchen. Hin und wieder steckte ihr einer ihrer Brüder ein paar Leckerbissen oder ein kleines Spielzeug zu. Manchmal bemerkte Tizarun sie und lächelte, manchmal hörte er ein geflüstertes »Zaruni« aus den Schatten. Öfter noch blieb sie so gut versteckt, dass nicht einmal sein suchendes Auge sie entdeckte.

Jedes Jahr, wenn der königliche Besuch stattfand, tat Niamie alles, um Tenira daran zu hindern, dem Prinzen hinterherzulaufen, und genauso regelmäßig, unerschrocken, was Strafe und sogar Schläge anging, entwischte das Mädchen.

Die Diener zwinkerten einander zu. »Wie ihre Mutter.«
Niamie wurde fuchsteufelswild, wenn sie das hörte.

Sie war zehn, als sie Tizarun das erste Mal berührte. Er kam mitten im Hochsommer, als die ersten heftigen Regenfälle die staubigen Felder in schlammigen Morast verwandelten. Die Straßen wurden nahezu unpassierbar. Der Königssohn und sein Vetter Wihaji saßen auf Weißenfels fest und füllten die Säle mit ihrem Gelächter. Sie spielten Karten, sie tranken und sangen, und schließlich begannen sie sich zu prügeln.

Als der Regen endlich aufhörte, stürmten sie wie gefangene Raubtiere ins Freie und tollten dort im Schlamm umher.

Eine ganze Reihe Zuschauerinnen fand sich ein, neugierige Zimmermädchen, kichernd und tuschelnd, ebenso wie Edelfräulein, die so vornehm und adlig waren, dass sie die Zähne kaum auseinanderbekamen. Tenira stand bei den Dienerinnen und starrte gebannt auf die erwachsenen Männer, die sich wie kleine Kinder benahmen und sich raufend im Dreck wälzten. Sie sah nur Tizarun, der mit Laimoc rang und dabei immer mehr ins Hintertreffen geriet. Nachdem ihr geliebter Prinz einige kräftige Hiebe einstecken musste, hatte Tenira genug. Sie löste sich von der Mädchengruppe und stürzte sich in den Schlamm. Mit einigen Sprüngen war sie bei den Ringern und trat ihren großen Bruder kräftig gegen das Schienbein. Wider Erwarten fiel er nicht um, sondern glotzte sie nur verblüfft an. Da warf sie sich mit voller Wucht gegen ihn, aber statt umzustürzen, stieß er sie mit seinen kräftigen Armen zurück, und sie prallte gegen Tizarun und fiel mit ihm zusammen in den knöcheltiefen Schlamm.

Um sich herum hörte sie schallendes Gelächter. Sie nahm es gar nicht wahr, so intensiv war das Gefühl seiner körperlichen Nähe. Sie drehte sich zu dem Prinzen um und sah sein Gesicht vor sich, das schlammverkrustete schwarze Haar, die ebenmäßigen Züge, die von kurzen Bartstoppeln gespickte braune Haut. Einen schrecklichen Moment lang fürchtete sie seinen Zorn, aber seine dunklen Augen blickten freundlich, und er lächelte.

»Vielen Dank, Tenira. Du hast mich gerettet.«

Dass er ihren Namen wusste, ließ ihr Herz dahinschmelzen. »Ich bitte dich um deine Hand, Zaruni«, sagte sie mit klopfendem Herzen.

»Wie alt bist du denn?«, fragte er.

»Zehn.«

»Dann musst du aber noch ein paar Jahre warten«, meinte er lächelnd und rappelte sich auf. Schadenfrohes Gelächter empfing ihn.

»He, Schlammkönig!«, rief Wihaji fröhlich.

Unbeachtet schlich Tenira in den Stall und wusch sich dort in der Tränke.

Dann warte ich eben noch ein paar Jahre, dachte sie. *Immerhin klang es mehr nach einem Ja als nach einem Nein.*

Aber tief in ihrem Inneren wusste sie, dass er es nicht ernst gemeint hatte, und sie rieb sich das Gesicht mit dem kalten Wasser ab und bemühte sich, nicht zu weinen.

Als Tenira zwölf war, fühlte sie, wie sie sich veränderte. Sie war jetzt schon größer als ihre Mutter, und ihr kindlicher Körper rundete sich. Da sie sich unsicher und hässlich fühlte, versteckte sie sich, als Tizarun Schloss Weißenfels seinen jährlichen Besuch abstattete. Doch sie brachte es nicht über sich, sich ganz von ihm fernzuhalten. Im Schutz dunkler Ecken beobachtete sie ihn und entdeckte in ihren Gefühlen eine ungeahnte Intensität, ein Verlangen, das ihrer Schwärmerei eine neue Tiefe gab. Obwohl sie sich in ihrer Haut nicht mehr wohlfühlte, und obwohl ihr bewusst wurde, wie unerreichbar der Sohn des Königs von Lhe'tah für die Tochter einer Schneidergehilfin war, wuchs der Wunsch in ihr, bei ihm zu sein. Sie wollte sich verstecken und gleichzeitig bemerkt werden. Tizarun sollte sie bemerken, um jeden Preis.

In diesem Jahr nähte Niamie ein Kleid für eine der erwachsenen Fürstentöchter, ein langes, eng anliegendes Seidenkleid mit tiefem Ausschnitt. Die langen, bis zum Boden schleifenden Ärmel besaßen eine üppige Bordüre aus feinster Spitze. Das Gewand war von der Farbe einer in Wolken verborgenen Sonne, von einem so hellen Gelb, dass es die tiefschwarzen Haare der Prinzessin besonders gut zur Geltung brachte. Lange Zeit kniete Tenira vor diesem Kleid und haderte mit sich.

»Es ist für meine Schwester«, sagte sie zu sich. »Warum sollte es nicht für mich sein?« Sie wusste, dass ihre Mutter sie dafür umbringen würde. Vielleicht würden sie beide aus dem Schloss geworfen werden. Oder ins Verlies.

Aber sie konnte nicht widerstehen. Schließlich entschied sie sich dafür, es einfach anzuprobieren. Tenira schlüpfte aus ihrem eige-

nen Kleid und streifte sich das wunderbare festliche Abendkleid über.

Sie musste es raffen, sonst wäre sie darüber gestolpert, und sie war zu dünn für diese Menge an Seide. Ihre Schwester Atedec, für die es bestimmt war, war die fülligste von allen ihren fürstlichen Geschwistern. Obwohl das Kleid nicht passte, kam Tenira sich darin so hübsch vor, dass sie sich gar nicht mehr davon trennen mochte. Sie stolzierte auf und ab und stellte sich vor, sie würde sich für ihren ersten Ball zurechtmachen. Ihr Vater, der Fürst, würde sie voller Stolz und Liebe anlächeln und ihr die Hand zum Tanz reichen. Und während er mit ihr durch den Festsaal wirbelte, würde Tizarun hereinkommen, ihre Schönheit und Grazie würden ihn bezaubern, und natürlich würde er sich sofort unsterblich in sie verlieben.

Mit Mühe rief Tenira sich ins Gedächtnis, dass ihr weder ihr erster noch überhaupt irgendein Ball bevorstand, dass Fürst Micoc sie nie im Leben auch nur anschauen würde, geschweige denn anlächeln. Es war nichts als ein Wunschtraum, dass Tizarun sie in einem solch prächtigen Kleid zu Gesicht bekam.

Nun, *dachte sie trotzig*, Letzteres kann man vielleicht ändern. Sie öffnete die Tür und spähte auf den Gang hinaus, und da die Luft rein war, schlich sie mitsamt dem teuren Seidenkleid hinaus, um sich auf die Suche nach dem Prinzen zu machen. Leider lief sie jemand anders in die Arme, als sie um die nächste Ecke bog, und zwar Schneidermeister Lintjon, der sich gerade erkundigen wollte, ob das gelbe Kleid für Prinzessin Atedec fertig war, sowie Prinzessin Atedec höchstpersönlich, die sich ihm in ihrer Ungeduld kurzerhand angeschlossen hatte.

Es gab ein Donnerwetter, wie Tenira es in ihren zwölf Lebensjahren noch nicht erlebt hatte. Während die Fürstentochter mit verstörtem Gesicht danebenstand, brüllte der Meister los und hätte das Kleid dem Mädchen sofort eigenhändig vom Leib gerissen, wenn er nicht befürchtet hätte, es dabei zu beschädigen. Schließlich schrie er nach Niamie, die mit schreckensbleichem Gesicht angerannt kam, Tenira in ihre Kammer zerrte und sie sofort *entkleidete. Dabei sprach sie kein einziges Wort.* Das Mädchen blieb in dem kleinen Zimmer und hörte vor der Tür, wie der Meister sich tausendmal entschuldigte, bis Atedec ihm schließlich ins Wort fiel und mit eisiger Stimme sagte: »Ich habe jetzt genug gehört. Diese Frechheiten werden ein Ende haben.«

Niamie kam lange Zeit nicht zurück, und als sie schließlich in die Kammer trat, setzte sie sich zu Tenira, die sich unter der Bettdecke verkrochen hatte, und schwieg so lange, bis das Mädchen es nicht mehr aushielt.

»Ich habe es nur anprobiert. Ich wollte es nicht stehlen.«

Ihre Mutter seufzte. »Darum geht es nicht. Nun glauben die Leute, du wolltest wie eine Fürstentochter aussehen. Und dazu hast du kein Recht. Du darfst nicht einmal versuchen, wie eine Adlige zu wirken. Du darfst nicht solche Kleider tragen wie die Edelleute oder solche Frisuren. Jeder muss seinen Platz kennen.«

»Aber ich bin doch eine Fürstentochter«, flüsterte Tenira.

»Nein«, sagte Niamie, »nein, das bist du nicht. Prinzessin Atedec ist eine Fürstentochter. Du bist bloß meine Tochter, Tenira, sonst nichts. Und gerade weil du Micocs Kindern so ähnlich siehst, musst du zeigen, dass du nicht höher hinauswillst, als es dir zusteht. Du schadest nur dir selbst. Und mir.«

»Ich schade dir?«, fragte Tenira erschrocken und tauchte unter der Bettdecke auf.

»Von nun an darf ich nicht mehr für die fürstliche Familie nähen. Für die Fürstin durfte ich es ja schon lange nicht mehr, aber die Mädchen wollten unbedingt mich, weil ich die Beste bin. Doch nun ist es auch damit vorbei.« Sie lächelte schmerzlich. »Vielleicht bereuen sie ihren Entschluss, wenn sie sehen, dass die anderen Edeldamen schönere Kleider tragen als sie.« Niamie strich über Teniras dunkle Locken. »Wenn ich nicht jenes eine Mal in meinem Leben versucht hätte, etwas zu sein, was ich nicht bin, könnte ich jetzt schon Schneidermeisterin sein. Ich hätte einen der jungen Männer geheiratet, die um mich geworben haben. Aber das Einzige, was ich habe, bist du, und du machst es mir nicht gerade leicht.«

»Es tut mir leid«, flüsterte Tenira zerknirscht.
»Wenn wir noch ein einziges Mal auffallen, werden wir Schloss Weißenfels verlassen müssen.«
»Aber wäre das denn so schlimm? Wir könnten in die Hauptstadt, Mama, nach Lhe. Du könntest die Schneidermeisterin der Königin werden! Sie wird dich bestimmt sofort einstellen!«
»Genug«, sagte Niamie streng und stand auf. »Ich will nichts mehr hören.«
»Werde ich denn nicht bestraft?«
»Doch. Du hast ab sofort Hausarrest und bleibst in deinem Zimmer. Ich möchte nicht, dass du Lintjon begegnest, bevor er sich wieder beruhigt hat.«
»Wie lange?«, flüsterte Tenira entsetzt.
Niamie beugte sich zu ihr hinunter, bis ihre Gesichter sich fast berührten. »Bis er abgereist ist.«

Auf Tizaruns nächsten Besuch musste Tenira zwei ganze Jahre warten. Das Reich der Sonne Le-Wajun und das Kaiserreich Kanchar lagen im Streit um die Provinz Guna, und der Prinz musste die Truppen aus Lhe'tah befehligen. Tenira stand tausend Ängste aus; nicht nur um ihn, sondern auch um ihre Brüder. Wie die meisten jungen Adligen waren Laimoc und Quinoc mit Fanfaren in den Krieg gezogen. Ganz Weißenfels bangte um die beiden Fürstensöhne. Im ganzen Land wartete man hoffnungsvoll auf Nachrichten von den Edlen Acht.

Dankbarkeit überflutete Teniras Herz, sobald sie Gerüchte hörte von den Tapferen Acht oder den Würdigen Acht oder den Unvergleichlichen Acht. Geschichten von ihrem Mut und den findigen Einfällen, mit denen sie den Feind zurückschlugen, machten die Runde. Doch am häufigsten sprach man – selbst auf Weißenfels – nicht von Laimoc und Quinoc, den tapferen Recken, nicht von Kann-bai, der immer die Übersicht behielt, oder von dem jungen Kir'yan-doh, der die Kancharer an der Nase herumführte, sondern von Tizarun, dessen Taten die seiner Freunde noch über-

trumpften. Wenn er kämpfte, so hieß es, wurden Stürme entfesselt, und die Feinde fielen und starben. In ganz Le-Wajun nannte man ihn nur noch den »Helden von Guna«.

Irgendwann kehrten Laimoc und Quinoc gesund nach Hause zurück, und der Jubel war groß. Alle acht Helden hatten den Krieg überlebt.

Zwei Wochen nach Teniras vierzehntem Geburtstag traf Prinz Tizarun im Schloss ein, diesmal ohne Wihaji und seine anderen Freunde, und obwohl er nicht verletzt schien, merkte das Mädchen, dass er sich verändert hatte. Es kam ihr vor, als sei er in diesen zwei Jahren erwachsen geworden, was die Kluft zwischen ihnen noch größer machte. Vergebens wartete sie auf den Klang des Lachens, das sie so liebte.

Dieses Mal war sie noch vorsichtiger als sonst. Mit ihrem Körper war sie inzwischen versöhnt, doch sie hatte andere Gründe dafür, dass der Prinz nicht merken durfte, dass sie um ihn herumschlich. Der Hauptgrund war natürlich ihre Mutter.

»Kennst du deinen Platz?«, hatte Niamie sehr ernst gefragt, sobald sie erfahren hatte, dass der Königssohn wieder auf Schloss Weißenfels war.

Und Tenira hatte ebenso ernst geantwortet: »Ja, ich kenne meinen Platz.«

Das war nicht einmal eine Lüge, denn es gab nur einen Ort, an dem sie wahrhaft glücklich war: in Tizaruns Nähe. Also übte sie sich wieder im versteckten Beobachten. Der Prinz war jetzt achtundzwanzig Jahre alt. Er trug das Haar länger als sonst, und der dunkle Schatten um seine Augen ließ ihn traurig und fern erscheinen. Tenira hatte das unwiderstehliche Bedürfnis, ihn in ihren Armen zu halten, um ihn all das Schreckliche vergessen zu lassen, das er im Krieg gesehen haben mochte.

Zu ihrem Ärger musste sie erkennen, dass es der Fürstenfamilie genauso ging. Die Fürstentöchter schwänzelten um Tizarun herum, lasen ihm jeden Wunsch von den Augen ab, schenkten ihm

Wein ein, brachten ihm Obst und Süßigkeiten und versuchten ihn mit albernen Geschichten aufzumuntern. Sogar die ehrwürdige Fürstin, so runzlig und grau sie auch schon war, bemutterte ihn wie eine Glucke.

Irgendwann konnte Tenira es nicht mehr ertragen und zog sich wütend in ihr eigenes kleines Reich zurück. Die winzige Kammer hinter dem Zimmer ihrer Mutter bot nur Platz für eine schmale Liege und eine kleine Truhe, in der Tenira das Kleid aufbewahrte, das sie sich selber nähte. Nach der letzten katastrophalen Anprobe eines prinzessinnentauglichen Kleides hatte sie Stoffreste gesammelt, edle Stoffreste natürlich, hauchdünne Seide, schimmernden Samt. Daraus nähte sie sich selbst heimlich ein Gewand, in das sie alle ihre Träume hineinwebte. Während sie daran arbeitete, war es Ballkleid und Hochzeitskleid in einem; es war das Kleidungsstück, in dem sie vor Prinz Tizarun erscheinen und seine Aufmerksamkeit erregen würde. Natürlich war es bunter und ungewöhnlicher als jedes andere Gewand, das in den Räumen der Schneiderinnen gefertigt wurde, aber genauso fühlte sie sich selbst: bunt, außergewöhnlich, Stückwerk aus verschiedenen Resten, die nicht zusammenpassten, Fürstentochter, Schneidertochter, Bastard und adlig zugleich, von allen übersehen und von allen beobachtet, gehasst und bemitleidet. Mittlerweile war es fast fertig, und Tenira nähte zwei ganze Nächte daran, bis es perfekt war.

In der dritten Nacht zog sie es an, aber diesmal war sie vorsichtiger. Sie hüllte sich in ihren alten Mantel, der das schillernde Kleid verdeckte, und huschte über die Gänge zu den Gästequartieren.

Ihr Plan war so schlicht, dass er nicht schiefgehen konnte. Sie würde sich in Tirazuns Zimmer hineinstehlen und sich ihm zeigen – woraufhin er sie küssen und in sein Bett einladen würde. Allein die Vorstellung machte sie schwindlig. Anschließend würde sie den Prinzen bitten, sie mit nach Lhe zu nehmen, als seine Dienerin und seine Geliebte. Natürlich war ihr klar, dass er sie nicht heiraten konnte, weil sie nur ein Schneidermädchen war, das seinen Platz kannte, aber trotzdem würden sie immer zusammen sein.

Die paar Leute, denen sie begegnete, wunderten sich vielleicht, warum sie so spät unterwegs war, aber niemand sprach sie an, und unbehelligt erreichte sie den Flügel des Schlosses, in dem der Prinz untergebracht war. Teniras Herz klopfte immer heftiger, während sie sich seinem Zimmer näherte. Wächtern und Dienern wich sie aus; längst kannte sie die Nischen, in denen man sich gut verstecken konnte, die Vorsprünge und Durchbrüche. Von Schatten zu Schatten huschend, erreichte sie endlich seine Tür. Davor standen zwei Gestalten im Schein einer flackernden Lampe und flüsterten miteinander. Tenira erschrak und zog sich schnell in eine Nische zurück. Während sie sich noch ärgerte, dass sie so kurz vor ihrem Ziel aufgehalten wurde, erkannte sie die beiden. Es waren Tizarun und eines der jungen Edelfräulein, eine hübsche Rothaarige, die Tenira immer gerne gemocht hatte, weil sie nicht so hochnäsig tat wie die meisten anderen.

Der Schmerz fuhr ihr durch und durch. Mit einem Schlag erkannte sie ihre Dummheit. Wie hatte sie bloß annehmen können, dass der Prinz alleine schlief und nur auf sie wartete? War er nicht doppelt so alt wie sie? Natürlich nahm er die Gelegenheiten wahr, die sich ihm boten. Er küsste andere Lippen. Er streichelte die nackte Haut anderer Frauen. Er lud sie zu sich ins Bett und schlief mit ihnen und flüsterte ihnen zärtliche Worte ins Ohr. Warum sollte er eine tollpatschige Vierzehnjährige mit aufs Schloss seines Vaters nehmen? Er konnte ganz andere Frauen haben, richtige, erwachsene Frauen, die so schön waren, wie sie selbst niemals sein würde.

Blind vor Tränen stolperte sie den Weg zurück, den sie gekommen war. Sie rannte zurück in ihr Zimmer, zog das selbst genähte Kleid aus und warf es auf den Boden. Bunt wie ein Flickenteppich war es, wie die Decken armer Leute. Tizarun würde sie niemals ansehen und sich in sie verlieben. Sie musste ihren Traum begraben oder daran zugrunde gehen. Aber obwohl ihr das klar war, wusste sie auch, dass sie Tizarun nicht einfach aus ihrem Herzen streichen konnte. Dann ... würde sie eben zugrunde gehen.

So hätte es noch jahrelang weitergehen können ... Tizarun besuchte seine Freunde, und Tenira litt im Stillen. Doch die Götter woben den Faden des Schicksals – oder vielleicht waren es auch nicht die Götter, sondern bloß Tizaruns Eltern. Eines Tages – zu dieser Zeit war Tenira siebzehn Jahre alt – stellte der Prinz beunruhigt fest, dass etwas vor sich ging. Sein jährlicher Besuch auf Weißenfels nahte, und die Diener hätten sich allmählich um die Reisevorbereitungen kümmern müssen, machten jedoch keinerlei Anstalten dazu. Irgendetwas war anders als sonst im Schloss des Königs von Lhe'tah. Tizarun hatte den Eindruck, dass sich die Laufgeschwindigkeit der Dienerschaft in den letzten Tagen mindestens verdoppelt hatte, ebenso ihre Anzahl. Irgendetwas war da im Gange, von dem er nichts wusste.

Als Tizarun seinen Freund Wihaji fragte, ob er etwas darüber wisse, verzerrte dieser das Gesicht zu einer unglücklichen Grimasse und murmelte etwas von: »Ich darf nicht.«

Tizarun ahnte Böses. Also eilte er in den kleinen, inoffiziellen Thronsaal, wo sein Vater und seine Mutter nebeneinander auf ihrem gemeinsamen Doppelthron saßen und sich leise unterhielten.

»Was ist hier eigentlich los?«, verlangte er zu wissen. »Was verheimlicht Ihr vor mir?«

Seine Eltern sahen ihn betreten an. Schließlich ergriff Königin Diatah das Wort. »Wir wollten es dir ja sagen, aber erst kurz davor.«

»Kurz wovor?«

»Vor deiner Hochzeit, mein Sohn.«

»Meine Hochzeit?« Er fiel aus allen Wolken. »Das ist nicht Euer Ernst!«

»Oh doch«, sagte König Naiaju mit Nachdruck. »Und ob das unser Ernst ist. Die Braut wird in Kürze hier eintreffen, und in sieben Tagen findet die Vermählung statt.«

»Nein«, stöhnte Tizarun. »Bitte nicht!«

»Möchtest du nicht wissen, wer sie ist?«, fragte die Königin liebevoll. »Vielleicht ist es ja gar nicht so schlimm, wie du befürchtest.«

»Nun gut.« Er bemühte sich um Fassung. »Wer ist es?«

»Deine Braut ist Minetta von Schanya, die Schwester des Fürsten Ginat von Schanya.« Königin Diatah blickte ihren Sohn erwartungsvoll an.

»Nein«, sagte er tonlos.

»Ein sehr hübsches Mädchen«, meinte der König. »Mit fünfundzwanzig vielleicht schon jenseits des üblichen Heiratsalters, aber du bist ja auch schon weit darüber. Bei ihrem letzten Besuch hat sie uns durch ihre Schönheit und Liebenswürdigkeit beeindruckt. Schließlich möchten wir nicht, dass du unglücklich wirst.«

»Liebenswürdig?«, ächzte Tizarun. »Diese falsche Schlange?«

»Ich hatte den Eindruck, dass du dich mit ihrem Bruder sehr gut verstanden hast«, sagte der König steif. »Und als ich dich damals nach ihr gefragt habe, hast du mir bestätigt, dass sie dir gefällt.«

»Ich habe Euch bloß auf die Frage geantwortet, ob ich sie hübsch finde. Es war reine Höflichkeit!«

»Dann hast du deiner Höflichkeit jetzt eine Frau zu verdanken. Es gibt nichts mehr darüber zu sagen. Du kannst jetzt gehen.«

»Nein.« Er schrie seine Eltern an wie ein trotziges Kind: »Nein!«

»Tizarun«, sagte seine Mutter ungeduldig, »es ist alles geregelt. Wir haben mit einer ähnlichen Reaktion gerechnet, deswegen mussten wir heimlich handeln. Du wirst das Schloss bis zur Hochzeit nicht verlassen. Die Wachen haben Anweisung, dich hier festzuhalten.«

»Nicht Minetta.« Tizarun schüttelte verzweifelt den Kopf. »Ich kann nicht mit ihr leben. Sie liebt mich nicht!«

»Das kommt mit der Zeit. Du musst Geduld haben.«

»Nein, Ihr versteht das nicht. Wisst Ihr, was sie mir auf den Kopf zugesagt hat? Weil ich kein Thronerbe bin, bräuchte ich mich gar nicht erst um sie zu bemühen! Minettas Ehrgeiz ist grenzenlos, sie ist nur auf einen höheren Rang aus.« Er schaute seine Eltern flehend an. »Bitte! Ich kann diese Frau nicht heiraten! Ich würde es keine Woche mit ihr aushalten. Sie verachtet mich, weil ich nie König sein werde, das hat sie mir deutlich zu verstehen gegeben.

Ich kann mir gar nicht vorstellen, dass sie dieser Hochzeit zugestimmt hat.«

»Sie hat.« König Naiaju klang nachdenklich. »Du bist unser Favorit, Tizarun.«

»Ich bin ... was?«

»Du bist der Favorit für den Thron des Großkönigs. Die Familie hat sich für dich ausgesprochen.«

»Ich?«, fragte Tizarun ungläubig. »Nach dem, was in Guna geschehen ist?«

»Es ist gar nichts geschehen«, sagte der König streng.

»Aber so etwas spricht sich herum, ich dachte, jeder ...«

»Darüber mach dir keine Sorgen«, beruhigte ihn die Königin. »Es ist alles geregelt. Wir haben Zeugen gefunden, die für dich ausgesagt haben, alles andere braucht dich nicht zu interessieren.«

»Zeugen für mich? Aber das ist unmöglich!«

»Quinoc hat geschworen, dass du die ganze Zeit über mit ihm zusammen warst. Wir haben nachgewiesen, dass du mit der ganzen unerfreulichen Angelegenheit nicht das Geringste zu tun hast. Alles ein Missverständnis, nichts weiter.«

»Und Laimoc?«, fragte er.

»Um ihn haben wir uns gekümmert. Dein Name ist rein, Tizarun, und du bist unser Favorit. Du hast die Schlacht gewonnen. Das ist das, was am Ende eines Krieges zählt. Tizarun, die Familie will dich, den Helden von Guna, zur Wahl entsenden! Das einzige Hindernis ist, dass du keine Frau hast. Heirate, und die Fürsten ernennen dich zum Kandidaten für Wajun.«

»Aber der Großkönig kann noch zwanzig oder dreißig Jahre regieren«, wandte Tizarun ein. »Er ist doch erst Anfang sechzig, oder? Ich brauche doch jetzt noch nicht zu heiraten!«

»Die Großkönigin liegt im Sterben«, sagte Königin Diatah milde.

»Was?«

»Du hast richtig gehört. Sie stirbt, und der Großkönig wird zurücktreten müssen. Die Wahlen werden sehr bald stattfinden. In der Trauerzeit können wir keine Hochzeitsfeier abhalten, deswegen jetzt die Eile. Du musst heiraten, bevor die Sonne von Wajun auseinanderbricht.«

»Als Großkönigspaar könnten wir einander weder verlassen noch betrügen«, flüsterte Tizarun. »Und wenn doch, müssten wir die Krone zurückgeben. Das wird die kürzeste Amtszeit der Sonne, die es je gegeben hat.«

Der König sprach langsam. »Du wirst deine Gemahlin nicht betrügen. Du wirst deine Pflicht tun, mein Sohn. Für das Haus Lhe'tah und für das Reich der Sonne Le-Wajun. Daran zweifle ich nicht.«

»Es tut mir leid, dass wir dich so unglücklich machen«, sagte seine Mutter. »Wenn du uns je gesagt hättest, welches Mädchen du haben willst, hätte wir jetzt nicht die Falsche ausgewählt. Unter all denen, die du kennengelernt hast, war denn nie die Richtige dabei? Eine, die dich liebt und nicht nur den Prinzen in dir? Aber jetzt ist es sowieso zu spät, Minetta ist bereits auf dem Weg hierher. Da du kein anderweitiges Versprechen abgegeben hast, bleibt dir nichts anderes übrig, als dieser Vermählung zuzustimmen.«

Wie ein Ertrinkender griff Tizarun nach dem Strohhalm, den sie ihm bot. »Aber das habe ich!«, rief er. »Ich habe bereits ein Versprechen abgegeben. Ich ... ich bin verlobt.« Er wiederholte es, als müsste er sich selbst davon überzeugen. »Ich bin verlobt.«

»Was soll denn das?«, fragte der König ungehalten. »Das fällt dir ja recht spät ein.«

»Aber es ist wahr.« Er klammerte sich an diesen letzten Rettungsanker. »Ich bin wirklich verlobt.«

»Du hast dir das gerade ausgedacht!«, wetterte der König. »Und nun musst du dir noch schnell überlegen, mit wem du verlobt bist, wie? Das ist kein Spiel, Tizarun. Ich habe einen Vertrag mit dem Fürsten von Schanya, und mein Wort gilt.«

»Ich würde Euch niemals anlügen, Vater«, sagte Tizarun. »Das würde ich nicht wagen. Bei allem Respekt – nennt Ihr mich einen Lügner?«

»Hm.« König Naiaju suchte Blickkontakt zu seiner Frau. »Was sagst du dazu, Diatah?«

Die Königin beugte sich vor. »Gibt es denn Zeugen für diese Verlobung?«

Tizarun dachte darüber nach. »Laimoc müsste es gehört haben. Wir könnten ihn holen lassen.«

Der König räusperte sich. »Laimoc hat sich dazu entschlossen, in die Kolonie umzusiedeln.«

»Das gibt es doch nicht.«

»Kann niemand sonst für dich sprechen?«

»Wihaji war auch dabei. Ich hole ihn!«

»Du bleibst hier«, bestimmte der König. »Ich erlaube nicht, dass ihr euch absprecht.« Er gab seinem Kammerdiener einen Wink, und der Mann eilte fort. »Ich bin gespannt, ob Wihaji sich an diese angebliche Verlobung erinnern kann.«

»Es ist keine angebliche Verlobung, und natürlich wird er sich erinnern.«

»Aber warum hast du uns denn nie etwas gesagt?« Die Königin mühte sich um ein Lächeln.

»Es ist doch kein Haken dabei, oder?«, fragte der König plötzlich besorgt. »Sie ist nicht etwa eine ... Kancharerin? Oder eine Bürgerliche?«

»Keine Sorge. Ihr Vater ist Fürst Micoc.«

»Ach, eine von denen!« König Naiaju lächelte erleichtert. »Da wird Quinoc sich sicherlich freuen. Der Fürst hat ein halbes Dutzend Töchter, welche ist es?«

»Tenira.«

Der König runzelte die Stirn. »Er hat eine Tochter, die Tenira heißt?«

»Ganz gewiss hat er keine Tochter dieses Namens.« Die Königin schüttelte den Kopf.

»Er spricht nicht von ihr, weil sie ... äh, nicht die Tochter der Fürstin ist.«

»Verrätst du uns auch, wer ihre Mutter ist?«

»Ihre Mutter ist eine Lichtgeborene. Sie sieht genauso aus wie eine Fee, glaubt mir!«

»Also doch eine Bürgerliche. Tizarun, du wirst die Sonne von

Wajun sein! Du kannst keine Bürgerliche in diese Höhen mit hinaufnehmen.«

»Sie ist die Tochter von Fürst Micoc«, sagte Tizarun störrisch.

»Das ist das Einzige, was zählt. Und das Einzige, was die Leute zu wissen brauchen.«

In diesem Moment meldete der Diener die Ankunft Wihajis. Der junge Mann kam herein und verneigte sich vor dem Königspaar.

»Was könnt Ihr uns über Tizaruns Verlobung erzählen?« König Naiajus Tonfall war zu entnehmen, dass er nicht erwartete, es würde tatsächlich etwas zu berichten geben.

»Tizaruns Verlobung?«, fragte Wihaji erschrocken.

»Mit Tenira«, half der König freundlich weiter.

»Wer ist Tenira?«

»Nun reicht es aber! Ihr könnt beide gehen!«

»Nein, bitte wartet!«, rief Tizarun. »Er wird sich gleich erinnern. – Zaruni. Weißt du nicht mehr? Zaruni.«

Über Wihajis dunkles, verzweifeltes Gesicht glitt eine Welle der Erleuchtung. »Ach, die Verlobung meinst du. Natürlich. Ich kann bezeugen, dass es diese Verlobung mit – äh, Tenira? – gab.« Seine Blicke baten um Bestätigung, und Tizarun nickte aufatmend.

»Eine echte Verlobung?«, bohrte die Königin.

»Nun ja. Die Frage war: Ich bitte dich um deine Hand, und die Antwort lautete: Da musst du noch ein paar Jahre warten. So ist es gewesen, Majestät, das kann ich bezeugen, so wahr ich hier stehe.«

»Sie hat gesagt, dass du noch ein paar Jahre warten musst?« Die Königin schüttelte verwundert den Kopf. »Warum denn das?«

»Das ist der Grund, warum ich euch nichts davon mitgeteilt habe«, erklärte Tizarun schwitzend. »Weil wir, äh, noch warten wollten. Seht ihr, sie ist noch sehr jung, deshalb.«

»Aber inzwischen müsste sie das richtige Heiratsalter erreicht haben«, half Wihaji.

König Naiaju machte ein nachdenkliches Gesicht. »Ich nehme ein solches Versprechen sehr ernst. Das Versprechen, das ich Fürst

Ginat von Shanya gegeben habe, ebenso wie dein Wort dieser Tenira gegenüber. Was mich immer noch bedenklich stimmt, ist ihre Herkunft. Wenn es nur um dich ginge als Prinz von Lhe'tah, könnte ich vielleicht noch ein Auge zudrücken, denn deine Schwester erbt den Thron. Aber die Sonne von Wajun muss über jeden Zweifel erhaben sein.«

»Sonne von Wajun«, flüsterte Wihaji ehrfürchtig und schenkte seinem Freund einen fast angstvollen Blick.

»Vater«, sagte Tizarun. »Mutter. Mit Minetta werde ich niemals in Wajun herrschen können. Sie wird ihr wahres Gesicht sehr bald zeigen. Ich weiß, dass sie alle meine Entscheidungen belächeln würde, dass wir keine gemeinsamen Entschlüsse fassen könnten. Sie würde nie über meine Witze lachen. Mit Minetta zusammen wird die Sonne von Wajun immer eine untergehende Sonne sein, und das Reich wird nie in Frieden leben, wenn die Sonne zerstritten ist. Ich prophezeie euch eine Zeit des Haders, der Intrigen und der Missgunst. Wenn ihr mir jedoch erlaubt, Tenira zu heiraten, verspreche ich euch, dass sie dem Königreich Lhe'tah keine Schande machen wird. Sie ist eine wahre Tochter Micocs. Sie ist mutig, sie kennt keine Schmeichelei, sie ist ehrlich und vor allem: Sie liebt mich, wie ich bin.« Erschöpft von der langen Rede studierte er die Gesichter seiner Eltern und wartete auf ihr Urteil.

»Darf ich sprechen?«, fragte Wihaji. »Es gibt einen Fall in der Geschichte der Sonnenkönige, in der ein Kandidat ebenfalls eine Bürgerliche mit auf den Thron brachte. Großkönig Aruja aus dem Hause Anta'jarim heiratete eine Frau, deren Herkunft äußerst undurchsichtig war. Niemand wusste, woher die Dame Unya stammte. Den offiziellen Quellen nach war sie nur ein Dienstmädchen, doch König Aruja behauptete, sie sei eine Tochter des Waldes, und er habe sie im Herzen des heiligen Forstes von Anta'jarim gefunden.«

»Ich verstehe nicht ganz«, meinte König Naiaju.

»Das Volk des Waldes ist gleichbedeutend mit dem Feenvolk, das von den Göttern abstammt. Auch Unya war eine Lichtgeborene. Und einer Frau mit einem Tropfen göttlichen Blutes in den

Adern konnte der Rat nicht den Anspruch auf den Thron der Sonne verwehren.«
»Aruja hat gelogen?«
»Was ihm nicht bewiesen werden konnte. Es fand sich niemand sonst, der die Herkunft seiner Ehegattin bezeugte. Also wurde Unya an seiner Seite zur Großkönigin gewählt.«
»Teniras Mutter ist lichtgeboren!«, rief Tizarun. »Das wissen alle auf Schloss Weißenfels!«
»Ein Gerücht«, sagte die Königin. »Es gibt seit hundert Jahren keine Feen mehr im Großreich Le-Wajun.«
»In Teniras Adern fließt göttliches Blut, behaupte ich. Müsste nicht jemand auftreten, der uns das Gegenteil beweist?«
Der König hüstelte und blickte die Königin an. »Man könnte es als Belohnung für Quinocs Loyalität betrachten. Wenn seine Schwester nach Wajun zieht, wird sie ihn mitnehmen und ihm einen hohen Posten geben.«
»Lasst uns einen Augenblick allein. Wir werden darüber beraten.«

Als sie sich vom kleinen Thronsaal entfernt hatten, begann Wihaji zu lachen. »Du bist unglaublich, Tizarun. Zaruni! Ist das wirklich dein Ernst?«
»Ja«, sagte der Prinz düster.
»Was hast du gegen Minetta? Sie ist doch eine wunderschöne Frau. Ich hätte es gerne selbst bei ihr versucht, aber ich wollte sie für dich lassen.«
»Sie hätte dich sowieso nicht genommen. Deine Hautfarbe hat ihr nicht gefallen.«
»Oh.«
»Und dein Fürstentum ist ihr zu klein.«
»Warum überrascht mich das nicht?«
»Und außerdem bist du mit der schönsten Frau von ganz Le-Wajun verlobt, schon vergessen?«
»Wie könnte ich das jemals vergessen? Aber als Minetta damals

hier war, war ich noch frei. Sie hätte ihre Chance nutzen können.«

Die beiden Freunde lehnten sich gegen die Wand gegenüber der Tür zum Thronsaal und warteten.

Wihaji kicherte. »Und du willst wirklich diese Kleine heiraten? Es war ein unvergleichlicher Anblick, wie sie im Matsch über Laimoc hergefallen ist. Wie lange ist das jetzt her? Zehn Jahre?«

»Sieben. Danke, dass du mir eben beigestanden hast.«

»Gern geschehen. Aber muss es unbedingt die Tochter eines Stubenmädchens sein?«

»Schneiderin. Ihre Mutter ist Schneiderin. Hast du nicht die Geschichte mit dem gelben Kleid mitbekommen? Quinoc hat sich damals fast totgelacht. Er hat Adetec dazu gebracht, ihrem Vater nichts zu verraten. Quinoc stand schon immer auf Teniras Seite.«

»Du weichst meiner Frage aus.«

»Weil«, meinte Tizarun traurig, »ich sonst mit niemandem verlobt bin.«

Wihaji blickte ihn zweifelnd an. »Sieben Jahre«, murmelte er. »Du wusstest es ganz genau.«

Der Wächter öffnete die Saaltür und winkte Tizarun.

»Das ging ja schnell«, murmelte Wihaji.

Mit zitternden Knien trat Tizarun vor seine Eltern.

Tenira ahnte nichts davon, was in der Hauptstadt vor sich ging, sie wusste nicht einmal, dass der Prinz ihren Namen kannte, schließlich war sie nur die Tochter der Schneiderin und musste sich Tag für Tag mit Näharbeiten beschäftigen. Dabei hasste sie Nadel und Faden, seit sie ihr kostbares Flickenkleid verworfen hatte. Dass ihre Mutter sie kaum noch beim Nähen wertvoller Gewänder mithelfen ließ, störte sie nur deshalb, weil sie stattdessen zu der eintönigsten Fleißarbeit verurteilt war, die man sich vorstellen konnte: feine Taschentücher mit den Buchstaben und dem Wappen von Weißenfels zu besticken. Sie hatte ihr schwarzes Haar hochgebunden, aber immer wieder lösten sich einzelne Strähnen aus dem

Zopf und fielen ihr in die Stirn, wo sie sie mit vorgezogener Lippe hochblies.

»Du musst nicht ununterbrochen arbeiten«, *sagte Niamie, die von einer seidenen Schärpe aufblickte.* »Geh nach draußen, misch dich unter die anderen Mädchen. Lass dir den Wind um die Nase wehen.«

»Ja, das sollte ich tun. Danke.« *Tenira sah fröhlich auf, aber als sie den Ausdruck im Gesicht ihrer Mutter wahrnahm, verblasste ihr Lächeln.* »Was ist passiert?«

»Hast du es noch nicht gehört?«

»Was denn? Mutter, du machst mir Angst.«

»Fürst Micoc und seine Familie werden in Kürze abreisen. Nach Lhe. Zu einer Hochzeitsfeier.«

Teniras Augen weiteten sich.

»Dein Prinz wird heiraten, mein Schatz.«

»Mein Prinz«, *wiederholte Tenira leise.* »Wen?«

»Eine Fürstin, Minetta von Schanya. Es tut mir leid.«

Tenira sagte nichts. Ihre Hände bebten so, dass sie sich mit der Nadel stach und ein feiner Blutstropfen auf ihrer Fingerkuppe erschien, eine winzige Perle in Rot.

Niamie räusperte sich. »Aber es gibt auch gute Nachrichten. Dalma hat um deine Hand angehalten. Er ist zwar nur Pferdeknecht, aber ich bin sicher, dass aus ihm noch ein Pferdemeister wird. Eine gute Partie.«

»Nein.«

»Ich erlaube nicht, dass du dein Leben für einen dummen Traum wegwirfst. Dalma ist ein anständiger junger Mann, mit dem du glücklich werden könntest, wenn du dich nur darauf einlässt.«

»Ich habe Nein gesagt.«

»Du bist siebzehn Jahre alt. Es ist Zeit für dich, eine eigene Familie zu gründen. Wer weiß, ob du bald noch so eine Gelegenheit bekommst. Du bist hübsch, aber die meisten fürchten sich vor deinen Launen. Und sie haben Angst, es mit deinem verrückten Traum aufzunehmen. Verdammt, jeder in diesem Schloss, vom *kleinsten Dienstmädchen bis zu den Fürstensöhnen, weiß Bescheid über deine Gefühle!«*

Tenira starrte auf den weißen Stoff, auf dem sich ein roter Fleck ausbreitete wie eine blühende Rose.

»Wenn du nicht Ja sagen kannst, werde ich für dich antworten. Es ist mir sehr ernst damit.« Niamie nahm ihrer Tochter das Taschentuch aus den Händen und strich ihr über die widerspenstigen Haare. »Das Glück wird auch zu dir kommen, Tenira.«

Sobald sie allein war, warf Tenira sich auf ihr Bett und weinte, bis sie nicht mehr konnte. Dann wusch sie sich das Gesicht und ging hinaus auf den Hof, um den Wind in ihrem Haar zu spüren. Sie holte sich Quinocs Pferd aus dem Stall – Dalma lächelte ihr zu und hinderte sie nicht daran – und ritt über die Felder.

Sie trieb den hochbeinigen Braunen an und ließ ihn querfeldein galoppieren, bis sie das Schloss von einer Anhöhe aus sehen konnte. Dort lag es, weiß schimmernd, groß und verwinkelt, mit Türmchen und Zinnen wie aus Zuckerguss. Die Torflügel standen weit offen und nahmen den Weg, der sich zwischen den Hügeln hindurchwand, in Empfang. Zwei Reiter preschten gerade durch das Tor, und Tenira wunderte sich darüber, wie gleichgültig es ihr war, was auf Schloss Weißenfels vor sich ging. Es war ihr Zuhause, aber sie fühlte nichts.

Der Braune senkte den Kopf und knabberte an ein paar Grashalmen. Sie stieg ab und lehnte die Stirn an sein glattes, dampfendes Fell.

»Oh ihr Götter«, flüsterte sie. »Es tut so schrecklich weh. Was tut ihr denn? Oh ihr Götter, was tut ihr?«

Lange Zeit stand sie da und streichelte das Pferd, als könnte sie so ihr Herz beruhigen, dann stieg sie wieder auf und ritt zurück.

Dalma kam ihr schon im Hof entgegen. »Tenira!« An seiner Stimme erkannte sie sofort, dass etwas nicht in Ordnung war. »Fürst Micoc will dich sofort sehen!«

Sie schrak zusammen. »Wer hat ihm gesagt, dass ich die Pferde der Familie reite? Du? Ich habe mich auf dich verlassen!«

»Nein, ich war es bestimmt nicht«, versicherte Dalma, »aber gerade eben haben die Wächter überall nach dir gefragt.«
»Oh weh, das gibt Ärger.« Erstaunlicherweise war es ihr gleich. Wenn sie hochkant hinausgeworfen wurde, dann sollte es eben sein. Mit Dalma eine Familie zu gründen kam sowieso nicht infrage.

So wie sie war, verschwitzt und staubig, folgte sie dem Wachmann, der auf sie zueilte, sobald sie vom Pferd gestiegen war. Mit ernster Miene eskortierte er sie ins Innere des Schlosses. Seine Schritte tönten dumpf hinter ihr in der großen, mit hellem Marmor ausgelegten Halle. Dann öffnete jemand eine Tür, und Tenira trat in einen hohen Raum voller Bilder, deren goldene Rahmen sie mit ihrem Glanz blendeten.

Vor ihr stand der Fürst. Sein langes schwarzes Haar, das ihm bis über den Rücken reichte, war von grauen Strähnen durchzogen, sein markantes Gesicht mit der großen Nase und den mächtigen Brauen war ihr zugewandt. Zum ersten Mal in ihrem Leben sah er sie an. Dann verzog er die Lippen zu einem halben Lächeln und sagte gequält: »Meine Tochter Tenira.«

Doch Tenira hatte den Mann an seiner Seite schon erkannt. Noch im Reisemantel, unrasiert und mit müden Augen, stand dort der Prinz. In diesem Moment dachte sie, sie müsste sterben.

»Ich bin gekommen, um mein Versprechen einzulösen«, sagte Tizarun. »Stehst du immer noch zu unserer Verlobung?«

Tenira wagte nicht, sich zu bewegen, voller Angst, sie könnte umfallen und der Traum könnte zerplatzen. Irgendwann wurde ihr bewusst, dass die beiden Männer auf eine Antwort warteten.

»Ja«, krächzte sie.

Der Prinz blickte den Fürsten auffordernd an.

»Dann, ähm, werde ich alles für die Reise in die Wege leiten.« Micoc wandte sich um und verließ den Raum mit schnellen Schritten.

Sie waren allein.

Tizarun trat auf sie zu. Er war so wirklich und so nah, dass es ihr vorkam, als würde sich der Boden unter ihren Füßen drehen. »Du musst mich nicht heiraten«, sagte er ernst. »Nicht, wenn du nicht wirklich willst. Was alles auf dich zukommt, davon kannst du gar keine Vorstellung haben.« Er musterte sie und überraschte sie mit der Wärme seines Lächelns. »Du warst ein Kind, Tenira, als du um meine Hand angehalten hast. Natürlich hast du nicht damit gerechnet, dass ich jetzt darauf zurückkomme. Wenn es einen anderen gibt ...?«

»Nein, es gibt keinen anderen.« Jetzt, da er so nah vor ihr stand, brach das Begehren über sie herein wie ein Sturm. »Es gab nie einen anderen.«

»Du kennst mich nicht«, sagte er leise.

»Doch«, meinte sie und ließ ihren Blick über sein Gewand bis hin zu den dreckverkrusteten Schuhen wandern. »Ich weiß, wie du lachst. Ich weiß, wie du mit deinen Freunden sprichst und mit den Dienern und mit deinem Pferd. Ich weiß, wer du bist.«

Tizarun fasste nach ihrer Hand. Es durchzuckte sie beide wie ein Schlag, und auf einmal fanden sich ihre Lippen, und sie küssten sich. Dann nahm er seine ganze Willenskraft zusammen und trat einen Schritt von ihr fort.

»Oh ihr Götter«, flüsterte er, »Tenira.« Er fuhr sich mit der Hand durch das wirre Haar. »Noch fünf Tage, dann heiraten wir. Du musst dich für die Reise bereitmachen, morgen geht es nach Lhe. Deine Mutter darf mitkommen.« Er grinste. »Die Fürstin wird daran schwer zu schlucken haben.«

Sie streckte die Hand nach ihm aus und zog sie wieder zurück. Fünf Tage, hatte er gesagt. Sie hatte elf Jahre gewartet, da würde sie es auch noch fünf Tage aushalten.

»Zaruni«, sagte sie.

Die Welt war heute eine andere als gestern.

Die Braut sollte in einer weißen Kutsche sitzen, bei ihren Schwestern, aber sie bestand darauf, neben Tizarun zu reiten. Und so sahen die Menschen von Lhe'tah Tenira, jung und lachend, eine Tochter des Fürsten Micoc, und jubelten ihr zu.

Nach zwei Tagen kamen sie in die Hauptstadt Lhe, die festlich geschmückt war für das große Fest. Drei weitere Tage lang wurde Tenira von ihrem Bräutigam ferngehalten und in Etikette und Protokoll unterrichtet. Sie ließ die ernsten Gespräche mit ihren königlichen Schwiegereltern über sich ergehen, ohne sich von deren Macht und Reichtum beeindrucken zu lassen, und träumte.

Nach endlos langen Reden, Schwüren, Gratulationen, Festgelagen und Tänzen, Tizarun vor Augen und doch wie durch eine unsichtbare Barriere von ihm getrennt, waren sie endlich allein. Sie winkten aus dem Fenster, vor dem die feiernde Menge johlte, dann schloss Tizarun die Fensterläden und wandte sich Tenira zu.

Sie stand da wie angewurzelt und starrte ihn an. In ihrem silbernen Seidenkleid fühlte sie sich tatsächlich wie eine Fee.

»Hast du Angst?«, fragte er, während er seinen Umhang ablegte.

»Ja«, antwortete sie, »aber nicht vor dir. Ich fürchte mich nur davor, dass die Götter uns für so viel Glück bestrafen.«

5. VON BÄREN UND HONIG

Dilaya seufzte schwer. Anyana klappte das Buch zu. Jetzt hörte sie wieder den Bach wispern und das Zwitschern der Vögel in den Bäumen. Eine Libelle landete auf dem Stein vor ihr und schwirrte mit den Flügeln.

Es war, als wären sie beide aus einem Traum erwacht. Konnte es wirklich so eine Liebe geben – so bitter, verzweifelt, hoffnungslos? So schön?

»Wir müssen noch Hausaufgaben machen«, sagte Dilaya dumpf. »Jetzt habe ich völlig vergessen, worüber wir uns Gedanken machen sollten.«

Anyana beobachtete die Libelle, die wieder in die Luft stieg. »Der seidene Faden«, erinnerte sie.

»Ach ja. Nun, ich glaube, die Geschichte von Tenira hat mich auf eine Idee gebracht.«

»Wirklich?« Anyana war überrascht. »Erzähl.«

»Stell dir vor, ein wunderschöner Prinz kommt her und hält um deine Hand an.«

»Um meine?« Das war überraschend, denn Dilayas Geschichten drehten sich immer um sie selbst.

»Ja, zunächst. Aber du hast dich gerade erkältet und liegst im Bett und kannst ihn nicht empfangen. Und da sieht er mich im Schloss und verliebt sich unsterblich in mich, und ich heirate ihn, und wir werden glücklich bis an unser Lebensende.«

»Und der seidene Faden der Götter?«

»Nun, wenn deine Erkältung nicht gewesen wäre, hätte ich meinen Traumprinzen nicht bekommen. Er hätte dich geheiratet, und ihr wärt euer Leben lang unglücklich gewesen. Und das alles nur, weil du in den Bach gefallen warst.«

»Hm.« Anyana fand es gemein, dass sie nur wegen einer Erkältung so abserviert wurde.

»Und jetzt deine Geschichte.«

»Na gut. Stell dir vor, ein Haus brennt. Das ganze Haus. Die Flammen schlagen aus allen Fenstern. Und ich stehe davor und sehe zu, und weil es so schlimm ist und weil ich denke, dass ich sowieso nichts tun kann, schließe ich die Augen und wende mich ab. Doch in dem Moment, in dem ich die Augen schließe, kommt gerade jemand ans Fenster und winkt. Einer, ein Einziger, der noch lebt. Ich hätte ihn retten können, aber weil ich gerade die Augen zugemacht habe, weiß ich nichts von ihm, und er muss sterben.«

»Was du nur immer für Ideen hast! Er könnte doch schreien. Dann machst du die Augen wieder auf und siehst ihn.«

»Das nützt nichts. Das Feuer macht zu viel Lärm.«

»Ist es ein Mann oder eine Frau oder ein Kind?«

»Keine Ahnung. Wieso?«

»Ein Kind hättest du vielleicht auffangen können, aber ein Erwachsener wäre trotzdem verloren.«

»Ich hätte eine Leiter holen können.«

»Ach, Any!« Dilaya verlor die Geduld. »Das ist eine total blöde, hirnrissige Geschichte. Dein Vater wird uns allen Hausarrest geben.«

»Ich finde, es passt. Darum geht es doch: um diesen kurzen Moment, der alles entscheidet.«

»Aber Tizaruns Geschichte geht gut aus. Und meine geht gut aus. Warum kannst du dir keine Geschichte ausdenken, die auch gut ausgeht? Du könntest es so machen: Du stehst da und heulst, weil das Haus abbrennt. Mit geschlossenen Augen, weil du ja schließlich so richtig weinst. Und dann läuft dir ein Pferd über den Fuß, und du machst die Augen auf und siehst das Kind am Fenster. Und dann läufst du hin und rettest es. Na, wie findest du das?«

»Warum sollte mir ein Pferd über den Fuß laufen?«

»Das waren die Götter, kapierst du das nicht? Sie lassen das

Pferd über deinen Fuß trampeln, damit du die Augen öffnest und das Kind rettest.«

»Und wo ist eigentlich unser Pferd?«

Sie stellten fest, dass die graue Stute sich losgerissen hatte und verschwunden war.

»Jetzt können wir zu Fuß zurück zum Schloss gehen. So was Dummes!«, schimpfte Dilaya.

»Nein, wir müssen es suchen. Es kann doch nicht weit sein.«

»Es hat sich bestimmt erschreckt, als du so geschrien hast.«

»Ich? Du hast geschrien.«

Eilig zogen sie sich ihre getrockneten Sachen wieder an.

»Ich suche in der Richtung und du in jener«, ordnete Dilaya an. »Aber wahrscheinlich ist es sowieso schon nach Hause gelaufen, das dumme Vieh.«

Anyana ging am Bach entlang. Sie suchte die Stellen, wo das Unterholz nicht so dicht war, denn sie dachte, dass die Graue den bequemsten Weg gewählt hatte. Die Bäume waren an dieser Stelle des Waldes nur wenige Jahrzehnte alt und standen recht dicht beieinander. Obwohl die Sommerhitze auch hier noch zu spüren war, fröstelte sie. Es war später geworden, als sie gedacht hatte, und wenn sie die Stute nicht bald fand, würden sie wahrscheinlich zu spät zum Abendessen kommen. Trotzdem fürchtete Anyana sich nicht vor Baihajuns Strafpredigt. Der Wald war so wunderbar, dass sie jeden Augenblick genoss, den sie darin verbrachte. Das Licht schien grün, und die Luft war schwer von Düften, von Rinde, Blättern und Beeren, von Erde und Harz und unzähligen Blüten, oft so unscheinbar, dass sie kaum zu finden waren – sie liebte das alles so sehr, dass sie manchmal am liebsten im Wald übernachtet hätte. Gefürchtet hatte sie sich hier niemals.

Das nächste Dorf war zu Pferd in etwa ein, zwei Stunden zu erreichen, und es war durchaus möglich, Pilz- und Beerensammler zu treffen oder Leute, die die königliche Jagderlaubnis besaßen und hinter Hasen, Rehen oder Wildschweinen her waren. Die heiligen Hirsche durfte in ganz Anta'jarim natürlich niemand anrühren. Aber von all diesen Leuten, wenn man sie denn überhaupt traf, drohte keine Gefahr, und Räubergesindel gab es in weitem Umkreis nicht, dafür sorgten die Waldhüter des Königs. Vor den wilden Tieren hatte Anyana keine Angst, weder vor Wildschweinen noch vor Bären.

Ihre Eltern sahen das leider anders, und nicht umsonst war es den Mädchen eigentlich verboten, sich allein und ohne den Schutz eines bewaffneten Soldaten im großen Wald aufzuhalten. Aber sie konnten nicht widerstehen. Weder dem Bach mit seinen unzähligen Möglichkeiten, zu schwimmen und abenteuerliche Geschichten nachzuspielen, noch der Einsamkeit oder der Gefahr. Manchmal vertrauten die Kinder kleine Pergamentboote dem raschen Lauf des Wassers an und sahen ihnen zu, wie sie am nächsten Stein, der sich aus dem Wasser erhob, kenterten. Sie stellten sich vor, wie es wäre, ans Meer zu reisen, an die Westküste Anta'jarims, wo der Wald endete, und über das Meer zu segeln – zum Sultanat Nehess, zu den Edelsteininseln oder noch weiter, irgendwohin, in Länder, von denen nicht einmal die Dichter etwas wussten.

Anyana blieb stehen. Irgendetwas hatte sie gehört.

»Graue?« Sie rief nicht, sie fragte vorsichtig, und mit einem Mal wurde ihr bewusst, wie allein und schutzlos sie war. Sie strengte ihre Augen an, aber was noch alles hinter den Bäumen verborgen war, hinter Unterholz und herabhängenden Ästen, war nicht zu erkennen.

Ihre Ohren verrieten ihr mehr.

Da waren Stimmen.

Jetzt hörte sie es ganz deutlich. Jemand lachte laut, und dann erklang eine zweite Stimme. Anyana fühlte, wie Kälte nach ihr griff, und ihr Herz begann heftig zu schlagen. Das konnte nicht ihre Mutter sein. Es musste eine andere Frau sein mit einem ganz ähnlichen Lachen. Prinzessin Hetjun verabscheute den Wald, hatte sie das nicht oft genug gesagt? Wenn sie ausritt, wählte sie dann nicht den Weg über die Wiesen, auf der südlichen Seite des Schlosses?

Gebannt blieb Anyana stehen und lauschte, doch sie konnte nicht verstehen, worüber die beiden sprachen. Ein Mann, eine Frau. Wem gehörte die männliche Stimme? Auch sie klang vertraut.

Anyana vergaß das verschwundene Pferd. Vorsichtig setzte sie einen Fuß vor den anderen. Sie wollte sehen, wer da war, und fürchtete sich gleichzeitig davor. Quälend langsam schlich sie durchs Unterholz, vermied jeden Zweig, der unter ihren Sohlen zerbrechen könnte. Plötzlich sah sie sich einem Bären gegenüber. Er war noch jung und wirkte ebenso verwirrt wie sie. Anyana wartete nicht darauf, dass er sich von seiner Überraschung erholte – sie drehte sich um und rannte. Ohne Rücksicht auf ihre Kleidung oder ihre Haut brach sie durchs Gebüsch und schaute sich nicht einmal um, ob der schwarze Bär ihr folgte. Sie hastete vorwärts, bis sie den Bach erreichte. Die Sonne glitzerte auf den Wellen, alles war so friedlich und ruhig wie immer, und Dilaya wartete schon, die graue Stute am Halfterstrick.

»Wo bleibst du denn? Ich dachte schon, du hast dich verlaufen, und wir müssen dich suchen gehen.«

Anyana blieb stehen und blickte sich um. »Da war ein Bär«, sagte sie atemlos. Er war ihr nicht gefolgt.

»Ach, Unsinn. Die kommen nie so nahe ans Schloss. Nun sitz auf, wir sollten jetzt wirklich zurück.«

Anyana kletterte hinter Dilaya auf den Pferderücken und hielt sich an ihrer Cousine fest. Die Stute setzte sich gemächlich in Bewegung und trottete den Pfad entlang. Bald verließen sie den Schatten der Bäume. Vor ihnen lag das Schloss, groß und steinern und unendlich geliebt.

Wenn die Graue nicht weggelaufen wäre, hätte ich die Stimmen nicht gehört, dachte Anyana. *Und wenn der Bär nicht gekommen wäre, hätte ich ... Ja, was entdeckt?*

»Du bist so still.«

»Ich denke nach. Über den seidenen Faden der Götter.«

»Hast du dir ein neues Beispiel ausgedacht?«

Aber diese Geschichte konnte sie ihrer Cousine nicht erzählen.

Anyana wollte mit niemandem darüber spekulieren, ob Prinzessin Hetjun, ihre wunderschöne Mutter, sich mit einem Mann im Wald traf.

Baihajun empfing die Mädchen schon am Tor und packte Anyana am zerrissenen Ärmel. »Nichts als Ärger mit diesen Kindern! Wie siehst du nur aus!«

Bis zum Abendessen musste Anyana sich waschen und anziehen und sich die Haare zurechtmachen lassen. Später am Tisch war Hetjun natürlich da – hübsch und makellos wie immer.

Was man sich alles einbildet.

»So«, sagte Gerson und nickte. Um seine Lippen spielte ein wohlwollendes Lächeln. »Ihr müsst die Gewürze zwischen die Fingerspitzen nehmen und es fühlen. Versteht Ihr, Prinzessin? *Fühlen*.«

Anyana griff in das Töpfchen und holte mit Daumen und Zeigefinger ein wenig von dem trockenen, duftenden Pulver heraus. Sie versuchte, es zu *fühlen*, als sie das Gewürz auf das Mehl in der Schüssel streute.

Gerson nickte zufrieden. »Nicht so zaghaft. Aber Ihr macht das schon gar nicht so schlecht. Also, habt Ihr es Euch gemerkt? Das ist...«

»Zimt aus dem Sultanat«, sagte Anyana. »Und Kardamom und Muskatblüte und... und... das hier vergesse ich immer.«

»Anis.«

»Ach ja. Und dann der Honig. Man muss ihn erwärmen, damit er flüssig wird.«

Gerson strahlte. »Da sag doch mal einer, dass Prinzessinnen nur Stroh im Kopf haben. Entschuldigung, ist mir so rausgerutscht. Ich würde Euch gleich als Lehrling einstellen, wenn es nur ginge.«

Anyana setzte den Topf auf und gab einen Klumpen des weißkristallisierten Honigs hinein. Sie sagte nichts zu seiner letzten Bemerkung, denn natürlich konnte eine Prinzessin keine Honigbäckerin werden. Aber jeder in der Küche lächelte sie freundlich an, wenn sie hereinkam, und tat dann so, als wäre sie nicht da.

Seit sie vor zwei Wochen hergekommen war, um Äpfel und Brotringe für das Picknick zu holen, gehörte sie auf eine Art und Weise dazu, die ihr unglaublich gefiel. Gerson hatte damals gesagt: »Ach, ihr wollt euch einen schönen Nachmittag im kühlen Wald machen, wie? Während wir hier in der Hitze schuften.« So sprach man nicht mit einer Prinzessin, auch wenn sie erst zwölf Jahre alt war, aber Gerson nahm kein Blatt vor den Mund. Er hatte keine Entlassung zu befürchten, denn einen so guten Koch wie ihn hatte es in Anta'jarim noch nie gegeben. Er war der König der Köche und benahm sich auch so.

»Nun«, Anyana hatte all ihren Mut zusammengenommen, »dann backe ich mir das nächste Mal meine Brotringe eben selber. Wenn man mir zeigt, wie.«

»Ich nehme Euch beim Wort.« Gerson schien einen Rückzieher zu erwarten. Sie sah den Spott schon in seinen Augen funkeln.

»Dann komme ich morgen Nachmittag.«

»Nachmittags? Da sind die Brotringe längst fertig und schon fast aufgegessen. Ganz früh morgens muss man aufstehen, wenn man in der Küche arbeiten will. Noch bevor all die feinen Herrschaften aus den Betten sind.«

»Dann komme ich noch vor der Schule.«

»Dürft Ihr das denn?«, fragte er bissig.

»In den Wald darf ich auch nicht«, gab Anyana zurück.

Er nickte. Und auf einmal lag Freundschaft in seinen Augen. Er gab einer der Mägde einen Wink, und sie packte den Prinzessinnen einen besonders reichhaltigen Picknickkorb und zwinkerte ihr dabei zu.

»Wenn Ihr nicht kommt, wird er sehr enttäuscht sein«, flüsterte sie.

»Aber ich komme. Ganz bestimmt«, versprach Anyana. »Mir macht es nichts aus, früh aufzustehen.«

In diesen zwei Wochen hatte sie gelernt, wie man Brotringe machte. Wie man den Teig schlug, bis einem die Handgelenke schmerzten. Sie hatte gelernt, Kringel zu formen und Zöpfe und sogar Figuren, wie die Königin sie besonders liebte. Sie hatte – und dies vor allem anderen – gelernt, wie sie Baihajun dazu brachte, ein Auge zuzudrücken und ihren Eltern nichts zu verraten.

»Aber du bist doch eine Prinzessin! Manch ein Mädchen würde sein Leben dafür geben, nicht so früh aufstehen und arbeiten zu müssen!«

»Meine Albträume kommen immer früh in der Dämmerung, und dann werde ich bereits in der Küche stehen. Und dorthin werden sie mir nicht folgen, die Träume. Bitte, Baihajun!«

Baihajun runzelte die Stirn und dachte nach. »Wir werden es versuchen«, sagte sie schließlich. »Ein paar Tage lang.«

Anyana umarmte ihre Kinderfrau stürmisch. Die Aussicht auf ein Ende der Albträume verschaffte ihr letztendlich die Erlaubnis zu allem, was sie sich wünschte. Und es wirkte: Seit sie Gerson in der Küche half, hatte sie nichts Böses mehr geträumt.

Der Traum streckte sich nach ihr aus, flammenhändig. Sie hörte das Knistern des Feuers, das Bersten des Daches. Die Fensterscheiben fielen klirrend auf den Hof, fielen und fielen, wie eisiger Regen, wie Schnee...

»Anyana! Any!«

Baihajun schüttelte sie. Hatte sie wieder geschrien? Der Schrecken hatte sie ganz sacht berührt, zärtlich fast, und als sie ihre Augen öffnete und das freundliche Gesicht ihrer Kinderfrau vor sich sah, war sie fast enttäuscht.

»Zeit zum Aufstehen, Prinzessin.«

Sie machte die Augen noch einmal zu, ganz kurz nur, bitte...

Es schneite. Für einen Moment erwartete sie, in einem Schauer zersplitternden Glases zu stehen, und duckte sich, aber was sie berührte, waren weiche, kalte Schneeflocken, dick und samtig. Sie fielen vom Himmel und legten sich auf ihr Haar und ihre Kleidung. Anyana lachte ungläubig auf. Es schneite so selten in Anta'jarim, sie konnte sich kaum an den letzten Schnee erinnern. War er jemals so hoch gewesen, dass ihre Füße in der weißen Schicht versanken? Die Bäume trugen schwer an ihrer Last, die so federleicht aussah. Und es waren andere Bäume, nicht die, die sie kannte. Ihre Zweige waren mit dichten grünen Nadeln bestückt, und es duftete wie beim Großen Fest, wenn die Feuer angezündet wurden zu Ehren der Sonne. So wundervoll duftete es, wie das Harz der großen Äste, die eigens aus Guna hergekarrt wurden – der Duft der Götter.

Als Anyana das Geräusch brechender Zweige hörte, dachte sie sofort an den Bären. Aber nein, es war ein Pferd. Sie erkannte das Tier, als es zwischen den Stämmen hervortrat. Es war die graue Stute. Natürlich, Anyana war doch hier, um die Stute zu suchen und zu Dilaya zu bringen. Wie hatte sie das nur vergessen können? Aber das Pferd war kleiner geworden, klein wie ein Pony, es stapfte mit kurzen Beinen durch den Schnee, der ihm fast an den Bauch reichte. Die Stiefel des Reiters berührten die feine weiße Oberfläche, als würden sie eine Spur durch Zuckerguss ziehen.

Es war ein Junge. Es war Maurin mit dem schelmischen Grinsen, das er immer aufsetzte, wenn er etwas Verbotenes getan hatte. Was machte er hier? Er hatte doch Hausarrest, er hätte gar nicht hier sein dürfen. Maurin, wollte sie rufen, doch im letzten Moment sah sie, dass es gar nicht ihr Vetter war. Der Reiter war jünger. Sie konnte nicht viel von ihm sehen, denn er steckte in einer dicken Jacke und trug seine Mütze tief über der Stirn, aber er war deutlich kleiner als ihr Vetter. War es Lijun?

Sie konnte sich nicht rühren. Sie starrte auf das Pony und den Jungen, und die Frage lag auf ihrer Zunge, was er hier wollte, aber sie konnte sie nicht stellen. Der Reiter hob auf einmal den Kopf und blickte sie an, mit Augen so schwarz, wie Anyana sie noch nie gesehen hatte. Er schaute sie an, staunend, dann lächelte er. Es war nicht Maurins Lächeln und auch nicht Lijuns, es gehörte keinem Jungen, den sie kannte. Es war ein ganz fremdes Lächeln, bei des-

sen Anblick sie unwillkürlich ihr eigenes Lächeln um ihre Mundwinkel zucken fühlte.

»Hirsch«, *flüsterte er.*

»Willst du zu spät kommen? Steh endlich auf!«

Anyana fand sich zu ihrer Überraschung in ihrem Bett liegen, immer noch. Der Traum hatte sich unglaublich wirklich angefühlt. Sie konnte den Schnee noch auf ihren Wangen schmelzen fühlen, kleine, kalte Küsse des Himmels.

6. DURCH DIE ZEIT

Hetjun lag auf dem Bett, ihren nackten Leib bedeckte nichts als ein hauchdünnes, seidenes Laken. Als Winya ins Zimmer trat, öffnete sie träge die Augen und beobachtete ihn.

Vor dem Spiegel nahm er seinen lächerlichen Hut ab und fuhr sich durch die schweißnassen Locken.

»Sind sie schon da?«, fragte Hetjun.

»Wer? Die Gesandten aus Wajun?«

»Natürlich, wer sonst?« Es machte sie rasend, wenn er sich dümmer stellte, als er war.

»Nein, sie sind noch nicht angekommen.«

»Bei dieser Hitze zu reisen ist Wahnsinn.« Sie griff nach dem Glas Wasser, das neben dem Bett stand. »Der Großkönig hätte ihnen Eisenpferde zur Verfügung stellen sollen, dann wären sie schon längst da. Oder, noch besser, magische Vögel.«

»Sie müssen sich unseren Traditionen anpassen«, sagte Winya. »Und meines Wissens hat Tizarun einen Rückzieher gemacht und doch keine kancharischen Vögel gekauft.«

Hetjun schnaubte verärgert. »Diese Traditionen sind veraltet und verrückt. Alles in diesem Land ist verrückt. Wir brauchen endlich eine Sonne, die Le-Wajun dem Fortschritt öffnet.«

»Im Vergleich zu uns ist Wajun sehr fortschrittlich.«

Sie lehnte sich in die Kissen zurück.

»Wajun. Was sonst sollte mich interessieren, außer Wajun? Und jetzt tu nicht so, als würde es dich kalt lassen. Ich weiß, dass diese Stadt selbst dich nicht losgelassen hat.«

»Eine Stadt voller Magie«, flüsterte er.

»Ja«, sagte sie. »Und die Götter haben sie nicht zerschmettert, sondern gesegnet. Wie lange will dieses verbohrte, primitive

Waldvolk noch vor allem zurückschrecken, was mit Magie zu tun hat? Wir in Anta'jarim könnten auch so leben!«

»Sag das nicht«, bat er.

»Warum nicht? Wovor hast du Angst? Vor dem Licht? Den Düften und der Musik? Vor den Türen, die sich lautlos öffnen, den schwebenden Sänften, den Stimmen?«

»Es ist eine Helligkeit, die blendet und gefährlich ist.«

»Lügner!« Ihre Stimme war scharf. »Sag nicht, du hättest Wajun nicht geliebt! Ich habe doch gemerkt, wie du gestaunt hast. Du hast den Mund nicht mehr zubekommen! Ich war dort nur eins von vielen Wundern für dich. Ich habe Dinge gesehen, von denen ich nur gehört hatte, doch du hast Herrlichkeiten zu sehen bekommen, von denen du nicht einmal wusstest, dass es sie gibt! Und das hat dich erschreckt. Wolltest du nicht sofort umkehren, zurück nach Anta'jarim in den Schoß der Götter? Dennoch bist du geblieben – man gewöhnt sich an alles, nicht wahr? Das wunderbare Wasser, die Kühle ... Die Magier, die in ihren dunklen Gewändern durch die Straßen schreiten, als hielten sie die ganze Welt in ihren Händen ...«

»Hör auf«, sagte er heiser.

»Warum?« Sie setzte sich wieder auf. »Warum um alles in der Welt macht dir das solche Angst? Du willst es. Du willst den Thron von Wajun, und du weißt, dass du ihn nie bekommen wirst.«

»Der Großkönig ist noch jung«, sagte Winya. Merkte er überhaupt, dass seine Stimme vor Sehnsucht bebte? »Bis unser Haus an der Reihe ist, werde ich zu alt sein, um auch nur in Betracht gezogen zu werden. Anyana könnte die Nächste sein. Oder Dilaya oder Maurin. Oder der jüngere Sohn des Königs.«

»Anyana nicht, sobald auch nur der Verdacht aufkommt, dass sie das Gesicht hat.« Hetjun zerknüllte ärgerlich die glänzende Seide. »Angenommen, Tizarun würde jung sterben. Das ist doch nicht unmöglich. Auch Großkönige werden krank oder fallen vom Pferd. Was würdest du tun?« Sie bohrte ihren Blick in seinen und hielt ihn fest.

Er senkte den Kopf. »Das ist dummes Gerede. Lass uns nicht so von unserem göttlichen Großkönig sprechen, das bringt Unglück.«

Ein gefährliches Leuchten glomm in Hetjuns Augen auf. »Der Thron der Sonne könnte uns gehören, und du fürchtest dich vor den Göttern? Diese Angst ist ein größerer Fluch als das Gesicht.«

Winya setzte sich auf das Bett. Vorsichtig streckte er die Hand nach ihr aus und berührte ihre Wange.

Sie stieß seine Hand fort. »Nein. Lass das. Du bist dir nie sicher, nicht einmal jetzt weißt du, was du willst.«

»Doch«, protestierte Winya. »Dich.«

»Dann würdest du längst neben mir liegen.« Sie betrachtete sein Gesicht, wie man etwas völlig Fremdes, Interessantes untersucht, ein Insekt vielleicht, bei dem man sich noch nicht schlüssig ist, ob man es abstoßend oder faszinierend finden soll. »Also noch einmal. Angenommen, der Großkönig wäre tot. Würdest du dich freuen? Würdest du die Chance ergreifen? Ach, Winya, jetzt entscheide dich doch endlich!«

»Da gibt es nichts zu entscheiden«, verteidigte er sich verwirrt, als verstünde er immer noch nicht, warum sie ihn überhaupt angriff.

»Magie«, sagte sie leise. »Warum auch nicht? Das Leben wird reicher, bunter, heller … Warum sollen wir hier im Dunkeln hocken mit ein paar trüben Ölfunzeln? Du glaubst doch nicht wirklich, dass das der Wille der Götter ist! Vielleicht war es früher so, aber wenn die göttliche Sonne von Wajun entscheidet, dass wir Kanchars Wegen folgen sollen, kann das nicht falsch sein. Das müsstet selbst ihr Anta'jarimer begreifen!«

»Das göttliche Licht in jedem Haus«, flüsterte Winya.

»Ja!«

»Und dann?«, fragte er, fast gegen seinen Willen. »Wenn die Magier auch uns geben, was sie Kanchar geben – werden wir dann ebenfalls auf Eisenpferden reiten und Eisenvögel fliegen lassen? Wohin wird es führen, wenn wir die Wege der Götter verlassen?

Werden wir uns angewöhnen, dass das Leben leicht sein muss, und irgendwann führen wir sogar die Sklaverei ein, so wie sie?«

»Du sprichst von Kanchar«, sagte Hetjun. »Ich spreche von Wajun. Wajun muss nie so werden. Wir leben im Licht der Sonne.«

»Ja«, murmelte er. »Im Licht.«

»Willst du Wajun? *Willst du Wajun?*«

»Ja«, antwortete er. »Bei der Sonne, ja! Ich will, dass die Götter mir ihre Namen kundtun. Ich will unter der gläsernen Kuppel liegen, die sich wie eine Blume öffnet. Ich will die Musik und das Licht und den Ruhm, genau wie du.«

Sie seufzte schwer. »Na endlich. Also doch. Aber warum, warum um der guten Götter willen tust du dann nicht etwas dafür? Warum kämpfst du nicht um die Unterstützung deiner Familie, damit sie dich zum Favoriten erklärt? Warum stößt du ständig alle vor den Kopf und benimmst dich wie ... ach, du weißt doch selber, wie du dich benimmst.«

»Wenn«, sagte Prinz Winya bedächtig, »wenn Großkönig Tizarun etwas zustoßen würde, wozu bräuchte ich dann die Unterstützung der Familie? Die Abgesandten der Dörfer und Städte wählen den Großkönig.«

Über so viel Naivität konnte Hetjun nur den Kopf schütteln, und hilfloser Zorn flammte in ihr auf. »Aber die Familie ernennt den Kandidaten! So wirst du nie unser Favorit. Oh ihr Götter, ich spreche mit einem Kind und keinem Mann!«

»Warum soll ich mir Gedanken machen über Dinge, die sowieso nie eintreffen? Ich bin der zweitälteste Prinz, also denke ich schon, dass ich der Favorit für Wajun wäre. Aber was würde es bringen, wenn ich anfangen würde, Tag und Nacht von der Möglichkeit zu träumen, nach Wajun zu gehen und im Sonnenpalast zu wohnen? Warum sollte ich von Göttlichkeit träumen, wenn ein anderer den Mantel der Götter um seine Schultern trägt? Tenira und Tizarun sind die Sonne, die über unserem Reich strahlt.«

»Nein«, sagte Hetjun leise.

»Was, nein?«

»Du wirst nie Kandidat sein.« Diesmal empfand sie sogar so etwas wie Mitleid für ihn. »Niemals. Nicht, wenn du dich nicht änderst.«

Etwas in seinem Gesicht fiel in sich zusammen. »Ich kann nicht«, flüsterte er.

»Was kannst du nicht? Ich könnte dir helfen, ich könnte ...«

Er unterbrach sie. »Lass gut sein, Hetjun.« Er stand auf, ohne sie noch einmal zu berühren, und verließ das Zimmer mit langsamen, zähen Schritten, als kämpfe er sich durch eine klebrige Masse, die sich an ihn heftete.

Anyana runzelte die Stirn und blickte angestrengt in die Ferne. Nein, sie musste sich täuschen. Da war nur der dunkle Streifen des Waldes, davor die ebene Grasfläche, flimmernd in der Hitze. War da wirklich ein rotes Flackern und ein gelbes und etwas Grünes? Sie strengte die Augen an und blinzelte.

»Was?«, fragte Dilaya ungeduldig.

Aber Maurin hatte es auch schon entdeckt. »Reiter!«, schrie er begeistert, seine Stimme überschlug sich fast. »Sie kommen! Sie kommen wirklich!«

Sie liefen zur Straße, die direkt in den großen Innenhof führte, und warteten dort auf die Besucher aus Wajun. Es war nur eine kleine Delegation, fünf Reiter, drei davon auf riesigen braunen Pferden. Jeder Mann war in einer anderen Farbe gekleidet. Der Vorderste schien auch der Vornehmste zu sein. Er trug ein schreiend rotes Gewand, nicht von dem dunklen Herbstrot des Königs, sondern hell und leuchtend wie eine riesige Mohnblüte. Sein Umhang flatterte mit dem Federbusch an seinem breitkrempigen Hut und mit der Mähne seines Hengstes um die Wette. Während Dilaya und Maurin darüber fachsimpelten, ob es sinnvoll war, bei dieser Hitze zu galoppieren, kamen die Reiter schnell näher.

»Mann, sieht der gut aus«, stellte Dilaya bewundernd fest und kniff Anyana in den Arm.

Der rote Mann an der Spitze war von kohlenschwarzer Hautfarbe. Sein schmales, von hohen Wangenknochen geprägtes Gesicht glänzte vor Schweiß, und als er an den Kindern vorbeiritt, wandte er sich ihnen kurz zu und schenkte ihnen ein Lächeln. Seine weißen Zähne blitzten.

»Oh ihr Götter«, seufzte Dilaya. Dann wandte sie ihre Aufmerksamkeit dem nächsten Reiter zu, einem breitschultrigen Hünen in Grün. Der Stoff seines weiten Gewandes war so dünn, dass man die Muskeln an seinen Armen erkennen konnte. Er trug keinen Hut, sodass sein kahler Schädel glänzte wie eine polierte Kugel.

»Der Kopf brät in der Sonne wie ein Ei«, sagte Maurin.

Der Mann ließ nicht erkennen, ob er sie gehört hatte. Stolz ritt er vorbei und würdigte seine jungen Zuschauer keines Blickes.

Der nächste Reiter preschte vorbei wie die Sonne selbst auf ihrer Bahn, leuchtend gelb gekleidet, aus seinem gebräunten Gesicht stachen hellblaue Augen hervor wie seltene Edelsteine, und im Vorbeireiten fixierte er Dilaya, Maurin und sie mit diesen Augen, als wollte er einen Zauber über sie alle legen.

»Huh.« Dilaya schüttelte sich. »Der ist ja richtig unheimlich.«

»Das ist ein Bogenschütze«, stellte Maurin ehrfürchtig fest. »Habt ihr die Armbrust gesehen? Auf seinem Rücken?«

»Ein Jäger«, sagte Anyana. »Er hatte einen toten Fasan an seinem Sattel. Den hat er in unserem Wald geschossen.«

Nach den Edelmännnern kamen die Knappen herangeritten: zwei schmale Jünglinge, beide mit pechschwarzem Haar unter ihren Kappen; man hätte sie fast für Brüder halten können. Sie trugen dunkle, unscheinbare Kleidung. Der kleinere der beiden warf ihnen einen freundlichen Blick zu und zwinkerte, der größere starrte geradeaus auf den Rücken der vornehmen Reiter und schenkte Anyana, Dilaya und Maurin keine Beachtung. Die beiden Knappen ritten auf Schecken, die sichtbar weniger wert waren als die beeindruckenden Rösser ihrer Herren. Hinter ihnen trabte ein müde aussehendes Packpferd. Sie folgten ihren prächtigen Vorreitern ohne Eile und verschwanden ebenfalls durchs Tor.

»Die Adligen werden heute Abend mit dem König essen«, sagte Dilaya traurig. »All die guten Sachen, von denen wir nichts abbekommen.«

»Es ist einfach ungerecht«, meinte Anyana nicht weniger traurig. Es tat ihr nicht um das Essen leid, an dem sie selbst heimlich mitgewirkt hatte, sondern um die Möglichkeit, die interessanten Besucher weiter zu beobachten. »Ich möchte dabei sein, wenn sie von Wajun erzählen.«

»Wir werden uns wenigstens die Festtafel anschauen«, sagte Dilaya entschlossen. »Und ich weiß auch schon, wie.«

Prinz Winya wühlte nie in seiner Kleiderkiste. Sanft hob er ein Hemd nach dem anderen heraus und schichtete die Gewänder behutsam übereinander. Seine Finger glitten über den kühlen, glatten Stoff. Er versuchte, nicht an das bevorstehende Abendessen zu denken und sich auf die richtige Auswahl zu konzentrieren. Das dunkle Grün, die Farbe des Zweiten. Er runzelte die Stirn, während er die vielen grünen Kleidungsstücke betrachtete. Rot. Rot hätte sein Herz erwärmen können, aber Rot gehörte für immer seinem Bruder. Sogar mit Gelb wäre er zufrieden gewesen, obwohl es weniger wert war, doch wenigstens lag darin die Verheißung des Lichtes. Mit Grün konnte er jedoch nichts anfangen.

Rot. Er dachte an Wajun und die Krönung des Großkönigs vor dreizehn Jahren. Nie würde er das Meer von Rot vergessen, in dem die ganze Stadt damals gebadet hatte. Ein Rot, so leuchtend und wütend und flammend, dass es ihn fast wahnsinnig gemacht hatte. Er war so aufgewühlt gewesen, als wäre das Blut in seinen Adern entbrannt, und der beste Gedichtzyklus, der je von einem Dichter aus Anta'jarim verfasst worden war, war damals aus seiner Feder geflossen, so leicht und mühelos, dass es ihm heute noch wie ein Wunder vorkam, ein Zauber, der ihn einmal berührt hatte und ihn nie wieder treffen würde – es sei denn, er kehrte nach Wajun zurück. Seit dreizehn Jahren war das seine heimliche Hoffnung. Er wusste, dass auch Hetjun an nichts anderes dachte. Als er sie, die spröde Fürstentochter aus Gaot, damals vor dreizehn Jahren gewonnen hatte mit wundervollen Worten, die wie leichtfüßige Rehe auf seiner Zunge tanzten, hatte seine Leidenschaft sie mitgerissen und in seine Arme gezogen.

Grün. Er hatte die Reiter aus dem Fenster gesehen. Rot, grün, gelb. Es konnte kein Zufall bestehen, dass sie die Reihenfolge der anta'jarimschen Farben so zur Schau stellten. Zwei der Besuchter trugen die Farbe ihrer Provinz: Gelb für Guna, Grün für Schanya. Rot stand für das Haus Lhe'tah. Ein Verwandter des Großkönigs würde heute mit den königlichen Brüdern essen.

Hoffentlich, dachte Winya sorgenvoll, kenne ich ihn nicht. Wenn es einer von den Prinzen war, die er vor dreizehn Jahren in Wajun kennengelernt hatte, würde das Wiedersehen nur peinlich werden. Der Gast würde einen vor Genie sprühenden, mit Wortwitz und geistreichen Anspielungen um sich werfenden, Leidenschaft und Energie ausstrahlenden Mann erwarten; so, wie Winya damals aufgetreten war. Daran erinnerte er sich gerne. Aber heute, was war er da noch? Fast stumm, zu traurig zum Witzeln, von Poesie ganz zu schweigen, ein geknickter, zerzauster Baum.

Es wäre unerträglich, das irgendjemandem erklären zu müssen.

»Herr?« Selas, sein Kammerdiener, war lautlos hinter ihn getreten. »Eure Gemahlin wartet bereits.«

Winya antwortete nicht. Er starrte auf die bunten Stoffe in seiner Hand.

Selas bückte sich und griff gezielt einen dunkelgrünen Umhang aus leichter, glänzender Seide heraus, genau das Richtige für einen heißen Sommertag. Dazu fischte er mattweiße Beinkleider und ein Oberhemd von der gleichen Farbe heraus, außerdem eine golden schimmernde Weste.

Winya nickte erleichtert. Ihre Fingerspitzen berührten sich, und das Aufleuchten in Selas' dunkelblauen Augen war fast nicht zu ertragen.

»Ihr werdet beeindruckend aussehen«, flüsterte der junge Mann und war schon an der Tür, bevor Winya etwas sagen konnte.

»Warte«, rief Winya ihm nach, doch Selas schüttelte stumm den Kopf und verließ das Zimmer. Er überließ es dem Prinzen, sich selbst anzukleiden.

Winya erinnerte sich an die wartende Hetjun und begann sehr langsam damit, sich umzuziehen.

Dilaya zog die Stirn kraus und überlegte. »Der Empfang findet im Königsschloss statt. Vom hellen Schloss aus gelangt man nur in eins der Obergeschosse, aber nicht in den Speisesaal. Wie sieht es vom Altdunklen aus?«

»Was sagst du da?«, fragte Anyana überrascht. »Es gibt doch gar keine Durchgänge von einem Schloss zum anderen.«

Dilaya lächelte nur bescheiden, aber Maurin grinste von einem Ohr zum anderen. »Wir haben mindestens drei Übergänge gefunden – durch einen Schrank, hinter einem Bild und ...«

»Und durch eine ganz normale Tür«, ergänzte Dilaya ungeduldig. »Aber wenn wir in den königlichen Speisesaal wollen, sind die alle nicht günstig gelegen. Der Weg ist zu lang, wir werden bestimmt gesehen.«

Dilaya zwirbelte ihre goldenen Locken. »Wir gehen von der anderen Seite rein.«

»Aber im Altdunklen gibt es keine Türen in die Räume der Königsfamilie, da bin ich mir ganz sicher. Warte, habt ihr etwa alles durchsucht und welche gefunden?«

»Du verstehst das ganz falsch.« Dilaya gab sich gekränkt. »Ich weiß nicht, wo die Übergänge sind. Ich glaube nur, dass bestimmt welche da sind. Aber sollten wir uns nicht langsam beeilen, wenn wir noch vor dem Essen dort sein wollen?«

Während sie rannten, stellte Anyana die nächsten Fragen. »Wie habt ihr denn die Durchgänge gefunden?«

»Du kennst die Geschichten.«

Anyana wusste sofort, worauf ihre Cousine anspielte. Baihajun hatte ihr alles Mögliche erzählt und ließ sich meist nicht lange bitten, um weitere verstaubte Geschichten aus dem endlosen Fundus ihres Gedächtnisses herauszukramen. Sie redete auch dann mit unverhohlener Begeisterung weiter, wenn Anyana längst genug hatte. Natürlich waren reichlich Sagen und Anekdoten aus der königlichen Familiengeschichte dabei – angefangen von der göttlichen Segnung des Hauses Anta'jarim bis zu prickelnden kleinen Geschichtchen, die Baihajun immer nur zur Hälfte erzählte, und die meist davon handelten, wie sich ein Prinz und eine Prinzessin aus verschiedenen Häusern, beide mit irgendjemand anderem verlobt, heimlich trafen, obwohl streng darauf geachtet wurde, dass sie ihre Zimmer nicht verließen. Nachher gab es dann einen Riesenärger, weil die Prinzessin wenig später wundersamerweise einen Knaben gebar.

»Du meinst, das mit Prinz Riad und Prinzessin Ybrina ist wahr?«

»In den meisten Geschichten steckt ein wahrer Kern«, belehrte Dilaya sie fachmännisch. »Obwohl ich eher an Ritter Eslion und Prinzessin Bahamit dachte. Wie auch immer. Wenn man jede Wand systematisch untersucht, merkt man, dass viele hohl sind.«

»Und man braucht ein scharfes Auge«, fügte Maurin stolz hinzu.

Über dem Hauptportal des Altdunklen Schlosses hing die Flagge des zweitältesten Königssohnes – der grüne Baum auf weißem Grund. Wenn der Wind den Stoff flattern ließ, sah es manchmal aus, als würden sich die filigranen Zweige tatsächlich bewegen. Doch heute wehte kein Lüftchen und der Baum verhielt sich still, als würde er dort oben Wurzeln schlagen.

Der wachhabende Soldat lehnte lässig an einem der riesigen Steinpfeiler, die den Torbogen stützten, und nahm nicht einmal Haltung an, als die Prinzessinnen und der junge Prinz an ihm vorbeistürzten.

Bemerkenswert zielstrebig marschierte Dilaya durch die Eingangshalle und wandte sich dann nach rechts in das kleine Empfangszimmer, in dem Prinz Winya Bittsteller aus seinen Ländereien empfing; das große Empfangszimmer am anderen Ende des Ganges war für die adligen Gäste reserviert. Dilaya würdigte den leicht verschlissenen Wandteppich an der Rückwand keines Blickes und stellte sich vor die große hölzerne Standuhr in der linken Ecke. Das silberne Pendel hinter der Glastür hing leblos nach unten.

»Wollen wir es nicht hier versuchen?«

Anyana traute ihrem unschuldigen Lächeln nicht. »Ich vermute, wir werden ganz zufällig einen Zugang in den Speisesaal finden?«

»Nicht direkt in den Speisesaal«, platzte Maurin heraus, »aber es ist ganz nah.«

Dilaya öffnete die Glastür und schob das Pendel zur Seite. Gleichzeitig schwang die Rückwand der Uhr nach hinten und gab den Blick auf eine schwarze Öffnung frei. »Na, dann wollen wir mal«, sagte Dilaya und zwängte sich an dem Pendel vorbei.

Maurin folgte ihr mit der Gewandtheit eines langjährigen Heimlichtuers, und als er in der Dunkelheit verschwunden war, nahm Anyana all ihren Mut zusammen und stieg ebenfalls in die Uhr.

Sie tauchte in die Kühle eines hohen, schmalen Ganges ein und fragte leise nach vorne, wo Dilaya und Maurin hoffentlich noch auf sie warteten: »Muss ich die Tür nicht irgendwie schließen? Oder können wir dann nicht mehr zurück?« Wenn sie über ihre Schulter blickte, konnte sie die dunklen Umrisse des silbernen Pendels erkennen und dahinter ein Stück des kleinen Empfangsraumes.

»Mach sie einfach zu«, kam es geflüstert zurück. »Von hier aus ist sie leicht zu öffnen.«

Sobald Anyana die dünne Holztür bewegte, rastete sie mit einem leisen Klicken ein. Nun war es völlig finster. Vor sich hörte sie Maurins nervöses Gekicher.

»Ihr seid verrückt, alle beide.« Die Enge der Mauern um sie herum war ihr überdeutlich bewusst. »Woher um der guten Götter willen wusstet ihr das?«

»Wir passen halt im Unterricht auf. Kennst du das nicht: *Ich trat durch die Zeit, ging durch die Uhr, wo der Thron Herzschlag blüht.«*

»Das ist ein Gedicht meines Vaters!« Anyana fühlte, wie ihre Cousine ihre Hand ergriff und sie weiterziehen wollte. Doch sie sträubte sich, denn im Moment lag ihr mehr daran, dieses Rätsel zu lösen, als im Speisesaal Kuchen zu stehlen.

»Ich weiß. Wir haben es nur beim Wort genommen. *Ging durch die Uhr.* Und das hier war die Einzige, die dafür infrage kam. Komm jetzt. Wir müssen leise sein, sonst hört man unsere Stimmen durch die Wand.«

»Aber«, Anyana senkte ihre Stimme von einem Flüstern zu einem Wispern, »Herr Lorlin hat uns erklärt, was es bedeutet. Dass man sich über die Zeit Gedanken macht und erkennt, dass die Zeit vom eigenen Herzschlag gemessen wird und nicht von irgendwelchen Uhren.«

»Ja, ja. Unser Herz ist der König unseres Lebens und sitzt blühend auf dem Thron. Blabla. Es ist wie mit den Geschichten von Ritter Eslion und Prinzessin Bahamit. Wenn man erst einmal davon ausgeht, dass alles wahr ist, entdeckt man erstaunliche Dinge.«

Anyana sagte nichts mehr. Brav folgte sie den beiden durch den geheimen Durchgang in den königlichen Bereich, zu dem sie normalerweise keinen Zutritt hatten und der sich ihnen nun wie von Zauberhand auftat.

»Na endlich«, sagte Hetjun. Ihr rotbraunes Haar fiel, in kunstvolle Locken gedreht, über ihre Schultern und verschmolz mit ihrem dunkelroten Kleid. Ihr Dekolleté war ihm selten so weiß vorgekommen, nicht wie lebendige Haut, sondern kalt und hart wie Marmor.

»Du bist eine Statue«, sagte Winya ernst, »berankt von Laub, wachend über den Gärten der Toten.«

»Vielen Dank auch.« Sie musterte ihn spöttisch. »Der erste Dichtversuch seit Langem? Wie schön, dass ich dich inspiriere.«

Seine Züge verhärteten sich fast unmerklich. »Warum verabscheust du mich eigentlich dermaßen?«

Sie trat ein paar Schritte von ihm zurück. »Warum? Hör dich doch mal selber reden. Du bist kein lebendiger Mensch, du bist ein Relikt!«

»Ja«, sprach er sehr leise, »ein uraltes Lied, ein Traum, der aus den Tiefen des Ozeans steigt, das bin ich. Eine Flamme im See des Feuers, das unter der Schale der Erde leckt, Wort der Zerstörung, Melodie der Hoffnung. – Ich bin sicher, du möchtest heute Fürst Wihaji beweisen, dass du mit mir glücklicher bist, als du es mit ihm geworden wärst.«

Hetjun schüttelte den Kopf, und in ihren Augen stand plötzlich blanker Hass. »Komm jetzt. Und wehe, du machst dich und mich vor den Gesandten des Großkönigs lächerlich.«

»Wehe?« Er lächelte. Die Vorstellung, seine Frau vor wichtigen Leuten zum Gespött zu machen, erfüllte ihn, wenn er ehrlich war, mit Vorfreude. »Womit willst du mir denn drohen?«

»Ich werde dich verlassen.« Ihre Stimme schnitt durch die Luft wie ein Fleischermesser. »Ich gehe zu meinen Eltern zurück.«

»Tja, das ...« Er sah an ihr vorbei auf die Wand. Die glatten Steine waren sandfarben, ein milder, mit rötlichen Streifen durchzogener Farbton, der ihn immer an den Steinbruch denken ließ, aus dem sie stammten. Er hatte sie nie streichen lassen. Weder im Königsschloss noch im hellen Schloss gab es solch rohe Wände. Ihre Wände waren bemalt und behängt und verziert. Niemand liebte die Steine so wie er. »Das kommt jetzt doch ein wenig überraschend, nach so langer Zeit.«

»Ist das alles, was du dazu zu sagen hast? Dass es überraschend ist?« Herausfordernd warf sie ihre Haare zurück.

Gott, dachte er, *sie ist so schön. Die wunderbarste Frau des Königreichs Anta'jarim, nein, des ganzen Sonnenreiches. Niemand hat so eine Marmorhaut wie sie. Niemand hat solche Augen, dunkel und berechnend. Ihre Brauen sind so schmal und scharf wie die Sichel des Mondes. Ihre Wimpern sind wie schwarze Federn. Ein Rabe schläft in ihren Augen, Vogel des Unglücks.*

»Schau mich nicht so an, Winya. Hast du mir nicht zugehört? Ich muss bis an unser Lebensende deine Frau sein, aber niemand kann mich dazu zwingen, bei dir zu leben. Was mich nur wundert ist, dass du es überraschend findest. Unsere Ehe ist ja nicht gerade erfüllend.«

»Warum hast du mich überhaupt geheiratet?«

»Komm jetzt. Wir dürfen den König nicht warten lassen.«

»Der König«, murmelte er. »Ja, der König.« Und lauter: »Warum hast du ...«

»Ich werde es dir sagen«, stieß sie zwischen ihren vollen, weichen Lippen hervor, als machte es ihr Mühe, sie auseinanderzuzwingen. »Aber noch nicht. Noch ...«

»Ja, noch?« Wann war sie endlich bereit für die Wahrheit? Manchmal sehnte er den Augenblick herbei, den er am allermeisten fürchtete.

»Noch habe ich zu viel Mitleid mit dir.«

Nebeneinander gingen sie die Treppe hinunter, im Gleichschritt, wie zwei aufeinander eingespielte Soldaten nach vorne schauend, als würden sie sich nicht kennen.

Anyana zählte die Schritte in der Dunkelheit. Nach fünf Schritten erwartete sie, dass sie die Wand durchquert hatten und drüben herauskommen würden, aber es ging noch weiter. Achtzehn, neunzehn, zwanzig. Als sie schon dachte, es würde ein längerer Marsch, vielleicht die ganze Mauer längs hindurch, prallte sie gegen Maurin.

»Pst. Wir sind schon da.« Dilaya öffnete eine Tür, aber es wurde nicht hell. Sie krochen hindurch und befanden sich in einer kleinen Kammer, so düster, dass Anyana gerade so die Umrisse ihrer Freunde erkennen konnte. Die Luft war staubig und reizte zum Husten.

»Wo sind wir?«, flüsterte sie in Dilayas Ohr.

Ihre Cousine antwortete nicht, sondern streckte den Arm aus und zog das, was Anyana für die Wand gehalten hatte, ein Stück beiseite. Sie steckte die Nase hinaus und nickte. »Die Luft ist rein. Gleich wirst du sehen, wo wir sind.«

Anyana merkte verwundert, dass sie sich im Thronsaal befanden. Der schwere Vorhang, hinter dem sie hervorgekommen waren, verhüllte den Raum unter dem Podest, auf dem der Thron stand: ein hochlehniger, mit Samt bezogener Stuhl. Hinter ihm an der Wand prangte, aus unzähligen, glitzernden Mosaiksteinchen zusammengesetzt, das Wappen der Könige von Anta'jarim: der dunkelrote Hirsch. Er schien auf unzähligen Wellen aus Grün und Blau zu tanzen, schimmernd und unerschrocken. Anyana stellte sich vor, wie er durch den Wald sprang und glücklich war, weil er genau wusste, dass ihn niemand fangen würde, niemals. Er war zu groß. Zu schön. Zu stark. Das vollkommene Geschöpf.

»Nun komm schon.« Maurin zog sie am Ärmel über die hellen Marmorfliesen, vorbei an den Stühlen der königlichen Berater, vorbei an den vielen Gemälden der früheren Könige, aus denen das undurchschaubare Lächeln ihres Großvaters Berya herausstach, ohne dass sie danach Ausschau halten musste. Es war, als würde er ihr voller Neugier bis zu einer unauffälligen Seitentür nachschauen, durch die sie ihren Freunden lautlos folgte.

Auch der Raum, in dem sie sich nun befanden, wurde von den bunten Mosaiksteinchen bestimmt. Mindestens zehn kleine rot leuchtende Hirsche sprangen fröhlich durch glitzernde Streifen aus Dunkelgrün. Doch die drei Eindringlinge schenkten den Wänden keine Beachtung.

Vor ihnen erstreckte sich die gedeckte Tafel. Ein kostbares weißes Tuch, das bis zum Boden hinabreichte, bedeckte den langen Tisch, auf dem goldene Teller und Schüsseln für die Gäste bereitstanden. Dazwischen schienen hauchdünne Kristallgläser wie seltene Tulpen zu wachsen. Staunend betrachteten die drei Freunde die Speisen. Es war alles fertig, die heißen Gerichte mit spiegelnden Hauben zugedeckt. Maurins Hand zuckte zurück, nachdem er einen Deckel kurz berührt hatte. Dazwischen warteten auf großen Platten erlesene Vorspeisen: kunstvoll geschnittenes Gemüse, das wie Blumen und kleine Schmetterlinge aussah, Fischröllchen und eingelegte Pilze.

»Maurin!«, zischte Dilaya.

Anyana schüttelte den Kopf über ihren Vetter, der sich grinsend irgendeine Delikatesse schnappte, wanderte um die Tafel herum und betrachtete interessiert die Stühle, von denen jeder einzelne in den Farben des Gastes, der darauf sitzen würde, geschmückt war. Hier, wollte sie rufen, werden meine Eltern sitzen – doch als sie aufblickte, sah sie an Dilayas Gesicht, dass etwas nicht stimmte. Blankes Entsetzen stand in ihren Augen, und im gleichen Moment hörte auch Anyana Schritte und Stimmen vor der großen Eingangstür. Sofort schlüpfte ihre Cousine durch die Seitentür zum Thronsaal hin, doch Anyana wusste mit erschreckender Klarheit, dass sie es nicht um den Tisch herum schaffen würde. Das Letzte, was sie sah, bevor sie unter der Tischdecke verschwand, war Maurins gehetzter Gesichtsausdruck, wie ein Kaninchen, das aus seinem Bau kriecht und davor den Fuchs sitzen sieht – dieselbe in Panik umschlagende Verblüffung. Dann hörte sie seinen unterdrückten Entsetzensschrei.

7. TANZENDE HIRSCHE

Über dem Portal, dem hohen Torbogen in der niedrigen Vormauer des königlichen Palastes, hing die Fahne mit dem springenden Hirsch. Hetjun und Winya schritten unter ihr hindurch; noch einmal blickte er hoch in den leuchtenden Himmel, dann traten sie in die dämmrige Kühle der Eingangshalle. Die Wachen salutierten, ohne eine Miene zu verziehen.

Was für ein jämmerliches Dasein, dachte Winya, *ein Leben, hingegeben an die Macht und Würde eines anderen. Stell dir vor, du stehst da und wachst und wachst und wartest und wartest . . .* Er schüttelte sich unwillkürlich, denn noch während er für die Männer Mitleid empfand, gepaart mit einem Stich Verachtung, kam ihm in den Sinn, dass es um sein eigenes Leben ganz ähnlich bestellt war. *Ich lebe hier,* dachte er, *im Schatten eines anderen. Ich stehe neben ihm, unbeweglich, mit versteinertem Gesicht, während er im Glanz seiner Macht erstrahlt.* Zugleich empfand er einen heftigen Ansturm von Neid und Eifersucht auf seinen älteren Bruder Jarunwa, der mit nichts als dem Vorsprung von anderthalb Jahren alles ergattert hatte, was es in Anta'jarim zu erben gab: das prächtigste Schloss, die Königswürde und die Macht, die Welt zu ändern, Dinge aufzubauen oder auch niederzureißen.

Und Hetjun? Was bedeutete es wohl für sie, immer nur die zweite Frau in Anta'jarim zu sein? *Wajun,* fuhr es ihm plötzlich durch den Kopf, *stell dir vor, es wäre Wajun. Nicht Anta'jarim, sondern Wajun, die Sonnenstadt, vielleicht im Winter, begraben von Eis und Schnee, und es gehört alles dir . . .* Es war ein Traum, den er nicht weiterträumen wollte, der ihn jedoch nicht losließ. *Stell dir vor: Wajun. Im Herzen der Stadt öffnet sich der Palast wie eine riesige Rosenblüte, wie eine Hand aus Feuer, stell dir vor, träum es. Lichter. Unzählige Lichter, wie die Sterne. Unzählige Menschen, und sie alle sehen hoch in den Himmel, sie recken ihre Gesichter der Sonne und den Tausend Monden entgegen und erwarten den Gesang. Und in mir sind die Worte. In mir ist alles, die Gestirne und die Lichter und die Rose und das Feuer. Alles, was duftet und blüht und leuchtet und lacht und weint, alles.*

Hetjun stieß ihn in die Seite. »Mach den Mund zu. Nerun und Lugbiya sind schon da.«

Winya trennte sich nur ungern von seinen Gedanken. Sein jüngerer Bruder und seine Schwägerin saßen bereits auf ihren Plätzen im Audienzsaal, der sich an die Eingangshalle anschloss. Er merkte ihnen die Anspannung an. Sie waren auch sonst stets tadellos gekleidet, aber heute war alles dermaßen perfekt, dass er Lust bekam, Nerun bei den Schultern zu packen und ihm die Frisur zu verwuscheln. Mit seinen hellblonden Haaren und dem hellgelben Umhang wirkte der dritte Prinz schon strahlend genug, aber sein Lächeln setzte seiner Leuchterscheinung die Krone auf. »Lieber Bruder – hast du dein Lächeln vor dem Spiegel geübt?«

»Wie bitte?« Neruns Gesicht verzog sich zu einer schiefen Grimasse.

»Oh, jetzt ist es weg. Naja, ist nicht schade drum.«

Winya setzte sich neben seinen Bruder und fühlte ein echtes, belustigtes Lächeln auf seinen Lippen.

Der Zeremonienmeister Blufin erschien, ein kleiner, älterer Mann mit schütterem, locker wallendem Haar. Er erinnerte Winya an die Porzellanpuppe, mit der Anyana vor ein paar Jahren gespielt hatte, denn er vollführte alles, was er tat, mit einem so geringen Maß an Bewegung, dass Winya sich manchmal fragte, ob der Alte sich überhaupt hinsetzen konnte.

Blufin vergewisserte sich kurz, dass jeder auf seinem Platz war. Dann führte er die Gäste herein. »Fürst Wihaji von Lhe'tah.«

Herein schritt eine drahtige, dunkelhäutige Gestalt in Rot.

»Ich freue mich, Euch endlich zu begegnen, Prinz Winya. Im ganzen Reich der Sonne sind Eure Gedichte berühmt. Und natürlich auch Euch, Prinzessin Hetjun. Wenn ich ein Dichter wäre, ich würde Eure Schönheit besingen.« Er ließ seine Augen keinen Moment länger auf ihrem Gesicht ruhen als notwendig. Niemand, der es nicht wusste, wäre darauf gekommen, dass die beiden einmal verlobt gewesen waren. »Prinz Nerun, Prinzessin Lugbiya, der Großkönig und seine Gemahlin senden Euch Grüße aus Wajun.«

Er trat zur Seite, und der Zeremonienmeister kündigte Graf Kann-bai von Schanya an. Der riesenhafte Kahlkopf stellte sich neben Fürst Wihaji und machte den beiden Prinzenpaaren ebenfalls seine Aufwartung, wenn er auch nicht so viele schöne Worte fand. »Ich freue mich«, knurrte er.

»Oh ja«, meinte Winya erfreut, »ich auch.«

Der Zeremonienmeister hielt die Luft an und ließ sie langsam wieder ausströmen, doch Winya hatte nicht vor, das Begrüßungsritual zu stören. Diesmal nicht.

Als Letzter trat Herzog Sidon von Guna ein und musterte sie mit seinen leuchtenden Augen. Er neigte den Kopf. »Prinz Winya. Prinz Nerun. Edle Damen.«

Der Zeremonienmeister atmete erleichtert auf, als hätte er kurzzeitig daran gezweifelt, dass die ganze Prozedur ohne Zwischenfälle vor sich gehen würde. Winya fühlte sich ein wenig schuldig, da er den armen Mann oft genug geärgert hatte. Allerdings gehörte auch nicht viel dazu; ein Hustenanfall oder ein dezentes Kichern an einer unpassenden Stelle reichten völlig aus. »Darf ich die Herrschaften bitten, mir zu folgen.«

Blufin führte die Gesellschaft durch den langen Flur, vorbei an einer schier endlosen Reihe von Wandteppichen, auf denen Jagdszenen dargestellt waren, bis zu einer vergoldeten Tür, die er ihnen öffnete.

Mitten im Raum, vor der glänzenden, duftenden Tafel, stand ein Junge, Augen und Mund aufgerissen. Sein Mund war voll.

»Und nun...« Die feste, feierliche Stimme des Zeremonienmeisters verwandelte sich in ein entsetztes Quieken. »Was tust du denn hier?«

»Ich ... ich ...«, stammelte Maurin mit vollem Mund, was Anyana sogar von ihrem Platz unter dem Tisch aus genau hören konnte. Vorsichtig hob sie das Tuch an und erblickte ihre eigenen Eltern in ihren festlichsten Gewändern, die drei Fremden, die sie auf ihren Pferden bewundert hatte, und Maurins Eltern. Unwillkürlich duckte sie sich in Erwartung eines Donnerwetters, aber nichts geschah. Prinz Nerun machte nur eine winzige Bewegung mit dem Daumen, Richtung Ausgang, und Maurin rannte wie der Wind nach draußen.

»Verzeihung«, sagte Nerun mit leiser Stimme, die die Unwichtigkeit des Vorfalls unterstrich.

»Und nun«, wiederholte Zeremonienmeister Blufin nicht ganz so schwungvoll wie beim ersten Mal, »heiße ich Euch im Namen des Königs im Raum der tanzenden Hirsche willkommen.«

Während er jeden Gast zu seinem Platz führte, beobachtete Anyana die näher kommenden Schuhe. Je länger sie in ihrem Versteck hockte, umso schlimmer würde es sein, bemerkt zu werden. *Ich muss es jetzt tun*, dachte sie entschlossen. *Ist doch eigentlich ganz einfach. Ich krieche heraus, entschuldige mich und laufe Maurin hinterher. Sie werden mich dafür schon nicht in den Kerker werfen, und das bisschen Prügel werde ich überleben.* Aber sie brachte es nicht über sich. Ein Paar Schuhe nach dem anderen richtete sich dauerhaft bei ihr ein, mit den Spitzen schon unter dem Tischtuch, und schon war der richtige Zeitpunkt vorbei.

Sobald alle saßen, kündigte Blufin den König und die Königin an. Alle standen erneut auf, als Jarunwa und Rebea den Raum betraten, und Anyana kniff die Augen zusammen und hielt den Atem an. Die Fliesen unter ihren Knien waren eiskalt und so hart, dass es wehtat. Trotzdem wagte sie es nicht, sich zu bewegen. Sie hörte die Schritte, das leichte Quietschen der königlichen Schuhe und das harte Klacken der Königinnenabsätze. Erst als die beiden sich gesetzt hatten und nun auch die übrigen Stühle und Schuhe scharrten und knarrten, suchte Anyana nach einer bequemeren Position. Sie streckte sich auf den Steinfliesen aus, aber die Kälte drang sofort durch ihr leichtes Sommerkleid, daher hockte sie sich sofort wieder hin. Sie kam sich ein bisschen wie ein Frosch vor, der auf einem Blatt stillhielt und auf eine Fliege hoffte.

Die Tischgespräche waren sterbenslangweilig. Höfliche Floskeln wanderten hin und her, Komplimente für die Damen und Lob für das Essen, wodurch Anyana noch hungriger wurde, als sie es ohnehin schon war. Der Duft von Gebratenem und Gebackenem erreichte sie auch unter dem Tischtuch und machte ihr den Mund wässrig. Resigniert erkannte sie, dass sie nicht erst in den Kerker geworfen werden musste, sie war schon drin. Kalt, eng und ohne die Möglichkeit, sich bequem hinzusetzen oder hinzulegen, ohne Nahrung und sogar ohne Wasser. In ihrer Lage konnte sie mit niemandem reden – sie war allein, völlig allein. Wo Dilaya und Maurin jetzt wohl waren? Dilaya wartete bestimmt nicht im Thronsaal, sondern war längst durch den Gang und die Uhr zurückgeschlichen. Sicherlich hatte sie sich schon mit Maurin zu Hause getroffen, und die beiden warteten jetzt sorgenvoll darauf, dass ihre Eltern wiederkamen und ihnen eine saftige Strafpredigt hielten. Und vielleicht dachten sie auch an ihre arme Cousine, die unter dem Tisch Qualen litt ...

Prinz Winya konnte ein Grinsen nicht unterdrücken. Was musste es Nerun kosten, seinen Sohn entkommen zu lassen, ohne ihn dafür zu verprügeln, dass er die festliche Zeremonie gestört hatte! Winya sah sich um, auf der Suche nach einem Lächeln im Gesicht der anderen, aber alle taten, als hätten sie das Kind gar nicht gesehen. Sie ließen sich zu ihren Stühlen führen, die Gäste auf die eine Seite, die Prinzenpaare auf die andere, und nahmen Platz, aber etwas Unausgesprochenes hing im Raum, eine unterdrückte Heiterkeit. Oder war er der Einzige, der so empfand?

Ach ihr Götter, dachte Winya, *wie albern ist diese ganze Prozedur. Ist ihnen das nicht klar geworden? Ich weiß, Blufin würde tot umfallen, wenn wir jetzt einfach damit anfangen würden, uns fröhlich zu unterhalten. Aber erst muss der König kommen, und wir müssen alle katzbuckeln. Dabei* – er musterte die Gäste, einen nach dem anderen, ohne Interesse an seinem Besteck zu heucheln – *würde ich gerne mal mit dem da reden. Dieser Hüne, der wortkarge Graf Kann-bai, das ist ein interessanter Mensch, da bin ich mir sicher.*

Als Jarunwa und Rebea eintraten, stand Winya deutlich später auf als die anderen, was ihm einen schmerzhaften Tritt an den Knöchel einbrachte. *Menschen wie Hetjun,* dachte er, *sollten überhaupt nur Filzpantoffeln tragen.* Jedenfalls hatte Jarunwa sich noch feiner herausgeputzt als Nerun, mit allem, was dazugehörte: Goldreif auf der Stirn und Goldkette um den Hals. Und Rebea ging so stolz und aufrecht, dass sie schon fast hintenüber kippte. Sie hatte ihr schwarzes Haar in mehreren dicken Zöpfen über ihren Kopf geschlungen, was ziemlich albern aussah. Winya schmunzelte, was ihm einen erneuten Fußtritt bescherte.

»Seine Majestät König Jarunwa«, verkündete Blufin mit seiner tiefsten, wichtigsten Stimme, »Herrscher von Anta'jarim, direkter Nachfahre des göttlichen Beha'jar, Befehlshaber der dreizehn Heerscharen, Hüter der Geheimnisse, Prophet der tausend Götter, Hirte der Gläubigen, Vorsitzender des Ordens der sieben Wahrheiten, Stern des Westens.«

Winya, den die ganze Aufzählung wenig beeindruckte, seufzte innerlich. Die göttliche Abkunft war ein gutes Beispiel für die staatsmännische Wichtigkeit der Dichtkunst, die dreizehn Heerscharen hätte man auch »mickrige kleine Truppen, verteilt über das ganze Land« nennen können, und auch der Rest an Auszeichnungen machte wenig Sinn. Für ihn wenigstens. Und – er studierte die Gesichter der drei Abgesandten – auch für sie. Das brachte die Frage auf, warum der Großkönig ausgerechnet diese drei Männer hergeschickt hatte. Sie hatten so wenig mit den üblichen Diplomaten gemein, dass sie einen wirklich außergewöhnlichen Auftrag haben mussten.

»Ihre Majestät Königin Rebea.« Blufin machte unerschrocken weiter. »Herrscherin von Anta'jarim, Erste Prinzessin von Clias, Tochter des Sultans Nenuma von Nehess, Mutter von Lijun und Tera. Hirtin der Gläubigen, Trägerin des Weißen Bandes.«

Leider ist sie so gar nicht hübsch, fand Winya, *was sie auch immer sein mag. Wenn sie wenigstens nett wäre! Nun gut*, musste er einschränkend zugeben, *Rebea ist zu allen freundlich und höflich – außer zu mir.*

Blufin knallte die Hacken zusammen und entschwand glücklich aus dem Zimmer der tanzenden Hirsche. Dem Protokoll war Genüge getan worden. Die Gesandten hatten die königlichen Verwandten kennengelernt und den König und seine Gemahlin vorschriftsgemäß begrüßt. Dem König brauchten sie nicht vorgestellt zu werden; er war schon im Vorfeld darüber informiert worden, wer ihn aufsuchte. Alles war in bester Ordnung, nun konnte das Essen beginnen. Zwei Diener eilten herein und begannen mit dem Servieren.

»Hattet Ihr eine angenehme Reise, Fürst Wihaji?« Jarunwa eröffnete das Gespräch, indem er sich an den ranghöchsten Gast wandte.

»Die Straßen sind in tadellosem Zustand«, erwiderte dieser.

Heimlich seufzend wandte Winya seine Aufmerksamkeit dem kahlköpfigen Grafen zu, von dem er sich ein spannenderes Gespräch erhoffte. »Graf Kann-bai?«

Sein Gegenüber verengte die Augen, als hätte er ihn angegriffen. »Prinz?« Das Wort zwängte sich durch eine tiefe, kratzige Kehle. Er machte sich nicht einmal die Mühe, den Namen anzuhängen.

»Ihr kommt aus Schanya? Sind dort alle so schweigsam wie Ihr?« Winya lächelte freundlich. Vielleicht würde eine Unterhaltung schwierig werden, aber amüsant allemal.

Hetjun trat wieder ziemlich kräftig zu. »Der Abend hat gerade erst begonnen«, flötete sie mit ihrem liebreizendsten Lächeln.

»Genug Zeit, um alle Vorurteile zu widerlegen, nicht wahr?«, fügte Winya hinzu. Aus dem Augenwinkel bemerkte er, wie Fürst Wihaji in seine Richtung blickte, und redete schnell weiter, um einer Frage zu seiner Dichtung zuvorzukommen. »Sicherlich habt Ihr auch reichlich davon mir gegenüber.«

»Winya!«, ächzte Hetjun entsetzt.

Winya zwinkerte. »Er weiß, wie ich es meine, nicht wahr, Graf Kann-bai? Ihr seid ein Mann des Kampfes, das sieht man Euch an der Nasenspitze an. Was haltet Ihr von Männern des Wortes?«

»Nichts«, grollte Kann-bai.

»Siehst du, liebe Hetjun, wir verstehen uns blendend.«

Fürst Wihaji gelang es nun doch, sich vom König zu lösen und das Wort an Winya zu richten. »In Wajun ist eine Schule für nichtadlige Kinder gegründet worden. Sie lernen dort Eure Verse auswendig.« Er konzentrierte sich einen Moment und zitierte dann:

»*Antlitz des Mondes*
Blick hinter dich
Sag mir eins
Wo ist
Gott.«

Wihaji richtete seine ascheschwarzen Augen auf Winya und meinte: »Es ist wunderbar. Das perfekte Gleichmaß der Silben, fünf, vier, drei, zwei, eins. Aber müsst Ihr ständig die Götter bemühen – und den Tod?«

Jetzt hatte er ihn. Sobald die Rede aufs Dichten kam, fühlte Winya sich wie ein erlegter Hirsch. Er wusste nicht, was er darauf antworten sollte.

Hetjun antwortete für ihn. »Dichter müssen immer über die Götter und den Tod reden – und die Liebe, nicht zu vergessen! Ist es nicht erstaunlich, mit welcher Selbstverständlichkeit er aus tausend Monden und tausend Göttern einen Mond und einen Gott macht? Unser Priester hat sich die Haare gerauft, hat man mir erzählt. Die Geistlichen verstehen eben nichts von Poesie. Da sind sie schlimmer als das gemeine Volk.«

»Einen echten Dichter in unserer Mitte zu haben ist schon etwas Besonderes«, behauptete König Jarunwa milde lächelnd, während Winya sich wand und dabei fast vom Stuhl fiel.

»So ist es«, stimmte Hetjun aufgeregt zu. »Und vor allem ein Dichter, der auswendig gelernt wird! Das ist großartig! Darüber freuen wir uns, nicht wahr, Winya? Aber eine Schule für Nicht-Adlige, wer kommt denn auf so eine Idee?«

Winya ließ das Gespräch an sich vorbeiplätschern. Herzog Sidon, der Mann mit dem unheimlichen blauen Blick, erwies sich als ein Experte für die Bildung der ärmeren Schichten und lenkte immer wieder äußerst geschickt darauf zurück. Sie arbeiteten sich durch die verschiedenen Schüsseln, durch Fleisch, Gemüse und Teigwaren, und als am Schluss eine Platte mit den allerköstlichsten Honigkaramellen gereicht wurde, lehnte Jarunwa sich zurück und fragte:»Welche Botschaft schickt der Großkönig, Gnade dem Gesegnetsten unter der Sonne, dem Königshaus von Anta'jarim?«

Wihaji, der dunkelhäutige Fürst von Lhe'tah, griff in eine Tasche und holte eine kleine Pergamentrolle heraus.»Bitte, mein König. Dies sendet Euch Großkönig Tizarun, Sonne von Wajun, Freund und Herr, Licht des Sonnenreiches und der ganzen Welt.«

Der König griff nach der Rolle, zog die Schnur ab und vertiefte sich in den Inhalt. Es konnte nicht viel auf dem schmalen Streifen stehen, aber er starrte unverhältnismäßig lange auf die Botschaft und runzelte angestrengt die Stirn.

»Ein Gesetz«, sagte er schließlich.

»Ein Gesetzentwurf«, stellte Wihaji richtig.»Großkönig Tizarun, Sonne von Wajun, würde ein solches Gesetz nicht erlassen, ohne sich mit Euch, König Jarunwa, abzusprechen. Darum sind wir hier. Wir sind bereit, Eure Einwände anzuhören und sie dem Großkönig vorzubringen.«

Prinz Nerun beugte sich gespannt vor.»Worum geht es in diesem Gesetz?«

»Um ein neues Erbrecht«, sagte der König langsam.»Der Großkönig wünscht, dass uneheliche Kinder in die Erbfolge aufgenommen werden.«

»Das ist unerhört!«, schnappte Lugbiya.»Wie könnten Bastarde Kindern gleichgestellt werden!«

»Dieses Gesetz könnte weitreichende Folgen für den gesamten Adel von Anta'jarim haben. Nicht zu vergessen für die gesamte Bevölkerung des Sonnenreiches«, meinte Wihaji.»Aus diesem Grund wünscht der Großkönig das neue Gesetz mit Eurer Zustimmung zu erlassen.«

»Es ist ein gutes Gesetz«, fand Prinz Winya. »Ein Grund, nicht so viele uneheliche Kinder zu produzieren.« Kaum hatte er den Satz ausgesprochen, spürte er eine flüchtige Bewegung an seinem Bein. Es war nur eine ganz kurze Berührung, die er sich vielleicht auch bloß eingebildet hatte, denn wer sollte hier unter dem Tisch mit ihm füßeln? Hetjuns Tritte fühlten sich anders an. Nur Rebea saß ihm noch nah genug, aber als er ihr ins Gesicht blickte, funkelte sie ihn nur feindselig an.

»Und Königin Adla von Lhe'tah?«, wollte Prinz Nerun wissen. »Hat sie ihre Zustimmung bereits erteilt?«

Jarunwa ergriff das Wort, bevor Wihaji antworten konnte. »Großkönig Tizarun spricht als der ranghöchste Lhe'tah für sein ganzes Haus. Die Zustimmung seiner Schwester ist nicht erforderlich. Habe ich nicht recht? Wir sind die Einzigen, die noch gefragt werden müssen.«

Wihaji nickte. »Ihr habt recht, Majestät. So ist es.«

»Das würde alles auf den Kopf stellen«, sagte Jarunwa nachdenklich. »Die Erben eines Herzogs, beispielsweise, könnten sich nie sicher sein, ob nicht noch jemand auftaucht, der ihnen ihr Erbe streitig machen wird. Und außerdem – an welcher Stelle würde ein solcher unehelicher Nachkomme stehen? Hinter dem jüngsten Kind? Oder an der Stelle, an die er aufgrund seines Alters gehören würde?«

Die Kinder, dachte Winya plötzlich. *Maurin mit dem vollen Mund. Wo Maurin ist, sind normalerweise auch Dilaya und Anyana. Könnte es sein, dass die Mädchen hier unter dem Tisch hocken?*

»Letzteres«, sagte Herzog Sidon. »Ein zuerst geborenes uneheliches Kind würde vor seine ehelichen Geschwister rücken.« Seine Augen leuchteten, als fände er diese Aussicht besonders erheiternd. Winya fand ihn unerwartet sympathisch.

»Aber wie soll das festgestellt werden?« Prinz Nerun balancierte ein besonders üppig mit Mandeln verziertes Honigplätzchen auf seiner Gabel. »Wir würden jede Sicherheit verlieren, wer erben darf, und wie alles aufgeteilt wird.«

»Es könnte ja jeder kommen und sich zum Sohn eines Herzogs oder sogar des Königs erklären«, meinte Lugbiya, noch immer fassungslos.

Wie soll das festgestellt werden, dachte Prinz Winya. *Das ist eine sehr gute Frage.* Er besah sich die Süßigkeit, die er sich gerade in den Mund schieben wollte, und schloss stattdessen die Hand um sie. Vorsichtig hob er das Tischtuch an.

»Mir ist bewusst, dass Ihr hier in Anta'jarim nach den Wegen der Vorfahren lebt«, begann Wihaji, »jedoch ...«

»Nach den Wegen der Götter«, unterbrach ihn Lugbiya hitzig.

Wihaji ließ sich nicht beirren. »In Wajun beschreiten wir jedoch neue Wege. Schon seit einigen Generationen haben der Großkönig und die Großkönigin den Magiern erlaubt, das Antlitz der Stadt zu verändern. Ihr wart selbst dort, bei Großkönig Tizaruns Krönung, daher wisst Ihr, wovon ich rede. Doch vielleicht hat sich Euch nicht erschlossen, dass Magie für weitaus mehr Dinge nützlich ist als für Licht, Feuerwerk und schwebende Sänften. In Kanchar reichen einem Magier ein paar Tropfen Blut, um die Herkunft eines Menschen festzustellen. Angeblich erscheinen die Bilder seiner Eltern in einer Schale mit Wasser, wenn der Zauberer die richtigen Formeln und Zutaten benutzt. Fragt mich nicht nach den Einzelheiten.« Er lächelte entschuldigend. »Ich verfüge über keinerlei magisches Wissen.«

»Man kann also zweifelsfrei beweisen, wessen Kind jemand ist?«, fragte Jarunwa; in seine Augen trat ein gespanntes Flackern.

Königin Rebea beugte sich vor. »Das sind die Wege der verfluchten Kancharer«, sagte sie. »Ich kann nicht glauben, dass die Götter so etwas im Land der Sonne zulassen würden.«

Das Honigplätzchen wurde ihm vorsichtig aus der Hand genommen. Winya lächelte zufrieden und belud sich den Teller mit Kuchen und Süßem. Nun blieb nur noch herauszufinden, wer da unten saß.

»Die Kancharer haben durch ihre Beschäftigung mit Magie noch keinen Schaden genommen«, setzte Herzog Sidon an.

»Die Götter der Kancharer waren schon immer schwächer als

unsere!« Die Königin bewegte ihren Kopf vorsichtig, um ihre Frisur nicht zu gefährden. Sie konnte daher nicht aufspringen und mit den Armen wedeln, wie sie es vielleicht sonst gerne getan hätte. Nach der Wut in ihren Augen zu urteilen, war sie kurz davor.

»Ja«, sagte Wihaji zum König, als hätte er Rebea nicht gehört. »Es ist möglich. Es soll nicht viele Magier geben, die sich darauf verstehen, aber es wird nicht allzu schwierig sein, einen davon nach Le-Wajun zu holen, wenn man ihn angemessen entlohnt. Natürlich hoffen wir, dass es nicht nötig sein wird, in jedem Erbschaftsfall Untersuchungen anzustellen. Das werden gewiss nur Ausnahmen sein.«

»Ich weiß nicht, was ich davon halten soll«, meinte Jarunwa kopfschüttelnd.

»Warum muss das Recht überhaupt geändert werden?«, fragte Königin Rebea. »Warum lassen wir es nicht einfach so, wie es ist?«

»Großkönigin Tenira«, murmelte Winya und ließ unauffällig ein Stück Kuchen in seinen Schoß plumpsen.

»Was meinst du?«, fragte Nerun.

»Die Großkönigin«, wiederholte Winya und hielt den Kuchen unter das angehobene Tischtuch. Er fühlte, wie jemand danach griff, und dann streiften ihn flüchtig ein paar kleine, eiskalte Fingerspitzen.

Der Traum fiel über ihn her, als hätte ihm plötzlich jemand einen Eimer Wasser über den Kopf geschüttet. Er schnappte nach Luft, als er auf einmal das Schloss von Anta'jarim vor sich sah. Es ragte in den finsteren Nachthimmel, und es brannte.

Wie Schlangen wanden sich lange Arme aus Feuer über den Zinnen, und suchende Zungen leckten über die Wände. Er konnte die Hitze nicht spüren, so kalt war es, aber vor ihm fraßen die Schlangen und fraßen und fraßen. Sie schlängelten sich um die Mauern, als sei das ganze Schloss lebendig. In den dunklen Fensteröffnungen des Schlosses erkannte er bleiche Gesichter. An jedem Fenster stand eine Gestalt: König Jarunwa und Königin Rebea, Prinz

Nerun und Prinzessin Lugbiya, die Prinzen Lijun und Tera und Maurin. *Auch sich selbst und Hetjun sah er an zwei nebeneinanderliegenden Fenstern stehen. Aber alle hatten die Augen geschlossen.* Wacht auf, *wollte er schreien,* es brennt! Wacht doch endlich auf! *Aber in dem Traum hatte er keine Macht über seine Stimme.*

Auf einmal wurde ihm bewusst, dass er Anyana nicht sehen konnte. Trotz der Hitze wagte er sich näher heran und suchte die Fenster nach ihrem Gesicht ab, aber sie war nicht dabei. In Panik schaute er sich um, und da bemerkte er, dass sie einige Schritte hinter ihm stand. Ihr Gesicht war noch bleicher als die anderen Gesichter, aber ihre Augen waren offen. Sie sah ihn regungslos an, als wäre ihr völlig gleichgültig, was geschah.

Anyana, *wollte er schreien,* tu doch etwas. Ruf du um Hilfe, ich kann es nicht. Hol Leitern, Wasser, irgendetwas. Wir müssen sie alle retten. Wir müssen uns retten. *Aber er konnte nicht rufen.* Lauf, rette wenigstens dich, *wollte er sagen, aber er konnte nicht schreien.*

Dann bemerkte er, dass die Sterne fielen. Sie rieselten vom Himmel herab wie Schnee, sie fielen in die Flammen, aber sie konnten das Feuer nicht löschen. Wie Schneeflocken legten sie sich auf Anyana und häuften sich zu ihren Füßen.

Lauf!, *rief es in ihm,* lauf, weißt du nicht, dass Sterne aus Eis sind, weißt du nicht, dass du erfrieren wirst. *Ihre Lippen waren blau. Die Sterne glitzerten in ihrem Haar, aber sie rührte sich nicht, und obwohl er genau wusste, dass sie lebte und ihn sah, stand sie da wie eingefroren. Verzweifelt wandte er sich wieder dem Schloss zu, und sein Blick fiel auf sein eigenes Gesicht in einem der Fenster, unnatürlich weiß und leblos sah es aus, umrahmt von goldenem Haar.*

Er ächzte leise. Hetjun trat ihm gegen den blauen Fleck an seinem Knöchel, und der Schmerz wirkte wie ein zweiter Eimer kaltes Wasser. Winya stellte fest, dass die anderen immer noch mit dem

Thema Erbschaft befasst waren, und seine Frau zischte: »Mach den Mund zu.«

»Oh ihr gnädigen Götter«, flüsterte er und trank sein Weinglas mit mehreren hastigen Schlucken aus.

»Auch wenn die Großkönigin persönlich betroffen ist«, sagte Wihaji gerade, »heißt das nicht, dass es nicht ein gutes und sinnvolles Gesetz ist. Vielleicht muss jemand ein persönliches Interesse haben, damit endlich etwas geschieht. War es nicht genauso, als die Töchter in der Erbfolge den Söhnen gleichgestellt wurden? Zuerst waren alle empört, aber mittlerweile können wir uns gar nichts anderes mehr vorstellen.«

»Was ist denn der Vorteil eines solchen Gesetzes?«, wollte Nerun wissen. »Ich meine, werden dadurch nicht die Falschen begünstigt? Angenommen, ein Gutsherr erzieht seinen Sohn jahrelang, damit dieser nach seinem Tod alles gut verwalten kann, und plötzlich taucht ein älteres Kind auf, das von irgendeiner Magd großgezogen wurde und weder Erziehung noch Manieren aufweisen kann. Soll dieser Bastard den Hof erben und zugrunde richten? Das alles kommt mir doch sehr fragwürdig vor.«

»Dann hätte der Gutsherr den Sohn eben früher anerkennen und ihm eine gute Erziehung ermöglichen sollen«, meinte Herzog Sidon. »Wenn er das versäumt hat, ist er selber schuld.«

»Aber der rechtmäßige Sohn hat sich nichts zuschulden kommen lassen. Er hat es nicht verdient, so zurückgesetzt zu werden!«

»Und der Sohn der Magd hat sich ebenfalls nichts zuschulden kommen lassen. Hat er es etwa verdient, sein Leben lang als Sohn einer Magd und nicht als Sohn des Gutsherrn aufzuwachsen?«

König Jarunwa bremste den Eifer der beiden, der drohte, in einen Streit umzuschlagen.

»Es ist ein guter Vorschlag«, meinte er, »er macht viel Unrecht gut, auch wenn er wieder neues Unrecht verursachen wird. Die Phase des Umbruchs wird die schwierigste sein, wie immer.« Er fasste Fürst Wihaji genau ins Auge. »Wie fest ist der Entschluss des Großkönigs, dieses Gesetz zu verabschieden? Kann irgendetwas, das wir hier bereden, etwas daran ändern?«

Winya nestelte an seiner Schulterschnalle, um seinen Umhang zu lösen. So kalte Fingerspitzen! Die arme Anyana – nach der Vision zweifelte er nicht mehr daran, dass sie es war – würde sich über das warme Tuch bestimmt freuen.

»Was tust du denn da?«, flüsterte Hetjun.

»Nichts«, schwindelte er, »mir ist zu heiß.« Er musste etwas vorsichtiger zu Werke gehen, sonst würde sie über kurz oder lang unter den Tisch schauen.

»Mein König«, meinte Wihaji verlegen, »ich sagte bereits, der Großkönig, die Sonne von Wajun ...«

»Die Sonne hat dieses Gesetz bereits beschlossen, oder nicht?«

»Nein, mein König, so würde ich das nicht sagen.«

»Aber wir wissen doch alle«, Jarunwa ließ sich nicht bremsen, »dass die Großkönigin Tenira selbst unehelicher Abkunft ist. Ein solches Gesetz würde sie zu einer vollwertigen Erbin ihres Vaters machen. Sie kämpft für sich selbst, daher wird sich die Großkönigin nicht von unserem Unbehagen beirren lassen.«

Wihaji schüttelte den Kopf. »Ein Gesetz von einer derartigen Tragweite braucht so viel Unterstützung wie möglich. Aber ich bin sicher, dass Ihr der Sonne diesen Rückhalt nicht verweigern werdet. Es sei denn, Ihr habt schwerwiegende Einwände, die die Sicherheit Anta'jarims oder des Reichs betreffen. Falls Ihr persönlich betroffen wärt ...«

»Oh nein«, versicherte Jarunwa, »es geht gewiss nicht um mich.«

Winya ließ den Umhang auf den Boden fallen und schob ihn mit den Füßen unter den Tisch. Hetjun saß wie erstarrt auf ihrem Stuhl und sah zum Glück nicht hin.

»Dann werdet Ihr mir Eure Unterschrift geben?«

»Natürlich.« Der König ließ den Blick auf seinen Brüdern ruhen. »Oder habt ihr etwa schwerwiegende Einwände, die dagegensprechen?«

Nerun schüttelte grimmig den Kopf. »Ich bin nicht glücklich darüber, das sage ich ganz ehrlich. Aber«, sein Gesicht verhärtete sich, »wir haben ja anscheinend gar keine Wahl.«

Winya dagegen nickte. Er fror, ihm war, als würden seine Adern vereisen und sein Blut gefrieren, doch bei dieser Art von Kälte hätte ihm auch der Umhang nicht geholfen. Trotzdem zauberte er ein mokantes Grinsen auf seine Lippen. »Damit recht bekommt, wer dieses Recht verdient. Ich verbeuge mich vor der Weisheit und dem Mut der Sonne von Wajun.«

»Dann erkläre ich den Abend für beendet«, sagte Jarunwa und strich sich das Haar aus der Stirn. Seine Augen waren müde. »Es war ein langer Tag, und Ihr habt eine anstrengende Reise hinter Euch. Genießt die Gastfreundschaft des Hauses Anta'jarim, solange Ihr mögt.«

Wihaji neigte den Kopf. »Ich danke Euch, mein König.«

Sie standen alle auf und warteten, bis das Königspaar den Raum der tanzenden Hirsche verlassen hatte, dann schoben auch die Botschafter und die Prinzenpaare ihre Stühle zurück und wünschten einander eine gute Nacht.

An der Tür warf Prinz Winya einen Blick zurück auf den Tisch. In der Dunkelheit unter dem Tischtuch war nichts zu sehen.

Prinz Nerun klaubte das drittletzte Stück Kuchen von der Platte.

»Schlaf gut«, meinte Winya nur, »und versuch besser, nicht allzu viele uneheliche Kinder zu zeugen.«

»Haha. Sehr witzig.« Nerun stopfte sich den Kuchen in den Mund und ähnelte plötzlich auf verblüffende Weise seinem Sohn.

Winya fing einen hasserfüllten Blick von Lugbiya auf.

»Jetzt komm doch«, befahl Hetjun. »Na los. Willst du hier übernachten?«

Als sie aus dem Portal traten, wölbte sich über ihnen der Nachthimmel. Die Luft, immer noch warm, war vom Zirpen der Grillen erfüllt. Winya sah nach oben zu den Sternen und fühlte eisige Kälte, die sich wie eine klamme, knochige Hand um sein Herz legte.

8. EURE NICHTE, UNSER SOHN

»Wohin willst du?«, fragte Hetjun schlaftrunken.
Winya zog sich seinen Morgenrock über. Die Wärme ihres Körpers verlockte ihn wider Erwarten, aber er wusste genau, dass sie wütend auf ihn war und es genießen würde, ihn zu quälen.
»Ich sehe nur kurz nach Any.«
»Dafür haben wir doch Baihajun.«
Hetjun verfügte über die Gabe, sich nie Sorgen um ihre Tochter zu machen – höchstens um die Auswirkungen ihrer Albträume auf den Ruf der Familie. Dass die Kinderfrau noch nicht Alarm geschlagen hatte, verunsicherte ihn. Er war sich ganz sicher, dass Anyana noch nicht im Bett liegen konnte, aber warum gab dann niemand den Eltern Bescheid? Leise ging er den Flur hinunter bis zum Zimmer des Mädchens. Darin war es dunkel. Er horchte auf Atemzüge, aber das Bett war leer, und er wünschte sich, er hätte eine Lampe mitgebracht. In der Dunkelheit fühlte er wieder den Schrecken in sich, der ihn im Traum gepackt hatte. Doch dann schüttelte er die Lähmung ab und wandte sich entschlossen der Aufgabe zu, seine kleine Prinzessin ins Bett zu bringen.
Im Empfangssaal fand er zu seinem großen Erstaunen Baihajun im Lehnsessel sitzen und schlafen. *Gibt es denn überhaupt noch Geheimnisse hier*, überlegte er kopfschüttelnd, als er sich der Uhr zuwandte. Das kaum hörbare Klicken der Glastür weckte die Kinderfrau sofort.
»Any?« Dann erkannte sie den Prinzen. »Prinz Winya? Was macht Ihr denn hier?«
»Das Gleiche wie du, vermute ich. Ich warte auf Anyana.«
»Dilaya hat mir versichert, sie würde hier auftauchen.«
»Dilaya? Ja, so etwas in der Art hatte ich mir gedacht.« Winya

runzelte die Stirn. »Aber wo bleibt sie denn? Ich hoffe, sie ist nicht irgendwo eingeschlafen – oder gar entdeckt worden.«

»Wenn Ihr wisst, wo sie steckt, dann holt sie doch endlich«, herrschte Baihajun ihn an. »Das Kind gehört ins Bett, es ist mitten in der Nacht!«

Winya gähnte zustimmend. »Ich erwarte von dir, dass du dieses Geheimnis für dich behältst«, sagte er und stieg durch die Uhr.

Anyana tastete sich durch den dunklen Raum. Die Stuhllehne loszulassen und blindlings in die Richtung zu gehen, in der sie die Tür zum Thronsaal vermutete, kostete sie all ihren Mut. Einige Schritte tappte sie durchs Nichts, dann stieß sie mit den Fingerspitzen gegen die Wand und fand kurz darauf die Tür. Sie knarrte leise. Auch auf der anderen Seite war es stockfinster. Anyana schluckte, aber es half alles nichts, irgendwie musste sie hier herauskommen. Vorsichtig bewegte sie sich in den Thronsaal hinein. Sie war so müde, dass ihr schwindlig war, und ihr fehlte zunächst jede Orientierung. Wo war der Thron? Mit ausgestreckten Armen wankte sie durch die Dunkelheit.

Als sie mit dem Fuß an die Stufen stieß, wäre sie fast gestürzt. Mit beiden Händen fing sie sich ab und tastete sich langsam um den Aufgang zum Thron herum. Warme Erleichterung erfüllte sie, als sie den schweren Samtstoff, der den winzigen Raum unter der Treppe abteilte, unter ihren Händen spürte. Im nächsten Augenblick dachte sie, ihr Herz würde stehen bleiben.

Jemand öffnete die Tür zum Thronsaal und trat mit einem Licht ein. Schatten tanzten über die Wände, während schwere Schritte über den Fußboden knarrten.

Anyana duckte sich und drängte sich stocksteif an den Vorhang. Sie wagte nicht zu atmen, während die Person näher kam, die Stufen hinaufstieg und sich auf den Thron setzte. Leder knarrte. Wenn sie nach oben blickte, konnte sie den Arm sehen, der auf der Lehne ruhte. Der König hätte nur an seiner linken Seite nach unten schauen müssen, um sie zu sehen. Wenn sie sich jetzt bewegte, um hinter den Vorhang zu gelangen, würde er auf sie aufmerksam werden. Sie hatte keine Ahnung, was geschehen würde, wenn er sie erwischte, aber sie wollte es lieber nicht herausfinden.

Die Tür öffnete sich zum zweiten Mal, und wieder waren Schritte zu hören, diesmal das sanfte Quietschen von Ledersohlen. Der Mann, auf den das Licht der kleinen Lampe fiel, besaß ein dunkles, ebenmäßiges Gesicht.

»Ich danke Euch, dass Ihr meiner Bitte nachgekommen seid, mein König.«

»Wenn der Großkönig mir etwas Vertrauliches mitzuteilen wünscht, wer bin ich, ihm nicht zuzuhören?« Jarunwas Stimme war scharf. »Es war sehr geschickt von Euch, Euer geheimes Anliegen der Gesetzesrolle hinzuzufügen. Niemand wird auf die Idee kommen, Ihr hättet mir darin noch mehr mitgeteilt. Ich hoffe nur, Ihr nutzt dieses kleine Treffen nicht, um mich zu ermorden.«

Wihajis Zähne blitzten auf. »Ihr seid ein Mann von bemerkenswerter Gelassenheit, König Jarunwa.«

»Werde ich auch so gelassen bleiben, wenn ich Eure zweite Botschaft gelesen habe, Fürst Wihaji?«

Der Gesandte schüttelte den Kopf. »Ich habe ein Dokument bei mir; Großkönig Tizarun bittet Euch darum, es zu unterschreiben. Aus Sicherheitsgründen ist es mit einer besonderen Tinte verfasst, die nur mit speziellen Mitteln sichtbar gemacht werden kann. Noch ist es zu riskant, irgendetwas davon an die Öffentlichkeit dringen zu lassen.«

»Ein noch gefährlicheres Gesetz als das neue Erbrecht?«

»Kein Gesetz. Eine Änderung«, Wihajis Stimme wurde leiser, »eine Änderung der grundlegenden Verfassung des Reiches der Sonne.«

»Was soll das heißen? Sprecht klar.«

»Großkönig Tizarun will eine Neuerung einführen, die sowohl dem Haus Lhe'tah als auch dem Haus Anta'jarim Ehre bringen wird. Er will die Großkönigswahlen abschaffen. Hört mir gut zu, König Jarunwa, bevor Ihr protestiert. Es geht um mehr, als Ihr

Euch im Moment vorstellen könnt. Eine erbliche Monarchie würde einen stetigen Zuwachs von Ruhm und Ansehen bedeuten. Das ist besonders wichtig im Hinblick auf die Herrscherdynastie von Kanchar. Wenn wir mit unserem östlichen Nachbarn konkurrieren wollen, müssen wir einen Großkönig haben, dessen Herrschaftsfolge nicht von der Willkür des Volkes und von ständig wechselnden Königsfamilien abhängig ist. Wir brauchen ein Großkönigtum, in dem die Krone von Generation zu Generation geht.«

»Das ist nicht nur eine sehr schwerwiegende Entscheidung«, murmelte Jarunwa. »Das bedeutet Krieg. Das Volk von Le-Wajun wird das nicht hinnehmen. Und ich ebenfalls nicht. Ich bin es meinem Land schuldig, den Weg zum Sonnenthron für meine Familie offen zu halten.«

»Krieg? Jedenfalls nicht zwischen Lhe'tah und Anta'jarim. Wenn Ihr zustimmt, König Jarunwa, könnten unsere beiden Häuser für immer im Großkönigtum von Wajun vereint werden. Keine Wahlen mehr. Kein wochenlanger Schwebezustand zwischen dem Tod eines Großkönigs und der Wahl einer neuen Sonne. Keine neuen Höflinge und Ratgeber und Heerführer bei jedem Hauswechsel. Wir müssen stärker sein, wenn es je wieder zu einem Konflikt zwischen dem Reich der Sonne und Kanchar kommt, und, im Vertrauen, dieser Krieg ist unvermeidlich. Unsere Geheimdienste verfügen über sichere Informationen, dass die Kancharer die Niederlage von Guna noch immer nicht völlig verwunden haben. Im Osten braut sich etwas zusammen...«

»Wartet«, unterbrach ihn Jarunwa. »Ihr braucht mir nicht mehr zu erzählen. Meine Fragen gehen in eine ganz andere Richtung. Wie stellt sich Großkönig Tizarun diese Verbindung denn genau vor? Er hat keine Kinder.«

»Noch nicht. Die Großkönigin ist schwanger.«

»Ach, wirklich?«

»Ein Kind aus dem Haus Lhe'tah und eins Eurer Kinder würden die neue Dynastie begründen. Ihr würdet für alle Zeiten einer der Stammväter der Sonne von Wajun sein.«

»Ich habe zwei Söhne«, sagte Jarunwa langsam. »Lijun wird die Krone von Anta'jarim erben, also wäre Terya der Kandidat für den Sonnenthron. Aber was ist, wenn das großkönigliche Kind ebenfalls ein Junge wird?«

»Es wird ein Junge. Das steht bereits fest.«

»Wie kann das feststehen?«

»Wir haben Magier in Wajun, Hoheit«, erinnerte Wihaji.

»Und die können das jetzt schon sagen? Na gut. Aber das macht die Angelegenheit ... schwierig, findet Ihr nicht?«

»Wir sprechen über eine Verbindung, die frühestens in fünfzehn, sechzehn Jahren stattfinden kann. Bis dahin könnt Ihr noch viele Töchter bekommen.«

»Und wenn nicht? Was ist, wenn meine Gemahlin mir noch fünf Söhne schenkt, aber kein Mädchen? Abgesehen davon, dass die letzte Geburt so schwer war, dass der Arzt uns von weiteren Kindern abgeraten hat. Wird sich die Großkönigin dann bemühen, eine Frau für meinen Sohn zu gebären?«

»Die Erbmonarchie beruht darauf, den Thron an den Erstgeborenen weiterzureichen. In der Tat würden wir uns wünschen, Tizaruns erstgeborenen Sohn mit Eurer erstgeborenen Tochter zu vermählen. Wenn Ihr sicher seid, dass Eure Frau keine weiteren Kinder bekommen kann, könntet Ihr auch das nächste Mädchen in der Thronfolge zur Erbin von Wajun ernennen.« Er senkte die Stimme noch mehr. »Ich habe zwei junge Schönheiten gesehen, als wir heute einritten, darunter ein wunderbares Mädchen mit Haar wie Gold – Eure Nichte?«

»Ja«, knurrte Jarunwa. »Aber nicht sie ist die Nächste in der Erbfolge, sondern Anyana, die Tochter meines Bruders Winya. Anyana käme direkt nach meinen Söhnen und meinen Brüdern. Der kleine Sohn des Großkönigs würde eine Frau bekommen, die dreizehn Jahre älter ist als er – falls meine Frau mir keine Tochter schenken sollte.«

»Zwölf, dreizehn Jahre sind nichts, wenn es um so große Dinge wie das Reich der Sonne geht. Ihr könntet auch versuchen, eine uneheliche Tochter zu zeugen«, schlug Wihaji vor. »Das neue

Gesetz, so Ihr es unterschreibt, erklärt sie für voll erbberechtigt.«

»Und wenn ich stattdessen zehn Söhne bekomme, die alle ein Herzogtum verlangen? Nein, danke.« Anyana hörte, wie er mit den Fingern auf die Lehne des Throns trommelte. »Anyana«, sagte er schließlich.

»Anyana«, wiederholte Wihaji. »Gut.« Er lächelte in die Schatten hinein. »Eure Zustimmung wird den Großkönig jedenfalls sehr freuen. Die Sonne von Wajun wird heller strahlen als je zuvor.«

Er steckte die Hand in die Falten seines Gewandes und holte eine weitere Pergamentrolle hervor.

Jarunwa zog die Lampe näher heran. »Noch ein leeres Blatt? Ihr erwartet doch nicht, dass ich blind etwas Unsichtbares unterschreibe?«

»Gewiss nicht, mein König.« Wihaji griff wieder in sein Gewand und brachte ein kleines Fläschchen zum Vorschein. Er sprengte ein paar Tropfen einer glänzenden Flüssigkeit auf das Dokument. »Ich mache beide Rollen für Euch sichtbar, wie gesagt, haben wir uns einer seltenen Geheimtinte bedient. Wie Ihr seht, hat Großkönig Tizarun hier die geplante Änderung der Verfassung dargelegt. Wenn Ihr Eure Zustimmung gebt, brauche ich Eure Unterschrift genau hier. Und auf diesem Pergament, auf dem die Verbindung unserer Häuser angekündigt und besiegelt wird, könnt Ihr die Verlobung Eurer Nichte Anyana mit dem erstgeborenen Sohn des Großkönigspaares festmachen. Natürlich ist es nicht klug, dies tatsächlich schon bekannt zu geben. Deshalb benutzt bitte diese Feder. Dann werden alle Buchstaben in etwa einer Stunde gleichzeitig wieder verschwinden. Diese beiden Schriftstücke werden sehr sorgfältig aufbewahrt werden, damit sie nicht in unbefugte Hände fallen. Zu diesem Zeitpunkt könnten wir damit einen Bürgerkrieg auslösen.«

»Ich bin sicher, der Großkönig wird alles weise und vorsichtig in die Wege leiten«, meinte Jarunwa langsam.

»Das wird er«, versicherte Wihaji. »Die Sonne von Wajun will das Reich stärken und schützen und nicht zersplittern.«

Die Feder kratzte über das Pergament.

»So lenken selbst die Sterne die Wege der Sonne«, sagte Jarunwa.

»Mein König.« Wihaji nahm die geheimen Dokumente wieder an sich, verneigte sich und verließ den Thronsaal mit leise quietschenden Schritten.

Der König saß noch eine ganze Weile auf seinem Thron, wahrscheinlich grübelte er vor sich hin. Schließlich schritt er mit der Lampe die Stufen hinab und verschwand durch die Tür.

Anyana schwankte vor Erschöpfung. Als sie spürte, wie starke Hände durch den Vorhang nach ihr griffen, schrie sie auf.

»Still, Any«, flüsterte Prinz Winya und legte ihr die Hand auf den Mund. »Ich bin es.«

»Vater?«

»Ich habe dich gesucht. Komm.«

»Hast du das auch gehört?« Ihr Kopf schwirrte von den Geheimnissen, die sie mitangehört hatte. Ihr festgeschriebenes Schicksal kam ihr schlimmer vor als ihre Albträume.

»Ja«, sagte er leise. »Aber mach dir keine Sorgen. Lass uns ein anderes Mal darüber reden, jetzt bringe ich dich ins Bett.«

Gemeinsam schlichen sie durch den Gang und schlüpften aus der Uhr. Baihajun saß noch immer im Sessel und schnarchte. Winya hob die schon halb schlafende Anyana auf und trug sie die lange Treppe hinauf in ihr Zimmer.

9. DIE BEIDEN KNAPPEN

»Schau mal!« Maurin zerrte seine Schwester über den Hof. Dilaya sträubte sich und kniff ihn kräftig in den Arm. »Was willst du denn? Das sind bloß die fremden Knappen. Dienstboten. Kannst du meinen lästigen Bruder mal kurz für mich kitzeln, Any?«

Doch Anyana war viel zu gebannt von dem Anblick, der sich ihnen bot.

Vor dem Stall, im Schatten unter dem Vordach, saßen die beiden schwarzhaarigen Jungen auf einer Holzbank und putzten Sattelzeug. Auf dem Zaun der Koppel hockte der Herzog mit den stechenden Augen und ölte Halfter und Trense, und als wäre dieser Anblick nicht schon ungewöhnlich genug, stand hinter ihm der kahlköpfige Kriegsmann und qualmte wie ein Schornstein. Aus seinem Mund quollen kleine graue Wölkchen.

»Was macht er da?« Ohne Rücksicht auf seine prinzliche Würde rannte Maurin zum Schauplatz des rätselhaften Geschehens. Er war nicht der Erste, der sich hier eingefunden hatte. Auch die Söhne des Königs nutzten die schulfreie Zeit, um sich die Fremden näher anzusehen. Lijun kam gerade aus dem Stall und schwärmte von den herrlichen Rössern der Botschafter.

»Warum sind Eure Pferde größer als unsere?«, fragte er fassungslos. Offenbar ging es über seinen Verstand, dass sein Vater, der König von Anta'jarim, kleinere Reittiere besaß als die Boten des Großkönigs.

»Das hat seine Gründe«, erklärte Herzog Sidon freundlich. »Im Wald sind große Schlachtrösser eher unpraktisch. Ihr habt in eurem Königreich nicht viel freies Gelände, wo Kraft und Schnelligkeit erforderlich wären.«

Prinz Lijun schien nicht überzeugt. »Ich will aber auch so ein großes Pferd.«

»Wie wäre es mit einem Eisenpferd?«, schlug der Herzog vor. »Das lässt sich von keinem Gestrüpp aufhalten.«

Inzwischen waren Anyana und die beiden Geschwister näher herangekommen. »Was macht Ihr da mit Eurem Mund?«, wollte Maurin wissen. Er war so fasziniert, dass er jede höfliche Anrede vergaß. Dilaya knuffte ihn in die Seite.

»Rauchen«, knurrte Graf Kann-bai. »Das ist eine Pfeife. Meine Güte, Sidon, kommen diese Leute aus der Wüste Daja? Es gibt hier gar nichts! Kein Licht, kein fließendes Wasser, keine Drehfächer gegen die Hitze – und nicht einmal Tabak! Ich habe hier noch keinen einzigen Magier gesehen. Nur dieser komische kleine Priester läuft überall herum und macht ein griesgrämiges Gesicht. Starrt mich nicht so an, Kinder! Es gibt auch zivilisierte Menschen.«

Sidon lachte. »Solche Klagen hätte ich nicht von dir erwartet, Kann-bai. Du wusstest doch, dass sie hier nach den Regeln der Götter leben.«

»Pah.« Kann-bai murmelte etwas Unverständliches in seine Pfeife. »Wie die Wilden.«

»Moment mal!«, rief Dilaya entrüstet. »Und außerdem ... außerdem ... bei uns braucht ein Fürst, oder was immer Ihr seid, sein Zeug nicht selber zu putzen. Das schickt sich nicht!«

Sidon bedachte sie mit einem langen Blick aus seinen funkelnden Augen. »Ach nein, schöne Prinzessin? Und wofür sind Eure Hände da?«

»Ähm, zum ... Essen?«

»Wenn Ihr sie nur dafür benutzt, werden sie über kurz oder lang größer und breiter sein als mein edles Ross.«

Alle lachten, sogar die Knappen wagten es zu schmunzeln.

Dilaya stieß Anyana in die Seite. »Sag du doch auch mal was. Niemand darf uns ungestraft beleidigen!«

Anyana beobachtete, wie die schlanken Hände des Herzogs mit dem ölgetränkten Lappen über das Leder glitten. »Er kommt aus Guna«, sagte sie.

»Bravo, mein Kind«, sagte Sidon lächelnd. »In Guna herrschen seltsame Sitten, wie jeder weiß. Unsere Könige leben nicht in einem Schloss, sondern in einem großen grauen Haus, und man vermag sie weder vom Aussehen noch von ihrem Benehmen her von ihren Untertanen zu unterscheiden. Es ist mir eine Ehre, junge Dame, dass Ihr das wisst.«

»Es gibt keinen König in Guna«, widersprach Anyana. Sie würde sich nicht für dumm verkaufen lassen.

»Das ist wahr«, stimmte er zu. »Wir nennen uns Herzöge und huldigen der Sonne von Wajun.«

In seiner Stimme schwang etwas mit, das vielleicht Bitterkeit war, vielleicht Zorn, aber es war nur flüchtig, wie eine kaum spürbare kühle Brise an einem Tag voller Sonne und Staunen. Sidon nickte ihr zu, sprang vom Zaun und verschwand im Stall. Kannbai grunzte irgendetwas und folgte ihm.

Der ältere der beiden Knappen hob den Kopf und blickte Dilaya an. »Lasst Euch von Herzog Sidon nicht beleidigen, Prinzessin. Er trägt ein Schwert auf seiner Zunge.« Er hatte ein hübsches, blasses Gesicht, aus dem die dunklen Augen hervorstachen.

Dilaya wandte sich entsetzt ab. »Hast du das gehört, Any? Er hat mich angesprochen, ein Knappe! Das sind nun wirklich mehr Beleidigungen an einem Tag, als ich ertragen kann! Komm!« Sie wandte sich zum Gehen.

Anyana fing den Blick des zweiten Knappen auf. Er lächelte und beugte sich über das Zaumzeug, um seine Belustigung zu verbergen.

»Was gibt es denn da zu grinsen?«, fragte sie in dem Bedürfnis, ihre Cousine zu beschützen.

»Eure Schwester weiß nicht viel über die Sitten verschiedener Völker, geschweige denn ihres eigenen Volkes, wie?«

»Sie ist nicht meine Schwester.« Sie biss sich auf die Lippen; nun klang es, als wollte sie sich von Dilaya distanzieren, dabei wollte sie doch um jeden Preis zu ihr halten.

»Ich bin nur der Sohn armer Leute«, sagte er und fing sie mit seinen schwarzen Augen ein, »aber mein Freund hier...«

Irgendetwas war in seinem Blick, das ihre Knie zittern ließ. Er war hübsch. Viel zu hübsch. So sehr, dass sie ihn immerzu anschauen wollte, aber am besten nur dann, wenn er es nicht merkte. Er ist doch nur ein Diener, sagte sie sich und suchte nach irgendeinem trotzigen und zugleich würdevollen Satz, der ihn verstummen ließ, doch in diesem Moment sahen sie Königin Rebea höchstselbst über die staubige Erde rauschen.

Sie rannte, und auf ihrem Gesicht lag ein Strahlen, wie es die Mädchen noch nie bei ihr erlebt hatten.

Der ältere Junge sprang auf. »Rebea!«

»Laikan!«

Sie fielen sich um den Hals.

»Du bist so groß geworden, Laikan!«

Er antwortete in einer fremden Sprache. Verwirrt standen die Mädchen daneben und tauschten einen fragenden Blick.

»Warum umarmt die Königin einen Stallburschen?«, flüsterte Dilaya.

»Das ist übrigens Prinz Laikan von Nehess«, sagte der hübsche Knappe beiläufig. »Der Bruder eurer Königin.«

Glühendes Rot überzog Dilayas Nacken. »Wieso ist das ein Prinz?«

Der Junge ließ sein übergroßes Grinsen aufblitzen. Es war unwiderstehlich. Nein, schlimmer noch, *er* war unwiderstehlich. »Ihr seid doch Prinzessinnen, bringt man euch denn gar nichts bei? Die meisten Knappen sind Söhne aus vornehmen Familien, die in der Fremde von den Männern des Großkönigs erzogen werden. Wer herrschen will, muss zuerst das Dienen lernen.«

»Sehr weise«, entfuhr es Anyana. Sie war wütend darüber, dass er sie für dumm halten musste. Natürlich hatten sie das alles gelernt, sogar diesen Spruch. *Wer herrschen will, lerne zuerst das Dienen.* Welcher Lehrer hatte ihnen das eingetrichtert? Lorlin war es nicht gewesen ...

»Laikan ist der erste Knappe aus Nehess, aber wenn der Friede zwischen dem Sultanat und dem Reich der Sonne Bestand haben sollte, werden sicher noch mehr folgen.« Der naseweise Sattelputzer konnte anscheinend nicht umhin, sie an dem großen Schatz seines Wissens teilhaben zu lassen.

Dilaya betrachtete ihn mit neuen Augen. »Und du? Bist du auch ein Prinz?«

Der Junge lachte. »Nein, leider nicht«, aber dabei sah er Anyana an, und wieder war da ein winziges, keckes Zwinkern.

»Komm jetzt«, sagte sie und zog Dilaya mit sich, denn sie hielt es nicht länger in seiner Nähe aus. Er machte sie verlegen. Trotzdem oder gerade deshalb war es schwierig, sich von ihm zu entfernen. Sie musste ihre Füße geradezu dazu zwingen, sie fortzutragen.

»Oh ihr Götter, wie peinlich«, stöhnte Dilaya, als sie außer Hörweite waren. »Der einzige Prinz weit und breit, und ich behandle ihn wie einen gewöhnlichen Diener!«

Sie blickten sich um. Die Königin saß neben ihrem Bruder auf der Bank und unterhielt sich angeregt mit ihm. Sie lachten beide und sahen zu ihnen herüber.

Dilaya wurde glühend rot. »Er hat es ihr gesagt. Oh ihr Götter!«

»Das weißt du doch gar nicht.«

»Aber wenn doch? Und wenn die Botschafter wieder in der Hauptstadt sind, wird der Prinz es dort überall herumerzählen, und dann wird ganz Le-Wajun davon erfahren! Sie lachen dort doch sowieso schon über uns.«

»Warum sollten sie?«

»Hast du Graf Kann-bai nicht gehört? Wir haben nichts von dem, was sie haben, keine Magie, kein gar nichts, wir sind hier...« Dilaya suchte nach irgendetwas, das sie vor Wut zerstören konnte, aber sie fand nur ihren Fächer, den sie am Gürtel trug, und begann ihn schimpfend in Stücke zu zerpflücken. »Drehfächer! Weißt du, was das ist? Riesige Fächer, die an der Decke hängen und sich von selbst drehen, sodass einem nie zu heiß wird, im heißesten Sommer nicht! Und wir«, sie schluchzte auf, »wir...«

»Wie, von selbst?«, fragte Anyana, aber Dilaya war zu keinen weiteren Auskünften bereit.

Ganz ahnungslos war Anyana nicht, aber sie fühlte sich so. Ihre Eltern hatten ihr viel zu wenig über Wajun erzählt, als brächte es Unglück, über die leuchtende Stadt zu sprechen. Was sie wusste, war erschreckend wenig und unwichtig – von besonderen Lampen, die kein Öl brauchten, davon, dass die Leute es in ihren Häusern nach Belieben warm oder kalt machen konnten. Wasser kam aus den Wänden, und im Abort stank es nicht. Selbstverständlich hatte sie auch schon Bilder von schwebenden Sänften gesehen. Einmal hatte Herr Lorlin sogar ein eisernes Pferd gemalt und behauptet, er hätte mit eigenen Augen gesehen, wie es sich bewegte. Eisentiere, wie bei den Kancharern!

»Ich glaube, der Prinz fand dich sehr hübsch«, sagte sie, um ihre Cousine zu trösten. »Er hat dich die ganze Zeit angestarrt, obwohl sein Herr anwesend war. Ich hatte mich schon gewundert, dass er sich das traut.«

Dilaya hörte auf zu weinen. »Ehrlich? Das sagst du doch nur so.«

»Nein, wirklich. Du hast das bloß nicht gemerkt, weil du dir die Dienstboten sowieso nie richtig anguckst.«

»Woher sollte ich denn wissen, dass er ein Prinz ist?«

Aufgeregt tuschelnd verschwanden sie nach drinnen, wo Anyana ihrer Freundin helfen musste, sich so überirdisch schön zu machen, wie es nur ging. »Ich flechte dir die Haare – und du erzählst mir, was es außer Drehfächern noch so alles gibt in Wajun.«

»Ich will nicht, dass du dieses Gesetz unterzeichnest!«, rief Rebea aus.

König Jarunwa hob irritiert die Brauen. Er hatte sich am Vormittag noch einmal eingehend mit seinen Brüdern beraten, ohne die Anwesenheit der Gesandten. Drei Stunden lang hatte er sich bemüht, Nerun davon zu überzeugen, dass das Gesetz zur Gleichstellung unehelicher Kinder für mehr Gerechtigkeit sorgen würde. Jetzt auch noch mit seiner Frau darüber zu streiten überstieg seine Kräfte.

»Du bist meine Gemahlin, nicht meine Beraterin«, sagte er schroff. »Winya und Nerun sind dafür zuständig, mir Dummheiten auszureden. Doch dies ist keine.«

»Winya, pah! Der braucht doch selber einen Berater!« Rebea fasste ihn bei der Schulter und zwang ihn dazu, sich zu ihr umzudrehen. Vor ihm auf dem Schreibtisch lag der zweite, noch nicht unterzeichnete Gesetzesentwurf, ein unscheinbares Stück Pergament, das danach strebte, sich wieder zusammenzurollen. Da er Wihajis geheime Dokumente bereits unterschrieben hatte, schien ihm, dass er mit dem Gesetz zugunsten der Bastarde nichts mehr falsch machen konnte. Der Wandel würde unausweichlich kommen.

»Lass mich meine Arbeit tun«, versuchte er sie zu besänftigen. »Die Sache betrifft dich nicht.«

»Ach nein? Das sehe ich anders. Ein Erbrecht für Bastarde? Ein solches Gesetz betrifft jeden, das ganze Reich der Sonne und jeden einzelnen Bürger. Es zerschlägt die Grundordnung der Dinge! Wie kann der Großkönig sich so etwas ausdenken? In Nehess würde nicht einmal der Gedanke an so etwas aufkommen!«

»Nehess ist nicht Le-Wajun«, sagte er.

»Ganz genau, denn der Sultan weiß seine Interessen zu schützen. Uneheliche Kinder, dass ich nicht lache! Glaubst du, ich wäre deine Königin, wenn jeder Bastard das Gleiche für sich beanspruchen könnte wie die Kinder? Ich will gar nicht wissen, wie viele Bastarde der Sultan gezeugt hat. Soll ich sie etwa alle als meine Geschwister betrachten? Ich habe nur zwei Brüder. Der Ältere wird Nehess erben, für den Jüngeren wird, so hoffe ich, eine günstige Heirat arrangiert werden. Was sollte aus dem Land werden, wenn ich auf einmal zwanzig Brüder hätte? Und das gilt auch für Le-Wajun. Sei doch nicht so dumm, Jarunwa. Lass dich nicht dazu hinreißen, deine Unterschrift unter den Wahnsinn eines übergeschnappten Tyrannen zu setzen.«

»Sprich nicht so über Tizarun«, rügte Jarunwa. »Du weißt, er ist die Sonne von Wajun. Der Segen der Götter liegt auf allem, was er tut. Schon aus diesem Grund werde ich mich seinen Wünschen fügen. Ganz gleich«, er schaute sie fest an, »ganz gleich, was er verlangt.«

»Du bist der König, du hast die Wahl! Tizarun kann dich nicht dazu zwingen, das Gesetz zu unterzeichnen.«

»Begreifst du denn nicht, wer er ist? Er und Tenira sind den Göttern gleich, solange sie beide auf diesem Thron sitzen!«

»Das glaubst du wirklich«, sagte sie dumpf.

»Ja, das glaube ich wirklich«, bestätigte er, denn niemals sollte sie den wahren Grund erfahren, warum er Tizaruns Bitte nachgab. »Das haben die Könige von Anta'jarim immer geglaubt. Nur deshalb haben sie sich, obwohl selber göttlicher Herkunft, dem Reich der Sonne unterworfen. Nur deshalb ist Le-Wajun stabil, und Lhe'tah und Anta'jarim akzeptieren einen Großkönig, der selbst Königen gebietet. Es ist unser Segen, Rebea. Wie könnte ich irgendetwas, das Tizarun will, ablehnen? Ich gebe zu, nicht immer war die Entscheidung so leicht. Es hat Großkönigspaare gegeben, die durchaus Zweifel aufgeworfen haben. Aber diese beiden ... Wenn die Götter nicht mit ihnen sind, mit wem dann?«

»Du bist so blind«, zischte Rebea. »Du benimmst dich nicht wie ein König, sondern wie ein dressiertes Tier. Du würdest dich selbst deinem Jäger willig zu Füßen legen, wenn er es verlangt.«

»Würde ich das?« Er blickte sie nachdenklich an, aber seine Augen wurden abgelenkt. An der Wand hinter ihr hingen die beiden Bildnisse von Tizarun und Tenira, diese strahlenden jungen Gesichter. »Ja«, antwortete er dann selbst, »ja, daran hege ich keine Zweifel.«

Auf dem Weg in die Küche wurde Anyana aufgehalten.

»He!«

Mit hämmerndem Herzen blieb sie stehen und drehte sich ganz langsam um. Als sie sah, wer sie ertappt hatte, war sie zum einen erleichtert darüber, dass es niemand war, der es ihren Eltern erzählen würde, und zum anderen regelrecht erschrocken, denn es war der Knappe. Noch nie hatte er so frech gegrinst wie jetzt. Seine schwarzen Haare glänzten, und seine Augen waren dunkel wie Kohlen.

»Was willst du?«, fragte sie möglichst schroff, damit er nicht auf die Idee kam, dass sie etwas Verbotenes tat.

»Prinzessin. Wärst du so liebenswürdig, diesen Brief deiner liebreizenden Cousine zu überbringen?«

Anyanas Gesicht verfinsterte sich von ganz alleine. »Was soll ich? Ein Brief von wem?«

»Von Prinz Laikan von Nehess«, flüsterte er. »Bitte, bitte, sei so gut, werte Prinzessin.«

Niemand konnte diesem Lächeln widerstehen. Diesen brennenden schwarzen Augen. Sie entzündeten etwas in ihr, für das es keine Worte gab. Oder bloß die falschen. Vielleicht hätte ihr Vater die richtigen gefunden, aber er war der letzte Mensch auf Erden, dem sie davon erzählt hätte. Von dem Kribbeln in ihrem Bauch. Dem Prickeln auf ihrer Haut. Der seltsamen Hitze in ihrer Brust und der Wut – der ohnmächtigen Wut darüber, dass sie eine hoheitliche Prinzessin war.

Nie zuvor hatte sie es als Bürde empfunden.

»Der Brief«, erinnerte der Junge.

Seine Haut war dunkler als ihre, ein Hauch von Sonne und Bronze. Sie sah so weich aus wie Seide.

»Träumst du mit offenen Augen, Prinzessin?«

Nur weil sein Lächeln so wissend war und ein klein wenig selbstgefällig, kam sie wieder zu sich. Und fühlte, wie Röte in ihre Wangen schoss.

Er wusste, dass er schön war. Verdammt, er wusste es.

»Der Brief, ja«, stammelte sie. »Jetzt gleich, oder wie eilig ist es denn?«

»Wenn du es möglich machen könntest, sofort.«

»Dilaya schläft bestimmt noch.«

Auf einmal kam es ihr sehr unrecht vor, zu ihm irgendetwas über ihre Cousine und beste Freundin zu sagen. Er war nur ein Knappe, es ging ihn überhaupt nichts an, womit Dilaya sich gerade beschäftigte. Außerdem, war sie ein Botenjunge?

War sie nicht eine Prinzessin auf dem Weg zur Arbeit in der Bäckerei?

»Du bist wunderhübsch, wenn du so lächelst«, schmeichelte er.

»Warum fragst du mich nicht, wie ich heiße?«

Nein. Nein, jetzt erst recht nicht. Sie würde nicht ...

»Wie heißt du?«, fragte sie.

»Karim.« Er senkte die Stimme. Sie klang nun tiefer, und sie verhieß etwas. Sie erzählte von lauschigen Sommernachmittagen im Wald unter dem grünen Blätterdach, während die Libellen über das Wasser tanzten. Von Abenden im Schatten der Säulengänge, von huschenden Schritten und Schatten, die sich in Nischen und hinter Vorsprünge duckten, von kichernden Mädchen, die sich durch unverschlossene Türen zwängten.

Ein Wort nur, ein Name, und es war alles da, eine ganze Geschichte, ein ganzes Leben. Sie war das Mädchen, das sich hinter den Bäumen versteckte, um ihn zu treffen, das durch die Flure schlich, immer auf der Hut. So wie Tenira. Ganz genau wie in der Geschichte von Tenira und Tizarun. Nur für ein Lächeln, nur für einen Kuss. Nur für eine Stunde, in der sie die Hände ausstrecken und an seine Wange legen durfte. Nur für einen Blick in die dunklen Augen und dafür, dass sein Mundwinkel auf diese unnachahmliche Weise hochwanderte.

»Ich bin Anyana«, sagte sie atemlos.

»Ich weiß. Ich weiß, Prinzessin.«

Sie wartete darauf, dass der Zauber verflog. Dass aus diesem magischen Geschöpf mit dem unverschämten Lächeln und der seidigen Haut ein schmutziger Junge wurde, der Knappe eines Fürsten, ein Diener, kaum mehr als ein Pferdeknecht. Aber die Zeit verging, Herzschlag für Herzschlag, und seine Gegenwart war immer noch so überwältigend, dass sie den ganzen Hof einnahm und Anyana keinen klaren Gedanken fassen konnte.

»Du kannst jetzt aufhören, mich anzustarren«, sagte er mit diesem wunderbaren Lächeln, das seine Lippen bog. Sogar sein Mund war schön. Sie hätte sich nicht entscheiden können, was schöner war, sein Mund oder seine Augen oder seine Haut.

»Ich starre gar nicht. Ich frage mich bloß...«
»Ja?«
»Wieso du den Brief nicht selbst überbringst. Ich habe zu tun.«
Dein Lächeln, dachte sie, und es hörte sich an wie ein Gedicht. Doch sie wusste nicht, wie es weitergehen könnte, was für ein Vers daraus werden könnte.
Dein Lächeln... hör auf.
Ich weiß nicht, was ich will.
Das war kein Gedicht, beim besten Willen nicht. Und eine Lüge außerdem. Vielleicht konnte sie deshalb nicht dichten – dazu brauchte man den Mut, die Wahrheit zu sagen, so schmerzhaft und beschämend sie auch sein mochte.
Was ich will.
Dein Lächeln, Junge,
nur für mich.
Auf einmal waren ihre Knie wieder so fest wie eh und je, und außerdem hatte sie beschlossen, Gerson nicht zu enttäuschen; sollte stattdessen Prinz Laikan merken, dass er hier keine Befehlsgewalt besaß. Sie würde diesen Jungen stehen lassen. Es fühlte sich an wie die richtige Entscheidung. »Ich muss jetzt weiter.«
Doch er ging ungebeten neben ihr her. Offenbar war es gar nicht so einfach, ihn abzuschütteln. Und er war... anmutig. Selbst wie er ging und wie er den Kopf neigte, gefiel ihr.
»Hast du nicht auch etwas zu tun? Für den Grafen?«
»Mein Herr ist Fürst Wihaji von Lhe'tah. Nein, im Moment habe ich nichts zu tun. Und du? Ich bin sicher, du brauchst dir dein Frühstück nicht selbst zu holen, und schlafen die Herrschaften nicht bis Mittag?«
»Ich muss jetzt arbeiten«, sagte sie knapp und freute sich über sein offensichtliches Erstaunen. Ihr schien, als könnte man in seinem Gesicht lesen wie in einem Buch. Neugierig begleitete er sie bis in den Vorhof jener anderen Welt der Düfte, des Lärms und der Hitze.
»Da kommt sie endlich! Anyana!«, rief ihr Gerson entgegen.

»Wir haben für heute einiges vor! Sieh an, und wen bringst du da mit?«

»Das ist Karim«, sagte sie, und für diesen kurzen Moment, als sie ihn vorstellte, war es fast ein wenig, als würde er ihr gehören.

Der Junge verbeugte sich höflich. »Guten Morgen, Meister.«

»Schön. Karim und wie weiter?«

Anyana hielt die Luft an. Er hatte gesagt, dass Knappen aus vornehmen Familien kamen, und sie war gespannt darauf, welchen Namen er nennen würde. Obwohl es keine Rolle spielte, nach dem, was sie vor ein paar Nächten im Thronsaal belauscht hatte.

»Karim«, sagte er, »im Dienst des Fürsten von Lhe'tah.«

»Soso, also kein eigener Titel. Den braucht man hier auch nicht. Wasch dir die Hände und lass dir von Hinga zeigen, wie man die Hefeteilchen formt. – Ich hoffe, er stellt sich nicht zu dumm an«, meinte Gerson leise zu Anyana. »Aber er sieht eigentlich recht anstellig aus. Nur, Mädchen, gib acht. Vergiss nicht, wer und was du bist. Diese Art Kerl macht nichts als Ärger, das sehe ich auf den ersten Blick.«

Zu ihrem Verdruss merkte Anyana recht schnell, was er meinte. Die jungen Mägde schienen heute unentwegt zu kichern und hielten sich auffällig oft in Karims Nähe auf. Er dagegen war nicht in Verlegenheit zu bringen, sondern tat sehr ernsthaft das, was man ihm auftrug – aber nicht ernsthaft genug, um nicht hin und wieder ein paar Scherze zu machen und der einen oder anderen zuzuzwinkern. Anyana ärgerte sich schrecklich.

»Wo kommst du her, Junge?«, fragte Hinga.

»Aus dem südlichen Lhe'tah«, antwortete er. »Aber seit ich bei Fürst Wihaji angestellt bin, lebe ich natürlich in Wajun. Mit meinem Herrn, seiner Verlobten und einem ganzen Rudel Hunde.«

»Hunde?« Gegen ihren Willen quietschte ihre Stimme; es war fürchterlich. Er musste sie für ein dummes kleines Mädchen halten. »Ihr habt Hunde?«

»Ja, Hunde«, sagte Karim freundlich, sein Blick hatte nichts Herablassendes. Er schien gerne über sein Leben in Wajun zu sprechen. »Linuas Hündin hat geworfen, und die kleinen Racker haben das ganze Haus erobert und überfallen jeden, der zur Tür hereinkommt.«

»Und natürlich wartet dort ein Mädchen auf dich«, sagte Hinga und warf den Mägden einen strengen Blick zu. Diese drängten etwas näher, damit ihnen auch ja kein Wort entging.

»Nein«, antwortete er und lächelte unter seinen langen dunklen Wimpern hervor.

»Das ist kaum zu glauben.« Hinga schien entschlossen, die Wahrheit aus ihm herauszukitzeln, um den Mägden ihre Träume zu nehmen. »Auch nicht in deiner Stadt, aus der du kommst?«

»Ein Dorf«, sagte er, »nur ein Dorf. Und dort ... ja, da ist eine, die wartet darauf, dass ich wiederkomme.«

»Wie sieht sie aus?«, fragte eins der Mädchen neugierig.

Anyana hörte auf zu atmen.

»Oh, sie ist sehr hübsch.« Er formte flink einen Kringel nach dem anderen und hatte scheinbar nur dafür Augen, als würde er seine wunderschöne Freundin in jedem Teigstück sehen. »Sie hat lockige schwarze Haare und wunderbare Augen, und sie kann tanzen – dagegen verblassen alle hier im Norden.« Er blickte lächelnd in die enttäuschten Gesichter. »Allerdings ist sie ein paar Jahre älter als ich und außerdem meine Schwester.«

Erleichtertes Gelächter belohnte ihn.

Hinga scheuchte die widerspenstigen Mägde an ihre Arbeitsplätze zurück.

»Es reicht«, zischte sie Anyana zu. »Du bist fertig für heute. Nimm bloß diesen jungen Mann wieder mit. Solange die Botschafter hier sind, hast du frei.«

Und wieder gehörte Karim ihr. Ein paar Schritte nur, die er neben ihr ging, den strahlenden Blick völlig ohne Schuldbewusstsein, ein kleines, verschwörerisches Lächeln auf den Lippen.

Als sie nach draußen traten, strahlte die Morgensonne hinter den Türmen auf und blendete sie. Daher sah Anyana die Gestalt, die ihnen in den Weg trat, nicht sofort, aber sie kannte diese Stimme nur zu gut.

»Anyana! Was tust du hier!«

»Mutter ...«

Außer sich vor Zorn packte Hetjun ihre Tochter am Handgelenk und zog sie hinter sich her. Anyana warf einen schnellen Blick zurück, aber Karim war schon verschwunden.

»Mit einem Knappen! Unsere Tochter trifft sich mitten in der Nacht mit einem Knappen!« Hetjun fühlte, wie ihre Anspannung sich in brodelnde Wut verwandelte. Seit die Botschafter eingetroffen waren, wartete sie darauf, dass es ernst wurde. Dass sich ihr Leben änderte. Und dass die Götter, an die sie nicht glaubte, ihr zürnten.

Winya machte ein ungewöhnlich ernstes Gesicht. Endlich einmal war er nicht dazu bereit, seinem Liebling gegenüber Nachsicht zu üben. »Anyana! Was hast du dazu zu sagen?«

»Ich habe mich gar nicht mit ihm getroffen.«

»Ich kann diese Lügerei nicht ausstehen!« Was glaubte dieses Kind denn – dass sie ein solches Verhalten einfach hinnehmen würde? »Was habt ihr gemacht? Du erzählst mir jetzt haargenau, was ihr gemacht habt!«

»Wir haben gar nichts gemacht«, sagte Anyana trotzig.

»Ihr habt nicht ... Wie fragt man denn so etwas?« Winya wedelte hilflos mit den Händen. »Habt ihr euch geküsst?«

Anyana schüttelte den Kopf.

»Schau mir in die Augen und antworte noch mal.«

Was wollte er in ihren Augen lesen? Die Lüge, die Heimlichkeit? Die Angst, dass alles aufgedeckt werden könnte?

»Ich habe überhaupt nichts getan«, beharrte das Mädchen. »Ich hatte bloß Hunger und wollte Baihajun nicht wecken. Und Karim habe ich ganz zufällig im Hof getroffen. Sein Herr wollte wissen, was es zum Frühstück gibt.«

Dass ihre Tochter so gut lügen konnte, hatte Hetjun nicht gewusst. Noch vor Kurzem wäre sie bei so viel Unwahrheit puterrot geworden.

»Ich glaube dir«, sagte Winya. »Hetjun, unsere Tochter ist keine Lügnerin. Sie ist ein Kind. Ein liebes Kind.«

Hetjun war noch lange nicht überzeugt. »Du kannst gehen«, sagte sie zu Anyana, die sich beeilte, das Zimmer zu verlassen. Zu Winya sagte sie jedoch: »Ich frage mich, ob nicht Wihaji dahintersteckt. Dass er seinen Knappen auf sie ansetzt, um mir wehzutun.«

»Du siehst Gespenster.«

Hetjun schüttelte den Kopf. »Irgendetwas stimmt nicht mit diesen Gesandten.« Doch sie konnte ihm nicht sagen, was es war – wie hätte sie mit ihm darüber reden könne, was sie im Begriff war zu tun? Wie hätte sie über den Auftrag reden können, den sie erteilen würde, und der wie ein dumpfer Schmerz in ihrer Brust darauf wartete, seine tödliche Wirkung zu entfalten? Wie konnte sie ihm sagen, dass Blitze sie treffen und Donnerschläge sie zerschmettern würden, dass die Götter selbst Strafe um Strafe schicken könnten, so grausam, wie sie kein Mensch erdenken konnte? Dass sie ihre Tochter an einen gewöhnlichen Knappen verlor, hätte durchaus dazu gepasst.

Dilaya freute sich sehr über den Brief. Sie las ihn sofort, verriet Anyana jedoch leider nicht, was darin geschrieben stand.

»Ach, Any, ich bin ja so glücklich!« Sie lachte auf. »Nun werden wir also beide unser kleines Abenteuer erleben!«

»Wie meinst du das?«, fragte Anyana. »Was soll ich denn erleben?«

»Ich habe gehört, dass deine Mutter dich mit diesem Stalljungen erwischt hat. Er ist leider, leider nur ein ganz gewöhnlicher Junge. Kein Prinz. Kein Fürstensohn. Nicht mal ein reicher Graf.«

»Er hat mir nur den Brief gegeben.«

Dilaya lächelte wissend. »Nun denn, wie du meinst. Allerdings ... Laikan ist ein Prinz. Ein echter, blaublütiger Prinz aus dem Sultanat. Wenn ich mich mit ihm treffen sollte, ist das kein

Verbrechen, schließlich ist er ein Prinz, und ich bin eine Prinzessin. Aber dieser andere Kerl...«

Karim mochte kein Prinz sein, aber er war etwas Besonderes. Anyana hatte das überraschende Bedürfnis, ihn zu verteidigen. Sich vor ihn zu stellen und ein Schwert zu schwingen. Einen Schild hochzuhalten, an dem alle Angriffe abprallten.

»Ich finde, er sieht viel besser aus als dein Laikan. Was für ein langweiliger Jüngling.«

»Und ich finde, man sieht ja gleich, dass Laikan ein Mann von Bedeutung ist und der andere bloß ein Knappe. Das sieht man doch sofort.«

»Er heißt Karim«, sagte Anyana leise.

»Der König wird ihm den Kopf abschlagen, wenn er erfährt, dass dieser Bursche sich Frechheiten herausnimmt.«

Auf einmal wünschte Anyana sich nichts sehnlicher, als dass die Gesandten wieder abreisten. Den Kopf abschlagen, also wirklich! Karim sah nicht aus wie jemand, dem man den Kopf abschlug. Würde Fürst Wihaji das zulassen? Und Großkönig Tizarun? Würde er etwa erlauben, dass seine Botschafter hingerichtet wurden?

Sie sollen nach Hause reiten, dachte sie, während sie wütend aus Dilayas Zimmer stapfte. *Ich will meine Ruhe haben. Ich will meine Freundin zurück und meine Küche und meinen Hof und mein Leben.* Aber natürlich traf sie ausgerechnet Karim, als sie aus dem Schloss ins Freie trat.

Diesmal war er anscheinend wirklich im Auftrag seines Herrn unterwegs; er trug Wihajis roten Umhang. Für Anyana hatte er trotzdem ein Lächeln übrig. »Hat deine Mutter dich am Leben gelassen?«

»Gerade so.« Sie wollte nicht zurücklächeln, aber sie konnte nicht anders. Ihr Lächeln machte sich einfach selbstständig. Beinahe hätte ihre Hand sich ebenfalls selbstständig gemacht und nach seiner gegriffen.

»Na, dann.« Er schlenderte an ihr vorbei, und sie ging weiter geradeaus, mit einer gewaltigen Anstrengung. Es sollte eigentlich nicht so schwer sein, an jemandem vorbeizugehen.

»Brauchst du einen Hund?«

»Was?« Sie drehte sich noch einmal um. Da stand er mit diesem lachenden Gesicht und den dunklen, strahlenden Augen. »Du hast dich doch für unsere Welpen interessiert. Soll ich dir einen schicken?«

»Ja!«, rief sie aus, ohne nachzudenken, doch dann erinnerte sie sich an ihre Pflichten als Prinzessin. Und an die schrecklichen Dinge, die sie unter dem Thron gehört hatte. Die Tochter des Dichterprinzen, die zukünftige Braut des Kindes, das Tenira und Tizarun bekommen würden, durfte keine Geschenke von einem Knappen annehmen, oder sie würde noch größeren Ärger bekommen. Am Ende verlor er doch noch seinen Kopf, nur wegen eines Hundes. »Meine Eltern ...«

Er nickte, obwohl sie gerne noch ein bisschen mit ihm gestritten hätte. Enttäuscht blickte sie ihm nach, wie er über den Hof ging, mit diesen unnachahmlich anmutigen Schritten, bis er in der Waschküche verschwand. Als sie sich abrupt umdrehte und loslief, stieß sie mit dem König zusammen.

Sie entschuldigte sich so zerknirscht, dass er lächelte, ein ganz leichtes, fast schmerzvolles Lächeln. »Meine liebe Anyana.«

»Onkel Jarunwa.« Sie machte einen Knicks und wartete sehnsüchtig darauf, dass er sie entließ.

»Ich habe da ein paar unschöne Dinge gehört. Sie sind doch nicht wahr?«

»Nein, Onkel Jarunwa«, sagte sie schnell und unterdrückte die Frage: *Was denn für Dinge?* Aber mit Königen stritt man nicht, selbst wenn es sich um den eigenen Onkel handelte.

Er betrachtete sie nachdenklich. »Du bist schon recht groß. Zwölf, fast dreizehn? Gib dich nicht mit Knechten ab, Anyana.« Er hatte noch nie viel mit ihr geredet, nie mehr als ein paar freundliche Worte zu ihr gesagt, daher ließ sie seine Ermahnungen mit hochgezogenen Schultern über sich ergehen.

»Vor dir liegt eine große Zukunft. Mach sie nicht zunichte. Unser Schicksal ist nichts als ein hauchdünner, seidener Faden, den die Götter weben.«

»Das sagt mein Vater auch.«

Er verlor sein Lächeln irgendwo in seinem kurzen Bart. Die Hand, die er auf ihre Schulter legte, fühlte sich schwer und warm an.

»Du bist Prinzessin Anyana von Anta'jarim. Vergiss das nie. Es ist eine Ehre, wenn es sich vielleicht auch manchmal wie eine Bürde anfühlt. Es ist all das, was du bist. Verstehst du das?«

»Ja«, sagte sie gehorsam, und als er ihr zunickte, sprang sie erleichtert davon.

Nachdem sogar der König gesehen hatte, dass sie mit dem Knappen gesprochen hatte, bekam Anyana den strikten Befehl, in ihrem Zimmer zu bleiben. Es war tatsächlich wie in der Geschichte von Tenira und Tizarun, obwohl sie völlig unschuldig war und Karim nur zufällig im Hof getroffen hatte. Weder ein gelbes Kleid noch eine unerlaubte Anprobe spielten in ihrer eigenen Geschichte eine Rolle. Die Bäckerei blieb ihr für mehrere Tage verschlossen, die Schule fiel aus, und sogar Dilaya machte sich rar. Jetzt wäre es wirklich schön gewesen, einen Hund zu haben. Mit ihm hätte sie reden können, ohne sich überlegen zu müssen, was sie sagen durfte und was nicht. Ohne zu lügen. Nur, wie sollte sie an einen Hund kommen, wenn sie sich von Karim keinen schenken lassen durfte?

Sie sollte nicht an ihn denken, aber er ging ihr einfach nicht aus dem Kopf. Dilaya irrte sich. Von den beiden Knappen mochte Laikan die bessere Wahl sein. Ein Prinz. Gut aussehend. Groß und schlank, freundlich und dazu der Bruder der Königin.

Karim hingegen ... Karim hatte dieses Lächeln, von dem man immerzu träumen wollte. Und was fragten die Träume danach, wen sie hineinließen und wen nicht? Es gab keinen Wächter in einem Traum, der hübsche schwarzhaarige Jungen abwies.

Als die Tür sich mit einem leisen Knarren öffnete, hoffte Anyana für einen Moment, dass er es war. Auch wenn er unmöglich an allen Wachen vorbei bis in ihr Zimmer hätte gelangen können, und dass er offiziell die Erlaubnis dazu bekam, war natürlich ausgeschlossen.

»Du dumme Nuss.« Dilaya schlüpfte durch den Spalt. »Wieso lässt du dir ausgerechnet jetzt Hausarrest aufbrummen? Ausgerechnet, wenn wir Gäste haben!«

»Ich habe zu lange mit Karim geredet. Meine Mutter ist die Wände hochgegangen.« Anyana betrachtete ihre Cousine aufmerksam. »Für wen hast du dich denn so herausgeputzt?«

»Ich sehe aus wie immer.« Dilaya zupfte an ihrem Zopf herum, den sie mit Blüten und Seidenbändern geschmückt hatte.

»Du triffst dich mit Laikan.«

Deshalb war sie hier. Nicht, um eine Gefangene zu besuchen, sondern um anzugeben.

»Also ... vielleicht.« Dilaya bewegte die Schultern hin und her, um ihre Frisur ins rechte Licht zu setzen.

»Habt ihr euch schon geküsst?«

»Wo denkst du hin!« Na, wenn diese Empörung nicht gespielt war. »Ich meine, er ist zwar ein Prinz und all das ...«

»Wie war es?«, fragte Anyana, und Dilaya sprang wieder auf und streckte die Arme weit aus.

»Es war unglaublich! Er ist so süß. Er küsst wie ... das kannst du dir gar nicht vorstellen. Wie ein Mann. Ein erfahrener Mann.«

Anyana war sich nicht sicher, ob sie das wirklich so genau wissen wollte. Dennoch machte sie ein paar halbherzige Versuche, die Tugend ihrer Cousine zu retten.

»Ihr seid doch nicht ganz allein irgendwo hingegangen? In den Wald womöglich?«

»Nein, nein, wir sind im Schloss geblieben. Wir waren draußen hinter dem Stall, er hat die Pferde herumgeführt, damit sie in Bewegung bleiben, und ich war da und ...«

»Und dann seid ihr im Heu gelandet?«

Dilaya wurde glühend rot. »Na ja ... aber es ist fast nichts passiert.«

Anyana packte sie bei den Schultern. »Du bist eine Prinzessin!

Pass bloß auf, was du tust. Deine Eltern werden bestimmen, wen du lieben darfst.«

»Das kann niemand bestimmen«, widersprach Dilaya. »Wen ich heiraten muss, das schon, aber sie können nicht verhindern, dass ich mich verliebe. Sie können mein Herz nicht hinter Schloss und Riegel sperren.«

Dieser Gedanke war neu und furchterregend – dass es Dinge gab, die man per Gesetz verordnen und mit einer Unterschrift besiegeln konnte, und andere, die immer frei sein würden, so wie Wolken frei waren oder der Wind. Doch selbst die Wolken zogen dorthin, wohin sie ziehen mussten, die Vögel blieben in dem Wald, in dem sie aus dem Ei geschlüpft waren. Die Armen folgten der Notwendigkeit von Hunger und Pflicht, die Reichen den Regeln von Macht und Pflicht und Verantwortung. Die Welt war ein Teppich, in den die Muster geknüpft waren, jeder Knoten an seinem Platz. Und doch fühlte Anyana sich plötzlich mehr als nur ein Name, den ein König auf eine Urkunde geschrieben hatte.

»Du würdest dich in einen anderen Mann verlieben als den, den du heiraten wirst? Das ist schrecklich. Du würdest immer unglücklich sein.«

Dilaya runzelte die Stirn. »Mag sein. Aber jetzt bin ich glücklich, also was kümmert es mich, was in ein paar Jahren sein wird?« Dann fand sie ihr Lächeln wieder. »Du bist doch bloß neidisch.« Sie drückte Anyana einen Kuss auf die Stirn und huschte zur Tür. »Ich erzähle dir später, wie es war.«

10. ÜBER DIE DÄCHER

War die erzwungene Einsamkeit vorher lästig gewesen, war sie nun unerträglich. Anyana setzte sich auf die Fensterbank und brütete darüber nach, was eine Prinzessin zu sein bedeutete. Ihre Mutter wollte sie einschließen wie ein kostbares Schmuckstück, das jemand stehlen könnte.
Oder entwerten.
Als ob allein die Gegenwart eines unwürdigen Knappen jemanden entwerten oder besudeln könnte!
Sie seufzte. Es war entsetzlich langweilig, edel zu sein.
Waren es die Weisheiten, die Dilaya von sich gegeben hatte? Das Bedürfnis, frei zu sein, wurde übermächtig. Irgendwann hielt Anyana es nicht mehr aus. Sie legte ihren Rock und die tausend Unterröcke ab und zog die Hose aus weichem Stoff an, in der sie am besten klettern konnte. Dass sie sie aus dem Kleiderschrank ihres Vaters entwendet und ein bisschen umgenäht hatte, sah man nur, wenn man es wusste. Dann kletterte sie aus dem Fenster, stellte sich auf das Sims und zog sich auf den Giebel hinauf.
Von hier aus war es zum Dach des Vorbaus nicht weit. Was Prinz Winya konnte, würde sie auch schaffen. Die Schlossdächer waren wie eine bergige Landschaft, und wenn man die Lücken im Gemäuer erst gefunden hatte und den Schornstein, an dem man sich festhalten konnte, war es eigentlich ganz leicht. Die Pfannen waren an einigen Stellen brütend heiß, deshalb hielt sie sich an die Stellen, die im Schatten lagen.
Auch der First, den sie zu ihrem Aussichtspunkt erkor, lag, so hoch oben er auch war, immer noch im Schatten des höheren Königsschlosses. Überdies zogen Wolken auf; im Norden braute

sich offenbar ein Unwetter zusammen. Umso besser. Heute war ihr viel mehr nach Regen als nach Sonnenschein zumute.

Als Erstes hielt sie Ausschau nach ihrem Vater. Wenn irgendjemand sie hier oben ertappen konnte, dann er. Doch von Winya war nichts zu sehen, und dass dunkle Wolken aufzogen, würde ihn hoffentlich davon abhalten, einen seiner Lieblingsplätze aufzusuchen. Anyana beobachtete den Himmel eine Weile, dann wurden ihre Blicke von den Menschen unten im Hof abgelenkt. Knechte und Mägde wanderten unablässig hin und her, ihre Mutter ritt aus, ein wenig später sah sie das Pferd ihres Onkels ebenfalls in Richtung Wald davonpreschen.

Bitterer Zorn trübte Anyanas Sicht. Sie atmete tief durch und konzentrierte sich wieder auf das, was sie sah, statt auf das, was sie sich vorstellte.

Ein Lichtstrahl, der durch die Wolken brach, ließ Dilayas goldenes Haar aufleuchten. Mit wehenden Röcken rannte sie über den kleineren Nebenhof zwischen dem Königsschloss und dem Hellen Schloss, das Prinz Neruns Familie bewohnte. Und drüben bei den Stallungen führte eine kleine dunkle Gestalt die Pferde der Gäste auf die Weide und verschwand dann unter einem Dach.

Wo war Karim? Dass er sich nicht blicken ließ, ließ vermuten, dass er sich in seinem Zimmer aufhielt oder etwas für den Fürsten zu erledigen hatte. Wo waren die Knappen überhaupt untergebracht? Im Stall? Nein, sie würden sicherlich in der Nähe ihrer Dienstherren schlafen. Anyana wünschte sich, sie hätte irgendjemanden danach gefragt. Aber wen hätte sie fragen können, ohne erklären zu müssen, warum sie das wissen wollte?

Ein seltsamer Geruch kitzelte sie in der Nase. Als sie über den First balancierte und von einem der Giebel hinunterblickte, erkannte sie den kahlköpfigen Grafen, der auf einem Balkon stand und rauchte. Neben ihm lehnte sich Fürst Wihaji ans steinerne Geländer. Von hier oben konnte man nicht hören, worüber die Männer sprachen, nur Graf Kann-bais tiefes, grollendes Gelächter erklang wie ein Widerhall des nahenden Donners.

Anyana kletterte von einem Giebel zum nächsten und huschte

dann geduckt über ein flaches Dach, von wo sie auf die Reihe der kleinen Balkone hinabblicken konnte. So wie der Graf auf dem Balkon rauchte, gehörte ihm das dazugehörige Zimmer. Rechts und links von ihm waren dann wohl Herzog Sidon und Fürst Wihaji untergebracht. Anyana sprang auf einen der Balkone, der hinter der Auswölbung des Turmzimmers lag, und stieg durch das weit offene Fenster ein.

Rasch blickte sie sich um. Die Farben der Kleidung, die sie hier fand, war nicht rot, sondern gelb. So ein Mist, sie hatte das falsche Fenster erwischt.

Die Gestalt auf dem Bett setzte sich auf, und Herzog Sidon von Guna hob überrascht die Brauen. »Ich hatte schon mit einem Attentäter gerechnet, der durchs Fenster eingestiegen ist«, sagte er in lockerem Plauderton, doch seine Hand war um einen Dolch mit elfenbeinfarbenem Griff gekrallt. »Oder mit einem Dieb.«

»Ich hab mich nur im Zimmer geirrt«, sagte Anyana. »Dafür bitte ich vielmals um Verzeihung.«

Der Herzog musterte sie, sein Gesicht war undurchschaubar. Von allen drei Gästen war er vielleicht der unberechenbarste. Seine Augen waren so blau, dass es wehtat.

»Laikan oder Karim?«, fragte er.

Sie seufzte. »Meine Mutter bringt mich um.«

»Das ist keine Antwort.«

»Die Antwort ist: Ich klettere wieder zurück aufs Dach, und Ihr könntet vielleicht tun, als hättet Ihr mich nie gesehen?«

»Eine Prinzessin, die in Hosen übers Dach klettert, wird vermutlich keinen Prinzen besuchen gehen«, sagte er.

»Bin ich so leicht durchschaubar?«

»Und sehe ich etwa aus wie ein Verräter?«

Anyana zögerte. Er war aus Guna, und jedermann wusste, dass man den Leuten aus Guna nicht trauen durfte. Jahrhundertelang hatte das Herzogtum zu Le-Wajun gehört und mindestens ebenso lange zu Kanchar, und schlimmer als ein Feind, bei dem man wusste, dass er ein Feind war, waren Freunde, die jederzeit die Seiten wechseln konnten.

»Möglicherweise«, antwortete sie vorsichtig.
»Dann will ich Euer Herz erleichtern, Prinzessin. Ich kämpfe gegen die Privilegien des Adels. Ich bin ein Verfechter neuer Rechte für das gemeine Volk. Ganz gewiss werde ich einem jungen Mann, welcher Herkunft auch immer, den Besuch einer jungen Dame nicht verwehren. Vor Müttern fürchte ich mich nicht, und es mir mit meinen Gastgebern zu verderben habe ich noch jedes Mal ohne Mühe fertiggebracht, weshalb dies vermutlich ohnehin das letzte Mal ist, dass der untadelige Fürst von Lhe'tah mich mitgenommen hat. Karim hat die kleine Stube, die rechts neben Wihajis Räumen liegt. Wenn Ihr auf den Gang hinaustretet, wendet Euch nach links.«
»Danke.«
Solche Erwachsenen war sie nicht gewohnt. Seine unheimlichen Augen schienen sie bis auf den Grund ihrer Seele zu durchschauen. In Guna, so hieß es, praktizierte man Magie, die weitaus schlimmer war als die Magie der Kancharer. Jene war aggressiv und grausam und mächtig, ein Tanz mit den finsteren Göttern, doch die Beschwörungen der Gunaer waren wie giftiger Nebel, heimtückisch und schleichend, keine Vereinbarung mit den Todesgöttinnen, sondern eine Verschwörung mit dem Feenvolk. Es war kaum zu begreifen, dass dieser Mann ein Freund des Großkönigs war und einer der alten Helden, von denen man Geschichten in der Schule hörte. Durch das offene Fenster hörte sie Kann-bai erneut lachen, und Wihajis leise Stimme mit dem Hauch eines südlichen Dialekts antwortete ihm.
Bevor sie die Tür öffnete, drehte sie sich noch einmal um. Die Hand des Herzogs lag wie selbstverständlich an seinem Dolch, und er schien die Tatsache, dass er bewaffnet und vollständig angezogen auf dem Bett lag, mit einem Lächeln fortwischen zu wollen.
Seltsam, sich vorzustellen, dass er einer der Edlen Acht gewesen war und im Krieg gekämpft hatte. Die Narbe auf seiner Hand – ob sie von einem Kampf stammte?
Mit einem leisen Schaudern schlüpfte sie hinaus.

Es war schwerer, die Tür zu Karims kleiner Kammer zu öffnen, als sie erwartet hatte. Anyana war sehr unbehaglich zumute, während sie sich abmühte. Sie wusste, dass sie schleunigst aus diesem Gang verschwinden sollte, bevor irgendjemand vorbeikam. Sie hätte sich eine gute Ausrede überlegen sollen, doch ihr fiel kein Grund ein, warum sie bei den Gästequartieren herumschlich.

Dass sie in ihrem Zimmer hatte bleiben sollen kam noch erschwerend hinzu.

Vielleicht war Karim nicht da. Oder er wollte sie nicht sehen. Oder er hatte keine Zeit. Oder ... oder er war nicht allein. Am Ende ging es ihr wie Tenira in der alten Geschichte, als das Schneidermädchen durch Schloss Weißenfels geschlichen war, immer hinter dem Prinzen her, den sie, wie alle dachten, nie würde haben können. Ein Schatten, der nicht von seiner Seite wich. Und wie sie ihn mit einer anderen Frau erwischt hatte, ausgerechnet an dem Abend, als sie beschlossen hatte, sich ihm hinzugeben.

Wenigstens hatte Tizarun nicht gemerkt, dass seine kleine Verehrerin sich im Gang vor seinem Zimmer verbarg. Doch in ein Zimmer zu platzen, in dem geheime Dinge vor sich gingen, war schlimmer. Tausend Mal schlimmer.

Wenn Herzog Sidon nicht gewesen wäre, sie wäre schnurstracks umgekehrt. So jedoch dachte Anyana an den blonden Mann und den Dolch. Im Schloss hatten Gäste ihre Waffen abzulegen, und trotzdem hatte Sidon den Dolch heimlich behalten. Ein Mann des Krieges, in jeder Minute bereit, sein Leben zu verteidigen.

Es kam nicht infrage zu kneifen, während so viel Heldenmut nebenan versammelt war. Drei der Edlen Acht!

Sie konnte nicht glauben, dass auch nur einer von ihnen nicht durch diese Tür ginge, hinter der nichts Schlimmeres lauern konnte als eine Abweisung.

Ein Blitz zuckte über den Himmel und erleuchtete den Gang bis in den letzten Winkel. Entschlossen warf sie sich gegen die widerspenstige Tür.

Etwas polterte, fiel um und versperrte ihr den Weg, die Tür

klemmte erneut, und schlagartig verließ sie der Mut. Von plötzlicher Panik erfüllt, rannte sie los, doch da hörte sie Karims Stimme hinter sich.

»Anyana?«

Nicht »Prinzessin«. Er nannte sie beim Namen.

Sie drehte sich um, und da stand er, mitten auf dem Gang. Der Blitz hüllte ihn in strahlendes Licht. »Anyana.«

Er wartete.

Mit klopfendem Herzen ging sie zurück. Vielleicht war Karim an diesem Abend noch hübscher als sonst. Er wirkte müde, und seine Haare waren in Unordnung, als hätte er gerade geschlafen. Da war etwas Weiches, Erschöpftes in seinen Zügen, und sogar sein Lächeln wirkte schwer.

Sie wünschte sich, ihn aufzufangen, wenn er fiel, aber er fiel nicht. Er hielt ihr die Tür weit auf. Auf dem Boden lag ein Besen zwischen ein paar Mänteln.

»Tut mir leid. Ich hatte ihn zu nah an die Tür gelehnt. Ich wollte dich nicht erschrecken.«

»Die Tür lässt sich nicht abschließen. Du wolltest hören, wenn jemand hereinkommt.«

»Das stimmt«, sagte er und schenkte ihr einen Blick voller Verwunderung, so wie Sidon vorhin. Als hätte er sie für ein Kind gehalten und wunderte sich, etwas in ihr zu entdecken, das er nicht erwartet hatte. Dann stellte er den Besen wieder an die Tür und häufte die Kleider davor, um jeden, der hereinkam, zum Stolpern zu bringen.

Die Kammer war winzig. Vor dem Fenster ballten sich die Wolken und schienen die Mauern in den Raum hineinzudrücken. Es gab nur ein schmales Bett, kaum breit genug, um nicht hinauszufallen, und einen Haufen edler Hemden, Hosen und Umhänge. Auf einem Tisch an der Wand stand eine Lampe, eine Weste lag ausgebreitet daneben. Das Zimmer war so klein, dass kein Stuhl hineinpasste; er musste auf dem Bett sitzen, wenn er am Tisch arbeiten wollte.

»Du nähst?«

»Ich bessere gerade ein paar Sachen für meinen Herrn aus. Das Licht ist zu schlecht. Habt ihr keine magischen Leuchten?«

»Nein«, antwortete sie. »Wir sind in Anta'jarim, schon vergessen?«

Aus irgendeinem Grund ärgerte es sie, dass er nicht zufrieden war. Er hatte sie nicht dazu aufgefordert, aber sie setzte sich auf das Bett, denn es war der einzige Platz zum Sitzen.

»Die Götter haben uns vor der Magie gewarnt.«

»Vor der neuen, ja. Doch Lampen werden mit alter Magie betrieben.«

»Das ist Auslegungssache«, fauchte sie.

Er setzte sich neben sie. Zu nah. Viel zu nah. Doch nur so kam er an den Tisch heran.

»Zeig her. Das sind schöne, gerade Stiche.«

Und wieder dieser Blick und das Erstaunen. »Du bist ...«

»Was? Eine Prinzessin? Das hatten wir doch schon. Ja, ich kann ein bisschen nähen. So wie ich ein bisschen Brot backen kann. Und ein bisschen sticken und singen und Gedichte rezitieren und Jahreszahlen aufsagen.«

»Und ein bisschen küssen«, sagte er und legte seine Hände an ihre Wangen.

Sie erwartete, dass er sie küsste, erwartete einen sanften, zärtlichen, wunderbaren Kuss, doch Karim hielt plötzlich inne. »Sag mal, Prinzessin, wie alt bist du eigentlich?«

»Fünfzehn.«

Er schüttelte den Kopf. »Kleine Lügnerin. Zwölf? Dreizehn?«

»Vierzehn? Ist vierzehn alt genug?«

Die Jahre wurden alle eins, eine Masse an Jahren, an Sommern, an endlosen Tagen mit Dilaya und den Jungen, mit Unterrichtsstunden und Mahlzeiten am Tisch und Träumen, aus denen sie schreiend erwachte.

Karim seufzte und ließ sich rücklings auf sein Bett fallen, wobei er elegant einen Zusammenprall mit der Wand vermied. »So ein Pech auch. Ich habe heute meinen anständigen Tag.«

Anyana blieb sitzen, ohne sich zu rühren, und schlug die Hände vors Gesicht. Scham überwältigte sie wie ein glühender Sturzbach. Ihr war heiß, ihr war kalt, und schwindlig war ihr auch. Sie wünschte sich, sie wäre niemals hergekommen, und weil sie nicht weinen wollte, wurde sie wütend.

»Wie viele Mädchen hast du schon geküsst?«, fragte sie.

»Hier im Schloss oder insgesamt?«

Die Frage machte sie erst sprachlos und dann noch wütender.

»Erzähl mir nicht, dass du Dilaya geküsst hast!«

»Nein. Nein, ehrlich nicht! Sie würde mich nicht mit Handschuhen anfassen. Sie ist nicht wie du. Zu ihr muss man Ihr und Euch sagen und Hoheit und all das.«

»Ich bin genauso sehr eine Prinzessin wie sie! Mein Vater ist sogar näher an der Krone als ihrer. Aber lenk nicht ab. Was ist mit den Backmädchen?«

»Ich habe eine Verabredung mit einer«, gestand er, und nur weil er so zerknirscht klang, war sie fast bereit, ihm zu verzeihen.

»Das dulde ich nicht.«

»Ja«, sagte er. »Nein, ich meine, natürlich, Prinzessin.« Er lachte, und sie wollte ihn schlagen, aber er fing sie ein, umfing sie mit seinen Armen und zog sie an sich, an seine Brust, in der sein Herz hämmerte, nah zu sich, in seine Wärme, in sein Lachen.

Karim küsste sie nicht, er hielt sie einfach nur im Arm, und selbst als ihr auffiel, dass sie gemeinsam in seinem Bett lagen, rührte sie sich nicht von der Stelle. Sie lauschte seinem Atem in ihrem Haar.

»Ich werde kein Mädchen küssen, solange ich hier bin«, flüsterte er ihr ins Ohr. »Versprochen. Du bist mein Mädchen.«

Sie wünschte sich, dass er nie wieder irgendein Mädchen küsste. Dass er ihr versprach, nicht fortzugehen und der ihre zu sein und auf sie zu warten, bis sie alt genug war, aber all das war unmöglich. Es war so unmöglich, wie die Liebe zwischen Tenira und Tizarun es gewesen war. Sie hatte nur diesen Augenblick, seine Arme um sich und seinen Herzschlag an ihrem Rücken und sein Flüstern.

Es war zu wenig und gleichzeitig zu viel, es überwältigte sie, und sie fragte sich, ob es für Dilaya und Laikan wohl auch so war – die Wärme und die leisen Worte und Geborgenheit und Zorn.

»Ich bin nicht zu jung für einen Kuss. Wann hast du mit dem Küssen angefangen?«

Die Frage lohnte sich allein für sein Lachen. »Erwischt. Aber ich werde dich trotzdem nicht küssen, Prinzessin. Du bist zu gut dafür.«

»Für jemanden wie dich?« Sie drehte sich in seiner Umarmung, bis sie ihn sehen konnte, bis sie Brust an Brust dalagen und Gesicht an Gesicht. Atem mischte sich mit Atem, und er hörte auf, fremd zu sein. »Meinst du das?«

»Ja«, sagte er leise, und seine Augen wurden noch dunkler, nachtschwarz, und plötzlich war das Gewitter über ihnen, der Donner ließ das Bett erzittern, der Wind fuhr ins Zimmer, aber Karim sprang nicht auf, um die Fensterläden zu schließen. Der Sturm brachte den Duft nach Wald und Himmel mit, nach der Macht der Blitze und regennasser Erde und Wolken.

»Nein«, widersprach sie. »Nein, das stimmt nicht. Du bist so viel mehr wert als ein Knappe. Es ist wie bei Tenira und Tizarun. Sie dachte, es sei unmöglich, alle dachten das, aber ...«

Sein Gesicht verdüsterte sich schlagartig. »Ich hasse diese Geschichte.«

Alle liebten es, davon zu hören, wie das arme Schneidermädchen den schönen Prinzen eroberte und zur Sonne von Wajun aufstieg. Anyana selbst, Dilaya, einfach alle! Sogar die Dienstmädchen blickten verklärt drein, wenn sie das Porträt des Großkönigspaares abstaubten. Die Geschichte dieser großen Liebe bedeutete Hoffnung, Veränderung, Schicksal.

»Es ist eine wunderbare Geschichte!«

Karim setzte sich auf, und um nicht aus dem Bett zu fallen, musste Anyana sich ebenfalls wieder hinsetzen. Seine Augen sprühten Funken. »Sie war eine Idiotin! Ein Kind, das sich in etwas verrannt hatte!«

»Das ist ja so ein Unsinn. Tenira hat seinen Wert erkannt, sie war die Einzige, die ihn wirklich kannte, weil die Liebe ihres Herzens ...«

»Blödsinn«, unterbrach er sie schroff. »Sie kannte ihn überhaupt nicht. Sie hat ein attraktives Gesicht gesehen, und aus dem, was man sich über die Edlen Acht erzählte, hat sie sich eine Heldensage um ihn zurechtgebastelt. Er war Soldat. Er war Soldat in Guna, wo schreckliche Dinge geschehen sind, und den Mann, den sie zu lieben glaubte, gab es überhaupt nicht. Es hat ihn nie gegeben.«

»Er war der Prinz von Lhe'tah, einer der Edlen Acht!«

»Sie haben Guna in Stücke gerissen.«

»Sie haben die Kancharer aus unserem Land vertrieben!«

»Aus unserem Land? Seit wann ist Guna unser Land? Guna ist Guna.«

Sie konnte es nicht fassen. Er war verrückt, er war völlig verrückt.

»Wir haben Guna befreit!«

»Die Edlen Acht haben Unschuldige ermordet.«

»Unschuldige? Aufständische! Separatisten! Kancharer!«

»Oh, du hast recht«, sagte er bitter. »Im Krieg gibt es keine Unschuldigen. Nicht einmal die Kinder bleiben unschuldig. Sie werden mit Rebellion und Hass in ihrem Blut geboren. So wie die Le-Wajuner mit Ehre im Herzen auf die Welt kommen und von den Göttern geliebt werden, bevor sie ihr erstes Wort sprechen. Sie könnten gar keinen Mord begehen, weil die Gerechtigkeit mit ihnen ist, egal was sie tun.«

»Tizarun ist ein Held!«, schrie Anyana.

»Ein Kriegsverbrecher!«, rief Karim. »Und Tenira ist dumm wie Stroh!«

Anyana richtete sich höher auf und stieß mit dem Ellbogen schmerzhaft gegen den Tisch. »Wie redest du überhaupt über den Großkönig und die Großkönigin? Sie sind die regierende Sonne von Wajun. Du wagst es, solche Dinge über sie zu sagen? Du ... du bist ein Separatist!«

Er stritt es nicht einmal ab. Sah sie nur an und lächelte düster.

Unwillkürlich versuchte sie, in seinen Zügen etwas Fremdländisches zu entdecken, das rebellische Blut derer von Guna, doch da war nichts. Er war dunkler als sie, aber das waren viele, die aus dem Süden stammten, und sogar sein leichter Akzent war pures Lhe'tah. Er sprach genauso wie Fürst Wihaji, mit dem leichten Singsang in der Stimme und den überlangen Vokalen. Herzog Sidon, der tatsächlich aus Guna kam, war sehr hellhäutig und blond. Welchen Sinn machte es, wenn ein waschechter Le-Wajuner zu den Separatisten hielt? Wäre Karim Sidons Knappe gewesen, hätte sie genug in der Hand gehabt, um den Herzog wegen Hochverrats anzuklagen. Niemand durfte den göttlichen Großkönig als Kriegsverbrecher bezeichnen. Doch Karim war Wihajis Knappe, und Fürst Wihaji stand jenseits aller Kritik.

»Du willst mich bloß ärgern«, murmelte sie verdrossen. »Du bist kein Separatist.«

»Wenn du meinst«, sagte er, und die Gelassenheit, mit der er den Vorwurf des Verrats akzeptiert hatte, machte sie rasend.

»Was hast ein Knappe auch mit Politik zu tun? Gar nichts.«

Karim lachte heiser. »Meine Meinung zählt so viel wie deine, was, Prinzessin? Vielleicht nimmst du das besser wieder zurück. Soll ich in den Stall gehen und ausmisten? Oder deine Stiefel putzen? Oder mir doch noch den Kuss holen, den du mir unbedingt geben wolltest?«

»Unbedingt?« Sie funkelte ihn an. »Was bildest du dir ein?«

»Warum hast du dich dann bei mir reingeschlichen, holde Maid? Um zu reden? Was hätte ich dir schon zu sagen? Du bist genau wie Tenira. Du hast etwas gesehen, das dir gefiel, und dir eingebildet, du müsstest es haben. Obwohl du mich überhaupt nicht kennst. Du weißt gar nichts von mir!«

Wutentbrannt sprang sie auf.

»Genau so sind Prinzessinnen«, fuhr er fort. »Ich musste dir schwören, kein anderes Mädchen anzusehen und zu küssen. Und was bekomme ich dafür? Nichts. Rein gar nichts. Denn du wirst dich garantiert nicht für mich aufsparen. Du wirst mit einem edlen Herrn verheiratet werden, der ein großes Schloss besitzt und

Truhen voller Gold. Männer wie ich sind nur ein Spielzeug für reiche Frauen.«
»Das ist nicht wahr!«, schrie sie.
»Oh doch. Du siehst mich an und hast mich schon vergessen.«
»Ich werde dich nie vergessen! So einem hirnverbrannten Idioten begegnet man nur einmal im Leben!«
Sie war hergekommen, damit er sie nie vergaß, damit er, wenn er an Anta'jarim dachte, an sie denken würde. Sie hatte Eindruck auf ihn machen wollen, damit dieses Lächeln ihr galt und dieser funkelnde Blick. Sie wollte nicht eine von vielen sein, sondern die Eine, das Mädchen, das er nie, nie, nie vergessen würde, sein ganzes Leben lang nicht.

Sie riss den Besen von der Tür weg, trat das Kleiderbündel zur Seite. Drehte sich zu ihm um, hielt seinen dunklen Blick aus, der plötzlich von einem Schmerz erfüllt war, den sie nicht verstand, nicht verstehen konnte. Er hatte recht, sie kannte ihn überhaupt nicht.

»Es war ein Fehler herzukommen, Knappe«, fauchte sie.
»Wunderbar, Prinzessin«, höhnte er. »Ganz wunderbar.«
Sie verstand nicht, was sie jemals an ihm gefunden hatte.
»Nein, eigentlich war es doch kein Fehler. Jetzt weiß ich wenigstens, was für ein Dummkopf du bist. Und dass du über die Sonne von Wajun lästerst. Und was du wirklich denkst – über solche wie mich.«

Sie knallte die Tür hinter sich zu.

Als sie dann auf dem Gang stand und das Gewitter in den Mauern fühlte, den Donner, der ihr bis ins Mark fuhr, war sie allein, wie sie nie zuvor allein gewesen war. Losgelöst von ihrer Familie, ihrer Kinderfrau, ihrer Freundin, losgelöst von allem, was ihre Kindheit ausgemacht hatte. Sie stand in einem langen Korridor, der Teil eines uralten Schlosses war, dessen Grundsteine ihre Ahnfrau Jarim selbst vor einer Ewigkeit gelegt hatte, doch in diesem Moment hätte sie genauso gut in einem fernen Land sein können oder tief unter der Erde oder gar im Totenreich. Sie war gegangen und hatte die Tür zwischen dem Knappen des Fürsten und sich selbst geschlossen. Sie hatte eine Entscheidung getroffen. Er wollte kein Spielzeug sein? Nun, sie auch nicht. Sie hatte etwas Besseres verdient als jemanden, der über die Geschichte einer großen Liebe lachte. Selbst wenn er nur versucht hatte, sie zu provozieren – es war ihm gelungen. Niemand redete so über Großkönig Tizarun, die Sonne von Wajun, und über die Edlen Acht. Er brachte Schimpf und Schande über seinen eigenen Herrn!

Es war richtig, dass sie hergekommen war, um die Wahrheit zu erkennen, und genauso richtig war es, dass sie jetzt wieder ging.

Aber sie hatte nicht erwartet, dass es so wehtun würde.

11. INS WASSER SPRINGEN

Hetjun fluchte, als das Gewitter sie überraschte. Die dicke Wolkendecke und die Schwüle hatten den Sturm angekündigt, doch sie hatte gehofft, dass sie noch genügend Zeit hätten, um trocken wieder ins Schloss zu gelangen.

Nerun hatte sich unter einen Baum gestellt und kämpfte mit den Knöpfen seiner Weste. »Ich hasse diese heimlichen Treffen. So sollte es nicht sein.«

Immer war er unzufrieden. Sie hatte gedacht, dass er tatkräftiger und entschlossener war als Winya. Neruns ständiges Zögern brachte sie zur Weißglut.

»Ich brauche Winya noch. Und du musst deine Frau zuerst loswerden.«

»Oh ihr Götter! Könnten wir nicht...«

»Nein!«, fuhr sie ihn an.

Er verzog das Gesicht wie ein kleines Kind. »Es wäre die einfachste Lösung. Wenn der Wüstendämon denn schon einmal hier ist...«

»Nichts darf irgendjemanden auf unsere Spur bringen. Bevor die große Sache nicht erledigt ist, müssen wir uns zurückhalten. Alles muss seinen gewohnten Gang gehen. Erst dann...«

Etwas raschelte im Gebüsch. Es war der Wind oder ein Tier oder ihr schlechtes Gewissen; eins davon musste es sein. Doch Hetjun war sofort auf den Beinen. Sie rannte los, ohne Schuhe und Strümpfe, ins Dickicht. Da war ein Mann – er war überraschend schnell. Etwas Dunkelblaues blitzte auf, sie hörte einen unterdrückten Fluch, ein Fetzen Stoff blieb an einem Ast hängen. Hetjun holte auf, streckte die Hand nach ihm aus – und da blieb er plötzlich stehen und drehte sich um.

Der Regen rauschte auf das Blätterdach, tropfte durch alle Lücken. Die Dunkelheit füllte den Raum zwischen ihnen.

Auf seiner wilden Flucht hatte er sich verletzt. Ein tiefer Kratzer verlief über seiner Stirn, und als er sich darüberwischte, beschmierte er sein Gesicht mit Blut und Erde. Kaum etwas an diesem wilden, keuchenden Kerl erinnerte an den vornehmen, zurückhaltenden Mann, den sie kannte.

»Herr Lorlin?«

»Prinzessin Hetjun.« Er lachte rau. »Wie ich Euch verehrt habe. Die schönste Frau von Le-Wajun, edel und rein. Könnt Ihr Euch das vorstellen? Dass ich Euer Wesen und Eure Tugenden ebenso hoch gepriesen habe wie Eure Schönheit?«

»Wie könnt Ihr es wagen, mich zu verfolgen?«

»Ich habe alles verloren. Meine Arbeit, meine Schüler, mein Ansehen. Ich lebe schon länger im Wald, Prinzessin, nachdem Ihr mich in Schimpf und Schande entlassen habt. Doch nun erscheint mir das Ganze in einem anderen Licht.«

Sie hielt den Atem an, versuchte die aufkommende Panik niederzuringen. So lange waren sie vorsichtig gewesen. So lange waren sie unentdeckt geblieben. Es durfte nicht sein, dass dieser verkommene Mensch ihren Untergang besiegelte.

»Versucht Ihr, mich zu erpressen?« Es gelang ihr, das Zittern zu unterdrücken und kalt und beherrscht zu klingen. »Was könnt Ihr schon gesehen haben? Ich bin mit meinem Schwager ausgeritten, nichts weiter.«

»Nichts weiter?«

»So ist es. Und wer sollte Euch das Gegenteil glauben?«

»Ich weiß nicht«, meinte er. »Das käme auf einen Versuch an. Euer Mann, der Dichter? Ich bin ein großer Bewunderer seiner Kunst. Er wird klug genug sein, mir zu glauben.«

»Was wollt Ihr?«, zischte sie.

»Mein Leben«, sagte er. »Ich will mein Leben zurück. Mein Amt als Lehrer der jungen Prinzen und Prinzessinnen. Mein Ansehen. Ich will eine öffentliche Erklärung, dass die Briefe, die der Grund für meine Entlassung waren, nicht von mir stammten, dass die Kinder sie selbst verfasst haben, um mir einen Streich zu spielen. Ich will wieder mein altes Turmzimmer beziehen.«

Sie starrte ihn an, und er hielt ihrem Blick stand.

Der Regen rauschte stärker, eine Bö wehte ihr kaltes Wasser ins Gesicht und durchnässte ihre Reitbluse.

»Hetjun?« Hinter ihr stampften Schritte. Nerun brach wie ein Wildschwein durchs Unterholz. »Hetjun, wo bist du?«

Lorlins Blick war voller Verachtung. »Und um eins müsst Ihr Euch keine Sorgen machen – solche Briefe werde ich ganz gewiss nicht mehr schreiben. Nicht an Euch. Den einzigen Brief, den ich jemals wieder verfassen werde, richte ich an Prinz Winya.«

»Nein, bitte!« Sie hasste es, diesen Wurm anzubetteln, aber in diesem Moment durfte sie nicht stolz sein. Sie musste klug sein. Und vor allem brauchte sie mehr Zeit, um zu entscheiden, wie sie das Problem lösen konnte. »Ich werde sehen, was ich für Euch tun kann.«

Als Nerun sie erreicht hatte, tauchte Lorlin in den Schatten der Bäume ein und war verschwunden.

»Was ist los? Hetjun? Hetjun, du siehst aus, als hättest du einen Totengeist gesehen.«

»Nichts«, sagte sie. »Ich dachte, ich hätte etwas gehört, aber es war nur der Sturm.«

Nach einer schlaflosen Nacht machte Anyana sich noch vor dem Frühstück auf den Weg zu Dilaya, denn sie musste mit irgendjemandem reden. Über Karim oder vielleicht auch nicht über Karim. Ganz bestimmt würde sie niemandem erzählen, was er gesagt oder getan hatte. Von der Umarmung und davon, dass er den Gottkönig beleidigt hatte und sich auf die Seite der Separatisten gestellt hatte, ob nun zum Scherz oder nicht. Und trotzdem brauchte sie jemanden, der ihre aufgewühlte Seele beruhigen konnte.

Die Schindeln waren rutschig nach dem gestrigen Regen, doch mit untrüglicher Sicherheit kletterte Anyana über die zerklüftete

Dachlandschaft. Sie war nicht die Einzige – dort hinten auf dem First saß ihr Vater und starrte in den Sonnenaufgang. Er wandte ihr den Rücken zu, und erleichtert huschte sie weiter.

Ins Helle Schloss zu gelangen konnte nicht schwerer sein, als Karim zu besuchen. Anyana brauchte keine Geheimgänge, keine verborgenen Türen. Der Hausarrest hatte ihr unvermutet die Freiheit geschenkt, und nun gehörten ihr der Himmel und das Dach, gehörten ihr alle Dächer. Da war schon der Erker, in dem ihre Cousine schlief. Durch das offene Fenster hörte Anyana ... oh ihr Götter, sie hörte etwas.

Und der Ruf erstarb auf ihrer Zunge. Dilaya würde doch nicht ... sie würde doch nicht wirklich ...

Am liebsten wäre sie mit Schwung durchs Fenster gesegelt, hätte mit einem wilden Schrei unterbrochen, was immer da vor sich ging, doch sie kauerte nur auf dem Dach, zu Tode erschrocken, und wünschte sich, sie hätte es nicht gewusst.

Das Gefühl grenzenloser Einsamkeit kehrte zurück.

Karim hielt sie für ein Kind, und vielleicht war sie das auch. Mit einer Sehnsucht, die sie beinahe überwältigte, wollte sie in die Geborgenheit unbeschwerten Kindseins zurück. In eine Zeit, in der man träumen konnte, ohne an der spitzen Zunge eines echten Jungen zu verzweifeln, an seinem Blick, seinem unverschämten Lächeln, seinen gottlosen Lästerungen. Eine Zeit, in der ihre Cousine nicht mit einem beinahe Fremden ins Bett stieg, nur weil er ein Prinz war.

Eine Zeit, in der sie nicht einmal geahnt hatte, was ihre Mutter trieb, und wie viel Unglück ihr Vater verbarg.

Wenigstens etwas musste sein, wie es immer gewesen war. Wenigstens eine Person durfte sich nicht verändern.

Ihr Weg führte sie zu Baihajun, ihrer alten Kinderfrau.

Die kleine Kammer war so vollgestellt, dass es kaum möglich war, auch nur einen Fuß vor den anderen zu setzen. Das schmale Bett stand ganz hinten an der Wand, und um dorthin zu gelangen, hätte man über Körbe mit Handarbeiten, über Bücher, Tintenfässer, Kleidungsstücke und Wurzelstöcke fliegen müssen. Anyana tat ihr Bestes, um sich leise hindurchzuwühlen, aber als sie schon dachte, sie hätte es geschafft, stolperte sie über einen großen, bizarr gebogenen Ast und fiel gegen das Bett.

Baihajun setzte sich mit einem Schreckensschrei auf. »Prinzessin!«

»Tut mir leid.«

Die Kinderfrau fuhr sich über die grauen Zöpfe. »Wie spät ist es? Hab ich verschlafen?«

»Es ist schon Mittag vorbei.«

»Was? Oh nein!« Baihajun sprang auf und suchte nach ihren Kleidern.

»Reingelegt! Gleich ist Frühstück.« Doch die kleinen Scherze, über die sie früher mit ihrer Amme gelacht hätte, schmeckten mittlerweile schal. Sie fühlte sich zu alt dafür – und trotzdem war sie zu jung, um von einem Knappen geküsst zu werden. Anyana fragte sich, wofür sie überhaupt im richtigen Alter war. Ihr ganzes Leben schien ihr nicht mehr zu passen.

Baihajuns Augen verengten sich. »Hattest du wieder einen Albtraum? Nein? Aber du hast in deinem Zimmer zu bleiben.« Sie tappte zur Waschschüssel und wusch sich das Gesicht. Sie spülte sich den Mund aus, spuckte in die Schüssel und machte ein paar Stimmübungen, die sich wie lautes Gelächter anhörten.

»Weißt du, mein Kind, wenn der Wind weht, sind es Vögel, die durch die Luft fliegen, unzählige unsichtbare Vögel, und sie lassen die Äste schwanken und die Blätter erzittern, und unter ihren Flügeln neigen sich die Grashalme und Ähren bis zur Erde ...«

»Er hat gesagt, es sei eine Lüge. Die Geschichte von Tenira und Tizarun. Es war dumm von ihr, ihn zu lieben. Sie hat sich nur eingebildet, dass er ihr etwas bedeutete, aber kamen ihre Gefühle nicht von den Göttern? War es nicht Schicksal? Wie kann man wissen, was wahr ist?«

Baihajun kämmte sich die langen silbernen Haare. »Und woher willst du wissen, dass es nicht wahr ist? So wahr, wie«, sie senkte die Stimme zu einem drohenden, tief grollenden Gemurmel, »dass die toten Seelen, die nicht zu den Göttern gelangen, im Höllenmeer wohnen. Ihre Zahl ist größer als die Zahl der Sterne. Dort im schwarzen Wasser tanzen sie ihren ewigen Tanz in Dunkelheit und Kälte, ein Spielball der ungeheuerlichen Wellen, und wenn ein Schiff vorbeikommt, krallen sie sich in die Planken und lassen sich in den Hafen mitziehen. Nach Kato. Die verlorenen Seelen gehen nach Kato, denn sie glauben, dort Frieden zu finden. Doch es gibt keinen Frieden in Kato.«

»Hm.« Auch das war eigentlich nicht das, was sie hören wollte.

»Und wusstest du das: Der Tanz der Sterne ist der Tanz der Götter, und wenn ein Stern vom Himmel fällt, wird ein Gott geboren.«

Ammenmärchen. Sie hatte das alles so satt. In ihren Träumen verbrannte die Welt, und bei Tage verglühten die Stunden so langsam, dass man ihnen dabei zusehen konnte, und Baihajun hatte nur Märchen für sie? »Die Sterne fallen nicht vom Himmel!«, sagte sie wütend.

»Hast du das wirklich noch nie gesehen? Wie ein leuchtender Streifen über den Himmel zieht – husch, und schon vorbei. Du könntest ihn in deinen Armen auffangen, wenn du zum richtigen Zeitpunkt dort wärst, wohin er fällt, und hättest einen Gott in den Händen, so alt wie die Welt und doch so jung wie ein neugeborenes Kind.«

»Ach, hör doch auf!« Anyana setzte sich auf die Bettkante und ließ den Blick über die Besitztümer ihrer Kinderfrau wandern: über die Tinte und die Wurzeln und all die anderen seltsamen Dinge. Sie beschloss, das Thema zu wechseln. »Wozu brauchst du so viel Tinte?«

»Immerhin schreibt dein Vater mit der Tinte, die ich anrühre, wusstest du das nicht? Ich rühre so viel Dunkelheit hinein, wie ich nur kann.«

»Warum meinen Kinderfrauen eigentlich immer, sie müssten alle Kinder erschrecken?«

»Dafür sind sie doch da. Zum Erschrecken und Trösten. Und jetzt mal eine tröstende Weisheit: Spring ins Wasser, und du wirst finden, was du dir wünschst.«

»Letztes Mal hast du noch gesagt, spring in den Brunnen.« Anyana dachte mit gerunzelter Stirn nach. »Hast du es jemals ausprobiert?«

»Ausprobiert?« Baihajun lachte amüsiert. »Weisheiten sind dazu da, dass man über sie nachdenkt und versucht, hinter die verborgene Bedeutung zu kommen, und nicht, dass man sie ausprobiert. Und nun entschuldige mich, ich möchte mich anziehen. Setz dich in dein Zimmer und nimm deine Strafe an, bevor deine Mutter dich entdeckt. Und geh diesem Jungen aus dem Weg, der dir solche Flausen in den Kopf setzt.«

Anyana hätte gerne mit angesehen, nach welcher Methode Baihajun vorging, um in den unsäglichen Stapeln und Haufen das Richtige zu finden, aber sie nickte gehorsam und ließ ihre Kinderfrau allein.

Auch dieser Tag versprach sehr heiß zu werden. Die Luft war schon jetzt am Morgen drückend schwül.

»Fliegt, Vögel«, flüsterte Anyana, aber die unsichtbaren Vögel hatten sich wohl in ihre Nester zurückgezogen, denn nicht der leiseste Windhauch war zu spüren.

Sie spazierte über das Dach und beobachtete die Menschen im Hof und auf den Balkonen. Nein, es war bestimmt nicht Karim, nach dem sie Ausschau hielt. Mit diesem Dummkopf war sie fertig. Dort... die blaue Tür. Anyana zögerte. Sollte sie ihre Urgroßmutter Unya besuchen? Doch ihre blinden Augen sahen zu viel. Sobald Anyana Karim erwähnte, würde Unya wissen, dass ihre Gedanken unentwegt nur um ihn kreisten.

Und um das, was er gesagt hatte. Wie konnte irgendjemand behaupten, der Krieg um die Provinz Guna sei unrechtmäßig gewesen? Tizarun war die Sonne von Wajun. Die Götter liebten ihn. Ihn und Tenira. Sie waren unfehlbar. Wenn ihr Kind auf die Welt kam, würde es die nächste Sonne werden. König Jarunwa hatte das Dokument unterschrieben. Die Erbmonarchie. Ein kleiner Junge, der als Gesegneter der Götter heranwachsen würde. Ihr Bräutigam.

Es bereitete ihr Kopfschmerzen, darüber nachzudenken, was in den nächsten Jahren passieren würde. Sie selbst sollte die Sonne von Wajun werden. Mit ihm, mit diesem Kind.

Nein. Oh ihr guten Götter, nein. Bitte nicht.

Sie wollte nicht nach Wajun, und sie wollte kein Kleinkind heiraten. Einen Jungen, der so sein würde wie Maurin – frech und kindisch und unausstehlich. Es war ein Albtraum, der nicht verging, den man nie wieder vergessen konnte.

Die Luft war so feucht, dass ihr schon nach kurzer Zeit das leichte Kleid am Körper klebte. Der Schatten der Schlosstürme schrumpfte Stück für Stück über den Dächern zusammen. Sonne, immer die verdammte Sonne. Viel lieber wollte sie ins Wasser springen und einen Wunsch finden. Die alten Geschichten waren wahr. Alle. Nicht nur die märchenhafte Liebesgeschichte von Tenira und Tizarun, sondern auch die uralten Sagen und Legenden, von denen Baihajun zu erzählen wusste. Karim irrte sich, in allem.

Von Dach zu Dach kletterte sie tiefer. Ihre bloßen Füße fanden die Fugen zwischen den Ziegeln, die Vorsprünge und Simse, geschmeidig folgte ihr Körper dem Weg der Mauern und Steine, bis sie auf einem Balkon im zweiten Stock landete.

Und direkt unter ihr lag der Löschteich. Das Gewitter hatte ihn mit Wasser gefüllt, schwarz und klar wie Glas.

Sie sah sich darin gespiegelt. Ihre Füße, ein paar Falten ihres kurzen Kleids, und wenn sie sich vorbeugte, sah sie ihre Haare und konnte ihr Gesicht erahnen.

Am Grund des Brunnens findest du das, was du dir am meisten wünschst.

Was war ihr innigster Wunsch?

Dass der König es sich anders überlegte und sie kein fremdes Kind heiraten musste. Anta'jarim nie verlassen zu müssen.
Niemals die Sonne von Wajun zu werden.
Glücklich zu sein. Mit Karim.
Nein, vergiss Karim.
Dass ihre Mutter aufhörte, sich mit einem anderen Mann zu treffen?
All diese Wünsche waren zu groß. Wenn sie sich zu viel vornahm, würde es nicht geschehen, man konnte die Götter nicht überlisten. Also nach einem kleineren Ziel greifen: Mit Dilaya ringen und den Sieg davontragen? Dass ihr Hausarrest aufgehoben wurde?
Ein Kuss von Karim? *Vergiss ihn*, befahl sie sich.
Aber sie sah ihn vor sich. Sah ihn unter sich im Wasser des Teichs, sein Gesicht auf dem dunklen Wasser wie ein Traum. Augen tief und schwarz wie Brunnen. Die Haut wie aus goldbrauner Seide. Der Mund weich, auch wenn seine Worte giftig waren. Sein schwarzes Haar glänzend wie Rabenfedern.
Über sich selbst wütend, rieb sie sich die Augen. Wie konnte sie lieber einen Diener haben wollen, der noch dazu verbotene Reden schwang, als den Sohn des Großkönigspaars? Lieber einen verfluchten Verräter und Separatisten als einen gesegneten, gottgefälligen Prinzen?
»Ein Hund«, entschied sie schließlich laut. »Mein innigster Wunsch ist ein Hund.«
Karim, dachte jener Teil von ihr, den sie nicht zum Schweigen bringen konnte.
Der schwarze Teich lag unter ihr wie ein schimmernder Spiegel. Anyana rutschte von der Brüstung, stieß sich daran ab und sprang ins Wasser.

König Jarunwa hatte schlecht geschlafen. Er verzichtete auf das Frühstück; die Düfte, die ihm aus dem kleinen Saal entgegenschlugen, verursachten ihm Übelkeit. Durch die Korridore, in denen es immer kühl war, ging er stattdessen nach draußen, wo ihm die Hitze entgegenschlug wie ein aufgeheiztes Badezimmer. Trotzdem kehrte er nicht ins Schloss zurück. Er war nicht in der Stimmung, um seine Frau zu ertragen, die ihn gewiss bald aufspüren würde, um ihn mit ihren Bedenken zu dem neuen Gesetz zu peinigen. Er musste allein sein.

Am Eingang zum Stall sah er die beiden Knappen, die mit den Gesandten gekommen waren, das Sattelzeug putzen. Eine flüchtige Bewegung verriet ihm, dass da noch jemand war – als er etwas genauer hinschaute, erkannte er seine Söhne, die sich in den Schatten des Stalles drängten. Wahrscheinlich um nicht von ihm dabei erwischt zu werden, wie sie die Fremden ausfragten.

Unwillkürlich musste er lächeln. *Ihr seid wirklich Söhne eurer Mutter*, dachte er. *Ihr müsst auch immer alles wissen, es gibt nichts, was euch nicht interessiert.*

Um sie nicht zu enttäuschen, tat er, als hätte er nichts gemerkt, und ging rasch weiter über den Hof. Manchmal hatte er das Bedürfnis nach Weite, dann wollte er hinaus aus dem Schloss und dem Hof, über die Wiesen oder in den Wald, aber heute war es ihm, als könnten die uralten Gemäuer ihm dabei helfen, Ruhe zu finden. Ihnen gegenüber kam er sich zu jung vor, viel zu unerfahren und unwissend. Seine Vorfahren hätten vielleicht besser gewusst, was zu tun war. Sie hätten gewusst, welche Traditionen es zu verteidigen galt, nämlich alle.

Heilig. Er erinnerte sich an die Worte seines Vaters, des vorigen Königs. Die Wege der Götter sind heilig, und wir müssen ihnen folgen, wohin sie uns auch führen.

Wie sollen wir denn den Weg der Götter erkennen, hatte er damals gefragt und war sich sehr schlau und rebellisch vorgekommen.

Sein Vater hatte ihn angeblickt, mit so viel Unverständnis, dass es schon fast an Mitleid grenzte. *Sie haben ihren Willen bereits kundgetan*, sagte er. *Frag nicht und folge.*

Jarunwa fühlte sich genau wie damals, zu unsicher, um alle Fragen zu stellen, die ihm auf der Seele lagen, und zu unsicher, um mit dem Fragen aufzuhören, auch wenn es seine Seele kosten mochte. *Soll ich der Sonne von Wajun folgen, wohin sie mich auch führt? Ist sie nicht die Gesegnete der Götter?*

Seine Augen brauchten eine Weile, um sich an den Schatten hinter dem Schloss zu gewöhnen. Er blickte eine Weile ohne irgendwelche Gedanken auf etwas Weißes, das auf dem dunklen Wasser des Löschteichs schwamm, dann wurde ihm schlagartig klar, was es bedeutete.

Sofort watete er in das schwarze Wasser. Es war überraschend kalt, und, wie er bald merkte, auch überraschend tief. Jarunwa musste schwimmen, um nach dem hellen Kleid zu greifen. Dunkles Haar bewegte sich wie eine seltene Unterwasserpflanze, und er fühlte, wie die Angst nach seinem Herzen griff und ihn lähmen wollte.

Er hob ihren Kopf aus dem Wasser. Anyanas Augen waren geschlossen, ihr Gesicht war bläulich verfärbt. Hier im Schatten kam es ihm hell vor wie ein trauriger Mond.

Er hatte gewusst, dass sie es war. Irgendwie hatte er es gewusst. War das die Antwort der Götter – dass dieses Kind, für das er alle Prinzipien des Sonnenreiches infrage gestellt hatte, dem Tod geweiht war?

»Nein«, flüsterte er mit zusammengebissenen Zähnen, »nein, nein! Ich lasse das nicht zu! Ich lasse das nicht zu!«

Er schwamm mit ein paar kräftigen Schwimmstößen zurück ans Ufer, das leblose Mädchen im Arm.

Als er sie auf den Boden legte, wurde er plötzlich weggestoßen, und benommen sah er zu, wie Fürst Wihaji Anyana beatmete.

Ihr Götter, flehte er, *nehmt sie uns nicht fort. Lasst sie in Ruhe. Lasst uns alle in Ruhe, bloß in Ruhe!* Er wusste nicht, ob er zusammensinken und weinen oder herumspringen und lauthals schreien sollte. *Ich kann auf eure Antworten verzichten! Bleibt, wo ihr seid, und fasst mich nicht an!*

»Mein König«, sagte Wihaji.

Jarunwa blickte in ein dunkles, von Schweißperlen glänzendes Gesicht, in dem ein müdes Lächeln sichtbar wurde.

Kaum wagte er es, sich Anyana zuzuwenden, sein Blick auf dem Sprung, um sich sofort wieder in die Schatten zurückziehen zu können, wie ein wildes, verstörtes Tier, das fürchtet, seinem schlimmsten Feind zu begegnen.

Ihre Lider flatterten. Dann krümmte sie sich zur Seite und hustete. Und auf einmal schlug sie die Augen auf und fragte: »Bekomme ich jetzt einen Hund?«

Prinz Winya saß auf dem Dach und starrte auf die in der Hitze flimmernden Wiesen.

Er sah sich selbst in die Augen. Sie waren golden, und in ihnen tanzten tausend Flammen. Sie blickten ihn unverwandt an; er fühlte das hilflose, eisige Schweigen in ihnen. Das Feuer kam so nah, dass er seinen tödlichen Kuss fühlte, und immer noch starrte er in die wirbelnden Flammen. Sie ragten über ihm in den Himmel, während er in einem Garten stand, der ins Unendliche wuchs. Riesige rote Blumen blühten um ihn herum, Hunderte von Knospen öffneten sich zu flammenden Blüten, groß wie Sonnen. Das ganze Firmament blühte auf, rot und heiß.

Und dann öffnete sich über ihm das riesige brennende Tor. Spring, *sagten seine Augen zu ihm,* spring durch das Feuer.

Nein, *sagte er.* Ich kann nicht springen. Ich bin gelähmt von der Kälte, ich kann mich nicht rühren.

Spring durch das Tor.

Der Ruf war so zwingend, dass er ihn wie einen bitteren Schmerz in sich fühlte. Die Feuerblumen dufteten nach salzigem Blut. Er schmeckte den Tod auf der Zunge. Und alle Lieder waren wie eine Girlande auf seinem Haupt, und köstliche Worte hingen wie Federn in seinem Haar.

Das Tor, an dem die Blumen emporwuchsen, reichte bis an die Sterne.

»Flammendes Tor«, flüsterte er, »Sternbild der Ewigkeit...« Die Silben passten nicht. Wie er es auch drehte, er bekam die vorgeschriebene Reihenfolge nicht hin. Die Worte widersetzten sich seinen Bemühungen, sie in eine Stufenleiter von Versen zu verwandeln.

Blühe, mein Traum.
Zeig mir
Das Tor.«

Es stimmte einfach nicht. Er schüttelte verzweifelt den Kopf. Zum ersten Mal seit vielen Monaten waren die Bilder so deutlich, dass sie ihn an die Arbeit zwingen wollten, dass sie nicht aufhörten, sich in seinen Gedanken zu drehen und zu winden wie die Schlingpflanzen aus seinem Traum. Sie verbrannten alle anderen Gedanken. Er wusste, dass er es aussprechen musste. Es war seine Aufgabe, das, was er vor sich sah, zu benennen, in Worte zu fassen, wie man einen Diamanten schleift und in eine goldene Fassung einsetzt, um ihn am Finger tragen zu können. Hier oben, wo ihn niemand störte, konnte er versuchen, das Werk zu vollbringen.

»Gott der Poesie«, flüsterte er, »Gott des blendenden Mondes, hilf mir. Lass mich das Lied singen. Lass mich die Worte sagen. Segne meine Zunge.«

Er starrte in die Ferne und war sich der brennenden Sonne überdeutlich bewusst.

»Verbrenn das Schweigen,
Das mich bezwingt.«

Der Anfang war schon nicht schlecht, aber er kam nicht weiter. Seine Unfähigkeit brannte in ihm, mehr noch als der Zwang, das Gesehene zu sagen.

»Mein Schloss in Flammen,
Blüten der Angst,
Sieh das Tor
Brennen.
Spring.«

Er kritzelte die Worte auf kleine Zettel. Auch das war es noch

183

nicht. Schwitzend, die Zunge zwischen den Zähnen, mühte er sich ab.

»Mein blühendes Haus
In Rot getaucht
Wächst sternwärts
Hoch ins
Licht.«

»Winya!« Hetjuns schriller Schrei riss ihn aus dem verzweifelten Genuss der Arbeit. »Winya, komm!«

Sie stand an dem Fenster, durch das er immer kletterte, und winkte.

Ungehalten stand er auf und balancierte über den First des Giebels zurück.

»Any«, keuchte Hetjun.

»Was ist mit ihr?«, rief er alarmiert, denn er hatte seine edle Gemahlin noch nie so aufgelöst gesehen.

»Komm, schnell!« Er rannte ihr nach, und in seinem Kopf hämmerten seine neuen Verse und verkündeten mit unerbittlichem Trommelschlag das Unheil. *Mein blühendes Haus, in Rot getaucht, wächst sternwärts…*

Winya wich nicht von Anyanas Seite. Er hatte das Kinn in die Hände gestützt und wachte über seiner Tochter. Ihr Atem ging immer noch flach und stoßweise. Sie lag auf ihrem Bett wie eine durchscheinende Fee.

Mit schreckensbleichem Gesicht hatte Baihajun gebeichtet, welche uralten Weisheiten das Mädchen ins Wasser getrieben hatten. Jarunwa, der Anyana in ihr Zimmer getragen und noch eine Weile geblieben war, hatte darauf merkwürdigerweise erleichtert reagiert und wirres Zeug von Göttern und Schicksal gefaselt. Schließlich hatte Winya seinen königlichen Bruder und die Kinderfrau verärgert weggeschickt.

Eine Zeit lang hatten sie gemeinsam gewacht, er und Hetjun. Ihr Gesicht war wie versteinert. Sie starrte auf ihre Tochter, und er fragte sich, was in ihr vorging, denn er sah, wie sie abwechselnd die Hände zu Fäusten ballte und dann wieder entspannte. Sie biss die Zähne zusammen, dass sie knirschten, sie wischte sich Tränen aus den Augen, kleine, kalte Tränen. *Warum bist du nicht dankbar?*, wollte er fragen. *Sie ist noch bei uns. Es ist nichts passiert. Wir haben sie nicht verloren, den Göttern sei Dank.* Aber in ihr spürte er einen solchen Zorn, dass er es nicht ertrug und schließlich ging.

Als sich die Tür wieder öffnete, blickte Hetjun nicht auf.
»Hast du mir etwas zu trinken mitgebracht?«
»Tut mir leid, daran habe ich nicht gedacht.« Es war Wihaji. Er schloss die Tür leise hinter sich zu.
Sie sah schnell von ihm fort auf ihr schlafendes Kind. »Ich weiß, ich sollte ...« Sie stockte. »Du hast meiner Tochter das Leben gerettet. Dafür danke ich dir.«
Er runzelte die Stirn. »Ihr Götter, wie schwer muss es dich ankommen, in meiner Schuld zu stehen, Hetjun.«
»Ausgerechnet ihr beide musstet sie retten«, sagte sie, ihre Stimme voll Zorn und Bitterkeit. »Du und Jarunwa.«
»Ausgerechnet«, wiederholte er leise. Er trat an das Bett und sah auf Anyanas bleiches Gesicht hinunter. »Was sagt der Arzt?«
»Es war rechtzeitig«, sagte sie. »Gerade noch rechtzeitig.«
»Ich könnte versuchen, einen kancharischen Magier zu erreichen. Es ist gar nicht so schwer, man braucht nur eine Schale mit Wasser. Er könnte mit einem Eisenvogel kommen, dann wäre er in wenigen Stunden hier. Es gibt Heilmagier, die können nahezu jeden Verletzten wiederherstellen.«
»Das ist nicht nötig!« Hastig senkte sie ihre Stimme. »Du hast sie gerettet, schön und gut, aber wir brauchen hier keine Zauberer. Das würde König Jarunwa nie im Leben erlauben. Und außerdem ist es nicht deine Tochter, Wihaji!«
»Ja«, sagte er leise. »Als ich davon hörte, dass du ein Kind hast, habe ich mir lange gewünscht, sie wäre es.«

»Ach ja? Hast du einen Spion hergeschickt, um ihre Hautfarbe zu überprüfen, damit ich dich ja nicht um dein Kind betrüge?«

»Du bist immer noch genauso böse wie früher«, bemerkte er. »Dass ich dich jemals geliebt habe, wundert mich immer noch.«

Sie hob den Kopf. »Ach? Dann bist du endlich darüber hinweg? Damals sagtest du, du würdest mich nie in deinem ganzen Leben vergessen. Dass ich dir das Herz gebrochen hätte, dass du nie wieder lieben könntest...«

»Es hat dir Freude gemacht, das sieht dir ähnlich. Der Treueschwur eines Verlassenen. Wie kannst du dich darüber ärgern, dass ich nach fast dreizehn Jahren wieder glücklich bin?«

»Du bist also wieder glücklich«, wiederholte sie und funkelte ihn feindselig an.

»Sieh an. Du bist doch nicht etwa eifersüchtig?«

Hetjun biss sich auf die Lippen.

»Hast du wirklich gehofft, ich würde dir mein ganzes Leben lang nachtrauern? Wozu? Damit du zu mir zurückkannst, wenn es mit deinem Prinzen nicht so läuft, wie du es dir vorgestellt hast? Ein netter Prinz, dein Dichter.«

Ihre Augen sprühten Zornesfunken. »Du bist so gemein, Wihaji. Verflucht sollst du sein!«

»Mittlerweile bin ich dir sogar dankbar«, sagte er. »Wenn ich mir vorstelle, ich wäre mit dir verheiratet gewesen, als ich Linua kennengelernt habe... Nicht auszudenken! Vermutlich hätte ich mich sogar an meinen Treueschwur gebunden gefühlt und das Beste verpasst, was mir je in meinem Leben passiert ist. Dass ich meinen Eid, dir ewig nachzutrauern, gebrochen habe, kümmert niemanden. Dich sollte es auch nicht kümmern.«

»Linua«, sagte Hetjun zornig. »Was für eine Linua?«

»Du willst doch nicht ernsthaft zur Hochzeit eingeladen werden? Nein? Das dachte ich mir.« Wihaji strich der schlafenden Anyana das Haar aus der Stirn. »Nein, das ist nicht meine Tochter. Ein schönes Mädchen. Und das alles nur, weil wir auf Tizaruns Krönung getanzt haben und ich dich einem jungen Mann in schönen, fremdartigen Kleidern vorgestellt habe... Der Faden des

Schicksals ist aus allerfeinster Seide. Man sieht, wer ihr Vater ist, und es macht mir nichts aus. Das ist alles, was ich wissen wollte, Hetjun. Es macht mir überhaupt nichts mehr aus.«

»Man sieht... Oh ihr Götter! Wihaji!«

Er war bereits an der Tür.

»Wihaji, warte! Ich will dich noch etwas fragen.«

Er blickte sie geradezu gelangweilt an. »Ja?«

»Bist du sicher, dass dein... dein ganzes Gefolge vertrauenswürdig ist?«

»Was für eine merkwürdige Frage, Hetjun. Warum?«

»Dein Knappe.«

»Ach, die Geschichte. Ich habe mich schon gefragt, wann du darauf zu sprechen kommen würdest. Es sind Kinder, Hetjun.«

»Sie schon, aber er ganz gewiss nicht mehr. Er ist kein Knabe, sondern ein Mann. Die Mädchen sehen ihn nur einmal an und sind Wachs in seinen Händen. Wenn du das nicht siehst, musst du blind sein.«

»Er ist auf seine Art recht hübsch«, räumte Wihaji ein. »Aber er weiß, was sich gehört.«

»Tatsächlich? Ich wette mit dir, dass in diesem Schloss nicht nur ein Mädchen in diesen Tagen ihre Jungfräulichkeit verlieren wird.«

»Nicht jede Schönheit ist so leicht zu haben, wie du glaubst, Hetjun.«

»Wo kommt er her? Hast du seine Herkunft überprüft?«

»Er ist kein Schurke, nur weil er ein paar freundliche Worte mit deiner Tochter gewechselt hat. Ach, Hetjun! Erwartest du wirklich von allen immer nur das Schlimmste? Dieser Junge ist mir ans Herz gewachsen, und ich freue mich jeden Tag über ihn. Er weiß nichts davon, aber ich habe ihn zu meinem Erben gemacht.«

»Was?«, fragte sie entsetzt. »Du machst einen... einen fremden Straßenjungen zu deinem Erben? Er könnte dich umbringen!«

»Wer, Karim? Warum sollte er? Er ist wie ein Sohn für mich, und wenn Tizarun es erlaubt, werde ich den Jungen offiziell adoptieren.«

»Er manipuliert dich, siehst du das denn nicht? Der kleine Bastard hat sich bei dir eingeschmeichelt, und irgendwann wird er dir alles nehmen – deinen Reichtum, deinen Namen, deine Ehre, dein Glück und schließlich dein Leben.«

»Genug«, sagte er scharf. »Das reicht jetzt. Dein Talent, Unfrieden zu stiften, war schon immer bemerkenswert. Außerdem, was geht es dich an, was ich mit meinem Reichtum und meinem Namen anstelle, nachdem du beides nicht wolltest?«

Sie schloss die Augen, um sich zu sammeln. »All die Jahre hast du nie einen Knappen gebraucht, Wihaji. Was hat sich geändert?«

»Nichts. Ich könnte mich selbst um mein Pferd und meine Waffen kümmern. Es ist Karim, der alles verändert hat. Weil ich ein außergewöhnliches Talent in ihm sehe. Ein Mann wie er gehört in den Dienst des Großkönigs. Karim brauchte jemanden, der ihm etwas beibringt, und vielleicht brauchte ich damals jemanden, um den ich mich kümmern konnte. Kinderlos, wie ich bin. Im Übrigen teile ich deine Überzeugung nicht, dass nur blaues Blut gutes Blut ist.«

Er ging, und sie fühlte ihren Puls in ihren Schläfen pochen, den hämmernden Herzschlag.

Später kam Winya und setzte sich an Anyanas Bett. »Ich werde hierbleiben, du kannst dich ausruhen gehen.«

Sie nickte und schloss die Tür.

Vor ihrem Schlafgemach blieb sie eine Weile stehen und zögerte, trat dann aber nicht ein, sondern huschte die Stufen hinunter.

Nachdem sie mehrere dunkle Flure durchquert hatte, indem sie sich vorsichtig vorgetastet hatte, schlüpfte sie durch die Wand, die sich fast geräuschlos vor ihr auftat, griff nach einer kleinen Lampe, die auf einem schmalen Podest stand, und eilte weiter. Am Fuß einer Treppe blieb sie schließlich stehen und horchte.

Aus einer finsteren Nische trat eine schwarz gekleidete Gestalt.

»Ich glaubte schon, du würdest nicht kommen.«
»Warum nicht?«, fragte Hetjun. »Ich halte mich immer an unsere Abmachungen.«
»Ja, aber ... nach dem, was heute passiert ist ...« Nerun stockte. »Es wäre ein guter Grund gewesen, nicht zu kommen.«
»Findest du?« Im sanften Schein der Lampe wirkte ihr Lächeln seltsam traurig. »Weil Anyana fast ertrunken wäre? Glaubst du, die Götter wollen uns davon abhalten, das hier zu tun?« Trotzig schüttelte sie den Kopf. »Ich glaube das nicht. Ich will das nicht glauben.«
»Es ist auffällig, dass gerade deiner Tochter in den vergangenen Tagen so einiges zugestoßen ist. Sonst kann man manchmal fast vergessen, dass es sie gibt, und nun wird sie vom König und vom Fürsten gerettet, und dann dieser Knappe, der ihre Tugend bedroht ... Es würde mich nicht überraschen, wenn du einen Rückzieher machen würdest.«
»Ich fürchte mich nicht vor den Göttern.« Hetjun gab ihrer Stimme einen festen Klang. »Ich will mich nicht vor ihnen ducken und meine Handlungen von ihnen bestimmen lassen. Die Götter und die alten Geschichten! Ein Grund mehr, von hier wegzugehen. Ich werde Anyana mitnehmen, wenn wir nach Wajun gehen. Dort würde so etwas nie passieren, dort gibt es keine solchen Schauermärchen.«
»Was meinst du?«, fragte er leise. »Welcher von ihnen ist der Wüstendämon? Es würde mich nicht wundern, wenn es am Ende Fürst Wihaji selber wäre. Ich habe den Verdacht, dass er mehr über Kanchar weiß, als er zugibt. Er ist ein wenig zu sehr ein Befürworter der Magie.«
»Ein Fürst braucht nicht für Geld zu töten«, flüsterte Hetjun.
»Und würde es vielleicht doch tun, wenn er sich einen Vorteil davon verspricht. Er ist immerhin Tizaruns Vetter und kein Botenjunge.«
»Lass uns jetzt nicht über Wihaji reden.«
»Aber wer kann es sonst sein? Herzog Sidon? Graf Kann-bai? Prinz Laikan? Ich kann mir nicht vorstellen, dass einer von ihnen

ein ausgebildeter Mörder ist. Höchstens Sidon. Seine Augen sind wirklich unheimlich. Diese Leute aus Guna planen doch alle Mord und Totschlag, man kann ihnen nicht trauen. Sie behaupten, sie seien Männer des Großkönigs, aber im Grunde ihres Herzens pflegen sie die alte Feindschaft und warten auf ihre Stunde. Das Gold könnte nur ein Vorwand sein.«

Hetjun schwieg. Die Argumente waren nicht von der Hand zu weisen. Sidon mochte einer der Edlen Acht gewesen sein und Tizaruns Freund, aber sein wildes Gunaer Blut sprach gegen ihn.

»Oder Prinz Laikan«, fuhr Nerun fort. »Er könnte in Kanchar gewesen sein, bevor er in Kann-bais Dienste getreten ist. Und er ist aus Nehess, das sagt schon alles. Ich traue diesem Frieden nicht. Ich vermute, Kann-bai selbst tut es ebenso wenig. Ein Kriegsmann wie er, verloren in einem Jahrzehnt Frieden ... Warum sollte er nicht nachhelfen?«

»Lass gut sein«, sagte sie leise. »Es könnte für uns gefährlich werden, wenn wir um die Identität des Wüstendämons wüssten.«

»Dann müssen wir uns wohl überraschen lassen. Und ist es nicht im Grunde gleich, wer es tun wird? Denn getan wird es. Weil wir es so wollen. Weil die Götter machtlos sind, fern wie die Sterne am Nachthimmel und ohne Kraft.«

Prinz Nerun näherte sein Gesicht ihrem, bis seine Stirn die ihre berührte. »Unsere Sonne wird aufgehen«, flüsterte er.

Hetjun wich einen Schritt vor ihm zurück. »Aber zuerst muss die alte Sonne untergehen. Weißt du, was ich als Erstes gedacht habe, als ich erfahren habe, was Anyana getan hat und warum? Ich habe gedacht: Sie hat recht. Wir alle müssen ins Wasser springen, um unseren Herzenswunsch zu finden. *Wir* müssen ins Wasser springen, Nerun, wir beide. Wir werden in die Tiefe tauchen. Wir werden das Wasser über das Reich der Sonne Le-Wajun fluten lassen. Eine Welle, eine kalte, salzige Flut, in der alles ertrinkt. Die Sonne wird untergehen hinter dem Horizont und im Meer versinken. Und *wir* werden es sein, die dieses Meer über Le-Wajun kommen lassen. Wir beide.« Sie sah ihn an, sie versuchte, den

Mann in ihm zu sehen, der die Welt zerstören und wieder aufbauen würde. »Und dann, am Ende, wird sich unser Traum erfüllen, und wir werden die Ernte einbringen. Das Wasser wird zurückweichen und den Blick freigeben auf – das Herz des Traums.«

»Ja«, sagte er. »Ja.«

»Dann rede du mit ihm.« Nun war es Zeit für Nerun, ein Risiko einzugehen und Rückgrat zu zeigen. Denn vielleicht war dieses Treffen eine Falle, vielleicht wartete der Tod hier auf sie. Wer sich mit Wüstendämonen einließ, spielte mit seinem Leben.

Hetjun hatte vor, sich abseits zu halten und zu beobachten. Sie drückte ihm die Lampe in die Hand und trat rückwärts in die Schatten.

Sie verschwand in der Finsternis, und Nerun hörte nicht einmal mehr ihr Atmen.

Sie ist schon ins Wasser gesprungen, dachte er. *Jetzt bin ich dran.*

Es war natürlich eine Illusion, dass man in dem Geheimversteck im Gang in Sicherheit war, aber er hatte Hetjun in dem Glauben gelassen. Wüstendämonen waren wie Flüche, man konnte ihnen nicht entgehen. Trotzdem hätte auch er sich gerne in eine Ecke gezwängt, die Augen geschlossen und gehofft, dass der Mörder ihn nicht fand. Doch da waren sie schon – Schritte, leise Sohlen, die leicht über den Boden schleiften, und sein Herzschlag setzte aus. Schließlich trat eine dunkle Gestalt an den Rand des Lichtscheins.

»Ihr habt tatsächlich den Mut gefunden herzukommen«, murmelte der Neuankömmling. Sein Gesicht lag im Schatten, die Stimme klang dumpf. »Ist es Euch ernst?«

Nerun nickte mit trockener Kehle. »Ja, das ist es.«

»Dann sagt mir, was Ihr wollt. Wen soll ich für Euch töten?«

»Seid Ihr wirklich ein Wüstendämon?«, fragte der Prinz mit trockenem Mund.

Die Gestalt schien durch die Dunkelheit hindurch zu lächeln und schwieg.

»Nun gut.« Er hatte nicht wirklich mit einer Antwort gerechnet. »Ich will, dass ...« Es ließ sich nicht sagen. Er kämpfte mit den Worten, die sich nicht über die Lippen bringen ließen, als würden tausend Götter ihm den Mund zuhalten. »Die Sonne ... soll untergehen.« Er merkte, dass er am ganzen Körper schwitzte, ihm war kalt und heiß zugleich, und seine Knie zitterten. *So ist der Tod*, dachte er plötzlich. *So ist es, wenn man ins Wasser springt, ins Nichts, wenn man weiß, dass man verloren ist.*

»Tizarun also. Ihr habt tatsächlich die Dreistigkeit, den Großkönig von Le-Wajun töten zu lassen? Wie viel bietet Ihr dafür?«

Der Prinz reichte dem Assassinen den Beutel, den er mitgebracht hatte. Der Fremde wühlte mit der Hand, die in einem schwarzen Handschuh steckte, durch die leise klirrenden Goldmünzen, und Neruns Herz trommelte den Takt dazu, denn er fürchtete, es könnte nicht genug sein. Was für ein lächerlicher Preis für das gewaltige Reich der Sonne!

Doch der Wüstendämon schien das Gold zu akzeptieren, denn er wandte sich wortlos um und wurde von den Schatten verschluckt.

So schnell war es vorbei? Nerun konnte es kaum fassen. Er hatte mit Schmerz gerechnet, mit Donner, den die Götter schickten, nicht einmal ein Erdbeben hätte ihn gewundert. Aber es war einfach nur ein Handel gewesen.

Das war beinahe zu alltäglich.

Gleich darauf tauchte Hetjun aus der Finsternis wieder auf. Sie schlang die Arme um seinen Nacken, und er fühlte ihren Mund an seinem Hals.

»Du schmeckst salzig. Du hast Angst gehabt.«

»Ich hatte keine Angst.« Nerun roch den süßen Duft ihres Haares. Und als er sie auf ihr Gesicht küsste, blickte er durch die Tiefe des Wassers, in das er gesprungen war, und sah sein Herz. Er schmeckte den allersüßesten Traum, einen Traum, so köstlich und wahnsinnig und tödlich und mitreißend, dass ihm schwindlig wurde. »Ich liebe dich«, flüsterte er.

Sie führte seine Hand unter ihr Gewand. Es war das zweite Mal, dass er ihre Brüste berühren durfte, und er sank auf sie zu und vergrub sich in ihrer glatten, weichen Haut. Und dieses Mal gewährte Hetjun ihm mehr als einen Vorgeschmack des allersüßesten Traums. »Komm, Nerun«, flüsterte sie und ließ ihn in sich hinein.

12. DER GRÖSSTE WUNSCH

Anyana träumte. Es musste ein Traum sein. Karims Augen waren dunkel wie die Nacht. Lautlos wie ein Schatten bewegte er sich durch den Raum. Im Sessel saß ihr Vater und schlief, den Kopf in einem Winkel angelehnt, der ihm später Kopfschmerzen und eine üble Verspannung bescheren würde.

Dennoch war der Junge da. Wie war er hier hereingekommen, an den Wachen vorbei, an den Dienstboten und Familienangehörigen, die sich die Klinke in die Hand gaben?

»Prinzessin.« Seine Hände lagen an ihren Schläfen, warm und sanft. »Erwache.«

Und sie erwachte, als würde seine Stimme sie aus den Tiefen des Traums locken, aus der Schwärze des Wassers, aus der Nacht und dem Feuer.

»Erwache«, befahl er. Seine Fingerspitzen kribbelten auf ihren Schläfen.

Sie tastete nach seiner Hand. Seine Haut war warm und samtig, und der Griff, mit dem er ihre Finger umschloss, kräftig und entschieden.

»Du darfst nicht hier sein«, wisperte sie.

Ihr Vater öffnete den Mund und begann leise zu schnarchen.

Karim grinste, und Anyana wünschte sich so sehr, ihn zu küssen, dass es beinahe wehtat.

»Dein Traum«, sagte er.

Feuer. Feuer und Schreie, und die Flammen schlugen in den Himmel. Er konnte nichts über ihre Träume wissen, oder?

»Du weißt schon, Tenira. Die Geschichte von Tenira.«

Ihre Finger flochten sich ineinander, der Druck wurde intensiver. *Nicht loslassen*, dachte sie. *Lass nicht los.*

»Ich will dir unsere Geschichte erzählen. Es wird unser geheimer Traum sein.«

Sie nickte.

»Da war ein Junge«, flüsterte er. »Ein armer Junge. Er lief einer bildhübschen Prinzessin nach und sehnte sich danach, sie anzusehen. Es gab kein Mädchen auf der Welt, das so war wie sie. Sie war nicht nur schön, sie war klug und freundlich, ehrlich und tapfer, und sie hatte ein großes Herz, selbst für die Menschen, die nicht so hochgeboren waren wie sie. Sie tauchte ihre Hände in Mehl.«

»Und ihren Kopf ins Wasser, weil sie dumm war.«

Sein Lächeln war ... unglaublich.

»Nein, weil sie Geheimnisse hatte. Weil sie Dinge wusste, die sie niemandem sagen konnte. Sie wusste von den Bildern im Wasser. Aber ...«, er warf ihrem schlafenden Vater einen prüfenden Blick zu, »aber ihre Liebe zu dem armen Jungen war ihr größtes Geheimnis. Die Götter hatten sie in eine edle Familie hineingestellt, und ihn hatten sie ohne Familie in die Welt geworfen, und daher hatte ihre Liebe keine Chance. Sie war wie ein seidener Faden, der reißen würde, der reißen musste.«

Anyana hielt den Atem an. »Und dann?«

»Dieser Junge war nicht bloß ein armer Junge. Er hatte tausend Geheimnisse, eins dunkler und schrecklicher als das andere. Niemand durfte erfahren, wer er in Wirklichkeit war. Der Fürst, dem er diente, war nämlich sein Vater.«

»Fürst Wihaji kann nicht dein Vater sein. Er ist schwarz wie die Nacht!«

»Schsch. Ich erzähle dir eine Geschichte.« Seine Finger verschränkten sich mit ihren, lösten sich, verflochten sich wieder. »Die Mutter des Jungen war eine Lichtgeborene, so wie Teniras Mutter, daher war seine Haut so hell wie Sand. Aus diesem Grund erkannte sein Vater ihn nicht an. Aber eines Tages, das wissen die Götter, wird die Wahrheit bekannt werden. Und dann kann der arme Junge, der Sohn des Fürsten, um die Prinzessin freien. Die Götter selbst werden die beiden um ihr Glück beneiden.«

Es war keine besonders kunstvolle Geschichte, aber Anyana wusste sie zu würdigen, vor allem, da Karim sie ihr mit seiner leisen, leicht rauchigen Stimme erzählte.

»Prinzessin.« Er strich mit dem Daumen über ihren Handrücken und schwieg, als hätte er alles gesagt, was zu sagen war.

»Sohn des Fürsten«, flüsterte sie, und es war ihr egal, ob er sich die Geschichte bloß ausgedacht hatte. Sie wollte ihn nicht »armer Junge« nennen oder »Knappe«.

»Wir reisen ab. Ob wir uns jemals wiedersehen, wissen nur die Götter.«

»Nein. Karim ...«

Er streichelte ihre Hand, und sie wünschte sich mehr als alles, dass die Geschichte stimmt. Doch selbst wenn er Wihajis Sohn gewesen wäre und der Sohn einer lichtgeborenen Frau, war sie immer noch mit dem ungeborenen Kind von Tenira und Tizarun verlobt. Mit einem Kind! Ihr Bräutigam würde immer ein Kind sein. Immer.

Ihr Vater seufzte, setzte sich anders hin, sein Schnarchen verstummte. Wenn er jetzt die Augen öffnete ...

»Ich werde dich nie vergessen, Prinzessin.« Karim beugte sich über sie und hauchte ihr einen Kuss auf die Wange, und Anyana drehte ihr Gesicht blitzschnell zu ihm, sodass ihre Lippen sich berührten.

Oh ihr Götter.

Es war nur eine Berührung, leicht und flüchtig. Ihre Blicke hingegen verschmolzen miteinander. Seine dunklen Augen, ihre grünen. Eine Sekunde lang, die schwerer wog als eine Ewigkeit.

In diesem Moment waren sie keine Kinder. Er war ein Mann, und sie war eine Frau, und zwischen ihnen war eine Macht, die Grenzen überwand und Schicksale sprengte und mit ihrer Leuchtkraft sogar Götter blendete.

Sie hatten beide nicht gewusst ...

Sie hatten beide nicht erwartet ...

Und sie hielten beide still, während der Augenblick sich dehnte, während die Webstühle des Schicksals innehielten, die Fäden sich verstrickten, rissen, neu geknüpft wurden.

Irgendwo in einem leeren Haus saß Kalini, die Göttin des Todes, die Ruferin, und sehnte sich unvermittelt nach ihrem Geliebten.

In einem Wald jenseits der Zeit hob Antar, der Gott der Jagd, die Augen und erblickte eine weiße Hirschkuh.

In einer silbernen Stadt hinter Schatten und Schleiern fiel ein Kristallglas von einer Anrichte und zerschellte auf dem blauen Marmor.

Und in einem kleinen Zimmer fünf Schritte hinter der blauen Tür verstummte das Knarren eines Schaukelstuhls, und eine alte Frau stieß einen erschrockenen Schrei aus. Ein Kätzchen sprang von ihrem Schoß.

»Oh Kind«, flüsterte sie. »Ihr Götter, bitte nicht. Dieser Weg ist zu dunkel.«

Doch so dunkel der Weg auch sein mochte, er war beschritten worden.

Eine sehr junge rothaarige Prinzessin, noch geschwächt von der Anstrengung des Beinahe-Ertrinkens, gezeichnet vom Tod, war ins Wasser gesprungen und gerettet worden, und in diesem Moment tauchte sie wieder ein. Sie sprang.

Und fand ihren größten Wunsch auf dem Grund des Brunnens.

Seine schwarzen Augen. Sein Lächeln. Ihn, Karim von Lhe'tah, Diener eines Fürsten, den Jungen mit den tausend Geheimnissen.

Karim hielt es nicht in seinem Zimmer aus und nicht im Stall und nicht unter dem Dach des Himmels mit seinen tausend Sternen. Auf dem Balkon stand Graf Kann-bai und rauchte, ein glühender Punkt in der Finsternis. Im Zimmer der blonden Prinzessin flackerte eine Kerze, und später würde Laikan über den Hof kommen, ein zufriedenes Lächeln auf den Lippen, und Karim würde sich beherrschen müssen, um ihn nicht zu schlagen.

Es konnte nichts Gutes kommen aus Nehess. Die Gefahr eines Krieges ballte sich am Horizont zusammen, doch niemand schien es zu bemerken. Man musste mehr sehen als andere, um von den Soldaten zu wissen und von den tausend Schiffen. Doch in Anta'jarim blickten die Menschen nicht in flache Wasserschalen und stürzten sich nicht ins Wasser, um Wahrheiten zu erfahren. Doch Anyana war gesprungen.

Bei dem Gedanken an das Mädchen zog sich alles in ihm zusammen. Er hätte nie zulassen dürfen, dass sie ihm so nahekam. Sie war ein Kind, bloß ein Kind, und dennoch war da etwas in ihrem Blick gewesen... Und ihr Haar, von dem tiefen Dunkelrot duftender Rosen, hatte sich über das Kissen gebreitet... In zwei, drei Jahren war sie alt genug, um einen Prinzen zu heiraten. Und so unmöglich es war, er wollte dieser Mann sein. Es wäre unerträglich, wenn er es nicht wäre.

Karim beobachtete den glühenden Punkt und wünschte sich, er könnte ebenfalls rauchen. Normalerweise hatte er es nicht nötig, seine Nerven zu beruhigen, und doch war er unruhig wie nie zuvor. Dinge geschahen, die sich seiner Kontrolle nicht fügten. Fäden rissen. Lieder wurden gesungen, die er nie zuvor gehört hatte, und auf den Dächern waren nicht nur Spione und Mörder unterwegs, sondern Poeten und Mädchen. Jemand hatte Gold bezahlt für den Tod der Sonne von Wajun, und jemand hatte das Gold angenommen, und die Welt würde nie wieder sein, was sie sein sollte. Seine Hände hätten gezittert und seine Zähne geklappert, denn er war mittendrin im Mahlstrom des Schicksals, und er wünschte sich ein Gewitter und noch ein Gewitter und wenigstens eine Pfeife.

Aber er durfte nicht rauchen. Zu seinem Handwerk gehörte es, so geruchlos zu sein wie ein Schatten. Er wusch sich den Schweiß von der Haut, bevor er zu seinen Taten aufbrach, und seine Seife entfernte alles – den Geruch des Stalls, des Strohs und des Leders der Sättel, den Geruch von Metall und Öl, Erde und Schweiß und Blut. Doch sich den Mund mit Seife auszuwaschen? Da verzichtete er lieber auf eine Pfeife.

Manchmal war es sehr schwer, das zu sein, was er sein musste. Leicht war es nie, aber in Nächten wie dieser war es kaum zu ertragen.

Als er die leisen Schritte hörte, hob er nicht den Kopf. Er ließ Hetjun so nah herankommen, bis ihr leichter Blumenduft ihm in die Nase stieg. Sie schwitzte. Er konnte hören, wie sie den Griff eines Messers umklammerte. Als würde ein Messer ihr irgendetwas nützen.

»Guten Abend, Prinzessin«, sagte er höflich, als sie sich neben ihn auf die steinerne Bank setzte. Obwohl es weit nach Mitternacht war.

»Hast du das Gold gut versteckt?«

»Welches Gold?«

»Oh, bitte! Verschone mich damit, Knappe. Ich weiß, dass du der Wüstendämon bist.«

Karim beobachtete den kleinen roten Punkt auf Kann-bais Balkon. Hetjun war dunkel gekleidet, was bedeutete, dass der Graf sie von dort oben nicht sehen konnte. Dumm war sie nicht.

»Ich weiß, ich sollte dich nicht ansprechen. Es ist alles geklärt, und ich dürfte dieses Risiko gar nicht eingehen. Aber ich wage es trotzdem. Ich brauche dich.«

Er lehnte sich zurück, nahm eine entspannte Körperhaltung an. Wartete, dass sie weitersprach.

»Meine Tochter ist beinahe ertrunken. Sie wacht nicht auf.«

»Was könnte ich ausrichten, was Eure Ärzte nicht vermögen? Ich bin nur ein Knappe.«

»Es heißt, kancharische Magier könnten Wunder vollbringen«, flüsterte sie. »Bitte, hilf ihr.«

»Ihr wollt, dass ich in das Privatgemach Eurer kleinen Tochter gehe und meine schmutzigen Hände auf ihren Leib lege?«

Sie zögerte. Er fühlte, wie ihre Finger sich um das Messer krallten, wie eine Schweißperle über ihre Stirn rann. »Wenn es hilft.«

»Vielleicht bin ich bereits bei ihr gewesen«, sagte er.

»Winya ist in ihrem Zimmer.«

»Vielleicht hat er mich nicht gesehen.«

Sie atmete scharf ein.

»Was denn?«, fragte er. »Glaubt Ihr nicht, dass ich jederzeit zu jedem Bewohner dieses verdammten Schlosses gehen könnte, um ihn zu töten oder zu retten, ganz wie es mir beliebt? Glaubt Ihr etwa doch nicht, dass ich ein Wüstendämon bin?«

»Aber ...« Endlich schien es ihr zu dämmern, dass es ein Fehler gewesen war, offen mit ihm zu reden. »Was ist der Preis für das Leben meiner Tochter?«

Nein, dumm war sie nicht.

»Nichts«, sagte er schroff. »Ich schenke es ihr, weil sie freundlich zu mir war. Sind wir jetzt fertig? Wollt Ihr nicht hoch in ihr Zimmer laufen und Eure Kleine in die Arme schließen?«

»Es gibt da noch etwas.«

Er stöhnte leise. »Was denn?«

»Ihr müsst jemanden für mich töten.«

»Das hatten wir doch schon.«

»Nein, noch jemand anders. Einen Mann.«

»Eine Privatsache, hm? So läuft das nicht. Ihr müsst mit meinem Meister sprechen und den Preis verhandeln, und er entscheidet, ob der Auftrag angenommen wird oder nicht.«

»Bitte. Ich werde erpresst.«

»Nein«, sagte er. »Ich bin kein Mörder.«

Sie stieß ein kleines, ungläubiges Lachen aus.

»Dachtet Ihr, dass es so wäre? Dass Wüstendämonen nichts weiter sind als bezahlte Assassinen? Wir sind die Werkzeuge der dunklen Götter. Wir sind die Günstlinge der Torhüterin und ihrer finsteren Schwestern. Wir sind die Priester von Kalini. Und Ihr wollt mich zu einem verfluchten Mörder machen? Ihr seid törichter, als ich dachte.«

»Aber es ist mit der ... der anderen Sache verbunden. Dieser Mann könnte alles gefährden. Er hat mich ertappt, mit ...« Sie zögerte, wollte ihm offenbar nicht mehr verraten, als er bereits wusste.

Was glaubte sie eigentlich, mit wem sie hier sprach? »Prinz Nerun?«, half er freundlich.

»Ja. Er hat mich und Prinz Nerun gesehen. Und er hat möglicherweise gehört, worüber wir gesprochen haben. Über Wüstendämonen. Wenn es passiert, wird er seine Schlüsse ziehen.«

Karim schwieg und dachte darüber nach. »Erzählt meinem Meister, wie leichtsinnig Ihr gewesen seid. Konntet Ihr Euer Verlangen nicht für eine Weile beherrschen? Ihr seid selbst schuld, wenn Ihr alles verderbt. Das wird den Preis in die Höhe treiben.«

»Aber wir haben Euch bereits alles gegeben, was wir hatten. Alles. Und es ist eilig. Lorlin kann jederzeit im Schloss auftauchen und meinem Mann erzählen, was er gesehen hat. Oder gar dem König. Er muss sterben! Erledigt es für mich. Ich wollte Euch mit dieser Bitte nicht beleidigen, ich wusste nur nicht, was ich sonst hätte tun sollen. Lasst dies eine Sache zwischen Euch und mir sein. Euer Meister muss nichts davon erfahren. Nennt mir Euren Preis.«

Ihm war durchaus aufgefallen, dass sie ihn nicht mehr duzte. Am Anfang ihrer Unterhaltung war sie sich nicht wirklich sicher gewesen, ob er der Wüstendämon war, doch mittlerweile schon. Sie wollte ihn gnädig stimmen, ihn überreden, ihn ... verführen? Lief es darauf hinaus?

Es gab tatsächlich etwas, das er gerne gehabt hätte.

»Die Sache dient Eurer eigenen Sicherheit«, fügte sie hinzu. »Da ich leider nicht sagen kann, wie viel Lorlin gehört hat. Und Ihr wollt doch nicht, dass Euer Herr misstrauisch wird?«

Das hörte sich beinahe nach einer Drohung an. War sie doch dümmer, als er angenommen hatte? Einem Wüstendämon zu drohen war mehr als dumm, es war unfassbar dämlich.

Er streckte die Hand aus und berührte ihre Wange. Sie zitterte, während er über ihre glatte Haut strich. »Was habt Ihr anzubieten?«

»Was auch immer Ihr wollt«, flüsterte sie heiser.

»Alles?«

Seine Hand wanderte über ihren Hals, ihre Schulter, ihren Arm. Ihr Kleid war nur dünn, und als er über ihre Brust strich, spürte er, wie sie sich ihm entgegenwölbte, zugleich erschrocken und voller Verlangen.

»Alles«, antwortete sie.

Er hatte kein Interesse an Hetjun, der schönsten Frau von Le-Wajun. Er wollte nur wissen, wie weit sie gehen würde.

»Dann gebt mir Eure Tochter.«

»Was?« Sie fuhr zusammen, das hatte sie offenbar nicht erwartet. »Wie könnt Ihr es wagen! Ihr werdet Anyana nicht anrühren!«

Doch statt wutentbrannt aufzuspringen, blieb sie neben ihm sitzen und duldete es, dass er weiter ihre Brüste streichelte. Der Stoff war dünn und seidenweich, und er hätte darauf gewettet, dass sie dieses Kleid nur aus diesem Grund angezogen hatte.

»Sie ist ein Kind. Und sobald sie ein bisschen älter ist, wird sie verheiratet werden.«

»Ich habe es nicht eilig. Ich will nur eine Nacht mit Eurer Tochter.«

»Sie wird woanders leben. Sie wird einen Mann haben. Anyana wird jenseits Eurer Reichweite sein.«

»Niemand ist je außerhalb meiner Reichweite.«

»Wozu braucht Ihr dann mein Einverständnis?«

»Weil ich gerne Euren Segen hätte«, sagte er und lächelte sie an. Dieses Lächeln musste sie selbst in der Dunkelheit spüren. »Den Segen einer Mutter. Einen Segen für einen Mord. Diese Tat erfordert mehr als einen Beutel Gold. Sie erfordert ein Opfer, und zwar eins, das Ihr nicht gerne und bereitwillig gebt. Wie wichtig ist Euch dieser Mann, den Ihr loswerden wollt? Wichtig genug, um Eure eigene Tochter einem Wüstendämon zu überreichen, mit einem mütterlichen Segen aus vollem Herzen?«

»Nehmt Eure Hände von mir!«, zischte sie.

Er tat es. Und wartete auf ihre Antwort, während sie um Fassung rang.

»Anyana ist das Kostbarste, was ich besitze.«

»Ihr habt sie in ihr Zimmer gesperrt, nur weil sie ein paar Worte mit mir gewechselt hat. Ihr wollt sie beschützen. So sehr Ihr als

Ehefrau versagt habt, Ihr möchtet wenigstens eine gute Mutter sein. Also, ich bin sehr gespannt darauf, ob Ihr nun zahlen wollt oder nicht.«

Er wusste tatsächlich nicht, wie sie sich entscheiden würde. So gut er die meisten Menschen auch durchschauen konnte – kaum etwas überraschte ihn jemals –, so unsicher war er sich diesmal. Hetjun wollte ihr Kind beschützen, sie hatte ihn gebeten, das Mädchen zu retten. Für Anyana hatte sie es gewagt, sich im Dunkeln neben ihn zu setzen. Jede andere Mutter hätte ihn zu den Göttern der Finsternis gejagt.

Doch Hetjun wollte mehr, als nur eine Mutter zu sein. Sie ertrug es nicht, die Gemahlin eines berühmten Dichters zu spielen. Karim wusste mehr über Prinz Winya, als Hetjun vermutete, denn er hatte einen unschätzbaren Spion an diesem Hof. Sie saß in der Falle, und das goldene Wajun war der einzige Ausweg, den sie sah.

»Eine Nacht?«, vergewisserte sie sich.

»Ja«, sagte er. Er wusste selbst nicht, warum er darauf bestand. Ihr Götter, es war so falsch. Es stand ihm nicht zu. Er war wie sein Vater, ganz genau wie sein Vater. Es war, als hätte er nie eine Wahl gehabt, und vielleicht hatte er das auch nie.

»Ihr dürft ihr nicht wehtun.«

»Das werde ich nicht.«

»Und sie muss alt genug sein. Wartet mindestens zwei, drei Jahre.«

»Wie gesagt, ich habe es nicht eilig. Es geht mir mehr um ... die Vorfreude.«

Sie dachte darüber nach. Sie dachte tatsächlich darüber nach! Er konnte es nicht fassen. Und doch wollte er, dass sie Ja sagte. Er wollte diesen Segen. Er wollte davon träumen, dass ihm diese eine Nacht gehörte, selbst wenn es nie geschehen würde.

Mit einem Mord würde er sich einen Traum kaufen.

»Schwört es bei den Göttern der Wüstendämonen.«

»Ich schwöre«, antwortete er feierlich. »Bei Kalini, der Ruferin der Toten.«

»Dann bekommt Ihr sie«, sagte Hetjun. »Meine Tochter. Für eine Nacht. Mit dem Segen einer Mutter.«

Er senkte den Kopf, und sie machte das Zeichen des Hochzeitssegens über seiner Stirn und seinem Herzen – den Vogel und die Blume.

Am liebsten hätte er sie umgebracht.

Wenn er denn bloß ein Mörder gewesen wäre und nicht der Günstling der dunklen Götter.

TEIL II:
WENN HIRSCHE STERBEN

13. EINE FLASCHE HONIGWEIN

Sie ritten unter dem blauen Himmel. Ihre Umhänge – rot, grün, gelb – flatterten hinter ihnen her, der Wind schlug ihnen heiß ins Gesicht. Wihaji fühlte ihn wie eine innige Umarmung, er küsste ihre Gesichter und ihr Haar und spielte in den Mähnen der Pferde.

»Ich finde, wir sollten uns Zeit lassen«, sagte Kann-bai und streifte sowohl seinen Umhang als auch sein Obergewand ab. Die befremdeten Blicke seiner Freunde tat er mit einem Achselzucken ab. »Wieso? Hier sieht uns doch keiner. Das Schloss ist außer Sichtweite.«

»Ehrlich gesagt, staune ich bloß«, bekannte Wihaji. Mit Sidon verstand er sich besser, aber das Reisen mit dem kampflustigen Grafen war unbestreitbar amüsant.

Kann-bais muskelbepackter Oberkörper glänzte vor Schweiß.

»Du wirst dir einen Sonnenbrand holen«, knurrte Herzog Sidon von Guna und fügte ein unhörbares »Angeber« hinzu.

Kann-bai lächelte bloß zufrieden.

»Was die Zeit angeht«, meinte Wihaji nachdenklich, »so haben wir nicht allzu viel davon. Wir haben uns lange genug im Schloss ausgeruht.«

»Wir haben unseren Auftrag doch erfüllt.« Kann-bai war nicht gewillt, sich von seiner Ich-habe-meine-Pflicht-getan-Einstellung zu lösen.

»Noch nicht. Wir haben Jarunwas Antwort noch nicht überbracht.«

»Wenn unsere Pferde unter uns zusammenbrechen, werden wir sie erst in einem halben Jahr überbringen«, brummte Kann-bai.

»Wir hätten mit Eisenpferden kommen sollen, egal, was diese Wilden dazu sagen.«

»Mit Eisenpferden nach Anta'jarim? Dieser Priester dort hätte uns eigenhändig die Hälse umgedreht.«

»Oder mit Eisenvögeln. Dann hätten wir abfliegen können, bevor er es überhaupt gemerkt hätte.«

»Eisenvögel, oh ja!«, lachte Sidon. »Ich wette, wenn hier im Wald ein Eisenvogel landen würde, ihr würdet schreiend davonlaufen.«

»Würde ich nicht«, widersprach Kann-bai.

»Nein, vermutlich nicht, weil die Pferde durchgehen würden und wir viel zu beschäftigt damit wären, uns im Sattel zu halten.«

»Habt ihr beide überhaupt jemals einen gesehen?«, mischte Wihaji sich ein. Er konnte dieses Gerede nicht länger ertragen. »Ein Eisenvogel könnte gar nicht im Wald landen. Es wäre gefährlich, damit zwischen den Baumwipfeln zu fliegen. Sie brauchen einen freien Platz, eine Wiese oder einen Hof.«

»Und du weißt über sie Bescheid?«, fragte Kann-bai skeptisch. »Bist du jemals in Kanchar gewesen?«

»Nein, aber ich war an Tizaruns Seite, als er eine kancharische Delegation empfangen hat.« Die Erinnerung genügte, und er konnte das Frösteln erneut spüren, das ihn beim Anblick der magischen Kreaturen überkommen hatte. Die Abgesandten aus dem fernen Gojad, einem der nördlichsten kancharischen Königreiche, waren auf fünf Eisenvögeln gekommen, zwei gewaltigen sogenannten Berggeiern und zwei kleineren Steppenadlern. Von den echten Adlern, die er im Krieg im Gebirge von Guna gesehen hatte, waren diese Geschöpfe jedoch weit entfernt. Ihre Körperform ähnelte der eines Vogels mit den Schwingen, den krallenbewehrten Füßen, dem mit Metallplatten ummantelten Hals und dem Kopf, der in einem furchteinflößenden Schnabel auslief. Doch da endete die Gemeinsamkeit schon. Die Augen der Eisenvögel brannten in unheilvollem Rot, und als Wihaji neugierig näher getreten war, hätte ihn ein Flügel beinahe gestreift – und um ein Haar geköpft, denn die Metallfedern endeten in dolchartigen

Spitzen. Während die Ungeheuer ihren Reitern gehorchten – nur Magier konnten überhaupt dazu ausgebildet werden –, waren sie eine Gefahr für Leib und Leben aller anderen.

Etwas Unheimliches ging von ihnen aus, eine kalte Bösartigkeit, die Wihaji bis ins Mark erschreckt hatte. So nützlich sie auch sein mochten, er hatte Tizarun damals vehement davon abgeraten, Eisenvögel zu kaufen. Vier Männer passten auf den Rücken des Adlers, sogar sieben konnte ein Geier tragen. In zwei Tagen konnte man damit über die kancharische Wüste bis nach Wabinar, der Residenz des Kaisers, fliegen. Dagegen war alles, was die wenigen wajunischen Magier bewirken konnten, die Lichter, die Drehfächer, die Sänften, nur Spielerei. Nach diesem Vorfall betrachtete Wihaji auch die immer beliebter werdenden Eisenpferde, die man zum Ziehen schwerer Karren verwenden konnte, mit Misstrauen. Was für Geschöpfe waren das überhaupt? Wie gelang es den Magiern, einen Haufen Metall und Brandsteine zu beleben? Mit Brandsteinen konnte man Mauern und sogar Felsen sprengen – wie schafften sie es, dass ihre Eisentiere nicht in unzählige Stücke zerbarsten? Die Kancharer gaben ihre Geheimnisse nicht preis.

Vielleicht hatten die Menschen von Anta'jarim doch recht, wenn sie an den alten Wegen festhielten.

»Ich ... mochte sie nicht«, sagte er, denn nur bei dem Gedanken an die eisernen Kreaturen schien der Wald rechts und links vom Weg dunkler zu werden, die Sonne, die auf den Blättern spielte, blitzte hier und dort auf wie ein Auge. »Nicht einmal Tizarun hat einen Eisenvogel«, fügte er hinzu. »Das hat seine Gründe.«

Kann-bai brummte etwas.

»Was hast du da gebrummt, verehrter Graf?«, wollte Sidon wissen.

»Die Kancharer werden kommen. Mit Eisenpferden und Eisenvögeln.«

»Du hast nur gebrummt. Das war so ein langer Satz? Ganze – Moment – acht Wörter? Findest du, Wihaji, dass sein Brummen nach acht Wörtern klang?«

Kann-bais Knurren klang jedenfalls unzweifelhaft nach einer Drohung.

Sidon lächelte. »Du genießt das Ganze hier doch am meisten von uns allen, Kann-bai, stimmt's? Das Reiten, das Schlafen in unbequemen Betten, das Essen im Freien. Ein bisschen wie auf einem Feldzug.«

Graf Kann-bai ließ sich nicht anmerken, ob er sich ertappt fühlte. »Die Kancharer sind uns zu weit voraus. Sie hätten einen Eisenvogel genommen. Die Wiese vor dem Schloss ist groß genug für eine Landung.« Seine Stimme klang ärgerlich, als er hinzufügte: »Mein Pferd mag nicht mehr.«

Wihaji schüttelte die unheimlichen Bilder ab. »Ich sage nicht, dass wir die Pferde zuschanden reiten sollen. Ich sage nur, dass wir die Botschaft noch nicht abgeliefert haben. Dann erst sind wir frei.«

»Frei – was zu tun?« Sidons Lächeln war unergründlich. Seine hellen Augen blitzten.

Wihaji lachte auf einmal laut auf. »Du weißt es? Bei den Göttern, du weißt es! Woher? Jetzt sag mir, woher!«

»Wovon redet ihr zwei überhaupt?«, verlangte Kann-bai zu wissen.

»Ich werde heiraten«, bekannte Wihaji, genauso froh wie verlegen. »Nun sag schon, woher du es hast.«

»Ich weiß mehr als viele«, sagte Sidon einfach.

»Ich weiß nur, dass ich schwitze«, meinte Kann-bai unbeeindruckt. »Gratuliere, Wihaji. Einmal erwischt es jeden.«

Die Bäume rückten näher zusammen, Schatten fielen auf den Weg.

»Du wirst dich erkälten, verehrter Graf.«

Kann-bai schnaubte nur verächtlich.

Während Wihajis Vorfreude auf Wajun und die bevorstehende Hochzeit wuchs und er sich in Träumereien verlor, wurde das Gezänk zwischen Sidon und Kann-bai immer heftiger. Hin und wieder überlegte Wihaji, ob er ein Machtwort sprechen sollte, doch Kann-bai war schnell beleidigt, und sie hatten noch einen langen Weg vor sich. Es musste eine andere Möglichkeit geben, die beiden ruhigzustellen. Die Übernachtung in einem winzigen Dorf war nicht dazu geeignet, die Laune des Grafen zu verbessern. Seine Tabakvorräte waren aufgebraucht, da er davon ausgegangen war, sich überall Nachschub besorgen zu können. Doch in Anta'jarim fehlte es, wie die drei Freunde schon auf der Hinreise hatten feststellen müssen, an nahezu allem, was das Leben in der Großstadt Wajun ausmachte. In jedem Dorf in Lhe'tah gab es, wie Kann-bai mehrmals allen verkündete, die es hören oder auch nicht hören wollten, mehr Komfort und weniger Hirngespinste als hier.

»Erzähl uns von deiner Braut«, verlangte Sidon, als sie in der Stube der baufälligen kleinen Kaschemme zusammensaßen, die sich großspurig »Gasthof« nannte. Die Decke hing so niedrig, dass sie sich über ihre Weinkrüge beugen mussten. Das Licht, das die schwach glimmenden Lampen verbreiteten, war so schummrig, dass die Flecken auf dem Tisch nur trübe glänzten. Ein öliger Geruch hing in der Luft, die zum Schneiden dick war.

»Der Wein schmeckt jedenfalls. Ich frage mich, wo sie den überhaupt anbauen. Im Wald?«

»Das ist Met«, sagte Wihaji. »Honigwein. Der beste nicht nur in Le-Wajun, sondern der ganzen Welt. Behaupten jedenfalls die Anta'jarimer, und ich bin dazu geneigt, ihnen zuzustimmen.« Er bestellte noch eine weitere Flasche. Es wäre doch gelacht, wenn das die Stimmung nicht verbessern würde. »Noch ein Krug?«

Sidon nickte. »Ihr beide solltet eure überflüssigen Knappen aussetzen und die Pferde mit diesem guten Zeug beladen.«

»Der König hat mir ein paar Flaschen für Tizarun mitgegeben.«

»Und keine für deine Hochzeit?« Sidon schüttelte bedauernd den Kopf. »Du solltest sie vielleicht hier feiern. Ist das nicht ein schöner Saal? Und so gemütlich!«

Sie lachten, sogar Kann-bai, dem der Honigwein mit jedem Schluck besser zu schmecken schien.

»Wihaji will nicht über seine Braut sprechen«, stellte er fest.

»Nein, ich ...«

»Ach, schämst du dich? Ist sie so hässlich? Sieht sie aus wie du?«

Wihaji schüttelte den Kopf und blickte verträumt in seinen Krug. »Sie ist wunderschön. Sie ist ... ich weiß gar nicht, wie ich sie beschreiben soll.«

»Hast du kein Bild von ihr?«

Wihaji tauchte den Finger in den Met und malte ein paar Umrisse auf den Tisch. Seine Freunde beugten sich staunend darüber.

»Bei den Göttern, Wihaji! Du bist unglaublich! Wie hast du das gemacht?«

»Ich konnte sie sehen«, staunte Kann-bai. »Aber nun ist sie wieder weg.«

»Gebt mir Tinte und Pergament oder, noch besser, eine Leinwand, einen Pinsel und Farbe, und sie hält etwas länger.« Leider hatten ihm seine vielen Aufgaben als Tizaruns rechte Hand immer zu wenig Zeit für dieses Steckenpferd gelassen. »Ich konnte schon immer ganz gut zeichnen. Sie mag es leider nicht, wenn ich sie male.«

»Und es stört sie nicht, dass du so ... dunkel bist?«, fragte Sidon. »Du klagst doch immer darüber, dass keine dich liebt.« Er imitierte wehleidiges Schluchzen.

»Hetjun hat es auch nicht gestört«, meinte Kann-bai trocken. »Obwohl, ich fand schon damals, das war nicht die Richtige für dich. Hetjun ist kalt wie Schnee.«

»Und ich habe dich um sie beneidet«, gab Sidon unumwunden zu. »Sie ist nicht nur schön, sie ist unvergesslich. Als sie dann mit Prinz Winya abzog, war das wirklich eine Überraschung.«

»Linua ist dunkelhäutig«, sagte Wihaji, ohne ein Wort über Hetjun zu verlieren. Hetjun war für ihn Geschichte. Er hatte sich vor der Reise darüber Sorgen gemacht, dass alte Gefühle erneut aufflammen könnten, aber ihr Anblick hatte ihn völlig kalt gelassen. Sein ganzes Herz war von Linua erfüllt.

»Was? Du hast eine Frau gefunden, die so schwarz ist wie du? Kein Wunder, dass ihr so schnell heiratet. Eure Kinder werden in der Nacht unsichtbar sein, ihr solltet sie möglichst hell anziehen.«

Wihaji grinste säuerlich. »Ihre Vorfahren stammen aus ... Silbreich.«

»Keine Prinzessin?«

»Nein, keine Prinzessin. Ich brauche keine Prinzessin oder Gräfin oder sonst irgendeine blaublütige Hexe, die mich für den nächsten Prinzen sitzenlässt.«

»Hört, hört.«

»Also, wie ist es? Kommt ihr zu der Hochzeit? Es wird nur eine ganz kleine Feier geben. Nichts Fürstliches, ohne die Lhe'tahs.«

»Warum?«, fragte Sidon überrascht. »Ohne deine königliche Familie? Ohne Tizarun?«

»Tizarun ist natürlich eingeladen. Die Edlen Acht sind die Einzigen, die ich wirklich gerne dabeihaben möchte.«

»Wie in alten Zeiten«, schwärmte Kann-bai und winkte dem Wirt mit seinem leeren Krug. »Ganz wie früher. Wir Männer, auf dem Weg in die Schlacht!«

»Und Tizarun wird wirklich kommen?«

Wihaji nickte. »Er will unbedingt. Ich schätze, er wird sich verkleiden und heimlich aus dem Schloss schleichen.«

»Der arme Tizarun. Er hat überhaupt keinen Spaß mehr. Er darf nicht wie wir durch die Wildnis reiten und verflossene Liebhaberinnen besuchen ...«

»Wirst du Lani einladen?«, fragte Sidon.

»Aber sicher. Wenn deine liebe Cousine abkömmlich ist. Ich hörte, sie hat eine Farm in der Kolonie. Kaum zu glauben, wie? Unsere streitbare Lani als Bäuerin!«

Sie schwiegen plötzlich. Alle dachten an dasselbe. Schließlich sprach Kann-bai es aus: »Und unser Freund Kirian? Immer noch nichts von ihm gehört?«

»Nein«, sagte Sidon. »Er ist und bleibt verschwunden.« Nachdenklich blickte er in seinen Krug und ließ den letzten Rest Met hin und her schwappen. »Kir'yan-doh. Auf den verschollenen Grafen von Guna, unseren Freund und meinen lieben Vetter.«

»Ich hasse die Kancharer«, stieß Kann-bai hervor und kippte den nachgefüllten Inhalt seines Kruges in den Mund.

»Es ist nicht erwiesen, dass sie ihn geschnappt haben.«

»Nein? Erstens, er war in Kanchar unterwegs. Zweitens, wir haben nie wieder etwas von ihm gehört. Drittens, in Kanchar leben die Kancharer. Mehr Beweise brauche ich nicht.«

»Es kann auch ein Unfall gewesen sein. Ein Sandsturm in der Wüste. Wilde Tiere.«

»Die Kancharer sind schlimmer als wilde Tiere«, behauptete Kann-bai mit Nachdruck. »Wir haben sie doch erlebt, damals in Guna. Es sind alles Barbaren.«

»Das Schlimmste«, sagte Sidon leise, »wisst ihr, was das Schlimmste für mich ist, wenn ich darüber nachdenke? Nicht, dass er vielleicht von Räubern und Mördern überfallen wurde. Die gibt es überall. Nein, die Vorstellung, dass er vielleicht immer noch lebt, irgendwo dort im Osten, in diesem riesigen Land, seit Jahren ein Gefangener ... Vielleicht muss er in einem Bergwerk schuften. Für ihre magischen Kreaturen brauchen sie Unmengen an Eisen. Falls er Brandsteine aufbrechen muss, kann ihn das seine Hände kosten oder seine Augen. Es fällt mir schwer, auch nur daran zu denken. Kirian ein Sklave? Oder er muss auf den Feldern in der glühenden Sonne Kanchars schuften. Und dabei war er ... ist er nicht der Mann für schwere Arbeit. Er war immer derjenige, der nächtelang über seinen Büchern gesessen hat ... Wisst ihr noch, als Lani ihn das erste Mal mitbrachte? Sie war der Meinung, er sollte Knappe werden bei einem von uns!«

»Damals wussten wir die Vorteile von Knappen noch nicht so recht zu schätzen«, erinnerte sich Wihaji.

»Ihr wolltet ihn mir aufdrücken, obwohl ich sein Vetter bin! Und am Ende war es eher so, dass wir alles für ihn getan haben. Er war ganz schön gerissen.«

»Nein«, widersprach Wihaji. »Das war nicht Gerissenheit. Das war Schicksal. Er konnte ja sogar den alten Hitzkopf Quinoc um den kleinen Finger wickeln.«

»Aber dafür hat er alle unsere Gesuche an unsere Eltern oder den König geschrieben.«

»Und mit Lani zusammen die Schlachtpläne entworfen. Obwohl er selbst nie kämpfen wollte.« In Kann-bais Stimme lag ein gewisses Staunen darüber, dass irgendjemand sich einem Kampf verweigern konnte.

»Unsinn, Lani wollte nicht, dass er in den Kampf gerät. Ihr kleiner, kostbarer Bruder.«

»Nach den alten Gesetzen von Guna wäre er der König von Guna geworden«, sagte Sidon leise.

»Tatsächlich?«, fragte Wihaji interessiert. »Ich dachte, du bist der Erbe, als Sohn des alten Herzogs aus der Königslinie.«

»Nach wajunischem Recht. Aber wenn Guna ein freies Königreich wäre, würde der Neffe des Königs den Thron erben, der Sohn der Schwester.«

»Und die Nichte nicht? So ein Gesetz hätte Lani bestimmt wütend gemacht.«

Sidon zuckte mit den Schultern. »Immerhin hätte ihr Sohn geerbt. Aber das ist alles müßiges Gerede. Es gibt kein Königreich Guna mehr. Und Kirian ist nicht da, um irgendetwas zu erben, sei es nun eine Krone oder einen Wald. Sein Zimmer im Grauen Haus ist leer. Es wird sauber gehalten und beheizt, und vor dem Kamin liegt sein alter Hund.«

»Du könntest dort wohnen«, meinte Wihaji. Er hatte das Graue Haus gesehen, im Krieg von Guna. Es war kein Schloss, nicht einmal eine Burg. Der Wohnsitz der Könige von Guna, gelegen in Königstal, war tatsächlich nicht mehr als ein schlichtes Haus aus grauem Stein.

»Ich war zu lange weg«, sagte Sidon knapp. »Außerdem gehört es ihm und nicht mir.«

»Kirian kannte sogar diese ganzen blödsinnigen Gedichte von Winya auswendig. Und dafür habe ich ihn auch noch verachtet«, stieß Kann-bai schluchzend hervor. »Er wollte nie zum Armdrücken gegen mich antreten. Er war einfach der Klügste von uns allen!«

»Er *ist* der Klügste«, verbesserte Sidon. »Ist, nicht *war*.«

»Er ist tot!«, heulte Kann-bai. »Kirian hätte um sein Leben gekämpft. Er hätte sich nie gefangen nehmen lassen. Lieber tot als ein Sklave.«

»Das sagt man so einfach«, bemerkte Wihaji. »Aber würdest du dir wirklich selbst das Messer in die Brust stoßen? Solange es noch Hoffnung gibt? Ein Gefangener kann entkommen. Vielleicht taucht Kirian irgendwann wieder in Wajun auf oder in Guna und sagt: Hallo, Freunde, da bin ich.« Wenn er ehrlich sein sollte, glaubte er nicht daran. Der Junge war längst tot. Manchmal war ihm, als hätte ein Fluch die Edlen Acht getroffen als Strafe für das, was damals in Guna geschehen war. Zu viele Menschen waren gestorben, Blut hatte die grünen Hänge gefärbt, und obwohl es ihnen gelungen war, die Kancharer zu vertreiben, hatte er sich nie als Sieger gefühlt. Danach war die Gruppe auseinandergefallen – Tizarun war Großkönig geworden, Laimoc wurde verbannt, Lani war in die Kolonie gezogen und Kirian verschwunden. Quinoc hatte sich sehr verändert, seit er in Wajun lebte und Tenira als Leibwächter diente, er war ernst und verschlossen geworden.

Wir haben uns alle verändert, dachte Wihaji.

Sie schwiegen abermals und tranken. Über Kann-bais Gesicht rollten ein paar dicke Tränen. »Es ist so traurig ...«

»Er kommt wieder«, behauptete Sidon. »Irgendwann ist er wieder da und überrascht uns. Er ist zäh, glaub mir. Wir alle aus Guna sind zäh.«

»Wir kennen deine Cousine, also glauben wir dir auch. Selbst Tizarun hat immer zugegeben, dass sie einen entscheidenden Anteil daran hatte, dass wir Guna gegen Kanchar halten konnten.«

»Wie, soll das heißen, ich bin nicht zäh?«

»Ich brauche ein Heer!« Kann-bai sprang auf und stieß mit dem

Kopf gegen die Decke. »Eine Armee! Dann falle ich in Kanchar ein und schaffe die Sklaverei ab.«

»Setz dich.« Sidon zog ihn wieder herunter. »Lasst uns lieber über etwas Erfreuliches reden. Wo hast du deine Braut denn kennengelernt, Wihaji? Erzähl doch mal.«

»Der Gedanke an deine Hochzeit stimmt mich auch sehr traurig«, schluchzte Kann-bai.

»Wir sollten zu Bett gehen«, schlug Wihaji vor. »Wie viele von diesen Riesenkrügen hat er geleert?«

Sidon grinste plötzlich. »Komm, wir machen Armdrücken, Kann-bai. Ich habe noch nie gegen dich gewonnen. Lass es uns noch mal versuchen, ja?«

Kann-bai stemmte seinen Ellbogen auf den Tisch und öffnete eine riesige Pranke. Mutig legte Sidon seine Hand hinein.

»Dann wollen wir doch mal ...« Er begann zu drücken.

»So«, sagte Kann-bai. »Fertig. Ich sage doch, Kirian war der Klügste. Er hat es nicht einmal versucht.«

»Erzähl doch«, sagte Prinz Laikan zu Karim. Die beiden Knappen hatten keinen Platz in der Schankstube gefunden, auch Betten gab es keine für sie. Sie saßen im Stroh neben den Pferden und versuchten vergebens, sich mit Apfelmost zu betrinken. Sehr früh am nächsten Morgen würden sie alles bereit machen müssen, die Pferde, das Gepäck, den Reiseproviant. Für sie hatte es nicht einmal Honigwein gegeben. »Wo hat er sie denn nun kennengelernt?«

»Ich rede nicht über seine Angelegenheiten, das weißt du doch.« Karim verschränkte die Hände hinter dem Nacken und legte sich ins Stroh.

»Aber wir sind Freunde! Außerdem erzähle ich dir dann auch, mit wem Graf Kann-bai schläft.«

»Das weiß doch jeder. Mit dieser Dicken. Dieser kleinen blonden Herzogin.«

»Sie ist verheiratet. Wusstest du das? Ihr Mann ist Botschafter in Nehess.«

»Das weiß auch jeder. Erzähl mir lieber, was du mit der kleinen goldhaarigen Prinzessin getrieben hast.«

»Ach«, seufzte Prinz Laikan. »Sie ist wirklich süß. Ich verrate dir ein Geheimnis: Ich werde sie heiraten. Ich habe es mir ganz fest vorgenommen.«

»Warum?«

»Warum, fragst du? Sie gefällt mir. Und das Schloss hat mir auch gefallen. Ich werde sie heiraten und in diesem alten, verwunschenen Schloss wohnen.«

»Es wird dir langweilig dort werden, wetten?«

»Meine Schwester wohnt schließlich auch dort.«

Karim dachte über diese Bemerkung nach. Ob Laikan das ernst meinte? Spekulierte er auf den Thron von Anta'jarim? Dann musste er in Kauf nehmen, seine Neffen um ihr Erbe zu betrügen oder gar töten zu lassen. Es war zu dunkel, um in Laikans Augen zu lesen; natürlich hatten sie hier im Stroh keine Lampe, und die einzige Leuchtquelle hing mehrere Meter entfernt an einem Balken. Er murmelte das geheime Wort, das seinen Blick schärfte – der Anruf an Kelta, die Schwester der Todesgöttin, die den Mördern und Dieben in der Finsternis beistand. Was er sah war Zweifel. Laikan kaute auf einem Strohhalm, an seinem Mundwinkel zuckte ein Muskel. Die Wege waren noch offen, der dunkle Pfad noch nicht beschritten. Wenn der junge Prinz Lijun seinem Vater auf den Thron folgte, herrschte ein Enkel des Sultans über das Königreich der Wälder. So oder so würde Anta'jarim an Nehess fallen – oder auch nicht. Es gab noch andere Spieler in diesem Spiel.

»Du hängst sehr an deiner Schwester.« Vielleicht genügte ein Gefühl, eine zärtliche Erinnerung, um die Waagschale zugunsten von Rebea und ihren Kindern ausschlagen zu lassen. Was würde es kosten, zwei kleine blonde Jungen zu retten?

»So wie du an deiner. Du wirst immer ganz still, wenn ich nach ihr frage.«

Dazu schwieg Karim lieber. Sich über Ruma Geschichten auszudenken war etwas anderes als die vielen anderen Lügen. Ruma war ein kostbarer Schatz in seinem Herzen. Viele Jahre lang war sie sein Halt gewesen, und vor allem – sie war nicht seine Schwester, auch wenn sie zusammen aufgewachsen waren.

Sie war seine Verlobte.

»Siehst du? Manchmal schwärmst du so von ihr, dass ich den Eindruck habe, du übertreibst – ja, stell dir vor, der Gedanke ist mir gekommen! Und dann wieder ... Bist du sicher, dass es sie gibt, oder hast du sie dir bloß ausgedacht, damit du auch eine Schwester aufweisen kannst?«

»Warum sollte ich mir eine Schwester ausdenken?«

»Keine Ahnung, sag du es mir. Vielleicht hast du gar keine Familie. Vielleicht ist dein Vater ein Trunkenbold, der sich auf den Straßen herumtreibt, und deine Mutter ist eine ... eine ...«

»Sag es nicht«, warnte Karim. Er setzte sich aufrecht hin und spannte sich unwillkürlich an, bereit, aufzuspringen und Laikan an die Gurgel zu gehen. Ihre Freundschaft war nichts anderes als ein Tanz auf einer messerscharfen, tödlichen Klinge. Der stolze Prinz und der Junge aus den Schatten.

»Dann wechseln wir mal lieber das Thema.« Laikan spuckte den Strohhalm aus und genehmigte sich einen weiteren Schluck Apfelmost. »Verrätst du mir, was *du* alles im Schloss angestellt hast? Da war schließlich noch eine Prinzessin.«

»Ich werde die kleine Rothaarige heiraten, und dann leben wir glücklich und zufrieden bis an unser Lebensende.« Seine Stimme war voller Bitterkeit. Er hörte es selbst und verachtete sich dafür.

Laikan prostete ihm zu. »Ich wünschte, du wärst mein Bruder. Du würdest einen guten Prinzen abgeben.«

»Tja, wer weiß. Da ich aber nun mal zum Prinzen nicht tauge, musste ich meine Augen von der Prinzessin losreißen und ... naja.«

»Na los, gib's zu! Wie viele kleine Mägde hast du diesmal vernascht?«

»Die Blonde aus der Küche und die Dunkelhaarige aus der Wäscherei.« Karim grinste selbstgefällig.

»Die mollige oder die schlanke Dunkelhaarige?«

»Beide.«

Laikan lachte laut auf. »Ach, Karim! Du bist unverbesserlich. Manchmal wünschte ich auch, ich wäre kein Prinz und könnte tun und lassen, was ich will!« Er lachte, bis ihm die Luft wegblieb.

»Die arme kleine Prinzessin wird sich die Augen ausweinen. Sie dachte bestimmt, du trägst sie ewig in deinem Herzen!«

»Solche wie sie träumen nicht von gewöhnlichen Jungen vom Lande. Die werden ihr einen Königssohn verpassen und ihr eine Krone aufsetzen. Und dann wird sie versauern wie deine Schwester.«

»Meine Schwester? Sag du nichts Schlechtes über meine Schwester!« Er schubste Karim ins Stroh und warf sich über ihn. Eine Weile rangen sie keuchend, halb ernst und halb lachend. Karim ließ sich von Laikan in den Schwitzkasten nehmen. Manchmal war es verdammt schwer, den Unterlegenen zu spielen.

»Und jetzt verrätst du mir das Geheimnis von Wihajis Braut!«

»Nein!«

Der Prinz ließ ihn nicht los. »Ich kann schweigen«, versicherte er. »Wirklich. Was kann so schrecklich sein, dass es niemand wissen darf? Ich kriege es ja doch heraus. Ist sie mit ihm verwandt? Oder ...«

»Sie ist Kancharerin.«

»Das glaube ich nicht!« Laikan lockerte verblüfft seinen Griff. »Der stolze Wihaji würde doch nie eine Kancharerin auch nur anfassen. Wie ist er an sie gekommen?«

»Er hat sie an der Grenze aufgegriffen.«

»Das wird ja immer besser. Eine Spionin?«

»Eine Sklavin«, sagte Karim. »Eine entlaufene Sklavin.«

»Ist nicht wahr.«

»Das ist ein Geheimnis, vergiss das nicht.«

»Meine Güte, nein. Weiß der Großkönig das? Ja, natürlich, wieso frage ich überhaupt. Und die Familie Lhe'tah? Werden sie ihn nicht verstoßen?«

»Das können sie nicht, solange Tizarun hinter ihm steht.«

Laikan konnte es immer noch nicht fassen. »Eine Kancharerin ... eine Sklavin ... Sie ist bestimmt eine Wüstendämonin, die gekommen ist, um ihn im Schlaf zu ermorden!«

Karim verdrehte die Augen. »Sag bloß, du glaubst auch daran, dass es sie gibt!«

»Die Wüstendämonen? Nun ja, seien wir doch ehrlich, die Kancharer sind nun mal ein verdorbenes, gottloses Volk. Sie haben keine Ehre. Sie halten Sklaven, und es wimmelt bei ihnen von Zauberern. Warum sollte es in der Wüste nicht eine ganze Stadt voller Assassine geben?«

»Denk doch mal drüber nach. Jerichar ist ein Mythos. Eine Stadt voller Mörder und Spione? Das macht doch keinen Sinn. Die könnten sich alle gegenseitig verraten.«

»Das würden sie nicht tun. Sie würden natürlich zusammenarbeiten.«

»Ein bisschen schwierig, wenn man keine Ehre hat.«

»Ach Karim, schau mich nicht so an! Die wildesten Geschichten sind nun mal die besten! Wer mag schon harmlose Märchen von Feen und dem ganzen Gesocks hören? Nimm mir nicht den Glauben an meine Wüstenmörder!«

»Ich kann nicht erlauben, dass du schlecht über die Braut meines Herrn sprichst.« Karim warf Laikan so plötzlich ab, dass dieser einen erschrockenen Schrei ausstieß. Es gab keinen Kampf. Nur Karims Ellbogen an Laikans Kehle.

Der Prinz keuchte. »Karim!«

»Entschuldige dich.«

»Ja! Ja, tut mir leid!«

Karim ließ ihn los, und Laikan setzte sich stöhnend auf. »Was war das denn?«

»Fürst Wihaji ist einer der besten Nahkämpfer von Le-Wajun. Er hat mir ein paar Griffe gezeigt. Noch ein Wort gegen Linua, und ich bringe dich um.«

Laikan sagte nichts mehr. Er war damit beschäftigt zu atmen.

»Ich schleiche mich jetzt rein und klaue eine Flasche Honigwein«, sagte Karim. »Nach dem Lärm da drinnen müssten reichlich Vorräte davon vorhanden sein.«

»Ich habe dich nur gewinnen lassen.«

»Also gehst du da rein? Du bist ein Prinz. Seit wann bist du auch ein Dieb?«

Laikan schlich auf Zehenspitzen zur Tür. »Bis gleich.«

Karim blieb lächelnd zurück und wartete auf die Rückkehr des Prinzen. Es dauerte nicht lange, und Laikan kam zurück, mit leeren Händen und blutender Nase.

»Danke, dass du nicht fragst. Der Wirt hat einen ziemlich kräftigen Gesellen.«

Karim grinste. »Das macht doch nichts.« Er griff hinter sich ins Stroh und zog eine Flasche Met hervor.

»Was, aber...«

»Komm, mein Freund«, sagte er. »Ich habe beschlossen, dass ich dich nicht ermorde, sondern einen mit dir trinke.«

14. MITTEN INS HERZ

Am dritten Tag durch den Wald war ihnen nur noch warm. Es gab keine Abkühlung mehr, keinen tieferen Schatten. Karims Pferd, das gestern noch zum Traben aufgelegt gewesen war, trottete heute nur widerwillig hinter den großen Rössern her. Die Hitze blieb unter den hohen Baumwipfeln gefangen und verwandelte die Luft darunter in einen Backofen. Karim, der in der Wüstenstadt Daja aufgewachsen war und viele Jahre in der Gluthitze von Jerichar verbracht hatte, machte das Wetter nicht so viel aus wie den anderen, doch auch er hätte jetzt eine Abkühlung in einem der tiefen Waldseen gut vertragen können. Doch Wihaji trieb die Gruppe unerbittlich an. Sidon und Kann-bai wehrten sich auf ihre Art – sie gaben ihre Meinung zu allen Widrigkeiten der Reise zum Besten. Doch ihre freundschaftlichen Scherze wirkten mühsam und gequält.

Sidon griff hinter sich und holte seinen Bogen hervor.

»Was hast du vor?«, fragte Kann-bai mürrisch.

»Ein wenig Abwechslung«, meinte Sidon. »Nur ein wenig Abwechslung.«

»Worin? Beim Reiten oder beim Essen?«

»Ein Kaninchen wäre schon nicht schlecht.«

»Oh ja.« Kann-bai klang sofort freundlicher.

»Wir haben keine Zeit zum Jagen«, schaltete Wihaji sich ein und machte Karims Hoffnung auf eine Rast gleich wieder zunichte. »Bis zum nächsten Dorf werden wir von dem leben müssen, was wir dabeihaben.«

»Das nächste Dorf? Dieses Land ist wie ausgestorben.«

»Ach, und fast hätte ich's vergessen...« Wihaji war ein unerbittlicher Anführer, er brachte einfach kein Mitleid mit ihnen auf. »Ihr wollt doch wohl nicht bei dieser Hitze ein Lagerfeuer anzünden? Und was ist das eigentlich für ein übler Geruch?«

Der Gestank wurde schlimmer. Karim kannte diesen Geruch – irgendetwas verweste ganz in der Nähe. Ein größeres Tier, schätzte er, oder auch mehrere. Sie waren eine Weile langsam weitergeritten, als Sidon, der ein paar Schritte voraus war, plötzlich anhielt. Fast im selben Moment zügelten auch die anderen ihre Pferde und stiegen ab.

Ein Toter lag am Wegesrand. Es war nicht viel von ihm übrig. Seine Kleider waren zerrissen, es war kaum zu erkennen, dass sein Umhang dunkelblau gewesen war. Erdklumpen hingen in seinen Haaren, als wäre er verscharrt gewesen. Wenn ihn jemand ausgegraben hatte, waren es wohl hungrige Tiere gewesen. Vielleicht ein Bär oder die kleinen schwarzen Füchse, von denen es im Wald von Anta'jarim wimmelte. Sie hatten ihn mitgeschleppt, liegen lassen, und wieder andere hatten ihn hinter sich hergezerrt. Seine zerstörte, halb aufgefressene Leiche erzählte eine grausame Geschichte.

Eine Geschichte, deren Beginn Karim kannte. Es war die Leiche von Lorlin, den er für Hetjun getötet hatte. Wie kam sie hierher – drei Tagesreisen vom Schloss entfernt? Das war unmöglich. Er selbst hatte sie vergraben, hatte die Stelle zum Schutz vor Aasfressern mit Steinen beschwert. Als Wüstendämon wusste er, wie man seine Spuren verwischte. Wie also konnte das sein? Es war ein Gefühl, als würde das Seil, dem er sein Leben anvertraute, um eine Mauer hochzuklettern, reißen.

Ein Mord. Ein Mann hätte nicht sterben sollen, ein Lehrer, ein Liebender, ein Gelehrter, den man wie einen Hund vor die Tür gejagt hatte. Karim hatte das gewusst und hatte es trotzdem getan und ... und jetzt? Was würden die Götter als Nächstes tun? Plötzlich packte ihn eine Angst, wie er sie noch nie zuvor empfunden hatte. »Oh ihr gnädigen Götter«, murmelte Kann-bai.

Die anderen hielten sich die Nasen zu, während sie sich über den Toten beugten. Sie kannten den Mann nicht, sie würden nie erraten, was geschehen war. Karim war sicher, nur leider fühlte es sich nicht so an.

»Wir können ihn nicht so liegen lassen«, sagte Wihaji. »Es wäre nicht richtig.«

»Für ein Feuer ist es zu trocken«, sagte Sidon. »Und wir haben nichts, um ihn zu begraben. Lasst uns im nächsten Dorf Bescheid sagen und jemanden schicken.«

»Nein. Wir tun es jetzt. Wir wissen nicht, wer er war und warum er gestorben ist, aber es ist unsere Pflicht den Toten gegenüber, sie zu ehren. Wir bedecken ihn mit schweren Ästen und Steinen gegen die Tiere und sprechen ein Gebet.« Er winkte den beiden Knappen.

Laikan seufzte, während sie sich an die Arbeit machten. »Muss der Kerl ausgerechnet am Wegrand sterben. Mir ist übel, ich breche gleich.«

Karim schwieg. Mit zusammengebissenen Zähnen sammelte er Zweige und Steine auf. Die Scherze seines Freundes prallten an ihm ab.

»Du hast wohl noch nicht viele Tote gesehen?«, fragte Laikan. Er klang nur ein kleines bisschen überheblich.

»Nicht in diesem Zustand«, sagte Karim. Er vertrug viel, doch nun musste er würgen. Diese Leiche hätte einfach nicht hier sein dürfen. Seit wann verfolgten ihn die Toten? Und seit wann machten die Götter sich die Mühe, ihm seine Taten nachzutragen? Er stolperte fort, achtete nicht auf Laikans spöttische Rufe, krümmte sich unter einem Gebüsch.

Denk nach, befahl er sich, nachdem sich sein Magen wieder beruhigt hatte. Wie konnte der Tote hergekommen sein? Fast hätte er wirklich an den Waldgeist glauben mögen, der hier angeblich sein Unwesen trieb. Nein, die Lösung musste weitaus menschlicher aussehen. Jemand hatte Lorlin ausgegraben, ihn auf ein Pferd gebunden oder auf einen Karren geladen und war den Weg entlanggeritten bis hierhin, wo er den toten Lehrer entweder abgeladen oder verloren hatte.

Es ergab absolut keinen Sinn.

Wihaji beneidete die beiden Jungen nicht um die undankbare Aufgabe. Er und seine Freunde hatten ihre Pferde unterdessen weitergeführt und warteten an einer Stelle, an der der Geruch die Tiere nicht scheu machte. Angestrengt versuchte Wihaji sich an ein passendes Gebet zu erinnern, das er über dem Grab des Fremden sprechen wollte. Es war schwierig, sich zu konzentrieren, denn Kann-bai fluchte unentwegt über den Mangel an Tabak, der in solchen Situationen wichtiger sei als ein Gebet und durchaus als Ersatz für heilige Gewürze dienen könnte. Sidon murmelte etwas Unverständliches und verschwand im Wald.

»Wo will er denn hin?« Wihaji horchte auf die Schritte seines Freundes, die sich rasch durchs Unterholz entfernten. Wenn Leichen am Wegesrand lagen, stimmte irgendetwas nicht in diesem Wald. Es war besser, sie blieben zusammen.

»Der kann auf sich selbst aufpassen«, meinte Kann-bai.

Doch Wihaji konnte das warnende Gefühl des Unbehagens nicht abschütteln. Er ließ sein Pferd stehen und lief Sidon nach.

Es war, als wäre er ins Wasser gesprungen. Flirrende Lichter tanzten durch die Schatten, und es rauschte in seinen Ohren. Plötzlich wurde ihm die Stille bewusst. Die Vögel sangen nicht, keine Insekten schwirrten um ihn herum. Weiße Blüten lagen wie Sterne im Moos, und der süße, würzige Duft von Brombeeren und Brennnesseln kitzelte ihn in der Nase. Vorsichtig setzte er einen Fuß vor den anderen.

Da sah er den Hirsch. Es war ein riesiges Tier mit einem gewaltigen Geweih. Im Waldschatten wirkte sein rötliches Fell samtig und dunkel.

Furchtlos starrte er Sidon mit glänzenden schwarzen Augen an. Sidon, der reglos zwischen den Bäumen stand, kaum zwanzig Meter von dem Hirsch entfernt. Sidon, der gerade den Bogen spannte.

»Nein!«, schrie Wihaji. »Nein! Sidon, nicht!«

Der Hirsch stellte die Ohren auf und wollte fortspringen, aber es war zu spät. Im selben Moment ließ Sidon, Herzog von Guna, der beste Schütze von ganz Le-Wajun, den Pfeil fliegen.

Der Pfeil, stark, gefiedert, mit einer Spitze aus Eisen, bohrte sich in die Brust des Tieres. Der Hirsch brüllte auf und taumelte zurück. Noch einmal sah er Sidon an, mit einem unbeschreiblichen Blick voll Verwunderung und Entsetzen, dann sprang er mit einem Satz ins Dickicht und war verschwunden.

»Du Idiot!«, schrie Wihaji. »Du von den Göttern verlassener Narr!«

»Er wird nicht lange leiden«, versicherte Sidon. Er war blass geworden. »Es hätte ihn umwerfen müssen.«

»Ja, begreifst du denn nicht, was du getan hast?« Wihajis Stimme überschlug sich fast. »Du kannst doch keinen Hirsch töten – im Wald von Anta'jarim!«

»Kann ich nicht? Ich bin Jäger, ich lasse mir doch so eine Chance nicht entgehen. Ich habe dich noch nie so aufgelöst erlebt. Was ist denn bloß los?«

»Wir waren im Raum der tanzenden Hirsche«, sagte Kann-bai, der sein Bein gerade aus einer Brombeerranke befreite. »Hat es damit etwas zu tun? Es ist ihr Wappentier?«

»Natürlich ist es ihr Wappentier«, schnappte Sidon. »Das siehst du auf jeder verdammten Flagge von Anta'jarim. Aber warum darf ich deswegen keinen verdammten Hirsch schießen!«

»Der Hirsch ist die Verbindung der Könige zu den Göttern«, erklärte Wihaji. Seine Stimme war sehr ruhig, viel ruhiger, als er sich fühlte. »Geh ihm nach, Sidon. Geh ihm nach und bring es zu Ende. Wir werden hier warten.«

Sidon schüttelte den Kopf, aber Wihaji meinte es todernst. »Du gehst. Jetzt sofort.«

»Musste das sein?«, fragte Kann-bai besorgt, als ihr Freund zwischen den Bäumen verschwand.

»Es ist schlimm genug«, sagte Wihaji. »Bei den Göttern, warum hat er nicht auf mich gehört!«

»Weil er nicht dein Untergebener ist. Er kann es nun mal nicht ausstehen, wenn du ihm Befehle gibst.«

»Mein Nein war doch wohl dringlich genug, oder? Dieser verdammte Sidon!« Wihaji war immer noch außer sich.

»Was ist das für eine Geschichte mit den Göttern?«, wollte Kann-bai wissen. »Und warum gibst du dem so eine Bedeutung? Meine Güte, diese ganzen Mythen, die hat doch jede Stadt hier. Die Götter dies und die Götter das. Wenn keiner erfährt, was hier passiert ist, dann wird sich auch niemand über uns beschweren.«

Wihaji blickte ihn nachdenklich an. »Wenn du das so siehst, dann bringt es nichts, dir die Legende zu erzählen. Du würdest es doch nicht glauben.«

Kann-bai riss verblüfft die Augen auf. »Ich wusste gar nicht, dass du gläubig bist.«

»Jarim, so geht die Geschichte, verfolgte einen Hirsch durch den großen Wald der Urzeit. Sie folgte ihm bis durch das Tor zu den Göttern. Der Hirsch sprang hindurch, und Jarim warf sich ihm nach, denn sie ließ niemals von einer Beute.«

»Aha.« Kann-bai schien nicht sehr beeindruckt. »Jarim war eine Frau? Das hätte ich jetzt nicht gewusst.«

»So kam es, dass Jarim der erste Mensch war, der die Götter besuchte und sie von Angesicht zu Angesicht erblickte. Und der Hirsch verwandelte sich in Beha'jar, den Gott des Waldes, und schenkte Jarim seine Liebe.«

»Es gibt Tausende solcher Geschichten. Also wirklich, Wihaji.«

»Jarim kehrte zurück und gebar ein Kind. Es war eine Tochter, die sich in einen Hirsch verwandeln konnte, der ein Geweih trug. Das ist der Beginn des Königtums von Anta'jarim. Das ist der Grund, warum nie – niemals! – ein Hirsch in Anta'jarim getötet werden darf, denn es könnte sich ein Gott dahinter verbergen.« Er sah in den dunklen Wald hinein und horchte. »Hoffentlich findet Sidon ihn.«

»Ein weiblicher Hirsch mit Geweih?«, fragte Kann-bai ungläubig. »Da sieht man doch schon, dass an dieser Geschichte etwas nicht stimmen kann.«

»Bei dieser Art tragen beide Geschlechter ein Geweih.«

»Hoffentlich folgt Sidon dem Hirsch nicht bis zu den Göttern«, spottete Kann-bai. »Vielleicht war es ja eine Hirschkuh, die sich in ihn verliebt hat. Dann können wir hier lange warten.«

»Das ist nicht witzig. Ich bin mir nicht sicher, ob wir das wirklich geheim halten können. Wie wollen wir einen toten Hirsch verbergen? Hier gibt es doch königliche Jäger. Waldhüter. Bewohner. Irgendjemand wird ihn finden.«

»Und wenn schon. Ich meine, wir sind doch keine Wilderer. Wir sind Gesandte des Großkönigs.«

»Auf dieses Vergehen steht die Todesstrafe, Kann-bai. Nicht nur wegen Wilderei, sondern wegen göttlichen Frevels. Glaubst du, dass wird keine Konsequenzen haben? Wenn Jarunwa davon erfährt, könnte er Guna den Krieg erklären.«

»Ein Bürgerkrieg wegen eines Hirsches?« Kann-bai schüttelte den Kopf. »Gut, es war ein schöner Hirsch. Ich kenn mich nicht besonders mit den Viechern aus, aber es war einer der größeren Sorte.«

»Ein Zwölfender. Ja, das war ein richtig großer Hirsch. Der König des Waldes. Aber darauf kommt es nicht an.« Wihaji seufzte. »Das wird wohl weder Jarunwa noch die Götter interessieren.«

Sie warteten und warteten. Die Knappen waren längst damit fertig, den Toten mit einer Schicht Äste und Steine zu bedecken. Mit versteinerten Gesichtern standen sie am Rand der Straße. Sie sahen aus, wie Wihaji sich fühlte.

»Sag es niemandem«, sagte er leise. »Schwöre mir das.«

»Ich werde es niemandem verraten«, murmelte Kann-bai.

Und dann kam der Sidon endlich wieder. Sein Gesicht war grau und müde, und seine blauen Augen glitzerten nicht mehr.

Schreiend fuhr König Jarunwa aus dem Schlaf hoch. Benommen blieb er aufrecht sitzen und starrte ins Dunkel. Neben sich hörte er Rebeas pfeifenden Atem. Ihr schwarzes Haar bedeckte das weiße Kissen.

»Oh ihr Götter«, flüsterte Jarunwa. »Seid mir gnädig.«

Er atmete langsam ein und aus und legte sich dann vorsichtig wieder auf die weiche Matratze, als könnte er etwas aufstören, das für immer ruhen sollte.

Lange Zeit starrte er in die Schatten, bis irgendwann ein leichter Schimmer die kommende Dämmerung ankündigte. Dann erst schloss Jarunwa die Augen und ließ sich in einen vorsichtigen Schlaf gleiten, aus dem er immer wieder stöhnend erwachte.

Rebea küsste ihn auf die Wange. »Willst du nicht aufstehen? Heute kommen die Händler aus den Küstendörfern.«

Jarunwa richtete sich auf. Er fühlte sich ausgelaugt und uralt. »Ist es denn schon Tag? Ich hatte nicht geglaubt, dass ...«

»Was ist mit dir?« Seine Frau musterte ihn verwirrt. »Hast du schlecht geträumt?«

»Schlecht geträumt?« Er fuhr sich mit der Hand über die Stirn. »Geh du zu den Händlern, Liebes.«

»Ich? Was hast du vor?«

»Ich brauche Rat.« Jarunwa zog sich mit so sanften, vorsichtigen Bewegungen an, als hätte er Angst, seine Gewänder zu zerreißen.

Die Königin beobachtete ihn besorgt. »Wirst du mir danach davon erzählen?«

Er sah sie nicht an und antwortete auch nicht. Wie ein Schlafwandler trat er durch die Tür und tastete sich durch sein Haus, als wäre er blind.

Das Zimmer war voller Rosen. Sie blühten ihm entgegen wie der Morgen, der endlich gekommen war. Rot waren sie und schwarz und dornig, aber ihr Duft war unbeschreiblich. Weiß glitzerten die winzigen Blütensterne der Sommerblumen zwischen den langen Stielen der Rosen hervor. Er kannte diese Blumen nicht, sie blühten nirgendwo sonst als hinter der blauen Tür. Einmal, ein einziges Mal, hatte er danach gefragt, und die Antwort hatte ihm nicht gefallen.

Blumen aus Kato.

Manchmal war es besser, nicht zu fragen.

Der Schaukelstuhl knarrte leise. »Komm ruhig herein, Junge«, begrüßte ihn eine Stimme, die so tief und ruhig war wie ein Abend, den die Gewitterwolken überziehen.

»Es tut mir leid«, sagte er.

»Es braucht dir nicht leidzutun. Du bist gekommen.« Unya beugte sich vor. »Was ist geschehen? Was führt dich zu mir, der Verstoßenen?«

»Es tut mir leid«, wiederholte er. »Ich hätte wissen müssen, dass diese Träume nicht auszurotten sind.«

»Dann hast du geträumt?«

Er schloss die blaue Tür hinter sich und stand eine Weile verloren in ihrem Blumenzimmer, wie ein hungriger Fremder in einem Garten voller Früchte.

»Ich träume immerzu«, sagte er heftig. »Schon immer, seit ich denken kann.« Er ließ sich auf den Boden nieder und griff nach ihren Händen. Die Kätzchen fauchten empört. »Ich träume, Großmutter Unya. Ich bin verloren.«

Sie erwiderte den Druck seiner Finger. »Was hast du geträumt, Jarunwa?«

Er beugte sich vor und flüsterte. »Vom Feuer. Bevor ich zehn war, habe ich schon gesehen, wie alles verbrannte, was ich liebe. Die Flammen schlugen bis in den Himmel, und ich sah, wie der Brand die Sonne erfasste und auf die Sterne übergriff. Ich habe gesehen, wie dieses Schloss verbrannte. Unya, es wird brennen, und ich weiß es. Ich weiß es.«

»Oh ihr Götter«, murmelte sie.

»Aber deshalb bin ich nicht hier. Ich habe mich an die Flammen gewöhnt und die Hitze, und wie das Feuer nach mir greift und nach der ganzen Welt. Wie junge Mädchen Schlangen aus Feuer auf dem Haupt tragen und wie das Blut in den Adern kocht und lebendige Leiber sprengt. Ich bin all das gewohnt, Großmutter, so schrecklich es auch klingt. Diese Bilder kommen oft zu mir, nachts und selbst am Tag, und ich lebe damit.«

»Was ist es dann?«, fragte Unya mit bebender Stimme.

»Es war ein neuer Traum, wie ich ihn noch nie hatte. Ich lief durch den grünen Sommerwald. Über mir fiel das Sonnenlicht durch das Blätterdach wie goldener Nebel. Leichtfüßig sprang ich über Äste und Baumstämme. Und auf einmal sah ich vor mir einen Hirsch. Einen riesigen rotbraunen Hirsch. Seine schwarzen Augen waren wie tiefe Brunnen, und er blickte mich mit ihnen an, unergründlich. Ich sah ihn an und bewunderte ihn, ich fühlte eine Liebe zu ihm, wie ich sie weder für Mensch noch für Tier je empfunden habe. Da bemerkte ich auf einmal, dass ein Pfeil in seiner Brust steckte. Ich fühlte so ein Mitleid ... so ein Mitleid, Großmutter, dass es mich fast zu Boden zwang. Kannst du dir vorstellen, wie sehr ich mir gewünscht habe, ich könnte ihn retten? Es tat mir so weh, mein Herz brannte wie Feuer. Ich fühlte, wie Tränen in meine Augen stiegen, und wollte weinen, aber ich konnte nicht. Ich wollte ihm gut zureden, aber ich hatte keine Stimme. Ich ging einen Schritt auf ihn zu, doch ich konnte mich kaum bewegen, so weh tat mir alles, und als auch er ein kleines Stück auf mich zukam, begriff ich plötzlich. Oh Unya, da war gar kein Hirsch. Ich stand vor einem Spiegel. Vor einem mannshohen Spiegel mit goldenem Rahmen. Er schien zu brennen, als wäre er ein Feuerreif, durch den die Tierbändiger die wilden Raubtiere springen lassen. Als wäre er ein Tor, verstehst du, ein brennendes Tor, wie der Durchgang zu den Göttern in ihrem Reich. Es war ein Spiegel.«

Er fühlte ihre Hand auf seinem Haar. »Mein armer Junge.«

»Ich war der Hirsch. Ich war es, der leichtfüßig über den Waldboden gesprungen war, durch die goldenen Sonnenstrahlen. Es war mein Schmerz, der mich in die Knie zwang. Meine Wunde, an der ich gestorben bin. Ich habe dort mein eigenes Sterben gefühlt. Es gab keine Rettung. Niemand konnte mir Mut zusprechen und mir Beistand leisten. Niemand war da, um den Pfeil herauszuziehen und die Blutung zu stillen. Das Blut lief an meiner Brust herunter, dunkelrot, als wollte ich damit den brennenden Spiegel löschen, als wollte ich damit alle meine Träume vom Feuer auslöschen. Und dann bin ich in den Spiegel gesprungen. Ich sprang durch das Tor ...«

»Ja?«

»Ich weiß nicht. Ich bin in meinen Tod gesprungen. Ich bin erwacht, im Dunkeln. Was bedeutet es? Werde ich sterben? Bald?«

»Der Hirsch«, flüsterte sie. »Du warst der Hirsch.«

»Ja. Erst dachte ich, ich wäre es nicht, aber ich war es.«

»Anta'jarim«, sagte sie. »Du weißt, dass der Hirsch für das Königreich steht, Jarunwa.«

»Wird dieses Königreich untergehen? Bedeutet es das?«

»Vielleicht. Vielleicht auch nicht.«

»Was soll ich tun? Ich habe Entscheidungen getroffen, wichtige Entscheidungen, die die Zukunft von Anta'jarim betreffen, mehr noch, die Zukunft des ganzen Sonnenreichs Le-Wajun. Waren es die falschen Entscheidungen? Habe ich den Untergang der ganzen Welt verursacht?«

Unya schüttelte bedächtig den Kopf. »Das ist es, was dir Sorgen macht? Ich glaube kaum, dass die Götter einem einzelnen Menschen die Verantwortung für die ganze Welt übertragen würden. So wichtig ist niemand, mein Lieber. Selbst der König nicht.«

»Wir werden sterben. Ich habe zwei Gesetze unterzeichnet und einen Ehevertrag, und für eine dieser Unterschriften werden wir alle sterben.«

»Es muss gar nichts mit dir zu tun haben, Jarunwa. Etwas Schlimmes wird passieren, das sagt der Traum ganz deutlich. Vielleicht trifft es dich, vielleicht auch jemanden, der dir nahesteht, der in deinem Herzen wohnt. Träume zu deuten ist, als würde man versuchen, in einem dunklen Zimmer ein Buch zu lesen. Du musst weiterhin so handeln, wie du es für richtig hältst. Es gibt keinen leichteren Weg.«

»Ich werde sterben«, flüsterte Jarunwa. »Ich weiß, du bist weise. Du weißt mehr über die Träume als jeder andere. Aber ich vertraue auch auf das, was ich weiß. Der Tod wird kommen, Unya. Diese Welt wird nicht mehr sein, was sie gewesen ist. Du hast dieses viele Blut nicht gesehen.«

»Doch, das habe ich.«

Überrascht blickte er auf. »Du hast es gesehen?«

»Ich habe auch meine Träume, junger König. Düstere Träume. Bunte Träume. Klare, undeutliche, erschreckende. Ich habe auch das Feuer gesehen, einmal, und ich war froh, ihm nie wieder zu begegnen. Ich weiß, dass etwas geschehen wird, aber das Bild ist immer noch nicht deutlich genug, um sagen zu können, was sein wird.«

»Dann weißt du es auch.« Seine Augen wanderten über die vielen Rosen an den Wänden und blieben auf dem Blumenstrauß hängen. »Die Rosen werden welken. Die Blütenblätter fallen, und in der Vase steht fauliges Wasser. Wird es so sein? Wird das die Welt sein, in der meine Kinder leben werden? Das Feuer wird in ihrem Haar spielen, und die rote Flut wird an ihre Knie schlagen. Und der Schmerz in ihrer Brust wird nie enden.«

»Vielleicht werden keine Kinder mehr da sein«, flüsterte Unya.

»Oh ihr gnädigen Götter. Ich kam her, damit du mir Hoffnung machst, damit du mir sagst, dass ich mich täusche. Dass dies kein Traum war, den mir die Götter zugeteilt haben, sondern eine Phantasie, entsprungen der verwirrten Verfassung eines Königs, der mit seinen Zweifeln leben muss.«

»Du hast die Gabe des Gesichtes«, sagte Unya. »Du hast sie früher bekommen als jeder andere, den ich kenne. Sie ist so stark in dir! Ich glaube nicht, dass du etwas anderes träumen kannst als das, was die Götter dir schicken.«

»Hassen sie uns denn?« Er löste seine Hände von denen der alten Frau und hob ein Rosenblatt auf, das neben ihm auf dem Boden gelegen hatte, dunkelrot und sanft gewölbt wie eine Schale voller Duft. »Hassen sie mich?«

Unya schwieg lange. »Nein«, sagte sie endlich. »Sie halten die Welt in ihren Händen. Sie hätten sie schon längst fallen lassen, wenn sie uns hassen würden.«

»Warum sprechen sie dann nicht deutlicher? Warum...« Er brach ab. »Es hat keinen Sinn, nicht wahr? Sie senden uns Botschaften, die wir nicht verstehen können. Letztendlich ist es bloß Angst, was sie uns geben können. Und haben wir nicht schon genug davon? In mir ist so viel Angst, Großmutter, dass ich nicht weiß, wie ich auf meinem Thron sitzen soll, wie ich ihnen zuhören soll, die da zu mir kommen mit ihren Sorgen. Ich soll ihre Streitigkeiten lösen – wofür? Was spielt es für eine Rolle in einer Welt, die auseinanderbricht? Ich sehe meine Söhne an, wie sie spielen, ihr blondes Haar. Aach, Unya, es gibt nichts Schöneres als die hellhaarigen Köpfe kleiner Jungen. Und ich habe Angst um sie und ihre Zukunft. Was für ein Pfeil wird das sein, der mein Herz durchdringt?«

»Ich habe nie geträumt, dass ich sterbe«, murmelte sie. »So alt ich schon bin, nie handelten meine Träume von meinem eigenen Tod.«

Jarunwa legte sich auf den Teppich, er starrte nach oben an die Decke. Die Katzen krabbelten über seine Brust und seine Beine und leckten an seinem Kinn.

»Was bedeuten die Rosen?«, fragte er plötzlich. »Wozu so viele Rosen, die du doch nicht sehen kannst?«

»Ich weiß, dass sie da sind«, antwortete sie. »Das genügt.«

Er sah ihr ins Gesicht in Erwartung von mehr. Eine Erklärung. Eine Botschaft, die ihn heilen konnte. »Ist das die Antwort?«, fragte er schließlich. »Soll ich den Hirsch Hirsch sein lassen und darauf vertrauen, dass es Rosen gibt, die ich nicht sehen kann? Rosen, die mehr bedeuten als das Blut, das sich zu meinen Füßen sammelt?«

»Bist du denn auch blind?«, fragte Unya.

»Ja«, sagte Jarunwa und schloss die Augen. »Immer sehe ich nur das Feuer. Nichts als das Feuer. Wie es brennt. Es hört nicht auf zu brennen. Und ich springe durch den Spiegel ins Dunkle.«

»Dann sei getrost«, sagte Unya, »denn die Götter, die dir diese Träume sandten, werden dich in ihren Armen auffangen.«

15. HERZSCHLAG

Tenira strich Tizarun eine schwarze Strähne aus der Stirn. Sie lagen nebeneinander unter der hohen Kuppel aus Glas, die sich über ihnen wölbte wie ein zweiter Himmel. Es war ein bewölkter Tag, grau und düster, aber hier unter der kristallenen Decke war es so warm, dass sie keine Kleidung benötigten. Völlig nackt lagen sie auf dem riesigen Bett und hielten einander in den Armen.

»Hier.« Tenira griff nach seiner Hand und legte sie auf ihren gewölbten Bauch. »Fühlst du das?«

Tizarun lachte überrascht. »Was ist das? Sein Fuß?«

»Nein, seine Füße sind hier. Ich glaube, es ist sein Ellbogen.«

»Ganz schön spitz. Tut es nicht weh?«

»Doch, ein wenig.« Sie lehnte sich eng an seine Brust. »Aber es stört mich nicht. Ich freue mich über jeden Tritt. Ich hätte nie gedacht, dass ich einmal so glücklich sein würde.«

Vorsichtig streichelte er die straff gespannte Haut ihres Bauches. »In drei Monaten wirst du noch glücklicher sein.«

»Das ist kaum vorstellbar.«

»Ob sein Herzschlag zu hören ist?« Er hielt das Ohr an ihren gewölbten Bauchnabel.

»Oh Gott, bist du schön«, sagte sie plötzlich.

»Ich?« Er lachte. »Schau mich nicht so an.«

»Ich liebe dich so sehr, ich könnte für dich sterben.«

Sein Gesicht wurde ernst, aber seine Augen blickten zärtlich. »Stirb nicht für mich. Wir wollen ewig zusammenleben.«

»Ja«, sagte Tenira. »Ja.« Sie konnte die Augen nicht von ihm abwenden. Ihre Hände strichen über sein schwarzes Haar, tasteten über sein ebenmäßiges Gesicht, verweilten bei seinen Lippen. Er küsste ihre Fingerspitzen.

»Zehn Kinder wollte ich dir schenken«, flüsterte sie. »Und sie sollten alle aussehen wie du. Und nun habe ich vierzehn Jahre darauf gewartet, dein Kind in mir zu spüren. Ich liebe dich mehr als mein Leben, Zaruni, ich habe dich schon immer geliebt, aber dieses Glück – manchmal denke ich, ich halte es nicht aus.«

»Du bist die Einzige, die mich so nennt.« Er schmiegte seine Wange an ihre. »Dachtest du damals wirklich, ich hätte dich vergessen? Dieses wilde Kind, das mir Zaruni nachgerufen hat? Wie alt warst du damals, acht?«

»Sechs«, antwortete sie. »Du bist über den Hof geritten, mit den Edelleuten und meinen Brüdern. Ich sah dich und wollte dich haben.«

»Süß«, meinte er. »Mit sechs!«

»Es war nicht süß. Es war mir bitterernst. Übrigens sind wir jetzt länger zusammen, als ich damals auf dich gewartet habe. Vierzehn Jahre gegen elf.« Sie suchte seinen Blick. »Woran denkst du eigentlich die ganze Zeit, Zaruni?«

Tizarun lachte leise. »Dich kann ich niemals hinters Licht führen, dabei bin ich auf alles eingegangen, was du gesagt hast.«

»Was bedrückt dich?«

»Jarunwa. Ich frage mich, wie er auf unsere Anfragen reagiert.«

»Er ist ein sehr vernünftiger junger König«, meinte Tenira.

»Eben. Und unsere Gesetze sind alles andere als vernünftig.«

Die alte Bitterkeit ließ sich nicht einfach so abstreifen. »Das Richtige ist nicht unbedingt das Vernünftigste.«

Er küsste ihre Stirn, als könnte er die Erinnerungen an ihre ersten siebzehn Jahre damit auslöschen. »Dein Vater hat versucht, es wiedergutzumachen. Irgendwann wirst du ihm vergeben können.«

»Siebzehn Jahre lang keine Existenz zu besitzen kann man nicht vergeben.«

»Nicht so laut. Ich glaube, er schläft.«

»Ja.« Sie horchte nach innen. »Ich glaube auch.« Es tröstete sie, sich an Tizarun festzuhalten, an seiner warmen, seidigen Haut. »Ich möchte dich zu mir ziehen, näher und immer näher, ganz tief in mich hinein. Wenn du fortgehst, warte ich darauf, dass du zurückkommst.«

»Noch nie ist ein Mann so geliebt worden«, sagte Tizarun leise.

»Manchmal macht es mir Angst.«

»Du hast Angst vor meiner Liebe?« Sie runzelte die Stirn.

»Eher Angst um dich. Niemand sollte sein Leben damit verbringen, immer nur auf einen anderen Menschen zu warten.«

»Aber ich warte ja auch nicht mehr. Du bist hier. Umarme mich«, flüsterte sie. »Halte mich ganz fest.«

»Aber wenn ich dich so halte, kann es ganz zufällig passieren ...«

»Du wirst unseren Sohn wecken.«

»Das macht nichts. Noch kann er ja nicht heulen.«

Tizarun beobachtete, wie Tenira die Goldfische fütterte, die lautlos durch das kristallklare Wasser glitten. Tief unter ihnen glänzte der weiße Kies, aus dem dunkelgrüne Blätter und hellgrüne Fäden leise schwankend nach oben wuchsen.

»Hier«, sagte sie. »Für euch.« Sie streckte die Hand aus und streichelte die glatten Schuppen eines der gierig fressenden Tiere.

Stundenlang hätte er ihr zusehen können, doch ihn rief die Pflicht. »Ich habe die Blumen schon gegossen«, sagte er, während er sich anzog. »Ich fürchte, wir haben sie in letzter Zeit etwas vernachlässigt. Wahrscheinlich waren wir mit etwas anderem beschäftigt.«

»In letzter Zeit? Du meinst wohl, in den letzten vierzehn Jahren.«

»Ein Raum, der nur uns gehört«, meinte Tizarun und sah sich in dem hohen Gewölbe um. »Ich hätte nie gedacht, dass er mir einmal so viel bedeuten würde.«

»Stört es dich nicht mehr, selbst den Boden zu wischen? Ich kann mich noch gut an einen jungen Großkönig erinnern, der entsetzt war über diese Zumutung.«

»Dieses Sonnenzimmer riecht nur nach uns«, sagte er. »Es schmeckt nur nach uns. Es ist wie unser gemeinsamer Mantel.«

»Eher wie unser Nachthemd.«

»Ein komisches Nachthemd, das von Großkönigspaar zu Großkönigspaar weitergereicht wird.« Er fuhr sich durchs Haar und merkte, wie sie ihn dabei gebannt anstarrte. »Ich muss jetzt los. Wihaji und die anderen sind zurückgekehrt, und ich bin gespannt auf ihre Nachrichten. Kommst du mit?«

Sie schüttelte den Kopf und bewegte ihre Hand durchs kalte Wasser. Die Fische knabberten an ihren Fingerspitzen. »Geh nur. Ich möchte mich gleich noch etwas hinlegen.«

Der Großkönig öffnete die mit goldenen Sonnen bemalte Tür, die nie jemand außer ihnen beiden berührte. Durch die mit weichen Teppichen ausgelegten Flure schlenderte er in das sogenannte rotbraune Zimmer, in dem Wihaji, Sidon und Kann-bai bereits auf ihn warteten.

Sie saßen auf hochlehnigen Stühlen, jeder ein Glas in der Hand, und zankten sich liebevoll, so wie immer. Für einen Augenblick spürte er den Stich scharfen Neides. Er hatte das Bild vor sich, wie er auf einem feurigen Pferd über die Felder ritt, über sich die glühende Sonne. Er stellte sich vor, gemeinsam mit ihnen am Lagerfeuer zu sitzen oder an einem zerfurchten Wirtshaustisch, und seufzte.

»Hallo, Jungs.«

»Es lebe der Großkönig, die Sonne von Wajun!«

Er wusste nie, ob sie es ironisch meinten. Es klang so verdammt feierlich und ehrfürchtig, aber sie waren seine Freunde, sie sahen Tizarun, wenn sie ihm ins Gesicht blickten, statt auf die Knie zu fallen. Sie sahen nicht die Sonne des Reiches. Zumindest hoffte er das. Ganz sicher war er sich da jedoch nie.

Er setzte sich auf seinen Platz hinter dem großen Schreibtisch, der aus der Wurzel des gewaltigen Lajan-Baumes geschnitten war. Das Möbelstück, das dem rotbraunen Zimmer seinen Namen gegeben hatte, duftete immer noch sanft nach würzigem Holz, obwohl es seit zweihundert Jahren die Schreibstube des Großkönigs schmückte. Hier entsprach alles seinem Geschmack, hier verbrachte er viele Stunden über Bittgesuchen, Karten und Listen, und hier empfing er niemanden als seine alten Kameraden.

»Ihr habt euch ganz schön Zeit gelassen, meine Freunde.«

»Also hör mal! Bei dieser Hitze zu reiten ist kein Zuckerschlecken!« Kann-bai nahm wie immer kein Blatt vor den Mund.

»Der halbe Weg geht durch den Wald«, erinnerte Tizarun sie.

»Dieser verfluchte Wald«, sagte Sidon leise. Er war merkwürdig blass um den Mund.

»Was hattet ihr für einen Eindruck von Jarunwa? Erzählt doch mal.« Tizarun lehnte sich zurück und setzte sein Arbeitsgesicht auf.

»Freundlich«, meinte Wihaji.

»Unsicher«, fand Kann-bai. »Ich vermute stark, er ist ein...« Er brach ab.

»Ja, ein was?«

»Du weißt schon, was sie über Anta'jarim sagen.«

»Nein, ich weiß nicht, was du meinst.«

»Dass sie das Gesicht haben«, sagte Wihaji schließlich, denn Kann-bai hatte sich darauf verlegt, den Wurzeltisch anzustarren.

»Was für ein Gesicht? Willst du damit irgendetwas über die früheren Großkönige von Wajun sagen, die aus dem Haus Anta'jarim stammten?«

»Ich will gar nichts damit sagen. Du wolltest doch wissen, was wir von Jarunwa halten. Er könnte ein Träumer sein, mehr will ich nicht behaupten.«

Tizarun fühlte sich auf einmal streitlustig. »Und ihr haltet nichts von ihm? Unsicher und freundlich?«

»Er hat ein Herz für das Rechte«, sagte Sidon. »Ein Herz für das, was zählt.«

»Soll das heißen, dass er mein Gesetz unterschrieben hat?«

Wihaji tastete über seine Weste und ließ die Hand wieder sinken. »Die anderen waren nicht dafür. Vor allem seine Frau nicht. Und sein jüngerer Bruder.«

»Unsicher und freundlich, sagt ihr, und er hat es trotzdem getan?«

»Seine Frau ist hübsch und schweigsam«, grollte Kann-bai, als wäre das ein persönlicher Angriff auf ihn.
»Und sein Bruder ist unglaublich ... interessant«, sagte Wihaji.
»Meint ihr etwa Prinz Winya, den Dichter? Wie war er?« Tizarun lehnte sich gespannt vor. »Tenira hat eine ledergebundene Sammlung seiner Hauptwerke.«
Alle drei sahen sich an.
»Der ist nicht unsicher.«
»Aber auch nicht besonders freundlich.«
»Ich fand ihn witzig«, sagte Kann-bai grinsend. »Er hat versucht, Streit mit mir anzufangen.«
»Tatsächlich?«, fragte Tizarun amüsiert. »Habt ihr euch duelliert?«
»Zum Glück nicht«, knurrte Kann-bai. »Wäre doch schade um das schöne Prinzengesicht gewesen.«
Der Großkönig streckte die Hand aus. »Die Rolle.«
»Ich bringe sie dir später noch vorbei«, sagte Wihaji. »In meinem Reisegepäck herrschte ein wenig Durcheinander.«
»Dann sehen wir uns nachher.« Tizarun sprang plötzlich auf. »Ich muss zu Tenira! Ich muss es ihr sagen!« Er eilte zur Tür hinaus.

Wihaji atmete erleichtert auf. Wo waren nur die Rollen geblieben? Er dachte, er hätte sie eingesteckt. Zum Glück hatte Tizarun nicht nachgehakt.
Die drei Freunde wandten sich wieder ihren Gläsern zu.
»Tja«, sagte Kann-bai.
»Er muss nicht danke sagen. Er ist schließlich der Großkönig.« Sidon knabberte mit den Zähnen an dem hauchdünnen Glas.
»Lass das.«
»Wisst ihr was?«, sagte Wihaji. »Er ist doch bloß neidisch, dass wir dort waren und er nicht.«

Vor dem Palast trennten sie sich. Sidon und Kann-bai schlenderten gemeinsam nach rechts, um in irgendeinem Gasthaus ihre kleinen Zänkereien fortzusetzen. Wihaji wandte sich nach links. Er nahm die Abkürzung durch die großköniglichen Gärten, in denen die Rosen üppig blühten. Ihr schwerer Duft erfüllte die Luft, und die Apfelbäume trugen zugleich Früchte und Blüten. Seit sich die Magier in Wajun mehr und mehr austobten, war auf die Jahreszeiten kein Verlass mehr. Sie ließen blühen, wonach ihnen der Sinn stand, und nicht jeder Obstbauer draußen auf dem Land freute sich darüber, dass in Wajun rund ums Jahr geerntet wurde. Auch anderen Berufsgruppen machten die Magier, die für Düfte, Musik und saubere Straßen sorgten, das Leben schwer – sie erleuchteten Wajun bis in die vormals finsteren Gassen in den ärmeren Vierteln und hatten damit das Leben sicherer gemacht.

Auch der Park war nie so schön gewesen. Kein verirrtes Blatt lag auf den Kieswegen, und manchmal meinte er, Musik zu hören. An einem anderen Tag hätte er sich vielleicht dazu verleiten lassen, sich auf eine Bank zu setzen, doch heute hatte er es eilig, nach Hause zu kommen.

Wihaji wusch seine verschwitzten Hände in dem Springbrunnen, dessen drei Fontänen sich in der Mitte des Beckens trafen. Die drei plätschernden Wasserstrahlen standen für die drei Reiche Lhe'tah, Anta'jarim und das Land der Tausend Städte. Le-Wajun war das Becken, in dem die verschiedenen Völker, die unzähligen Provinzen und Grafschaften, Dörfer und Städte, die unterschiedlichen Überzeugungen, Traditionen, die Ängste und Hoffnungen der Menschen sich sammelten. Schäumend prallte das Wasser aufeinander und fiel rauschend hinunter. In der Gischt war das Licht regenbogenfarben. Obwohl der Brunnen in der prallen Sonne lag, war das Wasser stets angenehm kühl. Wihaji benetzte sein Gesicht und seinen Nacken, trank ein paar Schlucke und ging durch eine Allee von blühenden Fliederbäumen zum Gartentor, das auf die Hauptstraße führte.

Nach nur einigen hundert Metern über breite, gut gepflasterte Straßen erreichte er sein eigenes Haus. Es war winzig im Vergleich zu dem riesigen Sonnenpalast, aber im Gegensatz zu vielen anderen Edelleuten, die in Wajun lebten, legte Wihaji Wert auf ein Haus, das nur ihm gehörte und in dem er keine Rücksicht auf irgendjemanden nehmen musste. Die helle Fassade, von hohen, schmalen Fenstern unterbrochen, wirkte wunderbar einladend, gerade weil das Gebäude so klein war. Er wusste, dass sein Knappe Karim das Pferd bereits gut versorgt haben würde. Vielleicht hatte er auch schon den Tisch gedeckt und Lubika, das Hausmädchen, losgeschickt, um einen guten Wein zu besorgen, bevor sein Herr in Versuchung kam, den Honigwein, den er aus Anta'jarim mitgebracht hatte, alleine auszutrinken.

Gebadet und sich umgezogen hatte Wihaji vor dem Treffen mit dem Großkönig, aber er hatte noch keine Gelegenheit gehabt, sich auszuruhen, vielleicht mit einem guten Buch in der Hand. Wenn die Eindrücke der Reise sich gesetzt hatten und er ganz zu sich gefunden hatte, würde er vielleicht sogar wieder zeichnen. Bei dem Gedanken lächelte Wihaji unwillkürlich. Ja, es gab so vieles, das er gerne festhalten wollte, bevor es in seiner Erinnerung verblasst war. Der Anblick von Anta'jarim, wenn man endlich nach so langer Zeit aus dem Wald herausgekommen und ein Stück über die Weiden geritten war: die hohen, mächtigen Türme, die vor Alter strotzten.

Alter, dachte er. *Das ist es, was ich gerne bewahren würde. Wie alt sie dort sind. Wie sie leben, wie vor lange vergangenen Zeiten.*

Wieder musste er lächeln. *Du hast auch so gelebt, bevor du nach Wajun kamst. Bevor du sahst, wie diese Welt wirklich ist. Tritt heraus aus dem langen, dunklen Schatten der Götter und sieh: Die Sterne sind nah.*

Und den ernsten blonden König, dachte er. *Auch den werde ich malen. Diesen nicht mehr ganz jungen Mann mit dem roten Mantel, den Goldreif auf der Stirn, dessen unruhige Blicke von einem zum andern wandern. Diesen Mann, der ohne zu zögern nach der Zukunft greift, wo immer sie sich ihm bietet, und doch mit unzerreißbaren Ketten an die Last der Vergangenheit geschmiedet ist, ein Gefangener der Krone von Anta'jarim.*

Prinz Winya natürlich. *Seine Augen müssten diese unverwechselbare Mischung von Frechheit und Melancholie enthalten, die ihn so liebenswert und unberechenbar macht.*
Prinz Nerun?
Wihaji schüttelte den Kopf. Neruns Bild war jetzt schon am Verblassen. Einer, der seinen älteren Brüdern äußerlich sehr ähnlich sah, ein Mann, der immer in ihrem Schatten stehen würde. Vielleicht sollte er es doch versuchen, auch ihn zu malen, gerade ihn, diesen Mann, der sich seiner Unschärfe schmerzhaft bewusst war, dieser Prinz in Gelb, der nicht zu leuchten vermochte.
Die Frauen?
Er runzelte die Stirn. Es war besser, keine Frauen zu malen. Für seine Beziehung mit Linua auf jeden Fall.
Aber die Kinder. Er würde den kleinen Jungen mit den erschrockenen Augen malen, den sie im Speisesaal ertappt hatten. Und Hetjuns Tochter, das Mädchen, dem er das Leben gerettet hatte, dieses kindliche junge Ding mit dem merkwürdig flackernden Blick. Sehnsucht, Hunger ... Angst?
Er würde den Wald malen. Den Hirsch.
»Alles«, flüsterte er. »Ich werde alles malen. Wenn Tizarun mich nur in Ruhe lässt mit seinen verdammten Aufträgen.«
Er streckte die Hand nach dem Knauf aus, aber in diesem Augenblick wurde die Tür von innen aufgerissen, und vor ihm stand eine junge Frau in einem blassblauen Kleid. Ihre braune Haut wirkte im düsteren Hausflur dunkel und glatt. Ihr Gesicht, von einer Flut kleiner schwarzer Locken gerahmt, war ihm so vertraut, dass er einen Augenblick lang kaum wusste, ob sie Wirklichkeit war oder nur ein Traum. Im Hintergrund hörte er die Hunde bellen.
»Linua«, flüsterte er.
»Willst du nicht reinkommen, Wihaji?« Sie lachte ihn an. »Schließlich ist es dein Haus.«
»Bald wird es auch dir gehören.« Er fiel über sie her, noch bevor er die Tür richtig hinter sich geschlossen hatte. Ihr Mund fühlte

sich fest und weich zugleich an. Und ihre Haut war so kühl, dass er seine Wange überallhin pressen wollte.

»Du hast es aber eilig.« Sie zog ihn mit sich ins Innere des Hauses. »Wir haben noch so viel Zeit.«

»Haben wir nicht. Heute Abend muss ich noch einmal weg.«

Sie seufzte. »Lässt der Großkönig dich denn nie in Ruhe? Warte nur, wenn du erst mir gehörst. Dann gehorchst du meinen Befehlen und nicht seinen.«

Sie zog ihn auf den Teppich herunter.

»Ähem.« Karim stand im Türrahmen und räusperte sich vernehmlich.

»Du bist noch da?« Wihaji wusste natürlich, dass es seine eigene Schuld war, denn er hätte seinem Knappen freigeben müssen nach der langen Reise. »Geh ruhig. Ich brauche nichts mehr.«

Karim warf Linua einen Blick zu. »Ja, Herr.« Er verschwand wieder.

»Du solltest ihn entlassen«, sagte Linua wütend. »Jeder andere hätte sich einfach still zurückgezogen.«

»Karim entlassen?«, fragte Wihaji erschrocken.

»Darüber können wir später reden.« Sie machten dort weiter, wo sie vor Karims Unterbrechung gewesen waren.

Später ging Wihaji durch die stillen Straßen zurück zum Palast. Die Laternen waren so hell, dass er unmöglich den Mondgürtel und die Sterne sehen konnte, und es kam ihm vor, als hätten die Menschen, die wie er noch unterwegs waren, die Aufgabe der Sterne übernommen. Sie erleuchteten die Nacht – schweigend, redend, lachend, trunken, diskutierend. Sie drehten sich um den Mittelpunkt, um die Sonne. Wajun war die Sonne des Reiches. Und Tizarun war die Sonne von Wajun.

Er fühlte nach den Pergamentrollen in seiner Weste; alle drei ruhten an seiner Brust wie Liebesbriefe. Ich bringe ihm etwas, das die Sonne noch größer und strahlender machen wird, dachte er. Das erbliche Großkönigtum ist mehr wert als ein Stern, in Gold aufgewogen. Wihaji blickte auf die Flasche Honigwein in seiner Hand und lächelte voller Vorfreude. *Wir werden sie leeren, darauf wette ich. Es wird sein wie in alten Zeiten.*

Die Wachen grüßten. *Ich bin wie einer der Monde*, dachte Wihaji mit müdem Lächeln, *mein Leuchten kommt nicht aus mir selbst, es ist der Schein der Sonne.*

Er war so müde, dass er mehr taumelte als majestätisch schritt. Wäre es nach ihm gegangen, hätte Tizarun ruhig noch einen Tag mit diesem Geheimtreffen warten können. Aber er war ungeduldig. Mindestens so ungeduldig, wie Wihaji seine Hochzeit mit Linua herbeisehnte, wartete der Großkönig auf Jarunwas Antwort.

Vor der Tür zu Tizaruns privatem Empfangszimmer begrüßte Quinoc ihn. Graue Strähnen mischten sich in seine schwarzen Locken, und die dunklen Augen unter den buschigen Brauen blickten freundlich, konnten aber ihre Müdigkeit nicht verbergen. Quinoc war ähnlich wie Kann-bai gestrickt – er ertrank in der Langeweile höfischer Pflichten. »Na, alter Knabe, wie war die Reise?«

Wihaji grinste zurück. »Heiß, staubig und – etwas wild.«

»Gib mir deinen Mantel. Was hast du da mit?«

»Eine Flasche Met aus dem Weinkeller von Anta'jarim. Sie mögen ja rückständig sein, aber von Genuss verstehen sie etwas.« Wihaji legte die beiden Gesetzesrollen und den Ehevertrag in die Hände seines Freundes. »Und hier ist das, wofür sich der ganze Aufwand gelohnt hat.«

Quinoc öffnete die Tür, ließ ihn eintreten und platzierte die kostbaren Schriftstücke sorgfältig auf dem Tisch. Er selbst ging wieder nach draußen ins Vorzimmer, wo er unsichtbar und unhörbar wie ein Leibwächter neben der Tür stehen würde.

Diesmal war es ein Treffen zu dritt. Tenira, hochschwanger, in einem langen, dunklen Samtkleid, das ihren runden Bauch noch betonte, lehnte schwer atmend in einem bequemen Sessel. Tizarun saß auf einem niedrigen Hocker an dem runden Tisch aus dunklem Glas, auf dem neben den Dokumentrollen zwei leere Weinkelche standen.

Wihaji stellte die Flasche auf den Tisch. »Aus Anta'jarim, ein Geschenk des Königs. Er schmeckt harmlos, aber da ist mehr drin, als man glaubt. Kann-bai hat gesungen und geweint, als er dieses Zeug getrunken hat.«

Wohlwollend betrachtete Tizarun das Etikett mit der schön geschwungenen Schrift. Er entkorkte die Flasche, schnupperte, nickte anerkennend und schenkte sich ein. »Tut mir leid, Liebes, dass du nicht darfst. Willst du einen Schluck probieren?«

»Mir ist schon schlecht genug«, knurrte Tenira wenig liebreizend.

Wihaji nahm gegenüber dem Großkönig Platz. Die Rollen auf dem Tisch schienen ihre Botschaft hinauszuschreien. Ihm war, als müssten es alle hören. Die Welt wandelte sich! Le-Wajun würde nie wieder sein, was es gewesen war. Und doch begann die neue Zeit beruhigend alltäglich.

Tizarun schwenkte das Glas, genießerisch und ohne Eile.

»Ich wäre dankbar, wenn wir bald zur Sache kommen würden«, ließ sich die übel gelaunte Großkönigin vernehmen.

»Nichts lieber als das«, sagte Wihaji, der mit wachsender Ungeduld zusah, wie Tizarun nun auch sein Glas füllte. Bis er es ausgetrunken hatte, ohne den Met unhöflich hinunterzugießen, würde mindestens eine Stunde vergehen. Er würde danach nicht mehr die Gänge hinuntertaumeln, sondern torkeln. Und Linua zu Hause schlief dann bestimmt schon. Aber für Linua würde er auch morgen und übermorgen noch genug Zeit haben.

Der Großkönig beugte sich gespannt vor. »Freundlich und unsicher«, nahm er das Gespräch über Jarunwa wieder auf. »Und hat doch das neue Erbrecht unterzeichnet. Du musstest ihn nicht überreden?«

»Nein«, sagte Wihaji und strich den gerollten Bogen glatt. Er war leer.

»Moment, das war die falsche Rolle...«

»Und das andere Gesetz?«

Wihajis war stolz darauf, das undurchschaubarste Gesicht von allen zu haben, aber diesmal erlaubte er sich ein breites Grinsen, von einem Ohr zum anderen. Er nickte bloß.

»Er hat unterschrieben?«, fragte Tizarun voller Staunen, als hätte er es nie für möglich gehalten. »König Jarunwa von Anta'jarim hat *unterschrieben?*«

»Er hat.«

Tizaruns Gesicht glühte. Er hob sein Glas, und die Freunde stießen an. Wihaji nahm einen großen Schluck und schmeckte das Aroma Anta'jarims. Lieblich und süß und zugleich scharf und brennend. *Aus einem Jahr, in dem der Honig fast aus den Bäumen floss,* hatte Jarunwa stolz lächelnd gesagt. *Der Wald duftete so, dass die Bären wie toll waren und sich niemand unbewaffnet weit hinauswagen durfte.*

Die Gefahr und das Süße. Auch das war Anta'jarim.

»Erzähl mir, wie es war. Ich will alles wissen, jedes Wort, alles, was er gesagt hat, was er gefragt hat.«

Während Wihaji, so gut er eben konnte, das heimliche Gespräch im Thronsaal wiedergab, holte er das Fläschchen mit der besonderen Flüssigkeit hervor und träufelte die Tropfen auf das weiße Blatt.

»Ich kann es immer noch nicht fassen«, murmelte Tizarun und fuhr mit dem Finger über den Rand seines Weinglases. Es sang mit einem hohen, schwingenden Ton. »Wenn Jarunwa so aufgeschlossen ist, können wir gemeinsam noch mehr verändern, noch viel mehr. Unsere Magier werden ihr Wissen mit kancharischen Magiern austauschen, und die Kancharer werden nicht länger auf uns herabsehen. Wir werden Heilmagier unter uns haben, die alle Krankheiten heilen können. Wir werden unsere eigenen Eisenpferde bauen, die nicht müde werden, vielleicht sogar Eisenvögel, mit denen wir durch die Luft fliegen können, und niemand wird uns dafür verfluchen. Ich sehe eine grandiose Zukunft! Warum werden die Buchstaben denn nicht endlich sichtbar, Wihaji?«

Wihaji schüttelte ratlos den Kopf. Er drehte das Pergament um und besprengte auch die Rückseite mit der Flüssigkeit. Sie warteten, aber nichts geschah.

Nervös stürzte Wihaji den Honigwein hinunter, ohne ihn zu schmecken. Er merkte, wie ihm der Schweiß auf die Stirn trat. »Ich weiß auch nicht. Es dauert sonst doch nur ein paar Augenblicke...«

Mehr und mehr Tropfen fielen auf das Pergament, bis es schließlich völlig durchnässt war. Die kleine Flasche war schon fast leer.

»Ich verstehe das nicht.« Wihaji bemühte sich um eine feste Stimme. Er sah Tizarun bewusst offen in die Augen, die sehr ernst auf ihm ruhten. »Ich schwöre dir, Tizarun, bei unserer Freundschaft, Jarunwa hat unterschrieben. Ich habe es doch selbst gesehen!«

»Zeig uns die anderen Rollen.«

Wihaji zerbrach das Siegel und entrollte ein zweites, ebenfalls leeres Pergament. Hastig, mit zitternden Fingern träufelte er das geheime Wasser darauf. Nichts geschah.

»Gib mir die erste Rolle.« Schweißtropfen mischten sich unter den letzten Rest der Flüssigkeit. Er atmete hörbar auf, als Worte sichtbar wurden.

»Hier ist es. Ja, das ist der Ehevertrag zwischen den Häusern Lhe'tah und Anta'jarim.« Er lachte vor Erleichterung auf. »Seht, da ist Jarunwas Unterschrift, wie ich gesagt habe.«

»Das nützt uns nichts«, sagte Tizarun. Seine Stimme zitterte vor Wut. »Gar nichts. Warum sollte mein Sohn Jarunwas Mädchen heiraten, wenn wir die großkönigliche Erbfolge nicht festgeschrieben haben? Was bringt das?«

»Und wo ist das Gesetz für die unehelichen Kinder?«, fragte Tenira aus ihrem Sessel, Tränen in den Augen.

»Ich weiß es nicht!«, rief Wihaji aus. »Er hat unterschrieben, er hat! Ich hatte drei unterschriebene Rollen!«

»Dann«, Tenira lachte und weinte zugleich, »sind wir um diese Unterschriften betrogen worden. Man hat dich übers Ohr gehauen, untadeliger Wihaji, und du hast nichts gemerkt.«

»Aber wer? Wer?« Er sprang auf, dann wurde ihm bewusst, dass der Großkönig noch saß, und er setzte sich schnell wieder. »Niemand wusste von der Unterredung mit Jarunwa. Niemand!«

»Bist du dir da ganz sicher?«

»Das bin ich. So sicher, wie man sich eben sein kann. Wir waren allein. Sobald er unterschrieben hat, habe ich den Text wieder unsichtbar gemacht. Wie kann irgendjemand davon erfahren haben? Ich war so vorsichtig. Du weißt doch, Tizarun, wie vorsichtig ich immer bin.«

Tizarun schwieg; dieses Schweigen war bedrohlich. Nun war er plötzlich kein Freund mehr, er war der Herr von ganz Le-Wajun, der Großkönig, die Sonne des Reichs, strahlend und gesegnet, gnadenlos wie die Sommerhitze im Süden von Lhe'tah.

»Ich habe nicht einmal Sidon und Kann-bai davon erzählt, ganz wie du es befohlen hattest. Oh ihr Götter, Tizarun, sieh mich nicht so an! Soll ich noch einmal nach Anta'jarim reisen? Soll ich? Ein Wort von dir, und ich hole eine neue Unterschrift. Diese paar Wochen Verzögerung, darauf kommt es nicht an, oder? Wir könnten einen Eisenvogel aus Daja anfordern, der mich nach Anta'jarim bringt.« Ihn schauderte bei dem Gedanken an die kalten roten Augen der eisernen Kreaturen, doch der Blick, mit dem Tizarun ihn bedachte, war schlimmer als alles. Ihre Freundschaft, ihre Vertrautheit – er konnte förmlich mitansehen, wie beides zerbrach. Wie aus freudiger Erwartung Enttäuschung wurde und aus Freundlichkeit Zorn. In diesem Moment war Wihaji bereit, alles zu tun. Er würde fliegen, auf eins der furchtbaren Ungeheuer steigen, auch wenn er sie hasste wie die Pest. Oder auf ein Eisenpferd, ganz gleich, was es war. Er würde Linua vertrösten und die Hochzeit verschieben und sofort wieder abreisen.

Er konnte dieses entsetzliche Missgeschick wiedergutmachen, wenn Tizarun ihn nur ließ. Er konnte es. Er war sich so sicher, dass er es konnte.

»Was würde denjenigen, wer immer es war, daran hindern, die Botschaft erneut auszutauschen?«, meinte Tizarun schließlich langsam. »Solange wir nicht wissen, wer uns das eingebrockt hat, müssen wir sehr vorsichtig sein. Nein, Wihaji, du wirst nirgends hinreiten oder hinfliegen. Wir müssen alle Leute durchgehen, die ein Interesse daran haben könnten, diesen Vertrag zu verhindern.« Er wischte sich mit der Hand über die Stirn. Der Schrecken musste ihm tief in die Knochen gefahren sein; so bleich hatte Wihaji ihn noch nie gesehen.

»Vielleicht war es Königin Rebea.« Hastig redete er weiter. »Ich habe deutlich gemerkt, dass sie etwas gegen das neue Erbrecht hatte. Oder Prinz Nerun? Wer weiß, wie viele uneheliche Kinder er haben mag. Jarunwa ist jedenfalls auf unserer Seite, und er wird noch einmal unterschreiben, ganz sicher.«

Warum konnte Tizarun ihm nicht einfach vertrauen? Wihaji wartete sehnsüchtig darauf, dass Tizarun nickte und lächelte und sein Schweigen beendete, dass er sagte: *Ja, mein Freund, natürlich. Hier geht es nicht um Leben und Tod, und so eilig ist es nicht.*

Warum schickte er ihn nicht los, um die neuen Rollen zu besorgen? Vielleicht könnte Tizarun sogar mitkommen, und sie würden zu zweit durch den Wald reiten. Nein, das waren Wunschträume. Tizarun lächelte nicht, er hatte die Stirn gerunzelt, den Mund fest verschlossen, seine Finger krallten sich in die Lehnen des Sessels.

Wihajis Angst wuchs. Reichte ihre Freundschaft denn nicht weiter als bis zu seinem ersten Fehler? Warum sagte er denn nicht endlich etwas und erlöste ihn, verdammt noch mal!

Tenira beugte sich besorgt vor. »Was ist mit dir, Zaruni? Was ist los?«

Aber Tizarun antwortete nicht. Er saß da, schwer atmend, und hielt die Hand an seinen Bauch. Schließlich hob er den Blick, und Wihaji erschrak vor dem fiebrigen Glanz in seinen Augen.

»Oh ihr Götter«, flüsterte Tizarun mit gepresster Stimme.

»Was hast du?«, rief Tenira.

Tizarun krümmte sich auf seinem Sessel zusammen. »Oh ihr Götter«, keuchte er. »Oh ihr Gnädigen!«

»Soll ich Hilfe holen?« Wihaji sprang auf. »Bist du krank?«

»Krank?« Tizarun lachte gequält, ein Laut, der Wihaji durch Mark und Bein ging. »Du tötest mich und fragst, ob ich krank bin? Warum, Wihaji, warum nur? Ich habe dir vertraut!« Die Krämpfe schüttelten ihn so, dass er vom Hocker auf den harten Holzfußboden stürzte.

»Zaruni!« Tenira war sofort an seiner Seite und fasste ihn bei den Schultern. »Du stirbst nicht! Hilfe!«, schrie sie. »Hilfe!«

Ihr Bruder Quinoc öffnete die Tür, erschrocken riss er die Augen auf.

»Einen Arzt!«, kreischte Tenira.

Wihaji stand da wie gelähmt, während der Großkönig sich auf dem Boden wand. Was passierte hier? Sein Verstand weigerte sich, es zu begreifen. Seine Augen sahen, und doch war er blind. Er konnte seinen eigenen Körper nicht mehr fühlen, und selbst das Entsetzen trat einen Schritt zurück, als gehörte es nicht zu ihm, als würde jemand anders hier stehen und alles beobachten.

Denn es konnte nicht sein.

»Nein!«, schrie Tenira wie ein tödlich getroffenes Tier. »Nein, Zaruni, verlass mich nicht!«

Als der Anfall nachließ, drehte Tizarun den Kopf, aber er blickte nicht seine Frau an, sondern Wihaji. »Du selbst hast die Botschaft zurückbehalten. Hast du Jarunwa überhaupt je gefragt? Du warst mein Freund, Wihaji! Mein bester Freund!«

»Ich bin dein Freund!« Wihaji war so erleichtert, dass es Tizarun wieder besser ging, dass er im ersten Moment die Tragweite der Vorwürfe gar nicht begriff. Er wollte zu ihm, er wollte Tizaruns Hand ergreifen, ihm tausendmal die Treue schwören, aber Teniras eisiger Blick hinderte ihn daran. Und da wandelte sich seine Freude erneut in abgrundtiefen Schrecken. Wie konnten diese beiden Menschen, die ihm so lieb waren, nur denken, dass er etwas mit diesem plötzlichen Anfall zu tun hatte? »Glaubt mir, ich weiß nicht, was hier geschieht!«

»Der Wein«, keuchte Tizarun. »Du bringst mir vergifteten Wein und trinkst ihn mit mir!«

Vergiftet? Was? Wieso vergiftet? Wie absurd! Er und Tizarun

vergiften? Seinen Vetter, seinen besten Freund, seinen König? Waren jetzt alle verrückt geworden? Er war doch kein Mörder. Der Gedanke war so abwegig, dass er beinahe wild aufgelacht hätte. Stattdessen sagte er das Erste, das ihm in den Sinn kam.

»Aber dann müsste ich doch selbst...«

Wihaji brachte den Satz nicht zu Ende, denn Tizarun wurde von neuen Krämpfen gepackt, und im selben Augenblick polterte Quinoc durch die Tür, dicht gefolgt von Doktor Cimro, dem großköniglichen Leibarzt.

Während Doktor Cimro sich sofort Tizarun zuwandte, blieb Quinoc zögernd stehen. »Bring diesen Verräter weg«, befahl Tenira mit eisiger Stimme. »Schaff ihn mir aus den Augen.«

Quinocs Blick wurde hart. »Komm, Wihaji.«

Er fühlte sich seltsam benommen. Es war alles zu viel – die Verwirrung über die verschwundenen Unterschriften, die Schuldgefühle, weil ihm irgendetwas entgangen war. Und dann der Verrat, den Tizarun an ihm begangen hatte, weil er Wihaji nicht vertraute. Noch war sein Zorn darüber wie eine winzige Flamme, die von einem viel größeren Feuer erstickt wurde. Von der Angst, die ihn auf einmal erfasste, der Angst, seinen besten Freund niemals wiederzusehen. Aber er hatte ihn schon verloren, denn das Letzte, was Wihaji von Tizarun zu hören bekam, war der verzweifelte Ruf: »Warum hast du das getan, Wihaji? Warum?«

16. WIE BLIND

Wihaji folgte den beiden Wächtern wie ein Blinder, der sich durch seine Dunkelheit tastet. Er fühlte sich benommen, ein Schlafwandler, ein Träumer. Doch während er hinter den Männern durch eine plötzlich fremd gewordene Welt herschritt, verwandelte sich seine Angst schlagartig. Er fürchtete sich davor, Tizarun könnte sterben? Stattdessen sollte er langsam anfangen, an sich selbst zu denken. Für den Mord an dem Großkönig würde man ihn hinrichten; selbst wenn Tizarun überlebte, war er verloren. Seine Freunde vertrauten ihm nicht mehr. Auch wenn er schwor, dass er niemanden vergiftet hatte, würden sie ihm nicht glauben. Irgendwie musste er seine Unschuld beweisen, aber würde ihm das gelingen? Wie viel Zeit hatte er überhaupt?

Auch er hatte von dem Wein getrunken. Noch spürte er nichts. Diese seltsame Taubheit, die Beklommenheit, der dumpfe Druck in seiner Brust – was, wenn das bereits die Vorboten waren? Als die Wächter ihn zwischen sich nahmen und den schmalen Weg zu den Kerkern einschlugen, sprang eine neue Angst ihn an. *Linua*, dachte er. *Karim. Oh ihr Götter, Linua und Karim.*

Die königlichen Wachposten hatten nicht mit Widerstand gerechnet. Er war ein Fürst, Tizaruns Vetter, der zweitwichtigste Mann in Wajun und kein Dieb, den man auf der Straße aufgegriffen hatte. Doch Wihaji war mehr als ein vornehmer Adliger. Er hatte in der Schlacht von Guna gekämpft, er war Soldat.

Entschlossen rammte er dem kleineren Mann, der hinter ihm ging, den Ellbogen ins Gesicht, griff nach vorne und zog demjenigen, der vor ihm ging, das Schwert aus dem Gürtel.

»Herr! Herr, tut das nicht!«

Wihaji verließ sich auf seine Faust. Er wollte den Wächter nicht töten, aber er durfte keine Zeit verlieren, deshalb schlug er ihn mit aller Kraft nieder. Der andere lag bereits am Boden und hielt sich wimmernd die Nase. Blut sprudelte auf den kalten Steinboden.

»Ihr macht einen Fehler«, stöhnte er. »Dafür werden wir alle sterben.«

Linua und Karim. Wihaji hatte keine Zeit zu verlieren. Er stolperte durch die Gänge, bis er die große Eingangshalle erreichte. Dort ordnete er rasch sein Haar, straffte seine Kleidung, und als er sich dem Tor näherte, zwang er sich dazu, langsam und gelassen zu gehen. Er nickte den Posten kühl zu, und sie grüßten ihn ehrerbietig. Noch hatte sich die Nachricht von der plötzlichen Krankheit des Großkönigs nicht verbreitet.

Sobald er auf der Straße war, rannte er. Rannte wie von Kalinis Meute gehetzt. Nie war ihm der Weg so lang vorgekommen.

»Linua!« Das Haus war dunkel. Still und dunkel, nicht einmal die Hunde waren da.

»Linua!«, schrie er. »Karim!«

Er riss die Türen auf. Sein Herz klopfte wild. Wie viel Zeit hatte er noch? Wie viel Zeit hatten sie noch?

»Linua!« Als könnte sein Ruf sie retten, sie herzwingen. »Linua! Karim!«

Ein Schatten, eine dunkle Gestalt, das Klirren von Glas. In der Vorratskammer bewegte sich jemand. Die Lichter der Stadt, deren Schein durch das kleine Fenster hereinfiel, zeichneten einen scharfen Umriss.

Angst und Erleichterung überwältigten ihn.

»Linua«, keuchte Wihaji. »Du musst sofort fliehen. Nimm nichts mit, dafür haben wir keine Zeit.«

Sie hielt eine der Flaschen, die er von der Reise mitgebracht hatte, in den Händen; das magische Licht der Straßenlaternen flackerte über ihr dunkles Gesicht, ließ ihre Augen weiß leuchten. Dann ließ sie die Flasche fallen, er hörte, wie sie auf dem Steinboden zerschellte.

»Tizarun wurde vergiftet!«, schrie er. »Du musst hier weg. Sie werden euch holen, sie werden jeden holen, der zu mir gehört!«

Die Gestalt im Schatten bewegte sich nicht. Ihr Duft füllte den Raum. Linua hatte immer so gut gerochen, nach wilden Blumen und fremdartigen Gewürzen.

»Geh!«, schrie Wihaji. »Nun geh endlich! Ich werde sowieso sterben, ich habe auch den verfluchten Wein getrunken, aber du musst dich retten!«

»Du wirst nicht sterben«, sagte Linua leise. »Du nicht.«

Er begriff nicht, warum sie so ruhig war. »Wie meinst du das?«

Und da, verspätet, kam die Erkenntnis. Linua. Die Weinflasche. Wer hatte sie in den Händen gehabt? Nur er und sein Knappe, hätte er jedem Richter geschworen. Nur er und Karim. Doch Linua wohnte in diesem Haus. Alles, was ihm gehörte, gehörte auch ihr.

Der Schmerz war unfassbar, wie ein Blitz, der vom Himmel zuckte und seine Seele in Flammen aufgehen ließ.

Er stürzte sich auf den Schatten. Sie krachten gegen das Weinregal, und es regnete Flaschen. Scherben splitterten, der saure Geruch des Weins überdeckte den Gestank der Angst. Seiner Angst. Linua roch immer noch nach Blumen und Gewürzen.

Der Zorn war wie ein Schwert, scharf und tödlich, er war wie eine Feuersbrunst. Er war größer als alles, größer als Wihaji selbst. Der Körper unter ihm wehrte sich, versuchte ihn abzuschütteln, und sein Verlangen nach ihr erwachte trotz allem. Er hielt sich an ihr fest.

»Linua«, stöhnte er. »Du warst es nicht. Sag mir, dass du es nicht warst, bitte, schwöre mir, dass du nichts damit zu tun hattest, und ich werde dir glauben.«

Ihre weichen Lippen streiften seinen Hals. »Ich bin zu spät gekommen. Ich wollte ihn aufhalten, aber ich war zu spät. Ich habe versagt. Es tut mir so leid.«

Er verstand nicht, wovon sie sprach, er verstand gar nichts mehr. »Linua«, keuchte er, denn ihr Name war alles, woran er sich noch klammern konnte. »Linua.«

Ihre Hände strichen durch seine kurzen Haare, er spürte ihre Fingernägel an seiner Kopfhaut, und vielleicht war er nicht der

Einzige, der in dieser Stunde Halt brauchte. Sie zog sein Gesicht zu sich herunter und küsste ihn. Küsste ihn zum Abschied – langsam, zärtlich, und er schmeckte das Blut auf seiner Zunge und die tausend Fragen, und er wusste, dass es das Ende war.

Hier endete es. Alles.

Es war fast unmöglich, sich von ihr zu lösen. Ihre Locken klebten an seinen Händen, getränkt von vergossenem Wein und Blut. Er wusste nicht, wessen Blut es war. Hatte er wirklich gegen sie gekämpft?

»Lauf«, flüsterte er. »Verlass die Stadt. Bitte.«

»Es ist zu spät«, wisperte sie. »Sie sind bereits da.«

Er hielt sie im Arm und brachte es nicht fertig aufzustehen. Und deshalb lagen sie beide noch da, als er hörte, wie jemand die Haustür aufbrach. Die Wachen trugen Laternen, leuchteten das Haus aus, traten mit ihren groben Stiefeln die Türen ein. Es war absurd, aber Wihaji war dankbar, dass die Hunde nicht da waren; die Männer hätten die Hündin und ihre verspielten Welpen ohne viel Federlesens niedergestochen. Dann standen sie auf der Schwelle, und das magische Licht flutete die Vorratskammer. Der Boden war ein dunkler See aus rotem Wein, in dem die Scherben funkelten wie Sterne.

Linuas Hand in seiner war klein, so klein wie eine Kinderhand.

Sie ansehen. Ein letztes Mal. Ihr Bild in sich aufnehmen, ihren Duft einatmen, ihren Blick auf sich fühlen.

»Du wirst nicht sterben«, sagte sie. »Du darfst nicht, hörst du? Du musst überleben, Wihaji. Versprich mir, dass du überlebst.«

Sie war nie so schön gewesen wie in diesem Moment. In ihren schwarzen Locken hingen Splitter, ihre Haut war so dunkel wie eine Nachtrose, ihre Augen glänzend, aber tränenlos.

»Du musst überleben«, formten ihre Lippen, als die Wachen sie an beiden Armen packten.

Ein qualvoller Laut kam aus seiner Kehle. »Lasst sie in Frieden! Lasst sie los, und ich komme mit.«

»Ihr seid verhaftet, Fürst«, sagte der Hauptmann, der vor ihn

hintrat, mit gepresster Stimme. »Das Haus ist umstellt. Bitte, leistet keinen Widerstand.«
»Lasst sie gehen!«
»Das können wir nicht. Der Befehl war eindeutig.«
Wihaji fühlte sich blind, und doch sah er, wie die Männer Linua abführten. Er fühlte sich taub, und doch hörte er, wie der Hauptmann befahl, jedes Mitglied seines Haushalts zu verhaften. Jeden Diener und jeden Freund und jeden Menschen, mit dem er jemals gesprochen hatte.
»Den Knappen. Sucht den Knappen!«
Es ergab keinen Sinn, nichts davon.
Seine Beine trugen ihn nicht. Die Wächter rissen ihn unsanft hoch. Seine Kleidung war mit Wein getränkt, die Tropfen hinterließen eine rote Spur auf dem Pflaster.

Er hatte nicht gewusst, dass sich im Palast der Sonne Kerkerzellen wie diese befanden. Katall, die Festung, in der Schwerverbrecher eingekerkert wurden, lag weit außerhalb auf dem Land, und soviel Wihaji wusste, wurden auch Häftlinge, die unter Verdacht standen, dort untergebracht. Aber dieser Raum, dessen Tür Quinoc vor ihm öffnete, war unzweifelhaft für Verbrecher gedacht, deren Schuld bereits feststand. Würde man einem Unschuldigen das zumuten – eine winzige Kammer mit nichts als einer flachen Strohmatte am Boden und einem Eimer in einer Ecke?
»Hat Tizarun überlebt?«, fragte er. »Wird er wieder gesund?«
»Geh schon«, sagte Quinoc. »Ich möchte nicht Gewalt anwenden müssen.«
Wihaji schluckte. »Du kennst mich seit so vielen Jahren. Was wir alles miteinander erlebt und durchgemacht haben ... Glaubst du wirklich, ich könnte Tizarun etwas antun?«
»Niemand kennt irgendjemanden wirklich«, sagte Quinoc mit rauer Stimme.
»Ich war es nicht. Ich bitte dich nur, mir das zu glauben.« Es musste ein Traum sein, ein entsetzlicher Traum, dass er Linua im

Vorratskeller entdeckt hatte. Linua, die zu ihm sagte: *Du wirst nicht sterben, du nicht.*

Nein. Nein, nein, nein.

»Was ich glaube spielt keine Rolle.« Quinoc schloss die Tür hinter sich, und Wihaji stand im Finstern.

Allein mit seiner Verzweiflung und seiner Hoffnung. Vielleicht konnte doch noch alles gut werden. Tizarun würde genesen, gemeinsam würden sie herausfinden, wer dahintersteckte, und Linua war unschuldig.

Er ließ sich auf der harten Matte nieder und konnte nicht verhindern, dass das Schluchzen mit Macht aus ihm herausbrach. »Oh ihr Götter«, heulte er, »bitte, lasst ihn nicht sterben! Ich tue alles, was ihr wollt, nehmt meine Seele, mein Glück, nehmt alles, nur lasst ihn nicht sterben! Oh ihr Götter, bitte!«

»Ich kann hier nichts ausrichten«, sagte Doktor Cimro mit einem besorgten Stirnrunzeln. »Euer Hofzauberer versteht sich nur auf Spielereien. Wir brauchen einen Heilmagier aus Kanchar.«

»Dann lasst einen heilkundigen Magier aus Kanchar kommen!«, drängte Tenira. »Schnell!«

Groß und dick, wie er war, schwitzte Cimro immer, doch in dieser unheilvollen Nacht lief der Schweiß in Bächen von seiner Stirn. Bedauernd schüttelte er den Kopf. »Das wird dauern, selbst wenn sie uns jemanden mit einem Eisenvogel schicken. Ich fürchte, so viel Zeit haben wir nicht mehr. Ich weiß nicht, was für ein Gift es war, aber es wirkt schnell. Unheimlich schnell. Ich kann Eurem Gemahl ein Kraut gegen die Schmerzen geben, aber dann wird er wahrscheinlich überhaupt nicht mehr das Bewusstsein wiedererlangen. Es tut mir sehr leid, Hoheit.«

Tenira wischte Tizaruns Stirn mit einem feuchten Tuch ab. Ihre rotgeränderten Augen blickten gehetzt.

Doktor Cimro las darin mehr als Kummer. »Ihr habt Schmerzen«, stellte er fest. »Habt Ihr ebenfalls von diesem Wein getrunken?«

»Nein. Nur er und Wihaji.« Tenira hielt Tizaruns Hand und lehnte ihr bleiches Gesicht an seine Schulter. Sie stöhnte leise.

»Dann – bei den Göttern, dann sind es die Wehen! Habt Ihr Wehen, meine Großkönigin?«

»Ich weiß nicht«, flüsterte sie. »Mir ist, als würde mein Herz brechen und mein Leib zerreißen. Die Sonne geht unter, und das Meer brennt.«

»Auch das noch! Es ist noch zu früh, viel zu früh. Aber wir müssen sofort handeln, um wenigstens Euch zu retten. Ja, ich werde Kanchar um Hilfe bitten. Wenn die Magier Wunder vollbringen können, dann ist jetzt die richtige Zeit dafür.« Er versuchte, sie am Arm hochzuziehen. Dann sah er das Blut, das ihr Kleid noch schwärzer färbte. »Legt Euch hier auf die Trage.«

Tenira starrte auf die schwebende Sänfte, die sich durch leichte Berührungen lenken ließ. »Spielerei«, flüsterte sie. »Um die Götter nicht zu verärgern ... nur Spielerei.«

»Ihr müsst Euch sofort hinlegen.«

»Ich kann nicht weg«, wisperte Tenira. »Ich muss doch bei ihm bleiben.«

»Helft der Königin auf die Trage«, fuhr Doktor Cimro zwei Diener an, die fassungslos dabeistanden. »Und legt den König daneben.«

»Ich gehe mit ihm, nicht wahr?« Sie sprach so leise, dass er sie kaum noch verstehen konnte. »Zu den Göttern. Wir werden beide gehen. Ich kann ihn doch nicht allein durch das flammende Tor gehen lassen.«

»Nein«, widersprach der Arzt streng, »Ihr bleibt hier bei uns, Königin Tenira!«

»Wir gehen alle.« Sie lächelte ihn an durch den Schleier des Schmerzes. »Wir gehen gemeinsam.«

»Nein! Nein!« Er schrie die Diener an. »Nun beeilt euch doch! Na los! Bringt sie in mein Behandlungszimmer. Und holt diesen nichtsnutzigen Magier!«

Sie rannten den Gang hinunter. Die verzauberte Trage trugen sie eigenhändig; sie schweben zu lassen, hätte zu viel Zeit gekostet.

Mit den holprigen Bewegungen eines hüftkranken Mannes eilte Cimro ihnen nach. An der Schwelle seines Behandlungszimmers hielt er einen kurzen Augenblick lang inne. Teniras Worte hallten in ihm nach. *Wir gehen alle gemeinsam.*
»Ihr Götter«, flüsterte er, »was für eine Entscheidung.«
Vor ihm lagen die beiden, die vor einer Stunde noch die glücklichsten Menschen von Wajun gewesen waren, gemeinsam sterbend auf der Trage. Tenira küsste Tizarun, bevor die Männer sie auf das Krankenbett legten.
Sie will es, dachte er. *Sie will sterben, und ich kann es verstehen. Oh ihr Götter, was soll ich tun? Habt ihr bereits entschieden? Wenn ihr sie zu euch nehmen wollt, tut es, aber meine Aufgabe ist es, um sie zu kämpfen.*
Seine Hände zitterten, doch das durften sie nicht. Cimro rief noch ein letztes Mal die Götter an. »Steht mir bei oder steht mir nicht bei«, murmelte er, »ganz, wie ihr wollt.«

Tenira erwachte aus einem traumlosen Nichts. Für einen kurzen, seligen Moment wusste sie nicht, wo sie war. Dann kam alles zurück, und sie schnappte hilflos nach Luft, als wäre sie in einem tiefen schwarzen See schwimmen gewesen und ausgerechnet unter einem Wasserfall aufgetaucht.
»Zaruni!«
Doktor Cimro, blass und zerzaust, tauchte neben ihr auf.
»Wo ist Tizarun? Lebt er? Wo ist er?«
Der füllige Arzt schüttelte den Kopf und schwieg.
Tenira biss die Zähne zusammen, um den aufsteigenden Schrei zu unterdrücken, doch als sie sich lautlos schluchzend krümmte, durchfuhr sie ein anderer Schmerz.
»Vorsichtig«, mahnte Cimro. In seinen Augen stand so viel Mitleid, dass sie ihn nicht ansehen wollte. »Ihr müsst Euch schonen.«
Sie tastete nach ihrem Bauch. Er hätte rund und schwer sein sollen, aber das war er nicht, sondern leer und weich. »Dafür werde ich Euch töten«, flüsterte sie.

»Euer Junge, Hoheit. Er lebt.«

Die Worte bedeuteten nichts. »Wann ist Tizarun gestorben?«

»Er hat nicht mehr lange gelitten«, sagte er mit leiser, vor Furcht zitternder Stimme.

»Ich möchte ihn sehen. Bringt ihn her.«

»Wir können Euer Kind nicht aus der Lichtglocke herausnehmen, Hoheit, es würde ...«

»Den Großkönig«, sagte sie. »Ich will meinen Mann sehen.«

Er schluckte. »Ja, meine Großkönigin.«

Ein Diener schob die schwebende Trage ins Zimmer. Der Leichnam war mit einem Laken zudeckt.

»Entferne das Tuch, und dann lasst uns allein«, befahl Tenira. »Alle.«

Cimro widersprach nicht. Er winkte den Pflegern und verließ mit ihnen den Raum.

Lange Zeit starrte Tenira dem Toten ins Gesicht. Sie streichelte sein Haar und seine kalte Haut. Sie kämpfte gegen ihre Müdigkeit, gegen die Schmerzen. Sie betrachtete Tizarun, als hätte sie ihn nie gesehen, und prägte sich jedes Detail seiner Züge ein, jede kleine Falte, jeden Leberfleck. Sie weinte, bis sie nicht mehr konnte. Dann trocknete sie sich das Gesicht an ihrer Decke ab und tastete nach der Glocke neben ihrem Bett.

Doktor Cimro erschien sofort.

»Holt mir Quinoc her«, befahl sie. »Und dann geht schlafen. Niemand hat die Erlaubnis, den Palast zu verlassen.«

Der Arzt neigte gehorsam den Kopf, aber er sah verwirrt und besorgt aus. »Herrin ...«

»Quinoc soll kommen«, wiederholte sie. Ihre Stimme war fest und befehlsgewohnt.

»Ja, meine Großkönigin.« Cimro verneigte sich, mit schleppenden Schritten verließ er das Zimmer.

Wihaji sprang auf, als sich die Tür öffnete und Licht die Zelle flutete. Er blinzelte, erkannte jedoch nur, dass eine dunkle Gestalt den Rahmen ausfüllte. Seine schmerzenden Augen brauchten eine Weile, bis er den Leibarzt des Sonnenpaares erkannte. Doktor Cimro trat ein und stellte eine Lampe auf den Fußboden. Auf der Schwelle blieben zwei Wächter stehen, die keinen Schritt zur Seite wichen.

Der Arzt blickte ihm nicht in die Augen, als er ein kleines, dünnes Messer aus seiner Tasche zog.

»Was soll das?«, fragte Wihaji erschrocken. »Kommt Ihr, um mich hinzurichten? Still und heimlich, ohne die Möglichkeit, mich zu verteidigen?«

»Gebt Euren Arm her, Fürst Wihaji«, bat Doktor Cimro.

Er klang höflich, doch darauf konnte Wihaji sehr gut verzichten. Er wollte endlich wissen, was passiert war, wie es Tizarun ging, wohin Linua gebracht worden war und ob man Karim verhaftet hatte. »Warum? Sagt mir, hat der Großkönig sich erholt? Konntet Ihr ihn retten? Was ist mit meiner Verlobten?«

»Ich will nur ein wenig Blut von Euch.«

»Blut?« Er wollte Antworten, keine weiteren Rätsel. »Wozu braucht Ihr Blut? Was habt Ihr damit vor?«

»Ich? Nichts.« Die Miene des Arztes war verschlossen. Ein hasserfüllter Blick blitzte daraus hervor.. »Aber gerade eben ist ein Heilmagier im Palast eingetroffen, der allerhand damit anfangen kann. Behauptet er zumindest. Meister Ronik ist der berühmteste Magier von Kanchar, er dient Kaiser Ariv persönlich. Wenn Ihr an diesem Mord beteiligt wart, wird er es herausfinden.«

»Ein Mord? Dann ist Tizarun ... er ist wirklich gestorben?« Das konnte nicht sein. Wihaji hatte die Götter so innig um das Leben seines Freundes angefleht. Wie hatten sie ihren Liebling, ihre Sonne, sterben lassen können? Jeder Großkönig starb irgendwann, aber Tizarun war noch so jung gewesen und hatte noch so viel vorgehabt! Wihaji wollte es nicht glauben.

»Das ist nur eine Prüfung, oder? Er ist nicht wirklich tot, er kann nicht tot sein!«

»Der Arm!«, befahl einer der Wächter.

Folgsam krempelte Wihaji seinen Ärmel hoch und entblößte

pechschwarze glatte Haut. »Bitte sehr. Nehmt Euch so viel Blut, wie Ihr haben wollt. Ich habe nichts zu verbergen.«

Der Arzt ließ ein verächtliches Schnauben hören.

So viel Hass in seinen Augen. Auch das war falsch. Wihaji war Ablehnung und Neid gewöhnt, er war nicht naiv und wusste, dass ihm nicht jeder seine Stellung gönnte, doch bei den meisten Menschen im Palast war er beliebt. Mit Doktor Cimro hatte er sich immer gut verstanden. Woher dann diese Feindseligkeit?

Tizarun war tot. Er war wirklich tot, und alle dachten, dass Wihaji ihn umgebracht hatte.

Er ist unter Qualen gestorben. In dem Glauben, ich hätte ihn verraten. In seinen letzten Atemzügen hat er mich verflucht. Es war ein Schmerz, der kaum auszuhalten war.

»Glaubt Ihr«, fragte er Cimro mit mühsam beherrschter Stimme, »dass ich mich selbst an das Gift gewöhnt habe, damit ich den Wein mit ihm zusammen trinken konnte?«

Du wirst nicht sterben, Wihaji, hatte Linua gesagt. *Du nicht.*

»Genau darum geht es«, knurrte Doktor Cimro und stach ohne Rücksicht in Wihajis Armbeuge. Er ließ das Blut in eine kleine Schale fließen, die sich rasch füllte.

»Was wird denn jetzt geschehen?«

Aber er erhielt keine Antwort. Der Arzt schlug die Tür hinter sich zu, und wieder umhüllte ihn die Nacht.

Wihaji presste den Stoff seines Hemdes auf die Wunde. *Habe ich noch so viel Leben in mir, dass mich die Vorstellung des Todes erschreckt hat?*, dachte er fast verwundert. *Wäre es nicht das Beste, wenn der Gefolgsmann seinem Herrn folgt, wohin auch immer? Woher dann diese Angst, die mich gepackt hat, diese Kälte bis in die Fingerspitzen?*

Er wollte um Tizarun weinen, aber er konnte nicht. Vielleicht hätte er ihn sehen müssen, um zu glauben, was er doch längst wusste. Er hätte seine blicklosen Augen schließen und das kalte, bleiche Gesicht seines Freundes mit einem Tuch bedecken müssen. Es war seine Aufgabe, an Teniras Seite zu sein, während sie trauerte, und ihr Kraft zu geben.

Stark zu sein.

Er war es Tizarun schuldig, sich nun um alles zu kümmern, den Toten nach Hause zu bringen, nach Lhe, zu seiner Familie, auch wenn nur noch seine Schwester übrig war. Er musste die Untersuchungen leiten, um den Mörder zu fassen, und dann die Wahlen einberufen und in der Zwischenzeit für Ruhe und Ordnung sorgen.

Stattdessen war er hier eingesperrt und zur Untätigkeit verurteilt. Seit ihn die Hoffnung verlassen hatte, waren ihm nur noch die Gedanken geblieben. Die Zeit verging. Es gab hier drinnen keine Uhren, um sie zu messen, weder Sandgläser noch magische Zeitmesser, und kein Tageslicht.

Die Nacht verging und verging doch nicht.

Ein Tag, zwei? Oder waren es mehr? Die Nacht dauerte endlos, endlos dauerte die Nacht.

Linua hatte ihn angefleht, nicht zu sterben. So, als könnten sie sich irgendwann wiedersehen. Irgendwann, wenn dies vorbei war, wenn der Sturm sich verzogen hatte und die Nebel sich auflösten... Aber Tizarun war tot. Und es würde nie vorbei sein.

Der Gestank war unerträglich. Wihaji war im Krieg gewesen und hatte auf seinen Reisen oft sehr einfach leben müssen, doch nie hatte er seinen eigenen Geruch so gehasst. Nie hatte er sich selbst als eine stinkende Masse Fleisch gesehen. Niemals war er so sehr Körper gewesen wie jetzt im Dunkeln, wo sein Geist sich langsam von seinem Leib zu trennen schien. Er spürte seinen Atem und seinen Herzschlag und die kleinste Regung eines jeden Muskels. Der Hunger war zu einem Schmerz ohne Namen geworden.

Hin und wieder schoben sie ihm etwas durch eine Klappe, einen Becher Wasser, ein Stück Brot zusammen mit einer Hand voll Licht. Es war nicht genug. Er hielt sich daran fest in seiner Nacht, und es war nicht genug. Niemals. Schwindlig wankte er durch die endlose Finsternis. Sieben Schritte und dann die Wand. Eine Drehung. Sieben Schritte und dann die Wand. Sie war kalt. Der Boden war härter als Stein, hart wie Knochen, von denen der kleinste Rest Fleisch geschabt worden war. Die Strohmatte raschelte, wenn er daran stieß.

Er fühlte seine Gedanken, die im Kreis herumirrten wie Motten. Sie kreisten um die Sonne, sie waren die Tausend Monde, die am Himmel flimmerten. Tausend brennende Sterne.

Hirsches Augen. Tizarun trinkt. All diese Blicke. Tenira. Selbst der Wein im Glas ist ein Auge geworden, ein großes sanftbraunes Auge. Wessen? Ist es das Auge des Hirsches? Er weiß es nicht. Er geht seine sieben Schritte. Hierhin. Wieder zurück. Dorthin. Seine ausgestreckten Hände fühlen die Kälte. *Wie Wasser. Wie das Höllenmeer, das mich von einem Ufer zum anderen treibt, ohne je anzukommen, ein ewig Ertrinkender.* Oder ist dies Kato, die Stadt der Lichtgeborenen, die Stadt der zornigen Toten? Die Stadt der Verlorenen? So fühlt es sich an. *Nur die Sonne brennt. Warm. Sie leuchtet. Warum ist es dann so dunkel?* Weil, sagen die tausend gleichen Gedanken, *weil die Sonne ausgelöscht wurde. Vom Wein. Von dieser Hand voll flüssiger Bronze, von einem Teich voller Honig.*

Linua. Er weint um Linua. Und um Karim, den die Wachen mittlerweile bestimmt festgenommen haben. Was geschieht mit den Angehörigen eines Königsmörders? Was geschieht mit denen, die die Sonne vom Himmel geholt haben?

Zu spät, hat Linua gesagt. *Gescheitert,* hat sie gesagt.

Wen hat sie nicht aufhalten können? Weiß sie etwa, wer dahintersteckte? Es kann nicht Karim sein.

Jeder, aber nicht Karim. Nicht dieser liebe Junge, der immer mehr als ein Knappe für ihn gewesen ist. Dieser freche, bildhübsche, dankbare, zuverlässige Junge. Herzensbrecher. Mädchenschwarm. Sohn, den er nie gehabt hat. Er hat ihn als seinen Erben einsetzen und ihm den Namen Lhe'tah schenken wollen.

Die Möglichkeit, dass er sich in ihm geirrt haben könnte, ist entsetzlich, ist nicht zu glauben.

Karim, mein Junge, mein lieber Junge...

Und die Welt versinkt, und die Welt zerreißt, und Wihaji wünscht sich zu sterben, mehr als alles. Aber er weiß nicht, was mit Linua und Karim geschehen ist. Für diese beiden muss er durchhalten. Er muss einfach.

Als die Tür sich öffnete, galt Wihajis erster Gedanke dem Gestank. Er schämte sich und wunderte sich gleichzeitig, dass ihm das noch etwas bedeutete. Seine Ehre. Tizarun war tot, und er hatte keine Ehre mehr.

Es war Tenira. Das Licht hinter ihr stach in seinen Schädel wie ein Blitz, und sie stand davor wie ein riesiger schwarzer Schatten. Wihaji hielt sich die Hand vor die Augen und stöhnte leise, wagte es jedoch nicht, das Wort an sie zu richten, obwohl er sie sofort erkannt hatte. Er erkannte sie an ihrem Schatten, an ihrem Atem, an ihrem Schweigen. Er erkannte sie daran, dass sie zu ihm gekommen war.

»Warum lebst du?«

Es war die Frage, die er sich selbst unzählige Male gestellt hatte.

Du wirst nicht sterben, Wihaji...

»Ich weiß es nicht«, sagte er in das Licht hinein. »Ich habe ebenfalls von diesem Wein getrunken, ich müsste tot sein.«

»Vielleicht war es nicht der Wein.«

»Aber was war es dann? Ich habe keine Ahnung, was passiert ist. Glaub mir, Tenira. Glaubt mir, Hoheit, bitte! Ich habe ihn nicht getötet.«

»Warum lebst du, und er ist tot?«

Mit ihrer Stimme war etwas nicht in Ordnung. Sie hatte sich verändert, in etwas Fremdes, Seltsames verwandelt. Wihaji hatte Teniras Stimme früher angenehm gefunden, aber auf einmal kam sie ihm vor wie ein feindseliges Tier auf dem Sprung. Irgendetwas würde noch kommen, sie hatte etwas vor. Er fühlte Angst in sich aufsteigen, stärker noch als die unfassbare Trauer, die ihn in ihrem dunklen Kerker festhielt.

»Bitte, Hoheit, lasst mich hier raus. Tenira! Ich werde auf die Suche nach dem Mörder gehen. Ich werde nicht eher ruhen, bis ich herausgefunden habe, wer den Großkönig umgebracht hat, das schwöre ich.«

»Auf deine Schwüre, Wihaji, ist leider kein Verlass«, sagte Tenira.

»Ich habe Tizarun geliebt. Wie einen Bruder. Er war mein bester Freund, mein Vetter, er war mein König.«

Die schreckliche Stunde, in der der Mann gestorben war, den er so sehr geliebt hatte, war ihm nahe wie eine zweite Haut. Nahe wie eine brennende Wunde.

»Habt Ihr Linua befragt? Und Karim? Sie werden Euch dasselbe sagen. Ich habe nichts geplant. Es gibt keine Verschwörung. Ich war immer damit zufrieden, ihm zu dienen.«

»Dein Knappe ist aus der Stadt geflohen. Was sagst du dazu?«

Wenigstens etwas. Karim war in Sicherheit. Ein Stein fiel ihm vom Herzen. Dieser Junge war ihm wichtiger als jeder andere. Tizarun war sein Freund gewesen, und er wäre bereitwillig für ihn gestorben, doch Karim und Linua – sie waren seine Familie. Linua, seine wunderbare Linua, ein schwarzer Schatten. Die Bilder verschwammen vor seinen Augen.

Tenira betrachtete ihn, ihr Blick unergründlich. »Dann frage ich dich, Wihaji, Fürst von Lhe'tah – was war so wichtig, dass du aus dem Palast geflohen und nach Hause gerannt bist? Wen wolltest du warnen? Was wolltest du vertuschen? Sag mir die Wahrheit – ging es vielleicht darum, die vergifteten Weinflaschen zu entsorgen?«

»Das wäre dumm«, sagte er. »Eine vergiftete Flasche wäre töricht genug, aber mehrere? Hältst du mich für so leichtsinnig?«

»Ich weiß nicht. Ein Mann, der sich gegen den Großkönig wendet, kann schließlich nicht bei klarem Verstand sein. Vielleicht ist es dir auch nicht so gut bekommen, dass du dich langsam selbst vergiftet hast.«

Nein, dachte er, *nein, nein*.

»Nicht nur im Wein war Gift. Da war auch etwas in deinem Blut, Wihaji, etwas anderes. Meister Ronik sagt, es hat dir als

Gegengift gedient. Das tödliche Gift konnte dir nichts anhaben, denn du warst gut geschützt. Du hast das von langer Hand geplant. Während du wie ein Freund mit ihm gelacht hast, hattest du seinen Tod schon vorbereitet.«

»Oh ihr Götter! Ich seinen Tod geplant?« Nein, das konnte doch alles nicht wahr sein. Linua hatte es gewusst ... woher? Was konnte sie damit zu tun haben? Dafür musste es eine gute Erklärung geben. Er vertraute ihr immer noch bedingungslos, obwohl es übel für sie aussah – und für ihn ebenfalls. Und hätte Tenira ihm nicht genauso vertrauen müssen? Dass sie es nicht tat fühlte sich an wie Verrat. Sie kannte ihn seit vielen Jahren, er hatte ihr nie einen Grund gegeben, an ihm zu zweifeln. Er war loyal gewesen, immer, er hatte sein ganzes Leben in den Dienst der Sonne von Wajun gestellt! Und nicht aus Pflicht, sondern aus aufrichtiger Freundschaft. Er hatte Tizarun geliebt!

»Warum willst du auf einmal heiraten, Wihaji?«

Die Frage warf ihn zurück. Sie fühlte sich an wie ein Schlag in die Magengrube, und bevor Tenira noch weitersprach, wusste er, welches Motiv sie ihm unterschieben würde.

»Als Tizaruns Vetter bist du der Nächste in der Reihenfolge. Du wärst der nächste Kandidat der Familie Lhe'tah für den Thron der Sonne gewesen. Ich weiß nicht, warum wir nicht daran gedacht haben, als wir ausgerechnet dir den Auftrag gaben, Jarunwas Unterschrift zu erwirken. Zuerst dachte ich, du wärst über das neue Gesetz so wütend gewesen, dass du Tizarun töten wolltest. Deswegen kamst du mit leeren Händen zurück und hast König Jarunwa nie gefragt. Diese eine Unterschrift unter das Gesetz der Erbmonarchie hätte all deine Hoffnung zerstört, selbst einmal auf diesem Thron zu sitzen. Natürlich wäre nach uns erst das Haus Anta'jarim an der Reihe gewesen, aber vielleicht hättest du Glück gehabt, und der neue Großkönig hätte nicht lange regiert. Jemand, der einen Großkönig tötet, würde auch nicht davor zurückschrecken, einen zweiten zu ermorden. Und dann wäre der Weg frei gewesen für dich und deine Frau.«

»Nein«, brachte er heraus, »nein, dieses Gesetz ...«

»Ja«, sagte sie. »Das wurde mir dann auch klar. Man könnte es auch so betrachten, dass das Gesetz der Erbmonarchie dir in die Hände spielt. Ich habe mich an die Zeit erinnert, bevor Tizarun und ich uns dafür entschieden, die Wahlen abzuschaffen. Es war deine Idee, Wihaji, nicht wahr? Du hast es sehr geschickt eingefädelt, aber diese ganzen unglückseligen Gesetzesänderungen hast *du* Tizarun eingeredet! Also habe ich darüber nachgedacht, was du dadurch zu gewinnen hast, und, natürlich! Du bist dadurch erst recht und noch viel sicherer der Erbe, als wenn du dich der Wahl hättest stellen müssen.

Manch einer, der etwas gegen deine schwarze Haut einzuwenden hat, hätte sich vielleicht geweigert, dich zu wählen, oder die Familie hätte von vornherein einen anderen Kandidaten ausgesucht, der bessere Chancen hat. Aber wenn es nur nach der Erbfolge ginge, hättest du auf der ganzen Linie gewonnen. Du musstest nur verhindern, dass Tizaruns Erbe geboren wird. Du musstest nicht nur ihn töten, sondern auch mich und das Kind, bevor es das Licht der Welt erblickt. Das wolltest du doch, leugne es nicht! Uns alle auf einen Schlag vernichten. Du wolltest uns alle töten, Wihaji. Wie konntest du glauben, dass du damit durchkommst?«

Tenira betrachtete ihn finster, nicht zornig, sondern voller Abscheu, wie man eine giftige Schlange betrachtet, bevor man sie zertritt. »Aber Jarunwas Unterschrift wurde nicht sichtbar. Ich habe dein Gesicht gesehen, während du versucht hast, die Schrift erscheinen zu lassen. Ja, was für eine Verzweiflung! Du tötest Tizarun, und es ist alles umsonst, denn das Dokument, das dich zum nächsten Großkönig macht, ist verschwunden, als hätten die Götter selbst die Worte ausradiert! Doch Tizarun trinkt, und du lässt ihn trinken, selbst als du schon gewusst hast, dass dein Plan fehlgeschlagen ist. Konntest du ihm nicht das Glas aus der Hand reißen? Konntest du nicht alles gestehen und ihn warnen und den Arzt rufen? Vielleicht hätte ich dir dann vergeben, Wihaji. Doch du hast zugesehen, wie er sich selbst vernichtet, und nicht eingegriffen. Du wusstest, dass dir nichts geschehen würde, wenn du trinkst, aber wie konntest du erwarten, dass ich dich nach alldem leben lasse?«

»Nein. Nein, so war es nicht!«

»Du wolltest den Thron der Sonne gewinnen, den Platz bei den Göttern, durch unseren Tod. Aber ich lebe, und du bist es, der verloren hat. Dein Einsatz war zu hoch, Wihaji. Deswegen wirst du umso tiefer fallen. So tief, wie nie ein Mensch gefallen ist.«

»Nein, bitte.« Wihaji wusste, dass es keinen Zweck hatte, aber er konnte nicht anders, als seine Unschuld zu beteuern. »Auch wenn ich weiß, dass du mir nicht glauben wirst, ich habe nichts mit seinem Tod zu tun!« Sein Tod. Tizarun und Tod, das ließ sich nicht aussprechen. Es passte nicht zusammen. Tizarun war immer der wundervoll Lebendige, der Leuchtende, der von allen Geliebte gewesen.

»Woher willst du wissen, dass ich dir nicht glauben werde?« Teniras Stimme war ruhig. Nie war sie so ruhig gewesen. Immer hatte er die Leidenschaft in ihrer Stimme bewundert, so viel Liebe, so viel Feuer und Wut und Verzweiflung und Entschlossenheit. Aber jetzt war ihre Stimme ein Abglanz dessen, was sie früher gewesen war. Als spannte sich eine dünne Haut über dem Abgrund des Schmerzes.

Sing mir den Schmerz. Diese Worte des Dichters Winya kamen ihm in den Sinn, aber er sprach sie nicht aus. *Schreie das Dasein. Sing mir den Schmerz. Tauche ein.*

»Ich weiß, dass du mich noch nie mochtest«, sagte Wihaji. Die Verzweiflung ließ ihn alle Vorsicht vergessen. »Du hattest schon immer Angst, du müsstest seine Liebe mit seiner Freundschaft zu mir teilen. Du hattest schon immer Angst, ich würde ihn dir wegnehmen.«

Lange Zeit sagte sie gar nichts.

»Der Magier«, sagte er. »Meister Ronik. Kannst du ihn nicht mit mir reden lassen? Es heißt, die kancharischen Magier kennen Wege, die Wahrheit aus einem Menschen herauszubekommen. Lass ihn feststellen, ob ich lüge, ob ich irgendetwas davon wusste, was in dem Wein ist, was in meinem Blut sein soll ...«

Sie hob die Brauen. »Dazu wärst du bereit? Dich einem kancharischen Magier zu stellen, dem Hofmagier des Kaisers?«

»Ja!« Er setzte seine ganze Hoffnung daran. Wie ein Ertrinkender an ein zerbrechliches Stück Holz klammerte er sich an die einzige Möglichkeit, seine Unschuld zu beweisen. »Bitte! Lass ihn mit mir reden, Tenira!«

»So sicher bist du, dass er zu deinen Gunsten spricht?« Sie neigte den Kopf, während sie überlegte. »Angenommen, du bist wirklich unschuldig ... wer könnte dich vergiftet haben, Wihaji? Wer ist dir so nah? Hast du nicht eine kancharische Verlobte? Auch sie beteuert ihre Unschuld.«

Seine Hoffnung versank wie ein Stein. Linua. Wenn er seine Unschuld beweisen konnte – bedeutete das, man würde ihr stattdessen die Schuld geben?

»Ich würde für Linua meine Hand ins Feuer legen«, sagte er.

»Versprich nicht zu viel. Vielleicht lasse ich dich das wirklich tun. Und deine Dienstboten? Dieses kleine Hausmädchen? Oder dein Knappe, der es so eilig hatte zu verschwinden?«

»Ich weiß es nicht!«, heulte er. »Ich weiß nicht, wer es war! Ich habe ihnen allen vertraut!«

»Ja«, sagte Tenira. »Ich auch. Wie vertrauensselig ich gewesen bin! Aber nun ist Schluss damit. Ich vertraue niemandem mehr. Niemandem, hörst du? Ich weiß nur, dass dieser Wein vergiftet war. Wenn du es nicht warst, wer dann? Der Mann, der dir den Wein mitgab – der König?«

»Jarunwa?«, frage Wihaji ungläubig. »Ihr glaubt, König Jarunwa hat mir eine vergiftete Flasche mitgegeben? Weshalb? Er hätte die Gesetze einfach nicht zu unterzeichnen brauchen.«

»Warum er das hätte tun sollen? Genau das ist die Frage. Es ergibt keinen Sinn, es sei denn, er wollte uns dafür bestrafen, dass wir überhaupt solche Gesetzesänderungen vorschlagen. Aber was dich angeht, du hattest einen guten Grund, gegen den Großkönig vorzugehen. Wie man es auch dreht und wendet, für dich sieht es am allerübelsten aus.«

»Tizarun war mir wie ein Bruder, und nach ihm wäre ein Kandidat aus Anta'jarim an der Reihe gewesen. Wie viele Leute hätte ich ermorden sollen, bis ich Wajun endlich gewonnen hätte? Zu viele. Ich habe mich nie auf dem Thron der Sonne gesehen.«

»Ich werde die Wahrheit ans Licht bringen«, sagte Tenira. »Und wenn es das Letzte ist, was ich in diesem Leben tue. Du wirst Ronik kennenlernen, und er wird die Wahrheit aus dir herausbrennen. Ich werde herausbekommen, wer den Großkönig getötet hat, und der Mörder wird sich wünschen, nie gelebt zu haben. Die Finsternis in diesem Loch hier ist nichts gegen die Finsternis, in die ich ihn tauchen werde.«

Sie wandte sich zu einem der Wächter um, die auf der Schwelle standen.

»Bring ihm eine Kerze, und häng ein Bild des Großkönigs an die Wand. Soll er die Augen des Mannes auf sich spüren, den er kaltblütig ermordet hat.«

17. IM LICHT

Cimro seufzte traurig. Unter der Kuppel aus weißem Licht lag ein winziges nacktes Kind mit einem Schopf schwarzer Haare. Seine Haut war bläulich verfärbt, und es bewegte sich nicht.

»Es ist tot«, sagte er verzweifelt. »Es war zu früh für das Kind, viel zu früh. Der Hofmagier hat diese Kuppel nach meinen Wünschen errichtet, um die Wärme des Mutterleibs nachzubilden, doch es hat nicht funktioniert.«

»Wo ist dieser Magier jetzt?«

»Ich habe ihn weggeschickt. Er weiß nicht, dass das Kind gestorben ist. Wollt Ihr mit ihm sprechen?«

»Das wird nicht nötig sein. Ihr habt der Königin gesagt, dass ihr Sohn lebt?«

Cimro nickte stumm.

Meister Ronik, der Magier aus Kanchar, war vor einer Stunde mit einem Eisenvogel in einem der Innenhöfe gelandet. Cimro hatte das eiserne Wunderwerk selbst durch eins der Fenster bestaunt. Der Vogel war kaum größer als ein Pferd, mit schmalen, spitz zulaufenden Flügeln. Seine Schuppen hatten in der Sonne gefunkelt. Angeblich, so hatte Cimro von den Wachen gehört, die ein wenig zu begeistert davon redeten, war es ein Wüstenfalke, die schnellste Sorte Metallvogel, die es überhaupt gab. Dafür konnte er bloß zwei Menschen tragen, den Mann, der das Ding lenkte, und einen Mitreiter. Die weite Reise aus dem fernen Wabinar, der Hauptstadt des Kaiserreiches, hatte nur drei Tage gedauert, trotzdem war der Flug vergeblich gewesen. Ronik hatte weder Tizarun retten können noch das Kind. Er war zu spät gekommen.

»Tenira wird jeden Heilkundigen im Palast umbringen lassen«, sagte Cimro heiser. »Und mit mir wird sie anfangen. Ich hätte

Euch nicht herrufen dürfen. Ihr solltet Euren Lenker rufen, Euch auf den Vogel setzen und in Eure Heimat zurückfliegen, bevor die Königin Euch die Schuld daran gibt. Sie ist nicht mehr sie selbst, seit der Großkönig vor ihren Augen gestorben ist.«

Der Magier betrachtete das tote Kind. »Das Licht bewahrt den Leib vor dem Zerfall. Das war ein kluger Einfall. Es braucht nur eine Seele.«

»Sie ist längst durchs Tor gegangen. Es war nur sehr wenig Leben in diesem kleinen Körper. Nur ein Hauch. Ein Ausatmen, und es war vorbei.« Furcht schnürte Cimro die Luft ab. »Niemand darf den Palast verlassen, aber Euer Eisenvogel steht im Hof. Wenn Ihr ihn erreichen könntet... würdet Ihr mich mitnehmen?« Gleichzeitig fiel ihm ein, dass das filigrane Metallgeschöpf ihn unmöglich tragen konnte. Die Kancharer waren schon zu zweit. Vielleicht hätten sie für einen kleinen, mageren Mann eine Ausnahme gemacht, aber wohl kaum für ihn. Er war zu schwer. Hatte er nicht immer gewusst, dass sein Magen ihn eines Tages umbringen würde?

»Ihr möchtet ins gottlose Kanchar fliehen, Doktor Cimro?« Roniks Lächeln war fein und wissend. »Nicht doch. Ich mache nie eine Reise umsonst. Ihr müsst mir schwören, dass Ihr nichts von dem, was jetzt in diesem Raum geschieht, jemals einem anderen Menschen anvertrauen werdet. Schwört!«

»Wollt Ihr geheime Magie wirken? Dafür ist es zu spät.«

»Schwört«, beharrte der Meister.

»Nun gut. Ich schwöre.«

»Mögen Eure Götter Euch aus ihren Händen fallen lassen, wenn Ihr diesen Schwur jemals brecht.« Ronik bewegte die Hände über der Lichtkugel, und das Leuchten erlosch.

»Was tut Ihr?«

Zu Cimros Entsetzen zückte der Magier ein Messer und fügt dem toten Kind einen Schnitt über der Brust zu. Dann hob er es vom Tisch.

»Der kleine Behälter dort drüben. Öffnet ihn, Doktor.«

Cimro schob die Riegel zurück, die den runden Metallkoffer

schlossen. Zu seiner Überraschung waren keine medizinischen Geräte oder Tränke darin, sondern eine nur fingergroße Pergamentrolle.

»Macht sie auf. Sagt mir, was Ihr seht.«

Zögernd griff Cimro nach der Rolle. Es war ein Porträt – die feine Tuschezeichnung eines jungen Kancharers, wie die leicht schrägen Augen verrieten. »Wer ist das?«

»Seht Ihr den Jungen mit der kleinen Narbe am Kinn? Gut. Ihr müsst das Bild zerreißen. Die eine Hälfte faltet Ihr sehr fein zusammen und steckt sie dem Säugling in den Mund, die andere Hälfte schiebt Ihr unter die Haut über dem Herzen.«

Cimro erstarrte. »Das werde ich ganz gewiss nicht tun!«

Die winzige Leiche verschwand beinahe in Roniks großen Händen. »Wenn Ihr Euer Leben liebt, dann haltet Euch an meine Anweisungen.«

»Ich dachte, es sei ein Gerücht«, keuchte Cimro. »Ihr handelt mit Seelen!«

»Mit jedem Augenblick, der verstreicht, wird aus diesem frischen Leichnam ein verwesender Leichnam. Wir haben keine Zeit! Tut, was ich Euch sage.«

Doch Cimro bewegte sich nicht. Voller Entsetzen starrte er auf das tote Kind der Großkönigin, auf die schwarzen Haare, die fleckige Haut. Das Neugeborene war so winzig, niedlich und hilflos. Es verdiente ein solch schreckliches Schicksal nicht. Sein Blick wanderte zu dem Porträt des fremdländischen Jungen, und vor lauter Abscheu stieg ihm ein Würgen in die Kehle. Nicht weil das Gesicht abstoßend gewesen wäre, sondern weil alles so falsch war. Er begann zu schwitzen, sein Herz schlug so schnell, dass er glaubte, bald ohnmächtig zu werden. »Dies ist der Sohn der Sonne von Wajun, und Ihr wollt ihm die Seele eines Kancharers geben?«

»Das hier war der Sohn der Sonne. Im Moment ist es nicht mehr als eine leere Hülle. Fleisch, das zerfällt.«

»Wer war der kancharische Junge?«

»Das braucht Euch nicht zu kümmern. Ich rette nicht nur dem

Prinzen, sondern auch Euch das Leben, und im Anschluss werden wir beide darüber schweigen.«

Cimros Hand zitterte so stark, dass er das Bild kaum festhalten konnte. Er versuchte, die Nähe der Seele zu fühlen, aber er konnte nichts wahrnehmen, nichts außer dem bitteren Geschmack seiner Angst. Sonne von Wajun. Der Sohn. Der wajunische Prinz durfte kein Kancharer sein. Es war nicht richtig.

»Bringt die Rolle endlich her! Verdammt, dies ist kein Spiel, sondern hohe Magie. Ich darf das Kind jetzt nicht loslassen, und Ihr müsst tun, was ich Euch befohlen habe!«

Cimro zitterte am ganzen Körper. Er wunderte sich darüber, dass er nicht einfach umfiel. Dies alles war so schrecklich falsch, dass er sich nicht rühren konnte. Er vermochte den Blick nicht von dem Bild zu lösen. Der Junge auf dem Porträt trug eine Kette um den Hals, mit einem Anhänger – einer Blüte, fein gezeichnet, vielleicht war das Original aus Gold, und in der Mitte der goldenen Blume prangte ein Edelstein.

Wüstenblume. Das Zeichen des kaiserlichen Hauses von Kanchar. Der tote Junge war ein Sohn des Kaisers, einer seiner unzähligen Söhne. Ronik wollte Tenira einen kancharischen Prinzen unterschieben!

Und dann würde er den einzigen Zeugen beseitigen. Vielleicht noch nicht gleich heute, aber ganz sicher in den nächsten Tagen. Diese Seele war nicht die Rettung, sie war sein Verderben.

Cimro stöhnte leise, als ihm sein Dilemma bewusst wurde. So oder so, er war verloren.

Wihaji starrte die kahle Wand an. Starrte Tizaruns Bild an und sah doch alle seine Freunde. In Gedanken füllte er die Zelle mit ihren Bildern. Sie waren bei ihm, so viele Gesichter, sie verhinderten, dass die Erinnerungen ihn verließen.

In seinem Kopf drehten sich die Gedanken um vergossenen Wein und Scherben, um Tizarun, der starb, um Linua, die ihn küsste, um die tönerne Stille in einem verlassenen Haus.

Linua. Karim. Tizarun. Und die anderen Edlen Acht, die seine Freunde gewesen waren und sein Leben. Mehr Menschen hatte er nie gebraucht.

Als sich die Tür öffnete, dachte er, es sei ein Traum. Unhörbar leise ging sie auf, nicht wie sonst mit einem nervenzerreißenden Knarren. Er erwartete Tenira oder Quinoc oder einen der Wächter, doch da stand ein Mann in einem schwarzen Umhang, die Kapuze über dem Kopf, still und reglos wie ein Schatten.

In diesem Traum, der kein Traum war, glaubte Wihaji zunächst, dass Tizarun zu ihm gekommen war, dass der Geist eines Toten ihn besuchte, denn Tizaruns Gesicht war auf dem Porträt, und seine Seele hatte nicht gehen können. Das Bild hatte ihn zurückgehalten.

Schuld lag ihm dumpf in der Brust. Er war ein gebildeter Mann, er konnte lesen und schreiben; an die Geschichten von den gebundenen Seelen hatte er nicht mehr geglaubt, seit ihn, als er fünf Jahre alt gewesen war, sein damaliger Lehrer ausgelacht hatte. Nur die Alten glaubten noch daran. Und die Kancharer. Doch in diesem Moment war alles so klar und eindeutig – wie hatte er je denken können, die Bilder und die Seelen gehörten nicht zusammen?

»Verzeih mir«, flüsterte Wihaji, und doch tat es ihm nicht leid. Alles hätte er dafür gegeben, Tizarun noch einmal sehen zu dürfen. Am liebsten hätte er sich seinem Freund an den Hals geworfen, aber der Traum war zerbrechlich, und er fürchtete, ihn durch eine unbedachte Bewegung zu zerstören.

In diesem Traum, der kein Traum war, stand die Tür der Kerkerzelle offen, und die Gestalt bewegte einladend die Hand.

»Kommt, mein Fürst. Wir müssen uns beeilen.«

Die Stimme war vertraut und gleichzeitig fremd. Verändert, tiefer.

»Karim?«, fragte Wihaji verwirrt, und trotz seiner Schwäche sprang er vor und riss dem Mann die Kapuze vom Kopf.

Keine wandernde Seele, kein Traum. Es war Karim. Doch wie kam Karim hierher, in den Palast der Sonne, ein Verdächtiger des

Mordes am Großkönig? Wie war er an all den Wachen vorbeigekommen?

»Kommt, Herr«, sagte Karim drängend. »Rasch. Und leise.« Seine Stimme war dunkler, und sein Gesicht war ... anders. Älter. Er war ein Mann in den besten Jahren, kein Junge. Nicht der Knappe, den Wihaji kannte, der Junge, der ihm wie ein Sohn war. Wie war das möglich?

Niemand brach in diesen Palast ein, niemand öffnete lautlos die Türen. Man hätte ein Magier sein müssen, um das zustande zu bringen.

Wihajis Blick glitt über den grauschwarzen Mantel, die Kapuze, die weichen schwarzen Schuhe, den Dolch am Gürtel. An Karims Hand glänzte ein schwerer Ring, Tizaruns Ring.

»Du bist ein Magier«, flüsterte er, als ihn die Erkenntnis überrollte. Nur ein Magier hätte sein Äußeres verwandeln können. Doch nur die schlimmsten und gefährlichsten verschmolzen mit den Schatten und gelangten überallhin. »Und nicht bloß das. Du bist ein Wüstendämon!«

»Was auch immer ich bin, ich kann Euch retten«, sagte Karim. »Diesmal werde ich nicht zulassen, dass sie Euch hinrichten. Kommt.«

Ein kancharischer Meuchelmörder. Kein Diener, kein Knappe, kein Sohn, sondern ein Fremder. Wihaji wusste nicht, wie ihm geschah, als die Liebe zerbrach.

Er sprang über die Schwelle, auf den Mann zu, seine Hand schnellte vor, packte den Dolch.

Nie hätte er gedacht, dass er noch in der Lage sein könnte, einen Wüstendämon zu überrumpeln. Wie damals, als er einer der Edlen Acht gewesen war.

Es musste der Wahnsinn sein, der ihm diese Kraft und die Schnelligkeit verlieh. Bevor der Kancharer begriff, was geschah, hatte Wihaji ihm die Klinge bis zum Heft in die Brust gestoßen. Sie durchbohrte Kleidung und Haut und Muskeln, wurde von einem Knochen abgelenkt und fand ihr Ziel.

Die schwarzen Augen weiteten sich. Vor Schreck, vor Schmerz.

Es war nicht Karim, es konnte nicht Karim sein. Diese Augen waren alt, uralt, gefüllt mit Wissen und Schmerz und Müdigkeit. Und dann, als der Fremde zusammenbrach und ihm mit einem erstickten Keuchen in die Arme fiel, veränderte sich etwas in dem Gesicht des Magiers.

Er lächelte plötzlich.

Wihaji konnte ihn nicht halten, stolperte rückwärts, und sie fielen gemeinsam zu Boden. Das Gewicht des Kancharers begrub ihn unter sich, er hielt den Sterbenden in seinen Armen, einen Dieb und einen Mörder, und wieder – war es doch ein Traum, der irre Traum eines Mannes in Einzelhaft? – war es Tizarun. Er hielt Tizarun im Arm, und das Schicksal gönnte es ihm, dass Wihaji diesmal nicht floh, sondern Tizaruns Sterben begleitete. Der Fremde blickte ihn an, als wäre es wirklich Tizarun, sein bester Freund, er sah ihm so unglaublich ähnlich. Und die Augen des Mannes, den er getötet hatte, waren voller Liebe.

Er erkannte Karim.

Nicht Tizarun, Karim.

Der Blick erlosch. Die Hand, die sich an Wihajis dreckige, golddurchwirkte Tunika klammerte und nun herabfiel, trug den Siegelring der Sonne von Wajun.

Vorsichtig streifte Wihaji das kostbare Schmuckstück ab. Er wusste nicht, was Wirklichkeit war und was Traum. Hatte er den Großkönig getötet? Würden ihn die Götter nun verfluchen und bis ans Ende seiner Tage verfolgen?

Doch war Tizarun nicht vergiftet worden? Warum dann das Blut, das seine eigene Brust durchtränkte?

Er streichelte die weichen schwarzen Haare des Ermordeten, krallte sich darin fest, hielt sich an Karim fest, als könnte er den Jungen aus dem Sumpf ziehen. Als könnte er noch irgendetwas oder irgendjemanden retten. »Warum?«, flüsterte er.

Karim antwortete nicht. Er lag reglos und stumm. Und Wihaji hielt den Toten in seinen Armen, bis die Wachen kamen und ihn zurück in seine Zelle stießen.

Das Neugeborene stieß ein Wimmern aus wie eine gequälte Katze.

Cimro erschrak so, dass er die Rolle fallen ließ. »Was? Es lebt!«

»Verflucht!«

Das winzige Bündel in den großen Händen zuckte. Es streckte die kleinen Fäuste in die Luft, sog pfeifend die Luft ein. Seine Haut war rosig.

Ronik fluchte laut, als er das Kind auf den Tisch zurücklegte. »Ist jemand gestorben?«, schrie er. »Ist jemand vor Kurzem im Palast gestorben? Eine andere Seele war hier! Eine andere Seele hat die leere Wohnung gefunden, während Ihr dagestanden habt wie ein Idiot, und ich habe keine Ahnung, wer es ist!«

»Ich ... ich weiß nicht«, stammelte Cimro. »Außer dem Großkönig selbst ... nicht dass ich wüsste.«

»Nein«, rief der Magier wütend, »das ist völlig unmöglich! Das durfte nicht geschehen! Bin ich dafür hergekommen, um einer nichtsnutzigen Seele die Rückkehr zu ermöglichen?«

»Jedenfalls ist dieses Kind kein Kancharer«, sagte Cimro. Plötzlich fühlte er sich sehr zufrieden. Zärtlich betrachtete er den kleinen Jungen auf dem Tisch. Vielleicht würde doch noch alles gut werden. »Woran ... woran ist der Sohn des Kaisers gestorben?«

»Er ist nicht gestorben«, antwortete Ronik. »Er wurde getötet, bevor ich abgereist bin. Die Seele gehört einem von Arivs Lieblingssöhnen.«

Dafür. Er musste es nicht aussprechen: Dafür wurde der Junge umgebracht. Um im fernen Wajun als Sohn der Großkönigin aufzuwachsen.

»Das darf der Kaiser auf keinen Fall erfahren. Nicht auszudenken, was passiert, wenn er hört, dass der Junge umsonst gestorben ist!« Ronik wischte sich den Schweiß von der Stirn. »Sollte es Tizaruns Seele sein?«, murmelte er. »Tizarun selbst? Ist er hiergeblieben?«

Oh ihr Götter. Oh ihr großen Götter! Cimro wollte nicht einmal darüber nachdenken, was das alles bedeutete, und warum Ronik es ihm überhaupt erzählte. Das Zittern hatte nachgelassen, doch nun spürte er wieder, wie stark er schwitzte.

»Werdet Ihr mich jetzt ermorden?«, fragte er leise.

Der Magier lachte rau. »Und den einzigen Mann beseitigen, dem die Großkönigin vertraut? Der ihr versichern kann, dass traditionelle Heilkunst und eine winzige Prise Hokuspokus ihr Kind gerettet haben? Ich brauche Euch, Doktor Cimro. Denn eines Tages wird jemand im Namen des gesegneten Kaisers von Kanchar an Euch herantreten und Euch fragen, was heute passiert ist. Dann werdet Ihr von dem Bild in euren Händen erzählen. Ihr werdet es beschreiben, Ihr werdet auch nicht vergessen, das Medaillon in Form der Wüstenblume um den Hals des Jungen zu erwähnen. Und Ihr werdet ausführen, wie Ihr meinen Anweisungen gefolgt seid. An dem Tag werdet Ihr mein Leben retten.«

»Ja, ja, natürlich werde ich das tun«, stammelte Cimro. Ihm war schwindlig vor Erleichterung. »Alles, was Ihr wünscht.« Wenn das der Preis für sein Leben war, würde er ihn ohne zu zögern zahlen. »Ich schwöre, dass ich Eure Version der Geschichte bestätigen werde.«

Ronik musterte ihn nachdenklich, dann nickte er und wandte sich dem Kind zu. »Wer auch immer das ist«, sagte er leise, »auch sein Leben hängt davon ab, dass wir schweigen.«

Quinoc vertraute seiner königlichen Schwester alles an. Aber dies, beschloss er, würde er für sich behalten.

Im ersten Moment glaubte er, der Tote sei Tizarun. Quinoc spürte den Funken wilden Zorns, weil er dachte, jemand habe den Leichnam hergeschleppt und ihn in kancharische Kleidung gesteckt. Doch natürlich war es nicht Tizarun. Als er sich neben den Toten kniete, den die Wachen vor Wihajis Zellentür gefunden hatten, war die Ähnlichkeit zwar immer noch verblüffend, aber nun nahm er auch die Unterschiede wahr. Der Fremde hatte längere Haare, seine Augen standen weiter auseinander, die Lippen waren ein wenig anders geformt, außerdem trug er einen Dreitagebart. Der Tote trug einen grauschwarzen Kapuzenmantel, und der Dolch, der aus seiner Brust ragte, hatte eine dunkle Klinge, in die fremdländische Zeichen eingeätzt waren. Er war groß, von schlanker, geschmeidiger Statur. Nicht einmal der Tod hatte den Schimmer seiner gebräunten Haut dämpfen können.

Ein Lhe'tah, zweifellos, aber wie konnte das sein? Wenn es schon nicht Tizarun war, dann vielleicht sein Bruder. Doch Tizarun hatte keinen Bruder. Vielleicht ein unbekannter Bastard? Aber warum trug er einen Mantel wie ein kancharischer Magier? Dieser Mann war vermutlich ein Wüstendämon, und die Ähnlichkeit zu Tizarun beruhte auf irgendeiner hinterhältigen Täuschung.

»Was sollen wir mit ihm anfangen?«, fragte der Hauptmann, der ihn geholt hatte, unbehaglich.

»Wer weiß noch davon?«

»Nur ich und einer meiner Männer. Und der Gefangene natürlich.«

Die Tür der Zelle war nicht aufgebrochen worden. Wie auch immer der Eindringling sie geöffnet hatte, es musste etwas mit Magie zu tun haben. Quinoc fröstelte. So sehr er die Kancharer hasste, noch mehr verabscheute er ihre verderbte Zauberei.

»Dann sorgt dafür, dass es so bleibt. Ich will die Königin nicht beunruhigen. Habt Ihr den Fürsten schon befragt?«

»Nein, Herr.« Der Hauptmann verlagerte das Gewicht von einem Bein aufs andere. »Er ... schien nicht ganz bei sich. Hat wirres Zeug geredet.«

Ein Assassine im Palast ... und wenn dieser Mörder schon länger hier weilte? Wenn er Tizaruns Tod zu verantworten hatte? Es konnte kein Zufall sein, dass er so kurz nach dem entsetzlichen Ereignis hier aufgetaucht war.

Quinoc hätte Wihaji am liebsten herausgelassen, ihn umarmt und ihm auf die Schulter geklopft, weil es ihm gelungen war, den unheimlichen Magier zu erstechen. Einen Assassinen abzuwehren war mehr als eine Meisterleistung. Wem das gelang, der war ein

Liebling der Götter, kein Mörder. Der schwarze Fürst war immer noch der Beste von ihnen, trotz allem, was er erdulden musste.

»Wickelt den Toten in eine Decke ein und schafft ihn fort. Niemand sonst darf auch nur etwas ahnen. Nur der Mann, der ihn sowieso schon gesehen hat, darf Euch helfen. Wartet mit dem Verbrennen der Leiche auf meinen Befehl.«

»Ja, Herr.« Niemand hatte gerne mit den Wüstendämonen zu tun, nicht einmal, wenn sie tot waren. Aber der Hauptmann protestierte nicht.

Quinoc öffnete die Zellentür. Wihaji saß reglos auf seiner Pritsche, die Arme um die Knie geschlungen. Sein Gewand war verschmiert von dunklem Blut. Er war Soldat gewesen, dies war nicht sein erster Toter, dennoch wirkte sein Freund mehr als bestürzt. Trotz seiner dunklen Haut war er nahezu bleich, und sein Blick flackerte. Er schien dem Wahnsinn nie näher gewesen zu sein als jetzt.

»Du warst schon immer unser bester Kämpfer«, sagte Quinoc in beruhigendem Tonfall. »Deine Fähigkeiten sind nahezu magisch.«

Wihaji schüttelte den Kopf. »Diese Ehre gebührte stets Tizarun.«

»Das ist eine Lüge, und du weißt es. Bevor er den Thron von Wajun bestieg, hast du ihn immer wieder gerne besiegt.« Er sammelte Kraft für die Frage. »Warum war ein Wüstendämon hinter dir her?«

»War er wirklich da? Hast du ihn gesehen?«

»Er liegt in seinem Blut vor der Tür.«

Wihaji stieß hörbar die Luft aus. »Ich war mir nicht sicher. Er ist ... er war ... Ich weiß gar nichts mehr.«

»Warum schicken sie einen Wüstendämon zu dir?«

Statt zu antworten, starrte Wihaji auf die Wand, wo Tizaruns Porträt hing.

»Ich will dir nichts vormachen.« Quinoc wünschte sich, jemand anders würde die schlechten Nachrichten überbringen. Er war der falsche Mann dafür; die Gemeinschaft der Edlen Acht war ihm stets heilig gewesen. Und doch gab es Dinge, die größer und wichtiger waren. Die Sonne von Wajun war wichtiger, damals nach dem Krieg um Guna und auch heute. Die Sonne würde immer das Wichtigste sein, doch das hieß nicht, dass es ihm leicht fiel, mit der nötigen Härte zu handeln. »Es sieht nicht gut für dich aus. Wenn die Kancharer jemanden schicken, um dich mundtot zu machen, deutet das vor allem auf eins hin: Du hast etwas mit dem Mord an Tizarun zu tun, ob du es nun leugnest oder nicht. Jeder wird glauben, dass sie einen Zeugen beseitigen wollten, vielleicht gar ihren Auftraggeber.«

»Die Wüstendämonen töten ihre Auftraggeber nicht«, sagte Wihaji.

»Wenn sie nicht bezahlt werden, dann schon.«

»Das glaubst du wirklich? Dass ich den Assassinen um seinen Lohn betrogen habe?«

»Ich weiß nicht, was ich glauben soll«, sagte Quinoc müde. »Aber es macht die ganze Sache noch komplizierter, als sie ohnehin schon ist.«

»Wirst du Tenira sagen, dass wir den Königsmörder haben?«

»Könnten wir ihn befragen, hätte ich das mit Freuden getan. Aber das können wir nicht mehr, dank dir. Wir haben nichts in der Hand, mein Freund.«

Wihaji stieß ein heiseres Lachen aus. »Du glaubst doch nicht etwa, dass ich ihn umgebracht habe, damit er nicht reden kann?«

»Das werden manche Leute denken.«

»Einen Wüstendämon kriegst du nicht zum Reden. Nie. Er würde seinen Auftraggeber nicht preisgeben, selbst wenn du ihm die Haut in Streifen abziehst und ihm Stück für Stück Finger und Zehen absäbelst. Es spielt keine Rolle, ob er lebt oder nicht. Da liegt er, und er war es.«

Wihaji stockte, und kurz dachte Quinoc, dass sein Freund noch etwas hinzufügen wollte, etwas Wichtiges, doch dann sah er in Wihajis Augen, dass der Moment vorüber war. Aber es war nicht gesagt, dass jemand, der etwas verbarg, schuldig war.

Auch wenn der Gedanke nahelag.

»Ich weiß nicht, was ich tun soll«, sagte er. »Dieser Tote könnte deine Freiheit bedeuten – oder deinen Untergang.«

»Du musst ihn zusammen mit Tizarun bestatten lassen, damit die Seele des Mörders dem König dienen kann.«

Quinoc fühlte die Traurigkeit wie einen Nebel, der sich um sein Herz und seinen Verstand legte. Die Traurigkeit und die Schuld. Der Sonne zu dienen war noch nie einfach gewesen, doch er hatte ihr schon so viel gegeben. Würde es denn nie aufhören? Genügte es nicht, dass er seinen eigenen Bruder verloren hatte? Musste er auch einen seiner besten Freunde auf dem Altar des göttlichen Throns opfern?

»Ich verstehe«, sagte Wihaji leise.

Als Quinoc aufstand, war er versucht, dem Fürsten ein Versprechen zu geben – dass er, wenn Wihaji mit Tizarun begraben wurde, dafür sorgen würde, dass auch der Wüstendämon bei ihnen im Grab lag. Er war es Wihaji schuldig. Sie hatten einander Treue geschworen, die Edlen Acht, sie waren Waffenbrüder und Kampfgefährten gewesen und hatten einander unzählige Male das Leben gerettet. Aber Tizarun war tot.

Und wer die Sonne von Wajun antastete, dessen Seele war für alle Ewigkeit verflucht.

18. DER THRON DER WAHRHEIT

Wie lange saß er nun schon in der winzigen Zelle? Zwanzig Tage, dreißig? Er wusste es nicht. Die Zeit im Dunkeln und in der Einsamkeit verging nicht in Stunden, sondern in Ewigkeiten.

Als sie ihn endlich abholten, war Wihaji auf alles gefasst. Die grimmigen Gesichter der Wachen verhießen nichts Gutes.

»Führt ihr mich zu meiner Hinrichtung?«, fragte er. »Wie soll ich sterben?«

Keiner der zwölf Männer antwortete. Jemand stieß ihn unsanft in den Rücken, als er stehen blieb, und es blieb ihm nichts anderes übrig, als zu gehorchen und mitzugehen. Die Ungewissheit war zermürbend. Würden sie ihn hängen? Oder köpfen? Oder, was die Götter verhüten mochten, verbrennen?

Er betete, dass es schnell gehen möge. Und dass er noch einmal die Sonne sehen durfte.

Doch es ging nicht nach draußen. Einer der Männer öffnete eine Tür, und Wihaji, der mit irgendeinem Instrument zur Hinrichtung rechnete, blickte verblüfft auf eine große Kupferwanne. Daneben stand ein Schemel, auf dem Kleidung lag.

Quinoc wartete neben der Wanne.

»Ihr benötigt ein Bad, Fürst«, sagte er förmlich. »Wascht Euch und zieht Euch um. Wir warten draußen.«

Wihaji suchte seinen Blick, doch Quinoc wich ihm aus.

»Was steht mir bevor?« Er wollte sich nicht erlauben, zu viel zu hoffen, doch wenn sie ihn sauber und in anständigen Kleidern sehen wollten, konnte es nicht allzu schlimm stehen. »Werdet ihr mich ... entlassen?«

»Ihr kommt auf den Thron der Wahrheit«, sagte Quinoc. »Und jetzt beeilt Euch. Jeder Fluchtversuch ist sinnlos.«

Er schloss die Tür und ließ Wihaji allein. Allein mit heißem Wasser, das schäumte und duftete, mit Luft zum Atmen, mit Licht, das durch ein offenes Fenster fiel. Es war beschämend, wie wenig ihn schon glücklich machen konnte.

Während Wihaji badete, legte er sich in Gedanken zurecht, was er sagen könnte, wenn man ihn befragte. Eigentlich zweifelte er nicht daran, dass er seine Unschuld beweisen konnte, denn obwohl Quinoc sich sehr distanziert verhalten hatte und Tenira ihn hasste, schien das Auftauchen des kancharischen Assassinen doch etwas bewirkt zu haben. Das Bad und die Kleidung, obwohl einfach und ohne einen einzigen Faden Rot, deuteten auf mehr Wohlwollen hin, als er in den vergangenen Tagen genossen hatte. Die Hose war ihm viel zu weit, beim Gehen musste er sie festhalten, damit er sie nicht verlor. Seine zitternden Arme waren ohne Kraft, und er wünschte sich, sie hätten ihm eine anständige Mahlzeit bereitgestellt. Dennoch würde er sich nicht beschweren. Diese kleinen Beweise von Güte waren wie ein Wunder. Sie bedeuteten Hoffnung. Wie ein Ertrinkender klammerte Wihaji sich an seiner Hoffnung fest. Heute noch würde er frei sein. Nur eine Stunde noch oder vielleicht zwei, und er war wieder ein freier Mann und nicht länger Tizaruns Mörder.

Der Thron der Wahrheit stand in einem ansonsten fast völlig leeren Saal irgendwo unten in den Kellerräumen. Das einzige Licht verbreitete eine magische Lampe, die direkt über dem aufwendig gearbeiteten Holzstuhl hing. Er war breit und massiv, mit hoher Rückenlehne und verstärkten Armlehnen, Trittbrettern für die Füße und einem schwenkbaren Gitter, dessen Zweck Wihaji nicht erkennen konnte. Zahlreiche Lederriemen hingen an den Verstrebungen.

»Ich bringe den Gefangenen, Meister Ronik«, sagte Quinoc zu dem dunkelhäutigen Kancharer, der auf einer schmalen Bank wartete.

»Ich grüße Euch, mein Fürst«, sagte Ronik mit starkem

Akzent. »Ich bin kaiserlicher Heilmagier und komme aus Wabinar. Bitte setzt Euch dort hin.«

Gehorsam setzte Wihaji sich auf den Stuhl, der seinem Namen alle Ehre machte. Das hölzerne Gestell war tatsächlich wie ein Thron für ihn, die Verheißung, dass nun alles bald zu Ende sein würde. Dieses entsetzliche Missverständnis, dieser Albtraum, in dem er jemand war, der Tizarun ermordet hatte.

Der Magier, ein schmaler, auf den ersten Blick unscheinbarer Mann, war noch recht jung, vermutlich keine dreißig. Er wirkte ausgesucht freundlich und höflich.

»Ich bitte Euch, diesen Becher auszutrinken.« Er reichte Wihaji ein Gefäß aus Horn. »Der Trank der Wahrheit«, erklärte er. »Ihr müsst ihn bis auf den letzten Tropfen austrinken.«

Wihaji atmete tief durch und zwang sich zur Ruhe. Es konnte nur gut für ihn ausgehen, er hatte nichts zu verbergen, und wenn er das hier überstanden hatte, würde er endlich frei sein. Seine Hände zitterten so, dass er den Becher kaum halten konnte, der Rand schlug ihm gegen die Zähne. *Frei sein*, dachte er, es war wie ein Lied, das ihm nicht mehr aus dem Kopf ging, das alle anderen Gedanken verdrängte. *Frei sein!* Es lohnte sich, dafür Willensstärke und Geduld zu beweisen, also trank er. Wie eine lodernde Schlange glitt die Flüssigkeit durch seine Kehle und ringelte sich in seinem Magen zusammen.

»Nun muss ich Euch fesseln, das ist leider unumgänglich. Seid Ihr damit einverstanden, mein Fürst?«

Mit zusammengebissenen Zähnen nickte Wihaji. Quinoc hatte die Wachen weggeschickt, aber er machte sich nichts vor – er hatte keine Wahl.

Also duldete er es, dass Ronik die Lederriemen um seine Arme und Beine festzog. Das Gitter wurde vor seiner Brust befestigt, sein Hals mit einem Riemen, der ihm fast die Luft abschnürte, an der Rückenlehne festgeschnallt. Sogar um seine Stirn wurde ein Lederband geschlungen.

»Wir können anfangen«, tat der Magier kund.

Hoffentlich würde es nicht allzu lange dauern. Schon jetzt,

bevor das Verhör überhaupt begonnen hatte, schienen die Lederbänder immer enger zu werden. Es juckte ihn an Stellen, an die er nicht herankam, und das Licht über seinem Kopf blendete ihn. Die Schlange in seinem Magen vertrieb den schlimmsten Hunger, aber nicht den Schmerz.

Sehnsüchtig blickte er zur Tür, durch die wenig später Tenira hereinkam. Sie warf ihm einen erschreckend kalten, abschätzigen Blick zu. Er wollte ihr das nicht übel nehmen; noch hielt sie ihn für Tizaruns Mörder, bald würde sie das nicht mehr tun. Dass sie ihn an ihrer Seite trauern lassen würde, glaubte er nicht, aber das war ihm auch nicht mehr wichtig. Hauptsache, sie ließ ihn gehen.

Der Magier stellte sich mit dem Hornbecher in einigem Abstand neben den Stuhl, wo Wihaji ihn gut sehen konnte. Mit einem kleinen Stäbchen rührte er in dem Becher, und in Wihajis Magen rumorte es. Vielleicht war das nur ein Zufall, doch Wihaji war beunruhigt. Was bewirkte der Trank der Wahrheit? Er hatte nichts anderes vor, als die Wahrheit zu sagen, dennoch begann er zu schwitzen.

»Nennt bitte Euren Namen«, sagte Ronik.

»Fürst Wihaji von Lhe'tah«, antwortete er.

»Fürst«, flüsterte Tenira, und trotz ihres kalten Gesichtes war ihre Stimme voll Hass und Feuer. »Fürst? Wag es nicht, dich so zu nennen. Du bist ein Nichts, du bist weniger wert als der Dreck unter meinen Schuhen.«

Der kancharische Magier nickte Tenira zu. »Ihr könnt Eure Fragen jetzt stellen, Hoheit.«

Natürlich hatte Wihaji all diese Fragen erwartet. Nach dem Gift. Nach Jarunwa und seinen Unterschriften. Er hatte sich überlegt, was er sagen würde, und brachte seine Verteidigung mit klarer, sicherer Stimme vor.

»Nein, ich wusste nichts davon. Ich habe mir weder selbst etwas verabreicht noch etwas in die Flasche getan, die ich Euch mitgebracht habe.«

»Du lügst doch!«, rief Tenira.

Ronik schüttelte den Kopf. »Er scheint wirklich die Wahrheit zu sagen.«

Wihaji gestattete sich ein kleines Lächeln. Natürlich sagte er die Wahrheit. Ob ihn der Trank andernfalls dazu zwingen würde? Er wusste nicht, woran der Magier erkannte, ob jemand log, aber das musste ihn auch nicht kümmern, schließlich hatte er von Anfang an nichts anderes vorgehabt, als die Wahrheit zu sagen. Er hatte nichts zu verbergen.

»Ich war dabei, als Jarunwa unterschrieb. Er hat die beiden Gesetze und den Ehevertrag unterzeichnet.«

»So kommen wir nicht weiter«, sagte Tenira plötzlich, und von da an stellte sie andere Fragen, solche, mit denen er nicht gerechnet hatte.

»Hast du ihn wirklich geliebt?«

»Ja«, sagte Wihaji. In seinem Magen wand sich die brennende Schlange. Er konnte sie deutlich fühlen, aber sie stach nicht zu. Ein Schweißtropfen rann ihm über die Stirn.

»Wirklich? Höre ich da nicht leisen Zweifel heraus? Ich fürchte, ich muss tiefer graben. Du magst ihn geliebt haben – aber hast du ihn vielleicht dennoch gehasst? Bist du nicht insgeheim froh über seinen Tod?«

»Nein«, sagte er. »Nein, Tenira, das bin ich nicht.«

Ihm war ein wenig übel. Der Magier rührte in dem Becher.

»Das kann nicht stimmen«, murmelte Tenira. »Soll ich dir wirklich abnehmen, dass da nichts ist als Trauer um einen verloren Freund? Nein, da muss noch mehr sein. Bist du jemals auf Tizarun eifersüchtig gewesen?«

»Nein«, antwortete er.

»Auch nicht damals, als der Prinz zum Favoriten ernannt wurde und den Thron bestieg?«

»Nein.« Er blickte Tenira fest in die Augen, er hoffte, dass ihre versteinerte Miene nur ein einziges Mal aufbrach und irgendein Zeichen von Freundschaft und Verzeihen sichtbar wurde. Er hatte immer geglaubt, dass sie ihn mochte. Vielleicht war das ein Trugschluss gewesen, vielleicht hatte sie die ganze Zeit über darauf gewartet, dass er einen Fehler machte. Wer konnte das schon sagen? Vielleicht war er blind und naiv gewesen und die Menschen, die er zu kennen glaubte, verbargen finstere Gedanken hinter freundlichen Gesichtern. Sie waren bereit zum Verrat. Und aus diesem Grund witterten sie überall Intrigen, selbst dort, wo keine waren. Wenn er nie in der Lage gewesen war, hinter die Fassaden zu blicken, in wem hatte er sich noch getäuscht?

»Wo ist Linua?«, fragte er.

Tenira antwortete nicht. Sie sprach mit dem Magier und mit Quinoc und wandte sich schließlich wieder an ihn. »Du lügst«, sagte sie kühl. »Ronik hat erkannt, dass du lügst.«

»Wann? Bei welcher Antwort?«

»Bist du wirklich nie auf ihn eifersüchtig gewesen?«

»Nein!«

Der Schmerz durchzuckte ihn so plötzlich und unerwartet, dass er aufschrie. Die Schlange biss zu. Wie eine Feuerwoge brannte sich etwas so Entsetzliches durch seinen ganzen Körper, dass er nur noch schrie und zuckte. Er versuchte sich zu befreien, während er darum kämpfte, dem Schmerz irgendwie zu entkommen, doch die Lederbänder hielten ihn unerbittlich fest. Als es vorbei war, von einem Augenblick auf den anderen, hing er keuchend im Sessel und spürte, wie ihm der Schweiß von der Stirn tropfte.

»Ich lasse es nicht zu, dass du mich anlügst«, sagte Tenira. »Ich habe keine Zeit für Spielchen. Beantworte meine Fragen.«

Wihaji rang nach Luft. »Ich habe es ihm gegönnt, alles!«

Wieder kam der Schmerz, und diesmal riss es ihn von seinem Sitz. Er zerrte an seinen Fesseln und brüllte gegen den Schmerz an, bis ihm schwarz vor Augen wurde.

»Ich habe gesagt, keine Spielchen. Rede.«

Wie konnte er von etwas sprechen, das er selbst nicht wusste? Aber ein Teil von ihm schien es gewusst zu haben und hatte ihn verraten, rücksichtslos, an diesen hageren, so sanft und freundlich aussehenden Zauberer, der mit einem Stäbchen in dem leeren Becher rührte.

»Wie war es für dich, dass Tizarun als der Held von Guna gefeiert wurde und du nicht? Als ihr alle zurückkamt – die Edlen Acht, und er war der Einzige, der umjubelt wurde, während ihr anderen genauso Kopf und Kragen riskiert habt?«

»Sie haben uns die Tapferen Acht genannt«, sagte er und zuckte schon zurück aus Angst, es könnte die falsche Antwort gewesen sein. »Es war unser gemeinsamer Ruhm.«

»Und das hat dir gereicht? Er wurde der Favorit und du nicht.«

»Er war der Prinz.«

»Das war bei den Wahlen noch nie entscheidend. Sie haben ihn doch sogar trotz der Missheirat mit mir genommen! Hattest du gehofft, er würde in Guna versagen, so wie mein Bruder Laimoc? Wenn nun auch Tizarun einen Fehler begangen hätte... am Ende hätte ganz Lhe'tah dir gehört! War es nicht das, worauf du gehofft hast, wozu du ihn vielleicht sogar verleiten wolltest? Was ist in Trica passiert?«

Oh nein, dachte er. *Nicht Trica. Lass uns über etwas anderes reden.* Alles war besser als Trica und der bittere Geschmack des Sieges. »Ich war nicht dabei. Wir hatten uns getrennt.«

»Wieso? Du warst sein bester Freund. Warum habt ihr nicht gemeinsam gekämpft?«

»Ich war mit Sidon, Lan'hai-yia und Kir'yan-doh weiter nördlich eingesetzt. Tizarun wollte nicht, dass sie allein kämpfen, weil sie Gunaer sind. Es sollte nie der Verdacht aufkommen, einer von ihnen könnte zu den Rebellen gehören. Er wollte einen Lhe'tah dabeihaben.«

»Und er hat mit meinen Brüdern im südlichen Guna gekämpft?«

»So war es. Kann-bai blieb bei Tizarun und den Brüdern. Wir hatten das gemeinsam so abgesprochen.« *Frag Quinoc,* hätte er beinahe hinzugefügt, *frag ihn nach Trica!* Quinoc wusste viel mehr als er von den Vorwürfen und dem Gerichtsurteil, das schließlich zu Laimocs Verbannung geführt hatte. Er konnte alles bestätigen, warum tat er es nicht? Quinoc stand mit düsterer

Miene da und schwieg, und Wihaji wagte nicht, Tenira zu verärgern. Sein ganzer Körper zitterte immer noch, die Kleidung war nass von Schweiß und klebte ihm an der Haut. Blut quoll unter den Lederbändern an seinen Handgelenken hervor.

»Und dann habt ihr versucht, euch im Norden hervorzutun, aber es ist nicht geglückt. Die entscheidende Schlacht wurde in Trica geschlagen.«

»Das war nicht entscheidend«, widersprach er. »Wir waren auf der ganzen Linie erfolgreich. Trica wurde nur berühmt, weil Tizarun dort dem Hinterhalt entkam.«

»Willst du damit sagen, er hat ihn selbst inszeniert?«

»Nein, das will ich gar nicht!« Dass er immer noch den Mut hatte, ihr zu widersprechen! Sie wollte die Wahrheit, und zwar von ihm und nur von ihm? Nun, dann würde sie die Wahrheit bekommen. Seine Hoffnung, dass Tenira ihm die Gelegenheit geben wollte, seine Unschuld zu beweisen, hatte der entsetzliche Schmerz ausgelöscht. Jetzt hoffte er auf gar nichts mehr – nur auf ein Ende dieser Farce. Es war beinahe eine Erleichterung. Etwas Falsches konnte er nun nicht mehr sagen, er konnte sagen, was er wollte. Tenira hatte vor, ihn zu brechen, ihn zu einem stammelnden Gefangenen zu machen? Vielleicht hatte sich sein Körper in ein zitterndes, blutendes Etwas verwandelt, aber er selbst war immer noch Fürst Wihaji von Lhe'tah. »Tizarun hat einen Fehler gemacht«, sagte er. »Er hätte verhindern müssen, dass Laimoc diese Familie abschlachtet. Es war sein Einsatz, er war der Anführer. Also war es auch seine Verantwortung.« Und dies, bei den Göttern, war die ungeschönte Wahrheit. »Tizarun hatte den Thron der Sonne nicht verdient.«

Tenira wurde bleich vor Wut. »Hast du nicht gemerkt, dass du von Neid und Eifersucht zerfressen bist, Wihaji? Tizarun hat dich für seinen Freund gehalten, und du? Du bist so erbärmlich, du schwarzes Scheusal.«

Es war das erste Mal, dass sie Verachtung für seine Hautfarbe durchblicken ließ. Er hätte nie gedacht, dass seine Haut eine Rolle für sie spielte. So konnte man sich täuschen. Hatte sie all die Jahre auf ihn herabgeblickt, während er sich in der Freundschaft des Großkönigspaares gesonnt hatte? Er spürte eine dumpfe Befriedigung, dass er, der Gefesselte auf dem Thron der Wahrheit, nun auch ihr endlich die Wahrheit entlockt hatte. Sie hasste jeden, mit dem sie ihren geliebten Tizarun hatte teilen müssen. Aus diesem Grund hatte sie die Gemeinschaft der Edlen Acht zerschlagen. Die Magie des Kancharers wirkte, es regnete nun förmlich Wahrheiten. Schmerz und Wahrheit, und wie hatte er je glauben können, dies seien zwei verschiedene Dinge?

»Wenn ich Tizarun beneidet habe, dann nicht in dem Bestreben, ihm irgendetwas wegzunehmen«, sagte er. »Ich habe ihm alles gegönnt. Er war so ... Du weißt ja, wie er war. Er machte es einem einfach, ihn zu lieben. Er war so herzlich, so kameradschaftlich ... Kannst du nicht begreifen, dass man wünschen kann, das zu haben, was der andere hat, ohne ihn deswegen weniger zu lieben?«

Wenn er über Tizarun sprach, war es beinahe, als lebte er noch. Als würde er gleich durch die Tür dort drüben kommen und den Kopf schütteln und fragen, was sie hier eigentlich machten. Wihaji hatte nicht gewusst, dass er seinem Freund gerne noch so viele Fragen gestellt hätte. Fragen über Trica und wie es gewesen war, den Sonnenthron zu besteigen, nachdem er gerade erst die bösen Gerüchte zum Schweigen gebracht hatte. Sie hatten nie über das Scheitern gesprochen oder darüber, ob er diese dunkle Geschichte jemals vergessen konnte. Nun war es, als müssten sie all das nachholen, hier in diesem Keller tief unter dem Palast. Über Tizarun zu sprechen bedeutete, ihn zu lieben – einen Mann, der versagt hatte, und vielleicht gerade deshalb so ein herausragender Großkönig geworden war.

Ihn zu lieben bedeutete, ihn so zu sehen, wie er gewesen war. Die Augen zu öffnen und zu dem, was man sah, Ja zu sagen. Und gleichzeitig zu erkennen, wer man selbst war. Der strahlende Prinz und sein schwarzer Schatten. Aber das war nicht alles. Während die Erkenntnis durch ihn hindurchrauschte, vergaß Wihaji, wo er sich befand. Es war, als würde nicht Tenira vor ihm stehen, sondern Tizarun. Wie dunkel sie waren, sie beide. Der Prinz, an dessen Seele immer die Schuld kleben würde. Laimocs Versagen würde immer auch seines sein. Und der Fürst, dessen Herz voller Fragen war, voller Neid und Zweifel. Woher kam diese tiefe, galleartige Bitterkeit, von der Wihaji nicht einmal geahnt hatte, dass sie in ihm wohnte? Die Familie Lhe'tah hätte auch ihn zum Kandidaten ernennen können statt des gescheiterten Prinzen, aber sie hatten ihn nicht einmal in Erwägung gezogen, obwohl auch er von königlicher Abstammung war.

Wie war es ihm nur gelungen zu glauben, dass seine Hautfarbe nichts ausmachte? Ganz Lhe'tah hatte ihn verachtet, während er Tizarun hinterhergelaufen war wie ein treues Hündchen.

»Dann wolltest du den Thron also doch?«, fragte Tenira triumphierend.

»Nein, es geht doch gar nicht um den Thron.« Wihaji warf dem Magier einen schnellen Blick zu, aber Ronik erhob keine Einwände gegen diese Antwort. »Tizarun hatte alles«, sagte er schließlich, ihm war, als würde er mit beiden Händen im Schlamm wühlen und alles nach oben holen, was er fand. »Er hatte den Thron, er hatte dich, er war bei allen beliebt, er war glücklich.« Und doch hatte er Tizarun nicht gehasst. Er wunderte sich selbst über seine Anhänglichkeit, seine bedingungslose Treue. Alle hatten Tizarun geliebt, das ganze Volk lag ihm zu Füßen. In ihren Augen konnte ihr Liebling gar nichts falsch machen. Und er, Wihaji? Er hatte an Trica gedacht und an Laimoc; ein Stachel war in seinem Herzen geblieben. Weil die Welt den goldenen Prinzen immer mehr lieben würde als den schwarzen, und weil er selbst nicht anders gewesen war als alle. »Ich habe mir gewünscht, auch so glücklich zu sein wie er. Ich habe mir nur gewünscht, auch jemanden zu haben, der mich so liebt, wie du ihn geliebt hast.«

Tenira nickte.

»Der arme, einsame Wihaji. Als wir geheiratet haben, hattest du da nicht eine Verlobte?«

»Ja, Hetjun, Gräfin von Gaot. Sie hat mich wegen Winya verlassen. Wegen Prinz Winya, dem Dichter.«

Und wieder bäumte sich die Schlange auf und jagte Feuer durch seine Adern, die Flammen schlugen über ihm zusammen. Der Schmerz füllte die ganze Welt, er war die ganze Welt.

Diesmal schmeckte Wihaji Blut in seinem Mund, als es endlich vorbei war. Seine Augen waren blind, nur undeutlich erkannte er schemenhafte Gestalten. Der Nachhall des Schmerzes machte seine Glieder taub. Hätten ihn die Fesseln nicht gehalten, er wäre vom Stuhl auf den Boden gefallen. Seine Gedanken zersplitterten, eine Weile konnte er sich nicht einmal an die Frage erinnern, die er falsch beantwortet hatte.

Tenira schüttelte den Kopf. »Erwartest du Mitleid, Wihaji? Es geht hier um mehr, als du es bist. Sag mir, was du weißt.«

Seine Zunge war geschwollen, es gelang ihm kaum, die Silben zu formen. »Hetjun...« Es war ein Geheimnis, das wusste er noch, ein Geheimnis, das er niemals hatte preisgeben wollen. Doch ihm fiel nicht ein, warum er dieses Geheimnis unbedingt hatte bewahren wollen. »Jarunwa«, stammelte er. »Wegen ... Jarunwa.«

»Schon besser«, sagte Tenira grimmig.

Wihaji konnte sie nicht sehen, doch ihre Stimme schien immer lauter zu werden. Sie kam immer näher, bis sie in seinem Kopf wohnte, schrill und glühend, eine Stimme aus Feuer.

»Kommen wir nun zu denen, die dich von deiner Einsamkeit erlöst haben. Erzähl mir von deiner Braut.«

Widerstand regte sich in ihm. Der Schmerz hatte erst die Hoffnung ausgelöscht und dann den Zorn, und es war nichts mehr übrig, das er Tenira entgegensetzen konnte. Trotzdem spürte er plötzlich Trotz. Es war ein herrliches Gefühl, seinen eigenen Willen wieder wahrzunehmen, diesen Willen, der sogar stärker war als die feurige Schlange.

»Was habt ihr mit ihr gemacht?«, wisperte er mit blutenden Lippen.

»Ich stelle hier die Fragen. Du sollst mir alles über sie sagen, was du weißt.«

»Ich ... will nicht.« Es fühlte sich an wie ein Sieg.

»Bestraft ihn«, forderte Tenira.
»Er spricht die Wahrheit«, sagte der Magier.
»Natürlich will er das nicht! Bestraft ihn, das ist ein Befehl!«
Der Schmerz war zu stark, um den Sieg festzuhalten, zu stark, um überhaupt irgendetwas festzuhalten. Wihaji schrie, bis sich das Dunkel vor ihm auftat.
Als er wieder zu sich kam, nahm er den Schmerz mit ins Erwachen. Wihaji fühlte sich, als sei er seltsam durchlässig geworden, als würde jeder Luftzug seine Haut durchbohren wie eine Klinge. Der Schmerz machte sich bei jedem Atemzug, jedem Herzschlag bemerkbar. Das Licht brannte sich durch seine Lider. Und die Worte flossen aus ihm heraus, ohne dass er sie zurückhalten konnte oder das auch nur wollen konnte. »Erzähl uns von Linua, Wihaji«, sagte Tenira, und da erzählte er von Linua und konnte sich nicht einmal dafür hassen. Wie er an der Grenze Patrouille geritten war, und einer der Soldaten sie gefunden und zu ihm gebracht hatte.
»Was hatte sie an?«
Wie genau er sich daran erinnerte. Ein Kleidchen, zerrissen, sandfarben, aus rauem, dünnem Stoff.
»An welchen Stellen war es zerrissen?«
Er musste Tenira alles sagen. »Man sah ihre Oberschenkel. Und ihre Schultern.«
»Und dann? Wie hast du sie zu eurem Lager gebracht?«
»Sie war so schwach. Ich habe sie zu mir vorne aufs Pferd genommen.«
»Sie hätte sich auch vor euch verstecken können, nicht wahr? Aber sie hat sich dafür entschieden, sich zu zeigen.«
»Natürlich. Sie hatte keine Kraft mehr nach der tagelangen Flucht durch die Wüste.«
»Eine entlaufene Sklavin?«, warf der Magier ein. »Wurde sie zurück nach Kanchar gebracht, wie es unsere Verträge verlangen?«
Wihaji hatte Linua verraten, er hatte seinen Feinden ihr größtes Geheimnis preisgegeben. Er wusste es, sein Verstand war seltsam

klar und klagte ihn an. Wenn Linua noch lebte – und warum sonst hätte Tenira ihn so intensiv nach ihr befragen sollen? –, würde sie an Kanchar ausgeliefert werden. Seltsamerweise konnte er nicht einmal Bedauern empfinden. Er war ein Sieb, aus dem die Wahrheit herausrann, und der Teil von ihm, der noch denken konnte, sah einfach zu. Der Schmerz war so nah. Wihaji fürchtete ihn nicht, denn der Schmerz gehörte untrennbar zu ihm, als sei er schon immer mit ihm verwoben gewesen, mit der Nacht, die durch die Risse in seiner Seele schimmerte. Er war jenseits der Angst.

Tenira schnaubte verächtlich. »Ihr seid hergeschickt worden, um mich zu unterstützen, Meister Ronik. Machen wir weiter. Also, Wihaji, du überraschst mich. Ich habe immer geglaubt, dass ein Mann wie du sich peinlich genau an das Gesetz hält. Mir war nicht klar, welche Macht deine Verlobte über dich hatte. Du hast nie daran gedacht, sie auszuliefern? Du, ein Mann des Großkönigs, hast dich eigenmächtig über Recht und Ordnung gestellt?«

Er hatte keine Angst mehr vor ihr und ihren Fragen. Die Wahrheit war alles. Dies war ihr Thron, und sie herrschte über ihn, sie war nun sein König und sein Freund und sein geliebter Cousin, sein Rivale und sein Untergang. »Und wie viele Wajuner verschwinden in Kanchar?«, rief er aus. »Und werden versklavt oder verschwinden in kancharischen Arbeitslagern, und man hört nie wieder etwas von ihnen?«

Er biss sich erneut auf die Zunge, als der Schmerz ihn umarmte. Die Wahrheit küsste ihn auf die Stirn und auf die Wangen. Er liebte sie, diese Wahrheit, die in ihm wohnte. Sie war dunkel und bitter und schmeckte nach Eisen.

»Nicht zu viel!«, rief Tenira irgendwo in der Ferne. »Er soll nicht wieder ohnmächtig werden!«

Blut lief ihm übers Kinn, tropfte ihm über die Augen. Die brennende Schlange in seinem Bauch tanzte, aber nicht einmal sie konnte die Wahrheit verschlingen.

»Du stehst hier vor Gericht, niemand sonst. Das Mädchen konnte kein Wajunisch, wie also habt ihr euch verständigt?«

»Sie sprach ein paar Brocken. Wir brauchten jedoch keine Worte, um uns zu verständigen.« Wenn er über Linua sprach, war er dort, bei ihr. Er war wieder dort, in der Ebene von Lhe'tah, der heiße Wind aus Kanchar wehte von Osten. Wieder sah er das Mädchen mit der schwarzen Haut und den schwarzen Locken und den schwarzen Augen vor sich, ihr strahlendes Lächeln, das schöner war als der Frühling in Lhe. Keinen einzigen Gedanken hatte er daran verschwendet, sie auszuliefern. Es war wie Magie gewesen.

Und auch dies war wie Magie: Wie der Schmerz ihn an Orte führte, zu denen er nur allzu gerne zurückkehrte. Er hasste Tenira nicht mehr, denn es war wunderbar, wieder an der Grenze zu sein. Im Norden die Silhouette der Berge von Guna, im Osten die Wüste, hinter ihm sein Land und in seinen Armen das schöne Mädchen, das sich an ihn schmiegte.

»Hast du sie geküsst oder sie dich?«

»Ich.«

Und der Schmerz war wieder da, der Schmerz, der ihn noch tiefer in die Vergangenheit trieb, noch näher zu seinem alten Ich, das eine erschöpfte junge Frau in Sicherheit bringen wollte. Jetzt sah er es wieder deutlich: Wie Linua ihn ansah, wie ihre Finger über seine Wange strichen, wie sie sich hochreckte, bis ihre Lippen seine berührten.

Er war bei ihr und hätte immer dort bleiben mögen.

Tenira fragte weiter, fragte ihn nach seinen intimsten Geheimnissen, fragte ihn nach allem, was er je mit Linua getan und geredet hatte. Ihre Stimme führte ihn durch die Vergangenheit, dorthin, wo die heiße Sonne die Luft über der Steppe zum Flimmern brachte. Wo hinter Gesteinsbrocken wunderbare Schattenplätze lockten. Hoch über ihnen kreisten Adler. Im Gras zwitscherten die Steppensperlinge, die in kleinen Mulden in der warmen Erde ihre Nester bauten. Linua hatte sich an ihn geklammert, verstört und froh, ängstlich und hoffnungsvoll.

»Hat sie von Anfang an einen Plan verfolgt? Bist du ihr in die Falle gegangen?«

»Ja«, sagte er, denn die Wahrheit herrschte auf ihrem Thron. Ja, denn er war diesem Mädchen von Anfang an verfallen.

»Hat sie dich wirklich für einen einfachen Grenzwächter gehalten? Hat sie es vielleicht sogar darauf angelegt, dass ausgerechnet du sie findest? War sie überrascht, als du ihr erzählt hast, wer du bist?«

Die Szene wechselte. Er hockte nicht mehr mit ihr hinter dem Felsen, wo er ihr zu trinken gegeben und sie in seinen roten Umhang gehüllt hatte. Nun erreichten sie eins seiner zahlreichen Landschlösser südöstlich von Wajun, wo ihn seine Bediensteten empfingen und bewirteten. War ihr dort klar geworden, dass er mehr Land, Geld und Einfluss besaß als die Königin von Lhe'tah? Linua hatte keine Augen gehabt für die reichgedeckte Tafel, für das Porzellan und die vergoldeten Gabeln, sondern nur für ihn. Er hatte ihr ein eigenes Zimmer gegeben, doch sie war ihm in sein Schlafgemach gefolgt, wo sie die Diener hinausgescheucht und ihm aus seinen Kleidern geholfen hatte, bis er vor ihr stand, nackt und voller Begehren. Dann waren sie schon in Wajun, in seinem kleinen Haus hinter dem Palastgarten, und es war, als hätte sie schon immer dort gewohnt. Sie trug ein leichtes Sommerkleid und erfüllte die Räume mit ihrem Duft und ihrer Lebensfreude. Jedes Zimmer, das sie betrat, wurde heller. Jede Stunde, die er mit ihr verbrachte, war kostbar. Die Mauer aus Pflicht und Strenge, die er um sich herum aufgebaut hatte, bröckelte.

»Hat sie mit dir gespielt, Wihaji?«, fragte Tenira. »Hat sie sich einfach genommen, was sie wollte? Hatten ihre Wünsche eine Grenze?«

Linuas Wünsche waren einfach: Sie wollte nur ihn. Er hatte sie eingeladen, in seinem Haus zu wohnen, obwohl Karim ihn vor ihr gewarnt hatte. Vor ihr, der Fremden, der armseligen Sklavin, Flüchtling und Habenichts. Linua hatte ihn im Sturm erobert, ihn, den dunklen Fürsten, dem halb Lhe'tah gehörte, den Vetter der Sonne von Wajun, und er konnte nicht beschwören, dass ihre Geschichte stimmte. War sie vielleicht eine Betrügerin, die mit der Absicht in sein Leben getreten war, seinen großköniglichen Verwandten zu ermorden, um selbst noch höher aufzusteigen? Er wollte ihr vertrauen. Er lebte davon, Linua zu lieben, aber die Wahrheit war unerbittlich. Die Wahrheit sagte: *Wenn du für Linua die Hand ins Feuer legst, wirst du dich verbrennen.*

Wihaji hörte seine eigenen Worte durch den Raum hallen, aber es war, als wären dies die Worte eines anderen Mannes. Er weigerte sich, das Bild von Linua zu glauben, das Tenira ihn zu beschreiben zwang. Stattdessen wollte er davon erzählen, wie sie wirklich war, nicht berechnend, eine Verführerin und auf Adel und Reichtum aus, sondern warmherzig, lebenslustig und verträumt. Er wollte herausschreien, dass sie die zweite Hälfte seines Herzens war, sein anderes Ich. So sehr zu ihm gehörig, dass sie beide all das nicht gebraucht hatten, was andere für wichtig hielten: gleiche Herkunft und gleichen Stand. Nein, nicht einmal die Zeit, um sich langsam kennenzulernen, war vonnöten gewesen. Bei Linua hatte er seine Vorsicht und sein Misstrauen vergessen und sogar sein verwundetes Herz.

Doch die Wahrheit hatte kein Mitleid mit ihm. Die Wahrheit quoll aus seinem Mund, und Wihaji konnte nichts dagegen tun, dass er seine wunderbare Liebe verriet. Längst fühlte er sich nicht mehr wie ein Fürst, der Herr von Lhe'tah, der Herr vor irgendetwas. Ausliefert und gefesselt saß er da, während Tenira alles aus ihm herauszog, was ihr nützlich schien. In Riesenschritten eilte er durch seine Vergangenheit, hetzte von Szene zu Szene. Er wünschte sich, in den Momenten vollkommenen Glücks zu verweilen, doch sie zerrte ihn weiter und weiter. Die Wahrheit war ein Eisenvogel, der ihn in atemberaubender Geschwindigkeit durch die Lüfte trug, bis alles unter ihm klein und bedeutungslos wurde. Die Stunden des Glücks zersprangen wie Glas. Er atmete Splitter ein.

»Vermisst du ihn so sehr, dass du die Liebe aller anderen zerstören musst?« Er wusste nicht, ob die Wahrheit ihm diese Frage eingab oder der Schmerz und ob es überhaupt einen Unterschied machte.

»Zerstören?« Diesmal lächelte Tenira doch, ein kleines, fast unsichtbares und umso verächtlicheres Lächeln. »Glaub mir, ich habe nicht vor, deine Liebe zu zerstören. Ich suche einen Mörder – oder eine Mörderin.«

»Linua ist keine Mörderin.« Die Wahrheit führte ihn zurück in sein Haus, wo er Linua im Weinkeller angetroffen hatte. Sie rief ihm jedes Wort in Erinnerung. Linua mochte eine Fremde sein, die er nie richtig gekannt hatte, doch eine Mörderin war sie nicht.

»Immerhin hat sie sich sehr geschickt in dein Leben geschlichen, wie du uns hier offenbart hast. Eine gedungene Mörderin hätte es nicht besser machen können. Sehr, sehr geschickt. Und sie ist aus der Wüste, aus Kanchar.«

Die Wahrheit verschlang alle Gewissheiten. Sie war wie eine Krankheit, die man nicht mehr loswurde. »Weißt du nicht langsam genug?«, fragte er.

Aber Tenira hatte noch lange nicht genug, wie es schien.

»Und nun zu deinem Knappen.«

Eine andere Geschichte öffnete sich vor ihm wie ein Buch. Ein anderes Gesicht erschien vor ihm. Dieser Junge, der eines Tages zu ihm gekommen war, schüchtern und doch mit einem kecken Grinsen.

Braucht Ihr einen Knappen?

Nein. Der Junge hatte das Pferd am Zügel genommen und es in den Stall gebracht und versorgt.

Nein, ich brauche keinen Knappen, du mühst dich umsonst. Wer bist du überhaupt?, hatte er gefragt.

Karim.

Wessen Sohn?

Ein Niemand. Ich habe Eure Weste genäht, seht Ihr? Zeigt Ihr mir, wie man das Schwert führt? Ich will ein berühmter Krieger werden, so wie Ihr.

Schwerter? Er lachte ihn aus.

Ja, Schwerter. Und auch alles andere: eine Armbrust, ein feuriges Pferd.

Karim, Kindskopf, glaubst du an Märchen? Ein Junge, der blieb, und auf einmal war die Einsamkeit fort, bevor er sie festhalten konnte. Er war ständig um ihn, hilfreich und manchmal auch hilflos, voller Fragen und Unsinn im Kopf, und doch war das Talent in ihm unübersehbar: Schnelligkeit, Stärke, Geschicklichkeit, Mut – das Herz eines Kriegers.

Nie hatte er Karim sagen können, was er ihm bedeutete. Nicht einmal seine Freunde wussten davon, was dieser Junge für ihn war. *Mein Sohn. Mein kleiner Bruder.* Vielleicht ein wenig von dem, was Kir'yan-doh einst gewesen war, einer, den man beschützen wollte, obwohl er selbst dazu in der Lage war, für sich zu sorgen.

»Er hatte so etwas Vertrautes, als hätte ich ihn mein ganzes Leben lang gekannt. Wie der Sohn, den Hetjun mir hätte schenken sollen.«

Wihaji schlug die Augen nieder und wartete auf die nächste Frage, auf den nächsten Schmerz. Auf einmal schien ihm die Stille groß und bedeutsam wie ein Himmel, der aufklarte, obwohl man den Wind nicht gespürt hatte, der die Wolken verwehte.

Die Wahrheit schwieg.

Sie banden ihn los, und Wihaji fiel in Quinocs Arme.

Seine Beine wollten ihn nicht tragen, er war so schwach, dass er nicht einmal aufstehen konnte, dass er nicht einmal in der Lage war, den Kopf zu heben und Tenira anzusehen. Er wartete darauf, dass sie noch mehr sagte, irgendein Wort, das ihn entweder erlöste oder verdammte.

Doch er hörte nur, wie sich ihre Schritte entfernten. Schwarze Stiefel gerieten in sein Blickfeld. Jemand riss ihn hoch und packte seinen anderen Arm. Diesen Wachmann hatte er niedergeschlagen, erinnerte er sich dumpf, ganz am Anfang. War er jemals so stark gewesen? Das schien ihm nun sehr lange her, Monate oder sogar Jahre, in einem anderen Leben. Die beiden Männer schleiften ihn durch die hallenden Flure, vorbei an der Tür seiner Zelle, doch er fühlte sich nicht erleichtert, er wusste nicht einmal mehr, wie sich das hätte anfühlen können.

Sie öffneten eine andere Tür und stießen ihn in eine neue Zelle, kaum größer als die erste, mit einem winzigen Loch in der Mauer, durch die spärliches, kostbares Licht fiel. Er fiel auf etwas Weiches, vielleicht eine Matratze, vielleicht auch bloß Stroh, es war ihm gleich. Seine Haut war zu empfindlich, um irgendetwas anderes zu fühlen als Schmerz. Und es war still, wunderbar still. Dankbar schloss er die Augen.

»Du Mörder«, sagte Quinoc leise, mit einer Stimme voller Hass und Abscheu. »Das ist alles deine Schuld.«

Er widersprach nicht. Die Wahrheit hatte ihn vom Thron der Rechtschaffenheit gestürzt, und nun, hier am Ende aller Träume vom Glück, blieb ihm nur noch sie. Sie war dunkel wie die Nacht, so süß wie Linua, zärtliche Gefährtin seiner Finsternis. Die Tür schlug zu, jemand schob den Riegel vor. Ketten klirrten. Schritte hallten auf glattem Stein, entfernten sich.

Er fürchtete sich nicht länger. Er war nicht einsam oder verzweifelt. Die Nacht um ihn herum war sanft und freundlich, voller Trost und ohne Träume.

Irgendwann kam sie. Wihaji hatte schon nicht mehr damit gerechnet, als die Tür sich öffnete. Die Großkönigin rauschte herein, mit diesem fremden Gesicht, das sich so sehr von dem Mädchengesicht unterschied, das Tizarun geliebt hatte.

Wihaji hatte sich von der Folter erholt. Er hatte gegessen und getrunken, geschlafen und dabei zugesehen, wie das Tageslicht, das durch das winzige Fenster fiel, verblasste, verschwand und wieder zurückkehrte. Er hatte die Tage nicht gezählt, da Tage ohne Hoffnung nichts bedeuteten. Manchmal dachte er an Linua und an Karim und versuchte, sich daran zu erinnern, wie sehr er die beiden geliebt hatte. Manchmal rief er sich Tizaruns Bild vor Augen und fragte sich, wie es ihm gehen würde, wenn er ihn tatsächlich ermordet hätte.

Nun, da Tenira auf der Schwelle erschienen war, überlegte er, ob er Furcht empfinden sollte oder vielleicht Wut. Es war unmöglich. »Ich bin unschuldig«, sagte er, da ein Teil von ihm immer noch darauf bestand, die Wahrheit zu sagen.

Tenira schwieg ihn eine ganze Weile an, ihr Blick voller Feindseligkeit und Verachtung, dann sprach sie endlich. Ihre Stimme war eisig. »Selbst wenn du so unschuldig bist, wie du behauptest, wie du für dich selbst in Anspruch nimmst ... Weißt du, was mit Menschen geschieht, die den Tod eines Großkönigs verschulden, selbst wenn sie es ohne Absicht tun?«

Die den Tod eines Großkönigs verschulden. Und auch das war die Wahrheit, und diese Wahrheit war nicht weniger schrecklich als das Wissen darum, dass er unschuldig im Kerker saß.

»Ich war in den Archiven«, erzählte sie. »Ich bin in die Vergangenheit zurückgegangen, und rate mal, was ich gefunden habe. Vor fünfhundertdreiundsiebzig Jahren wurde schon einmal ein Großkönig getötet. Sirja'nun von Anta'jarim. Er ist im Land der Tausend Städte in einer Kutsche über eine Brücke gefahren, und die Brücke ist eingestürzt. Der Mann, der diese Brücke gebaut hatte, lebte nicht mehr, aber da gab es einen Baumeister in der Stadt, der für diese Brücke verantwortlich war und für ihre Instandhaltung. Weißt du, was sie mit ihm getan haben?«

»Was?« Wihaji hatte es mit fester Stimme sagen wollen, aber es kam nur ein Krächzen heraus.

»Er wurde öffentlich hingerichtet, vor den Augen des weinenden Volkes von Wajun. Sie haben ihm mit einer Zange Fleischstücke aus dem Leib gerissen. Zuerst aus den Waden, dann aus den Oberschenkeln, dann aus Oberarm und Unterarm und zuletzt die Brustwarzen. Sie mussten die Zange mehrmals hin und her drehen, damit sie die Haut herausbekamen. Dann haben sie ihm siedendes Öl in die Wunden gegossen. Sie banden Stricke an seine Arme und Beine und wollten ihn von Pferden auseinanderreißen lassen. Über eine Stunde lang versuchten sie es, und schließlich trennten sie ihm das Fleisch an den Gelenken durch, bis auf den Knochen. Zuerst an den Beinen, und die Pferde rissen ihm die Beine ab. Dann an den Schultern, und die Pferde rissen ihm die Arme ab. Als seine Gliedmaßen abgetrennt waren, wurde er auf den Scheiterhaufen geworfen und verbrannt. Manche behaupten, er habe noch gelebt, als sie ihn ins Feuer warfen.« Tenira machte eine Pause. »Was glaubst du, Wihaji, warum du noch lebst?«

In ihm war es dunkel. Es war so dunkel, dass ihre Worte ihn kaum noch erreichen konnten.

»Jener Mann war unschuldig«, brachte er schließlich heraus.

»Unschuldig? Er wollte den Großkönig nicht töten, das ist wahr. Aber wenn er seine Pflicht getan hätte, wäre es nicht geschehen. Er hat in Kauf genommen, dass etwas Schreckliches passieren könnte, deshalb ist auch ihm etwas Schreckliches angetan worden. Du bist nicht unschuldig, Wihaji, egal, wie du es drehst. Du wusstest nicht, dass der Honigwein vergiftet war? Du hast es nicht selber getan, sondern man hat dir die Flasche untergeschoben? Sagen wir, ich glaube dir das. Es fällt mir schwer, es zu glauben, dennoch scheint es so zu sein. Ja, das zumindest hast du bewiesen. Aber Tizarun hat dir vertraut. Er hat dir auch darin vertraut, dass du Jarunwa richtig einschätzt. Und dass du weißt, wer in deinem Haus wohnt. Dass du das Richtige tust, selbst wenn du eine Kancharerin heiratest oder deine Dienstboten aussuchst!«

»Sie sind unschuldig, Tenira, beide!« Das war die Wahrheit, und sie war es nicht – er wusste nicht mehr, wer diese beiden Menschen waren, die ihm so viel bedeutet hatten. Wihaji zuckte zusammen, erwartete den Schmerz, mit dem Ronik ihn bestrafte, und stellte beschämt fest, dass er ausblieb. Er war nicht mehr an den Thron der Wahrheit gebunden, und doch konnte er sich nicht ganz davon lösen. Ein Teil von ihm spürte immer noch die Fesseln.

»Ja«, stimmte sie ihm unerwartet zu. »Da gebe ich dir sogar recht. Wir haben auch deine Verlobte Ronik vorgeführt. Es hat mich überrascht, aber anscheinend ist Linua wirklich nichts als ein armes Mädchen, das sich Hals über Kopf in dich verliebt hat. Doch dein Knappe bleibt unauffindbar. Kannst du das erklären?«

»Er muss es mit der Angst bekommen haben«, sagte Wihaji. Es war beinahe unfassbar, dass er ein gewöhnliches Gespräch führen konnte, dass er tun konnte, als sei er wieder Wihaji, Fürst von

Lhe'tah. Das war eine Lüge, die er für sich behielt. Dieser Mann war er nicht mehr. Ein leises Kichern stieg in ihm auf. Sie merkte es nicht. Tenira sah ihn an und konnte doch nicht sehen, dass seine Haut von der Wahrheit bereits durchlöchert war, dass er einen Mantel aus Nacht und Schmerz trug, hinter dem er sich versteckte.

»Bitte, Tenira, er ist nur ein Junge.«

»Solange er nicht auf dem Thron der Wahrheit Platz genommen hat, werde ich ihn für schuldig halten. Ich werde jeden für schuldig halten, der mir nicht das Gegenteil bewiesen hat.«

»Ich habe ...«

»Nein«, unterbrach sie ihn. »Du warst verantwortlich, Wihaji. Du hast Tizarun das Gift überreicht. Du, mein Lieber, wirst nie wieder unschuldig sein.«

Ich werde mich nicht umbringen, dachte er auf einmal. *Egal was geschieht, ich werde nicht selbst Hand an mich legen.*

Die Kälte kroch seinen Nacken hoch wie eine Schlange, gleich würde sich der Giftzahn in seinen Hals bohren. So fühlte er sich: Gleich würde sie zuschlagen. Gleich würde Tenira ihm sagen, was ihn erwartete.

»Ich werde dich den Verdammten zum Fraß vorwerfen. Ich werde allen, die du liebst, einen stählernen Nagel ins Fleisch schlagen. Deine schöne Verlobte wird sich wünschen, sie wäre nie geboren. Deinen Knappen werde ich jagen, wie nie ein Wild gejagt wurde, und wenn ich ihn habe, werde ich ihn leiden lassen, wie nie irgendjemand gelitten hat. Deinetwegen. Deine Familie wird sich von dir lossagen, und die Götter werden dich vergessen. Die ganze Welt ist vergiftet worden, und ich will, dass du das weißt, Wihaji. Nichts wird mehr sein, wie es war.«

Sing mir den Schmerz.

»Wann?«, fragte er heiser.

Sie senkte ihre Stimme. »Bald«, flüsterte sie. »Oh ja, bald.«

19. DAS SCHWÖRE ICH

Quinoc ging unruhig auf und ab. »Wir können es nicht länger geheim halten, sieh das doch ein, Tenira, bitte. Die Leute beginnen nachzufragen. Sie wollen Tizarun sehen.«
    Tenira saß in einem tiefen Sessel, in einem schlichten weißen Kleid. Obwohl sie nicht mager war, sondern von ihrer Schwangerschaft immer noch etwas füllig, kam es ihm vor, als hätte sie keine Substanz, als wäre da nichts als dieses Kleid und dann dieses Gesicht, das so unnatürlich ruhig war. Das Lachen, das sie hin und wieder in ihre Sätze einflocht, klang armselig. Sie hatte ihr Gesicht geschminkt, wahrscheinlich um die Tränenspuren zu überdecken, aber nun wirkte es wie eine weiße Totenmaske mit blutleeren Wangen und fiebrig glänzenden Augen. Ihr prächtiges schwarzes Haar, auf das sie immer so stolz gewesen war, hing ihr struppig vom Kopf.
    Oh ihr Götter, dachte er, Barmherzige, *sie sieht aus wie eine Tote. Die Sonne von Wajun ist untergegangen. Tizarun hat das Tor durchschritten, und Teniras Seele ist ihm gefolgt.*
    »Ich will, dass es geheim bleibt.«
    »Warum?« Er trat einen Schritt auf sie zu, aber er wagte nicht, sie anzufassen. Am liebsten hätte er ihr vorgeschlagen: Weine dich an meiner Schulter aus, kleine Schwester.
    Aber obwohl Tizarun nunmehr seit einem Monat tot war, bestand Tenira darauf, dass das Leben im Palast seinen gewohnten Gang nahm. Der Leichnam des Großkönigs war in einem kalten Zimmer aufgebahrt, und sie verbrachte jeden Tag mehrere Stunden dort bei ihrem toten Gemahl. Eine Lichtkugel lag über ihm und verhinderte den Zerfall seines Körpers. Er sah aus, als lebte er.

»Ich will es«, sagte sie langsam und erwiderte Quinocs Blick mit einer Spur der alten Intensität. Etwas hinter ihrer Maske des Todes war immer noch lebendig, unheimlich lebendig, vielleicht war es auch nichts, was jemals vorher in ihr gewesen war, sondern etwas Neues, das in der Stunde von Tizaruns Tod in ihr geboren worden war. »Ich bin die Großkönigin, und ich will es.«

Er schüttelte bedächtig den Kopf. »Nein, Tenira. Du bist nicht mehr Großkönigin. Die Sonne ist zerbrochen. Es muss ein neuer Großkönig gewählt werden.«

»Wir werden allen sagen, dass er krank ist, dass er niemanden sehen darf. Doktor Cimro wird für uns lügen, und die Menschen werden es glauben. Einige haben etwas von der Aufregung mitbekommen, und sie wissen, dass ein kancharischer Eisenvogel mit einem Magier hier gelandet ist. Die Leute im Palast werden ohne Weiteres glauben, dass Tizarun so krank ist, dass er eines Arztes aus Kanchar bedarf.«

»Tenira, hörst du mir nicht zu? Du hast kein Recht mehr, den Leuten hier Befehle zu erteilen. Wir haben so lange wie möglich mitgemacht, weil wir dich schonen wollten, aber jetzt ist es genug. Ein Monat ist vergangen, ein ganzer Monat! Nun müssen wir endlich Tizaruns Tod verkünden und Boten nach Anta'jarim senden, damit sie ihren Kandidaten wählen. Es gibt keinen anderen Weg.«

»Komm mit«, sagte sie.

Er folgte ihr den Gang hinunter, über den glatten schwarzen Boden, der sich wie ein Abgrund unter seinen Füßen anfühlte. Eine Tür öffnete sich vor ihnen, die in ein Zimmer aus weißem Marmor führte. Auf einem kleinen Bett, in einer Kugel aus Licht, lag das winzige Kind und schlief.

»Das Kind!«, rief Quinoc fassungslos. »Ich dachte, du hättest es verloren!«

»Er lebt«, sagte sie.

»Warum hast du mir nichts gesagt?« Seine Schritte hallten laut in dem leeren Raum. Quinoc trat dichter heran und betrachtete den Säugling ungläubig. »Dass es so etwas gibt, das ... ist ein Wunder!«

»Es ist kein Wunder«, sagte sie kühl. »Es ist Magie. Meister Ronik gehört zum Hofstaat des Kaisers von Kanchar. Kaiser Ariv hat mir seinen besten Magier geschickt!«

»Es sieht aus wie eine Leuchtkugel. Das können unsere Zauberer doch auch.«

»Kugeln, die Licht oder Wärme schenken, ja. Aber diese schenkt meinem Sohn das Leben, sie ist wie eine kleine Sonne, die ihm meinen Leib ersetzt. Du müsstest dabei sein, wenn Ronik den Zauber erneuert, wenn er Worte spricht, wie sie noch nie hier in Wajun gehört wurden, und mit seinen Händen das Licht formt und bannt.«

Quinoc schüttelte fassungslos den Kopf. »Dieser magere Kancharer, der immer gebückt durch die Gänge schleicht, vermag solche Dinge?« Er blinzelte, denn das Leuchten ließ seine Augen tränen. »Wie heißt dein Sohn?«

»Sadi«, antwortete Tenira. »Sadi von Wajun. Er ist der neue Großkönig von Le-Wajun. Das war Tizaruns letztes Werk, sein letztes Gesetz: die neue Erbfolge, die die Wahlen abschafft.«

»Aber das Dokument ist verschwunden«, wandte er ein.

»Tizaruns Unterschrift und die von König Jarunwa waren auf dem Pergament, das hat Wihaji auf dem Thron der Wahrheit bezeugt. Dieses Gesetz ist vor unserem Volk und vor den Göttern gültig, aber das wissen nur du, ich, Jarunwa und Wihaji. Dennoch müssen wir danach handeln. Vertraust du mir, Quinoc? Dies ist mein Sohn, der Erbe dieses Reiches, aber ich kann es nicht beweisen, solange das Gesetz verschwunden bleibt! Soll ich jedes leere Pergament in diesem Reich in Geheimwasser tauchen, um zu sehen, ob die erlösenden Worte endlich auftauchen? Ich kann nur darauf vertrauen, dass die Götter auf meiner Seite sind.«

»Jarunwa kann es beschwören oder erneut unterzeichnen.«

»Das könnte er, wenn er das Wohl von ganz Le-Wajun im Sinn hat, aber wir werden ihn nicht fragen. Seine Rolle in dieser Geschichte ist immer noch nicht geklärt, und ich werde diesem

Mann keine Gelegenheit geben, erneut Ja zu sagen und heimlich etwas ganz anderes zu planen. Warum sollte einer aus Anta'jarim mit uns regieren, wenn er es auch ohne uns kann? Du weißt, dass die Könige von Anta'jarim große Vorbehalte gegen Magie haben. Sie glauben, dass die Götter alle Magier verflucht haben. Sobald einer dieser Hinterwäldler hier einzieht, wird alles, was wir erreicht haben, beendet werden. Wenn hier ein anderer Großkönig regiert, bevor dieses Kind alt genug ist, um selbst zu atmen und zu trinken, wird es sterben. Der neue König wird Ronik fortjagen, und mein Sohn wird sterben.«

»Das würden sie nicht tun. Das dürfen sie nicht!«

»Doch. Du weißt, dass es so ist. Anta'jarim hat schon immer alles gebremst, was Le-Wajun weitergebracht hätte. Bald wird Kanchar uns so weit voraus sein, dass sie uns mit einer Handbewegung vernichten können. Der Großkönig und ich hatten Träume für das Reich der Sonne, von denen du keine Vorstellung hast. Wir wollten Magier zu uns an den Hof holen, die mehr können, als bunte Lichter über die Wände tanzen zu lassen. Die besten Eisenmeister aus Gojad, die uns Eisenpferde und Eisenvögel bauen. Wir wollten Kanchar einholen und überflügeln. Du kannst dir nicht vorstellen, was für Träume mit Tizarun gestorben sind.«

»Aber, Tenira...« Quinoc suchte nach den richtigen Worten. »Selbst wenn du die Ankunft der Anta'jarimer hinauszögerst, irgendwann kommen sie doch. Dann ist es ihre Angelegenheit, in welche Richtung sie das Reich der Sonne führen.«

»Le-Wajun wird untergehen«, sagte Tenira eindringlich. »Kanchar ist auf dem Sprung. Du weißt, dass ich nicht lüge. Du warst in Guna dabei, du kennst die Kancharer. Du weißt, worauf sie aus sind.«

»Ja, ich weiß. Eisen und Brandsteine für ihre magischen Kreaturen.«

»Und wozu brauchen sie so viele Eisenpferde? Wozu, wenn nicht für den nächsten Krieg? Wir haben sie damals in Guna zurückgeschlagen, aber sie werden wiederkommen. Du weißt das. Und wir haben nichts gegen sie in der Hand. Noch nicht. Der

Krieg, der auf uns zukommt – egal, welcher Großkönig hier in Wajun regiert –, wird mit nichts davor vergleichbar sein.«

»Aber selbst wenn die Zukunft der ganzen Welt auf dem Spiel stünde, was könnte ich daran ändern? Wir müssen den Menschen sagen, was geschehen ist. Die Sonne ist zerbrochen. Wir können doch nicht tun, als wäre nichts gewesen.«

»Doch«, sagte sie, »genau das verlange ich von dir, mein Bruder. Ich bin die Großkönigin, ich bin es und bleibe es. Ich bin die Sonne.«

Quinoc musterte sie und empfand Mitleid mit ihr, nichts als Mitleid. Ihre Schönheit, ihre Stärke, die guten Gesetze, die Tizarun und sie in die Wege leiten wollten ... es war so schade darum. »Sie ist zerbrochen«, widersprach er leise. »Du bist nur eine Hälfte, und es gibt keine halbe Sonne. Wenn einer stirbt, muss der andere abdanken.«

»Nein. Das hier«, sie zeigte auf das Kind, »das ist meine andere Hälfte.«

»Mutter und Sohn als Sonne?«

»Ja«, sagte sie. »Wir sind die Sonne. Ich weiß, wie ungewöhnlich das ist, aber warum müssen es Mann und Frau sein, warum nicht Mutter und Sohn? Ein Mann und eine Frau, zusammengeschmiedet zu einer Macht. Die eine Sonnenhälfte starb, dafür wurde eine neue geboren. Das ist ein Zeichen, mein Bruder.«

»Ist das dein Ernst?«, fragte Quinoc ungläubig.

»Mein Mann ist in dem Moment gestorben, als das Kind geboren wurde.«

»Du meinst, dass er ...« Er starrte auf den kleinen Jungen. Wenn sich jetzt die Augen öffneten, würden es dann Tizaruns Augen sein? »Das ist doch verrückt. Jeder Mensch bekommt seine eigene Seele.«

»Ich habe nicht gesagt, dass Tizaruns Seele in ihn gegangen ist«, erwiderte sie hitzig. »Nur, dass die Götter mir eine neue Hälfte geschenkt haben. Die Sonne ist nicht zerbrochen. Sie ist gesunken und hat das Meer geschmeckt, aber sie brennt noch. Vertraust du mir, Quinoc?«

Er sah sie an, weil sie es befahl, weil er nicht anders konnte. Vor ihm stand keine trauernde, verstörte Witwe, sondern eine hoch aufgerichtete Gestalt mit glänzenden Augen, erhaben und göttlich. Wie hatte er denken können, sie brauchte sein Mitleid? In diesem Moment sah er, dass sie mehr war als eine sterbliche Frau, mehr als eine Halbschwester, sogar mehr als eine Königin. Tenira war die Tochter einer Lichtgeborenen, in ihren Adern floss das Blut der Götter. Sie war die Sonne. Sie war alles, woran er glaubte, woran er glauben konnte. Sie war die Einzige, die Le-Wajun vor den Eisenpferden Kanchars retten konnte.

Für die Sonne von Wajun hatte Quinoc seinen Bruder Laimoc geopfert, er hatte die Wahrheit schon einmal gebeugt und verraten. Für sie würde er Wihaji opfern. Für sie würde er sogar das Gesetz brechen, wie er es schon immer getan hatte. Es gab kein Zurück mehr. Er hatte der Sonne sein Leben verschrieben, und es war zu spät, um es wieder zurückzunehmen.

»Ja«, sagte er, denn hätte er Nein sagen wollen, hätte er das schon damals tun müssen, damals nach dem Krieg von Guna.

»Lässt du mich weiter deine Großkönigin sein?«

»Ja.« Zu den Göttern sagte man niemals Nein.

»Dann schwöre«, verlangte sie.

»Was?«, fragte er. »Was soll ich schwören?«

Tenira schritt an das schmale, hohe Fenster, das in den weißen Marmor eingefügt war, und blickte über die Stadt. So zerbrechlich kam sie ihm vor, nachdem er sich in den vergangenen Monaten an ihre wachsende Fülle gewöhnt hatte, und er ermahnte sein Herz, das sich vor Mitleid verkrampfte. Tenira war die stärkste Person, die er kannte, und stattdessen sollte er lieber ihre Feinde bedauern.

»Dort«, sagte sie und zeigte mit der Hand zum Park hin, der sich groß und grün um den Palast herum erstreckte. »Wir werden dort ein Haus bauen.«

»Warum? Bei den Göttern, Tenira, sag mir, was du vorhast. Sag mir, was du willst. Ich möchte dir so gerne helfen.«

»Wirklich?« Sie sah ihn fast überrascht an. »Du willst mir helfen? Dann sorg dafür, dass alles beim Alten bleibt. Ich muss den Thron behalten, die Sonne ist noch da. Sperr alle weg, die das Gegenteil behaupten. Und besorg mir Leute, die mir ein Gebäude errichten.«

»Wofür?«

»Für die königliche Familie von Anta'jarim«, flüsterte sie. »Wir werden die Wahlen einberufen, und sie werden herkommen.«

»Sie waren sonst immer im Gästeflügel untergebracht. Im linken.«

»Ich weiß. Und das Haus Lhe'tah im rechten Flügel. Aber das wird dieses Mal nicht gehen. Wir werden ihnen mitteilen, dass wir gerade am Umbauen sind. Sie sollen ihr eigenes Haus beziehen. Dort im Garten. Ich will es von hier aus sehen.«

»Was hast du vor.« Er flüsterte, und es klang nicht wie eine Frage.

»Wenn wir den Tod des Großkönigs jetzt bekanntgeben, wird man uns glauben, dass er gerade erst von uns gegangen ist. Die königliche Familie von Anta'jarim wird sich auf einen Kandidaten einigen müssen, das wird eine Weile dauern. Dann werden sie sich auf den Weg nach Wajun machen. Also haben wir noch ein paar Wochen. Wie lange werden wir benötigen, um das neue Haus zu bauen? Bis die königliche Familie mit ihrem Favoriten eintrifft, muss es fertig sein. Wenn du mir wirklich helfen willst, sorg dafür, dass es bereitsteht. Nimm Magier zu Hilfe, so viele, wie du brauchst.«

»Ein Haus für das Haus Anta'jarim?« Er konnte sich nicht vorstellen, was sie damit vorhatte. Aber was immer sie plante, er würde sie dabei unterstützen.

Sie zögerte. »Quinoc, mein Bruder ... Was ich dir jetzt sage, wird alles entscheiden. Ob du weiterhin für mich da bist. Ob das Reich der Sonne Le-Wajun von unserer Familie regiert wird. Alles. Ich möchte es verschweigen und kann es doch nicht ... Du warst dabei, als ich Wihaji befragt habe. Er wusste tatsächlich nichts von dem Gift, Quinoc, weder von dem in der Flasche noch von dem Gegengift in seinem Blut.«

»Ja, ich weiß«, sagte er. Was Wihaji betraf, war er hin- und hergerissen. Nach dem Verhör war die Wut in ihm übergekocht. Sein alter Freund mochte unschuldig sein, aber er hatte zwei äußerst verdächtige Personen in Tizaruns Nähe gebracht. Noch vor ein paar Tagen, kurz nach dem Thron der Wahrheit, hätte er ihn am liebsten tot gesehen. Mittlerweile hatte Quinoc sich beruhigt und zweifelte daran, ob Wihaji so eine harte Strafe verdiente, nur weil er zu vertrauensselig gewesen war.

»Wirst du ihn jetzt freilassen?«

Sie lachte unfroh. »Freilassen? Ihn, der den Tod gebracht hat, der ihn süß und golden in Tizaruns Glas gegossen hat? Ihn freilassen, der all das vernichtet hat, was er behauptete zu lieben? Ich soll ihn und vielleicht auch noch das Mädchen gehen lassen und zusehen, wie er mit seiner schwarzen Braut eine Familie gründet, während Tizarun, während mein Tizarun...?« Sie keuchte, sammelte sich. »Ich habe mir seinen Haushalt vorgenommen. Diese kleine Kancharerin, ich dachte wirklich, sie wäre es... aber auch aus ihr konnte Ronik nichts Brauchbares herausbekommen. Wihajis Knappe ist wie vom Erdboden verschluckt, doch alle loben ihn in den höchsten Tönen, niemand mag etwas Schlechtes über ihn sagen. Wihajis gesamte Dienerschaft scheint so unschuldig wie eine Schar kleiner Kätzchen. Selbst unter Folter wussten sie nichts zu sagen.«

Quinoc nickte. Er hatte die Verhaftungen vornehmen lassen und wusste, wie schwierig sich die Suche nach der Wahrheit gestaltete.

»Wir haben sogar Kann-bai und diesen verfluchten blauäugigen Herzog dazu gezwungen, den magischen Trank zu trinken, der ihnen die Wahrheit aus der Seele brennt! Ich habe in ihren Geheimnissen gebohrt und nichts, nichts erfahren!«

Nie würde Quinoc vergessen, wie Sidon ihn danach angesehen hatte, mit einem Blick voller Hass und Verachtung. Kann-bai würde ihm vielleicht verzeihen, er war aufbrausend, aber nicht nachtragend. Doch Sidon hatte sich dort unten im Keller in einen Feind verwandelt. Dass Quinoc alle Verdächtigen im Kerker belassen musste, bis sie entschieden hatten, wann sie Tizaruns Tod öffentlich machten, machte es auch nicht besser.

»Vielleicht ist dieser Meistermagier nicht so gut, wie du dachtest.«

Ihre Augen verengten sich.

»Jemand, der ein solches zu früh geborenes Kind am Leben erhalten kann, soll nicht imstande sein, einem Verbrecher die Zunge zu lösen? Es bleibt nur noch eine Möglichkeit. Tizaruns Freunde haben nichts damit zu tun. Jemand anders wollte Wihaji den Mord in die Schuhe schieben; aus dem Grund hat man ihm das Gegenmittel verabreicht im Vertrauen darauf, dass wir in seinem Blut darauf stoßen würden. Sie brauchten einen Schuldigen. Sie gaben ihm die Flasche mit und schickten ihn mit der tödlichen Botschaft zurück.«

»Dann war es doch König Jarunwa?«

»Er ist der Einzige, den ich nicht dazu zwingen kann, einen Wahrheitstrank zu sich zu nehmen. War er es selbst? Seine Königin, die aus Nehess stammt? So schnell ist alte Feindschaft nicht begraben. Oder sein Bruder, der auf den Thron hofft? Der verrückte Dichter? War es ein Anschlag auf alles, wofür Tizarun und ich gestanden haben, von jemandem, der sich dazu berufen fühlt, die alten Wege der Götter zu verteidigen?«

»Anta'jarim«, wiederholte er fassungslos. »Und du lädst sie ein herzukommen? Hierher zu uns nach Wajun? Wie kannst du das ertragen? Sie zu begrüßen und nicht zu wissen, wer von ihnen es gewesen ist?«

»Ja«, sagte sie, »ich werde es ertragen, weil ich weiß, was geschehen wird, weil ich ihnen einen Empfang bereiten werde, wie er nie zuvor jemandem bereitet wurde.«

»Was willst du tun, Tenira?«

»Wirst du mir helfen, mein Bruder? Aber glaube nicht, dass ich dir alles sage und dich dann durch diese Tür gehen lasse, damit du mich verrätst. Ich gewöhne mich nämlich langsam daran, dass ich von allen verraten werde, die ich kenne. Willst du mich auch verraten, Quinoc?«

»Tizarun war mein Freund«, sagte Quinoc. »Und mein Großkönig. Und du bist die Tochter meines Vaters und meine Großkönigin. Ich werde dich nie verraten, Tenira. Niemals, solange ich lebe.«

Sie musterte ihn liebevoll, als würde sie erkennen, wie viel Schmerz auch in ihm war.

»Dann weißt du, was du zu schwören hast.«

Er schluckte schwer. »Ich schwöre«, flüsterte er. »Dein Leid ist mein Leid, und dein Sieg ist mein Sieg. Ich werde für dich kämpfen, und ich werde für dich leben, und ich werde für dich sterben.«

»Sag es: Ich werde für dich töten.«

Er beugte die Knie. »Ich werde für dich töten.«

»Bei den Göttern.«

»Ja«, sagte er, »bei den Göttern. Ich werde für dich kämpfen, und ich werde für dich leben, und ich werde für dich sterben, und ich werde für dich töten. Bei den Göttern des Himmels und der Erde, das schwöre ich.«

»Linua«, flüsterte Wihaji.

Was würde Tenira mit ihr tun? Was würde sie tun, wenn Unschuld ihr nichts bedeutete? Seine Eltern waren längst tot, zum Glück, Geschwister hatte er keine. Alle anderen Verwandten waren auch mit Tizarun blutsverwandt, also waren sie wohl in Sicherheit. Aber Linua, seine liebe Linua...

Tagelang dachte er nur an sie. Und dann begann das Flüstern. Die Wände hatten Stimmen, leise, wispernde Stimmen, die Tag und Nacht sprachen und tuschelten. Zuerst verstand er nichts, es war nur wie ein Raunen, wie der Wind, der draußen über die Wände strich, zärtlich vielleicht sogar, der mit den Kletterrosen spielte und den Duft der Ebene von Lhe'tah mitbrachte. Doch dann wurden Worte daraus, Teniras Worte. Sie wurden immer deutlicher, immer lauter. Sie gellten in seinen Ohren, ohne Unterbrechung, wieder und wieder.

Sie haben ihm mit einer Zange Fleischstücke herausgerissen. Zuerst aus den Waden, dann aus den Oberschenkeln, dann aus Oberarm und Unterarm und zuletzt die Brustwarzen. Sie mussten die Zange mehrmals hin und her drehen.

Und in ihm war es dunkel, so dunkel. Teniras Stimme hörte nicht auf, zu ihm in diese Dunkelheit zu sprechen. Er schrie nach Linuas warmer Stimme und ihrem Gesang, aber es war Teniras Flüstern, das durch die Wände zu ihm drang.

Dann haben sie ihm siedendes Öl in die Wunden gegossen. Sie banden Stricke an seine Arme und Beine und wollten ihn von Pferden auseinanderreißen lassen. Über eine Stunde lang versuchten sie es...

Er schrie. Er warf sich gegen die Tür, gegen die Wände, auf den Boden. Wenn der Wächter ihm zu essen brachte, hatte er eine lange Stange dabei, mit der er ihn in die Ecke prügelte. »Aus dem Weg, du Hund!«

Schließlich trennten sie ihm das Fleisch an den Gelenken durch, bis auf den Knochen. Zuerst an den Beinen, und die Pferde rissen ihm die Beine ab. Dann an den Schultern, und die Pferde rissen ihm die Arme ab.

Er schrie und tobte, bis er nicht mehr konnte. Danach saß er auf dem kalten Stein und horchte auf die Stimmen, die immer dasselbe flüsterten.

Als seine Gliedmaßen abgetrennt waren, wurde er auf den Scheiterhaufen geworfen und verbrannt. Manche behaupten, er habe noch gelebt, als sie ihn ins Feuer warfen.

»Wihaji.«

Wihaji blickte hoch, ins Licht, in ein zerfurchtes Antlitz unter schwarzgrauen Locken. Er wusste, dass er die Person kannte, dass dieser Mann in einem früheren Leben an seiner Seite geritten war. Er kannte diese dunklen Augenbrauen ... Sie alle sahen so aus. Auch Tenira. Sie hatten mit diesen Stimmen zu tun, diese finsteren Brauen.

Er wich in die Ecke zurück.

»Passt auf, Herr, er ist gefährlich«, sagte der Wächter.

»Wihaji, alter Freund. Ich bin's, Quinoc.«

Der Name klang vertraut, er wusste, er hätte ihn kennen müssen. Der Wihaji, der er früher gewesen war, kannte ihn ganz bestimmt. Die Edlen Acht – Quinoc und Laimoc, Tizarun und Wihaji, Lani und Kirian, Sidon und Kann-bai. Waren sie nicht unzertrennlich gewesen? Doch das war lange her. Der Wihaji, der noch übrig war, hatte nur noch einen Freund, nur noch eine Geliebte. Die Wahrheit. Die Wahrheit, die aus den Steinen flüsterte. Sie war nicht edel und heldenhaft, sie war dunkel und grausam. Sie war der Schmerz und hatte immer recht.

Quinoc setzte sich ihm gegenüber. »Was muss ich von dir hören?«

»Auch die Unschuldigen werden zerrissen«, flüsterte Wihaji. »Sie werden in Stücke gerissen. Karim. Linua. Sie werden zerteilt.«

»Kann-bai und Sidon haben nie aufgehört, an dich zu glauben, aber Tenira hat sie weggeschickt. Sie hat sie verhört, mit Roniks Hilfe. Verstehst du, sie musste doch sicher sein. Sie hat sogar Prinz Laikan verhört, obwohl sie damit gegen die Gesetze verstoßen hat, denn es hätte ja auch etwas mit Nehess zu tun haben können. Aber unsere Freunde sind alle unschuldig, wie es scheint. Kann-bai durfte bleiben, aber Sidon hat sie aus Wajun verbannt und ihn nach Hause geschickt, denn sie traut niemandem aus Guna.«

»Nach Hause«, wiederholte Wihaji leise. Diese Worte klangen schön, er wusste nicht, warum, aber sie dufteten. Stammten sie aus einem von Prinz Winyas Gedichten? Es waren herrliche Silben mit göttlichem Klang.

Quinoc sah ihn nachdenklich an. »Ich wünschte, ich könnte dir helfen, aber ich darf es nicht. Tenira ist die Großkönigin, verstehst du, was das bedeutet, für mich, für dich? Ich kann dich hier nicht rausholen. Ich war lange Zeit sehr wütend auf dich, aber jetzt ... Ich fürchte, ich bin milde geworden.« Er räusperte sich, verlegen, doch in seinen Augen war etwas, das Wihaji erkannte. Die Wahrheit, der Schmerz. Welche Wahrheit bereitete ihm solche Qualen?

»Ich werde schreckliche Dinge tun«, sagte Quinoc leise. »Und deshalb muss ich jetzt so gütig sein, wie ich nur kann. Verstehst du das? Verstehst du überhaupt irgendein Wort von dem, was ich sage? Ich kann dich nicht retten, doch was ich tun kann, werde ich tun. Brauchst du irgendetwas? Kann ich dir etwas bringen, das die Einsamkeit und die Stille erträglicher macht?«

»Ich bin nicht einsam«, sagte Wihaji. »Es ist nicht still. Die Wände reden, sie sprechen mit Teniras Stimme. Sie sagen: Du wirst von Pferden auseinandergerissen. Mit der glühenden Zange reißen sie dir Fleischstücke aus deinem Körper.«

In Quinocs Gesicht trat ein seltsamer Ausdruck, seine Falten vertieften sich, er presste die Lippen aufeinander. Stumm betrachtete er die Wände und vermied es, Wihaji in die Augen zu blicken. Er verbarg die Wahrheit, damit Wihaji sie nicht sehen konnte. Fürchtete er, sie könnte ihm alle Geheimnisse verraten? Wihaji lächelte. Die Wahrheit liebte ihn, vielleicht würde sie das tatsächlich tun. »Ja«, sagte Quinoc schließlich. »Ja, ich weiß, was ich dir bringe.«

»Aber...«, setzte der Wächter an, der immer noch auf der Schwelle stand, in dem Rechteck aus grauem Licht, hinter dem sich eine ganze Welt verbarg.

»Nur Kreide«, sagte Quinoc. »Nichts, was er als Waffe verwenden könnte, weder gegen dich noch gegen sich selbst.«

Als Quinoc das nächste Mal kam, legte er unter den misstrauischen Augen des Wächters bunte Stifte auf den Boden, weiche Kreide, ohne eine einzige Spitze, mit deren Hilfe er sich aus Teniras Zorn hätte stehlen können.

Wihaji nahm sie vorsichtig in die Hände. »Danke«, brachte er heraus, mit seiner Stimme, die sich nur noch zum Schreien oder zum Stummsein eignete.

»Wir waren die Edlen Acht«, sagte Quinoc, »und du bist immer noch Fürst Wihaji, der Stolze und Treue. Wehr dich gegen diese Stimmen, die du hörst. Das ist nicht Tenira. Sie ist meine Schwester, sie ist gut und gerecht, selbst wenn sie zornig ist. Kämpf gegen diese Lügen, Wihaji, mein Freund.«

Die Wahrheit konnte nicht lügen. Wie hätte sie das tun können? Das war ein Widerspruch in sich. Doch vielleicht ... vielleicht hatte er sich getäuscht. Der Gedanke war ihm neu, er drang wie ein Blitz in seine Dunkelheit. Vielleicht war Teniras Stimme nicht die Stimme der Wahrheit. Was, wenn er, in dessen Adern immer noch die bittere, brennende Wahrheit kreiste, in einer Zelle aus Lügen festsaß, in einem Netz der Unwahrheit, der Täuschung, der Boshaftigkeit?

»Das werde ich tun«, flüsterte er, um die Lügenstimmen nicht zu warnen. Er griff nach der Kreide, und sobald Quinoc gegangen war, eröffnete er den Kampf gegen das Lügengespinst, das ihn umgab.

Er begann, sich gegen das tödliche Raunen der Kerkersteine zu wehren. Jeden Fingerbreit Wand bedeckte er mit Farben und schuf ein Bollwerk gegen Teniras Drohungen, gegen den Tod, der auf ihn wartete und zu ihm sprach. *Sie banden Stricke an seine Arme und Beine und wollten ihn von Pferden auseinanderreißen lassen...* Er malte keine Pferde, sondern Gesichter. In unzähligen Stunden, die wie Schatten vorbeischlichen, malte er seine Freunde an die kahlen Wände. Die Edlen Acht: den blauäugigen Sidon und den grimmigen Kann-bai, die stolze Lani und ihren Bruder Kir'yan-doh, den verlorenen Knaben. Tizarun, den von allen geliebten. Laimoc und Quinoc, die unzertrennlichen Brüder. Das war die Vergangenheit, das waren die Zeiten des Lachens und Ausgelassenseins, die Zeit, in der ihre Freundschaft alles war, eine Quelle der Wärme in ihren Herzen. Bevor sie auseinandergingen, jeder einen anderen Weg, bevor Tizarun seine Braut wählte und mit ihr zu den Göttern aufstieg. Wihaji malte jene andere Tenira, dieses fröhliche kleine Mädchen. *Zaruni,* rief sie, *Zaruni!* Und war keine Witwe, die den Tod tausendfach in ihren Händen hielt.

Doch es waren immer noch Stunden übrig und tausend Schatten, die sich gegen sein Herz drängten, und kahle Stellen an den Mauern. Die Kreiden schrumpften zusammen, hinterließen bunte

Flecken an seinen Fingern. Quinoc betrachtete die Gesichter, nickte und brachte ihm eine neue Kiste voller Farben. Wihaji malte Hetjun, schön wie eine Göttin, dieses liebliche Gesicht, von dem er geglaubt hatte, es würde immer nur ihn anlächeln. Bevor sie ihm das Herz aus der Brust riss, bevor die Jahre der Einsamkeit kamen, in denen er ihr nachtrauerte und niemand da war, um ihn zu retten. Bis Karim auf ihn zutrat, Kind und schon nicht mehr Kind, dieser Junge, der so gerne lachte und dessen Zauber man sich nicht entziehen konnte. Wihaji malte ihn auf die rauen Steine und betrachtete ihn lange, verwundert über die Vertrautheit dieser Züge. Es war noch nicht ganz da, war noch am Wachsen ... Was war es, was sich dahinter verbarg?

Wo war der Trost? Er malte Linua. Eine wunderbare Linua, eine herrliche, unvergleichliche Linua. Er hatte geglaubt, dass die Wahrheit die Liebe getötet hatte, doch sie wuchs neu, während er ihre Wangen zeichnete und ihr Lächeln und ihre strahlenden Augen. Er malte weiße Blumen in ihr Haar und betrachtete sie entrückt, er sprach zu ihr und drückte die Lippen auf die kalte Wand. Sein Kuss verwischte das Bild, er musste es erneuern. Und immer noch waren da Stellen im Mauerwerk, durch die der Tod flüsterte. Er malte und malte dagegen an.

Unschuldig? Du bist nicht unschuldig, Wihaji, egal, wie du es drehst. Du wusstest nicht, dass der Wein vergiftet war? Du hast es nicht selber getan, sondern man hat dir die Flasche untergeschoben? Aber Tizarun hat dir vertraut. Er hat dir auch darin vertraut, dass du Jarunwa richtig einschätzt. Und dass du weißt, wer in deinem Haus wohnt. Dass du das Richtige tust, selbst wenn du eine Kancharerin heiratest oder deine Dienstboten aussuchst! Du warst verantwortlich, Wihaji! Du wirst nie wieder unschuldig sein!

Bald, hatte sie gesagt. Bald. Er atmete dieses Wort ein, und er atmete es aus, während seine Träume aus ihm herausrannen, zu Bildern wurden. Seine Fingerspitzen wurden wund und blutig, weil er sie an der rauen Mauer aufrieb, aber er konnte nicht aufhören. Bald. Er hielt sich an diesem Bald fest, diesem kleinen Aufschub, ein Tag und noch ein Tag, immer noch ein bisschen mehr, noch ein bisschen länger, noch Zeit für ein Gesicht, für ein Lächeln auf den Steinen. Während er malte, schien seine Hoffnung wieder ein kleines bisschen lebendiger zu werden, ein wenig farbiger ...

Vor ihm entstand Jarunwa; es war so klar, dass er etwas verbarg, klarer als jemals zuvor. In seinem Gesicht wohnten tausend Rätsel. Er war jung und zugleich so alt wie die heiligen Wälder, ein Mann, der eine Last trug, Gefangener des Schicksals.

»Wart Ihr es?«, flüsterte Wihaji. »Habt Ihr mir das Gegengift ins Glas getan, während wir über das Schicksal von Le-Wajun sprachen?«

Doch Jarunwas helle Augen verrieten nichts. Sorge lag darin, und an seinen Wimpern hing die Schwermut. Ein König, dessen Sturz noch bevorstand.

Und dann die Kinder, die fröhlichen, die lachenden, diese kleinen frechen Jungen, die übermütigen Mädchen ... Hetjuns Tochter. Die Dunkelheit zog sich zurück, während er malte und sich erinnerte. Das Leben war voller Hoffnung und froher Erwartungen. Die Sonne brannte im Hof, und alle Wünsche waren so nah, nur eine Handbreit entfernt. Liebe und atemloses Rennen in der Sonne, Pferde und ein Picknick im Wald und ein kleiner Hund, den man streicheln konnte. Alles war da, und über dem Glück leuchteten die Worte wie eine Sonne, und Gesang erhob sich in die Luft wie Sommervögel. Winya! In diesen Augen war kein Falsch. Die Sterne lagen darin und wie ein sanftes Glühen die göttliche Herkunft des Hirschkönigs ...

Ich werde herausbekommen, wer Tizarun getötet hat. Ich werde dich den Verdammten zum Fraß vorwerfen. Ich werde allen, die du liebst, einen stählernen Nagel ins Fleisch schlagen.

Linua wird sich wünschen, sie wäre nie geboren.

Ich werde Karim jagen, wie nie ein Wild gejagt wurde.

Deine Familie wird sich von dir lossagen, und die Götter werden dich vergessen.

Er betrachtete die Bilder und sprach zu den Gesichtern. Sie

waren seine Freunde, während die Tage vergingen und die Wochen verstrichen und die Tausend Monde wie unzählige Scherben über den Himmel zogen und er hier saß, allein, bei seinen Freunden.

Und die Wahrheit war immer noch seine Geliebte, seine wunderschöne, grausame, finstere Geliebte. Auf einmal traf ihn die Erkenntnis, heftig wie ein Schlag ins Gesicht, ein Fausthieb in den Magen. Ohne Vorwarnung sprang sie ihn an, warf ihn ins Stroh. Der Schmerz krümmte ihn, und da er längst keinen Stolz mehr besaß, weinte er hemmungslos in die raschelnden Halme.

»Oh, Tizarun«, heulte er. »Tizarun, Tizarun!«

Das Gesicht des Großkönigs blickte ihn aus all den anderen Gesichtern heraus an, undurchdringlich, unergründlich. »Tizarun, warum?«

Der König war zu erhaben, um zu antworten.

»Ich weiß, wer Tizarun umgebracht hat«, sagte Wihaji zu den Gesichtern, leise, damit es die lachenden Kinder nicht hörten. »Ich weiß es, und ich weiß auch, warum es geschah.«

Er rappelte sich auf und stürzte an die Tür, plötzlich von einer Angst befallen, die sich anfühlte wie jener Schmerz auf dem Thron der Wahrheit. Er taumelte gegen das unnachgiebige Holz und bohrte die Fingernägel hinein. Die Wahrheit war wie eine Axt, sie hätte eine Lücke in die Tür schlagen müssen.

»Tenira!«, rief er. »Tenira, ich weiß es! Ich kenne den Mörder!«

Hatte er es nicht längst gewusst? In jenem Traum, in dem der Wüstendämon zu ihm gekommen war, waren sie eins gewesen. Sein Herz hatte es gewusst. Er kannte das wahre Gesicht des Fremden nicht, nur das, das sein Wahnsinn ihm vorgegaukelt hatte. Sein Wahnsinn war schlau; er hatte sie gleich alt gemacht, damit die Wahrheit sichtbar wurde.

Tizarun.

Karim.

In seinem Traum war Karim so alt wie Tizarun gewesen, ein Mann in den besten Jahren. Wie konnten sie einander so unglaublich ähnlich sehen? Wie Brüder, beide schön und stolz. Die schwarzen Haare, die dunklen Augen, die goldene Haut.

Vater und Sohn.

Wie hatte er das die ganze Zeit übersehen können? Es waren die gleichen Augen, das gleiche Lächeln.

Karim, der arme Junge aus dem Süden, den Wihaji hatte adoptieren wollen, war unzweifelhaft ein echter Lhe'tah.

»Trica«, flüsterte Wihaji. Die Dinge, die man sich über Trica erzählt hatte, ganz am Anfang ... über die adlige Familie, die gestorben war. Altes, königliches Blut war vergossen worden.

Quinoc hatte geschwiegen, Laimoc war verschwunden, und Tizarun war Großkönig geworden.

Ihn schwindelte. Wenn die böse Tat Früchte getragen hatte, dann würde das Kind heute so alt sein wie Karim.

Diese schwarzen Augen. Dieses Lächeln.

Ein Junge aus Kanchar. Nein, ein Junge aus Guna. Aus Trica, dem Ort von Tizaruns Triumph. Aus einem eroberten Land, an dem alle von allen Seiten zerrten. Das zornige Kind einer geschändeten Frau.

Karim hatte Wihajis Schwachstelle sofort erkannt – der sehnsüchtige Wunsch, einem einsamen Jungen ein Vater zu sein. Einem Jungen mit einem Lächeln, das so vertraut war wie das Lächeln eines Freundes. Er weinte um das Vertrauen, das er diesem Jungen geschenkt hatte.

Er weinte, weil die Tür sich nicht öffnete, weil der Schmerz blieb oder eine Erinnerung an den Schmerz. Es spielte keine Rolle mehr, was gestern war oder heute oder was noch geschehen würde.

Und der Wüstendämon? Was wenn er aus einem ganz anderen Grund gekommen war? Wihaji hatte ihn umgebracht, ohne Fragen zu stellen. Zorn und Entsetzen hatten ihn übermannt, und nun besaß er keine Antworten. Nur den Zweifel. Und wenn der Mann unschuldig gewesen war?

Ein Wüstendämon im Palast des Großkönigs war gewiss nicht unschuldig, und doch war dies ein schwacher Trost.

Der Ring des Großkönigs brannte in seiner Hand. Er hatte ihn behalten und keiner hatte ihn je entdeckt, denn er trug den Stein nach innen, und seine Wächter waren nicht an seinem Schmuck interessiert.

»Ich werde die Wahrheit sagen!«, brüllte er. »Ich werde nicht lügen, das schwöre ich! Hör mich an, Tenira, ich weiß es!«

Aber niemand hörte ihn, die Tür blieb geschlossen. Schließlich ließ er sich wieder ins Stroh sinken, erschöpft, mit blutigen Händen. Den Schmerz konnte er nicht fühlen, dafür jedoch die Tränen auf seinen Wangen. Die Wahrheit küsste ihn sanft.

Die ganze Welt ist vergiftet worden, und ich will, dass du das weißt, Wihaji. Nichts wird mehr sein, wie es war.

20. BOTSCHAFTER IN SCHWARZ

Der Tag des Großen Sommerfestes begann wie jeder andere auch. Anyana wurde früh geweckt, bevor sich irgendein böser Traum auch nur in ihre Nähe wagte, sprang aus dem Bett und zog sich eilig an.

Baihajun schüttelte lächelnd den Kopf. »Wird dir denn nie langweilig, Prinzessin? Wird es dir denn nie zu viel?«

Ihre Kinderfrau behandelt sie wie ein kleines Kind, doch Anyana hatte gelernt, ihr zu sagen, was sie hören wollte. Nur so konnte sie den Fragen ausweichen, die sie nicht beantworten wollte. Nur auf diese Weise konnte sie mit ihren Träumen allein sein – nicht den Träumen vom Feuer, vor denen sie floh, sondern anderen Träumen, von denen Baihajun nichts wissen musste.

Von dunklen Augen. Von einem Jungen, der einen Umhang nähte und rebellische Gedanken hegte, der die Großkönigin für dumm hielt und Tizarun für einen Verbrecher. Keine Träume konnten gefährlicher sein als diese. Sie hatte versucht, sie loszuwerden, aufzuhören, an Karim zu denken, aber es war unmöglich. Jede Woche, die seit der Abreise der Gesandten vergangen war, hatte ihre Sehnsucht nach ihm noch verstärkt.

»Es geht mir gut, Baihajun. Ich habe mich an die Arbeit gewöhnt, das weißt du doch.«

Das Muster, dem ihr Leben folgte, ließ ihr wenig Zeit für Müßiggang. Nach dem frühen Aufstehen ging es in die Küche, wo sie sich auf das Miteinander mit Gerson und den Mägden freute. Nicht einmal ihre Leistungen im Unterricht hatten darunter gelitten, weil sie hart dafür arbeitete. Baihajun achtete darauf, dass sie sich mittags immer ein wenig hinlegte und den Schlaf nachholte, doch natürlich schlief sie nicht, sondern vertrieb sich die Zeit mit dem Buch, das unter ihrem Kopfkissen lag. Seit sie Karim getroffen hatte, mochte sie keine Liebesgeschichten mehr, sie konnte auch die Geschichte von Tenira und Tizarun nicht mehr leiden, dafür las sie lieber die Sagen über die Lichtgeborenen.

»Heute machen wir wieder einen ganzen Berg Honigkonfekt«, erzählte sie Baihajun, die gerne von ihren Fortschritten hörte. »Für das Fest. Und ich weiß, wie man Met ansetzt.« Dass Gerson ihr erlaubt hatte, den schweren Honigwein zu probieren, behielt sie hingegen für sich.

»Und dein Vater? Hat der dir das auch erlaubt?«

Anyana verdrehte die Augen. »Ich muss ihn nicht wegen jeder Kleinigkeit fragen.«

»Es wird wunderschön werden«, sagte Baihajun feierlich. »Heute Abend werden alle tanzen, und Musikanten werden spielen.«

»Ja«, sagte Anyana, die weder für Tanz noch für Musikanten große Begeisterung aufbringen konnte. Dilaya hatte versprochen, ihr ein Geheimnis zu verraten, und innerlich stöhnte sie über ihre Cousine, die andauernd mit neuen Geheimnissen ankam, die Anyana meist längst erraten hatte. Es war sehr vorhersehbar, denn Dilaya dachte nur an Jungen. Vermutlich hatte sie jemanden kennengelernt, mit dem sie beim Fest heimlich tanzen würde.

Dass auch Anyana an einen Jungen denken musste, machte die Sache nicht besser. Doch über Karim würde sie nicht reden, lieber würde sie sich die Zunge abbeißen. Sie würde weder seine schönen Augen erwähnen noch den Kuss oder die Tatsache, dass sie manchmal davon träumte, nach Wajun zu reisen und ihn zu suchen. Karim hatte sie bestimmt längst vergessen. Es war unerträglich, dass sie ihn nicht ebenfalls einfach vergessen konnte.

»Es verspricht ein würdiger Tag für das Fest der Götter zu werden«, sagte Baihajun. »König Jarunwa wird die Namen der Götter vorlesen. Das ist noch wichtiger als die Musik und das Essen, denn darum geht es schließlich.«

»Ich freue mich schon sehr darauf«, sagte Anyana trocken.

Am längsten Tag des Jahres, dem Tag der Sonne, wurden alle

Namen der Götter laut verkündet, die der Sonne von Wajun jemals kundgetan worden waren. Deswegen war Beha'jar, der Gott des Waldes, nicht dabei, denn er hatte sich der Stammmutter des königlichen Geschlechts von Anta'jarim offenbart und keinem Großkönig. Für ihn gaben sie ein besonderes Fest, jedes Jahr im Herbst, wenn die Bäume sich rot und golden verfärbten, als hätte der Hirsch sein Fell über den Wald gespannt. Das war die Stunde des Priesters, der dem Gott des Waldes diente. Heute war die Stunde des Königs.

»Nun geh schon«, sagte die alte Kinderfrau. »Geh, bevor sie auf dich warten.«

Anyana machte, dass sie fortkam. Manchmal konnte sie die Belehrungen ihrer Amme kaum noch ertragen. Viel lieber tauchte sie in die Hitze der Backstube ein, in den Duft, der die Verheißung in sich trug von so vielem, was ihr lieb war: Süße, Freundschaft und die wunderbare Befriedigung darüber, ein Handwerk zu beherrschen. Dies alles überstieg den Genuss, etwas eigentlich Verbotenes zu tun, bei Weitem.

»Da seid Ihr ja endlich!« Das sagte Gerson jedes Mal, auch wenn sie nur äußerst selten verschlief. »Wir haben heute jede Menge zu tun. Hier, Prinzessin, Ihr könnt Kreise aus dem Teig ausstechen. Wir werden sie so verzieren, dass sie wie kleine Sonnen aussehen.«

Bald war Anyana in ihre Arbeit vertieft. Sie zuckte zusammen, als jemand ihr auf die Schulter tippte, und der Ausstecher fiel klappernd zu Boden.

»Was...?«

Im ersten Moment dachte Anyana, eine von den Mägden wollte sie ein wenig ärgern. Das kam durchaus vor, obwohl sich die Mädchen nie zu viel herausnahmen; sie vergaßen nie, dass sie die Prinzessin war.

Es war jedoch Dilaya. Fassungslos starrte sie auf Anyanas klebrige Hände, die weiße Schürze und das Häubchen, hinter das sie ihre Haare geklemmt hatte.

»Was, bei den Göttern! Was machst du hier, Any?«

»Honigplätzchen.« Ihr fiel nicht ein, was sie sonst hätte sagen können.
»Du siehst aus wie eine Magd.« Maurin war neben seiner Schwester aufgetaucht und machte große Augen. »Du bist fast nicht wiederzuerkennen!«
Dilaya kniff die Augen zusammen. »Erklär mir das bitte mal.« Als Anyana nichts sagte, winkte sie Gerson herbei. »Was hat das zu bedeuten, dass eine Prinzessin sich hier als Magd verkleiden und backen muss? Ist das irgendeine Strafe? Und wie du aussiehst!«
Gerson legte Anyana eine bemehlte Hand auf die Schulter. »Gar nichts zu bedeuten hat es, nichts, was Euch betrifft, kleine Prinzessin.«
»Und ob es mich betrifft, hier geht es um die Ehre der königlichen Familie! Wie kannst du dich nur so zum Gespött der Leute machen, Anyana? Komm, raus hier!«
Ihre Cousine packte sie am Handgelenk, um sie aus der Küche zu zerren, aber zu Anyanas eigenem Erstaunen leistete sie Widerstand.
»Lass mich los! Gerson hat recht, es geht dich überhaupt nichts an.«
»Und was sagen deine Eltern dazu, hm?«
»Du wirst es ihnen nicht verraten«, knurrte Anyana erbost. »Du wirst das niemandem sagen! Niemandem, verstehst du!« Diese Morgenstunden gehörten ihr, und sie würde nicht dulden, dass Dilaya sich einmischte.
Leider schien Dilaya nicht gewillt, sich irgendetwas vorschreiben zu lassen. »Ach, und wieso nicht?«
»Petze!«, rief Maurin aus, dem Anyanas Geheimnis zu gefallen schien. Er grinste zumindest von einem Ohr zum anderen. Regelbrüche jeder Art respektierte er uneingeschränkt. »Hör auf, Dilaya, lass sie.«
Dilaya schüttelte den Kopf. »Was *machst* du hier eigentlich, Any? Du bringst Schande über uns alle!«
»Junge Dame«, warf Gerson ein, der immer noch nicht zur kor-

rekten Anrede fand, »Prinzessin Anyana hat dafür die ausdrückliche Erlaubnis ihres Vaters, des Prinzen. Und jetzt wollen wir weiterarbeiten, es ist noch reichlich zu tun bis zum Fest heute Abend.«

Ohne ein weiteres Wort drehte sich Dilaya um und ging, Maurin hob entschuldigend die Schultern und folgte ihr.

Mit einem mulmigen Gefühl sah Anyana den beiden nach.

»Danke«, sagte sie zu Gerson.

»Ich habe nicht gelogen. Euer Vater wusste natürlich von Anfang an darüber Bescheid, dass Ihr mir helft. Sogar der König weiß es, also macht Euch keine Sorgen.«

»Und meine Mutter? Meine Mutter nicht!« Anyana nahm hastig die Schürze ab und riss sich im Laufen die Haube vom Kopf. »Dilaya, warte!«

Sie sprang um die Bäckerinnen und Küchenjungen herum und prallte beinahe gegen die Tür. Trotz ihrer Eile holte sie ihre Cousine erst im Hof ein, nur ein paar Meter vor dem Eingangsportal des Altdunklen Schlosses.

»Nun?« Dilaya musterte sie von oben herab. »Bist du endlich zur Besinnung gekommen und hast deine Dienstmädchenkleidung abgelegt?«

»Du behältst das für dich. Versprich es!«

»Ich verstehe dich nicht, Anyana.«

Wann war Dilaya ihr so fremd geworden? Anyana starrte sie an und fragte sich, wie das passiert war. Waren sie nicht vor wenigen Wochen noch ein Herz und eine Seele gewesen? Doch nun war es, als hätte sich ein Abgrund zwischen ihnen aufgetan. Dilaya sah wunderschön aus. Die goldenen Locken umflossen ihr feines Gesicht, auf ihrer Nase tanzten ein paar vorwitzige Sommersprossen. Vor Kurzem war sie fünfzehn geworden, eine heiratsfähige, stolze, in jeder Hinsicht vollkommene Prinzessin, einschließlich ihrer hochnäsigen Empörung.

Doch Anyana wusste, dass sie nicht vollkommen war. Nicht, wenn ihre strengen Eltern oder ein zukünftiger Bräutigam Wert auf eine jungfräuliche Prinzessin legten.

Eiskalt spielte sie ihren Trumpf aus. »Möchtest du, dass ich deiner Mutter erzähle, was passiert ist, als die Botschafter aus Wajun hier waren.«

»Was denn?«, wollte Maurin sofort wissen.

Dilaya gab ihm einen Schubs. »Geh schon mal vor. – Ich weiß nicht, wovon du sprichst, Any. Es ist doch gar nichts gewesen.«

Ihre Wangen röteten sich jedoch. Sie wusste genau, worum es ging. Anyana empfand kein Mitleid, obwohl sie versuchte, welches in sich hervorzurufen. Doch ihr stand zu deutlich vor Augen, wie Dilaya die beiden Knappen verachtet hatte – auch Laikan, bevor sie von seiner Herkunft erfahren hatte. Ihr Urteil über Karim hatte Dilaya nie zurückgenommen. Und dass sie über Anyanas Arbeit bei Gerson die Nase rümpfte war ebenfalls unverzeihlich. Dilaya versuchte ja nicht einmal, es zu verstehen.

»Du hast dich mit Prinz Laikan getroffen. Heimlich. Hinter dem Stall und in deinem Zimmer. Und ich weiß auch, was du mir für ein Geheimnis verraten wolltest. Er hat dir einen Brief geschrieben.«

»Wie kannst du das wissen?«, fragte Dilaya betroffen.

»Und wer war so besonders froh, an dem Tag, als der Postreiter eingetroffen ist? Die Mägde haben mir erzählt, dass du einen Brief bekommen hast.«

Dilaya machte ein saures Gesicht. »Hilfst du deshalb Gerson? Damit du alles erfährst, was im Schloss vor sich geht?«

»Vielleicht«, sagte Anyana geheimnisvoll. Sie sprach mit Dilaya nie über ihre Träume und erst recht nicht über das, was sie selbst in diesem Sommer getan hatte.

Dilaya hatte gebohrt und nicht lockergelassen, um herauszufinden, was zwischen Anyana und Karim gewesen war ... doch es war zu schrecklich, um darüber zu sprechen. Zu schön. Der Streit. Seine bösen Worte über das göttliche Großkönigspaar. In seinen Armen zu liegen. Ein Kuss, so wunderbar zärtlich wie ein Versprechen. Ihm in die Augen zu blicken.

Was Karim betraf bewahrte Anyana jedes Wort, jeden Blick, jede Berührung in ihrem Herzen auf wie einen Schatz.

Dilaya zögerte. »Du machst mir ein bisschen Angst.«
»Also wirst du schweigen?«
»Wir sind Freundinnen. Natürlich verrate ich nichts, das hatte ich gar nicht vor. Treffen wir uns nachher auf dem Festplatz?«
Nun klang Dilaya so freundlich und unschuldig, als hätte sie nie vorgehabt, Anyanas Geheimnis auszuplaudern. Anyana beschloss, es dabei zu belassen. Zum Zeichen, dass auch sie zur Versöhnung bereit war, ging sie auf Dilayas Frage ein. »Ja, gerne. Zeigst du mir den Brief?«
Dilaya nickte. »Wenigstens weißt du nicht, was drin steht. Ja, ich bring ihn mit. Und du ...«
»Und ich bringe Süßigkeiten mit.« Beinahe war die alte Verbundenheit zwischen ihnen wieder da, zum Greifen nahe. Die Dinge hatten sich geändert, aber jetzt, da Anyana ihrer Cousine die Stirn geboten hatte, würden sie sich vielleicht zum Guten wandeln. Höchst zufrieden kehrte sie in die Küche zurück.

Gerson sah überrascht zu, wie sie sich erneut ihre Schürze umband. »Ich habe nicht damit gerechnet, dass Ihr wiederkommt.«

»Die junge Dame hat sich beruhigt«, sagte Anyana knapp. »Ihr ist eingefallen, dass die Ehre der Familie genauso auf ihren Schultern ruht wie auf meinen.«

Sie reichte Gerson ein rundes Plätzchen mit goldgelbem Guss. Er schnupperte daran und kostete. Gespannt beobachtete Anyana sein Gesicht, und als er plötzlich stutzte, lächelte sie triumphierend.

»Was ist das?«, fragte der Koch aufgeregt. »Das ist nicht das Rezept, das ich Euch gegeben habe! Was habt Ihr da reingetan?«

»Schmeckt es Euch?«

»Ob es schmeckt? Mädchen, was ist das? Dieses Aroma ...« Er kaute andächtig mit halb geschlossenen Augen. »Meine Honigtrüffel waren gut, sie waren das Beste im ganzen Land – bis jetzt. Was ist das für eine Zutat?«

»Sternkraut. Es duftet so gut, und deshalb dachte ich, ich versuche es damit.«

»Sternkraut? Was soll das denn sein?« Er hatte seine Augen wieder geöffnet, skeptisch runzelte er die Stirn. »Im königlichen Garten wächst nichts mit diesem Namen, nichts mit diesem Aroma.«

»Ich habe es aus dem Garten meiner Urgroßmutter«, erklärte Anyana, was nicht ganz stimmte. Es wuchs oben auf dem Dach, zwischen den Mauersteinen eines uralten Turms, doch irgendwie war es auch in Unyas Blumenvase geraten, daher war es nicht völlig gelogen. Sie hoffte, er würde nicht näher nachfragen. Schließlich sollte niemand wissen, dass sie regelmäßig auf den Dächern herumspazierte. »Es verstärkt den Duft von Rosen, und ich dachte, vielleicht passt es in das Rezept.«

»Man schmeckt die Blumen, aus denen der Honig gemacht wurde«, sagte Gerson. »Es ist, als würde man jede einzelne Blüte riechen und schmecken. Der ganze Sommer ist in diesem Gebäck, ganz Anta'jarim ... Es ist unglaublich!« Sie hatte Gerson noch nie so erlebt, deshalb zuckte sie zurück vor seinem lautstarken Gefühlsausbruch. »Sternkraut? Sternkraut? Sagt Eurer Großmutter, sie soll uns noch mehr davon schicken. Wir werden ... oh Mädchen, wir werden die gesamte Backkunst revolutionieren! Wir werden die besten Süßigkeiten nicht nur von ganz Anta'jarim machen, sondern von ganz Le-Wajun. Ach, was rede ich, der ganzen Welt!«

Plötzlich blinzelte er irritiert. »Ihr habt eine Urgroßmutter, Prinzessin? In welchem Land lebt sie?«

Anyana dachte an Urgroßmutter Unya hinter der blauen Tür. Niemand wusste von ihr, niemand sprach von ihr. Eigentlich war sie zu alt, um überhaupt noch am Leben zu sein, viel zu alt sogar. Unya war eine Person aus dem Geschichtsunterricht, aus den Ahnenregistern.

Die Sonne von Wajun.

Mit Feenblut, dem Erbe der Lichtgeborenen. Mit dem Gesicht.

Auch dies war etwas, worüber man nie sprach: über die Herkunft der königlichen Familie von Anta'jarim, ihre göttlichen Wurzeln. Denn die Lichtgeborenen waren die Nachfahren der

Kinder von Menschen und Göttern, verloren in dieser Welt, Wesen, die nirgends hingehörten, deren Gaben die gewöhnlichen Menschen erschreckten.

Also schwieg sie, denn sie hatte keine Antwort für ihn. Es gab nichts über Sternblumen zu sagen, die nicht im Schlossgarten wuchsen. Hatte Unya, die kaum aus ihrem Schaukelstuhl aufstehen konnte, die Blumen vom Dach geholt? Oder bekam sie noch anderen Besuch, vielleicht von Anyanas Vater? Die weißen Blumen mit den sternförmigen Blüten wuchsen an vielen Stellen zwischen Schindeln und in Mauerritzen.

»Ein Geheimnis? Gut, dann frage ich nicht weiter. Ihr umgebt Euch mit tausend Geheimnissen, aber das muss wohl so sein.« Plötzlich umarmte er sie und drückte ihr einen Kuss auf die Stirn. »Ihr macht Anta'jarim jedenfalls Ehre«, befand er. »Prinzessin hin oder her, Ihr seid eine Gesegnete der Götter.«

Im Laufe des Vormittags füllte sich die große Wiese vor dem Schloss mit Menschen. Eine Anzahl bunter Zelte war dort schon vor Tagen errichtet worden. Fahrendes Volk, das Musik spielte, sang und verschiedene Kunststücke aufführte, traf jedes Jahr zuerst auf dem Platz ein, bevor die Dörfler nach und nach eintrudelten.

Nicht nur aus allen umliegenden Siedlungen waren die Besucher gekommen, manche zwei bis drei Tagesreisen weit, teilweise waren sie von der Küste angereist, von den Dörfern am Roten Ozean, und wie immer waren sogar einige Reisende von den Tausend Städten jenseits des Waldes dabei.

Durch dieses laute, farbenfrohe Durcheinander drängten sich die königlichen Kinder. Anyana fühlte, wie eine neu gewonnene Würde sie von Kopf bis Fuß durchströmte und in ihren Zehen juckte – sie hatte ihr Recht, das zu tun, was sie wollte, verteidigt. Und Dilaya, die neben ihr schlenderte, hatte hinter ihrem fröhlichen Lachen eine neue Demut im Gesicht, die, wie Anyana fand, ihr sehr gut stand.

Vor der Hütte des Feuerschluckers, der zu ihren Lieblingsattraktionen gehörte, blieben sie stehen, und Dilaya zog den geheimen Brief aus dem Ausschnitt ihres Kleides. Anyana, die bis jetzt nur in Geschichten davon gehört hatte, dass dies ein gutes Versteck für geheime Botschaften und besondere Schätze sein sollte, war gegen ihren Willen beeindruckt.

»Was schreibt er denn?«

Karim schrieb ihr keine Briefe. Aber vielleicht – vielleicht! – hatte er durch Laikan nach ihr gefragt.

Dilaya las jedoch nur die Anrede vor und ein paar halbe Sätze. Vor Verlegenheit druckste sie herum, doch der Stolz trieb sie dazu, so viel wie möglich zu offenbaren.

Aus den Bruchstücken konnte Anyana sich ungefähr zusammenreimen, was Laikan, Prinz aus Nehess und Knappe des Grafen Kann-bai, geschrieben hatte. Es klang gefühlvoll, jedoch nicht sonderlich einfallsreich, was sie ihrer Freundin natürlich nicht sagen würde.

»Ist er nicht traumhaft? Ist er nicht wunderbar? Würdest du nicht auch gerne so etwas Schönes bekommen?« Dilaya ging ohne zu fragen davon aus, dass Anyana neidisch war.

Und das war sie tatsächlich. Inbrünstig wünschte sie sich Briefe, schönere Briefe, und sie hätte alles dafür gegeben, wenn sie ein Pfand gehabt hätte, irgendeinen Gegenstand, der Karim gehörte. Immer wieder heimlich in die Kammer zu schleichen, die er bewohnt hatte, war nicht genug. Nur von ihm zu träumen reichte nicht aus. Und außerdem erschien er viel zu selten in ihren Träumen.

Leider fehlte ihr die Macht, selbst über den Gegenstand ihrer Träume zu entscheiden. Ihre Albträume hatte sie durch frühes Aufstehen überlistet, doch noch war ihr nicht eingefallen, wie sie Karim in ihre Träume zwingen konnte. Stattdessen träumte sie regelmäßig immer denselben Traum. Erst vorletzte Nacht war ihr wieder der Jungen auf dem Pony erschienen. Er hatte seine warme Fellmütze abgenommen, und Anyana hatte sein Gesicht gesehen, das dichte schwarze Haar und die unglaublich dunklen Augen. Im richtigen Leben fiel es ihr schwer, einem Jungen in die Augen zu sehen, wenn er gut aussah, adeliger Herkunft war und auf diese undefinierbare Art »infrage kam«, die ihre Mutter wahrscheinlich genau hätte definieren können. Sich mit Stallburschen zu streiten und Küchenjungen Mehl ins Hemd zu schütten, das fiel ihr nicht schwer und machte ihr sogar großen Spaß, aber sobald ein Graf oder sonst ein edler Herr mit seinen Söhnen vorbeikam, verstummte sie und wurde unscheinbar und sprachlos, während Dilaya sofort anfing, Charme zu versprühen. Ihr Traumjunge hingegen machte ihr keine Angst, er war einfach nur ein Junge.

Er war abgestiegen und durch den Schnee gestapft, mit dicken, fellbesetzten Stiefeln. Sie wünschte sich, mit ihm zu sprechen, aber auch diesmal sah er sie nur staunend und fragend an und streckte die Hand aus und sagte wie immer: »*Hirsch.*«

»*Ich bin kein Hirsch*«, *antwortete sie im Traum und nahm ihn bei der Hand, um ihm zu beweisen, dass dies ihr Traum war, in dem sie tun konnte, was sie wollte. Er trug dicke Handschuhe, die nass und schneeverkrustet waren, und sie zog daran, bis sie herunterfielen und im Schnee versanken. Seine Hände waren gerötet und kalt, und sie versuchte, sie mit ihren eigenen Händen zu wärmen. Er tat ihr leid, aber es war unzweifelhaft besser, von Schnee zu träumen als von Feuer.*

»*Warum ist dir so kalt?*«, *wollte sie wissen.* »*Warum träumst du nicht vom Sommer?*«

Im Traum schien es ihr ganz natürlich, das zu fragen, und sie war gespannt auf seine Antwort.

»*Ich reite immer durch den Schnee*«, *sagte er.* »*Ich komme immer im Winter hierher.*«

Dilaya musste das leichte Lächeln auf ihrem Gesicht bemerkt haben, während Anyana an ihren Traum dachte – konnte sie sich nie an diese Träume erinnern, ohne zu lächeln? –, denn sie runzelte die Stirn. »Oder schreibt dieser Karim dir ebenfalls? Du willst doch nicht etwa mit ihm durchbrennen? Oh nein! Lernst du deshalb Dienstbotensachen?«

Es klang so ehrlich besorgt, dass Anyana die Erinnerung an

ihren Traum losließ, um ihre Cousine zu beruhigen. »Keine Sorge, ich werde mit niemandem durchbrennen.«

Dass der junge Schneereiter Karim vielleicht ein kleines bisschen ähnelte, änderte nichts an der Tatsache, dass er viel zu jung war. Ein Kind wie Maurin. Ein Kind, wie Karim es vielleicht einmal gewesen war. Wenn er es vielleicht sogar war, dann handelte ihr Traum von der Vergangenheit, nicht von der Zukunft.

Einer Zukunft, in der sie Karim nie wiedersehen würde.

Verlegen blickte sie sich um und suchte nach etwas, womit sie Dilaya von diesem Thema ablenken konnte. »Dort, schau dir diese Tänzer an! Wo kommen die wohl her?«

Sie liefen über den Festplatz und blickten nach allen Seiten, um nur ja nichts zu verpassen, bis ihnen fast schwindlig wurde. Während Dilaya besonders an den Tänzern in ihren bunten Trachten Gefallen fand, drehte Anyana sich immer wieder zu der Bude des Feuerschluckers um, denn sie hoffte, dass er schon vor der Vorstellung ein wenig übte. Es war noch nicht dunkel, und bis dahin würden sie wohl noch warten müssen, aber sie war fasziniert von der Vorstellung, Feuer zu essen. Wie war es wohl, wenn es an einem leckte, heiß und innig, wie war es, wenn ... Seit sie nicht mehr so oft davon träumte, war es manchmal wie ein Zwang, der über sie kam. Dann musste sie tagsüber an das Feuer denken, an Flammen, die um sie herum tanzten, sie lockten und um sie warben und bis in den Himmel wuchsen.

Schnee. Sie rief den Schnee, wenn das Feuer zu mächtig wurde, wenn die Erinnerungen an die brennenden Träume in ihr hochschlugen wie mächtige Wogen, die ihr den Atem raubten. Wenn sie die Schreie hörte, wenn sie die bleichen Gesichter an den Fenstern sah – dann kam der Junge auf seinem kleinen Pferd und rettete sie zuverlässig vor dem Feuer. Brav trottete es zwischen den Bäumen hindurch und hielt gemeinsam mit seinem Herrn Ausschau nach dem Hirsch. Waren sie auf der Jagd? Anyana trat zwischen den Bäumen hindurch und sah ihnen entgegen, dem Pony und dem Jungen, ruhig, erwartungsvoll, ja sogar gespannt. Was würde er diesmal sagen? Würde er diesmal noch näher kommen?

»Was ist eigentlich los mit dir?«, fragte Dilaya. »Du schaust dich um, als würdest du auf jemanden warten. Nun sag schon. Bist du verabredet, Any? Komm, mir kannst du es doch verraten.«

»Ich hab Hunger«, sagte sie und wandte dem Feuerschlucker den Rücken zu. »Wann geht es denn endlich los?«

Dilaya ließ sich schnell zufriedenstellen. Hunger oder ein Stelldichein – für sie schien beides gleich wichtig zu sein. »Willst du gebrannte Mandeln? Dann haben wir was zu knabbern, wenn die vielen Namen vorgelesen werden. Dahinten kommen schon der König und die anderen.«

Sie kauften eine Tüte klebriger Honigmandeln und kauten genüsslich, während König Jarunwa seinen Platz auf dem erhöhten, mit zahlreichen Sonnen geschmückten Podium einnahm, zwischen seinen Brüdern, seiner Frau und den Schwägerinnen.

»Das stehen wir durch«, murmelte Dilaya. »Und dann sind wieder die Tänzer an der Reihe.«

»Nein«, widersprach Anyana, »erst kommt ein Schauspiel.«

»Ach ja, und die Gedichte.«

Der König eröffnete das Fest mit dem Namen des ersten Gottes, den der erste Großkönig von Wajun verkündigt hatte. Ein Name folgte auf den anderen, und die Menge verharrte in teils andächtigem, teils gelangweiltem Schweigen. Auch Anyana fiel es schwer, der endlosen Aufzählung aufmerksam zu folgen. Der eine oder andere Name fiel ihr auf, weil sie im Unterricht darüber gesprochen hatten, aber größtenteils schweiften auch ihre Gedanken ab. Dies war also das lang ersehnte Fest. Sie konnte sich gut an den Feuerschlucker vom letzten Mal erinnern und seine wirbelnden Fackeln, auch an die Tänzer mit den brennenden Reifen, an all das Feuer. Hatte es danach nicht angefangen? Das Feuer hatte sich in ihre Gedanken eingebrannt und ihre Träume überrollt und sich wie mit einem Brandzeichen in ihre Nächte eingeprägt.

Sie schloss die Augen und dachte an den Schnee.

Eine Stimme rief die Namen der Götter: »Bianan, die Göttin der Frühlingsnächte und der Fruchtbarkeit; Sivion, der Gott der Tagundnachtgleiche und des Gleichgewichts aller Dinge; Zria,

Gott der wilden Tänze und der sprunghaften Gedanken; Gori, Göttin der Weisheit...«

Schnee, dachte sie gegen das Feuer, *Schnee und dein Gesicht, dein Gesicht und der Schnee und deine kalten Finger*... Sie hatte sich vorgestellt, die Hände des Jungen würden warm sein, aber sie waren kalt, offenbar fror er entsetzlich. Er tat ihr leid, ja, und irgendwie tat es gut, Mitleid zu haben, statt irgendetwas anderes zu fühlen. Sie durfte nur nicht daran denken, dass er ein wenig wie Karim aussah. Dilaya würde das sofort erkennen. Du hast dir diesen Traum ausgedacht, würde sie sagen, weil dieser unverschämte Knappe dir keine Briefe schreibt.

Was war mit den Namen der Götter, warum ging es nicht weiter?

Anyana öffnete die Augen und stellte fest, dass der König irritiert nach oben blickte, dass alle anderen ebenfalls in die Luft starrten, mit weit aufgerissenen Augen und offenen Mündern.

Was war es, das da aus den Wolken herabstieg, als hätte König Jarunwa die Götter selbst zu sich herabgerufen? Ein riesiger schwarzer Vogel, gegen den selbst ein Adler wie ein Spatz gewirkt hätte, mit wild rotierenden Flügeln, der sich, schwirrend wie ein riesiges Insekt, auf den großen Platz hinuntersenkte. Die Tänzer, die sich direkt unter dem Schatten befanden, blickten verwirrt hoch, bevor sie plötzlich die Flucht ergriffen. Die Menge erschrak über diese Bewegung dermaßen, dass sie auseinanderstob. Der König und seine Familie blieben wie angewurzelt stehen.

»Oh ihr Götter«, jammerte Dilaya, während sie im Strom der Fliehenden mitgerissen wurden.

Anyana, deren Herz vor Aufregung heftig schlug, konnte den Blick nicht von dem schwarzen Umriss lösen. Das war Magie. Das war das, was die Götter verboten hatten, wovor sie ihr Volk schützen wollten, der entsetzliche Frevel, mit dem die Kancharer die Weltordnung ins Wanken brachten. Erstaunlicherweise hatte sie keine Angst, sie fühlte nur eine seltsame Faszination, als der eiserne Vogel sich auf die Festwiese herabsenkte. So groß war er gar nicht, vielleicht doppelt so groß wie ein Pferd, mit Flügeln, die wie Messerklingen zu beiden Seiten in die Luft ragten.

Erst als er sich nicht mehr bewegte, bemerkte Anyana zwei Männer auf seinem Rücken. Der vordere war klein und braunhäutig, und als er eine lederne Kappe abnahm, kam schwarzes Haar zum Vorschein. Der zweite Ankömmling war größer, ein imposanter, ebenfalls schwarzhaariger Mann in der Kleidung eines Soldaten. Er blinzelte in die Sonne, ließ sich von dem kleineren Mann auf den festen Boden helfen und schaute sich suchend um. Sobald sein Blick auf die königliche Tribüne fiel, ging er mit festen Schritten über den leer gefegten Platz auf den König zu.

Jarunwa brauchte eine Weile, um die Sprache wiederzufinden.

»Fürst Quinoc«, sagte er. »Was führt Euch hierher?« Er stockte und fügte hinzu: »Was kann so wichtig sein, dass Ihr uns hier am Tag des großen Sommerfestes stört, noch dazu mit dieser magischen Kreatur?«

»Ich bin gekommen, um Euch eine Botschaft der Großkönigin zu bringen«, sagte Quinoc steif und überreichte dem König eine Schriftrolle.

Jarunwa öffnete sie mit bebenden Fingern, las und ließ sie sinken. »Der Großkönig ist tot?«, fragte er ungläubig. »Großkönig Tizarun ist *tot*?«

»Ja«, bestätigte Quinoc. »Aus keinem anderen Grund schickt Großkönigin Tenira mich mit einem Eisenvogel hierher, unter Missachtung aller Gesetze und Regeln von Anta'jarim. Es gibt heute kein Fest zu feiern.«

»Wir wussten, dass er krank ist«, sagte Jarunwa. »Dass er schon seit Wochen darniederliegt und niemand ihm helfen kann. Also ist er jetzt ... er ist seiner Krankheit erlegen?«

»Nein«, sagte Quinoc. »Während die Großkönigin in Wehen lag, wurde Großkönig Tizarun, die Sonne von Wajun, ermordet. In ganz Le-Wajun suchen wir nach seinem Mörder.«

Die Stille war greifbar. Eine dunkle Stille, die die Luft in schwarzes Wasser verwandelte, das man nicht atmen konnte. Anyana schnappte nach Luft.

»Er wurde ... *ermordet?*«, fragte Jarunwa fassungslos.

»Im ganzen Reich der Sonne rufen wir dazu auf, den Mörder zu fassen und lebendig auszuliefern, um ihn seiner gerechten Strafe zuzuführen. Er ist flüchtig, doch wir sind gewiss, dass die Götter ihn nicht entkommen lassen werden.«

»Wer ...«, der König räusperte sich, seine Stimme klang rau und fremd, »wer hat Tizarun umgebracht?«

»Sein eigener Vetter, Fürst Wihaji«, sagte Quinoc, und in diesem Moment spürte Anyana, wie ihre Knie nachgaben. »Und sein Mündel und Pflegesohn, Karim von Lhe'tah.«

Prinzessin Hetjun schrie auf.

Und die Welt um Anyana wurde dunkel.

21. DUNKLER HIMMEL

»Jetzt bring endlich das Wasser!«, fauchte Dilaya.
Anyana öffnete die Augen.
Der Himmel war schwarz. Um sie herum wogte ein Meer aus Lärm, unzählige Stimmen, die schrien und weinten, und über ihr schwebte das Gesicht ihrer Cousine. Die goldenen Haare hatten sich aus den Flechten gelöst und kringelten sich über ihrer Stirn.
Was ist passiert, wollte sie fragen, doch da sagte eine Männerstimme mit starkem Akzent: »Sie kommt zu sich.«
Anyana drehte den Kopf. Der Fremde trug einen eng anliegenden Lederanzug, sein strenges, bärtiges Gesicht war braun wie Nussschalen. Ein Kancharer!
Der Himmel war nicht schwarz – sie lag nur im Schatten des eisernen Ungeheuers, das hier vor Kurzem gelandet war. Auf der Festwiese. Heute war das große Fest und ... und das konnte nicht sein, oder doch? Großkönig Tizarun war tot. Die Erinnerungen kamen unerbittlich zurück. Die Sonne von Wajun war gestorben, nein, schlimmer noch: Karim und Wihaji hatten ihn umgebracht.
Sie schnappte nach Luft, alles drehte sich um sie. Trotzdem setzte sie sich auf.
»Es gibt kein Wasser«, keuchte Maurin, der gerade atemlos von seinem Botengang zurückkam. »Nur Sauerbier.«
»Gib her.« Dilaya hielt Anyana den Becher an die Lippen. »Trink, gleich geht es dir wieder besser.«
Als sie getrunken hatte, sah sie die Menge wogen, sah die fassungslosen Gesichter, manche bleich wie im Schock. Viele Menschen schrien und weinten ungehemmt.
»Wenn Ihr mit dem Pferd gekommen wärt, so wie es sich gehört, hätten wir unser Fest zu Ende feiern können«, sagte Dilaya

zu dem Kancharer. »Wir hätten noch den ganzen Tag fröhlich sein können. Sogar *Tage!* Wir hätten noch eine ganze *Reihe* von Tagen glücklich sein können!«

»Warum willst du glücklich sein, wenn dein Gottkönig tot ist?«, fragte der dunkelhäutige Mann. Er hatte einen so starken Akzent, dass man ihn kaum verstehen konnte.

»Es bringt Unglück, wenn die Namen nicht verlesen werden«, erklärte Dilaya. »Die Götter, die König Jarunwa weggelassen hat, werden uns Unglück schicken. Naja«, fügte sie hinzu und gab ihrer Stimme einen weisen, feierlichen Klang, »eigentlich ist das Unglück ja schon da. Geht es dir wieder besser, Any? Du bist einfach umgekippt.«

»Fürst Wihaji ist kein Mörder«, sagte Maurin trotzig.

Sie sahen zu, wie sich der Platz langsam leerte, wie die Dörfler aufbrachen, verwirrt und betroffen. Die verkniffenen Gesichter der Spielleute und ihre zackigen Bewegungen verrieten Wut und Enttäuschung, während sie ihre Zelte abbrachen. Kein Feuerschlucker also in diesem Jahr. Keine Tänzer und kein Schauspiel. Und was war mit den ganzen Kuchen, an denen Anyana mitgearbeitet hatte? Und mit dem wundervollen Konfekt, den gezuckerten Beeren und den Sternblumentörtchen? Ihre Gedanken beschäftigten sich mit unwichtigen Dingen, um nicht daran denken zu müssen, was zu schrecklich war, um es auszusprechen.

Drei Namen: Tizarun, der von den Göttern geliebte Herrscher des Großreichs.

Fürst Wihaji, der ihr Herz wieder zum Schlagen gebracht hatte.

Und Karim, der ihr Herz gewonnen hatte.

Nein, es konnte nicht wahr sein.

»Ich kann nicht glauben, dass Tizarun tot ist«, sagte Dilaya leise. »Er war so schön und noch so jung. Niemand kann einfach hingehen und den Großkönig ermorden. So etwas gab es noch nie.«

Der Kancharer öffnete eine Klappe am Leib des schwarzen Eisenvogels, der wie ein riesiges glänzendes Spielzeug auf der

Wiese stand, und klopfte mit einem kleinen Hammer gegen irgendetwas.

Weder der Vogel noch der Mann aus dem Reich der Gottlosen sahen aus wie etwas, weswegen sich die Götter Sorgen machen müssten.

Auf einmal begann Dilaya zu schluchzen. »Er darf nicht tot sein. Ich meine, er war die *Sonne*. Und Tenira hat ihn so sehr geliebt!«

»Kann ich das Ding anfassen?«, fragte Maurin den Kancharer.

Anyana stand auf. Nun war sie dem Vogel so nah, dass sie erkennen konnte, wie fein die Flügel gearbeitet waren. Wie bei einem echten Vogel reihte sich Feder an Feder, nur dass diese hier schwarz waren. Und dass dieser Vogel nicht zurückzuckte, als sie die Hand ausstreckte.

»Das würde ich nicht tun«, sagte der Mann. »Davon kriegt man Warzen und Geschwüre an der Hand. Fass ihn bloß nicht an.«

Maurin machte einen Satz rückwärts und stürzte ins Gras, aber Anyana blieb stehen. »Das glaube ich nicht. Ihr reitet sogar darauf.«

»Sieh an, ein schlaues Kind. Ich trage Handschuhe beim Fliegen, hast du das nicht bemerkt?«

»Damit Ihr nicht friert.«

»Warum sollte ich frieren, wenn ich hinauf zur Sonne fliege?«

»Ihr habt eine Lederkappe getragen, einen Mantel und Handschuhe. War die Kappe etwa auch gegen Warzen?« Sie legte ihre Hand auf den Flügel. Er fühlte sich warm an, erhitzt von der Sonne, die über ihnen brannte. Fast hätte man glauben können, dass der Vogel lebendig war.

»Seid Ihr ein Magier?«, fragte Maurin ehrfürchtig.

Der Mann verzog die Lippen zu einem Lächeln. »Nein, mein Junge. Die meisten Magier halten es für sicherer, auf dem Boden zu bleiben. Die Eisenmeister, die diese Geschöpfe bauen, sind mächtige Magier, doch auch sie überlassen das Risiko lieber anderen. Ich bin ein Feuerreiter.«

Maurins Augen waren groß und rund. »So etwas gibt es nicht. Man kann nicht auf dem Feuer reiten.«

»Wenn ich es doch sage.« Der Kancharer tätschelte den Hals seines Vogels. »Spürst du es?«, fragte er. »Da ist mehr als Eisen. Kannst du es fühlen? Wie ein Atmen, ein Herzschlag, ein Puls?«

»Als ob er zittert«, sagte Anyana ehrfürchtig. »Direkt unter meiner Haut.«

»Ein Magier hat diesem Wüstenfalken das Leben geschenkt«, erklärte der Feuerreiter. »Doch ich sage ihm, was er tun soll.« Er lehnte die Stirn gegen den metallenen Leib des Vogels und flüsterte etwas. Ein Beben lief durch das riesige Tier, in den Flügeln zuckte es. »Er will erwachen, aber ich lasse ihn nicht. – Bald«, versprach er leise, »warte noch, bald fliegen wir zurück.«

»Zurück nach Wajun?« Anyana, die bei der kurzen Bewegung des Falken zurückgewichen war, wagte es erneut, ihn vorsichtig zu streicheln. »Kannst du mich mitnehmen?« Sie musste nach Wajun. Sie musste Karim sehen, ihn fragen, ob es stimmte, ob er etwas mit Tizaruns Tod zu tun hatte. Doch Karim war fort. Hatte Fürst Quinoc nicht gesagt, dass im ganzen Land der Sonne nach ihm gefahndet wurde?

Warum hätte er fliehen sollen, wenn er unschuldig war?

Aber wie konnte er schuldig sein, der Junge mit dem Lächeln?

Es ließ sich nicht fassen, nicht denken, nicht glauben.

»Ich werde gewiss niemanden mitnehmen«, sagte der Kancharer. »Außer Fürst Quinoc. Ich bringe ihn nach Wajun zurück, und dann fliege ich wieder nach Kanchar. Der Wüstenfalke ist eine Leihgabe des Kaisers, sein Heimatturm steht in Wabinar.«

»Aber ich muss nach Wajun!«

Karim hatte schlecht über Tizarun gesprochen. Vielleicht war er wirklich ein Separatist. Vielleicht war es herausgekommen und hatte ihn und Fürst Wihaji zu Verdächtigen gemacht. Es war so leicht, jemanden zu beschuldigen. Daran wollte sie festhalten, Karim hatte sich um Kopf und Kragen geredet, aber er war unschuldig. Sie wusste, dass er unschuldig war, sie wusste es einfach.

»Mein Wüstenfalke ist ungeduldig«, sagte der Kancharer. »Er will fliegen, immerzu fliegen, so hoch wie möglich. Bis zu den Göttern, um sie zu begrüßen, und zurück zu den Eisenmeistern, die ihm das Leben geschenkt haben.«

Das Leben geschenkt. Das erinnerte sie an einen Satz, der im Tumult untergegangen war: Während die Großkönigin in Wehen lag...

»Teniras und Tizaruns Kind. Lebt es?«

»Ja«, sagte er. »Ein gesunder Junge, wie ich hörte.«

Ein Junge. Ihr Bräutigam. Ein Säugling in einer Wiege.

»Wie heißt er?«

»Prinz Sadi von Wajun«, sagte der Kancharer. »Die Götter seien gepriesen.«

Karim war fort, verdächtigt und verfolgt.

Dafür war das Kind, mit dem sie verlobt war, auf die Welt gekommen. Sie hasste es jetzt schon.

Der Feuerreiter lächelte, aber diesmal, fand Anyana, hatte sein Lächeln etwas Kaltes, Höhnisches, und sie las in seinem Blick die Verachtung für Anta'jarim und für all das, was sie hier nicht besaßen und nicht wussten.

Der Mann würde sie nicht mitnehmen, natürlich nicht. Es gab nichts, absolut nichts, was sie tun konnte.

»Komm«, sagte sie zu Dilaya. »Gehen wir nach Hause.«

Der laue Spätsommerabend war verführerisch schön. In manchen Jahren war es um diese Jahreszeit bereits empfindlich kühl, wenn der kalte Wind aus den Bergen von Malat die Reste des Sommers vertrieb, doch in diesem Jahr verweilte er länger. Der Goldmonat versprach berauschend zu werden. Mücken summten in einer Wolke über ihrem Kopf, in den Wipfeln der wilden Kirschbäume flöteten die Drosseln. In der Luft lag ein süßes Aroma: nach den Brombeeren, die hier in großer Zahl wuchsen, und den Schneehänden, die sich, Hunderte von Knospen mit sich tragend, an ihnen emporrankten, um dann in handtellergroße Blumen aufzubrechen. Die weißen Blüten schlossen sich bereits, um ihren Duft und ihre Schönheit für die Nacht in sich zu bergen. Hetjun hätte sich einen dunkleren Himmel gewünscht, weniger Sterne und weniger Süße und vor allem weniger Mücken.

Sie wandte sich um, als sie Schritte durchs Unterholz brechen hörte. Nerun sprang über den umgestürzten Baumstamm und blieb nach Luft schnappend vor ihr stehen. Er war wie ein einfacher Mann gekleidet, in einem hellen Hemd, dessen Ärmel er hochgeschoben hatte, und einer groben Hose. Von Weitem würde niemand den dritten Prinzen in ihm erkennen.

»Nun?«, fragte sie.

»Was, nun?«, fragte er zurück. »Du hast mich herbestellt. Also sag mir, was du willst. Ich kann nicht lange bleiben.«

Hetjun presste die Lippen aufeinander und rang um Fassung. Als sie sprach, klang ihre Stimme kühl und gefasst. »Der Großkönig ist tot.«

»Ja, das habe ich mitgekommen, wie jeder andere auch. Wie überaus praktisch, dass sie Wihaji für den Schuldigen halten. Sonst noch etwas?«

Ihre Selbstbeherrschung fiel von ihr ab. »Sonst noch etwas?«, schrie sie ihn an. »Was soll denn sonst noch sein? Außer dass du alle Eide gebrochen hast, die du mir geschworen hast?«

Sein unglückliches Gesicht konnte sie nicht rühren.

»Ach, Hetjun...«

»Ich habe wirklich geglaubt, es wäre dir ernst. War denn alles nur gespielt? Und warum? Du hättest diesen Plan auch ohne mich durchführen können.«

»Wohl kaum«, meinte er, doch dabei sah er sie nicht an, sondern betrachtete den Mückenschwarm. »Schließlich war es deine Idee.«

»Ich erinnere mich gut daran, dass du sehr schnell einverstanden warst. War es nicht unser gemeinsamer Traum? Die Sonne von...«

»Sprich nicht davon«, unterbrach er sie schnell. Mit beiden Händen fuhr er sich durch das zerzauste Haar und sah dabei sehr jung aus.«»Vergiss es. Ich jedenfalls will vergessen, dass wir davon gesprochen haben. Ich weiß nicht mehr, warum ich mich jemals darauf eingelassen habe. Du hast mich verhext, ich konnte nicht mehr klar denken.«

»Aber jetzt kannst du es wieder? Und du siehst, dass du Chancen hast, Großkönig zu werden, auch ohne mich. Mit deiner dümmlichen Lugbiya zusammen. Tun wir doch einfach so, als wäre es Zufall!«

»Vielleicht war es das auch. Haben wir nicht lange darauf gewartet, dass die Nachricht kommt, und sie kam nicht? Ich habe schon geglaubt, dass der Wüstendämon sich mit unserem Gold aus dem Staub gemacht hat, und dass wir dabei noch Glück gehabt haben. Stell dir vor, ich war erleichtert. Wir haben ihn nicht getötet, Hetjun! Der Wüstendämon hat es nicht getan, es war Fürst Wihaji. Wir dürfen ein reines Gewissen haben.«

»Und ich erinnere dich an deine Schuld«, meinte sie trocken.

Darauf wollte er nicht antworten.

»Du hattest versprochen, dass du deine Frau beseitigen lässt.«

»Wenn auch nur der geringste Verdacht auf mich fällt, würden die Edlen mich nicht zum Kandidaten wählen. Außerdem hast du genauso wenig unternommen. Du bist immer noch mit Winya zusammen, oder etwa nicht?«

»Du wolltest es zuerst tun.«

»Das war, bevor Lugbiya schwanger war.«

»Genau das ist es«, flüsterte sie, heiser vor Zorn und Trauer. »Du warst mit mir zusammen. Ich hätte nie gedacht, dass du auch noch zu ihr gehst.« Hetjun schrie es fast heraus. »Sie hätte nie schwanger werden dürfen, verdammt!«

»Sie ist meine Frau!«

Verärgert schüttelte sie den Kopf. »Du weißt genau, wie es war. Nur wir beide, für alle Zeit. Erinnerst du dich etwa nicht mehr daran?«

»Glaubst du wirklich, aus uns beiden wäre etwas geworden?«

Sie musterte ihn, eher ratlos als enttäuscht, und versuchte vergeblich, wenigstens etwas von dem Mann zu finden, von dem sie geglaubt hatte, sie könnte ihn lieben. Seine Entschlossenheit, seinen Ehrgeiz, einen unbeugsamen Willen und unauslöschliche Leidenschaft. Doch er war Winya erschreckend ähnlich, bis auf die kürzeren Haare, bis auf seine unruhigen Augen.

»Ich hasse dich«, flüsterte sie. »Dafür musste der Großkönig sterben? Für jemanden wie dich?«

»Bist du auf mich wütend oder nicht vielmehr auf Wihaji? Deshalb bist du so außer dir – weil du ihn beinahe geheiratet hättest. Weil du an seiner Seite längst in Wajun hättest leben können.«

»Ich dachte, ich könnte dich lieben«, sagte sie sehr langsam.

»Ich habe es gehofft. Aber nun sehe ich, wer du bist. Ihr Götter, du taugst ja noch weniger als Winya!«

Nerun wandte sich zum Gehen. »Das war's dann wohl, liebste Hetjun. Und in Zukunft möchte ich keine Botschaften mehr erhalten. Es wird keine heimlichen Treffen mehr geben.«

»Du glaubst, sie werden dich zum Kandidaten ernennen?«, schrie sie ihm hinterher. »Das werden sie nicht! Dies eine kann ich dir noch antun: Es wird Winya sein!«

»Das glaubst du doch selber nicht«, meinte er, während er über den gefällten Baum stieg und sich seinen Weg durch das Gestrüpp bahnte. Über ihnen glommen mehr und mehr Sterne im Nachtblau auf, die Vögel waren längst verstummt. »Winya? Keiner will Winya.«

»Du wirst erleben, dass ich etwas bewirken kann«, zischte sie, doch er lachte bloß.

»Du und Winya die Sonne von Wajun? Wovon träumst du?« Kopfschüttelnd und vor sich hin lachend verschwand er im Wald.

Hetjun sah ihm nach. Eine Zeit lang stand sie da wie versteinert. Ein Fuchs lief so nah an ihr vorbei, dass sie nur die Hand hätte ausstrecken müssen, um ihn zu berühren. Wind kam auf und spielte mit den Blättern, die leise rauschten. Zu ihren Füßen raschelten die Mäuse zwischen Laub und Moos.

»Ihr dürft das nicht zulassen, Götter«, flüsterte sie. »Nerun darf nicht Großkönig werden. Was für eine Sonne wäre das? Ohne Strahlkraft, trübe und stumpf. Alles, aber nicht das. Ich sollte es sein. Ich muss es sein, denn hier kann ich nicht bleiben. Bitte macht, dass ich nicht hierbleiben muss. Ich will nach Wajun. Nach Wajun.« Sie streckte die Arme im Gebet vor und hielt ihre offenen Handflächen den Göttern hin. »Bitte. Ich *muss* nach Wajun.«

Das Pfeifen in Winyas Ohren nahm zu; es herrschte ein Lärm wie in einem Taubenschlag. Dazu roch es durchdringend nach nasser Erde, muffigen Kleidern und Kaminrauch. Kurz nach der Nachricht von Tizaruns Tod vor drei Wochen war das Wetter umgeschlagen, und es regnete beinahe ununterbrochen. Entsprechend übel gelaunt waren die Gäste hier eingetroffen. Die Edlen des Königreiches Anta'jarim sowie die Abgesandten der Städte und Fürstentümer hatten sich in der großen Halle des Königsschlosses versammelt. Sie tuschelten und riefen durcheinander, bis König Jarunwa sich erhob und die Zeremonie mit den Worten »Möge eine neue Sonne aufgehen« eröffnete.

Danach herrschte einen Moment lang Stille.

Um die hundert Damen und Herren in weißer Trauerkleidung, elegant wie immer und von ungewohnt echter Bedeutsamkeit erfüllt, hielten einige Atemzüge lang inne, um der alten Sonne zu gedenken.

Dann ergriff der Älteste der ehrwürdigen Versammlung das Wort. Der weißhaarige Herzog Uscha, ein gebeugtes Männlein mit tief zerfurchtem Gesicht, hielt sich nur mithilfe seines Enkelsohns auf den Beinen, doch seine Stimme war fest und sicher. »Prinz Winya«, verkündete er, »ist als der nächste verheiratete Mann in der Thronfolge der Kandidat, den es als Ersten in Betracht zu ziehen gilt.« Nach diesem langen Satz schnaufte er geräuschvoll und setzte sich wieder.

Alle Augen richteten sich nun auf den Prinzen.

Winya fühlte, wie es hinter seiner Stirn pochte. *Wajun*, hämmerte es, *Wajun. Verspiel es nicht.* Er warf einen fragenden Blick auf Hetjun, die ihm zunickte, und stand auf. Die vielen Gesichter, die sich ihm zuwandten, kamen ihm vor wie die Tausend Monde. Sie erinnerten ihn an bleiche Blumen auf vergilbten Stängeln, schwankend im Wind. Sofort wünschte er sich auf sein Dach, aber es gab keine Fluchtmöglichkeit, also hielt er stand und sagte in die Menge hinein: »Ich bin bereit, die Aufgabe zu übernehmen, falls sie mir übertragen werden sollte.«

Jetzt hätten sie abstimmen können, wenn es nach ihm gegangen wäre, und danach wäre noch genug Zeit zum Feiern gewesen. Aber natürlich dachte niemand daran, jetzt schon abzustimmen. Stattdessen kamen die Fragen. Wie er sich das vorstellte. Was er zu tun gedachte, falls er gewählt würde. Und die Zweifel, ob er, der Dichter, der Aufgabe gewachsen sein könnte. Ehe er es sich versah, wurde Nerun als Kandidat vorgeschlagen, Nerun mit seinem gewinnenden Lächeln. Und Winya musste zugeben, dass sein jüngerer Bruder sich gut schlug. Besser als er selbst, was niemanden überraschte.

Die Emotionen, die um ihn herum wogten, ließen Winya zu seinem eigenen Erstaunen kalt. *Ich kann nicht kämpfen*, dachte er auf einmal. *Ich war bereit, nach Wajun zu gehen, ich habe mich sogar darauf gefreut – aber wer soll ich sein, um ihnen zu gefallen?* Er hatte keine Ahnung, was ihnen gefallen hätte. Menschen zu verstehen war nicht seine Gabe.

Als sich Hetjun erhob, ging ein leises Tuscheln durch die Reihen. Sie hatte es wieder einmal verstanden, sich genau dem Anlass entsprechend zu kleiden: auf den ersten Blick schlicht, um der Trauer Ausdruck zu verleihen, bei näherer Betrachtung jedoch schimmerte ihr Kleid so, dass man nicht wegschauen konnte. Es war nicht richtig weiß, sondern in der unbestimmbaren Farbe von Wolken, durch die die Sonne scheint; ihr rotes Haar schien durch den Kontrast zu brennen. Sie war ein Juwel, eine Kostbarkeit, zugleich bescheiden und strahlend, zurückhaltend und stolz, eine Sonne, die noch nicht aufgegangen war, die jedoch, sollte sie das jemals tun, nicht aufhören würde zu leuchten.

»Ihr habt es nicht ausgesprochen«, begann Hetjun, »aber ich habe es wohl herausgehört aus Euren Worten: dass Ihr meinen

Gemahl für unfähig haltet, als Großkönig über Le-Wajun zu regieren. Und warum? Weil Ihr ihn als Dichter kennt. Weil Ihr seine Verse gelesen habt, die zu Recht als ein Meilenstein in der Dichtkunst bezeichnet werden. Ihr denkt, dass einer, der so viel auf einem Gebiet zu leisten vermag, es sicher nicht auf einem anderen kann. Einer kann nicht zugleich mit Worten umgehen, mit dem Schwert, mit seiner Familie, mit dem Volk? Ich sehe, dass Ihr die Köpfe schüttelt. Aber verlangen wir nicht genau das von einem Großkönig? Dass er ein liebevoller Ehemann, ein verständnisvoller Vater, ein vorausschauender Stratege, ein weiser Herrscher ist? Wir verlangen von einem Großkönig, dass er vielseitig ist. Dennoch, weil Prinz Winya auf einem Gebiet so groß ist, traut Ihr ihm nicht zu, auf einem anderen ebenso viel Stärke zu zeigen – obwohl es genau das ist, was ein Großkönig zu sein hat, nämlich groß in allen Gebieten. Winya hat sich in allen Dingen bewährt, soweit ihm seine Stellung als Prinz von Anta'jarim dazu Gelegenheit gegeben hat. In seiner Ehe und Familie – wer sollte das besser wissen als ich? – und in der Verwaltung der ihm unterstellten Ländereien. Über ein Königreich hat er noch nie geherrscht, allein auf diesem Gebiet kann er Euch keine Referenzen liefern. Aber das konnte bisher kein Kandidat, der zum Großkönig gewählt wurde. Wenn ich richtig unterrichtet bin, wurde äußerst selten davon abgewichen, den Nächsten in der Reihenfolge zum Favoriten zu ernennen. Schwere Krankheit, Geistesverwirrtheit oder schwere Charakterfehler waren solche Gründe. All dies trifft auf Prinz Winya nicht zu. Ich frage mich also, warum hier überhaupt über mehr als einen Kandidaten gesprochen wird.«

Während die Edlen zu tuscheln begannen, fing Winya Neruns verächtlichen Blick auf: Es wird dir nicht gelingen.

Gab sein Bruder Hetjun ein Zeichen? Das verhieß nichts Gutes. Hätte er ihr zugelächelt, hätte Winya daraus Schlüsse gezogen, die ihm gar nicht behagten, doch die Feindschaft zwischen den beiden war ebenfalls leicht verstörend. Nun grinste Nerun Hetjun sogar höhnisch von der Seite an. Doch er würde später herausfinden müssen, was hier vor sich ging.

Während die Edlen gegenseitig Winyas Vorzüge besprachen, stand auf einmal Graf Edrahim auf und stellte eine einzige Frage, die alle anderen schlagartig zum Verstummen brachte.

»Eins hätte ich gerne von Euch gewusst, Prinz Winya – seid Ihr ein Träumer?«

Er konnte fühlen, wie Hetjun neben ihm erstarrte. »Das war es also«, flüsterte sie.

Sie hatte recht, das wusste er selbst. Das war es, was ihn den Großkönigsthron kosten konnte, woran ihr Traum, die Sonne von Wajun zu werden, scheitern würde.

»Lüg sie an«, wisperte sie. »Tu es einmal in deinem Leben. Vergiss deine gottverdammte Aufrichtigkeit und sag Nein.«

Nerun lächelte siegesgewiss.

»Alle Dichter sind Träumer«, sagte Winya langsam. Er schaute den Grafen an, als würde niemand außer ihm dort sitzen, als wären sie allein im großen Saal und zwischen ihnen nichts als die Wahrheit.

»Ihr wisst, was ich meine.« Graf Edrahim gab sich nicht so schnell geschlagen. »Habt Ihr *das Gesicht*?«

Sie hielten die Luft an. Winya spürte die Spannung im Saal.

»Lüg sie an«, zischte Hetjun erneut. »Eine einzige Lüge werden die Götter dir vergeben. Nur sag es ihnen nicht, nicht das. Alles kannst du ihnen erzählen, aber nicht das.«

Winya zögerte. »Das Gesicht«, sagte er langsam. »Erzählt man sich nicht im Volk, dass das Königsgeschlecht ein klein wenig verflucht ist? Ein klein wenig zu ... göttlich für Euren Geschmack? Dass es den Ruf hat, eine gewisse Form von Magie auszuüben, eine Art von Magie, die wild und unkontrollierbar ist und daher eher gefährlich als nützlich?«

»Antwortet einfach auf meine Frage«, verlangte Edrahim.

»Es ist aber nicht einfach«, sagte Winya. »Ihr wollt wissen, ob ich Bilder sehe, die sonst niemand sieht? Ich bin ein Dichter, natürlich sehe ich neue Bilder. Ich erfinde sie nicht, sie werden mir geschenkt. Neue Gedanken und neue Worte. Tritt das ein, was ich dichte? Ist es *wahr*? Das hoffe ich, so wie jeder Dichter. Ihr wollt, dass ich das Träumen vom Dichten trenne, aber das ist nicht möglich. Es ist dasselbe. Dichten ist Träumen, und Träumen ist Dichten. Meine Verse bedeuten vielen Menschen sehr viel im ganzen Reich der Sonne. Sie machen niemandem Angst.« Er hob die Hände, wie um zu zeigen, dass er unbewaffnet war. »Ich bin gewiss kein Mann zum Fürchten. Aber bevor Ihr jetzt denkt, ich wäre harmlos, weil ich ein Dichter bin, sie haben schon manchen ins Herz getroffen.«

Er hatte das Feuer gesehen.

Sein Leben lang hatte er sich nach der Gabe gesehnt, nach dem Gesicht. Er hätte seine Reichtümer dafür gegeben, seinen Titel, sein Augenlicht. Stattdessen hatte er nur die Worte bekommen. Er war nie schreiend oder beglückt erwacht, mit einer Botschaft beim Aufwachen wie einem Geschenk in den Händen. Seine Bilder musste er sich mühsam selbst schaffen, musste sie herausschälen aus der Luft, die andere bloß zum Atmen benutzten. Wie ein Bildhauer, der einen Hirsch oder einen König aus dem Stein herauszwang, so bezwang er das Nichts. So schuf er. Wie also konnte er behaupten, er hätte das Gesicht?

Doch seit jenem Tag, an dem die Boten des Großkönigs gekommen waren, seit ihn Anyanas kleine kalte Hände unter dem Tisch berührt hatten, träumte er vom Feuer.

Es verschlang ihn, es bezwang seinen Geist, es löschte alles andere aus.

Wie hatte er sich danach sehnen können? Er hatte nicht geahnt, worum er die Götter gebeten hatte. Und nun konnte er ihr Geschenk nicht leugnen.

Also wie hätte er den Edlen seines Volks sagen können, dass er es nicht besaß?

Hetjun stieß langsam die Luft aus.

Edrahim setzte sich wieder und starrte verwirrt in Neruns Richtung.

Ein anderer Graf erhob sich, seiner wettergegerbten Haut nach ein Edelmann von der Küste. »Prinz Winya, wie steht Ihr zu Kanchar? Haltet Ihr einen Krieg für unausweichlich?«

Noch nie hatte er eine Lüge in so viele nichtssagende Worte gepackt; die Gefahr war vorüber. Neben sich hörte er Hetjun erleichtert aufatmen.

»Nein«, antwortete Winya. »Krieg ist nie ohne Alternative.« Doch noch während er sprach, ging ihm auf, dass sie lieber einen Kriegsmann wollten. Jemanden, der es verstand, einen Krieg zu führen, wenn er nötig war, vielleicht auch dann, wenn er nicht nötig war.

In Neruns Augen lag ein Lächeln, kalt und siegesgewiss. *Freu dich nicht zu früh*, dachte Winya. *Es gibt genug weise und lebenserfahrene Abgesandte hier, die mir das anrechnen.* Die nächste Frage zeigte jedoch, dass Nerun sich auf etwas ganz anderes gefreut hatte.

»Ist es wahr«, fragte Graf Edrahim, »dass Ihr Eure Tochter Dienstbotenarbeit verrichten lasst?«

Das war es also, Neruns letzter Trumpf. Nicht das Gesicht, das ihm niemand beweisen konnte. Sondern das hier: wie er seine Tochter vor ihren Träumen zu retten versuchte. *Deshalb also*, dachte Winya, und die Erkenntnis überraschte ihn dermaßen, dass er seinen Bruder staunend betrachtete, als hätte er ihn nie zuvor gesehen. Deshalb hatte Nerun ihn nie auf Anyanas heimliches Treiben angesprochen, obwohl er es zweifellos erfahren hatte. Deshalb hatte er ihm nicht zugesetzt und dafür gesorgt, dass auch Hetjun nichts davon erfuhr – um jetzt seinen Triumph auskosten zu können.

»Nein, ich...«, setzte Winya an, aber Edrahim war noch nicht fertig.

»Und Ihr lasst sie mit Stallburschen verkehren, ist das wahr?«

Er fühlte alle Augen auf sich, neben ihm verkrampfte Hetjun sich vor Entsetzen. Wenn bekannt wurde, dass Karim, der des Mordes an Tizarun angeklagt war, des Öfteren mit Anyana gesprochen hatte, vielleicht sogar allein, war alles verloren.

»Die Ehre meiner Tochter ist über jeden Zweifel erhaben«, hörte er sich sagen. »Wer hat Euch denn so etwas erzählt?«

Der Graf gab seine Quelle natürlich nicht preis. »Aber sie

macht Küchenarbeit wie die niedrigste Magd, das stimmt doch? Wofür bestraft Ihr sie so hart, wenn nicht für einen Fehltritt mit einem Burschen?«

»Wovon redet er?«, zischte Hetjun. »Was für Küchenarbeit?«

Es hilft ihr gegen die Albträume, wollte er sagen. *Der König und ich sind übereingekommen, dass wir Anyanas Glück an die erste Stelle setzen.* Aber er konnte nicht auch noch Jarunwa mit hineinziehen und den Respekt, den der König genoss, aufs Spiel setzen. Nicht Jarunwa, der genug damit zu tun hatte, den Fluch des Gesichts vor seinen Untertanen zu verbergen.

Leider gab es keine Möglichkeit, es seinem jüngeren Bruder hier und jetzt heimzuzahlen, jedenfalls fiel ihm nichts ein. Die Versammlung wurde unruhig. Wie ihm schien, begannen alle zu tuscheln, und der Gedanke, dass sie sich über Anyana das Maul zerrissen, war das Allerschlimmste.

Doch dann war es Jarunwa, der sie rettete. »Ich bitte die Damen und Herren um Ruhe. Lasst mich Euch diese ungewöhnliche Maßnahme kurz erklären. Keinesfalls handelt es sich um eine Strafe. Die Söhne edler Herren, die als Knappen dienen, sind ja auch nicht dazu verurteilt worden, um bestraft zu werden. Gilt es nicht vielmehr als Belohnung, wenn ihre Dienste angenommen werden? Wer herrschen will, muss dienen. Ich habe mich dazu entschieden, meine Nichte einen ähnlichen Weg gehen zu lassen, und, da es nichts Vergleichbares für Mädchen gibt, ihr freigestellt, sich für einen Bereich des Schlosses zu entscheiden, um das Leben ihrer zukünftigen Untertanen besser kennenzulernen.«

»Sie ist nicht Eure Erbin«, wandte jemand ein.

»Als die Tochter meines Bruders wird sie voraussichtlich irgendeinen wichtigen Pakt besiegeln dürfen. Vielleicht wird sie nach Nehess verheiratet werden, vielleicht nach Lhe'tah. Ihr werdet verstehen, dass diesbezügliche Überlegungen und Verhandlungen jetzt noch nicht öffentlich gemacht werden dürfen.«

Jarunwa sagte nicht: Wajun. Er sagte natürlich nicht: Sie ist die Braut von Tizaruns Sohn.

Seit der Abreise der Gesandten vor drei Monaten hatte Winya

darauf gewartet, dass die neuen Gesetze verkündet wurden. Das geänderte Erbrecht für uneheliche Kinder, und, noch heikler, dass Tizarun die Änderung der Verfassung in Angriff nahm und die Erbmonarchie ausrief. Doch nichts war geschehen. Da er ein geheimes Gespräch belauscht hatte, konnte er seinen Bruder auch nicht danach fragen.

Tizaruns plötzliche Krankheit war, so schien es, der Grund für die Verzögerung gewesen. Doch sein Tod warf nun ganz neue Fragen auf: Hatten seine Feinde von dem Gesetz gewusst? Hatte Wihaji ihn deshalb ermordet?

Nur mit Mühe lenkte er seine Konzentration wieder auf die Versammlung zurück. Die Edelleute fanden es ungewöhnlich, einen solchen Weg für ein Mädchen zu wählen, doch nun war es Jarunwas Entscheidung und hatte nichts mit Winya zu tun, nichts mit Schande, nichts mit verlorener Ehre. Wie es schien, musste er das Bild, das er von seinem älteren Bruder hatte, neu zeichnen. Wann hatte der König sich diese geistreiche Erklärung ausgedacht?

Die meisten Adligen schienen jetzt endlich bereit zur Abstimmung. Die Fragen wurden spärlicher und trugen nicht mehr so viel Schärfe in sich.

Wajun. Winya dachte daran, wie man sich an eine Geliebte erinnert, die man vielleicht, mit viel Glück, wiedersehen durfte. *Wajun, ach Wajun, vielleicht ...*

Jarunwa gab das Zeichen, und Hände schossen in die Höhe. Genau die Hälfte stimmte für Winya, die andere Hälfte für Nerun.

Sie wiederholten die Prozedur, mit demselben Ergebnis.

Winya fühlte, wie seine Unruhe wuchs. Und sein Ärger. Konnten diese Menschen nicht einfach darüber hinwegsehen, dass er ein Dichter war und ein Träumer? Offensichtlich konnten sie es nicht. Er hatte nicht übel Lust, den Saal einfach zu verlassen, doch Jarunwa schien seine Gedanken zu lesen.

Er schüttelte warnend den Kopf. Überdies sah er seine Brüder an, als wartete er darauf, einer von ihnen würde freiwillig zurücktreten, würde aufgeben und den Weg für den anderen freimachen. Einen Moment fragte Winya sich, ob er so demütig sein könnte. Doch Hetjuns wilde Blicke verboten ihm den Rückzug, und er sagte nicht: *Ich verzichte*, obwohl der Satz ihm schon fast auf den Lippen lag. Es wäre gewesen, als hätte er Wajun, der verflossenen Geliebten, einen traurigen Abschiedsbrief geschrieben. Winya hatte einen unerklärlichen Hang zu traurigen Geschichten. Aber er widerstand der Versuchung, und schließlich erklärte Jarunwa die Sitzung für beendet.

»Dann werden wir eben mit zwei Kandidaten nach Wajun reisen«, sagte er, und man hörte seiner Stimme an, dass er nicht zufrieden war. »So etwas gab es noch nie. Das Volk wird entscheiden, welchen es zum Großkönig will.«

Nerun und Edrahim wechselten zornige Blicke. Jarunwa schenkte Winya ein ganz kleines Lächeln. Hetjuns Gesicht war unergründlich.

Später, als sie wieder in ihren eigenen vier Wänden waren, sagte sie es zu ihm: »Ich war mir nicht sicher, ob du es tun würdest. Zu lügen, meine ich. Dir muss wirklich viel an Wajun liegen.«

Er stand vor dem Spiegel und betrachtete sein müdes Gesicht. »Sie haben mich missverstanden. Ich denke, sie wollten es so. Sie können zwar nicht viel mit mir anfangen, aber Nerun scheint auch nicht viele Anhänger zu haben.« Er streifte das verhasste Trauergewand ab. »Und du lügst wie eine Lichtgeborene.«

»Es werden noch jede Menge Lügen nötig sein«, sagte sie. »Noch sind wir nicht am Ziel.«

Sie lag auf dem breiten Bett und sah ihm beim Ausziehen zu. Es war ein ungewohntes Gefühl, dass sie dasselbe wollten, wenn auch aus unterschiedlichen Motiven.

»Fast«, flüsterte er seinem Spiegelbild zu. »Fast in Wajun.«

»Die Sache mit Anyana hätte dich fast Kopf und Kragen gekostet. Was ist das bloß für eine merkwürdige Geschichte? Wusstest du etwa darüber Bescheid?«

Er wollte Anyana so gerne vor der Wut ihrer Mutter bewahren, trotzdem musste er Hetjun erzählen, worum es ging, und natürlich war sie außer sich. »Oh ihr Götter, Winya! Unsere Tochter in der Backstube?«

Er wollte ihr alles erklären, aber sie winkte ab. »Ich lasse das nicht zu! Das hört sofort auf, und zwar heute noch. Man darf nicht über Anyana reden, niemand darf je über sie tratschen oder Fragen stellen. Nicht über irgendwelche Dienstboten oder Stallburschen oder darüber, dass sie sich mit irgendjemandem unter ihrem Stand abgibt. Sie darf keine freundliche, liebenswürdige Prinzessin sein. Erst wenn sie so unnahbar ist, dass niemand es ihr zutrauen würde, einen Untergebenen auch nur anzulächeln, wird sie einigermaßen sicher sein.«

»Der Junge wird gesucht, aber das heißt nicht, dass er schuldig ist«, sagte Winya. »Du weißt doch, wie das läuft.«

»Ich weiß gar nichts«, sagte Hetjun. »Ich weiß nur, dass Wihaji uns hier besucht hat, und jeder, der mit ihm oder seinem Diener geredet hat, könnte selbst verdächtigt werden.«

»Erst recht seine frühere Verlobte«, murmelte er, denn das schien ihm der Kern ihrer Angst zu sein. Man konnte nicht jeden Menschen, dem der Fürst und sein Knappe jemals begegnet waren, zu einem Mitverschwörer erklären. Aber Hetjun war Wihajis Geliebte gewesen. Ihn wunderte, wie es ihr gelungen war, diese unbestreitbare Tatsache aus der Diskussion um die Wahl des Kandidaten herauszuhalten.

»Unsere Tochter muss über jeden Verdacht erhaben sein.« Sie klingelte nach Baihajun, und als diese vor ihnen erschien, hob sie herrisch die Hand. »Möchtest du entlassen werden?«

»Nein, Prinzessin.« Baihajun senkte den Kopf.

»Nie wieder will ich Anyana in der Backstube sehen oder beim Gesinde. Das ist ein ausdrücklicher Befehl!«

Die Kinderfrau warf Winya einen auffordernden Blick zu, der alles besagte. Aber er konnte ihrer Bitte nicht Folge leisten, er konnte nicht für Anyana kämpfen. Er hatte all seine Kraft verausgabt und stand stumm und hilflos daneben.

Der Feuerschlucker stößt sich die Fackel in den Mund. Und das Feuer küsst ihn, es spielt um seine Lippen mit seiner schnellen, spitzen roten Zunge, es küsst seinen ganzen Mund. Nein, es ist nicht der Feuerschlucker, ich bin es. Ich stehe auf der Wiese, über mir schwebt der eiserne Vogel wie ein schwarzer Mond, der vom Himmel stürzt, und das Feuer tanzt in meinem Mund. Ich kann es nicht ausspucken. Ich versuche, es aus meinem Mund zu kriegen. Ich fasse mit den Fingern hinein, aber sie fühlen nichts außer Zunge und Zähnen, als wäre das Feuer nicht da, als hätte ich es nur geträumt. Aber es ist da, ich weiß es, es verbrennt mich mit einer Hitze, die unerträglich ist, als hätte ich ein Stück der Sonne gegessen. Es ist nichts da in mir außer dem Brand, der meinen Mund ausfüllt. Ich will schreien, wie ich noch nie geschrien habe, aber da sind nur Flammen, da ist keine Stimme mehr, da ist nichts außer dem Feuer. Es rinnt mir die Kehle hinunter wie ein zu heißes Getränk, zischend und gurgelnd, und breitet sich in meinem ganzen Leib aus. Es ballt sich hinter meiner Brust zusammen. Es verdichtet sich zu einer brennenden Kugel, dort, wo mein Herz ist, wie ein brennender Feuervogel, ein glühender Vogel, zuckend, pochend, das Schlagen meines Herzens. Es brennt in mir: ein Feuer, das ich nie, nie löschen kann. Ich trinke Wasser, ich tauche mit beiden Händen in den Schnee und stopfte ihn mir in den Mund, immer mehr, und er schmilzt mir auf der Zunge, aber er kann das Feuer nicht löschen. Ich trinke und trinke, ich greife in den Schnee und trinke, aber das Feuer brennt und brennt. Eine Sonne, die in mir Platz genommen hat, die dort kreist und wirbelt und brennt und brennt...
... und brennt...

»Schrei nicht, mein Kind, schrei nicht, alles ist gut.«
»Das Feuer...« Wo war der Schnee, wo blieb nur der Junge auf seinem Pony? Anyana wollte nach ihm rufen, damit er das Feuer löschte, damit er mit beiden Händen Schnee auf die Flammen warf. Dann würde er die durchnässten Handschuhe ausziehen, und seine Finger würden kalt sein.

Sie brauchte ihn, aber er war nicht da, und das Feuer brannte und sang und umtanzte sie höhnisch.

»Es ist alles gut. Schrei nicht, schrei doch nicht!«

Die Stimme ihrer Mutter: »Kannst du sie nicht endlich still kriegen, Baihajun? Wir haben das Schloss voller Gäste.«

»Es tut mir leid, Prinzessin. Sobald sie wieder einschläft, schreit sie weiter.«

»Dann soll sie eben nicht schlafen!«

»Soll sie sich anziehen? Um diese Uhrzeit? Draußen ist gerade erst die Sonne aufgegangen.«

»Weck sie einfach.«

»Was soll sie machen, wenn sie wach ist?«

»Ach, was weiß ich! Sie kann sich dort in den Sessel setzen. Sie kann etwas essen, etwas trinken... Spiel ein Spiel mit ihr, nur halte sie wach.«

»Das haben wir gestern früh auch versucht. Sie ist im Sessel eingeschlafen.«

»Dann soll sie hin und her gehen. Bei den Göttern, es muss doch möglich sein, sie wach zu halten! Bring sie an die frische Luft, mach einen Spaziergang mit ihr.«

»Ja«, überlegte Baihajun, »ja, das könnten wir machen. Was soll ich sagen, wenn jemand fragt, warum wir mitten in der Nacht einen Spaziergang im Hof machen? Wenn die edlen Grafen aus dem Fenster sehen, werden sie uns sehen und sich wundern.«

»Ach, verdammt!«, rief Hetjun aus. »Dann schick sie eben in die Küche! Nur mach, dass dieses Geschrei aufhört!«

Baihajun lächelte. »Ja, Prinzessin. Ja, dann schicke ich sie in die Küche.«

22. WASSER AUS DER WAND

Nach Wajun. Es ging nach Wajun.
 Sie hätte sich freuen müssen. Lachen und hüpfen und tanzen und singen. Wenn sie noch ein Kind gewesen wäre, dachte Anyana, während sie langsam durch den Korridor ging, hätte sie gesungen. Ihr Lied hätte laut von den Steinmauern widergehallt, es hätte die Trauer der Menschen um Tizarun zerbrochen.
 Doch sie war kein Kind. Wäre sie ein Kind gewesen, hätte es nicht so wehgetan, an Karim zu denken und an einen Kuss, an seine Hände an ihren Wangen, an sein Flüstern. Sie hätte sich nicht so gewünscht, dass er herkam, bei ihr Zuflucht suchte. Dass er eines Tages in ihrem Zimmer stand und sie darum bat, ihn zu verstecken, weil ganz Le-Wajun nach ihm suchte, weil die Großkönigin ihn sterben lassen würde, wie nie irgendjemand gestorben war, in Blut, Tränen und Feuer.
 Sobald sie an Karim dachte, füllte das Unglück ihr Herz und ihre Brust und sogar ihre Knochen, machte jeden Schritt schwer und füllte die Luft, die sie einatmete, mit Dunkelheit.
 Du kennst mich nicht, hatte er gesagt. *Du hast nur etwas gesehen, was dir gefiel, und wolltest es haben.*
 Ein junger Mann, der nur Verachtung für die Sonne von Wajun übrighatte, und das zumindest war nicht gespielt, das konnte nicht gespielt gewesen sein. Denn wer die Sonne verehrte, würde es nicht wagen, so über sie zu reden, im Leben nicht. Nicht einmal, um eine naive kleine Prinzessin vor den Kopf zu stoßen.
 Plötzlich blieb sie stehen und starrte durchs Fenster. Dort draußen auf dem Dach, auf einem der Giebel, saß ihr Vater. Er schien nicht zu schreiben, er saß einfach dort und starrte in die Weite. Über den Wiesen hingen weiße Schwaden, die den Wald hinter

einem dichten Schleier verbargen. Winya blickte in den Nebel, als wartete er darauf, dass von dort etwas kam, ein unbekannter Schrecken, eine ungeahnte Freude, vielleicht auch nur ein paar Worte, die zu dem Gedicht passten, an dem er gerade arbeitete.

Anyana kletterte über die Brüstung und balancierte über den First. Die brüchigen Schindeln waren nass und voller Moos. Sie musste vorsichtig sein. Wenigstens regnete es nicht. Nach sechs Wochen, in denen es nahezu ununterbrochen gestürmt und geregnet hatte, war der Herbst mit kühlen, sonnigen Tagen gekommen. Seit der Versammlung, in denen ihr Vater und ihr Onkel zu Kandidaten gekürt worden waren, hatten alle Schlossbewohner ständig den Himmel betrachtet und um besseres Wetter gebetet. Nur sie nicht.

Ihr Vater hörte sie und drehte sich um. »Any! Was machst du denn hier oben?«

Sie ergriff seine ausgestreckte Hand und setzte sich neben ihn, obwohl die kalte Feuchtigkeit sofort durch den festen Stoff ihres Rockes drang. »Wajun«, sagte sie schließlich.

»Ja«, stimmte er zu. »Wajun.« Dann sagte er: »Zwischenzeiten sind immer merkwürdige Zeiten: Die Sonne ist fort, und es dauert noch, bis sie wieder scheint. Es ist wie die Stunde der Dämmerung zwischen Tag und Nacht, eine Stunde Zwielicht, in der alle still sind und niemand laut lacht. Wir bezeugen unseren Respekt und verhalten uns ruhig, bis der Segen der Götter wieder über uns ausgebreitet ist.«

Anyana seufzte. »Jeder Tag fühlt sich an wie aus Nebel.«

»Ja, und trotzdem werfen unsere Gedanken Schatten.«

»Woran denkst du?«, fragte sie.

»Viele Menschen, die Tizarun kannten, nutzen diese Zeit, um sich an ihn zu erinnern«, sagte er. »An einen hoffnungsvollen jungen Prinzen, den Helden von Guna. Nicht alle hatten erwartet, dass er sich so gut bewährt, dass er die kritischen Stimmen zum Verstummen bringt ...« Er hob seine Hand, als hielte er ein unsichtbares Glas, mit dem er auf den Verstorbenen anstoßen wollte. »Nun feiern sie bei den Göttern das Fest seiner Ankunft. Stell es dir vor: Wie er durch das brennende Tor tritt, und wie die Götter ihn empfangen, der eine kurze Zeit einer der Ihren war. Wie sie ihn in ihre goldene Stadt geleiten ... Es gibt keine Worte, um sich diese Pracht vorzustellen, dieses Fest aller Feste. Wenn er unter sie tritt und sie sieht, denen er vorher nur im Traum begegnet ist.«

Anyana fühlte ein merkwürdiges Kribbeln. »Wie kannst du wissen, dass sie dieses Fest bei den Göttern feiern?«

»Es heißt, manche haben es in ihren Träumen gesehen. Das große Fest der Sonne, von dem unser Sommerfest nur ein schwacher Abglanz ist. Ein Fest, in dem die Götter selbst jubeln und den Namen dessen nennen, der zu ihnen kommt ... Wie kann irgendjemand da noch traurig sein?« Er drehte ihr das Gesicht zu und musterte sie, aufmerksamer als gewöhnlich. »Du trauerst nicht um Tizarun.«

»Nein«, sagte sie leise.

»Um dein Zuhause? Ich kann dir nicht versprechen, dass wir jemals zurückkehren. Doch vielleicht sind die Leute vernünftig und wählen Nerun, und wir kommen wieder her und alles ist beim Alten. Nur dass du dann auf Dilaya und Maurin verzichten musst.«

Es war nicht möglich, dass alles beim Alten blieb. Dazu war zu viel passiert. Die Welt war aufgebrochen wie eine große Schale, und was herauskriechen würde, welche Art von Zukunft ... wer wusste das schon? Nur die Träumer. Und sie träumten von Feuer.

»Es sollte gar keine Wahlen geben«, sagte Anyana. »Tizaruns Sohn ist der Erbe des Throns. Mein Verlobter.«

Winyas Lächeln erstarb. »Du und ich, wir beide wissen, dass es diesen Vertrag gibt. Tizarun hatte gehofft, er könnte eine neue Dynastie gründen, mit unserer Familie zusammen. Demnach würde der Sohn des Großkönigs die Herrschaft antreten. Prinz Sadi wäre die neue Sonne, und es bräuchte keine Wahlen zu geben.« Er sah sie ernst an. »Und du bist seine Braut, ohne Wenn und Aber. Nun wird Tenira keine Tochter mehr bekommen, die einen von Jarunwas Söhnen heiraten könnte. Wir wissen es, und

Jarunwa weiß es und auch Tenira. Aber ich fürchte, außer uns weiß es niemand. Fürst Wihaji als einziger Zeuge wurde gewiss bereits hingerichtet. Irgendetwas ist schiefgegangen. Nicht einmal das Gesetz der unehelichen Erbfolge wurde jemals verkündet. Ich habe so sehr darauf gewartet, aber es ist nie gekommen. Tizarun ist krank geworden, und irgendjemand hat die Gesetze unterschlagen.«

»Ich will Prinz Sadi nicht heiraten.«

»Und doch musst du es«, sagte Winya. »Irgendwo liegen diese Gesetzesrollen, unterschrieben, wenn sie nicht vernichtet wurden. Vor dem Gesetz und in den Augen der Götter bist du mit einem Neugeborenen verlobt. Ihr beide seid die nächste Sonne. Aber wie kann es eine Sonne geben, die sich nicht liebt? Wie kann es eine Sonne geben, die nicht vom Volk gewählt wurde?« Er schüttelte den Kopf. »Obwohl wir wissen, wie es sein müsste, werden wir nach Wajun reisen, und dort wird höchstwahrscheinlich Nerun zum Großkönig gewählt werden. Aber ob die Götter ihn anerkennen, obwohl es das verschwundene Gesetz gibt? Werden sie ihm jemals einen Namen offenbaren und dem Land ihren Segen geben? Es ist ein verdammtes Durcheinander, das der Mörder angerichtet hat. Ich hoffe nur sehr, dass die Zeit des Zwielichts nicht anhält, dass wir nicht für viele Jahre in einer Welt leben müssen, die den Segen der Götter verloren hat. Jahre wie im Nebel, dunkel und unklar. Ich spüre, dass etwas auf uns zukommt, eine dunklere Zeit, kalt und sonnenlos ... In solchen Momenten hoffe ich, dass ich es nicht sein werde, der auf diesem Thron sitzt und tut, als sei er einer der Götter, während sie so fern sind wie nie.«

»Du wirst Großkönig«, widersprach Anyana. »Und dann kannst du einen neuen Vertrag schließen, sodass ich Prinz Sadi nicht heiraten muss.«

»Nicht einmal der Großkönig kann einen Ehevertrag einfach aufheben.«

»Und wenn ich bereits verlobt wäre, so wie in der Geschichte mit Tizarun und Tenira? Dann wäre der Vertrag nicht gültig.«

»Aber du bist nicht verlobt«, sagte Winya.

So war es leider, und Anyana konnte keine Verlobung aus dem Hut zaubern. Sie hatte es versäumt, Karim um seine Hand zu bitten. Was gut war, denn vielleicht war er wirklich ein Mörder mit einem Herzen voller Hass. Er hatte die Sonne vom Himmel geholt und die Götter herausgefordert, und in keiner Provinz und keinem Dorf und keinem Haus in ganz Le-Wajun würde er Zuflucht finden.

Das Schloss war wie eine Insel im weißen Nebel, durch den das Rotgold der Bäume schimmerte, als ein paar Sonnenstrahlen den Dunst durchbrachen. Es sah aus wie ein fernes, fremdes Land, vielleicht wie das Land der Götter, in dem Tizarun willkommen geheißen wurde zum großen Fest. Der Hof unter ihnen schien so klein und unwirklich, als wäre er unendlich weit entfernt. Ihr ganzes Leben hatte sich von ihr entfremdet.

Jeder Tag war ein Ort, an dem sie noch nie gewesen war, dunkel und voller Rätsel und Fragen. Es gab keine Antworten und keinen Ausweg. Nur Tizaruns Tod und einen neugeborenen Prinzen und einen flüchtigen Mörder. Und mit jedem dieser Ereignisse und Personen war sie auf irgendeine Art und Weise verbunden. Vielleicht hätte sie den göttlichen König retten können, wenn sie jemandem verraten hätte, was Karim über ihn gesagt hatte. Sie hätte dafür sorgen können, dass der Knappe als Verräter entlarvt wurde, und sein Herr wäre mit ihm gefangen genommen worden. Man hätte Anyana als Heldin gefeiert, und Tizarun wäre nicht gestorben.

Der Faden des Schicksals war dünn, sehr dünn. Wenn sie nicht so viel für diesen Jungen empfunden hätte... Wenn sein Lächeln nicht so umwerfend gewesen wäre...

Separatisten musste man melden, damit sie hingerichtet werden konnten. Das war gesetzlich vorgeschrieben, und allein dafür, dass sie geschwiegen hatte, war sie mitschuldig.

Sie rieb sich die Stirn.

Nein. Nein, wie hätte sie denn wissen können, dass Karim nicht bloß gescherzt hatte? Wie hätte sie einen Unschuldigen ausliefern können?

Wenn Karim hingegen schuldig war, war sie es auch. Dann trug sie Schuld am Tod des Großkönigs.

Wie konnte sie sich da auf Wajun freuen?

»Geh jetzt rein«, sagte Winya leise. »Sei vorsichtig. Und grüß die alte Dame von mir.«

Erst als sie wieder durchs Fenster in den Gang geklettert war, fragte sie sich, woher er wusste, dass sie Unya besuchen wollte.

Hinter der blauen Tür wohnte ein Lied.

Anyana hörte die Melodie hinter der dünnen Schicht aus Holz und Farbe. Behutsam öffnete sie die Tür und betrat das Rosenzimmer so vorsichtig, als würde sie immer noch übers Dach balancieren. Diesmal saß Urgroßmutter Unya nicht im Schaukelstuhl. Sie lag in ihrem Bett, eine weiße Binde über den Augen, und summte das Lied. Die Rosen in der Vase zwischen dem Sternkraut waren frisch, und ein betäubender Duft lag in der Luft.

»Mein liebes Kind. Komm näher, aber stolpere nicht über die Katzen.«

Anyana bückte sich und streichelte weiches Fell, feuchte Nasen stupsten gegen ihre Finger. »Wieso sind sie nicht gewachsen?«

»Hinter manchen Türen läuft die Zeit anders. Was hast du geträumt?«

»Von Schnee. Von einem Pony im Schnee.«

Da war noch mehr, das wusste sie. Träume, aus denen sie schreiend hochschreckte ... aber sie konnte nichts davon festhalten.

Nur den Jungen im Schnee. Die Handschuhe, seine Fellmütze, seine kalten Hände. Sein Atem blies kleine Wölkchen in die Luft. Seine Augen waren schwarz, und sein Lächeln war ihr mittlerweile so vertraut wie ihr eigenes Gesicht im Spiegel.

»Heute war alles dunkler, als wäre die Sonne längst untergegangen, und der Schnee leuchtete nicht mehr. Aber der Junge schaute mich trotzdem an, er konnte mich sogar im Dunkeln noch sehen.« Sie setzte sich zu ihrer Urgroßmutter auf das schmiedeeiserne Bett. »Was bedeutet das?«

»Ein Junge«, sagte Unya leise. »Du hast einen Jungen kennengelernt.«

»Ja«, sagte Anyana.

»Und er ist es, von dem du träumst?«

»Nein«, antwortete sie, denn die schwarzen Augen des Jungen waren nicht Karims Augen und sein Lächeln nicht Karims Lächeln. Er war nur ein Kind auf einem Pony. Doch wenn die finsteren Träume kamen, rief sie nach ihm.

Er war alles, was zwischen ihr und dem Feuer stand. Das Bollwerk, das sie mit ihrem frühen Aufstehen und der Arbeit bei Gerson aufgebaut hatte, bröckelte allmählich. Die Träume vom Feuer kamen früher, als hätten sie es eilig, ihr ihre Botschaft mitzuteilen. Doch sie waren nicht mehr so mächtig, hellere Träume mischten sich zwischen sie. Ein Junge im Schnee und ein freundliches kleines Pony, in dessen langer Mähne Frost glitzerte.

Anyana blickte sich im Zimmer um, als könnte sie dort, zwischen den Rosen, die Antwort finden. War sie schuld am Tod des Großkönigs? Hatte sie einen Mörder geküsst? Was würde sie und ihre Familie in Wajun erwarten – der Thron der Sonne? Und ein neugeborener Bräutigam?

Eine kleine Katze schnurrte unter ihrer Hand.

»Was ist mit deinen Augen, Urgroßmutter Unya?«, fragte sie, denn dies schien ihr eine einfache Frage zu sein.

»Ich habe einen Magier gebeten, sie zu heilen. Wenn ich den Verband abnehme, werde ich hoffentlich wieder sehen können.«

»Aber es gibt keine Magier in Anta'jarim.«

Unya schüttelte den Kopf. »Ich habe auch etwas geträumt, Anyana. Ich habe von Abschied geträumt. In meinem Traum stand ich am Fenster und sah euch von dannen ziehen, Kutschen und Pferde und Diener und Soldaten. Und ich wusste, dass ich euch nicht wiedersehen würde.«

»Wenn wir wieder zurück sind«, sagte Anyana, »dann werde ich als Erstes die Treppe hochsteigen, hier zu dir, und an deine blaue Tür klopfen. Du wirst wieder im Schaukelstuhl sitzen so wie beim ersten Mal, und die Katzen werden auf deinem Schoß schlafen.«

Aber das würde nicht passieren. Wenn Unya sagte, dass sie nicht wiederkam ... dann würde ihr Vater tatsächlich gewählt werden. Sie würde in Wajun bleiben, mit ihrer Mutter Hetjun, und Dilaya verlieren. Hoffentlich verließ Tenira mit ihrem Sohn die Stadt und ging nach Lhe'tah zurück, sodass Anyana wenigstens nicht gezwungen sein würde zuzusehen, wie ihr Verlobter heranwuchs. Wie er laufen lernte und seine Lehrer in den Wahnsinn trieb. Sie würde ihm nicht den Hintern abwischen oder die Rotznase putzen.

Nie.

Und lieber stürzte sie sich von einem Turm, als ihn zu heiraten. Nein, seinetwegen zu sterben kam nicht infrage. Sie würde weglaufen, sich als Magd verkleiden und in einer Bäckerei arbeiten. Zum Glück war sie gerüstet für ein Leben außerhalb der Schlossmauern.

»Wajun wird dir gefallen«, sagte Unya. »Die meisten Geschichten, die man sich darüber erzählt, sind wahr. Es gibt dort Licht, ohne dass man ein Feuer oder eine Öllampe anzünden muss. Frisches Wasser läuft aus den Wänden, und Sänften schweben sanft über die Straßen. Das Schloss der Sonne ragt wie eine Blume in den Himmel und leuchtet. Es gibt nichts Vergleichbares.«

»Aber«, wandte Anyana ein, »sind diese Dinge nicht gegen den Willen der Götter und die Ordnung der Dinge? Meine Kinderfrau will nicht, dass ich nach Wajun gehe, weil die Sonne den Weg der Götter verlassen hat. Sie sagt, Tizaruns Tod sei seine gerechte Strafe dafür.« Es fühlte sich wie eine Lästerung an, Baihajuns Worte zu wiederholen, denn sie selbst glaubte nicht mehr daran – schon lange nicht mehr, wie ihr schien. Dabei war es vor nicht einmal zwei Monaten gewesen, dass sie den Eisenvogel berührt hatte. Und noch einmal so lange war es her, dass Karim ihr die Geschichte von Tenira und Tizarun verdorben hatte. Nur eine Kleinigkeit – und doch waren seitdem alle Gewissheiten brüchig geworden, und ihr Glaube war ins Wanken geraten.

Doch Unya rügte sie nicht. »Es gibt viele Gründe, nicht nach Wajun zu gehen, und doch hast du keine Wahl. Du bist ein Kind, du musst gehorchen.«

Aber sie war kein Kind mehr. Umso ärgerlicher war es, dass sie dennoch gehorchen musste. Anyana beugte sich vor und küsste die alte Frau auf die Wange. »Auf Wiedersehen, Urgroßmutter Unya. Ich komme zurück.«

»Versprich nicht zu viel.« Das runzlige Gesicht verzog sich zu einem kleinen Lächeln. »Doch beim nächsten Mal erzähle ich dir von meinem Garten. Ich werde dir von einem Land erzählen, von dem niemand spricht, einem Land, so weit entfernt, dass selten irgendjemand von dort zurückkommt – und doch gehe ich fast jeden Tag dorthin und setze mich auf eine Bank in einem Garten, in dem das Sternkraut blüht.«

»Sprichst du von einem Traum?«

»Ein anderes Land«, flüsterte Unya, »in dem alles anders ist als hier ... die Farben, die Luft, sogar die Sonne ... Ein Land, das über dich herfällt wie ein Traum, sodass du in ihm versinkst und in seiner Macht ...«

»Du meinst Wajun?«

»Ja«, sagte Unya. »Doch ich meine nicht das Wajun der Sonne. Ich spreche von dem Wajun der Götter. Von dem Land, in dem ich wohne. Von Kato.«

Es war dasselbe kleine, leicht fadenscheinige Zimmer wie immer. Ein Bett aus Metall. Rosen in der Vase. Die Katzen spielten mit dem Saum von Anyanas Kleid und mit ihren Schuhbändern.

Doch Anyana widersprach nicht. Wenn Unya meinte, sie würde in dem Wajun der Götter leben, einer Stadt, in der jeder versank wie in einem Traum, dort, wo das Sternkraut blühte... wer war sie, es ihr auszureden?

Und sie lag in ihrem Bett, alt und blind, und die Rosen füllten das Zimmer mit ihrem schweren Duft, und dies war ein Abschied.

»Ein Abschied?«, fragte Tenira. »Wie kannst du mir zumuten, mich von Tizarun zu trennen?«

Heute sah sie aus wie eine wilde Kriegerin. Das Haar hing ihr strähnig und zerzaust über die Schultern, ihre Wangen waren eingefallen, und in ihren Augen wohnte eine grimmige Entschlossenheit. Sie aß zu wenig, sie schlief kaum. Quinoc wünschte sich, er könnte ihr helfen. Tizarun loszulassen wäre ein erster Schritt. Vielleicht würde sie dann ein wenig zur Ruhe kommen.

»Es ist wichtig«, drängte er. »Und nicht nur für dich, für uns alle. Wir überführen den Toten nach Lhe und übergeben ihn seiner Schwester. So wurde es immer gemacht, die Leute erwarten das.«

»Es ist mir gleich, was irgendjemand erwartet«, fauchte sie. »Ich erlaube nicht, dass er verbrannt wird. Oder dass Fremde für ihn schreien, damit die Todesgöttin ihn abholt. Er muss bei mir bleiben.«

»Tenira, bitte gib seiner Familie den Leichnam.«

Tenira wandte den Blick von dem Haus ab, das für die Familie Anta'jarim gebaut wurde. Es war nun beinahe fertig, in schwindelerregender Eile hochgezogene Mauern, durchtränkt von Magie. Magie, die den Anschein von Marmor erweckte oder von edlen Wandbehängen, die Steine und Mörtel zu filigranen Türmen und Erkern wachsen ließ. Die elf Magier hatten sich bisher um die Beleuchtung der Stadt und des Palastes gekümmert. Nun übertrafen sie sich selbst. Quinoc hatte nicht ganz verstanden, woher sie wussten, wie das Haus aussehen musste, da keiner von ihnen je in Anta'jarim gewesen war. Vielleicht gab es Bilder vom Königsschloss. Oder sie konnten es in Wasserschalen sehen. So genau wollte er es gar nicht wissen.

»Sag ihnen, sie sollen alles mit Holzdielen auskleiden«, sagte Tenira. »Mit echtem Holz.«

»Tenira! Wir sprachen über die Bestattung.«

»Du hast es immer noch nicht begriffen.« Sie warf den Kopf zurück, ihre schwarzen Locken kringelten sich wie Schlangen um ihre Schultern. Göttlichkeit strahlte aus ihren Augen. »Tizarun

gehört mir, er wird immer mir gehören. Hast du vergessen, dass du geschworen hast, mir zu helfen?«
»Wobei soll ich dir helfen?«, fragte er.
»Ich werde ihn nicht nach Lhe bringen lassen. Ich werde ihn nicht verbrennen lassen.«
»Königin Adla wird Leute hersenden, die seine Herausgabe fordern werden.«
»Dies ist immer noch mein Wajun. Schick sie weg, wenn sie kommen.« Sie drehte sich zum Palast um und legte den Kopf in den Nacken. Von hier aus war nur ein Teil der großen Glaskuppel zu sehen, die sich über dem Sonnenraum wölbte. Die Metalldreiecke, die sich bei zu großer Hitze schattenspendend über die Kuppel legten, wirkten wie Blütenblätter. Auch das war ein Wunderwerk der Magie, kostbar und einzigartig.
»Lass eine zweite Kuppel bauen«, sagte Tenira. »Sie soll klein sein, nicht größer als ein Haus, aus weißem Stein, beschlagen mit Eisen. Errichtet sie über dem Leichnam des Großkönigs, ohne Türen und Fenster. Und mauert seinen Mörder mit ihm ein.«

Von Anta'jarim, der Königsstadt des Westens, war es ein weiter Weg nach Wajun, der Stadt des Großkönigs. Anyana hatte sich gegen die Reise gesträubt, doch dann war ihr Herz weich geworden, weil die Welt so unerwartet schön war. Der Herbst hatte die Bäume vergoldet, das Licht zwischen den Baumstämmen fing sich in Spinnenfäden, und die Wildgänse klagten über ihnen ihr Abschiedslied. Anta'jarim war mehr als das große Schloss, mehr als die Wiese und Pfade durchs Dickicht, die sie mit Dilaya zusammen erforscht hatte. Es war gewaltig und prächtig, und Anyanas Seele sang mit den Wildgänsen. Seit sie den Großen Wald verlassen hatten, hatte das Abenteuer erst richtig begonnen. Die Straßen wurden besser, sodass die Kutschen nicht in jedem Schlagloch stecken blieben. Das erste Dorf hinter der Grenze war nicht viel anders gewesen als die Dörfer, die sie kannten. Die Menschen holten ihr Wasser aus dem Brunnen, heizten mit Holz und benutzten

Öllampen, doch schon das nächstgrößere, das sich selbst stolz Stadt nannte, hatte einen eigenen Magier. Aus Zapfhähnen an den Wänden floss warmes Wasser, und die Laternen in den Straßen leuchteten von selbst die ganze Nacht über. Es war traumhaft, auch wenn die Erwachsenen die Stirn krauszogen und Baihajun über die Missachtung der Götter schimpfte.

In jeder Stadt gab es neue Dinge zu bestaunen. Manchmal lächelten die Leute ein klein wenig überheblich über die Reisegesellschaft aus den jarimischen Wäldern, aber sie waren gastfreundlich und zuvorkommend und auf eine Weise ehrfürchtig, die Anyana seltsam berührte.

Als würden sie die Götter selbst in ihren bescheidenen Häusern willkommen heißen – kindliche Götter, die nichts von der Welt wussten und nichts, was man ihnen erklärte, jemals begreifen würden.

Mittlerweile hatten sie das Land der Tausend Städte durchquert. Das Dorf, durch das sie gerade ritten, gehörte schon zum Umland von Wajun. Eine Rast war nicht vorgesehen, was Anyana durchaus begrüßte, denn für ihren Geschmack hielten sie viel zu oft an. Die königliche Familie kam nicht schnell vorwärts, denn sie waren einfach zu viele. Die Kinder liefen den Weg sogar mehrfach, nach vorne und zurück und um die Wagen herum, bis sie schließlich zu ihren Müttern in die Kutschen krochen und ermattet auf ihrem Schoß einschliefen.

»Hast du schon wieder alle gezählt?«, fragte Dilaya mit einem Hauch von Verzweiflung in der Stimme.

Auch Anyana musste sich zu einem Lächeln zwingen. Maurins liebster Zeitvertreib war, die genaue Anzahl der Reisenden herauszufinden. Tag für Tag umrundete er die Prozession, zählte Menschen und Tiere und kam jedes Mal auf ein anderes Ergebnis. Anyana und Dilaya versuchten sich bereits vor ihm zu verstecken, wenn er sie mit einer neuen Zahl erfreuen wollte, doch das war sinnlos. Es gab nun einmal nicht viele Verstecke, wenn man nicht in die Reisetruhen klettern wollte. Sie hätten auch die Gruppe verlassen und sich hinter einem der Höfe verbergen können – die anderen waren so langsam, dass ihre Ponys sie mühelos eingeholt hätten –, doch heute war ihnen nicht danach. Wajun war so nah. Vielleicht würde es gleich hinter dem nächsten Hügel zu sehen sein.

»Also, wie viele?«, fragte Anyana. »Wir haben mittlerweile die Wahl zwischen dreiundzwanzig, vierzig und ... zwölf, richtig?«

»Da habe ich nur die wichtigen Leute gezählt«, sagte Maurin. »Ich habe doch gesagt, ich zähle nicht immer dasselbe.«

Anyana und Dilaya befanden sich recht weit vorne an der Spitze der Prozession, gleich hinter den Reitern. Vor ihnen ritten außer Prinz Nerun noch vier Fürsten – zwei Vettern und zwei Kleinvettern der königlichen Brüder. Der König und die Königin selbst saßen in der Kutsche in der Mitte des Zuges, flankiert von elf Rittern, und am Schluss bildeten wiederum elf Ritter die Nachhut. Obwohl der König sich hin und wieder zu seinem Bruder gesellte, war er doch meistens bei seiner Frau Rebea zu finden. Lugbiya reiste wegen ihrer fortgeschrittenen Schwangerschaft in der Kutsche. Anyana ging davon aus, dass Maurin öfter vergaß, Prinz Winya mitzuzählen, der die Reisegesellschaft häufig verließ und irgendwohin querfeldein ritt, um erst Stunden später verschwitzt und zerzaust anzugaloppieren; dann suchte er jemanden, dem er von malerischen Dörfern, verwunschenen Wäldern und verwilderten Gärten vorschwärmen konnte.

»Dreiunddreißig Ritter«, sagte Dilaya mit einem Stoßseufzer, »unsere Familie, das sind vier. Anyana und ihre Eltern: drei. Die königliche Familie: vier. Dann sind da die beiden Vettern des Königs, die beiden Kleinvettern, drei Cousinen des Königs, zwei Tanten und fünf Onkel samt Ehepartnern und Kindern. Alle zusammen einunddreißig. Also, ich komme auf einundachtzig Menschen.«

»Und dann natürlich noch die Dienstboten«, ergänzte Anyana. »Mindestens zwei pro Familie.«

»Heute habe ich nur die netten Mädchen gezählt«, sagte Maurin. »Es gibt leider gar keine.«

Dilaya setzte ihm mit ihrem Pony nach, um ihn an den Ohren zu ziehen. Anyana wollte ihnen schon folgen, als ein Schopf schwarzer Haare ihre Aufmerksamkeit ablenkte. Ein Junge stand in einem der Gärten, an den Holzzaun gelehnt, und starrte die Reisenden an. Er war vielleicht siebzehn und hatte ein offenes, freundliches Gesicht. Natürlich war es nicht Karim.

Oh ihr Götter, wann hörte das endlich auf?

Die Anstrengungen der Reise hatten die Träume vertrieben, und die vielen Eindrücke ließen ihr kaum Zeit, über ihre Schuld am Tod des Großkönigs nachzudenken. Aber sie wünschte sich wirklich, es könnte ihr gelingen, nicht nach Karim Ausschau zu halten. Nicht zusammenzuzucken, wenn ein Junge mit schwarzen Haaren vor ihrer Kutsche über die Straße huschte. Oder jemandem nachzusehen, der in einer Seitengasse verschwand ...

Ob sie es wollte oder nicht, sie hatte Karim in ihrem Herzen verborgen. Manchmal durchzuckte es sie wie ein Blitz, wenn jemand lächelte. Einmal erschrak sie, als sie einen Diener sah, der abends beim Licht einer Öllampe eine Weste ausbesserte. In manchen Nächten, wenn ihre Familie in einem fremden Haus schlief und sie jenseits der Wand die Schritte ihrer Gastgeber hörte, träumte sie davon, dass er es war. Doch es wäre dumm von ihm gewesen, sich irgendwo aufzuhalten, wo Menschen waren, die ihn erkennen könnten.

Und was hätte sie getan, wenn er tatsächlich vor ihr stünde?

Sie wusste es nicht. Und sie weigerte sich, darüber nachzugrübeln. Mit Gewalt zwang sie ihre Augen von dem schwarzhaarigen Jungen fort.

»Du hast ja einen Bewunderer«, sagte Dilaya atemlos und lenkte ihr Pony wieder auf seinen angestammten Platz neben Anyanas Schecken.

»Ach was, der bestaunt uns alle«, gab Anyana zurück. »Hast du Maurin erwischt?«

»Besser. Ich habe ihn vertrieben. Können wir ihn nicht in Wajun verlieren? Ich hab da noch was vor, was er auf keinen Fall mitbekommen darf.«

»Ist nicht wahr.« Bestimmt hatte es etwas mit Prinz Laikan zu tun.

»Wenn wir endlich da sind«, sagte Dilaya verschwörerisch, »schleichen wir uns davon und suchen Prinz Laikan. Du hilfst mir doch?«

»Ja, natürlich.«

Wie kindisch sie waren. Dilaya mit Laikans Brief, den sie immer wieder las, und ihrem Kichern und ihrer Freude auf die Stadt. Maurin, der von wilden Streichen träumte, von den Pferden im Stall des Großkönigs, von Eisenvögeln und Eisenpferden und ruhmreichen Taten.

Sie lachte mit ihnen, wenn es sein musste, und tatsächlich fiel die Dunkelheit manches Mal von ihr ab, die Wolken schienen aufzubrechen, und Lichtstrahlen wärmten ihr Herz.

Ihr dunkles, dunkles Herz, das einem Mörder gehörte. Oder vielleicht einem Unschuldigen auf der Flucht, dem sie so schrecklich gerne helfen wollte. Doch das konnte sie nicht, ebenso wenig wie sie ihn verfluchen und vergessen konnte.

»Und ich muss in die Bäckerei«, sagte sie.

»Die Bäckerei?«, fragte Maurin, der auf ihrer anderen Seite auftauchte. »Bestimmt bewacht ein Riesenhund die Bäckerei, das hat jedenfalls dein Vater gesagt.«

Sie blinzelte die Tränen weg und lächelte. Das sah ihrem Vater ähnlich, Geschichten zu erfinden, um die Kinder zu erschrecken. Maurin war ein Kind, das daran glaubte, und sie war alt. Nicht dreizehn Jahre – wie Dilaya war auch sie im Spätsommer zur Welt gekommen –, sondern hundert Jahre alt. Und sie würde weitere hundert Jahre brauchen, um Karim zu vergessen. »Ich werde ihn zähmen«, sagte sie. »Und dann werde ich von allen Torten probieren, die zur Krönung bereitstehen.«

Sie hatte Gerson versprochen, ein paar Rezepte auszukundschaften, auch wenn ihre Mutter ihr nahegelegt hatte, sich nicht in der Küche herumzutreiben, um nur ja keinen Gerüchten Nahrung zu geben, die ihren Vater den Thron kosten konnten.

»Gib nicht so an«, maulte Maurin. »Du hast nicht diesen Blick. Du weißt schon, mit dem man das Tier bloß anstarrt, und dann rennt es winselnd davon.«

Mit einem Blick hatte sie Karim zu sich gelockt. Er sie oder sie ihn – es spielte keine Rolle. Sie hatten sich in einem Netz aus Blicken und Worten und einem Kuss verfangen, und sie musste ihn endlich aus ihrem Kopf bekommen.

Also sprang sie vom Pony und stürzte sich auf Maurin und kitzelte ihn, bis er schrie, und dann jagte er sie um die Wagen. Es war fast möglich, ein Kind zu sein, hin und wieder.

Fast.

»Ihr erschreckt die Pferde«, sagte eine Stimme streng.

Prinz Nerun wirkte auf dieser Reise sehr ernst und königlich, sogar königlicher als König Jarunwa selbst. Vielleicht übte er für den Thron des Großkönigs, für die Wahlen, denn er sah schön und stolz aus, seine Stimme hallte über den gesamten Wagenzug. Die Leute, das wusste Anyana von ihrem Vater, wollten einen strengen, stolzen Herrn haben, also war Nerun vermutlich derjenige, den sie wählen würden.

Die Sonne von Wajun, in göttliche Höhen erhoben.

Von seinem eleganten Pferd blickte Prinz Nerun auf die Mädchen hinunter. »Morgen Abend sind wir in Wajun«, verkündete er. Seine Stimme ließ keinen Zweifel daran.

An diesem Abend zogen in das letzte Dorf vor Wajun ein und machten es so wie jeden Tag: Sie verteilten sich auf die Häuser und genossen die Gastfreundschaft. Gerade in den Dörfern hatte Anyana manchmal das Gefühl gehabt, dass die Leute sich nicht wirklich darüber freuten, die königliche Familie zu sehen, dass sie weniger die Ehre sahen als die Kosten. Die Städte waren reich, die Dörfer waren es nicht. Dann geriet das Lächeln ihrer Gastgeber manchmal etwas schief. Anyana wusste immer gleich, ob sie willkommen waren oder nicht.

Trotzdem fühlte sie sich gerade in den Dörfern besonders wohl, weil hier vieles noch so gehandhabt wurde, wie sie es von zu Hause kannte, und Anyana merkte, wie manch einer verwundert war, an welch einfaches Leben sie gewöhnt waren. Sie, eine Prinzessin, konnte sich darüber freuen, wenn das warme Wasser in die Badewanne lief wie von Zauberhand. Sie, die in einem Schloss lebte, jammerte nicht einmal, wenn sie in einem Zimmer schlafen sollte, in dem es keinen Kamin gab.

An diesem letzten Abend, bevor sie Wajun erreichten, befand sich in der Stube, in der Anyana und ihre Kinderfrau schlafen durften, ein riesiger Korb mit einem ganzen Knäuel kleiner Hunde, und die Gastgeberin reichte ihr mit einem verschwörerischen Lächeln einen Welpen.

Die Zeit, in der Anyana sich einen Hund gewünscht hatte, war vorbei. Ein Kuss hatte sie aus ihrer Kindheit herauskatapultiert. Ein Sprung und ein Kuss und warme Hände an ihren Schläfen und ein Bote, der aus einem Eisenvogel stieg. Es war zu viel passiert, und der Wunsch, den sie ausgesprochen hatte, als sie ins schwarze Wasser gesprungen war, hatte sich in einen zähen Schmerz verwandelt. Doch als sich das kleine Tier an sie schmiegte, lächelte sie und streichelte seinen Kopf.

Ihr Vater kam, um ihr Gute Nacht zu sagen, und Anyana versteckte den Hund unter der Bettdecke. Natürlich konnte er nicht stillhalten, doch Prinz Winya tat so, als würde er nichts davon bemerken.

»Morgen sind wir in Wajun«, verkündete er, als er an ihrem Bett saß, »soll ich dir von Wajun erzählen, meine Süße?«

»Nein«, sagte sie.

»Wajun«, fuhr er ungerührt fort, »ist wie die wunderbarste Geschichte, die sich je ein Mensch ausgedacht hat. Wajun ist das Herrlichste, was es gibt. Eine Stadt, wie du sie dir nicht vorstellen kannst. Mit einem Palast, gegen den unser Schloss in Anta'jarim wie ein Hühnerstall aussieht.«

»Das glaube ich nicht. Du übertreibst bestimmt.«

»Oh nein, ich übertreibe nie.«

»Alle Dichter übertreiben.« Sie wusste das, denn manchmal suchte sie nach Worten, um auszudrücken, was in ihrem Herzen war. Die Worte, die sie fand, waren meist zu groß – Worte von schrecklicher Dunkelheit oder zu vielen Rosen. Manchmal waren sie aber auch zu klein, fade und nichtssagend. Sie konnten weder einen Kuss noch einen Blick ersetzen.

»Hast du das von deinem Onkel Nerun?«, fragte ihr Vater. Er wirkte traurig, als hätte er den Kampf gegen seinen Bruder bereits verloren. Nerun würde der neue Großkönig sein, sein Bild und das ihrer Tante Lugbiya würde an den Wänden hängen, und sie würde es betrachten, doch nicht so, wie sie früher Tizarun und Tenira betrachtet und bewundert hatte.

Es würde ihr sehr schwerfallen, an die Göttlichkeit ihres Onkels zu glauben.

»Die Leute werden ihn nicht wählen«, sagte sie, um ihren Vater zu trösten. »Alle, die wir bisher getroffen haben, mochten dich lieber als ihn.«

»Wie soll einer von uns über diese Menschen herrschen?«, murmelte er nachdenklich und starrte an die Wand.

»Sie verlassen die Wege der Götter immer mehr. Nerun meint, es sei an der Zeit, dass einer aus Anta'jarim sie wieder an die alten Wege erinnert. Aber das Rad der Zeit lässt sich nicht wieder zurückdrehen.«

Winya lächelte auf einmal. »Und wenn ich ehrlich bin, mir gefallen die Farbspiele und Lichter genauso wie euch Kindern. Wer weiß, vielleicht werde ich ja doch noch gewählt.«

»Ja, wer weiß«, sagte Anyana. Etwas an diesem Moment war bedeutsam. Vielleicht die Hoffnung, alles könnte sich zum Guten wenden. Wenn ihr Vater Großkönig würde, konnte er Karim retten. Er konnte die Jagd nach ihm aufgeben oder wenigstens versprechen, dass er ihm zuhören würde, statt ihn vorschnell zu verurteilen. Auf einmal wollte sie nichts lieber, als ihn auf dem Thron der Sonne zu sehen.

»Wenn ich es nicht zu sehr übertreibe, wolltest du das sagen? Doch Dichter sagen vor allem die Wahrheit, und die Wahrheit ist nicht unbedingt das, was augenscheinlich ist.« Er lächelte versonnen. »Ich sage dir, Wajun ist etwas Besonderes. Dieser Palast! Die Gärten! Die Teigschnecken in der großköniglichen Bäckerei! Die wunderbarsten Honigtrüffel auf der ganzen Welt! Aber nein, da hab ich mich vertan. Die gibt es natürlich bei uns in Anta'jarim, und ich schmecke immer genau, wann du sie gemacht hast.«

Sie musste lachen. Es gab diese Momente, in denen sie wieder lachen konnte. Fast hätte sie ihm von Karim erzählt. Wie sie über die Dächer geklettert war, um in sein Zimmer zu schleichen, und bei Herzog Sidon gelandet war. Vielleicht war auch er ein Separatist, und sie würde ihn ebenfalls nicht verraten, und jemand würde sterben.

Ihr Vater streichelte den kleinen Hund durch die Bettdecke hindurch. Der Welpe fiepte und wühlte sich ins Freie.

Prinz Winya drückte seine Stirn an ihre und sagte: »Schlaf ruhig, meine Süße.«

Er ging hinaus, und durch die Wand hörte sie die Erwachsenen im Nebenzimmer reden.

»In einigen Tagen werden wir uns in Wajun wiedersehen«, sagte der Gastgeber so laut, dass seine Stimme mühelos durch die dünne Holztür drang.

»Dann bist du der Abgesandte dieses Dorfes?«, fragte Hetjun.

»Ihr dürft Euch sicher sein, meine Stimme habt Ihr, Prinz Winya. Dann werde ich sagen können: Ich habe die Sonne unter meinem Dach beherbergt.«

Anyana lauschte gespannt, doch da kam Baihajun herein und setzte sich an ihr Bett. »Schlaf jetzt«, flüsterte sie. »Das sind keine Gespräche für dich.«

»Ich habe Angst, dass sie ihn nicht wählen«, sagte sie. »Er möchte so gerne in Wajun bleiben.« Sie wusste, wie enttäuscht er sein würde, wenn Nerun der Auserwählte sein würde. »Er liebt Wajun so sehr.«

»Dass er Wajun so liebt hat mit dem Thron nichts zu tun«, sagte Baihajun. »In Wajun hat er deine Mutter kennengelernt. Er muss nicht dort leben, um altes Glück wiederzufinden. Schlaf jetzt, Prinzessin.«

Der Junge reitet durch den Schnee. Dann zügelt er sein Pony und streift seine Kapuze ab. Schwarze Haarsträhnen fallen ihm in die Stirn, seine Augen sind dunkel. Er scheint älter geworden zu sein und erinnert mich an jemanden, noch mehr als sonst, aber im Traum weiß ich nicht, an wen. Er steigt vom Pferd und kommt durch den tiefen Schnee auf mich zu, und sein Atem hängt wie eine Nebelwolke in der Luft.

»Wie heißt du?« Er fragt, als wäre ich ein Kind, mit dem er den ganzen Nachmittag gespielt hat, und jetzt, kurz vor dem Nachhausegehen, will er noch schnell meinen Namen erfahren. Und da weiß ich sicher, dass er nicht Karim ist – mitten in diesem Traum erinnere ich mich an Karim und sehe vor mir, wie er auf seinem Pferd zum Schloss geritten ist –, und ich denke: Nein, Karim müsste mich nicht fragen, wie ich heiße.

Ich will es ihm sagen, ich will rufen: »Anyana!«, aber ich kann nicht. Ich will es laut schreien, als müsste ich mich selber in diesem Traum und aus diesem Traum herausrufen, aber mein Mund öffnet sich, und ich spüre das Feuer auf meiner Zunge, gleich hinter meinen Zähnen. Der Junge sieht mich an und versteht nicht, warum ich nicht antworte, warum ich die Lippen aufeinanderpresse. Es ist, damit das Feuer nicht herausfällt. Sein Lächeln verblasst. Er wendet sich wieder ab und geht zu seinem Pony zurück.

Zusammen verschwinden sie zwischen den Bäumen, und ich sehe nur noch die Spuren im Schnee – Hufabdrücke und die Spuren von Stiefeln.

Am Morgen brachte ihr Baihajun das Frühstück ans Bett. Sie zog die Vorhänge auf, und Licht flutete in den kleinen, karg möblierten Raum.

»Guten Morgen, Anyana. Hast du gut geschlafen?«

»Ja, danke«, antwortete sie höflich und wühlte sich aus den dicken Decken. Als sie in Anta'jarim aufgebrochen waren, waren die Tage noch mild gewesen, auch wenn es in den Nächten schon ernsthaft kalt wurde. Es war Herbst gewesen, als sie durch den

Wald geritten waren, roter warmer Herbst, und die Blätter leuchteten wie goldene Sterne. Doch nun, fast drei Wochen später, waren schon die Vorboten des Winters sichtbar: Auf den Wiesen färbte Frost die Halme weiß. Herr Lorlin hatte ihnen erklärt, warum der Winter in Wajun früher einbrach als in Küstennähe. Es hatte etwas mit den kalten Luftströmungen zu tun, die vom Nebelmeer durch den Pass zwischen dem Gebirge von Malat und Guna ins Landesinnere strömten. Diese eiskalte Luft wehte ihnen nun ins Gesicht. Sie duftete frisch, nach Schnee und himmelhohen Bergen und Weite. In Anta'jarim, wo es nur sehr selten schneite, roch der Winter ganz anders.

Heute, dachte sie, *werde ich Wajun sehen*. Es war wie ein Traum.

»Du kannst dich wohl gar nicht von diesem kleinen Racker trennen.« Baihajun lächelte. »Endlich ist dein Herzenswunsch in Erfüllung gegangen! Unsere Gastgeberin schenkt ihn dir.«

»Wie schön«, sagte Anyana, denn es war das Einfachste, ihre Kinderfrau glauben zu lassen, dass ein Hund sie glücklich machen könnte.

Hetjun steckte den Kopf durch die Tür. »Bist du fertig, Any? Wasch dir die Hände, damit du nicht nach Hund stinkst.«

»Ich darf ihn behalten«, sagte sie.

»Nein«, widersprach Hetjun, »nein, darfst du nicht.«

Im Türrahmen erschien die große Gestalt ihres Vaters. »Ich wüsste nicht, was dagegen spricht«, sagte er. »Guten Morgen, meine Süße. Iss dein Frühstück auf, die Wagen stehen bereits draußen auf der Straße.«

Er hatte ihnen im Unterricht viel über die große Liebe erzählt, die Tenira und Tizarun verbunden hatte und sie zu so einer vollkommenen Sonne machte. Irgendwie war es schwer vorstellbar, dass ihre Eltern zusammen eine Sonne sein könnten.

Das Waschen ging schnell, und für das Anziehen brauchte Anyana nicht viel länger. Nur das Haarekämmen war wie immer eine Prozedur, ihre Mähne widersetzte sich und schien aus reiner Grausamkeit ständig kleine Knoten zu bilden.

Der kleine Hund bellte die Kinderfrau an, als wollte er Anyana verteidigen. Anscheinend hatte er den Eindruck, dass sie gerade furchtbar gequält wurde.

»Dein Freund da hat etwas gegen mich«, stellte Baihajun fest.
»Hast du dir schon einen Namen für ihn überlegt?«

Der Welpe zerbrach die Schale aus Schmerz und Dunkelheit mühelos. Er war ein Lichtstrahl, ein Funken Freude.

»Ich werde mich mit Dilaya beraten«, sagte Anyana und machte sich mit ungewohntem Appetit über ihr Frühstück her. Sie war dreizehn, und sie starb nicht an einem gebrochenen Herzen. Sie war nicht schuld am Tod eines Königs. An diesem Morgen war es ganz klar: Sie war nicht schuld. Karim war nicht wichtig, und ihr Vater würde zum Großkönig gewählt werden.

Entschlossen verschlang sie eine große Scheibe warmes Brot mit Butter und Honig, löffelte ein Ei aus und trank eine riesige Tasse Milch leer.

Nach dem Essen verabschiedeten sie sich von ihren Gastgebern und traten auf die Straße hinaus, Anyana mit dem Welpen im Arm. Draußen war es noch immer empfindlich kühl. Sie ließ sich einen Mantel um die Schultern legen und versteckte den kleinen Hund darunter.

Es dauerte nicht lange, bis sie ihre Cousine gefunden hatte, die zusammen mit Maurin und ihrer schwangeren Mutter in der Kutsche saß. An Lugbiyas Hut baumelten meterlange Schleifen.

»Den hat sie sich für die Ankunft in Wajun anfertigen lassen«, flüsterte Dilaya, »für diesen letzten Tag.«

Der letzte Tag. Es klang verheißungsvoll und ein kleines bisschen bedrohlich. Denn nach diesem Tag würde alles anders werden. Vielleicht würde Wajun so überwältigend sein, dass sie Karim vergessen konnte. Es schien ihr wirklich möglich. Alles schien an diesem Morgen möglich.

Anyana genoss die Rückkehr des Glücks in vollen Zügen.

»Ich finde den Hut wundervoll, Tante Lugbiya«, log sie, und dann sagte sie leise zu ihrer Cousine: »Du errätst nie, was ich hier habe.«

»Sag schon! Ein Geheimnis?« Maurin war ganz aus dem Häuschen.
Anyana lüftete den Mantel.
»Ein Hund! Das kann doch nicht wahr sein!«
Während die königliche Familie aus dem Dorf hinauszog, diskutierten sie über den möglichen Namen. Sie waren so darin vertieft, dass Anyana vergaß, nach Wajun Ausschau zu halten – oder nach einem ganz bestimmten hübschen Jungen –, und als sie sich schließlich auf Bino geeinigt hatten, war der Vormittag schon weit vorangeschritten.

An diesem letzten Reisetag nahm Anyana alles ganz besonders intensiv wahr. Das Krächzen der Krähen über ihnen und das Flitzen der Schwalben hoch oben am Himmel und den Flügelschlag der Tauben. Sie hörte das Rauschen der Bäume, an denen sie vorbeizogen. Bäume in Rot und Gelb und manche noch in ihrem dunkelgrünen Sommerkleid, unberührt vom nahenden Winter, als würden sie ihr Laub irgendwann ganz plötzlich auf einen Schlag von sich werfen. Manche waren bereits kahl und reckten ihre schwarzen Äste in den grauen Himmel, in Erwartung des Kommenden.

Sie ritten durch die Vorsiedlungen, und um sie herum ertönte der Ruf der Kinder: »Der König! Der König und die Königin! Und die Prinzen! Schaut euch die Pferde an. Und die wunderschönen Prinzessinnen!«

Es war, als hätten sie hier noch nie so etwas Wunderbares gesehen wie die königliche Familie von Anta'jarim.

Obwohl Anyanas Kleidung im Laufe des Tages immer schmutziger und staubiger geworden war, fühlte sie sich doch so wunderschöne wie nie. Ihr Kleid war aus dickem Samt, warm und bequem, ihre Stiefel passten wie angegossen und waren mit bunten Bändern geschmückt, und ihr Hut war zwar nicht so auffällig wie der von Tante Lugbiya, aber ein paar Federn und Bänder waren natürlich schon daran befestigt. Dilayas Locken leuchteten golden in der Sonne, während Anyana rotbraunes Haar ihr lang und seidig glänzend über den Rücken fiel.

Sie fühlte sich sehr erwachsen.

Das Mittagsmahl, das sie an einem Feldrand einnahmen, schlang Anyana nur hastig hinunter. Sie wollte nichts mehr essen, bevor sie nicht in Wajun waren. Dort würden sie speisen. Dort würden sie schlafen. Anyana wollte nichts mehr tun, was sie auch dort tun würde. Und trotzdem hatte sie alles niemals zuvor so genau wahrgenommen: den Geschmack des Fladenbrotes und der kalten Hühnerbeine, die ihnen ihre Gastgeber mitgegeben hatten. Und obwohl der Proviant aus dem letzten Dorf stammte, dachte sie: *So schmeckt Anta'jarim*. Es war das Aroma ihres Zuhauses, der Duft und der Geschmack einer Welt, die sie in wenigen Stunden endgültig hinter sich lassen würde. Das wusste sie. Dass alles, was sie tat, was sie sah, was sie schmeckte und hörte und fühlte, ein Abschied war, und dass bald nichts mehr so sein würde wie früher.

Als sie über die Anhöhe ritten und die Stadt vor sich sahen, begann es sacht zu schneien.

23. DAS LÄCHELN DER GROSSKÖNIGIN

Wajun glänzte in der Ferne. Ein Leuchten lag über der Stadt, wie der Widerschein der untergehenden Sonne auf einem ruhigen See. Nicht einmal der Schnee konnte dieses Strahlen verhüllen, es glitzerte so hell, als könnte es keiner Dunkelheit jemals gelingen, dieses Licht auszulöschen.

»Das ist die Kuppel des Palastes«, sagte Prinz Winya, der plötzlich neben den Mädchen aufgetaucht war, die auf der Anhöhe stehen geblieben waren. »Komm jetzt herüber in unsere Kutsche, Anyana.«

Sie gehorchte, ohne zu protestieren. Eine solche Bedeutsamkeit lag über diesen Stunden, dass sie damit einverstanden war, sie mit ihren Eltern statt mit ihrer Freundin zu verbringen. Sie setzte sich zu ihrer Mutter und hielt Bino auf dem Schoß. Sein Herz schlug wie ein Trommelwirbel unter ihrer Hand, ihr Herz dagegen spürte sie gar nicht. Ihr war, als hätte es aufgehört zu schlagen, als hätte sie aufgehört zu atmen. Weil sie auf Wajun wartete. Weil Wajun auf sie wartete. Weil es nie einen Tag gegeben hatte, der so war wie dieser.

Und dann sahen sie die Stadt der Sonne endlich und nicht nur ihr Leuchten aus der Ferne. Anyana konnte die Augen nicht schließen vor so viel blendender Pracht. Es war mehr, als sie sich je mit ihrer Fantasie hätte ausmalen können, und übertraf jeden ihrer Träume. Die weißen Häuser leuchteten im Abendlicht, und über ihnen allen glänzte die Kuppel des Palastes wie ein Zwilling der Sonne.

Es war eine Stadt ohne Mauer, ohne Tore, ohne Wächter. Sie ritten die breite Straße entlang, die von Westen her kommend Anta'jarim mit Wajun verband, und die Menschen standen am Straßenrand und winkten aus den Fenstern und von den Balkonen. Sie hatten ihre Häuser mit Zweigen und Girlanden geschmückt. Anyana kam es vor, als fuhren sie durch den Frühling, obwohl immer noch Schneeflocken fielen. Die Menschen waren fröhlich und feierten, denn mit der Wahl des neuen Großkönigs war die Trauerzeit um die alte Sonne vorbei. Die Gesichter waren weiß und braun und golden, die Frisuren fremdartig und aufwendig, eine Vielfalt, die die Sinne verwirrte.

Immer dichter beieinander standen die Häuser, sie wuchsen in die Höhe und wurden nach jeder Kreuzung prächtiger, mit hohen Fenstern und spitzen Dächern. Obwohl sie sich der Mitte der Stadt näherten, war der Palast immer noch zu sehen. Er schien bis zu den Sternen zu reichen. Je dunkler der Abend wurde, umso heller leuchtete er, und die Laternen an den Straßen strahlten mit ihm um die Wette. Die Menschen, die ihren Zug mit Jubel begrüßten, winkten aus hellen Fenstern, und in ihren Haaren funkelten edle Steine und Blumen in allen Farben.

Anyana stockte der Atem, als sie einen schwarzhaarigen Jungen auf einem Balkon stehen sah. Aber nein, es war nicht Karim. Natürlich war er es nicht.

»Suchst du jemanden?«, fragte Hetjun.

Sie schüttelte den Kopf, unfähig zu sprechen.

Dann öffnete sich die Straße zu einem weiten Platz, und vor ihnen lag der Palast. Ihn wunderbar zu nennen, hätte es nicht getroffen. Er war göttlich, strahlend wie ein blühender Stern. Anyana hatte noch nie etwas so Schönes gesehen. Er sah aus wie eine gewaltige Blume mit riesigen Blütenblättern, und in der Mitte wölbte sich die große goldene Kugel, das Herzstück des Palastes.

»Dort drinnen liegt das Sonnenzimmer des Großkönigs und der Großkönigin«, flüsterte Hetjun.

»Was ist das?«, fragte Anyana ehrfürchtig.

»Ein Raum, den nur das Großkönigspaar betreten darf. Er ist heilig.«

Sie verstand es nicht mit dem Kopf, aber ihr Herz wusste, was ihre Mutter meinte. Sie sah diese phantastische Blume und fand es ganz selbstverständlich, dass kein gewöhnlicher Sterblicher sie betreten durfte.

Sie näherten sich dem Westtor des Palastes. Über dem Tor hing ein zierlicher eiserner Balkon, auf dem eine Frau stand. Sie starrte auf die Ankömmlinge herab mit einem, wie Anyana schien, wehmütigen Lächeln. Schneeflocken blieben auf ihren schwarzen Haaren liegen. Es erinnerte Anyana an die Blüten des Sternkrauts zwischen den schwarzen Rosen in Unyas Blumenvase.

Hetjun grüßte ehrerbietig mit der Hand, und sobald alle durch das Tor in einen großen, lichten Innenhof gelangt waren, stieß sie ihren Mann unsanft in die Seite.

»Was fällt dir ein, die Großkönigin nicht zu grüßen, Winya? Bist du von allen Göttern verlassen?«

»Sie hatte so ein kaltes Gesicht«, antwortete Prinz Winya mit seltsam belegter Stimme.

»Bist du so töricht, wie du tust, oder spielst du das nur? Sogar dein Bruder, der König, grüßt die Großkönigin. Führ dich doch nicht ständig auf wie ein kleines Kind! Sonst wird dich nie irgendjemand wählen. Kein Mensch weiß, ob du unglaublich weise oder einfach unfassbar dumm bist!«

Winya senkte den Kopf und verteidigte sich nicht. Anyana wünschte sich, sie würden aufhören zu streiten, und beugte sich über ihren Hund, der freudig ihre Hände ableckte.

»Kalt und dunkel war ihr Gesicht«, flüsterte ihr Vater. »Mir war, als würde ich unter dem Blick einer schwarzen Krähe hindurchfahren. Sie wartet, und ich frage mich, worauf.«

Hetjun seufzte laut. »Lass das bloß keinen hören. Ich bitte dich, behalte mir zuliebe deine Spinnereien für dich. Mach ein Gedicht draus, du kannst es mir morgen früh vorlesen. Und heute Abend grüße sie bitte besonders höflich, damit sie den Vorfall von vorhin als Versehen abtun kann.«

»Ich wusste gar nicht, dass du dich so um mich sorgst.«

»Versprich es mir!«

Er knurrte ein halblautes Ja, dann fragte er: »Wohin fahren wir eigentlich?«

Die Kutschen rollten unter einem weiteren Tor hindurch wieder ins Freie. Sie waren unter einem Blütenblatt der großen Kuppel hindurchgefahren und befanden sich nun wieder außerhalb des Palastes. Der Weg machte einen Bogen und endlich konnten sie das Ziel sehen: Mitten im Garten stand das Schloss von Anta'jarim.

»Unglaublich«, flüsterte Hetjun.

Anyana war von diesem Anblick so verzaubert, dass sie sprachlos war.

Es war eine Miniaturausgabe ihres Zuhauses. Im Schatten des gewaltigen Palastes der Sonne wirkte es klein und kostbar wie eine Schmuckschatulle. Alles war da – der mittlere Flügel der Königsfamilie, die Seitenflügel, die unzähligen Türme und Erker, Balkone und Gauben. Obwohl Winter war, rankten Efeu und Jelängerjelieber an den Mauern, und der Duft der gelben und weißen Blüten erfüllte die Luft.

Der Schneefall wurde jetzt stärker und verbarg die Umrisse der Bäume und Büsche vor ihnen. Am Wegrand blühten die letzten dunkelroten Rosen, von den Schneeflocken weiß bepudert.

Ein Reiter hielt neben ihrer Kutsche und salutierte.

»Guten Abend, Prinz Winya, Prinzessin Hetjun. Ich bin Haushofmeister Quiltan und für Euer Wohlergehen verantwortlich. Ihr seht Euer Quartier vor Euch, Eure Hoheiten. Die königliche Familie von Anta'jarim wird hier die Gastfreundschaft der Großkönigin genießen.«

Winya runzelte die Stirn. »Ist der Palast zu klein für achtzig Personen geworden? Das letzte Mal hat er noch allen Platz geboten.«

»Winya!« Hetjun versetzte ihm einen Rippenstoß und nickte dem Haushofmeister mit einem Lächeln zu. »So eine wunderbare Überraschung. Sprecht der Großkönigin unseren Dank aus.«

»Werden wir alle darin unterkommen?«, fragte die Königin. »Es sieht ein wenig klein aus.«

»Das wirkt nur so, Hoheit«, versicherte Quiltan. »Das Gebäude hat ausreichend Zimmer für die Familie und sämtliche Mitreisenden und ist mit allen Annehmlichkeiten ausgestattet. Im Namen der Großkönigin hoffe ich, dass Ihr Euren Aufenthalt in Wajun genießen werdet und in diesem Schlösschen ein Stück Heimat findet. Wenn ich Euch bitten darf, mir zu folgen?«

Der Haushofmeister führte sie in das Schloss. Die Eingangshalle, im echten Schloss ein gewaltiger hallender Raum, bot nicht genug Platz für über achtzig Personen. Die entfernen Verwandten warteten daher draußen, während der König mit seinen nächsten Angehörigen die Präzision der Nachbildungen pries. Von den Teppichen bis zu der Ritterrüstung am Treppenaufgang stimmte alles exakt mit Anta'jarim überein. Es war, als wäre es nur durch einen Zerrspiegel verkleinert worden, oder als wären sie alle zu Riesen geworden. Doch als sie weitergingen, stellte Anyana fest, dass die wajunischen Baumeister keine Wunder vollbringen konnten. Die tausend Zimmer, Winkel und Nischen waren zu einigen wenigen Räumen zusammengeschrumpft. Anyana war ein wenig enttäuscht und doch wieder nicht, denn die kleinen Lampen, die wie Öllampen aussahen, brannten, ohne zu flackern und zu rauchen. Neben dem Schlafzimmer, das für ihre Familie vorgesehen war, befand sich ein Waschraum mit goldenen Wasserhähnen und einer vergoldeten Wanne.

Es war nicht Anta'jarim, es war besser. Es war hundertmal schöner, auch wenn es nur so klein war wie ein Gartenhaus. Im Schlafzimmer stand ein großes Bett für ihre Eltern bereit und in einer kleinen Nebenkammer eins für sie. Hinter den Fenstern, deren Glas in einem weißlichen Licht leuchtete, fiel der Schnee, und es duftete nach Holz und unbekannten Gewürzen.

Sie wollte nicht in den Palast. Sie wollte hierbleiben.

»Tenira muss uns sehr hassen«, murmelte Winya.

Hetjun, die die goldenen Wasserhähne streichelte, schenkte ihm einen strafenden Blick. »Noch nie hat sich jemand so viel Mühe mit den Kandidaten gemacht. Eine solche Nachbildung in so kurzer Zeit kann nur mit Magie geschaffen worden sein – und mit einer Großzügigkeit, die keinerlei Kosten scheut.«

Quiltan, der in der Zwischenzeit den anderen Verwandten ihre Schlafzimmer zugewiesen hatte, kam zurück. Er blieb auf der Schwelle stehen und räusperte sich.

»Um auch Eurem Personal Platz zu bieten, hätte das Gebäude mindestens dreimal so groß sein müssen, was in der Kürze der Zeit leider nicht möglich war. Eure Leute werden wir in der Stadt unterbringen, da im Palast sämtliche Quartiere belegt sind. Wir bitten darum, uns die kleine Unannehmlichkeit zu vergeben. Die Dienerschaft des Palastes steht jederzeit für alle Eure Wünsche zur Verfügung. Falls Ihr mit irgendetwas nicht zurechtkommt, mit den Wasserhähnen, der Heizung oder den Lampen, helfen wir Euch sofort weiter. In jedem Zimmer befindet sich ein Glockenzug. Wenn Ihr etwas benötigt, braucht Ihr nur zu läuten. Dieses Haus ist dafür da, Euch des nachts ein Stückchen Heimat in Wajun zu bieten, bei Tage werdet Ihr auf vielerlei Weise im Palast unterhalten werden und die großzügigen Gartenanlagen von Wajun genießen können. Beheizte Sänften stehen jederzeit bereit.«

Der Haushofmeister verbeugte sich tief und verabschiedete sich, nicht ohne der königlichen Familie mitzuteilen, dass die Großkönigin sie in zwei Stunden zum Abendessen erwartete.

»Hast du bemerkt, wie ungemein höflich und ehrerbietig er ist?«, fragte Hetjun, sobald Quiltan die Tür hinter sich geschlossen hatte. »Die Wajuner scheinen damit zu rechnen, dass wir die Wahl gewinnen.«

Hoch zufrieden tätschelte sie die golddurchwirkten Vorhänge und vergnügte sich damit, die Lampe durch bloße Berührung zum Verlöschen zu bringen.

»Ich werde jetzt ein Bad nehmen. Die Kammerfrauen sollen unsere Kleidung herauftragen.«

Während sie darauf wartete, dass auch sie baden durfte, spielte Anyana mit ihrem Hund. Baihajun schüttelte missbilligend den Kopf.

»Er wird Lärm machen, während du bei der Feier bist, Prinzessin. Ich werde ihn mitnehmen, sonst zerreißt er noch etwas, wenn er alleine zurückbleibt.« Mit einem Stirnrunzeln betrachtete die alte Kinderfrau die hübschen Truhen, die Kerzenständer, die mit magischen Flammen brannten, und den Teppich, der ein Jagdmotiv zeigte.

»Es ist alles so zerbrechlich wie in einem Haus aus Glas. Das ist die Magie, die die Götter verabscheuen.«

»Du verabscheust es doch nur, wenn etwas nicht ordentlich genug ist«, ließ sich Prinz Winya vernehmen, der ausgestreckt auf dem Bett lag.

»Ich verabscheue ganz Wajun«, sagte die Kinderfrau. »Und nun gib mir den Hund, Prinzessin, man erwartet, dass wir das Palastgelände verlassen. Ich habe dir dein Kleid hingehängt, um dein Haar wird sich die Zofe deiner Mutter kümmern.«

Sie nahm Anyana den zappelnden Bino ab. »Später«, flüsterte sie so leise, dass Winya es nicht hören konnte, »bringe ich ihn dir wieder, Prinzessin.«

»Du bist die Beste«, flüsterte Anyana zurück.

Hetjun kam aus dem goldenen Badezimmer und sah so hübsch aus, dass Anyana fand, es könnte keine schönere Frau auf der ganzen Welt geben als ihre Mutter. »Geh jetzt hinein, Any. Oh Winya, du hast dich ja noch gar nicht umgezogen!« Aus Hetjuns Stimme sprach das pure Entsetzen, aber er sagte nur: »Ich sterbe vor Hunger. Sie hätte das Essen ruhig früher ansetzen können. Wer braucht schon zwei Stunden zum Umziehen?«

»Du wirst nicht am Hunger sterben, sondern durch meine Hand, wenn du dich jetzt nicht endlich umziehst«, drohte Hetjun. »Bei den Göttern, du hast es mir versprochen! Kannst du dich nicht einmal so benehmen, wie es sich gehört?«

Anyana huschte ins Bad. Sie hatte nicht vor, sich ihren ersten Abend in Wajun von ihren streitenden Eltern verderben zu lassen. Doch um die Hähne und die duftenden Zusätze, die in edlen Flakons neben der Wanne standen, richtig zu würdigen, fehlte ihr die Geduld.

Der Palast! Die Großkönigin! Es würde eine herrliche Feier werden, und sie konnte sich gar nicht schnell genug dafür fertigmachen. Rasch wusch sie sich mit heißem Wasser – sie stellte es so heiß ein, dass sie es gerade noch ertragen konnte – und hüllte ihren Körper in nach dunklen Rosen duftenden Schaum. Glitzernde Kristalle blieben an ihrer Haut haften, und später, als die Zofe ihre Haare kämmte, funkelten die winzigen Splitter in ihren roten Strähnen.

Winya, der sich immer noch nicht umgezogen hatte, riss staunend die Augen auf. »Du bist die schönste Tochter, die ein Mann haben kann.«

»Es wäre vollkommen, wenn ich auch noch einen gut gekleideten Vater an der Hand hätte«, wagte sie zu bemerken.

»Wie recht du hast, meine Süße«, sagte er, »mir scheint, du gerätst genau nach deiner Mutter.« Endlich verschwand er hinter dem Paravent, wo sein Kammerdiener Selas ihm die passende Tunika und eine goldbestickte Weste bereitgelegt hatte.

Hetjun nickte Anyana erleichtert zu. »Lass uns nach draußen gehen, hier drinnen ist nicht genug Platz für uns alle.«

Im Garten war es trotz der späten Stunde nicht dunkel, unzählige Lichter vertrieben die Nacht. Vor ihnen leuchteten die Fenster des Palastes wie ein ganzer Sternenhimmel. Der verschneite Weg in den Festsaal war zu beiden Seiten mit magischen Fackeln ausgeleuchtet, und dahinter lag der dunkle Schatten der Bäume des Gartens, von denen her ein harziger Duft zu ihnen herüberwehte.

Die Spuren im Schnee verrieten, dass die anderen bereits im Palast waren.

»Zu spät«, sagte Hetjun. »Wir sind wie immer die Letzten.«

»Ich bin schon da!«, rief Winya hinter ihnen. Seine Wangen waren gerötet, und in der goldenen Weste kam er Anyana wie ein fremder Prinz aus einem fernen Land vor. Seine blonden Locken ringelten sich feucht an seinem Nacken, seine blauen Augen strahlten fiebrig, und ohne den Hut, den er meistens trug, war sein Kopf merkwürdig nackt. Doch sein Gesicht war voller Anspannung, seine Zähne knirschten, und seine Hand, die er auf Anyanas Schulter legte, war heiß.

Er sah nicht aus wie ein Dichter, sondern wie ein Krieger, der in die Schlacht zog.

Hetjun zupfte seinen Umhang zurecht und murmelte etwas Unverständliches.

Über den stillen Weg gingen sie zwischen den Fackeln hindurch auf den Palast zu. Mit jedem Schritt wurde Anyana aufgeregter, und als sie dann tatsächlich das Eingangstor durchschritten, wollte sie am liebsten nur bewegungslos dastehen und schauen. Zwei Ritter öffneten ihnen, und Anyana war, als würde sie eine ganz neue Welt betreten. Vor ihnen lag eine riesige, mit unzähligen Lichtern beleuchtete Halle, die so gewaltig groß war, dass es beinahe war, als würden sie unter freiem Himmel stehen. Überall glitzerte und funkelte es. Die meisten Stühle an den langen Tischen waren schon besetzt. Sie sah ihre Verwandten auf der einen Seite sitzen und viele unbekannte Menschen auf der anderen Seite – das musste die Familie Lhe'tah sein –, und in der Mitte saß die Großkönigin auf einem erhöhten Podest, über sich einen Baldachin, an dem leuchtende Sterne hingen. Sie unterhielt sich mit Prinz Nerun und lachte, obwohl Nerun nicht gerade für seinen Witz berühmt war. Tenira trug ein schwarzes Kleid und auf der Stirn ein goldenes Diadem, und sie war hundertmal schöner als auf ihren Porträts. Die Großkönigin der Geschichten und Bilder verblasste gegenüber der lebendigen Tenira. Es war ihr Lachen, ihre schönen Augen, die Art, wie sie lebhaft mit den Händen gestikulierte. Selten hatte Anyana jemanden getroffen, der eine solch ungezähmte Lebendigkeit ausstrahlte. Die Sonne von Wajun sah so strahlend schön aus, so würdig und heilig, dass Anyana nichts fühlen konnte außer Bewunderung. Teniras Lächeln verwandelte ihr ernstes, hoheitsvolles Gesicht in einen strahlenden Stern.

Man konnte beinahe vergessen, dass sie nur noch eine halbe Sonne war.

Der Zeremonienmeister führte die Verspäteten zu ihr. Als er sich verbeugte, berührte er fast den Boden vor Ehrfurcht.

»Prinz Winya von Anta'jarim, Prinzessin Hetjun, seine Gemahlin, und Prinzessin Anyana machen Ihrer Hoheit, Großkönigin Tenira, ihre Aufwartung«, verkündete er.

Die Großkönigin wandte ihnen ihre schwarzen Augen zu.

»Seid willkommen«, sagte sie mit tiefer, wohlklingender Stimme. »Wie gefällt Euch Wajun?«

»Wir sind von dem Anblick überwältigt«, antwortete Hetjun.

Tenira wandte sich an Prinz Winya, der mit versteinerter Miene dastand. »Und Ihr, Dichterfürst? Seid Ihr nicht zufrieden mit der Stadt der Sonne?«, fragte sie ihn direkt. »Mit Eurer Unterkunft – oder mit Eurer Großkönigin?«

»Ich finde, dass Ihr zu viel lacht für eine Frau, deren Mann vor Kurzem gestorben ist«, sagte Winya kühl.

Die plötzliche Ruhe im Saal war unheimlich. Man hätte den Aufprall einer Stecknadel hören können. Erschrocken hielt Anyana den Atem an – gleich würde irgendetwas Furchtbares passieren.

Diesmal lächelte die Großkönigin nicht. Ihre schwarzen Augen waren dunkel wie Teiche im Schatten. »Kindern und Dichtern verzeiht man es, wenn sie die Wahrheit reden. Aber nicht jedes Dichterwort ist Wahrheit, so wie auch aus den Mündern der Kinder der allergrößte Unsinn kommen kann. Stimmt Ihr mir darin nicht zu?«

Winya schwieg, und Hetjun stieß heftig den Atem aus. »Verzeiht, großkönigliche Hoheit, ich ...«

Großkönigin Tenira ließ sie nicht ausreden. »Und Ihr, Prinzessin Anyana?«, fragte sie. »Mögt Ihr mich auch nicht?«

Anyana konnte es kaum fassen, dass die wunderbare, erhabene Tenira ihr in die Augen schaute und mit ihr sprach. Einen Moment fürchtete sie, dass sie kein Wort herausbringen würde, doch dann fasste sie Mut. »Ich finde, Ihr seid die schönste Frau der Welt«, sagte sie. »Nur meine Mutter ist noch schöner.«

Die Großkönigin lachte, und ein Raunen der Erleichterung ging durch den Saal.

»Gut gesprochen, Prinzessin. Freundlich und ehrlich. Ihr vereinigt die Vorzüge Eurer beiden Eltern. Aber Ihr seid müde nach der langen Reise und sicherlich hungrig. Wir wollen das Mahl nun beginnen.«

Sie wurden zu ihren Plätzen geführt, und wenig später trugen die Diener goldene und silberne Schüsseln mit den köstlichsten Gerichten herein. Es war so viel, dass eine ganze Stadt davon hätte satt werden können, aber die Ankömmlinge schlugen sich tapfer.

Die Tische bogen sich unter dem Gewicht der honigüberkrusteten Braten, die lecker mit Obst und Kastanien gefüllt waren, der warmen Brotlaibe, zu denen Käse und Schinken gereicht wurden, der Kuchen und Pasteten und Würste. Silbrig schimmernde Fische lagen auf gläsernen Platten und sperrten die Mäuler auf. Pudding und Eis und weitere Nachspeisen, eine wunderbarer anzuschauen als die andere, türmten sich zu bunten Pyramiden. Rote und weiße Weine wurden gereicht, sogar den Kindern wurde davon eingeschenkt, und wenn Anyana nur gedurft hätte, hätte sie mindestens ebenso viel getrunken wie Dilaya und Maurin. Aber ihr Vater schüttelte den Kopf, und obwohl ihre Mutter ihr den Wein sogar ausdrücklich erlaubte, verzichtete sie.

Winyas düstere Stimmung erschreckte sie. Was er gesagt hatte, war furchtbar gewesen, und sie verstand nicht, warum er das getan hatte. Seit sie angekommen waren und die Großkönigin auf dem Balkon hatten stehen sehen, war er wie ein Fremder, wild und unberechenbar. Es war, als würde er mit aller Macht seine Chancen auf den Thron zunichtemachen wollen.

»Du bist wahnsinnig«, flüsterte Jarunwa, der neben ihnen saß.

Doch dann zogen die Gäste, die zur Familie Lhe'tah gehörten, die Aufmerksamkeit auf sich. Sie taten, als sei nichts passiert, prosteten ihnen zu, und Anyana, die ihre dunklen Gesichter betrachtete, hatte beinahe den Eindruck, dass sie alle Feindseligkeit gegenüber Tenira begrüßten. Etwas lag in der Luft, das nicht zu dem Glanz und dem köstlichen Duft der Speisen passte. Vielleicht war es verhüllter Zorn.

»Heute ist ein besonderer Tag. Für uns alle«, sagte Hetjun und lächelte, während sie ihr Glas hob. »Ist es nicht herrlich hier?«

Lugbiya lachte und biss in ihre Hähnchenkeule. »Nichts ist so wie Wajun.« Sie lachte besonders laut und fröhlich, Anyana hatte ihre Familie nie so ausgelassen erlebt.

Im Gegensatz dazu war ihr Vater still. Er aß fast nichts, sondern nagte lustlos an einem Apfel. Nicht einmal die freundliche Konversation des Fürsten, der ihm gegenübersaß, munterte ihn auf. Fürst Micoc, Teniras Vater, ähnelte seiner Tochter sehr. Anyana, die ihn nur aus Geschichten kannte, in denen er keine gute Figur machte, betrachtete neugierig sein strenges Gesicht mit den dunklen Brauen. Er war älter und trauriger, als sie erwartet hatte. Die Königin von Lhe'tah, erkennbar an einem goldenen Stirnreif, warf Winya einen nachdenklichen Blick zu. Wie hieß sie noch? Im Unterricht hatte Anyana mehr über die Götter und die Großkönige erfahren als über das Nachbarland, und sie wusste nur, dass die schöne schwarzhaarige Frau Tizaruns Schwester war.

»Hast du denn keinen Hunger, Vater?«, fragte sie leise.

Er schüttelte den Kopf. »Ich habe bloß Magenschmerzen. Mach dir meinetwegen keine Gedanken.«

»Wohin wird Großkönigin Tenira nach den Wahlen gehen?«, fragte Hetjun. »Zu Euch, nach Schloss Weißenfels, Fürst Micoc?«

Seine Miene verdüsterte sich. »Ich weiß nicht, wohin sie gehen wird. Und ich betrachte es auch nicht als meine Angelegenheit.«

»Ein dunkles, kaltes Licht, verloren am Nachthimmel«, flüsterte Winya.

»Warum, wenn ich fragen darf?« Hetjun warf einen Blick zu Jarunwa hinüber, der sich mit Tenira unterhielt. Sie lachte nicht mehr, doch sie nickte zustimmend zu irgendetwas, das er gesagt hatte. »Sie ist die göttliche Sonne. Spielt ihre Herkunft noch eine Rolle?«

»Ihr seid im Garten untergebracht, in einem neuen Gebäude«, sagte die Königin von Lhe'tah. »Habt Ihr die weiße Kuppel gesehen, die an eine magische Glocke erinnert? Das ist Tizaruns Grabmal.«

»Er wurde nicht nach Hause gebracht?«

»Er gehört nach Lhe, aber nein, Tenira hat ihn unter dieser Kuppel bestattet. Eingemauert mitsamt dem magischen Licht. Sein Körper wird nicht zerfallen, wie es ihm zusteht, wie es sein muss, damit die dunklen Götter ihn vor das flammende Tor führen können. Er liegt dort, für immer konserviert, fern seiner Hei-

mat.« Brennender Zorn glühte auf ihrem Gesicht. »Zusammen mit seinem Mörder, nicht mit seinen Vorfahren. Es ist falsch.«
»Wenn ich Großkönigin bin, werdet Ihr Euren Bruder zurückerhalten«, sagte Hetjun, und Winya stürzte sein Weinglas hinunter und hustete.
»Das könnt Ihr nicht.« Die Königin blickte auf die goldenen Ringe an ihren Händen. »Weder Macht noch Reichtum können die Magie aufheben, mit der diese Kuppel errichtet wurde. Für alle Zeiten wird Tizarun hier liegen. Doch ich danke Euch für die gute Absicht, Prinzessin.«
Anyana hörte zu, ohne ein Wort zu sagen, vergessen zwischen den Erwachsenen. In diesem Moment verstand sie, dass nicht alles in Wajun herrlich war, dass hinter den Lichtern und dem Glanz dunkle Schatten lauerten. Sie dachte darüber nach, was die Königin von Lhe'tah gesagt hatte, und ein Name, an den sie nicht mehr hatte denken wollen, kehrte zu ihr zurück.
»Mit welchem Mörder?«, fragte sie. Und da niemand auf sie achtete, wiederholte sie es lauter: »Mit welchem Mörder?«
»Sei still!«, zischte Hetjun, doch die Königin hatte die Frage gehört.
»Mein Vetter, Fürst Wihaji von Lhe'tah, wurde mit Tizarun eingemauert«, sagte sie, und wieder flammte ihr Zorn auf. »Ohne dass jemand aus der Familie die Gelegenheit bekommen hätte, ihn zu befragen oder ihm beizustehen. Auch in dieser Hinsicht hat Tenira gegen alle unsere Gepflogenheiten gehandelt.« So leise, dass sie kaum zu verstehen war, fügte sie hinzu: »Was kann man schon von der Tochter einer Schneiderin erwarten.«
Anyana betrachtete das Stück Braten, das auf ihrem Teller lag.
Sie dachte an Fürst Wihaji, der sie ins Leben zurückgeholt hatte, an sein weißes Lächeln, seine freundliche Stimme. An sein Schlachtross und seinen Knappen.
Eingemauert. Wihaji, der Mörder.
»War er lebendig?«, fragte sie. »Wurde er lebendig ... eingemauert?«
Ihre Mutter sog scharf die Luft ein, doch die Königin von

Lhe'tah schaute ihr ins Gesicht, als würde sie Anyana zum ersten Mal richtig bemerken.

»Ich weiß es nicht«, sagte sie. »Bei den Göttern, ich weiß es nicht, und ich will es auch nicht wissen.«

Plötzlich hatte Anyana keinen Appetit mehr.

Als Dilaya und Maurin an ihrem Stuhl rüttelten, um sie zum Tanz zu holen, war sie tief in Gedanken versunken. Erst jetzt fiel ihr auf, dass die Musik, die den Saal erfüllte, so lieblich wie ein Frühlingsregen war. Einige Paare begannen, sich in der Mitte des Saales zum Tanz zu drehen, langsam und gemessen und dann wieder schwungvoll und froh.

»Geht nur, Kinder«, sagte Prinz Nerun, »heute dürft ihr mittanzen. Amüsiert euch ruhig.«

Er wusste nichts von den Dingen, über die bei Tisch gesprochen worden waren. Sein Lächeln war so fade und nichtssagend wie immer, doch Maurin umarmte seinen Vater und sprang davon.

»Gefällt es dir hier nicht?«, fragte Dilaya, die immer viel zu viel erriet.

»Doch«, sagte Anyana. »Es ist traumhaft schön. Aber ich möchte in den Garten.«

Ihre Cousine zog ungläubig die Augenbrauen hoch. »Du darfst essen, worauf du Lust hast, trinken, was immer du willst, es gibt Musik und Tanz und magisches Licht ... und du verziehst dich lieber in den Garten?«

Anyana nickte. Sie konnte es nicht erklären, aber sie musste das Grabmal sehen. Sie musste wissen, ob Fürst Wihaji dort drinnen noch lebte. Sie musste wissen, was aus Karim geworden war. Eine Weile hatte sie Wajun erlaubt, sie zu überwältigen, aber es war wie mit Geschenken am Tag einer Geburt, wenn sich vor Freude die ganze Verwandtschaft gegenseitig mit kostspieligen Gaben überhäufte. Irgendwann musste man das Zeug zur Seite schieben und sich dem Kind widmen, das zur Welt gekommen war.

»Aber nur kurz. Und dann kommen wir wieder her und tanzen.« Dilaya griff nach Anyanas Hand, was gut war, denn es war leicht, sich in dem Gedränge zu verlieren. Ungeduldig schlängelten sie sich an unzähligen tanzenden Paaren und Zuschauern vorbei.

»Da ist Laikan.« Anyana blieb vor Überraschung stehen; sie hatte überhaupt nicht damit gerechnet, einem bekannten Gesicht zu begegnen.

Dilaya erstarrte.

Es war unzweifelhaft Prinz Laikan, auch wenn er kaum wiederzuerkennen war. An diesem Festabend war er nicht wie ein Knappe gekleidet, sondern wie ein Prinz: in feinem Tuch, mit einer Brokatweste, einer kostbar bestickten Schärpe und einer goldenen Kette um den Hals.

Dilaya blickte ihm gebannt entgegen, sie erlag dem Lächeln, das seine Mundwinkel nach oben bog. Da entschied Anyana, dass sie ihn nicht nach Karim fragen konnte. Laikan strahlte viel zu hell, als dass sie mit ihm über einen Mörder hätte reden können oder über einen Freund auf der Flucht oder über Fürst Wihajis Tod.

Sie ließ Dilaya gehen. Ein Blick – der Faden des Schicksals. Ein Blick, zwischen Hunderten bunt gekleideter Gäste hindurch, auf einen Prinzen. Dilaya eilte auf ihn zu, und Anyana schlüpfte unbemerkt durch eine Tür nach draußen.

Es schneite immer noch. Feine Flocken legten sich auf ihr Haar, auf ihr dunkelgrünes Kleid. Der Weg war zugeschneit, doch die Laternen verrieten, wo er verlief, und als sie ihm folgte, sah sie das kleine Schloss von Anta'jarim, so hübsch und niedlich wie ein Spielzeug, wie ein Geschenk zur Geburt eines Prinzen.

Ihr fiel ein, dass sie das Kind nicht gesehen hatte, das schreckliche Kind, das sie in ihrem ganzen Leben nicht sehen wollte, nein, vielen Dank. Vermutlich schlief der Kleine irgendwo in dem Palast, der so groß war wie eine ganze Stadt, bewacht von Kinderfrauen, gewärmt von magischer Wärme.

Sie lenkte ihre Schritte vom Weg fort in den Garten, in dem es nie dunkel wurde. Die Rosen warfen schwarze Schatten, kahle Obstbäume trugen Eiskristalle. Die zweite, nur haushohe Kuppel war weiß und glatt und vollkommen rund, bis auf die Metallstreifen, die darüber lagen wie erfrorene Blütenkelche. Niemand war hier. Niemand erwies Tizarun Ehre. Aus den Fenstern drang die Musik nach draußen, laut und fröhlich, Musik, die wie Feuer in die Adern drang und die Beine hüpfen ließ.

Doch Anyana tanzte nicht. Sie legte beide Hände auf den weißen Stein, der viel kälter war, als sie erwartet hatte. Denn der Schnee blieb nicht auf dem Grabmal liegen, sondern schmolz und glitt an den Seiten hinunter, um an den Rändern eine Mauer aus Eis zu bilden. Als wäre die Kuppel warm. Als würde da drinnen jemand leben.

»Wihaji?«, fragte sie leise. »Fürst Wihaji?«

Sie horchte. Auf ein Klopfen, ein Schreien, ein verzweifeltes Rufen.

Alles blieb still. Nur die Musik aus dem Palast füllte den Garten mit Freude und Ausgelassenheit.

In diesem Moment hoffte sie, dass Prinz Nerun die Wahl gewann und nicht ihr Vater. Sie wollte nach Hause, und zwar nicht in das Miniaturschloss, sondern in ihr richtiges Zuhause. Es würde unerträglich sein, hier zu wohnen, aus den Fenstern auf den Garten hinunterzublicken und immerzu diese Kuppel sehen zu müssen. Auf diese versteinerte Blume, die so kalt war.

Tag und Nacht würde sie an Wihaji denken müssen. An sein freundliches Gesicht und sein schreckliches Schicksal.

Anyana drehte sich um und rannte zurück. Sie lief zurück zum Licht, zur Musik, zu ihrer Familie, und stürzte ihrem Vater, der gerade durch die großen Türen nach draußen trat, in die Arme.

»Wo warst du denn?«, fragte er. »Ich habe dich gesucht.«

Sie wollte ihm von der weißen Kuppel erzählen, von den geschmiedeten Blütenblättern, von der glatten, kalten Wand, an der die Schneeflocken abrutschten. Doch als sie in seine Arme fiel, wünschte sie sich nur, das alles zu vergessen.

»Ich will nach Hause«, flüsterte sie schlaftrunken, und er hob sie hoch und trug sie auf seinen starken Armen an den magischen Laternen vorbei. Sie lehnte ihren Kopf an seine Brust und schlief schon halb, als er sie in ihrer kleinen Kammer aufs Bett legte. Etwas bewegte sich zwischen den Kissen, und Prinz Winya lachte leise.

»Dein Hund schläft auch hier? Lass das bloß nicht deine Mutter sehen.«

Anyana schälte sich aus ihrem Kleid, streifte die Schuhe ab, stellte fest, dass ihre Strümpfe voller Schnee waren, und ließ sie einfach auf den Boden fallen. Die Erschöpfung war wie eine schwere Decke, zu schwer, um Widerstand zu leisten.

Winya zog an dem Glockenstrang, doch niemand kam. »Hier, dein Nachthemd. Ich vermute, dass die Dienstboten alle betrunken sind. Kannst du dir Baihajun vorstellen, wie sie singend durch die Küche tanzt?«

Er half ihr in ihr Nachthemd, deckte sie zu, und wenig später war Anyana fest eingeschlafen.

24. DAS FENSTER

»Eines Tages wird sie schöner sein als du«, sagte Winya.

Hetjuns Schweigen war mehr als eisig. Es umgab sie wie ein lodernder Mantel aus Feuer.

Er machte einen zweiten Versuch, sie in ein Gespräch zu ziehen. »Mir scheint, dass die Familien Lhe'tah und Anta'jarim näher zusammenrücken als je zuvor.«

»Mag sein, aber wenn das so ist, wird Nerun sich damit herumschlagen müssen. Du hast vorhin deine letzte Chance verspielt, die Wahlen zu gewinnen. Und das Schlimmste ist, dass du es nicht einmal absichtlich getan hast.«

Winya war eine Weile still. »Es war vielleicht nicht besonders klug, Tenira zu sagen, was ich denke«, gab er schließlich zu.

»Du bist einer der klügsten Köpfe des Sonnenreiches, auch wenn du dich wie ein Idiot benimmst. Es reicht, Winya. Mir reicht es. Jetzt«, sie sagte es betont langsam und deutlich, als wäre er taub oder ein bisschen schwachsinnig, »jetzt habe ich kein Mitleid mehr mit dir.«

»Gut.« Winya setzte sich aufs Bett und zog seine Stiefel aus. »Ich wollte noch nie jemand sein, mit dem man Mitleid hat.«

Hetjun blickte aus dem Fenster in den Park hinaus. »Ich liebe dich nicht.«

»Ich weiß«, sagte er leise.

»Du hast mich einmal gefragt, warum ich aufgehört habe, dich zu lieben. Aber die Frage ist falsch gestellt. Ich habe dich nie geliebt. Ich habe dich aus ganz anderen Gründen geheiratet.«

Vor seinen Augen lag das Wajun von damals. In seiner Erinnerung war es verklärt, viel herrlicher als dieses weiße kalte Wajun, das ihn wünschen ließ, er wäre nie hergekommen. Ein rotes jubelndes, flammendes Wajun, herrlich, laut, lachend. Und sie, eine Schönheit in einem tief ausgeschnittenen Kleid und mit dem lautesten Lachen, ein Gesicht wie ein aufgehender Stern.

»Du hast dich mir hingegeben. Es war mir schon klar, dass es daran lag, dass ich ein Prinz bin ... der Bruder des Königs.«

»Ich habe mich dir nicht hingegeben«, stellte Hetjun richtig. »Ich habe dich verführt. Ich habe dich mir genommen. Du konntest gar nicht anders.«

»Du warst so schön«, sagte er. »Die Schönste von allen.«

»Ach ja? Ich weiß, dass du mich gar nicht wolltest. Du wolltest diese andere, die alte Jungfer. Diese Magere mit den eckigen Schultern und der schiefen Nase.«

»Du hast auch eine schiefe Nase«, flüsterte er.

»Aber bei ihr *sah* man es. Was fandest du bloß an ihr? Ich fand sie ziemlich gewöhnlich, aber du hast stundenlang nur mit ihr getanzt und bist mit ihr spazieren gegangen ... Sie war vorne so flach wie unsere Tochter! Und älter als du außerdem.«

»Zwei Jahre, ein Monat und siebzehn Tage.« Er stützte das Kinn in seine zitternden Hände. »Lani ist nicht gewöhnlich. Außergewöhnlich ist sie, der interessanteste Mensch, den ich je getroffen habe. Lan'hai-yia von Guna versteht mehr von Poesie, von Worten, von Geheimnissen, von Träumen als irgendjemand sonst. Wenn wir anfingen zu reden, dann war es so, als würden wir gemeinsam die Sterne vom Himmel pflücken.«

»Du kannst aufhören zu schwärmen. Glaubst du wirklich, du wärst mit dieser Vogelscheuche glücklich geworden?«

»Nein«, sagte er, ohne zu zögern. »Es gibt niemanden, mit dem ich glücklich sein könnte. Und dennoch ist Lani schöner, als du mit deinen blinden Augen je erkennen könntest.«

»Was ich dir noch sagen muss ... Weißt du, was diese Lan'hai-sowieso getan hat, als du mich geheiratet hast, statt sie aus ihrem Jungferndasein zu erlösen? Sie hat sich umgebracht.« Sie wartete auf seine Reaktion.

Er warf sich rücklings aufs Bett und lachte. »Ach, Hetjun, du bist wirklich erbärmlich. Wozu denkst du dir so etwas aus? Reicht es dir nicht, dass du mir das Leben zur Hölle gemacht hast? Lani erfreut sich bester Gesundheit. Sie lebt jetzt in Kanchar, in der Kolonie. Wusstest du etwa nicht, dass wir immer noch in Kontakt stehen?«

»Nein.« Ihre Stimme war heiser. »Nein, das wusste ich nicht.«

»Ich hatte eine Zeit lang darüber nachgedacht, Anta'jarim zu verlassen und zu ihr zu gehen«, sagte Winya unbarmherzig. »Ich habe sie sogar gefragt. Aber inzwischen war so vieles passiert ... Wir sind übereingekommen, Freunde zu bleiben. Daher bin ich im Nachhinein dankbar, dass ich nur dich kränke und in den Wahnsinn treibe und nicht sie.«

»Ich habe auch Gefühle«, sagte Hetjun.

»Du bist eine Schlange. Gefährlich und tödlich.«

»Was weißt du von mir? Was weißt du von *meiner* Liebe? Ich habe auch geliebt, verzweifelt geliebt! So sehr, dass alles andere unwichtig geworden ist. Wenn du dich an Wajun erinnert hast, an die Stadt, in der wir uns das erste Mal geliebt haben, habe ich an jemand anders gedacht, an eine andere Liebesnacht, so voller wilder Gefühle, dass es mich mitgerissen hat, dass es mich getroffen hat wie ein Fluch. Ich konnte ihn nicht heiraten, denn er war bereits verheiratet. Deshalb nahm ich dich. Damit ich ihm folgen konnte – nach Anta'jarim. Das war der Grund, Winya. Eine andere Liebe. Dein Bruder, Winya.«

»Ich weiß.«

»Du ... *weißt* es? Seit wann?«

»Schon lange. Schon sehr lange, Hetjun. Du warst nicht sehr gut darin, Zuneigung zu heucheln. Ich bin vielleicht nicht die Sorte von Mann, die dir zusagt, aber ich bin kein völliger Dummkopf. Ich bin nicht blind und taub. Ich habe gesehen, wie du zu ihm geschlichen bist, Nacht für Nacht. Ich bin Dichter, mein Schatz. Hin und wieder stehe ich auch nachts auf und notiere meine Einfälle. Betrachte die Sterne, lausche den Eulen. Beobachte, wie meine Frau die Treppe hochschleicht und in einem Zimmer verschwindet. In einem Zimmer mit einem geheimen Durchgang ...«

»Vier Jahre lang. Vier Jahre lang, Winya!«

»Ja.«

»Die ganze Zeit *wusstest* du es? Warum hast du mich dann nicht rausgeworfen? Wie konntest du es zulassen? Wie konntest du *zusehen?*«

»Anyana.«

»Ihretwegen? Wegen meiner Tochter?«

»Ja«, sagte er schlicht. »Sie ist das, was ich auf der Welt am meisten liebe.«

Sie ging mit raschen Schritten auf ihn zu und beugte sich über ihn, sodass ihre Gesichter sich fast berührten. »Du wagst es, meine Tochter zu lieben?«

»Sie ist auch meine Tochter.«

»Nein, das ist sie nicht. Was glaubst du denn, warum ich sofort heiraten musste? Warum ich diese Nacht in Wajun mit dir verbracht habe, gegen Anstand und Sitte? Sie ist nicht dein Kind.«

»Ich weiß.«

Sie sprang zurück. »Wie kannst du das wissen?«

Er lachte rau. »Ich habe die Hilfe von Magiern in Anspruch genommen. Ich habe ihnen ein paar Tropfen Blut geschickt, von mir und von Anyana. Nur einige Tropfen Blut von einem Kratzer. Ich wollte Gewissheit.« Sein Blick verschleierte sich, während er sich erinnerte. »Sie geben das Blut in eine Wasserschale. Es mischt sich, wenn es zu Vater und Kind gehört, oder es bildet interessante Muster. Der Magier schickte mir ein Dokument mit einem Abbild dieses Musters. Unser Blut tanzte umeinander. Wir sind verwandt, aber nicht Vater und Tochter, und es hat nichts an meiner Liebe zu ihr geändert. Die ganze Zeit dachtest du, du könntest dieses Geheimnis vor mir verbergen, damit du mich damit vernichten kannst! Doch du hast dich geirrt. Du kannst mich nicht vernichten, Hetjun, meine Teure. Tut mir leid.«

»Ich hasse dich«, flüsterte sie. »Oh Gott, wie ich dich hasse.«

»Damit kann ich leben«, sagte er.

»Jarunwa weiß, dass Anyana seine Tochter ist. Er wusste es schon immer.«

»Dass du dich darüber freuen kannst«, meinte Winya leise, »beweist erst recht, wer du bist. Jarunwa fühlt sich schuldig, mehr, als du dir vorstellen kann. Er hat Pläne für Anyana geschmiedet, Pläne, die alles übersteigen, was er seinen Söhnen geben wird. Versuch niemals, mich und meinen Bruder gegeneinander auszuspielen.«

»Er hat Tizaruns Gesetz unterzeichnet, ich war dabei. Es war sein Geschenk an sie. Anyana wird Anta'jarim erben. Und wenn es so weit ist, wird er ihr einen Prinzen auswählen, der es wert ist.«

Das war ein Irrtum, aber er korrigierte ihn nicht. Sie musste nicht wissen, dass Jarunwa seine Entscheidung bereits getroffen hatte.

»Du hast mich gewählt«, sagte er leise. »Du selbst hast uns beide vernichtet.«

»Ich will weg aus Anta'jarim«, flüsterte sie. »Ich will nur fort. Ich ertrage es nicht, ihn jeden Tag zu sehen. Ihn. Seine Frau. Seine Söhne. Diese verfluchten Söhne! Nur ihretwegen hat er beendet, was zwischen uns war. Weil seine verdammte Frau schwanger war. Für diese Bälger hat er mich geopfert. Ich wollte nach Wajun, ich wollte endlich frei sein von ihm! Und was machst du? Was machst du, Winya? Du beleidigst die Großkönigin! Oh ihr Götter!«

»Es spielt keine Rolle. Die Menschen wollen sowieso lieber Nerun. Es hätte nichts geändert. Nichts, was du oder ich sagen, kann etwas daran ändern.«

»Ich habe genug«, sagte sie rau. »Genug!« Sie löschte das Licht und tauchte das Zimmer in Dunkelheit.

Sie legten sich nebeneinander ins Bett. Das Schweigen zwischen ihnen war groß und übermächtig.

Bino bellte. Er bellte und bellte und hörte einfach nicht auf, und schließlich tauchte Anyana aus ihrem Traum auf und öffnete die Augen.

Die Dunkelheit war so dicht, dass sie sie am Atmen hinderte. Anyana musste husten und rang nach Luft, ihre Augen brannten. Erst nach einer Weile merkte sie, dass es nicht völlig finster war. Die magischen Lichter draußen vor dem Fenster flackerten seltsam.

Sie sprang aus dem Bett und riss die Tür zum Zimmer ihrer Eltern auf. Der Raum war mit schwarzem Nebel gefüllt, drang ihr in die Nase, kratzte in ihrer Kehle. Hustend tastete sie sich vorwärts, bis sie mit den Knien gegen das Bett stieß.

»Vater!« Sie rüttelte ihn an der Schulter. »Vater, wach auf!«

Winya fuhr hoch. »Was ...? Rauch, wo kommt der Rauch her?«

Panisch versuchte er, Hetjun zu wecken, doch sie rührte sich nicht. Da sprang er aus dem Bett und wankte zur Tür, die zum Flur hinausging. Sobald er sie aufgerissen hatte, schwappte eine Welle von Hitze herein. Hier drinnen war es dunkel, doch draußen im Gang war das Licht: Es tobte und brüllte und knisterte.

»Nein!«, schrie Prinz Winya und schlug die Tür zu. »Nein, nein! Das ganze Haus steht in Flammen! Hetjun, wach auf!«

»Sie erwacht nicht«, rief Anyana, die ihre Mutter vergeblich schüttelte.

Winya stürzte ans Fenster. Er öffnete es, und ein eisiger Wind blies herein. Das Feuer hinter der Tür leckte durch den Spalt und brüllte auf.

Die Fenster in dem Miniaturschloss waren sehr schmal, mit einer goldenen Umrandung verziert und mit goldenen Vorhängen versehen, aus denen Funken sprühten. »Ich passe nicht hindurch!«, rief Winya. »Oh ihr Götter, das war alles geplant! Sie will uns alle töten. Das ist kein kleines Schloss, es ist ein gewaltiges Grabmal. Komm schnell, Anyana!«

Es war ein Traum. Es musste ein Traum sein. Anyana stand nur da und rührte sich nicht. Bino bellte immer noch, aber sie fühlte sich, als wäre sie gar nicht da.

»Komm, Any!«, brüllte Winya. Er packte sie und hob sie hoch. »Du bist klein genug, klettere durchs Fenster! Los, mach schon!«

Mit einem ohrenbetäubenden Krachen zerbarst die Tür, und Anyana sah das Feuer. Es leckte mit gierigen Zungen ins Zimmer herein wie ein riesiges, gefräßiges Tier. Sie wollte schreien, aber sie konnte nicht. Die Vorhänge verwandelten sich in Feuer. Die Bettdecke ihrer Eltern brannte.

Ihr Vater drückte sie gegen die Fensteröffnung und schob, bis sie sich endlich selbst hindurchzwängte. Mit bloßen Füßen hockte sie auf dem Sims. Flammen schlugen aus den anderen Fenstern, doch unter ihr glänzte der Schnee.

»Lauf, Any!«, schrie Prinz Winya. »Lauf, so schnell du kannst! Nicht in den Palast. Das ist Teniras Werk. Lauf durch den Garten, versteck dich! Sei still, Any, um der Götter willen, und sag niemandem, wer du bist! Sag es keinem, versprich mir das!«

»Ja, Vater«, weinte sie, und da versetzte er ihr einen Stoß, der sie durch die Luft fliegen ließ. Sie fiel in den Schnee, ins kalte Nichts.

»Lauf!«, schrie er über ihr, und dann schrie er nur noch, ohne Worte.

Es war wie in ihrem Traum – Feuer und Schreie, unmenschliche Schreie, und das Brüllen des Feuers, und das Geschrei ihres Vaters. Die Welt verschwand und wurde vom Traum geschluckt.

Anyana sah hoch zum Fenster, auf das flackernde Licht. Sie spürte, wie sie die unglaubliche Hitze daraus anwehte. Auch die anderen Fenster zersprangen, es regnete Scherben. Schwarze Rauchwolken quollen aus den Schlafzimmern.

»Komm mit!«, schrie sie. »Vater, komm!«

Er antwortete nicht.

Es gab nur noch das Feuer. Die Welt existierte nicht mehr, nichts existierte mehr.

Sie lief über den Schnee, barfuß, im Nachthemd, ohne Kälte oder Schmerz zu spüren. Sie rannte, sie torkelte, sie stolperte vorwärts, durchs Gebüsch, unter Bäumen hindurch, deren Zweige ihr das Gesicht zerkratzten, und in denen sie immer wieder mit ihren Haaren hängen blieb, und hinter ihr flackerte und leuchtete und strahlte der Feuerschein. Einmal blickte sie über ihre Schulter zurück und sah das Schlösschen brennen, in einer einzigen riesigen Flamme, und dahinter wuchs der Palast der Großkönigin in den Himmel, und die kalten magischen Lichter blinkten darin wie Sterne.

Zitternd blieb Anyana stehen, sie konnte die Augen nicht abwenden. Doch dann war ihr, als hörte sie wieder die Stimme ihres Vaters rufen: *Lauf, lauf,* und so lief sie weiter. *Lauf,* befahl er, *lauf,* und deshalb blieb sie nicht stehen und rannte immer weiter. Sie spürte ihre Füße nicht mehr, es war fast, als würde sie fliegen. Sie fiel und stand wieder auf und fiel und prallte gegen Baumstämme und verfing sich in dornigen Sträuchern und stürzte und kämpfte sich hoch und rannte weiter. Sie floh vor dem Licht.

Irgendwann fiel sie in den Schnee, und endlich wurde es dunkel.

25. GEH JETZT

Eine Hundeschnauze in ihrem Gesicht, ein lautes Bellen. Bino? Wie groß er geworden war. Nein, dies war ein anderer Hund, riesig und schwarz.

»Wer bist du? Was machst du hier?«

Jemand schüttelte sie sanft, und mühsam drehte sich Anyana der Stimme zu. Ein fremdes Gesicht beugte sich über sie. Erschrocken zuckte sie zurück, sah sich panisch nach einem Versteck um, aber hinter ihr war nichts. Die Welt war schwarz, der Himmel war schwarz, selbst der Schnee war schwarz.

»Oh ihr Götter«, murmelte er, »auch das noch, ein Kind!«

Er hatte ein eckiges, stoppliges Gesicht. Anyana hörte die Worte, die aus seinem Mund kamen, aber sie bedeuteten ihr nichts. In der Luft lag ein scharfer, beißender Geruch. Atmen tat weh. Sie blickte an sich hinunter und stellte fest, dass sie nur ein zerrissenes Nachthemd trug, das einmal weiß gewesen war. Ihre Hände waren blau und ließen sich nicht bewegen.

»Komm«, sagte der Mann sanft. »Du holst dir noch den Tod hier draußen in der Kälte. Komm, hab keine Angst, Kleine. Ich tu dir nichts.«

Er redete die ganze Zeit auf sie ein, während er sie vorsichtig vom Boden hochhob. Anyana wehrte sich nicht, sie war viel zu steifgefroren dafür, aber alles in ihr wich zurück, und wenn er sie losgelassen hätte, wäre sie weitergerannt. Der Befehl lautete: *Lauf*, und er steckte immer noch in ihren Füßen. *Lauf.*

Sei still. Verrate niemandem deinen Namen. Und jetzt lauf!

Der Fremde trug sie über einen Weg und direkt zu einem kleinen roten Haus. Nachdem er ein paarmal mit dem Fuß gegen die Tür getreten hatte, öffnete eine Frau.

Auch sie sagte zuerst einmal nur: »Oh ihr Götter.«

Sie hüllten Anyana in Decken. Sie ließen heißes Wasser in eine Wanne laufen und wärmten sie darin auf. Sie zogen ihr frische Kleider an. Willenlos ließ sie alles mit sich geschehen. Ihre Arme und Beine waren zerkratzt und mit blauen Flecken übersät, ihr Gesicht fühlte sich geschwollen an. Und doch war da kein Schmerz. Sie spürte nichts. Das Feuer war noch zu nah, da war nichts als das Feuer. Und selbst das war nicht wirklich da. Ihr war, als würde sie immer noch durch ein seltsames Land rennen, in dem es nichts gab als Feuer und Kälte.

Die beiden standen über ihr und sahen auf sie herab. Sie flüsterten.

Die Frau beugte sich zu ihr herab. »Wie heißt du, Kind?«

Aber Anyana hatte keine Worte für sie. *Komm, Vater. Hetjun!*, rief seine Stimme. *Oh Hetjun. Oh nein. Lauf. Das ist Teniras Werk. Oh ihr Götter. Ihr Götter! Nein.*

Die beiden flüsterten wieder.

»Wir müssen einen Arzt rufen.«

»Und ihre Eltern.«

»Das Feuer brennt immer noch, man kann es bis hierhin sehen. Soll ich jemandem Bescheid geben, dass wir eine Überlebende gefunden haben?«

»Nein, warte noch, Jinan. Das gefällt mir alles nicht. Ich gehe hin und sehe mir das Ganze aus der Nähe an.«

Anyana schlief, sie träumte, oder erinnerte sie sich? Das Feuer war da und der Schnee. Aber sie schrie nicht. *Sei ganz still.* Sie wälzte sich herum durch den Schmerz, der überall war, und gab keinen Laut von sich. *Ja, Vater. Sag es keinem. Ja. Ja, Vater, keinem. Ganz still.*

Worte von ferne, von weither.

»Ich werde mich erkundigen, sobald es hell ist.«

»Tu das, aber sei vorsichtig. Sei bloß vorsichtig, Vehotjan. Das Ganze hört sich schlimm an.«

Die Frau streichelte ihr über die wunde Kopfhaut. »Hab keine Angst, Kind. Bei uns bist du sicher.«

Sie sagte nichts. Sie wusste, sobald sie den Mund aufmachte, würde der Schrei herauskommen. Der große, entsetzliche Schrei, der in ihr wartete wie ein schlafendes Untier. Und wenn sie ihn schrie, den schrecklichen Schrei, der in ihr lauerte, würden die Wände einstürzen. Die Welt würde nicht mehr sein. Und sie nichts mehr in der Welt, nichts als ein sich windendes, heulendes Wesen ohne Namen.
Sei still.
Ja, Vater.

Vehotjan zog seine Arbeitskleidung an, die Hose aus dem dicken grünen Stoff und die Jacke. Er nahm die große Astschere mit und marschierte los. Natürlich rechnete er damit, dass ihn Soldaten aufhalten würden. Aber er hoffte, dass sie nicht viel über die Arbeit der großköniglichen Gärtner wussten und nicht mitbekommen hatten, dass die Gartenpflege für die Zeit der Feierlichkeiten ruhte.

»Zurück! Hier ist kein Durchkommen!« Der Soldat war hinter seinem gewaltigen Schnäuzer sehr jung.

Vehotjan ließ sich nicht von seiner barschen Stimme beeindrucken. »Ich arbeite hier«, sagte er würdevoll. »Ich bin Gärtner.«

»Heute nicht.«

»Warum nicht?« Er ließ es so harmlos klingen wie möglich, ganz unschuldig und neugierig. Der dumme Arbeiter, dem keiner seine Neugier übel nehmen würde.

»Darum nicht. Es hat ein Unglück gegeben. Geh nach Hause.«

»Die Rosen müssen zugedeckt werden, bevor noch mehr Schnee fällt«, sagte er. »Die Großkönigin liebt ihre Rosen. Sie wäre außer sich, wenn sie den Winter nicht überstehen.«

Die Soldatenstimme wurde etwas weicher. »Niemand darf aufs Palastgelände.«

Vehotjan nickte und wanderte weiter, um den weitläufigen Park herum, auf der Suche nach dem nächsten Posten, den er ausfragen konnte. Über den Gärten ballten sich schwarze Rauchwolken.

Zwischen den Bäumen hindurch konnte er auch das Feuer sehen, das noch nicht ganz gelöscht war. Je näher er dem Palast kam, umso lauter wurde es, ein wilder, unruhiger Lärm, der ihn frösteln ließ. Schließlich konnte er die aufgebrachte Menge sehen, die sich, von der Stadt her kommend, vor den Palasttoren versammelt hatte. Die Soldaten hielten ihre Schwerter bereit.

»Recht!«, schrien die Leute. »Recht für Le-Wajun!«

Vehotjan griff irgendeinen Mann an der Schulter. »Was ist hier los?«

»Wir wollen die Großkönigin sehen, aber sie zeigt sich nicht! Stattdessen ist die halbe Armee von Le-Wajun hier versammelt!«

»Sie hat sie alle umgebracht!«, schrie jemand.

»Warum wollt ihr die Großkönigin sehen?«, hakte er nach.

»Sie hat gesagt, es würde keine Wahlen geben. Die gesamte Königsfamilie von Anta'jarim ist heute Nacht ums Leben gekommen. Tenira betrügt uns um unser Recht! Wir sind hier, um zu wählen!« Der Mann, offenbar ein Abgesandter aus einer der Tausend Städte, wandte sich wieder nach vorne und stimmte in den lauten Ruf ein: »Recht für Le-Wajun!«

Vehotjan zog sich hastig zurück und rannte nach Hause. »Wir stehen vor einem Bürgerkrieg«, sagte er zu seiner Frau. »Tenira hat die Wahlen abgesagt.«

»Das darf sie nicht! Es *muss* gewählt werden!«

»Es gibt keinen mehr, der gewählt werden könnte. Sie alle, die ganze Familie aus Anta'jarim – ausgelöscht.«

Gleichzeitig blickten sie auf das Mädchen, das im Bett unter einem Dutzend Decken zitterte.

»Meinst du ...?«

»Aber dann müssen wir es ihnen sofort mitteilen! Wenn die Kleine als Einzige überlebt hat, gehört ihr der Thron. Vehotjan, wir müssen ...«

»Nein«, widersprach er.

»Aber das Volk hat ein Recht darauf. Sie selbst hat ein Recht darauf! Wir können doch keinen Kandidaten aus dem Haus Lhe'tah wählen, wenn Anta'jarim an der Reihe ist.«

»Verstehst du nicht? Wir werden überhaupt niemanden wählen! Keinen Prinzen, keinen Fürsten, keinen König, es gibt keinen Kandidaten. Tenira verweigert die Wahlen. Begreife doch, was das bedeutet, Jinan! Dies ist das Ende von dem Le-Wajun, das wir kennen.«
»Wir müssen allen erzählen, dass dieses Mädchen überlebt hat«, beharrte Jinan.
»Und wenn sie es töten lässt?«, fragte er leise.
»Das würde Tenira nicht tun, sie ist unsere Großkönigin, sie ist die Sonne, sie ist das Gesetz...« Jinans Stimme erstarb. »Und wenn du dich irrst? Vielleicht werden wir reich belohnt, weil wir das Mädchen gerettet haben.«
»Von einer Königin, die soeben die Erbdynastie verkündet hat? Niemand darf erfahren, dass sie hier ist.«
Die Frau rieb sich die Schläfen. »Du hast recht, das ist zu riskant.«
»Wer sie wohl ist? Es waren ein paar Kinder dabei. Hat der König von Anta'jarim nicht eine Tochter?«
»Nein, er hat nur Söhne, also muss sie die Tochter eines der Kandidaten sein. Sie könnte auch eine Dienerin sein.«
Er öffnete die Tür zum alten Kinderzimmer, in dem ihre Tochter gelebt hatte, bevor sie heiratete und fortzog. Das fremde Mädchen lag im Bett, das Gesicht zur Wand gedreht, und rührte sich nicht.
»Die Soldaten stehen hinter Tenira. Wir müssen das Kind so schnell wie möglich von hier fortbringen.«
Langes rotbraunes Haar bedeckte das Kissen. »Diese Haare sind zu auffällig«, meinte Vehotjan. »Wir sollten sie ihr abschneiden und färben. Mit kurzen Haaren könnte sie als Junge durchgehen.«
Jinan nickte. »Ja, das ist eine gute Idee.«
»Und dann muss sie fort. Heute noch. Das Feuer brennt noch, aber es wird nicht lange dauern, bis sie die Toten zählen.«
»Ist nach so einem Brand überhaupt irgendetwas übrig?«, fragte seine Frau zweifelnd.

»Ich weiß nicht. Die Magier können Wunder vollbringen. Was, wenn einer von ihnen Verdacht schöpft? Wir können nicht riskieren, dass die Wächter die Häuser durchsuchen und das Mädchen finden. Reist dein Vetter Kinjohen nicht demnächst in die Kolonie?«

Jinan machte große Augen. »Du willst sie ihm mitgeben? Nach Kanchar?«

»Es gibt keine andere Möglichkeit«, meinte Vehotjan. »Und falls es einen Bürgerkrieg gibt, ist es dort vielleicht sogar sicherer als hier. Willst du ihr die Haare schneiden, oder soll ich?« Er legte die Astschere, die er immer noch in der Hand hielt, auf den Tisch und wischte sich den Schweiß von der Stirn.

An der großen Straße hielt ein Trupp Soldaten sie an. Vehotjan ritt auf seinem betagten Esel, Anyana mit kurzem, schwarz gefärbtem Haar, eine Jungenmütze auf dem Kopf, saß mit bleichem, unbewegtem Gesicht vor ihm. In der derben Hose, dem schlichten Hemd und der gefütterten Weste sah sie aus wie ein Gärtnergehilfe.

»Wer seid ihr? Wohin wollt ihr?«

»Mein Enkel ist krank«, erklärte Vehotjan. »Ich bringe ihn zum Arzt.«

»Ausgerechnet heute?«, fragte der Soldat misstrauisch.

»Krankheiten scheren sich nicht um ungünstige Umstände.«

Zum Glück konnte man erkennen, dass mit dem Kind etwas nicht stimmte. Die Kleine war wach, aber sie hätte genauso gut schlafen können, so apathisch und mit leerem Blick saß sie da.

Erst als sie ihn vorbeiließen, wurde Vehotjan bewusst, was er hier eigentlich tat. Das schmale, jungenhaft wirkende Geschöpf vor ihm brachte ihn in Lebensgefahr. Ihn und seine geliebte Frau Jinan.

Und für die in Aufruhr geratene Stadt bedeutete die Überlebende des Feuers noch mehr. Sie saß hier vor ihm, sie, die – vielleicht – das Recht hatte, gewählt zu werden und das Reich der

Sonne zu regieren. Natürlich brauchte sie einen Mann; niemand konnte allein eine Sonne sein. Aber es waren schon jüngere Kinder verheiratet worden, um den Ansprüchen zu genügen. Auf einmal zweifelte er daran, ob es richtig war, das Mädchen nach Kanchar zu schicken.

Auch Kinjohen, der mit seinem Wagen am Waldrand wartete, warf einen zweifelnden Blick auf seine neue Reisegefährtin. »Dieses Kind soll ich mitnehmen? Der Junge sieht etwas zu angeschlagen aus für eine so weite Reise.«

»Es muss sein.« Wenn man erst einmal damit angefangen hatte, fügten sich die Lügen leicht aneinander. »Der Kleine hat Verwandte in der Kolonie, die ihn aufnehmen wollen.«

Kinjohen, ein großer, magerer Mann, dessen Augenlid unablässig nervös zuckte, schüttelte den Kopf. »Nun gut, ich schulde dir noch einen Gefallen. Er kann hinten in der Kutsche sitzen, zwischen den Kisten.« Er fasste seinen Vetter genau ins Auge. »Und du meinst wirklich, dass nicht mehr dahintersteckt?«

»Was sollte denn dahinterstecken?« Vehotjan tat unwissend. »Nimm den Jungen einfach mit.«

»Und wenn ich diese Verwandten nicht ausfindig machen kann, was dann?«

»Dir wird schon etwas einfallen, um meinen Neffen gut unterzubringen.« Kinjohen nahm das Geld entgegen, das Vehotjan ihm bot, und nickte.

»Na, meinetwegen. Wie heißt du denn, Kleiner?«

»Er spricht nicht viel«, erklärte Vehotjan. »Kümmere dich einfach nicht darum. Sein Name ist ... Jinan.«

»So wie meine Base?« Kinjohen lachte ungläubig. »Was es nicht alles gibt. Nun, es soll mir recht sein. Kein Gepäck?«

»Nein. Wir mussten eilig aufbrechen.«

»Wem sagst du das. Ich muss losfahren, bevor sie noch mehr Straßensperren errichten.« Er hob das Kind vom Esel herunter, und es fiel zu Boden, welk und kraftlos. »Der Junge hat Fieber!«

Vehotjan war abgestiegen. »Stell keine Fragen, sondern fahr. Er ist leicht, deine Pferde werden es gar nicht merken, dass er da ist. Lass ihn einfach auf dem Wagen liegen und schlafen.«

Er legte das kostbare Kind auf ein paar große Kissen und deckte es behutsam zu. Große grüne Augen öffneten sich, aber ihr Blick ging durch ihn hindurch.

»Jinan!«, flüsterte er eindringlich. »Jinan! Das ist jetzt Euer Name, versteht Ihr?« Er strich ihr zum Abschied über das kurze Haar.

Sie sah durch ihn hindurch, was ihr gutes Recht war. Gegen eine Prinzessin, die letzte Kandidatin für den Sonnenthron, gegen den Funken Göttlichkeit, der ihr zustand, war er ein Nichts.

»Es wird alles gut«, flüsterte er. »Irgendwann kommt Ihr zurück.«

»Du solltest nach Hause reiten, bevor es dunkel wird«, drängte Kinjohen.

»Ja, da hast du recht.« Er wollte noch etwas hinzufügen, etwas Bedeutsames, Ermutigendes, aber er sah nur das stumme, bleiche Gesicht des Mädchens vor sich.

»Vergesst es nicht«, sagte er schließlich mit brüchiger Stimme. »Irgendwann wird die Zeit kommen.«

Er warf ihr das Wort hin wie einen Samen in die harte, kalte Wintererde. Vielleicht würde ein Baum daraus werden, riesig, die Äste hoch in den Himmel ragend, die Blätter rauschten im Wind, eine Zuflucht für die Vögel der Lüfte. Oder eine Blume, die aufging und sich öffnete zu einem Spiel der Farben und Düfte, berauschend, unvergesslich. Ein Same, dachte er, dazu bestimmt, zu leuchten und zu wärmen und zu einem immerwährenden Strahlen aufzusteigen – Sonne von Wajun. Dass dieser Same vielleicht nie aufgehen würde, dass er vertrocknete, unfruchtbar und verloren, weigerte er sich zu denken. Er war Gärtner. Er säte immer mit der Hoffnung.

»Irgendwann.«

Solange es ging, sah er dem Wagen nach, den die großen Pferde über die Straße zogen, die Leinen in der Hand eines gewieften Händlers, der keine Ahnung von dieser erlesenen Fracht hatte, keine Ahnung davon, dass dieses verstörte, zitternde Häufchen Mensch die Tochter eines Prinzen oder eines Fürsten war und die Erbin einer Weltordnung, die sich gerade im Zerfall befand. Dass sie der Edelstein war, den die Götter selbst aus dem Feuer herausgeholt hatten. Als der Wagen um eine Ecke bog, dachte er an ihr rotes Haar auf dem Kissen und an das weiße Nachthemd im Schnee und an seinen Hund und daran, wie das kurze schwarze Haar den Blick auf ihren hellen Nacken freigab. Der Anblick hatte ihm die Kehle zugeschnürt, wenn nicht gar das Herz.

Er schüttelte sich und stieg wieder auf seinen Esel. Die untergehende Sonne färbte den Himmel blutrot und vor ihm lag, eingehüllt in eine Wolke aus Rauch und Geschrei, Wajun, die Stadt der Sonne.

Irgendwann, dachte er. *Irgendwann.*

Wihaji setzte behutsam einen Fuß vor den anderen, langsam, als wollte er seine bloßen Sohlen nicht von der harten, kalten Erde trennen, als könnte er seine Haut mit der Erde verschmelzen lassen.

Erde.

Luft.

Luft! Er atmete tief ein. Quinoc hatte ihm einen Sack über den Kopf gezogen, doch der grobe Stoff war voller Löcher, sodass er, auch wenn er nichts sah, wenigstens atmen konnte. Es stank bitter nach Rauch und Asche; Angst kroch seinen Rücken herauf. Steine und Splitter stachen ihn in die nackten Fußsohlen. Ihm war, als fühlte er das alles zum ersten Mal.

Auch wenn es das letzte Mal war.

Dann blieben sie stehen, und Quinoc befreite ihn von dem Sack über seinem Kopf. »Tut mir leid«, sagte er. »Ich wollte nicht, dass dich irgendjemand erkennt. Alle glauben, du wärst längst tot.«

Wihajis Augen waren überwältigt von der Größe des Himmels über ihm, vom Licht. Sie schmerzten so, dass er nahezu blind war, und er fühlte sich wund. Die Wolken trugen Schnee. Er konnte sie nicht sehen, weil seine Augen tränten, doch er roch den Schnee.

Hinter seinen gebändigten Gedanken stieg eine solche Sehnsucht hoch, dass ihm schwindelte. Schnee. Er atmete alle Sterne ein. Er fühlte die Tausend Monde über sich wie einen glänzenden Gürtel, wie einen Goldreif für einen König.

König. Großkönig. Tizarun.

Der Schmerz kam mit einer solchen Heftigkeit zurück, dass er nach Luft schnappte.

»Nun geh schon«, sagte Quinoc hinter ihm.

»Wirst du es tun?«

»Geh.«

Sie gingen über den schmutzigen, mit Asche und Trümmerstücken bedeckten Rasen und zwischen den Bäumen hindurch. Durch den Rauch, die Erinnerung an den Brand. Erinnerung oder Vorgeschmack? Die Angst schnürte ihm die Kehle zu, wie ein Würgegriff lag sie um seinen Hals. Der Himmel war endlos weit über ihm, aber er fühlte sich in sich selbst hineingepresst wie der Gefangene, der immer noch auf dem Boden einer engen Zelle lag.

Der Boden schien seinen tränenden Augen schwarz, doch vor ihm wölbte sich blendend weiß eine Kuppel. Er blinzelte, denn für einen Moment war ihm, als würde er fliegen und die Sonnenkuppel des Palastes aus der Warte eines Vogels wahrnehmen. Dann stolperte er über eine Schneewehe und krachte gegen die steinerne Wand. Metallkanten schnitten seine Hände auf.

Jemand schrie, und als er mühsam von der weißen Kuppel fortwankte, sah er eine dunkle Gestalt vor sich. Seine Sicht klarte auf – es war Tenira, die ein Bündel im Arm trug.

»Wihaji!«, rief sie. »Wie ist das möglich! Du bist tot.« Sie schrie es ihm entgegen. »Du bist tot!«

Das, was sie im Arm hielt, krähte leise.

»Ich bin tot«, sagte er matt.

»Quinoc!«, keuchte sie.

Ihr Bruder trat vor. Wihaji sah ihn nur unscharf, doch seine

Stimme war fest und entschlossen. »Du hast mir befohlen, den Mörder mit Tizarun einzumauern.«

»Und warum steht er da?«

»Wihaji ist nicht der Mörder. Der Mann, den ich aufgrund deines Befehls in der Kuppel mit einmauern ließ, war ein Wüstendämon, den wir kurz nach dem Mord im Palast gestellt haben.«

»Ich fasse es nicht«, zischte Tenira. »Du hast mich hintergangen!«

»Ich habe deine Befehle befolgt. Der Wüstendämon ruht an Tizaruns Seite. Wihaji mag nicht unschuldig sein, aber er hat genug gebüßt. Lass ihn gehen, Tenira.«

»Niemals!«

Einen Moment lang überlegte Wihaji, ob er eine Chance hatte, Quinoc zu entkommen. Vor einem Jahr hätte er nicht gezögert, es mit ihm aufzunehmen, aber heute? Seine Zelle war so klein gewesen. Sieben Schritte vor und sieben Schritte zurück. Er war nur noch ein Schatten seiner selbst, und er wusste es. Er, der immer Tizaruns dunkler Schatten gewesen war.

Tenira trug nicht mehr weiße Trauerkleidung, sondern Schwarz, die Farbe des Krieges. Ihr welliges dunkles Haar fiel ihr offen über die Schultern, und Wihaji erschrak darüber, wie schön sie war. Immer noch, obwohl er das Finstere in ihr sehen konnte. Es schimmerte durch ihre Haut hindurch, eine Nacht, aus der sie nicht heraustreten konnte.

Ihre Augen glitzerten voller Hass und Zorn. »Du bist also noch da. Ich wollte dich an seiner Seite wissen, aber hier bist du. Und das Grab hat keine Tür. Es gibt keinen Weg mehr zu ihm.«

Er versuchte zu atmen. Die kalte, rauchige Luft brannte in seinen Lungen.

»Muss ich nun sterben?«, fragte er mit rauer Stimme.

Tenira blickte ihn mit einem seltsam undurchdringlichen Blick an. Das Bündel bewegte sich, eine winzige rosige Faust wurde sichtbar. Ein Säugling.

»Es hört nicht auf wehzutun. Ich dachte, das Feuer könnte den Schmerz verbrennen, aber er ist noch da.«

Er lachte, obwohl er nicht mehr lachen konnte. Feuer verbrannte Schmerz? Tenira war verrückt, sie waren beide verrückt. Wenn das nicht zum Lachen war!

»Sie sind alle gestorben. Alle.«

Er merkte plötzlich, dass er fror. Tenira stand vor ihm in nichts als einem schwarzen Seidenkleid, aber er fror.

»Wer?«, krächzte er. Er dachte an Linua, an Karim. An Karim, der schuldig war. Wihaji hatte die Erkenntnis herausgeschrien, bis er heiser geworden war, doch niemand hatte ihn gehört, und irgendwann war er verstummt. Er würde Tenira nicht verraten, was er wusste.

»Sag es ihm«, befahl sie.

Quinoc räusperte sich. »Das Haus Anta'jarim«, brachte er schließlich heraus, »hat aufgehört zu existieren.«

Wihaji stand da wie erstarrt. Er hatte an seine Geliebte gedacht, an seinen Ziehsohn, er hatte mit einem Schlag gerechnet, der ihn zerschmettern würde. Doch das? Sie waren alle bei ihm gewesen, in seiner Zelle, seine Freunde. Der Dichter und der König und die Kinder. »Nein«, ächzte er mühsam, »nein, nicht sie! Sie waren unschuldig!«

»Tatsächlich? Was macht dich da so sicher? Deine eigenen finsteren Gedanken und Taten? Ach, Wihaji, der du wie ein Bruder für Tizarun warst! Ihr habt beide von diesem Wein getrunken, ihr beide, und ihr hättet beide sterben sollen.«

Und nun war er sich sicher, dass er der Nächste war. Er atmete den Schmerz tief ein.

»Es ist ihr Rauch«, flüsterte Tenira. »Es war ihr Feuer.«

Wihaji fiel auf die Knie. Er spürte den Schnee und die Asche unter seinen Handflächen.

»Ja«, sagte sie. »Der Schmerz ist noch da. Ich wollte, dass du leidest. Ich wollte dir das Herz aus dem Leib reißen. Aber auch wenn ich es täte, wird der Schmerz noch da sein.« Sie sah auf ihn herunter. »Wo ist er, Wihaji? Wo ist Tizarun? Sag mir, wo er ist. Ich habe ihn in diese Kuppel legen lassen, aber ich kann ihn nicht fühlen. Ist er hier, bei mir? Oder ist er gegangen? Wohin?«

»Er ist bei den Göttern«, sagte Wihaji leise. »Dort, wo wir alle hingehen.«

»Wirklich?« Sie schüttelte den Kopf. »Ich kann es nicht glauben. Wie kann er dort sein ... und ich bin hier ... Und ich fühle nichts. Ich fühle nur, dass Tizarun fort ist, nur, dass ich allein bin. Glaubst du wirklich, er ist bei den Göttern, und sie feiern das große Fest mit ihm? Ich versuche, es mir vorzustellen, aber es ist unmöglich. Müsste ich nicht froh sein, voller Zufriedenheit darüber, dass er den Übergang geschafft hat? Wir waren so verbunden, ich müsste es doch wissen, wenn es ihm gut geht. Aber da ist nichts, gar nichts ... außer Angst und Dunkelheit. Wer sind die Götter? Wo sind sie? Was haben wir mit ihnen zu schaffen?«

»Sie haben mich in ihrer Faust zerquetscht«, flüsterte Wihaji.

»Such ihn«, sagte Tenira heftig. »Du sollst ihn für mich suchen. Ist er bei den Göttern? Dann sei es so. Doch wenn nicht? Wo ist er dann? Ist seine Seele bei mir geblieben, in diesem Garten, oder habe ich ihn verloren? Ich schreie zu den Göttern um eine Antwort, aber sie strafen mich mit Schweigen. Du sollst dich auf die Reise machen, Wihaji.« Sie beugte sich zu ihm hinunter und küsste ihn auf die Stirn. »Geh ihn suchen und bring mir seine Seele zurück. Du warst wie sein Bruder. Wenn irgendjemand die Antwort finden kann, dann du. Geh zu den Göttern und frag, ob sie ihn haben, ob sie ihn mir zurückgeben können.«

Seine Stirn brannte. Aber die Kälte stach ihn mitten ins Herz, er fühlte ihre eisige Knochenhand.

»Dann muss ich sterben«, murmelte er. »Dann schickst du mich ihm nach.« Er wunderte sich selbst darüber, dass er sein Schicksal nicht mit mehr Gleichmut tragen konnte. Hatte er nicht gewusst, was auf ihn zukam? Und doch, er merkte es erst jetzt, hatte die Hoffnung ihn bis zuletzt nicht verlassen. Der Himmel über ihm war so weit entfernt.

»Steh auf«, befahl Tenira.

Er erhob sich und wartete. *Quinoc wird es tun*, dachte er. *Von hinten. Wenigstens bleibt mir die Folter erspart. Sie werden mich nicht häuten und zerreißen und meine Überreste den Krähen hinwerfen.*

Er wollte sich fügen, aber er wünschte sich, er hätte kämpfen können.

Tenira nahm seine Hand und legte sie auf den gewölbten, glatten Marmor der Kuppel.

»Da drinnen liegt er«, sagte sie. »Sein Körper wird nicht zerfallen, und wenn du mir seine Seele zurückbringst, kann er seinen Leib wieder beziehen. Es kann sein wie früher, er und ich, zusammen. Ich brauche ihn so sehr.«

Sie ist wahnsinnig, dachte er. *Oh ihr Götter, sie hat den Verstand verloren.* »Also muss ich sterben.« Denn es gab keinen anderen Weg zu den Göttern als durch das flammende Tor.

»Nein«, widersprach Tenira, sie klang verwundert. »Wie könntest du ihn suchen, wenn du tot bist? Ich erwarte, dass du ihn wieder herbringst. Du wirst heute noch aufbrechen.«

Ließ sie ihn etwa frei? Erneut flammte die Hoffnung mit Macht in ihm auf, sie war wie ein gewaltiger Brand, der ihn zu verschlingen drohte. *Ich kann nach Hause*, dachte er, und es war ein so süßer Gedanke, dass er die Stirn an den kühlen Marmor lehnte und weinte. *Oh Linua, ich komme nach Hause.*

»Ich schicke dich fort«, sagte Tenira. »Ich verbanne dich, Wihaji, bis du deine Aufgabe erfüllt hast. Ich werfe dich fort wie einen Stein, der irgendwann zurückfällt und mich auf die Stirn treffen wird.«

»Du verbannst mich?«, fragte er erschrocken. »Wohin?« Doch gleichzeitig begannen die Gedanken ein neues Netz zu bauen aus Plänen und Hoffnungen.

»Die Schuldigen sind tot, die dir den vergifteten Honigwein mitgaben, und es ist niemand mehr mit dem Namen Anta'jarim übrig. Die Schuldigen gelangen nicht zu den Göttern, für sie gibt es keinen Frieden. Wo sind sie dann? Wo sind die, die aus den Händen der Götter fallen? Wo sind meine Antworten? Du wirst mir Tizaruns Seele bringen. Mit ihr darfst du zurückkehren, und wenn er wieder lebt, dann verzeihe ich dir.«

Sie war wahnsinnig. Gefährlich und wahnsinnig, aber er hatte nicht vor, sich darüber zu beschweren, wenn sie ihn nur am Leben ließ. Verbannung bedeutete, dass er nicht nach Hause durfte, aber vielleicht könnte er in die Kolonie gehen. Dort, wo auch immer, würde er sich mit Linua ein neues Leben aufbauen. Wenn sie nur bei ihm war, war ihm fast egal, wo dieses neue Zuhause sein würde.

»Die Lichtgeborenen kennen die Türen«, sagte Tenira. »Sie sind die Kinder der Götter und fremd in dieser Welt, doch sie kennen die Türen zwischen dem Hier und dem Dort. Meine Mutter hat mich mehr gelehrt als Nähen und Stillhalten. Davon sprechen die Geschichten nicht, die man sich über mich erzählt. Ich schicke dich ins Drüben, Wihaji, nach Kato.«

Eiskalte Furcht griff nach ihm.

Drüben. Die Stadt der Feen. Das Höllenmeer. All die Schrecken eines Weges, der nicht zu den Göttern führte, sondern von ihnen fort.

»Nach Kato?«, flüsterte er. »Ich soll nach Kato?«

Wie viel konnte in einem Wort liegen, wie viel Entsetzen, wie viel Unnennbares. Seine Finger krümmten sich zur Faust, umschlossen den Ring des Großkönigs, dessen Stein er nach innen gedreht trug. Er versuchte, darin Kraft zu finden, doch es ging ihm genau wie Tenira. Es war, als hätte ihn derselbe Wahnsinn getroffen. Auch er konnte nichts fühlen. Auch er war allein, und ohne Tizarun war die Welt leer.

»Nein!« Er weinte, ohne sich dafür zu schämen. »Nein, Tenira!«

»Geh«, sagte sie, »und dann komm zurück und mach die Sonne wieder ganz.«

Quinoc räusperte sich. »Es ist ein sehr, sehr langer Weg zum Nebelmeerhafen in Daja. Wer soll ihn dorthin bringen?«

Ich kann entkommen, dachte Wihaji plötzlich. *Vielleicht kann ich doch entkommen.*

»Das ist der lange Weg«, sagte Tenira gelassen. »Aber wir, Wihaji, mein Freund, wir nehmen den kurzen. Nur ein Schritt durch die Tür, ein einziger Schritt.«

»Tizarun ist nicht in Kato, er ist nicht verdammt!«, schrie er, aber während er es schrie, wusste er doch schon, dass es so war. Er hatte die Wahrheit an die Wand seiner Zelle gemalt. Doch Tenira, die Tizarun abgöttisch liebte, wusste nichts von seiner dunklen Seite, von der Schuld. Würden die Götter einem Mann, der die Sonne gewesen war, den Zutritt durchs flammende Tor verweigern?

»Ich werde dir die Tür öffnen«, sagte sie freundlich. Für einen Moment schien sie wieder das fröhliche Mädchen zu sein, das er von früher kannte. »Quinoc, der Brunnen. Bring ihn zum Brunnen.«

»Zum Springbrunnen?«, fragte Quinoc. »Im Garten?«

»Welcher sonst?«

Sie ging voraus, und Quinoc packte Wihaji am Arm und zerrte ihn mit sich. Schritt für Schritt folgten sie Teniras kleinen, kindlichen Fußspuren im schwarzen Schnee.

Wihaji kannte den Brunnen, da er an seinem Heimweg lag. Im Gegensatz zu all den großen Herrlichkeiten der großköniglichen Gärten war er geradezu bescheiden. Nur ein rundes Becken, von weißem Stein eingefasst, und drei Fontänen, die sich in der Mitte trafen. Jetzt im Winter waren die Wasserstrahlen filigrane Bögen aus Eis, und das Wasserbecken war mit Schnee und Asche gefüllt.

Eiskaltes Grauen packte ihn.

»Du bist ja wahnsinnig!«, rief er verzweifelt. »Völlig wahnsinnig! Tizarun ist tot, Tenira, er kann nicht wieder lebendig werden. Lass mich nach Hause gehen, bitte, lass mich gehen! Du weißt, ich bin unschuldig, lass mich nach Hause. Quinoc, sag doch etwas. Bring sie zur Vernunft, bitte!«

Quinoc schüttelte den Kopf. »Es tut mir leid«, sagte er heiser. »Danke den Göttern, dass du nur verbannt wirst und nicht Schlimmeres.«

»Nicht Schlimmeres?«, keuchte Wihaji. »Du willst mich in einer Pfütze ertränken!«

»Steig in das Becken«, befahl sie. »Du wirst nicht sterben, du wirst auf die andere Seite gehen. Und fürwahr, es gibt nichts Schlimmeres als das Höllenmeer.«

»Lass mich im Reich der Sonne, bitte! Reiß mich nicht aus der Obhut der guten Götter!«

Tenira lächelte, ein wildes, dunkles, schmerzerfülltes Lächeln.

»Geh, Wihaji. Geh mir aus den Augen. Geh den Tod suchen. Bring mir Tizaruns Seele.«

Flehend blickte er nach oben, wo der Himmel sich grau über ihm wölbte. »Nein«, flehte er, »oh nein, nein.« Er hätte nie gedacht, dass er jemals vor ihr auf die Knie fallen würde, dass er betteln würde, das Gesicht im Staub. Er hatte immer aufrecht sterben wollen, im Kampf, oder, wenn das nicht möglich war, in Würde und Gelassenheit. Nicht jammernd und verzweifelt.

Es war erbärmlich, aber er hatte längst keinen Stolz mehr.

»Bitte lass mich nach Hause, bitte, bitte, ich will nur nach Hause.« Es gab nichts, was er sich mehr wünschte als das. Und er dachte: *Vielleicht kann ich Quinoc niederschlagen und entkommen. Vielleicht kann ich fliehen, vielleicht...*

Aber er war zu schwach. Quinoc versetzte ihm einen Stoß in den Rücken, und er fiel über den eisüberzogenen Rand des Beckens und landete mit dem Gesicht im schmutzigen Schnee. Ein hohes Heulen wohnte in seiner Kehle; dieses Geräusch schien nicht von ihm zu stammen. Mühsam kämpfte er sich auf die Knie.

»Bring mir die Antwort«, befahl sie. »Du hast Tizarun nicht beschützt, du hast ihn verloren, also such ihn. Glaubst du, ich entlasse dich so einfach aus deiner Pflicht? Habe ich nicht gesagt, ich würde dich den Verdammten zum Fraß vorwerfen? Habe ich nicht gesagt, ich würde die, die du liebst, in Stücke schneiden? Hast du das vergessen?«

»Nein«, keuchte Wihaji.

»Am meisten liebst du Linua und Karim.«

Er brüllte auf wie ein verwundetes Tier und versuchte, aus dem Becken zu steigen, doch Quinoc stieß ihn zurück, und er fiel rücklings gegen eine der gefrorenen Fontänen, die in tausend Stücke zerbrach.

»Deine Braut gehört mir, bis du zurückkommst. Jeden Atemzug, den du vergeudest, wird sie tausendfach auskosten. Du willst dich aus dem Staub machen? Du willst fliehen, ohne deinen Auftrag zu erfüllen? Dann wisse: Ich werde den Schmerz in ihren süßen Leib brennen, ich werde deine Linua nehmen wie einen Singvogel, dem ich die Federn ausreiße, einzeln. Denk an sie mit Schmerz, und du wirst verstehen, wie ich an Tizarun denke. Ihre Haut wird weiß wie Schnee sein, wenn du zurückkommst, von all der Angst und dem Schmerz, und du wirst sie nicht mehr erkennen, denn jedes Jahr wird ihr gelten für zehn Jahre, wenn ich gnädig bin, oder für hundert, wenn ich es nicht bin. Wirst du dich beeilen, Wihaji, was glaubst du?«

Nun gab es doch etwas, das ihm mehr bedeutete, als nach Hause zu kommen. Von seinem Stolz hatte er sich schon verabschiedet, nun besaß er auch keine Sehnsucht mehr und keine Wünsche. Er war nichts als Angst und Liebe.

»Und Karim«, fuhr sie fort, »der sich so sorgfältig versteckt hat ... Ich werde ihn finden, das schwöre ich dir. Ich habe ihn und dich als Mörder meines Gemahls angeklagt, und ich werde nie aufhören, nach ihm zu suchen. Den fürchterlichen Brand wird man für ein bedauerliches Unglück halten. Die Verräter sind gestorben, aber wenigstens sind sie in den Augen des Volks unschuldig gestorben. Wir brauchen Schuldige, Wihaji, das wirst du verstehen. Wenn ich Karim gefasst habe, wird er sterben, wie nie irgendjemand gestorben ist. Wisse, während du fort bist, dass du nicht der Einzige bist, der leiden wird.«

»Ich werde es tun!«, rief er aus. »Ich tue alles, was du willst, nur lass Linua und Karim gehen! Bitte, Tenira, bei Tizaruns Liebe zu dir, bei all den Göttern, ich werde alles daransetzen, um dir zu bringen, was du willst, aber lass sie gehen!«

»Du kannst nicht verhandeln«, sagte sie. »Ich werde dich losschicken wie einen Pfeil, der von der Sehne schnellt, ungestüm in seinem Flug, bis er trifft. Du wirst fliegen, Wihaji, oh ja, das wirst du, mit dem Sturm. Aber Linua bleibt bei mir, und du wirst diesem Wissen nicht entkommen. Wenn du an Linua denkst, wirst du an Tizarun denken müssen, und wenn du von ihr träumst, wirst du sein Bild vor dir sehen. Wirst du nach seiner Seele suchen mit deiner ganzen Kraft und deiner Leidenschaft und all deiner Liebe? Wird es irgendetwas anderes geben können in deinem Leben, das ich mit dem Tod verflochten habe, so eng, dass du nicht mehr weißt, wer lebt oder wer stirbt – du oder sie?«

Er konnte nicht antworten, stumm vor Entsetzen. Im Brunnen bewegten sich scharfkantige Eisbrocken, die unter seinem Gewicht wie zerbrochenes Glas knirschten.

»Es wäre leichter, wenn du freiwillig springen würdest«, sagte Tenira.

»Wie?«, schrie er. »Wie denn?«

Da stieg Quinoc über den Rand, packte Wihaji bei den Schultern und drückte ihn mit dem Gesicht in den Schnee.

Sein Mund füllte sich mit Asche, er versuchte zu atmen, doch da war nur Schnee und Kälte und Wasser und Dunkelheit. Wihaji wehrte sich, er zappelte, seine Beine zuckten, traten gegen den Beckenrand. Seine Hände krallten sich in den Schnee, bis seine Fingernägel über Eis und Steine kratzten, und dann war auch der Stein weg, da war nur schwarzes Wasser, und der Schmerz in seinem Brustkorb explodierte.

Und er fiel durch die Tür.

Dilayas Hände zitterten, während sie ihr goldenes Haar unter die Haube steckte. Strähne für Strähne verbarg sie unter dem feinen weißen Stoff.

Dann rückte sie ihre Schürze zurecht. Auch sie war weiß und makellos fleckenfrei. Das schlichte hellbraune Kleid kratzte auf der Haut, die Schnürung war nicht hinten am Rücken, sondern vorne, sodass man sich ohne Hilfe einer Zofe selbst anziehen konnte. Dienstmädchen hatten keine Zofen.

Laikan saß auf dem Bett und betrachtete sie mit gerunzelter Stirn.

»Meinst du, es genügt?«, fragte sie. »Man wird mich trotzdem erkennen.«

»Nein, wird man nicht, du siehst aus wie eine Magd. Wer hat dich denn schon bemerkt? Tenira? Sie hat nur eine Prinzessin gesehen, sie würde dich nicht erkennen, wenn du direkt vor ihr stündest. Halte den Kopf gesenkt, so, ja. Niemand wird auf dich achten, Dilaya.«

»Ich muss die Stadt verlassen. Ich kann nicht hier im Palast bleiben, Laikan, ich halte es nicht aus!«

Er stand auf und legte seine Hände an ihre Wangen. »Doch, du hältst es aus. Wenn ich dich in einer Kutsche herausschmuggle, werden die Soldaten dich finden. Wir werden fliehen, aber noch nicht jetzt. Erst wenn ihre Wachsamkeit nachlässt.«

»Ich habe solche Angst.«

Sie hatte gedacht, sie wäre verliebt, doch nun spürte sie keine Liebe mehr. Nun war die Angst alles, was ihr geblieben war.

»Du bist in Sicherheit«, flüsterte er. »Bei mir. Du hast überlebt, weil du in der Brandnacht bei mir warst, und du wirst überleben, wenn du auch weiterhin bei mir bleibst und auf mich hörst. Ich beschütze dich, kleine Prinzessin. Immer.«

Er öffnete die Tür zu einem der zierlichen Balkone, die sich an die Außenmauer des Palastes schmiegten. Unter ihnen lag Wajun.

Die Luft roch streng und beißend nach Rauch.

Die Stadt der Sonne brannte.

TEIL III:
BLUMEN WACHSEN ZWISCHEN STEINEN

26. STERNBLUME

Von ferne grollte der Donner, ein tiefes Brummen wie aus der Kehle eines erkälteten Jungen im Stimmbruch. Es ging ihr durch und durch. Linua lehnte sich an die kalte, raue Mauer, schloss die Augen und horchte auf das Gewitter, das sich langsam anbahnte. Sie sehnte sich nach dem Sturm und seiner Macht. In der ganzen Welt gab es nichts Köstlicheres, als den Wind im Gesicht und den Regen im Haar zu spüren.

Vier Jahre.

Vier Jahre in Gefangenschaft, und ihre Sehnsucht war groß genug, um die Welt zu zerstören.

Doch da war nur die harte Wand, die sich an ihren Rücken presste. Ihre Träume waren weich gegen die unzerstörbaren Steine der Gefängnismauern. Wenn der Sturm nur ein wenig mächtiger gewesen wäre! Wenn er dieses eine Mal die Kraft besessen hätte, die Mauern niederzureißen und die Türme in die Knie zu zwingen! Wenn ihre Wünsche und Gebete die Götter zum Handeln zwingen könnten!

Denn das wünschte sie sich – dass die Erde bebte und alles einstürzte, alle Häuser, alle Burgen, alle Gefängnisse. Dass die Steine knirschend auseinanderbrachen und krachend fielen, und was sie zerschmetterten, wen kümmerte es?

»Steh auf!«, bellte eine scharfe Stimme. Sie klang kalt und dünn wie das Eis auf einer schmutzigen Pfütze.

Linua öffnete die Augen und sah eine Wächterin vor sich stehen, eine großgewachsene, muskelbepackte Frau mit Augen wie aus mattem Eisen. In der Hand hielt sie den Schlagstock.

Auch vor diesen endlos langen, unendlich schrecklichen Jahren im Gefängnis von Burg Katall hatte Linua sich weder vor Schmerzen noch vor dem Tod gefürchtet. Mittlerweile war ihr der Schmerz beinahe willkommen. Alles war besser, als sich in den Gedanken an Wind und Regen zu verlieren, an ein dunkles Gesicht mit strahlenden Augen, an eine Stimme, die verzweifelt ihren Namen schrie. Linua ließ ihren Blick kurz auf dem Stock der Wächterin ruhen. Schmerz war ihr Verbündeter. Die Wärter glaubten, sie besäßen Macht, weil sie ihr wehtun konnten; sie wussten nichts, überhaupt nichts. Ein einziger Name, den Linua in sich trug, war alles für sie: Hoffnung, Verzweiflung, Leid, Leben.

Wihaji. Fürst Wihaji von Lhe'tah.

Vier Jahre lang hatte sie von diesem Namen gelebt, ihn geatmet, ihn gegessen, ihn getrunken, ihn wie einen Verband über die Wunden gelegt, die ihre bösartigen Hüter ihr zugefügt hatten.

»Los, wird's bald!«

Linua fühlte den Donner bis in ihr Blut hinein. Ohne darüber nachzudenken, ohne den Entschluss dazu zu fassen, stemmte sie die Hände gegen den Boden, drückte sich von der Wand ab und schnellte mit den Füßen voran nach oben. Sie trat der Wächterin mit voller Wucht in die Magengrube, sprang nach vorne und versetzte ihr mit ihrem eigenen Schlagstock einen solchen Hieb ins Gesicht, dass die Frau nach hinten taumelte und stürzte, ohne auch nur einen Laut von sich zu geben.

Ich könnte sie töten, dachte Linua und sah auf die nun wehrlose Wächterin hinunter, der das Blut aus dem Mund lief. *In ihren Augen ist ein solcher Schrecken, eine solche entsetzliche Erwartung, dass ich es zu Ende bringe – ein Grund dafür, es nicht zu tun.* Sie lächelte und wandte sich ab, und da erst wurde ihr klar, was sie getan hatte.

»Oh Lin, du bist verrückt! Dafür werden sie uns alle bestrafen!« Usita, eine kleine hellhaarige Frau mit einem Gesicht voller tiefer Narben, fing sofort an zu jammern. »Oh Lin, was hast du bloß gemacht! Du hast ihr den Kiefer gebrochen!«

»Ich glaube nicht«, sagte Linua ruhig. »Sie hat sich auf die Zunge gebissen und vielleicht ein paar Zähne verloren. Sie wird es überleben.«

»Oh, oh«, stöhnte Usita ängstlich. »Aber wirst du das überleben?«

Linua konnte nicht erklären, warum sie sich dazu hatte hinreißen lassen. Vier Jahre lang hatte sie alles über sich ergehen lassen, vier Jahre lang war sie die Frau gewesen, die sie sein wollte, eine, die liebte, wartete und litt. Es war, als hätte der Donner einen Reflex ausgelöst und sie für einen Moment in ihr altes Dasein zurückgeworfen, so vollständig, dass sie sich nicht hatte wehren können. Sich verstellen – ja, das war auch etwas, was sie gelernt hatte, aber sie hatte sich so gründlich verstellt, dass sie schließlich geworden war, was ihresgleichen stets verachtet hatte: schwach.

Linua blickte sich in der Gruppe der Gefangenen um. Sie kannte jedes dieser Gesichter mittlerweile besser als irgendeinen anderen Menschen auf dieser Welt. Sie kannte diese Augen, trotzig, resigniert, kalt, wütend und leer. Manchmal war Mitleid in ihr hochgestiegen mit diesen anderen Frauen, an denen sie sah, wie zerstörerisch dieses Leben, dieses Nichtleben hier war. Irgendwann hatte sie dann erkannt, dass sie versucht hatte, sich selbst in den Gesichtern zu sehen und ihr eigenes Schicksal in ihnen zu betrauern. Doch das war jetzt vorbei. Sie sah die anderen an und hatte kein Mitleid mehr. Sie würden sie nicht decken. Nur Usita würde zu ihr halten und beteuern, dass es ein Unfall gewesen war, doch das würde nichts helfen. Ein einziger Moment, in dem Linua die Kontrolle verloren hatte, und auf einen Schlag war es vorbei.

Nun hatte es keinen Zweck, sich wieder in ein kleines, hilfloses Geschöpf zurückzuverwandeln. Stiryan hatte endlich doch bekommen, worauf er aus gewesen war, seit sie hier eingeliefert worden war: den Beweis dafür, dass sie etwas verbarg. Dass sie mehr war als eine kleine ehemalige Sklavin, die einen mächtigen Fürsten bezirzt hatte. Bisher hatte er gezweifelt, nun würde er das nicht mehr tun. Vielleicht erlangte er jetzt endlich von Großkönigin Tenira die Genehmigung, die Folter bis zum Ende durchzuziehen. Es gab nur eine Möglichkeit, wie sie sich retten konnte: Sie musste hier raus. Ob es ein Fehler gewesen war, ihre Stärke zu zeigen, oder ob sie sich lange genug verleugnet hatte, darüber konnte sie später nachdenken. Bis jetzt war das Wichtigste gewesen, das Mädchen zu retten, das lieben gelernt hatte, es vor ihrem alten Selbst zu beschützen. Doch nun hatten sich ihre Prioritäten geändert: Wichtig war nur, dass sie die Mauern überwand und das Gefängnis hinter sich ließ. Sonst nichts.

Linua beugte sich zu der stöhnenden Wächterin hinunter und durchsuchte sie, bis sie den Schlüsselbund fand, der nicht an ihrem Gürtel hing, sondern in einer ihrer Taschen klimperte.

»Lin...«, jammerte Usita.

»Sei still«, befahl Linua. Sogar ihre Stimme hatte sich verändert, und unter ihrer Zunge, die sich ans Wajunische gewöhnt hatte, waren tausend kancharische Wörter gefangen. »In den Kerker wird uns dafür niemand werfen, wir sind schon drin. Also stell dich nicht so an.«

»Sie werden dich schlagen«, prophezeite Usita, »und dann stecken sie dich in die dunkelste Zelle, um dich zu foltern, und dann bringen sie dich um. Bitte, Lin, lass es! Hör einfach damit auf!«

»Dein Schicksal ist uns gleich«, sagte eine der anderen Frauen zornig. »Aber sie werden es auch an uns auslassen!«

»Ist es das, wovor ihr euch fürchtet?« Linua steckte sofort den richtigen Schlüssel ins Schloss. »Dass ihr geschlagen werdet? Sie schlagen euch sowieso. Die dunkle Zelle? Die kenne ich bereits zur Genüge. Hinrichtung? Das wäre ja mal was Neues.«

Es knirschte leise, als sie die schwere Tür öffnete. Der Gang dahinter war hell erleuchtet, aber die Öllaternen flirrten unruhig. Leider waren es keine magischen Lampen, die bei heftigen Gewittern manchmal ausgingen; es hieß, dass der Zorn der Götter sie auslöschte. Doch selbst im besten Gefängnis von ganz Le-Wajun gab es keine Annehmlichkeiten durch Magie.

Als sie die Tür hinter sich zuziehen wollte, stieß sie auf einmal auf Widerstand.

»Wenn schon, dann wollen wir dabei sein«, hörte sie Usita flüstern, und eine nach der anderen schlichen die anderen Frauen hinterher.

Linua konnte sie nicht zurückschicken, auch wenn sie sie

behindern würden. Helfen konnte sie ihnen allerdings auch nicht. Sogar Usita, ihre einzige Freundin, würde sie im Stich lassen müssen, wenn sie sich selbst retten wollte. Ein Teil von ihr reagierte mit Abscheu auf diese Kaltherzigkeit, aber sie streifte den Gedanken einfach ab und konzentrierte sich auf das, was vor ihr lag.

Der Gang führte an vielen schweren Türen vorbei. Die Stimmen dahinter klangen laut und feindselig, sie fluchten und schrien. Doch der Donner, der die Mauern erschütterte, übertönte alles. Er war wie ein Weckruf aus der Enge der Zellen.

Die Frauen folgten ihr den Gang hinunter, um zwei Biegungen herum und eine Treppe hinauf. Dann standen sie vor einer Tür, die verschlossen war. Mit ruhigen Händen suchte Linua den richtigen Schlüssel heraus. Sie zitterte nicht, trotz der Eile, und selbst ihr Atem ging ruhig. Mit einem säuerlichen Lächeln hieß sie ihr altes Selbst willkommen, während sie den Schlüssel im Schloss umdrehte und die Tür aufstieß.

Es war, als würde sie ins Gewitter treten. Sie stieg mitten in den Sturm hinein. Der Donner schlug ihr mit einer solchen Macht entgegen, dass sie zurückprallte. Nur einen Schritt machte sie nach vorne und war schon bis auf die Haut durchnässt. Der Regen fiel so heftig, dass Linua die Mauer des Innenhofs nicht erkennen konnte, obwohl sie wusste, dass sie nur ein paar Meter weit entfernt war. Es war eine Nacht voller Kälte, Regen und Lärm, ein Albtraum, der um sie herumwirbelte, und in dem sie sich doch vorkam wie eine selig Träumende. Sie atmete tief ein, blickte hoch in den Himmel und atmete langsam aus.

Es tut mir so leid, dachte sie. *So leid, Wihaji.*

Hinter ihr drängten die anderen Gefangenen nach draußen, und im selben Moment tauchte plötzlich wie aus dem Nichts die Gestalt einer Wächterin auf. Ihr schriller Pfiff ging im Krachen des Donners unter.

Linua handelte sofort. Sie griff an, bevor die Frau Zeit hatte, ihre Waffe zu ziehen, und schlug zu, so hart sie konnte. Die Wächterin taumelte rückwärts, fing sich aber wieder auf und griff ihrerseits an. Linua kämpfte wie eine Wilde. Sie spürte die Schläge nicht. Sie wusste nichts davon, dass ihr das Blut aus Mund und Nase floss. Sie fühlte sich wie ein Teil des Gewitters, sie war der Donner, der Blitz und der Sturm. Sie schlug um sich, sie trat, sie tanzte, sie entriss ihrer Gegnerin den Schlagstock und holte damit aus. Knochen splitterten; es war das schönste Geräusch, das sie je gehört hatte.

Von überallher tauchten weitere Wächter auf. Sie alle schlugen auf sie ein. Schmerz durchzog sie grell wie Blitze und hart wie der Donner, und Linua kämpfte immer noch. Sie hörte sich schreien, während ihre Beine hochzuckten wie im Tanz, ihre Füße traten und trafen, ihre Arme auf andere Arme und Köpfe einhämmerten, ihre Fäuste fremde Haut berührten, so kurz, dass sie sie kaum wahrnahm als Haut, flüchtige Begegnungen des Schmerzes. Sie wand sich, sie drehte sich, sie duckte sich hindurch unter den Schlägen und, den eigenen Schrei unwiderstehlich in den Ohren, brach durch die Linie der Wächter.

Einen Moment lang, vergänglich wie das Zucken des Blitzes, war sie frei. Der Schlag in den Rücken, der sie fällte, verschmolz mit dem Donnerschlag. Ihr war, als würde ihr das Gewitter selbst in den Rücken fahren und sie hinwerfen, mitleidslos, hinein in den Schmerz. Die Welt wurde dunkel, grell dunkel. Ihre Wange ruhte auf den rauen Pflastersteinen. Und da, genau vor ihren Augen, sah sie ein kleines Unkraut wachsen wie einen Dämmerstreif in der Finsternis, eine winzige Pflanze mit einer noch winzigeren Blüte, ein kleines weißes Sternchen, das leuchtete.

Der Schmerz war noch da. Linua brauchte die Augen nicht zu öffnen, um es zu wissen. Er war überall. In ihr. Sie selbst war der Schmerz. Sie fühlte es, und in ihr lächelte es, als sie nach ihm griff. Sie streckte sich bis in die Zehen, bis in die Fingerspitzen und zog ihn zu sich heran, den Schmerz, all die glühenden Fäden der Pein. Sie zog sich die Schmerzfäden durch den Leib, als würde sie sich die Seele selbst herausreißen. Ihr Atem setzte aus, aber sie holte einen Faden nach dem anderen heran, wie Schiffsanker, die aus der Tiefe emporgewunden werden, und wickelte sie zu einem Knäuel, zu einer geballten Masse glühender Fäden. Einen Moment lang hielt sie die weiße strahlende Kugel auf ihrer Handfläche, dann öffnete sie die dunkle Tür in ihrer Seele und warf die Kugel dahinter in den schwarzen stillen Raum.

Linua öffnete die Augen. Licht blendete sie, trotzdem konnte sie sehen, dass die Decke weiß war. Es war nicht die Decke ihrer Zelle, die aus grob behauenen Balken gefügt war. Es war auch nicht die Decke der Einzelzelle tief unten im Verlies; jene war gewölbt, aus großen Ziegeln. Hier jedoch war nur glatter, gekalkter Fels. Sie erinnerte sich an diesen Raum. Ihr ganzer Körper erinnerte sich.

»Stiryan?«, flüsterte sie, ohne den Kopf zu drehen. Ihre Zunge war geschwollen und schmeckte nach Blut.

»Du weißt also, wo du bist.« Die Stimme des Obersten Aufsehers klang freundlich wie immer. Immerwährende Höflichkeit war seine beste Waffe. Man wusste später nicht, wie man so einfache Worte wie »bitte« und »gerne« benutzen sollte, ohne dabei an ihn zu denken.

Linua versuchte ein kurzes, höhnisches Lachen, das ihr kläglich misslang.

»Ja, du bist hier bei mir, Liebes. Wieder einmal. Nun, sind wir weitergekommen? Bist du da, wo du hinwolltest?«

Ja, dachte Linua, *da bin ich jetzt. Mitten im Schmerz, den ich in meiner Mitte versenkt habe. So fern von allem, so fern wie nur möglich. Wie ein Vogel, hoch oben, der fliegt. Wie eine Blume zwischen den Steinen.*

Einer, der kämpft, und einer wird geliebt. Sie hätte nicht sagen können, woher die Worte kamen, aber sie gaben ihr Kraft. *Ich kann kämpfen*, dachte sie, *denn ich werde geliebt. Er kann mich nicht besiegen.*

»Es wäre so viel einfacher, Kind, wenn du endlich sagen würdest, was du weißt. Für uns und auch für dich. Viel, viel einfacher. Bitte, gib dir einen Ruck und spiel mit.«

Sie schwieg, denn es gab nichts zu sagen. Es hatte noch nie etwas zu sagen gegeben. Tenira hatte sie befragt und nichts, aber auch gar nichts herausbekommen. Linua hatte mit Tizaruns Tod weitaus mehr zu tun, als sie ihnen je sagen würde. Nein, sie hatte ihn nicht vergiftet. Aber sie hatte ihn auch nicht gerettet. Sie hatte Karim tun lassen, was er tun musste, und sich darauf beschränkt, Wihajis Leben zu retten. Doch hatte sie das wirklich? Sie wusste nichts über sein Schicksal. Jede qualvolle Begegnung mit Stiryan, dem Foltermeister der Burg, barg die Chance in sich, dass er ihr etwas verriet.

Ihre eigene Wahrheit verbarg sie hinter Lügen und Tränen, und selbst Tenira konnte gar nicht anders, als ihr zu glauben. Dass die Großkönigin Stiryan trotzdem angewiesen hatte, Linua Geständnisse zu entlocken, diente nur Teniras kleinlicher Rachsucht.

Er versuchte es immer wieder. Linua wusste, dass er ihr Schweigen persönlich nahm, dass er diese Befragungen als einen Krieg zwischen ihnen beiden betrachtete. Trotzdem hatte sie ihm nichts zu sagen; alles, was vor Wihaji gewesen war, gehörte nicht mehr zu ihr. Auch damals, in den ersten Tagen auf Burg Katall, hatte sie nichts zu sagen gehabt. Stiryan befragte sie mit Eifer, als hinge es von ihm persönlich ab, den Mord an Großkönig Tizarun aufzuklären. Dabei hatte Linua den Thron der Wahrheit überstanden; jeder Wüstendämon war darauf vorbereitet, den Wahrheitszauber auszutricksen.

»Tenira weiß, dass ich unschuldig bin«, hatte sie ihm damals schon erzählt.

»Ach ja? Mir hat sie etwas anderes gesagt. Sie hat mit mir persönlich gesprochen, die göttliche Großkönigin, sie hat mich angewiesen, ein paar Dinge aus dir herauszuholen, die du offenkundig verbirgst.«

»Tenira lügt.«

»Du wagst es, die Sonne von Wajun der Lüge zu bezichtigen? Hast du vergessen, wer sie ist? Hast du vergessen, dass die Götter selbst durch ihre Zunge reden?« Er war unglaublich wütend gewesen, aber später hatte er sie wieder fast mitleidsvoll angesehen. »Wundere dich nicht, Mädchen, dass man dir wehtut, wenn du so über unsere Großkönigin sprichst. Tenira lügt nicht. Du bist es, die lügt.«

»Wo ist Wihaji?« Damals hatte sie noch die Hoffnung gehegt, sie könnten gemeinsam fliehen. »Ist er auch hier? Foltert ihr ihn auch?«

»Mir scheint, du hast etwas noch nicht begriffen. Nicht wir sind es, die hier antworten müssen. Du bist es. Du bist es, die alles sagen muss, was sie weiß.«

Wie oft hatten sie dieses Gespräch in den vergangenen vier Jahren geführt? Jedes Mal machte es ihn wütend, wenn Linua Tenira der Lüge bezichtigte, und jedes Mal tat sie es, vielleicht aus einem selbstzerstörerischen Impuls heraus, den sie nicht unterdrücken konnte. Lange hatte sie sich gefragt, zu welchem Zweck sie hier war, bis sie glaubte, die Antwort zu kennen: Sie war hier, um zu leiden.

Und sie litt. Das zarte Mädchen, das Wihaji liebte, konnte den Schmerz nicht einfangen und verbannen. Sie hatte keine Antworten. Nur Tränen. Was hatte sie geweint damals, tagelang, nächtelang, bis sie keine Tränen mehr besaß, und darüber hinaus. Geheult und geschluchzt und gejammert und geklagt hatte sie. Gestöhnt und geseufzt und geschrien. Sie hatte an dem Mädchen festhalten wollen, das sie geworden war, als sie Wihaji kennengelernt hatte: mit einem Herzen voller Gefühle.

Doch heute, in dem Gewitter, war eine andere Linua zum Vorschein gekommen, die sie längst tot geglaubt hatte, eine andere, die sich verborgen halten musste und doch immer da gewesen war. Jetzt war sie dort, wo sie nie wieder hatte sein wollen. Jenseits der Tränen, auf der anderen Seite des Schmerzes, wo es kein Weinen mehr gab.

Und dahinter lag noch etwas anderes, das ihr selbst fremd war; sie hatte es gesehen, als sie die Tür geöffnet hatte, und war überrascht gewesen. In ihrem Herzen waren Stärke und Kälte, aber dahinter in der Stille wartete etwas, das sie nie für möglich gehalten hatte – Gesang.

»Was ist nur aus dem Mädchen geworden, das du damals

warst?«, fragte Stiryan mit dieser mitfühlenden Stimme, mit der er schon damals erfolglos gewesen war. »Dieses empfindsame, heulende Mädchen, das unablässig seine Unschuld betont hat?«

»Ihr habt es getötet«, flüsterte Linua. Hier in der Festung war es gestorben, dieses freundliche, sanfte Mädchen, das Wihaji geliebt hatte. Katall war mörderisch. Es machte sie so wütend, dass sie hätte töten können, und sie würde töten, das war unausweichlich. Es gab keine Hoffnung mehr für die Verlobte des schwarzen Fürsten.

»Aber vielleicht«, Stiryan beugte sich zu ihrem Ohr hinab und flüsterte ebenfalls, »vielleicht hast du ja jetzt erst dein wahres Gesicht gezeigt? Nicht das Gesicht der Unschuld, sondern das Gesicht einer Mörderin?«

»Ich bin keine Mörderin.«

»Wer hat dir beigebracht, so zu kämpfen? Doch nicht diese feigen Huren aus deiner Zelle? Das glaubst du doch selbst nicht. Wer bist du, Linua?« Sie spürte seinen sanften Atem in ihrem Ohr. »Wer bist du?«

Ich bin ein Stern zwischen den Steinen. Ich bin eine Nacht, die über den Tag hereinbricht. Ich bin ein Splittern und ein Schrei.

Nie, niemals würde irgendjemand das verstehen, wenn sie es doch selbst nicht konnte. Die Kämpferin Linua war wieder da, das einsame Kind, das in der glühenden Hitze Kanchars zu einer Waffe geschmiedet worden war, aber da war noch etwas, das aufgebrochen war, etwas so tief Verschüttetes, dass sie es selbst nicht einmal kannte, geschweige denn ihm einen Namen geben konnte.

Gefühle. Bilder. Ja, Bilder von Licht, wie eine Flut, die über den geborstenen Damm hereinbricht. Sie öffnete ihnen ihr Herz und hielt sie aus und bot ihnen ihr Schweigen dar wie eine Gabe in der ausgestreckten Hand. *Ich rufe euch nicht, nein. Ich rufe euch nicht, ich rufe mich selbst nicht, denn ich habe Angst vor dem, was ich rufen könnte.*

Linua wusste nicht, mit wem sie da sprach. Warum wusste sie es nicht? Auch diese Erschütterung war wie ein Gewitter, genauso unwiderstehlich, aber nicht wie die Macht des Donners, die in ihr die Kämpferin geweckt hatte, sondern die größere Macht der

Stille, der Augenblick des Blitzes, der die Nacht zerreißt. Da war etwas, das geweckt werden wollte.

»Wer würde das verstehen? Etwa Stiryan, der sie mit so viel Verständnis betrachtete?

»Ist das Euer einziger Wunsch?«, flüsterte sie und fühlte ihr Lächeln dicht hinter ihren aufgesprungenen Lippen. »Zu wissen, wer ich bin?«

Stiryans Stimme klang so viel sanfter als seine Worte. »Du wirst bezahlen, Linua. Für jeden gebrochenen Knochen wirst du bezahlen. Du wirst diese verrückte Tat bereuen, mein Kind, so sehr bereuen, bis dir endlich einfällt, was du uns sagen kannst. Du wirst uns so viel zu sagen haben, dass du danach schreien wirst, dass jemand dir zuhört. Wenn die Worte erst aus dir heraussprudeln, werden nicht genug Gefäße da sein, um all das aufzufangen, was aus dir herausströmt. Das verspreche ich dir, Liebes. Du wirst so etwas nie wieder versuchen.«

»Wollt Ihr mir drohen?« Sie versuchte, dieses Mal nicht zu lachen. Besser kein Lachen als ein jämmerliches, das nach einer Angst klang, die sie nicht fühlte.

»Du sollst am Leben bleiben«, sagte Stiryan. »Daran kann ich nichts ändern. Es ist Teniras Wille, dass ich dich nicht töte und nicht breche. Sie wollte, dass du nie die Fähigkeit verlierst zu leiden. Ich habe diese Einschränkung am Anfang verflucht, aber nun wirst du es sein, die darüber fluchen wird. Du sollst deinen Verstand behalten. Auch das schließt so manches aus, was ich gerne getan hätte, damit du endlich deinen wahnsinnigen Widerstand aufgibst. Aber wer möchte bei vollem Verstand sein, wenn ich damit beginne, dich zu lehren, wer hier der Herr ist? Du bist nichts. Ein einziges Nichts bist du. Und du wirst dir wünschen, noch viel mehr Nichts zu sein.«

Ich bin ein Vogel, der fliegt. Hoch oben. Zwischen den Monden. Ich trage sie um den Hals wie Perlen, all die silbernen Monde. Die Sonne ist mein. Sie ruht auf meiner Hand wie ein schlafender Schatz. Ich schließe meine Finger, und es ist dunkel. Es ist dunkel und kalt. Immer. Es wird nie wieder Sommer sein. Nie wieder

Morgen. Der Schmerz ist die Schale um den Kern, der ich bin. Ich habe ihn dort hineingelassen, in mein Innerstes, und nun stört er die schlafende Sonne ... Ich bin der Keimling, der aus der Erde bricht, weiß und zart und voller Kraft.

»Wer bist du?«, wiederholte Stiryan. »Wie konntest du so viel aushalten? Vier Jahre lang? Jede andere wäre zusammengebrochen, jede andere hätte mir ein falsches Geständnis nach dem anderen vor die Füße geworfen. Warum tust du es nicht? Warum bekennst du nicht deine Schuld, selbst wenn du nichts getan hast? Warum suchst du nicht nach irgendetwas, was du mir geben könntest, damit ich zufrieden bin? Du bist zu stark, Linua, das hat dich verraten. Du bist nicht nur das einfache Sklavenmädchen, das gelernt hat, alles zu erdulden. Du bist – soll ich dir sagen, was ich glaube, was du bist?«

Sie lächelte, ganz leicht, mit aufgesprungenen Lippen.

Er beugte sich zu ihr. »Du bist eine Spionin aus Kanchar. Du bist nach Le-Wajun gekommen, um den Großkönig zu ermorden, und du hast es getan. Am Anfang hätte ich das nie von dir geglaubt, als du so elend und heulend vor mir gesessen hast und so ein hübsches, gequältes Mädchen warst. Es wirkte alles so echt. Aber das ist lange her, Linua, und du hast deine Rolle nicht durchgehalten. Niemand, der keine jahrelange Ausbildung genossen hat, kann so kämpfen wie du. Ich habe die Wächter gesehen, die dir im Weg standen, und glaub mir, ich werde nie wieder an das Märchen von der armen Unschuld glauben.«

Sie blickte ihm in die Augen. »Wenn ich wirklich eine Wüstendämonin wäre, könntest du mich dann mit irgendetwas bedrohen? Sie sind die Kinder von Kelta und Kalini. Sie fürchten keinen Schmerz, denn sie sind mit dem Tod verlobt, und die dunklen Göttinnen wachen über sie. So heißt es doch, nicht wahr?«

Stiryan erwiderte den Blick mit seinen steingrauen Augen. »Ist es wahr, dass Wüstendämonen den Schmerz in einen Winkel ihres Geistes verbannen können, dorthin, wo er ihnen nichts anhaben kann?«

»Ich weiß nicht«, sagte sie. »Vielleicht gibt es sie auch gar nicht, und alles, was man über sie erzählt, sind nichts als Gerüchte, um ein Volk zu erschrecken, das sich davor fürchtet, zu den Göttern zu gehen, die es verehrt.«

»Selbst wenn du keinen Schmerz fühlen kannst, kann ich deinen Körper zerstören«, sagte er mit einer Stimme, die zärtlich klang und nahezu väterlich. »Ich kann deine Schönheit vernichten, ganz langsam. Ich kann dich zu einem Wesen machen, vor dem jeder zurückschreckt, und das dem Tod niemals begegnet, den es erfleht. Natürlich fürchtet ein wahrer Wüstendämon sich auch davor nicht, natürlich verachtet ihr das Fleisch und seine Bedürfnisse, dort oben in dem unberührbaren Winkel eures Geistes. Aber vielleicht auch nicht so sehr, wie ihr selber glaubt? Ich habe vor, es herauszufinden, Linua. Wir werden es beide herausfinden. Nun da ich weiß, wer du bist ... Gestehe es, mein Kind. Wen willst du noch schützen? Dich schützt du schon lange nicht mehr. Sag es mir. Sag es, und ich werde ein wenig von deinem Leid von dir nehmen. Sag es, für eine Hand voll Tränen weniger.«

Ich trug die Monde wie eine Kette um meinen Hals und einer brannte sich in meine Haut ein.

Sie sah das Messer in seiner Hand, dicht vor ihren Augen. Nach allem, was sie in diesem Raum bereits gesehen hatte, war dies eine belanglose Waffe, so gewöhnlich und einfallslos, dass es schon fast lächerlich war. Aber Styrian blickte sie an, als hätten all die Qualen, die sie bereits erduldet hatte, nichts mit dem zu tun, was jetzt begann.

Linua fühlte die Schneide durch ihr Gesicht gleiten und fing den Schmerz auf. Sie schob ihn über die Schwelle ihrer geheimen inneren Kammer und mästete die glühende Kugel dahinter, bis sie prall und fett war und gegen die Tür drückte, um zu entkommen. Doch sie hielt den Raum fest verschlossen und ließ nichts von dem heraus, was darin war, weder die Sonne noch den Gesang.

»Sag es«, forderte der Oberste Aufseher so nah an ihrem Gesicht, dass es sich wie ein Kuss auf ihrer geschundenen Wange anfühlte. »Sag es, sag es mir jetzt. Wer bist du? Was weißt du? Sag es!«

»Ich bin frei«, flüsterte Linua.

27. DIE LETZTE HOFFNUNG

»Sie lebt! Stellt euch vor, sie lebt noch!« Usita beugte sich über sie und legte ihr die Hand auf die Stirn.

Linua stöhnte auf. Ein Hammer klopfte hinter ihrer Schläfe.

»Jede andere hätten sie dafür an die Mauerzinne gehängt.«

»Sprich nicht mit ihr.« Olaja war eine drahtige Frau, deren langes Haar ihr immer ins Gesicht hing, als würde sie sich selbst dahinter gefangen halten. Sie rief ihren ungebetenen Ratschlag aus der anderen Ecke der Zelle herüber.

»Warum nicht?«, fragte Usita.

»Warum ist dein Liebling schon wieder da? Denk doch selber nach.«

»Das ist nicht wahr, oder?« Usita betrachtete Linua fast liebevoll. »Dass du bei ... Stiryan warst?« Nur Verräterinnen bekamen den Herrn von Katall persönlich zu Gesicht.

Linua öffnete die Augen und schloss sie schnell wieder. Die Welt drehte sich und wollte nicht damit aufhören. Es tat gut, noch eine kleine Weile liegen zu bleiben. Vorsichtig betastete sie ihr geschundenes Gesicht. Ihre Nase war dick angeschwollen. Über ihre Wangen liefen wie tiefe Schluchten die Spuren des Messers, gefüllt mit getrocknetem Blut. Usita ergriff ihr Handgelenk und hielt sie fest. »Vorsicht. Die ist wahrscheinlich gebrochen.«

»Oh ihr Götter.« Sie war erstaunt darüber, wie nah die Tränen ihr auf einmal wieder waren. Meine Schönheit. Würde sie um ihre Schönheit weinen? *Nein*, entschied sie für sich. *Nein, auch darum werde ich nicht weinen. Nie wieder werde ich weinen, bei allen Göttern, die mich verflucht haben, niemals. Das Mädchen, das Wihaji liebte, ist tot.*

»Was wollte er von dir?« Die anderen Frauen ließen nicht lo-

cker. Diesmal war es Ibra, ein mageres Mädchen mit einem erstarrten Gesicht und Augen, verhärtet bis zur Bewegungslosigkeit.
»Womit sollst du uns als Nächstes hereinlegen?«
»Hereinlegen?« Linua brachte ein Lachen zustande, das belustigt und verächtlich zugleich klang. »Ich euch? Wer ist mir denn nachgerannt, ohne dass ich euch darum gebeten hätte?«
Sie wollte ihnen nicht zuhören. Ihre eigenen Gedanken woben verschlungene Netze im Wald ihrer Träume. *Wer bist du?*, hatte er gefragt, und nun nahmen die Weberinnen den Faden auf und spannen ein Lied, und jede dieser Strophen war ein Name. *Wihaji. Oh Wihaji, Geliebter.*
»Mit einer zusammengeschlagenen Wächterin in einer Zelle gefunden zu werden macht sich auch nicht so gut. Dann bleibt es nicht bei einer kleinen Bestrafung.«
»Haben sie euch denn bestraft?«, fragte Linua.
»Ein paar Schläge, mehr nicht«, sagte Usita.
»Bis jetzt noch nicht!«, rief Enna. »Glaubt ihr wirklich, das war alles? Für einen versuchten Ausbruch? Für eine halb tote Wächterin in der Zelle?«
»Wir sind alle etwas nervös«, gab Usita zu. »Wir warten darauf, dass noch etwas kommt.«
»Ich auch«, sagte Linua. »Ich auch.«
»Warst du nun bei Stiryan oder nicht? Man könnte ihn für deinen besten Freund halten«, sagte Ibra.
»Sie wird es abstreiten«, rief Olaja aus ihrer Ecke herüber. »Glaub ihr bloß nicht.«
»Ich streite es nicht ab«, sagte Linua. Langsam wie eine gebrechliche Greisin richtete sie sich auf. Ihr Gesicht war so geschwollen, dass sie kaum etwas sehen konnte, aber ihre Instinkte waren wach. Solange sie nicht tot war, war sie immer noch die gefährlichste Frau in dieser Festung.
Sie näherten sich ihr von allen Seiten. Eine Reihe zerlumpter Gestalten, die zum Töten fähig waren oder wenigstens glaubten, es zu sein.
»Ihr werdet mir nichts tun«, sagte sie.

»Bist du dir da sicher?«, fragte Olaja. Ihre Augen waren nicht zu sehen hinter ihrem Haar.

Linua unterdrückte die Schmerzen, als sie sich aufrappelte. Sie stand aufrecht und blickte ihrer Gegnerin ins Gesicht. Ihr war schwindlig, und sie musste sich an einer Wand abstützen, aber sie stand.

Ich bin der Sturm. Ich bin ein Stern zwischen den Steinen.

»Vielleicht komme ich nicht gegen euch alle an«, sagte sie, »aber eine werde ich töten. Das schwöre ich euch. Wenn ihr mich angreift, bringe ich eine von euch um. Willst du es sein, Olaja? Oder du, Ibra? Oder vielleicht du, Enna?«

Sie zögerten. Die Feindseligkeit, die in der Luft hing, hatte etwas Beruhigendes, Klärendes. Es war besser als das Misstrauen und die Verdächtigungen, damit konnte sie umgehen.

»Reg dich doch nicht so auf.« Olaja schüttelte ihr strähniges Haar und setzte sich wieder zu ihrem Spiel, das sie mit Kreide auf den Boden gezeichnet hatte, und durch das sie mit ein paar flachen Steinen und Würfeln ihre Kämpfe austrug.

Sie jedenfalls ist keine Mörderin, dachte Linua, ohne erleichtert zu sein. *Eine Diebin vielleicht, aber keine Mörderin. Keine wie ich.*

»Was machst du denn?«, schimpfte Usita voller Bewunderung. »Verletzt wie du bist.«

Linua ließ sich langsam wieder auf ihre Matte hinunter. »Ich hätte es getan.« *Welche Linua ist das?*, dachte sie. *Ich hatte ihr abgeschworen, aber der Donner hat sie geweckt, und nun ist die Zeit des Herzens vorbei.*

»Ja, natürlich. Und das wissen sie auch.« Usita setzte sich neben sie. »Vielleicht können wir eine Salbe für dein Gesicht bekommen, wenn wir auf ein paar andere Sachen verzichten.«

Eigentlich gab es nichts, worauf sie hätten verzichten können.

»Ach, Lin, du warst so hübsch!«, sagte Usita schließlich traurig.

Sie lehnte sich gegen die kalte Wand und spürte das Pochen der Wunden. Es war das Wüten der Schmerzkugel hinter der Tür, aber sie hatte keine Chance gegen die Barrieren, die Linua errichtet hatte. Sie wusste, wenn der Schmerz herauskam, würde es sie zerreißen und verbrennen, was dann noch von ihrem Geist übrig war.

»Vielleicht ist dies mein wahres Gesicht.«

Usita schüttelte den Kopf. »Sag doch nicht so etwas, Lin.«

»Warum nicht? Vielleicht war das hübsche Mädchen immer nur eine Maske über dem, was ich in Wirklichkeit bin.«

»Und das wäre? Eine Wüstendämonin aus Kanchar? Das sind doch nur böse Gerüchte. Du hast bestimmt noch nie jemanden umgebracht, dazu hast du ein viel zu weiches Herz.«

»Der letzte Mensch, den ich getötet habe, war die alte Linua, die ich nicht mehr wollte«, sagte sie leise. »Ich habe mein ganzes Leben abgestreift, und deshalb konnte ich nicht kämpfen, als sie mich holten. Ich konnte nur daran glauben, dass alles gut werden würde. Aber nichts ist gut geworden. Kannst du dir vorstellen, wie es ist, ein anderer Mensch zu werden? Das alte Ich abzustreifen wie ein Kleid, das dir zu eng geworden ist, wie eine Haut? Und auf einmal stellst du fest, dass darunter noch eine andere, neue Haut ist, jung und weich ... verletzlich. Viel zu verletzlich.«

Usita schwieg lange, und Linua fühlte den Schlaf kommen wie eine Einladung, den Kopf in den Schoß der Dunkelheit zu legen und die zärtliche Hand der Finsternis auf ihrem Scheitel zu spüren. Kelta schien in ihr Haar zu flüstern.

»Du musst ihn sehr geliebt haben, wenn du für ihn dein ganzes Leben aufgegeben hast«, sagte ihre Freundin schließlich. »Wer auch immer es gewesen ist.«

Geliebt? Dich, Wihaji? Wie konnte ich das, obwohl ich nichts von Liebe wusste?

»Er wollte mich warnen, aber es war zu spät. Sie haben uns auseinandergerissen.« Sie fügte hinzu: »Sie konnten uns nicht trennen. Ich selbst habe es getan. Heute.«

Sie hatte das sanfte Mädchen abgestreift, und nun gab es nichts mehr, was Wihaji hätte lieben können.

Lange Zeit saß sie da und blickte nach innen.

Vielleicht hatte sie erst die andere Linua wiederfinden müssen, um zu begreifen, was nun so klar wie nie vor ihr lag: die Wahrheit, die Tenira vor ihr verbergen wollte.

»Nicht ich werde bestraft«, flüsterte sie. »Sie glauben nicht an meine Schuld. Jemand anders wird mit meinem Leid gequält, einer, der in Ungnade gefallen ist und mit ihm seine Familie. Das heißt, dass er lebt.«

»Wer?«, fragte Usita leise.

»Wihaji von Lhe'tah.« Sie hätte sich freuen können, wenn sie nicht gleichzeitig gewusst hätte, dass sie ihn für immer verloren hatte.

Denn sie war eine Wüstendämonin. Sie hatte sich in das Herz eines einsamen Mannes gestohlen. Und sie hatte den Auftrag gehabt, Tizarun zu töten, falls Karim versagte.

Das Mädchen, in das sie sich Wihaji zuliebe verwandelt hatte, gab es nicht mehr.

Der Regen fiel schwer auf die kleinen Zelte und verwandelte die Erde zwischen ihnen in trüben, brodelnden Schlamm. In der Dämmerung verschmolz das Lager mit den Sträuchern und Bäumen und wurde nahezu unsichtbar.

In einem der Zelte saßen ein Mann und eine Frau im Schein einer kleinen Lampe, die magisches goldenes Licht verströmte. Zwischen ihnen herrschte eine sanfte und zugleich angespannte Stille, als hätten sie sich gerade eben noch gestritten, könnten einander jedoch nicht lange böse sein. Sie schwiegen eine ganze Weile, bis der Mann schließlich das Wort ergriff. Er blickte die Frau mit seinen hellblauen Augen an und sagte langsam: »Vielleicht ist es gut, dass sie uns nicht sehen.«

Sie hob den Kopf, und ihre Hände krampften sich zusammen. »Damit wir uns still zurückziehen können, ohne dass sie wissen, dass wir je hier waren? Das ist nicht dein Ernst. Dafür sind wir nicht hergekommen.«

»Wenn eine Schlacht verloren ist, ist sie verloren«, sagte er leise.

»Nein. Nein, Sidon. Ich glaube es nicht. Ich kann es nicht glauben!«

»Es sind schon zu viele gestorben«, sagte er ruhig. »Zu viele. Wir sind am Ende. Lass es gut sein, Lani.«

Sie schüttelte den Kopf. »Nein. Wir sind noch nicht am Ende. Noch nicht. Es kann so nicht enden. Es darf nicht. Tenira...«

»Sie regiert immer noch«, ergänzte Sidon. »Du musst dem ins Auge sehen. Der Krieg ist verloren. Dieses Häufchen Kämpfer, das ist keine Armee mehr. Wir sind geschlagen, und alle wissen es, nur du nicht.«

»Aber wenn er hier ist!« Lani wies durch die Zeltwand nach vorne, als könnte man durch den Stoff hindurch die riesige Burg Katall sehen, die sich vor ihnen erhob. »Mit ihm können wir den Kampf neu beginnen. Dann werden sie uns in Scharen zuströmen, und wir werden ein Rebellenheer aufstellen, das Tenira das Fürchten lehrt. Ich bin mir so sicher. Wenn wir ihnen Wihaji zeigen können, werden sie weitermachen.«

Sidon seufzte. »Glaubst du das wirklich? Dass das einen Unterschied machen würde?«

Lan'hai-yia nickte. »Ja. Ja, das glaube ich.«

»Was macht dich so sicher, dass er auf Katall ist?«

»Wir haben Wihaji in ganz Le-Wajun gesucht«, sagte sie. »Er kann nur noch hier sein! Tenira hat ihn an den schlimmsten Ort verbannt, den es gibt. Er *muss* hier sein.«

»Er könnte auch tot sein, das weißt du so gut wie ich. Er wurde mit Tizarun zusammen in einem Grabmal eingemauert.« Sidon beugte sich vor und griff nach ihrer Hand. »Er ist tot, Lani. So viele sind gestorben, und er war der Erste. Du willst die Hoffnung nicht aufgeben, und ich verstehe das, aber wenn ich sage, wir sind am Ende, dann meine ich das wirklich so. Mit einer Hand voll Rebellen können wir nie im Leben diese Festung erobern.«

Sie blickte ihn trotzig an. »Was bleibt uns anderes übrig?«

»Wir müssen ins Exil gehen. Wir müssen hier verschwinden, bevor uns die Leute der Großkönigin finden.«

»Großkönigin!«, höhnte Lani. »Nenn du sie nicht auch noch so.

Bestenfalls kannst du sie Regentin nennen. Aber nenn Tenira nicht Großkönigin. Nenn sie nicht Sonne. Nie, nie wird sie das sein.«

Sidon starrte in die Lampe. Der goldene Glanz spiegelte sich in seinen Augen. »Wir müssen Le-Wajun verlassen und nach Kanchar fliehen, Lani. Sofort.«

»Nein.«

»Bei den Göttern, bist du halsstarrig! Wer soll denn noch alles sterben!«

»Es ist egal«, flüsterte sie. »Es zählt nicht. Weißt du nicht, dass es mir gleich ist? Alle sind tot. Alle, die zählten, sind tot.«

»Ich weiß«, sagte er, ebenso leise. »Glaubst du, ich weiß nicht, dass du um Winya trauerst? Aber er hätte dieses Gemetzel nicht gewollt. Deswegen musst du Schluss machen. Sag allen, sie sollen nach Kanchar fliehen, schick sie nicht auch noch in den Tod. Es sind gute Leute, die das nicht verdienen.«

»Ich bin traurig«, meinte sie, »aber solange ich noch ein wenig Hoffnung habe, wie kann ich da aufgeben? Wie kann ich Tenira Le-Wajun überlassen? Wie können wir alle das? Sie ist verflucht, und mit ihr wird ganz Le-Wajun verflucht sein. Wenn wir Wihaji fänden, könnten wir das Blatt wenden.«

»Das Haus Lhe'tah hat sich bereits für Tenira entschieden.«

»Vergiss das Haus Lhe'tah! Sidon, wenn wir den Erben hätten, es würde alles ändern. Alles!«

»Den Erben?«, wiederholte er trocken. »Das Kind ist der Erbe.«

»Sadi? Teniras Sohn?«

»Er ist auch Tizaruns Sohn.«

»Wihaji ist der Favorit«, erinnerte Lani. »Gerade das Haus Lhe'tah müsste sich hinter ihn stellen. Die Tausend Städte würden es tun. Ach, Sidon, diese Diskussion haben wir mindestens tausendmal geführt. Wir werden nie erfahren, ob er wirklich tot ist, wenn wir nicht in dieses verfluchte Gefängnis hereinkommen.«

Sidon strich sich mit den Fingern über die Augen. »Nun gut, es hat ja doch keinen Zweck. Was du dir einmal in den Kopf gesetzt hast ... Wenn wir es schon tun müssen, dann aber so schnell wie möglich, bevor Kann-bai mit den Truppen hier ist.«

»Er weiß ja nicht, wo wir sind.« Sie lächelte siegesgewiss. »Er denkt sicher, wir sind schon unterwegs nach Guna, um uns dort in den Bergen zu verstecken. Er wird versuchen, uns an der Grenze abzufangen.«

»Dann werden wir ihm bei unserer Flucht genau in die Arme laufen.«

»Von wegen Flucht. Dann sind wir bereits auf dem Weg nach Wajun, mit Wihaji an der Spitze. Du solltest langsam anfangen, daran zu glauben.«

Sein Lächeln wirkte gezwungen, dennoch war sie ihm dankbar dafür.

»Dann sollten wir einen Plan entwerfen«, meinte sie. »Einen schnellen, effektiven, schlauen Plan, wie du sie immer so gerne entwirfst.«

»Sonst noch was?« Sidon seufzte auffällig laut.

»Ja. Fang gleich damit an.«

»Und was tust du, verehrte Rebellenführerin?«

»Ich sortiere die Entwürfe aus, die nichts taugen.«

»Na, dann kann ja nichts schiefgehen.« Sidon starrte auf das leere Blatt Papier, das sie ihm in die Hand drückte. »Die ganze Welt geht den Bach runter«, murmelte er, senkte den Kopf und begann mit raschen Strichen zu zeichnen. Unter seiner Hand entstanden die beiden hohen, eckigen Türme der Gefängnisburg.

»Sie werden ganz Guna nach uns durchsuchen«, sagte er. »Ich fürchte, wir werden uns eine neue Heimat suchen müssen.«

»Ich bin sowieso schon seit Jahren nicht mehr in Guna gewesen, aber wie wirst du damit klarkommen?«

Er kritzelte auf dem großen Tor der Burg herum, als wollte er sie dadurch einnehmen, dass er sie auf dem Papier bezwang.

»Komm mit mir nach Kanchar«, sagte Lani. »Mein Haus in der Kolonie ist groß genug für uns beide.«

Sobald sie von den Ereignissen in Wajun gehört hatte, war sie nach Le-Wajun gereist, so schnell sie konnte. Die Rebellen, die gegen Teniras Soldaten kämpften, sammelten sich gerade. So viel Hoffnung war in ihnen und so viel Wut, und in dieser Wut fand sie sich selbst wieder. So eine wahnsinnige, verzweifelte, traurige Wut war in ihr gewesen, und mit derselben Gründlichkeit, mit der sie alle ihre Unternehmungen anging, machte sie sich daran, die Adligen zur Teilnahme an der Rebellion gegen Tenira aufzustacheln. Sie hatte versucht, den Rest der Tapferen Acht zusammenzurufen, doch Kann-bai und Quinoc standen auf der anderen Seite, und es konnte nie mehr so sein wie früher. Tizarun war tot, Wihaji fort, Kirian verschollen. Laimoc hatte sich schon vor langer Zeit von ihnen allen losgesagt. Übrig geblieben waren nur noch Sidon und sie. Aber immer mehr Verbündete fanden sich, halbherzig oder empört oder von echtem Zorn erfüllt, und Lani brachte sie dazu, Soldaten zu schicken oder gar selbst zum Kampf auszuziehen. Sie hatte tiefe Befriedigung empfunden, dass sie wenigstens das für Winya tun konnte. Vier Jahre lang hatten die Rebellen gegen Tenira und für die Götter gekämpft, mit einer solch starrsinnigen, unanfechtbaren Hoffnung, dass es gar nichts anderes geben konnte als den Sieg.

Aber sie hatte verloren. Die Götter hatten sie im Stich gelassen. Sie hatten weggesehen und Lani in ihr Verderben laufen lassen, sie und die vielen anderen, die sie mit ihrer Hoffnung angesteckt hatte. So viele waren in den Tod gezogen, und Tenira herrschte immer noch. Die Götter schickten keine Strafe. Sie taten gar nichts. Sie griffen nicht ein.

Sie waren nicht da. Diese Erkenntnis hatte sich wie eine immerwährende Dunkelheit über sie gesenkt. *Sie sind nicht da, sie sind nie da gewesen. Wir haben vergebens gehofft und gekämpft und geglaubt. Es gibt niemanden, der über der Gerechtigkeit wacht und die Tyrannen in die Schranken weist. Niemanden. Wir haben uns selbst genarrt mit unserer Hoffnung.*

Aber vielleicht irrte sie sich auch. Noch hoffte sie, dass diese vernichtende Erkenntnis selbst ein Irrtum war. Es war Lanis größte Hoffnung, dass die Götter nur warteten, dass sie den Moment abpassten, wenn die Verzweiflung am größten war und die Dunkelheit am schwärzesten, und dann mit dem Sieg herausrückten, mit einem strahlenden Sonnenaufgang, der alles übertreffen würde.

»Du *hattest* ein Haus«, sagte Sidon. »Glaubst du wirklich, dass es auf dich wartet?« Er griff nach einem neuen Bogen und begann, die Burg von der anderen Seite aus zu zeichnen. »Dennoch, ein Haus in der Kolonie ist besser als ein Haus in Wajun. Das hätte Tenira längst abgerissen oder ihren Speichelleckern geschenkt.«

»Wajun«, flüsterte sie. Es war ein Wort, das sie nicht sagen wollte, nicht denken wollte, und doch war die Erinnerung daran so süß, dass es ihr anhing wie eine schwere Eisenkugel, die man einem Gefangenen ans Fußgelenk gekettet hatte. Eine Last, die sie mit sich herumschleppte und nie mehr loswerden würde. Wajun, das war ein Fest vor sechzehn Jahren, ein rauschendes Fest in Rot, die Krönung eines Großkönigs und seiner Großkönigin. Wajun, das war ein Mann, der sie zum Tanz aufgefordert hatte. Ein Mann, dessen blonde Locken sie belächelt hatte, bis er sie mit seinen tänzelnden Worten eingefangen hatte, bis die Worte zwischen ihnen hin- und hersprangen wie Artisten hoch über der Menge der Zuschauer, hoch oben in der Kuppel des bunten Zeltes.

Wenn er nur mitgekommen wäre. Wenn er damals nur mit ihr mitgekommen wäre. Winya. Sie wollte es nicht zulassen, dass sein Name zu ihr kam, seine Stimme, seine Worte. Sein Gesicht war da und ließ sich nicht verdrängen. Dass er nicht mehr da war, war eine Tatsache, die sie nicht fassen konnte. Er würde immer da sein, bei ihr, in ihrem Herzen, immer, immer.

Nehmt ihr mir alles, Götter, flüsterte sie. Alles. Einen nach dem anderen. Alle, die ich liebe. Meine Eltern. Meinen Bruder Kirian. Winya. Zuerst verlor ich ihn an Hetjun und jetzt ist er mir ganz verloren.

»Tut mir leid«, sagte Sidon.

Sie fühlte seine Augen auf sich, sein Mitgefühl. »Ist schon gut. Ich möchte nur nicht, dass du denkst, dass es mir um Rache für Winya geht.«

Er schüttelte den Kopf. »Ich wäre nie so weit mit dir gegangen, wenn ich das je angenommen hätte.«

»Ich hätte sie nicht dafür geopfert. Alle diese Menschen. Nicht dafür.«

»Ich weiß«, sagte er. »Das hätte ich auch nie zugelassen.«

»Ist es Wahnsinn, diese Burg anzugreifen? Glaubst du wirklich, dass wir schon verloren haben?«

Er fuhr mit dem Stift über das Blatt, schraffierte die gezeichneten Wände. »Wenn Wihaji da drin ist, retten wir ihn, Lani. Das verspreche ich dir.«

»Oh ihr Götter, lasst mich diese Burg einnehmen und Wihaji finden«, flüsterte sie. »Lasst mich nur noch das tun, und ich werde wieder an euch glauben. Ich werde tun, was immer ihr verlangt. Nur schenkt mir diesen letzten Sieg.«

Zu wem bete ich hier denn, dachte sie bitter. *Wird die Hoffnung denn nie aufhören? Werde ich nie aufhören, einen Narren aus mir zu machen und alle anderen mit ins Unglück zu reißen?*

Linua erholte sich erstaunlich schnell. Ihre Mitgefangenen wunderten sich, dass sie nicht zusammenbrach, dass sie mit ihnen stand und ging und arbeitete. Sie nähten, sie stießen die stumpfen Nadeln in den groben Stoff, wie ein Bauer die Egge in den harten Ackerboden stößt. Mühsam. Sie nähten für den Krieg, graubraune schwere Uniformen, eine nach der anderen, einen endlosen Haufen hässlicher Kleider. Sie senkten ihre Köpfe über die Arbeit und wurden selbst graubraun und hässlich und schwer. So schwer waren sie, dass sie den Blick kaum heben konnten. Ihre Lider hingen kraftlos über den erdzugewandten Blicken.

Aber Linua war schön. Sie konnte sich kaum bewegen, doch mit der gleichen Hartnäckigkeit, mit der sie gegen ihre Schwäche ankämpfte, kämpfte sie auch gegen ihr Hässlichsein an. Sie weigerte sich, im Graubraun zu versinken. Sie hielt daran fest, dass ihr Haar schwarz war, tiefschwarz und glänzend. Sie erinnerte sich an ihr Gesicht im Spiegel von Wihajis Augen. Erinnerte sich an seine Lippen, die ihre Schönheit gepriesen hatten. Es zählte nicht, dass ihre Nase gebrochen war. Nicht, dass blaue Flecken und kleine

Narben ihre vormals makellose Haut zeichneten. Auch die große Wunde, die Stiryan mitten über ihr Gesicht geschnitten hatte, zählte nicht. Die Nadel, die sich in die Haut ihrer Finger bohrte, wenn sie versuchte, sie durch den Stoff zu zwingen, hinterließ keine rauen, zerstochenen, blutigen Hände. Nicht bei ihr. Es sah nur so aus. Aber in Wirklichkeit, in einer Wirklichkeit, die viel mehr war als die dumpfen, zermürbenden Stunden, war alles anders.

Nicht ich, flüsterte sie leise, sie vergrub ihren trotzigen Blick in den Falten des farblosen Mantels. *Nicht ich. Ich bin nicht der Soldat, der mit den anderen marschieren wird, kopflos, herzlos, für eine blutrote Sonne, die, im Untergang begriffen, am Himmel festgefroren scheint. Ich bin die Geliebte der silbernen Monde. Ich bin der Stern. Ich bin der Stern ...*

»Geht es ein bisschen schneller?«

Sie spürte die Gegenwart der Wächterin in ihrem Rücken. Ihre Nackenhaare sträubten sich, sie fühlte sich, als wäre sie eine Katze, deren ganzes Rückenfell sich aufrichtete, sie stemmte sich gegen die Gefahr. Sie atmete tief ein. Ruhig. Ganz ruhig. Das Schweigen der Arbeiterinnen wurde abwartend, gespannt, verhalten, furchtsam und neugierig zugleich. Aber sie, Linua, die immer noch schön war, würde ihnen kein Schauspiel bieten. Sie hatte im Regen um ihr Leben gekämpft, aber hier würde sie nicht kämpfen. Sie würde aushalten, was es auszuhalten gab, sie würde ...

Der Schlag traf sie so hart am Hinterkopf, dass sie nach vorne auf den Tisch fiel. Der Stoff der halb fertigen Uniform kratzte an ihrer Stirn. Sie stellte sich vor, dass sie in ein Kissen fiel, ein weiches, mit glatter Seide bezogenes Kissen, kühl und wohltuend. So lag sie da, das Gesicht im Kissen, und Wihaji kam und küsste sie auf die Schulter. Sie spürte seine Lippen an ihrem Hals.

Der zweite Schlag ließ sie wieder hochfahren, als wäre sie eine Puppe, von einem grausamen Puppenspieler hin- und hergeschleudert. Ihr Rücken war taub, und der Schmerz bohrte sich von hinten bis in ihre Brust, bis in Arme und Beine, bevor sie ihn nehmen und verstecken konnte. Er war überall und verschlug ihr den Atem. Sie biss die Zähne zusammen, bis sie knirschten, um nicht zu schreien, und das Wimmern, das in ihrer Kehle brannte, schluckte sie hinunter. Sie zwang die Tränen zurück, die ihr in die Augen schossen. Eine einzige fiel auf ihre rissige Hand.

Ich bin ein Stern, ein Stern... Sie klammerte sich an den Satz, als wäre er ein Anker, einer Ertrinkenden zugeworfen. *Ein Stern bin ich zwischen den Steinen.*

»Geht es auch schneller?«, rief die Wächterin barsch.

»Ja«, sagte sie, »ja«, und stach die Nadel irgendwo in den Stoff. Immer und immer wieder. Irgendwohin. Sie erstach den rauen Soldaten, den sie vor sich auf dem Tisch hatte, den Soldaten des Sonnenreichs, sie erstach Le-Wajun. Wieder und wieder, mit ihrer stumpfen, dicken Nadel, ermordete sie Le-Wajun, dieses verfluchte Stück Erde unter einer bleichen Sonne, diesen farblosen Teppich unter dem sternigen Himmel, diesen Fetzen Stoff, der die Haut zerkratzte. Aber das Blut auf dem graubraunen Gewebe war ihr eigenes, war immer nur ihr eigenes.

»Lin.« Usita setzte sich neben sie und legte ihr ein feuchtes Tuch auf den Hinterkopf. »Lin, was ich dich schon lange fragen möchte... Wie weit kannst du springen? Wie hoch?«

»Keine Ahnung.« Was für eine merkwürdige Frage. »Warum willst du das wissen? Meinst du, ich könnte über die Burgmauer fliegen?«

»Fliegen«, wiederholte Usita, zögerte.

»Raus damit«, ermunterte Linua sie. Sie war dankbar für die Kälte des nassen Lappens an ihrer Kopfhaut. Hoffentlich ging die Schwellung schnell zurück. Den Schmerz konnte sie verbannen und das Fieber aussperren, und die Heilung vollzog sich meist rasch, aber sie konnte nicht endlos so weitermachen. Jedes Mal, wenn sie die Tür öffnen musste, um eine neue Handvoll Schmerz ins Dunkle zu schleudern, musste sie mehr aufpassen, dass nicht alles andere herauskam und sie zu Boden riss. Irgendwann kam der Zeitpunkt, an dem sie gezwungen sein würde, den Schmerz Quäntchen für Quäntchen hinauszulassen, ihm zu erlauben, sich irgendwo in ihrem Körper auszutoben, vielleicht in einem Zahn oder in ihren Gelenken – hier und da eine qualvolle Nacht, bis sie ihn ausgelebt hatte. Er ließ sich nicht auf ewig in ihrem Geist einsperren. Im Moment hatte sie keine Kraft, sich dem Leid zu stellen, aber irgendwann würde der Speicher voll sein. Auch eine Wüstendämonin, selbst eine der besten, war irgendwann am Ende.

Meister Joaku hatte sie davor gewarnt. Es gab einen Punkt, an dem es sinnvoll war, sich zu verabschieden und den Tod zu wählen. Wo genau dieser Punkt lag, hatte er ihr nicht gesagt, aber sie fühlte, dass sie sehr nahe dran war.

»Als du gekämpft hast, damals im Gewitter, im Regen ... Ich war dicht hinter dir. Wahrscheinlich dachtest du, ich hätte es nicht gesehen.«

»Was denn?«, fragte Linua ungeduldig.

»Du bist geflogen.« Usitas Flüstern war so leise, dass sie kaum zu verstehen war, wie ein winziger Hauch.

»Was bin ich?«

»Du hast so einen Satz gemacht ... Niemand kann so weit springen, kein Mensch. Nicht einmal ein Wüstendämon.« Sie wartete ängstlich ab.

Linua war verwirrt. Sie konnte sich nicht daran erinnern, dass während des Kampfes etwas Ungewöhnliches geschehen war.

»Das musst du geträumt haben.«

Aber Usita war sich so sicher, dass sie ihre Einwände abtat.

»Was bist du, Linua? Ich werde es keinem verraten, glaub mir. Nur, warum bist du hier, wenn du fliegen kannst? Warum lässt du das alles mit dir machen?«

»Ich kann nicht fliegen.«

»Wenn du Wajunerin wärst«, flüsterte Usita, »könnte ich es noch verstehen, aber du kommst aus Kanchar, und man hat doch noch nie davon gehört, dass es sie auch in Kanchar gibt.«

»Wen? Was könnte ich sein, wenn ich Wajunerin wäre?«

»Eine Lichtgeborene«, hauchte Usita. »Bist du eine Fee, Linua? Bist du meinetwegen hier?«

Linua konnte sie nur anstarren.

»Ich habe mir früher so sehr gewünscht, einer Lichtgeborenen zu begegnen. Als ich noch ein Kind war, habe ich mir vorgestellt, sie würde kommen und mir einen Wunsch erfüllen. Aber es ist nie passiert. Doch jetzt ... ausgerechnet hier im Gefängnis ... Ich weiß, es ist anmaßend, aber bist du hier, um mich zu trösten?«

»Ich dachte, das sind wajunische Märchen. Hast du wirklich geglaubt, so etwas gibt es?«

»Es sind keine Märchen. Eine Lichtgeborene ist eine Frau, die direkt von den Göttern abstammt. Göttliche Gaben können sich über Generationen vererben.«

»Ach.«

»Kennst du deine Eltern, Lin?«

»Ja«, sagte sie schroff, aber das war eine Lüge. Schon immer war diese Tatsache eine Wunde oder ein Rätsel gewesen, ein dunkler Fleck in ihrem Leben: *Wer bin ich?* Ihre frühesten Erinnerungen waren anders als die der meisten anderen Kinder. Sie war in Kanchar und ließ sich zeigen, wie man einen Menschen lautlos und in Sekundenschnelle tötete. Sie wirbelte in einem Kampf nach dem anderen und gewann an Schnelligkeit und Geschicklichkeit. Joakus Augen ruhten auf ihr, er nickte anerkennend. Aber davor? Die meisten Wüstendämonen waren Waisen, und so war sie immer davon ausgegangen, dass auch sie eine war.

»Es kann auch ein Gott in deiner Ahnenreihe sein«, wusste Usita. »Generationen vor dir. Es heißt, dass das Erbe sich nicht bei jedem zeigt.«

»Es ist ein absurder Gedanke, dass die Götter sich mit Menschen paaren.«

»Ich glaube nicht, dass wir irgendetwas von dem, was die Götter tun, absurd nennen sollten«, sagte Usita tadelnd.

Linua schüttelte den Kopf. »Auf was für Ideen du kommst. Und diese Mischlinge, diese Lichtgeborenen, können also – ja, was können sie denn? Wäre ich denn noch hier, wenn ich göttliche Kräfte besäße?«

Was war hinter der Tür? Was war dort, in dem Dunkel und dem Licht und dem Gesang?

28. DURCH DAS TOR

»Die Mauern können wir vergessen«, sagte Sidon. »Zu hoch, zu dick, oben auf dem Wehrgang stehen zu viele Wächter.«

»Warum sagst du mir nicht mal was Neues.« Lani wandte sich zu Karim um. »Was meinst du dazu?«

Vor ihnen ragte die Gefängnisburg auf. Ihre wuchtigen Türme stießen in den Himmel und konnten sich doch nicht von der Erde lösen, zu schwer, zu kantig waren sie, zu tief verwurzelt in den mit Gängen durchzogenen Felsen.

Zu gerne hätte er seinen Mitstreitern gesagt, was er wirklich dachte. Bei allem, was er tat, ging es immer nur darum, was die anderen dachten, und was sie denken sollten. Nicht einmal Lan'hai-yia hatte gemerkt, dass sie gelenkt wurde, dass der meistgesuchte Rebell von ganz Le-Wajun ihr die Hoffnung eingepflanzt hatte, sie könnte Wihaji endlich finden. Natürlich war der Fürst nicht hier, war nie hier gewesen. Im Garten des Sonnenpalastes stand eine weiße Kuppel, in der Tizarun und sein Mörder zusammen aufgebahrt lagen. Doch dann hatten ein paar falsche Zeugen berichtet, sie hätten Wihaji bei einem Gefangenentransport nach Katall gesehen.

»Das Tor«, sagte Karim. »Wir gehen durchs Tor.«

»Siehst du, und deshalb bin ich unser Stratege«, meinte Sidon.

»Hast du denn eine Strategie, mein lieber Vetter?«, wollte Lani wissen.

Karim ließ sie eine Weile streiten, dann meldete er sich wieder zu Wort. »Wir haben keinen Rammbock, wir haben keine Zeit für eine lange Belagerung, wir haben aber ...« Ein pfiffiges Grinsen zog seine Mundwinkel nach oben.

»Was? Karim, was?«

»Brandsteine«, verkündete er. »Wir haben einen Sack voller Brandsteine.«

»Das ist unmöglich.« Lani bekam vor Überraschung kaum den Mund zu. »Warum wusste ich nichts davon? Die hätten wir doch schon in Wajun gebrauchen können!«

»Als wir in Wajun gekämpft haben, hatten wir sie noch nicht.«

»Und woher«, sichtlich musste sie sich zur Ruhe zwingen, »woher hast du einen ganzen Sack voller Brandsteine?«

»Gekauft.« Leider konnte er ihr nicht erzählen, auf welche Weise ein Wüstendämon an alles herankam, was er brauchte. Die Rebellenführerin hielt Wihajis ehemaligen Knappen für einen einfachen Soldaten mit dem einen oder anderen nützlichen Kontakt. Keiner in ihrer Truppe glaubte, dass Karim etwas mit Tizaruns Tod zu tun hatte; er war auf der Flucht vor Tenira gewesen und hatte sich den Rebellen angeschlossen, weil bei ihnen der einzige sichere Ort im Königreich war. »Ich habe eine Lieferung aus Guna nach Kanchar abgepasst. Der Händler war lange unterwegs, weil er sich, ähm, des Öfteren verstecken musste. Aber es sind Brandsteine vom Feinsten.«

»Schwarzmarktware?«, fragte Sidon. »Das muss ich unterbinden, wenn möglich, sobald ich in Guna wieder etwas zu sagen habe.«

Lani hingegen blickte Karim so skeptisch an, dass er den Wert der Steine herunterspielte: »Zugegeben, im Grunde ist es bloß Abfall. Sie verkaufen die Bruchstücke nicht nach Kanchar, weil sie zu unzuverlässig sind für Eisenvögel. Im Grunde können sie jederzeit explodieren.« Er grinste verschwörerisch. »Damit heben wir das Tor aus den Angeln.«

»Niemand darf im Krieg Brandsteine verkaufen, nicht einmal Ausschuss. Außerdem hast du uns damit in Gefahr gebracht. Wenn das Zeug in Flammen ausbricht, sind wir alle tot!«

»Aber der Krieg ist doch vorbei. In Guna stehen sie auf dem Standpunkt, dass er vorbei ist, denn schließlich hat Tenira das längst verkündet. Wir als die letzten Rebellen sind nichts als Wurmbefall in ihren Eingeweiden.«

Seitdem alles, aber auch alles schiefgegangen war, konnte er sich ein wenig Zynismus selten verkneifen. Der Frieden war so unerreichbar wie nie; es gab niemanden, den die Rebellen auf den Thron der Sonne setzen konnten. Der Triumph, Tizarun tot zu sehen, hatte sich in ein schales Gefühl verwandelt, seit Karim wusste, dass *sie* dafür Teniras Rache zum Opfer gefallen war. Sein Mädchen war zu jung gewesen, um zu sterben. Zu unschuldig. Und auch wenn sie nie sein Mädchen gewesen war, hatte ihr Tod ihn verändert.

Anyana.

Es schmerzte immer noch wie am ersten Tag.

»Wir sind nur noch hundert Leute«, sagte Lani. »Nur noch hundert! Und da drinnen haben sie mindestens doppelt so viele Wächter.«

»Ja, wir sind hundert.« Sidon war dafür zuständig, sie aufzumuntern, und auch heute erfüllte er seine Rolle. Allerdings hatte Karim den Verdacht, dass er nur noch bei öffentlichen Auftritten den niemals verzagenden Helden gab und in Wirklichkeit längst resigniert hatte. »Hundert der besten, tapfersten Leute, die das Reich der Sonne heutzutage noch aufzubieten hat. Männer und Frauen, die für Gerechtigkeit und Recht eintreten und ihr Leben dafür riskiert haben. Wir fürchten uns doch nicht vor zweihundert griesgrämigen Lakaien, die nie die Sonne sehen!«

»Ich liebe dich«, seufzte Lani. »Wenn ich dich nicht hätte, wäre ich schon längst wieder in der Kolonie in meinem Garten.«

Dort wo sie einen Garten voller Feigenbäume gepflegt und versucht hatte, die Schlacht von Guna zu vergessen. Jahrelang hatte sie an den Frieden geglaubt, für den die Edlen Acht so viel geopfert hatten. Am Anfang war es Karim schwergefallen, sie dafür zu bemitleiden, denn Tizarun hatte zu dieser Gemeinschaft gehört, und keiner hatte ihn aufgehalten. Keiner hatte je öffentlich ausgesprochen, was er in Trica getan hatte. Doch mittlerweile hatte er Lani besser kennengelernt und erkannt, dass sie überhaupt nichts wusste. Seitdem hatte er sich gestattet, sie zu mögen. Sie war eine gute Anführerin, entschlossen und auch offen für gewagte Ideen.

»Brandsteine«, murmelte sie und schenkte ihm ein aufrichtiges Lächeln.
Ja, Brandsteine, doch nicht, um Wihaji zu retten.
Karim hatte sie hergeführt, um ihre Träume zu zerstören und einen Auftrag zu erfüllen. Sie waren aus einem anderen Grund hier, als der Rest der Rebellen glaubte. Selbst aus dem fernen Kanchar lenkte Meister Joaku den Bürgerkrieg, den er verursacht hatte, und am Ende würde nicht viel vom Reich der Sonne übrig bleiben.

Karim wartete, bis Sidon und Lani in ihr Zelt zurückgekehrt waren, um zu besprechen, wie sie die Brandsteine einsetzen wollten, dann schlich er weiter voran. Der Gürtel der Tausend Monde beschien die Mauern von Burg Katall und spiegelte sich in dem Bach, an dem die Rebellen ihr Lager aufgeschlagen hatten.
 Er brauchte keine Schale, seine Hände reichten vollkommen. Das Wasser, das er darin schöpfte, zeigte ihm Joakus Gesicht. Der oberste Wüstendämon hielt sich nicht mit Begrüßungen auf. »Bring sie nach Hause.«
 »Und wenn sie sich weigert?«
 Die falsche Frage. Das Bild verschwamm, die Tropfen rannen zwischen seinen Fingern hindurch.
 Linua war die beste Schülerin, die je in der Wüstenschule ausgebildet worden war. Sie zu etwas zu zwingen war keine Aufgabe, sondern eine Strafe.
 Er unterdrückte ein wütendes Stöhnen, doch wie immer hatte er seine Gefühle im Griff, und als er in das Zelt kroch, das er mit Selas und Laikan teilte, gelang es ihm, sich seine Sorge nicht anmerken zu lassen.
 »Haben sie Fragen gestellt?«, fragte Selas leise. Er wusste nicht nur von den Brandsteinen, er hatte geholfen, den Transport zu organisieren. Von allen Spionen des Königs von Daja war er der zuverlässigste und geschickteste. Und mit niemandem konnte man so gut schweigen. Ohne ihn hätte Karim die letzten Jahre nicht durchgehalten.

»Nein, sie haben es geschluckt.«

»Du bist deinem Ziel so nah«, flüsterte Selas.

Prinz Laikan schien zu schlafen, aber das wusste man nie sicher, daher war Karim dankbar, dass Selas es dabei beließ. Laikan musste nicht mehr wissen, als dass Karim und der ehemalige Leibdiener von Prinz Winya Freunde waren. Zum Glück ähnelten sie einander nicht. Selas war ganz nach ihrer gemeinsamen Mutter geraten, blond, mit blauen Augen, während Karim die Gesichtszüge seines Vaters geerbt hatte.

Von dort, wo der Prinz schlief, kam tatsächlich ein leises Räuspern. »Werden wir ihn tatsächlich retten? Ist Wihaji in Katall?«

Selas und Karim wechselten einen Blick, den die Dunkelheit verschlang.

»Scheint so«, sagte Karim schließlich. »Falls er dort ist, sind wir kurz vor dem Ziel.«

Nicht dass Laikan auf den Gedanken kam, dass sie irgendetwas anderes wussten oder planten.

Olaja und Enna spielten das auf den Boden hingekritzelte Spiel. Usita lag auf ihrer Matte, das furchige Narbengesicht hinter dem Arm verborgen, Ibra wanderte vor der Tür hin und her. Linua beobachtete sie alle eine Weile schweigend.

»Wir kommen hier raus«, sagte sie plötzlich, überrascht von sich selbst. »Ihr werdet mir dabei helfen, hier rauszukommen.«

Ibra blieb stehen und richtete ihre versteinerten Augen auf Linua. »Du bist verrückt. Aber das ist ja nichts Neues.«

»Ich meine es ernst.« Bis jetzt hatte sie nie daran gedacht, die anderen dazu zu bringen, mitzumachen. Ihr Wille zur Flucht war stets ihre eigene Angelegenheit gewesen, nicht einmal Usita hatte sie in ihre Überlegungen einbezogen. Doch seit ihre einzige Freundin sie auf den Gedanken gebracht hatte, sie könnte eine Lichtgeborene sein, hergeschickt, um im Leben anderer Menschen etwas zu bewirken, ließ es sie nicht mehr los. Auf einmal erschien es ihr nur richtig, diese anderen Frauen zu befreien, als könnte sie sie aus ihrem Panzer herausschälen wie seltene, versteinerte Tiere, nicht um zu Staub zu zerfallen, sondern um zu leben – atmend, lachend und weinend.

»Ja«, sagte sie, »ganz schön verrückt.« Es war verrückt, diesen Verbrecherinnen zu wünschen, hier rauszukommen, verrückt und gleichzeitig schön.

Der Gedanke kam wie ein Lied zu ihr, eine Erinnerung an einen Tag im Frühling. *Oh ihr Götter, bist du schön.* Wihajis Augen wanderten über ihr Gesicht und ihren Körper, aber sie wusste, dass er viel mehr meinte, mehr als ihre äußeren Konturen. Sein Blick, wenn sie lachte oder durch die Zimmer tanzte, sein Blick, wenn sie das Fenster öffnete und sich weit hinauslehnte, um zu atmen. Die zärtliche Berührung seiner Hand, wenn er auf sie zutrat und ihr das Haar aus dem Gesicht strich. Seine Lippen streiften ihre Wangen. *Oh ihr Götter, du bist so schön.*

»Wir kommen sowieso bald hier raus«, sagte Enna, ohne von ihrem Spiel aufzusehen. »Es sind nur noch zwei Jahre.«

»Bis dahin«, sagte Linua, »bist du tot. Alle deine Träume sind tot.«

»Was weißt du denn von meinen Träumen?«

»Ich weiß, was du dir wünschst.«

Usita hatte ihr gesagt, dass Lichtgeborene – manche nannten sie Feen – die Wünsche der Menschen erkennen konnten, es war für sie so natürlich wie das Atmen. Und manchmal, selten vielleicht, aber es kam vor, erfüllten sie jemandem seinen Wunsch.

»Es ist das Göttliche in ihnen«, hatte Usita gesagt. »Das Göttliche, das sich zu den Menschen neigt. Aus diesem Grund gibt es sie schließlich. Weil irgendwann ein Gott oder eine Göttin einen Menschen so sehr geliebt hat, dass die Grenzen zwischen Himmel und Erde sich auflösten. Das ist das Erbe der Lichtgeborenen: die Sehnsucht der anderen Menschen zu stillen.«

Lange hatte Linua darüber nachgedacht, fast zaghaft. Warum war sie in ihrer Ausbildung so gut gewesen? Sie hatte immer instinktiv erkannt, was Joaku sich wünschte. Hatte es erraten, bevor er es aussprach, hatte es ausgeführt, mühelos, egal, was es sie selbst kostete. Und dann Wihaji. Hatte sie nicht vom ersten Augenblick an gewusst, dass er sich danach sehnte, wieder lieben zu können, nachdem Hetjun ihm das Herz gebrochen hatte?

Es ist, als hätten die Götter selbst dich zu mir gesandt, hatte er in ihr Ohr geflüstert. *Du bist alles, was ich jemals wollte.*

Es war für sie immer ganz natürlich gewesen zu spüren, wonach es andere Menschen verlangte, aber es war lächerlich, sich zu viel darauf einzubilden. Jeder wusste, was Gefangene sich wünschten.

»Hast du einen Fluchtplan, Lin?«, fragte Usita und nahm den Arm von ihrem Gesicht. »Willst du einen Gang graben? Das dauert Jahre.«

»Wir können kämpfen.« Auch das war etwas, das sie spüren konnte: der Hass, der in jeder von ihnen schwelte, der verzehrende Wunsch, die Wut herauszulassen. Aber dafür brauchte man kein göttliches Gespür.

»Ein Aufstand?« Ibra lachte schrill.

Verrückt, dachte sie, *ja, ich bin verrückt, ich werde noch verrückt hier. Ich höre die Schläge auf das Tor, dumpf und laut und hallend, ich höre, wie wir uns den Weg in die Freiheit bahnen. Ich höre es wirklich.*

Sie lachte leise, doch dann sah sie in die Gesichter der anderen Frauen. Sie hielten ihre Köpfe schräg und horchten.

»Was ist das?«, fragte Usita angstvoll.

»Trommeln«, flüsterte Olaja.

»Warum?«, wollte Ibra wissen, ihre Stimme klang schrill. »Kämpfen sie denn noch? Ich dachte, der Krieg ist vorbei.«

»Hat vielleicht nichts mit dem Krieg zu tun«, brummte Enna.

»Doch«, behauptete Olaja, »das sind Kriegstrommeln. Ganz sicher.«

Dum. Badum. Dum.

Linua lehnte das Ohr an die Mauer und horchte.

Dum. Badum.

Das Dröhnen ging ihr durch und durch. Sie fühlte das Vibrieren bis in die Knochen.

Dum. Badum. Badum. Dum.

»Werden wir angegriffen?«, jammerte Ibra.

»Still!«, rief Linua. »Seid doch alle still. Es ist eine Botschaft, hört ihr denn nicht?«

Vier Gesichter wandten sich ihr überrascht zu.

»Es sind Worte«, überlegte Linua. »Silben. Das eben war ein Ha.«

»Ji«, fuhr Olaja fort.

»Das ergibt doch keinen Sinn!«, maulte Ibra. »Es gibt kein Wort Haji.«

»Doch«, widersprach Linua leise. »Wihaji.« Sie fühlte ihr Herz klopfen. »Vielleicht ist er da draußen.« Sie wagte kaum, es auszusprechen.

»Wer?«, verlangte Ibra zu wissen. »Warum erklärt mir denn keiner, was los ist?«

»Vielleicht«, meinte Olaja und blickte mit einem neuen Funkeln in ihren Augen auf, »werden wir doch noch alle kämpfen müssen.«

Lani und Sidon traten vor das Zelt. Die Rebellen standen bereit, mit ihren letzten Waffen ausgerüstet. Ihre Herzen bereit zu machen war die Aufgabe der Anführerin.

»Sobald ich zu schlafen versuche«, sagte sie, »träume ich vom Krieg. Ich träume, dass ich auf einem Eisenpferd sitze, das unter meinen Schenkeln schnaubt und stampft, und auf Teniras Heer zureite. Die Magier haben eine Kanone gebaut, die flüssiges Feuer über unser Lager schleudert, und ich sehe den Tod kommen. In meinem Traum sehe ich, wie wir kämpfen und sterben. Ich weiß, dass auch ihr davon träumt. Und dass ihr hofft, es wäre endlich vorbei.«

Lani musterte die Gesichter ihrer Mitstreiter. Sie waren ihr mittlerweile so vertraut, dass sie ihr wie eine eigene Familie vorkamen. Außer ihrem Vetter Sidon und Prinz Laikan, dem Bruder der getöteten Königin Rebea von Anta'jarim, war niemand mehr von

Adel dabei. Die Fürsten und Grafen, die am Anfang zahlreich mitgekämpft hatten, waren entweder gefallen – gezielt von Teniras Leuten getötet – oder hatten sich durch Versprechungen von Land und Macht zum Rückzug bewegen lassen.

»So viele Verluste. So viele Enttäuschungen. Man hat uns von Anfang an gesagt, wie hoffnungslos unsere Sache ist. Der eine oder andere wird sich erinnern, wie ich getobt habe, als Tenira Graf Edrahim den Thron von Anta'jarim gegeben hat.«

»Du hast vor Wut geheult«, sagte Sidon leise, aber ein paar der vorne Stehenden hatten es gehört und grinsten.

»Dieser schmierige Emporkömmling! Er ist nicht einmal über ein paar Ecken mit der Königsfamilie verwandt. Als ob er jemals König Jarunwa ersetzen könnte!« Sie atmete tief durch. Manche Wunden verheilten nie. »Tenira hat sich als so viel schlauer erwiesen, als irgendjemand ihr zugetraut hätte. Mit dieser Maßnahme hat sie sich die Loyalität eines Mannes erkauft, der nie auch nur davon hätte träumen können, König zu sein. Nun leckt er Tenira die Stiefel, und seine Verwandten sind zufrieden. Er hat nicht einmal protestiert, als Tenira die ermordete Familie offiziell zum Opfer eines bedauerlichen Unfalls erklärt hat! Wenn der Krieg gegen Kanchar beginnt, werden Edrahims Leute mit Teniras Soldaten kämpfen, als hätte es die Nacht des Feuers von Wajun nie gegeben. Sie hoffen auf Frieden, aber wir wissen, dass es keinen Frieden geben wird. Nicht mit Tenira auf dem Thron.«

Lani sah ihre Freunde zustimmend nicken. Die Gesichter vor ihr waren ernst.

»Ist es nicht eine Ironie des Schicksals, dass man kämpfen muss, um den Krieg zu verhindern? Das, was wir in den letzten vier Jahren erlebt haben, ist nichts gegen das, was noch kommt. Unser Traum vom Frieden kann sich nur erfüllen, wenn ein ganz bestimmter Mann auf dem Thron der Sonne sitzt – Fürst Wihaji von Lhe'tah, der einzige rechtmäßige Kandidat, der noch übrig ist. Wir alle haben unsere Gründe, warum wir uns diesem Kampf angeschlossen haben. Ihr, Prinz Laikan, kämpft für Eure ermordete Schwester, Königin Rebea.«

Laikan lächelte grimmig. Als Tenira Graf Kann-bai den Befehl über ihre Truppen gab, hatte der junge Prinz keinen Augenblick gezögert und war zum Feind übergelaufen. Sieben Jahre lang hatte er zuvor Kann-bai als Knappe gedient, dennoch stellte er sich nicht in den Dienst des Reichs der Sonne, das er für schuldig an Rebeas Tod hielt. Die offizielle Verlautbarung, der Brand sei ein bedauerlicher Unfall, nahm er ihr nicht ab, denn er wusste, wie verzweifelt Tenira nach einem Schuldigen an Tizaruns Tod gesucht hatte. Sie hatte ihn so gründlich befragt, dass er seine Ehre, seine Würde als Prinz von Nehess, angetastet sah, und auch diese Demütigung hatte er ihr nie verziehen. Aus dem Sultanat waren Kriegsdrohungen gekommen, die bisher nicht eingelöst worden waren, und so kämpfte der Prinz allein, der erste und einzige Soldat der großen Streitmacht hinter dem Meer.

»Du, Sidon, warst immer treu an meiner Seite. Und du, Karim«, sie schenkte dem jungen Mann ein Lächeln, »warst vielleicht die größte Überraschung von allen.«

Karim, Wihajis Knappe, war ihr in den vergangenen vier Jahren unentbehrlich geworden. Er hatte viel von Wihaji gelernt und war nützlicher, als sie je gedacht hätte. Sogar seine Sprechweise ähnelte seinem verschollenen Herrn, allerdings glaubte sie nicht, dass er es selber merkte. Immer wenn die Rede auf den Fürsten kam, bewölkte sich seine Miene. Wahrscheinlich vermisste er ihn von allen am meisten. In der verschworenen Gemeinschaft der Edlen Acht waren sie einander näher gewesen als Freunde – sie waren wie Geschwister auf Reisen gewesen, sie hatten Seite an Seite miteinander gekämpft, Sorgen und Freuden geteilt. Dennoch waren es häufig, da machte sie sich nichts vor, gerade die Dienstboten, die Kammerdiener oder Knappen, die einen Menschen am besten kannten.

»Wenn nur alle so treu wären wie du, Karim! Und natürlich habe ich auch dich nicht vergessen, Selas. Dich und deine ... nützlichen Verbindungen.«

Neben Karim, und auch das war ein Grund, immer wieder neuen Mut zu fassen, stand Selas, Prinz Winyas ehemaliger Leibdiener. Der Durst nach Rache, der ihn auf die Seite der Rebellen getrieben hatte, war inzwischen einem unerschütterlichen Kampfgeist gewichen, der sich von nichts und niemandem die Möglichkeit eines Sieges ausreden ließ. Er hatte ihnen Waffen besorgt, nach deren Herkunft niemand fragte, doch es war offensichtlich, dass sie aus Kanchar stammten. Selas und diesen Waffen verdankten sie, dass sie überhaupt so lange durchgehalten hatten. Kancharische Schwerter waren magisch behandelt. Sie verteilten Feuerblitze, wenn sie auf Metall trafen, und verursachten Wunden, die nicht heilten. Selas hatte den Rebellen ein paar Eisenpferde zugespielt, die nie ermüdeten, und sogar einige Kanonen, die schwere Verwüstungen anrichteten.

Aber Tenira hatte eigene Magier. Tenira hatte von allem mehr.

»Ich bin so stolz auf euch. Doch wenn Knappen und Kammerdiener sich als tapfere Soldaten erweisen, darf die Frage erlaubt sein: Wo sind die Verwandten, die Freunde? Wir konnten sie nicht für unsere Sache gewinnen. Sie glauben nicht, dass der große Krieg erst noch kommt, dass sie das, was sie jetzt ängstlich bewahrt haben, verlieren werden, weil sie jetzt zu feige sind, um gegen Tenira anzutreten. Wir waren von Anfang an zu wenige, und es sind nicht mehr viele übrig geblieben«, sagte sie laut. »Aber wir sind kein zerschlagener Haufen auf der Flucht. Wir sind ein Heer. Wir haben unser Leben eingesetzt im Kampf gegen eine Tyrannin, die sich gegen jegliches von den Göttern gegebenes Recht gestellt hat. Wir geben nicht auf, solange Hoffnung besteht. Und aufgrund dieser großen Hoffnung werden wir diese Burg einnehmen und Fürst Wihaji befreien. Sobald er unsere Armee anführt, werden sich uns viele anschließen, die den nächsten Erben auf dem Thron sehen wollen. Das ist unsere Hoffnung, und wir werden alles daransetzen, dass sie Wirklichkeit wird.«

»Dann ist heute der Tag des Wandels«, sagte Prinz Laikan. »Aber sie wissen, dass wir kommen.«

Denn die Trommeln dröhnten. Sie riefen. Sie warnten. Sie drohten.

»Die Möglichkeit, dass die Gefangenen uns unterstützen, schien uns mehr wert als der Vorteil der Überraschung. Wir haben daher Fürst Wihaji davon unterrichtet, dass wir hier sind. Er hatte einen halben Tag, um seine Mitgefangenen vorzubereiten, das muss genügen. Wir sprengen das Tor und schlagen los. Kann-bai ist bestimmt schon informiert, aber wir gehen davon aus, dass er ungefähr einen Tag brauchen wird, um seine Leute zu sammeln und herzukommen. Bis dahin haben wir Wihaji längst befreit.«

Aus den Augenwinkeln sah Linua die hohe Gestalt der Wächterin näher kommen. Sie duckte sich und arbeitete angestrengt weiter. Hinter sich fühlte sie die Gegenwart der Feindin, und wieder schrie alles in ihr danach, sich herumzuwerfen und zu kämpfen, aber sie arbeitete brav mit der stumpfen Nadel weiter. Als ihr Rücken schon unerträglich prickelte von der Anspannung, entfernte sich die Aufseherin endlich wieder.

Die Frauen auf der anderen Seite des Tisches blickten alle zu ihr herüber, flüchtig unter langen Wimpern hindurch, und Linua nickte ihnen stumm zu, ein winziges Lächeln auf den Lippen.

Der Stoff unter ihren Händen wuchs zu einer Uniform zusammen. Es war so leicht, vor den Augen der Wärterinnen etwas Verbotenes zu tun. So verdammt leicht. Sie hatte den anderen vorgeschlagen, Uniformen für sich selbst zu nähen, Uniformen, die keinem Soldaten passen würden. Kein Mann würde sich in diese Kleidungsstücke hineinzwängen können. Sie nähten für sich selber. Eine Armee der Hoffnung, eine Schar, die gegen die Festung und gegen die Großkönigin kämpfen würde, wie nie jemand für die Großkönigin gekämpft hatte. Hundert Gestalten in Graubraun, die sich den Weg zum Tor erzwingen würden. Und dann? Dann mussten die hereinkommen, die ihnen Beistand leisten würden.

Bald, dachte Linua, *bald ist es so weit. Ich werde dich wiedersehen.* Sie wagte kaum, es zu denken. *Wünschst du dir nicht, mich zu finden? Dann sieh her, ich bin diejenige, die Wünsche erfüllen kann.*

Die Hoffnung machte ihre Finger schnell, unerwartet schnell und geschickt. *Sogar ich*, lächelte sie in sich hinein, *kann nähen. Sogar ich. Aber warum auch nicht? Bin ich nicht frei? Kann ich nicht alles, was ich will?*

Und dann hörte sie wieder die Trommel. Wieder das Dröhnen, das ihr durch die Haut fuhr, das seinen Namen sang, dieses wilde, tiefe, kriegsverkündende Dröhnen. Es drang durch die dicken, uralten Burgmauern und bis in ihr Herz. Die Gefangenen hoben die Köpfe und sahen einander an, und Linua erschrak vor der wilden Hoffnung in den Augen der anderen.

Sie alle zuckten zusammen, als ein ohrenbetäubendes Krachen die Steine erzittern ließ. Unwillkürlich blickte Linua zur Tür, doch diese war nicht zerbrochen.

»Los, los!«, schrie eine der Aufseherinnen. »Auf! In die Zellen, sofort! Wird's bald!«

Die Gefangenen standen auf, taten zögernd die ersten Schritte.

»Du da!«

Linua drehte sich langsam um.

Die Wächterin stand breitbeinig da und wog den Schlagstock in der Hand, als wartete sie nur auf die Gelegenheit, ihn zu benutzen. In Linuas Rücken verkrampfte sich alles in Erwartung der Schläge, die unweigerlich kommen würden. Sie versuchte, sich innerlich gegen den Schmerz zu wappnen. Wie hatte Stiryan es so schön ausgedrückt? Wüstendämonen verbannten den Schmerz in den hintersten Winkel ihres Geistes. Dort gehörte er hin, eingesperrt in einen Käfig wie ein flatternder Vogel mit spitzen Krallen.

»Nein. Wir gehen nicht in unsere Zellen!«

Eine andere Frau bot der Wächterin die Stirn, eine andere krümmte sich unter den Schlägen. Es war Usita. Usita, die stöhnend zu Boden ging, während die anderen Gefangenen der zweiten Aufseherin zur Tür folgten.

Es war noch zu früh, um zu kämpfen, der Plan war noch nicht

ausgereift. Aber vielleicht kämpften sich die Befreier bereits durch das große Tor? Vielleicht standen die Kämpfer jetzt schon im äußeren Hof und schlugen die Wächter zurück, und einer war unter ihnen, ein dunkelhäutiger Mann in einem roten Mantel, der nach ihr rief.

Linua traf eine Entscheidung und war schon im nächsten Augenblick hinter der Wächterin, die auf Usita einprügelte, um ihr die dicke Nadel in den Hals zu stechen.

Vielleicht war Linua keine Lichtgeborene, aber ganz bestimmt war sie eine Mörderin, denn sie empfand kein Mitleid. Die Wächterin hing in ihren Armen, der Stock so wirkungslos in ihren erschlaffenden Händen wie ein Strohhalm. Jetzt und nur jetzt galt es alles zu wagen.

»Los!«, schrie sie den anderen Frauen zu. »Kämpft!«

Die Rebellen griffen das Tor mitten am Tag an in der Hoffnung, dass zu diesem Zeitpunkt nicht alle Gefangenen in ihren Zellen eingeschlossen waren. Sie hielten ihre Schilde über sich, während von oben auf sie geschossen wurde, denn wegen der Brandsteine mussten sie näher an die Burg heranrücken, als ein Pfeil üblicherweise fliegen konnte.

Wenn es um Brandsteine ging, empfand Karim gleichermaßen Faszination und Grauen. Die Steine sahen so harmlos an, sie waren kaum größer als Kiesel. Dunkelgrau, mit scharfen Kanten. Wenn man sie aneinanderrieb, was man tunlichst vermeiden sollte, stieg ein bitterer Duft nach Asche und Schwefel auf. Jeder Stein war in ein dünnes Ledertuch eingewickelt. Natürlich war der Inhalt des Beutels kein Abfall; mit Abfall zu arbeiten wäre Selbstmord gewesen. Seit es zu Beginn des Bürgerkriegs mehrere verheerende Explosionen gegeben hatte, war der Schwarzmarkthandel mit Brandsteinen eingebrochen, und die üblichen Handelswege nach Kanchar, insbesondere nach Daja, hatte Tenira sperren lassen. Sidon kannte sein eigenes Land schlecht, wenn er an das Märchen von verbotenen Geschäften in Guna geglaubt hatte, und er war nie in einem der Bergwerke gewesen. Diese Steine waren edelste Ware aus dem Bestand der Gilde. Vermutlich hatte Joaku sie handverlesen. Linua war schon immer seine Lieblingsschülerin gewesen; um sie aus Katall herauszuholen, scheute er keine Kosten.

Sidon bediente das Katapult, mit dem er die Steine gegen das Tor schleuderte. Stein für Stein legte er behutsam in die Mulde, die für weitaus größere Gesteinsbrocken vorgesehen war. Selas wickelte die grauen Kiesel aus und reichte sie ihm an. Karim mochte kaum hinsehen, wie sein Bruder die gefährlichen Stücke aus dem Sack hob und aus ihrer Umhüllung befreite. Er arbeitete langsam und vorsichtig, während die Schar der Rebellen den Atem anhielt. Die ersten Brandsteine trafen die oberen Mauerzinnen, um die Bogenschützen der Verteidiger auszuschalten. Körper und Mauersteine fielen, während es rauchte und krachte. Schreie gellten durch die warme Sommerluft.

Karim sah zu Lani hinüber, die die Hände verkrampfte und eine gequälte Miene machte. Sie saß auf dem letzten Eisenpferd, das wie ein Fels dastand, die Lider über die glimmenden Augen gesenkt. Es war nicht mehr als eine Geste an die Wächter von Katall, denn das Pferd konnte kaum noch laufen. Sie hatten es unzählige Male geflickt und wieder zusammengeschmiedet, doch die wajunischen Schmiede kannten sich mit Eisenpferden nicht aus. Vielleicht würde es noch einen letzten Galopp hinbekommen, bevor es endgültig auseinanderbrach.

Wenn es Karim nicht verboten worden wäre, hätte er sich beteiligt, doch seine eigene Unversehrtheit war zu kostbar. Seine Hände, die stehlen und töten konnten, die dazu bestimmt waren, einen Ring zu tragen und die Geschicke eines Landes zu lenken. Dennoch zog ihn das Geschehen magisch an.

Selas schüttelte warnend den Kopf, als Karim näher trat. »Du nicht«, zischte er.

Doch sogar Sidon riskierte sein Leben und seine Gesundheit, und Lan'hai-yia würde sich wundern, wenn Karim sich völlig abseits hielt. Außerdem lockte ihn das unheilvolle Feuer, das in jedem dieser unauffälligen Stücke schlummerte. »Gib mir wenigstens einen.«

»König Laon bringt mich um, wenn dir etwas passiert.«

Falls es schiefging, wäre der König von Daja ihr geringstes Problem.

»Einer«, flüsterte Karim, griff an Selas vorbei und hob eins der eingewickelten Päckchen heraus. Das Tuch schmiegte sich in seine Handfläche, und als er es öffnete, stach ihm der scharfe Geruch in die Nase. Er spürte, wie sein Bruder den Atem anhielt, doch er selbst atmete tief ein. Asche. Und die Verheißung von viel mehr, von einem Feuer, das Mauern zerfallen ließ und Tore sprengte. Jeder einzelne dieser Steine bedeutete Krieg.

Wie krank war es, Seelenverwandtschaft zu einem Stein zu verspüren?

»Gib her.« Selas' Augen waren dunkel vor Schrecken und Angst, als er ihm vorsichtig den Brandstein abnahm. Sidon streckte den Arm aus, auch sein Gesicht war seltsam grau.

Mit langsamen, sicheren Bewegungen legte der Herzog den Stein in die Mulde und löste den Hebel – diesmal zielte er aufs Tor. Der Beschuss von den Mauern herab hatte nachgelassen. Nun galt es alles.

Der Stein zerbarst mitten im Flug.

Die Wucht warf Karim auf den Rücken, denn im Gegensatz zu den anderen hatte er sich nicht geduckt. Es regnete Feuer, hastig rollte er sich herum und krümmte sich zusammen. Aus den Augenwinkeln sah er, wie Selas vor dem umgekippten Sack zurückwich.

»Weg hier!«, keuchte er.

Die restlichen Steine waren nicht explodiert – sonst wären nun alle Rebellen tot. Aber das konnte wohl jederzeit passieren, nach der Panik in Selas' sonst so gefasstem Gesicht zu urteilen. Staub färbte sein blondes Haar grau.

Karim sah sich rasch um. Lani war vom Pferd gefallen, das unbeeindruckt dastand, den Kopf trotzig erhoben, auch die übrigen Rebellen rappelten sich stöhnend auf. Noch hatte keiner begriffen, wie groß die Gefahr war, in der sie sich befanden.

Nur ein paar Herzschläge blieben Karim für seine Entscheidung. Und er traf sie, ohne zu zögern. Mit wenigen Schritten war er bei dem Sack mit den Brandsteinen, riss ihn hoch, dann sprang er damit auf das Pferd. Ein unheilvolles Knistern ertönte. Wenn die Tücher verrutscht waren ... Wenn die Steine einander berührten ...

Das Eisenpferd machte einen Satz nach vorn, als er ihm die Fersen in die Flanken drückte und die Worte murmelte, die die Magie weckten. Lani hatte ihn nie auf einem der kostbaren magischen Tiere reiten lassen, da er nur ein einfacher Soldat war, doch er war nicht umsonst in der kancharischen Wüste aufgewachsen. Das Reiten von Eisenpferden verlernte man nie.

»Karim!«, schrie Selas ihm nach, doch da raste das eiserne Geschöpf schon aufs Tor zu. Die Explosion hatte die letzten Wächter von den Zinnen gefegt, und niemand schoss auf den einsamen Reiter. Das Tor wuchs vor ihm in die Höhe. Es war aus unverwüstlichen Bohlen gefertigt, die jedem Rammbock standhalten würden. Doch einer solchen Menge Brandsteine konnte nichts und niemand widerstehen.

Hinter sich hörte er Schreie.

Nur wenige Meter vor dem Tor riss er das Pferd hoch. Mit einer Hand schleuderte den Sack gegen die hohen Torflügel, mit der anderen klammerte er sich am Widerrist des Zauberrosses fest und gab ihm den magischen Befehl. Es bäumte sich auf, und als die Welt unterging, flog es plötzlich los. In der Dunkelheit, im Feuer, in den Trümmerteilen, die durch die Luft wirbelten, war das Pferd sein einziger Halt. Es hatte keine Flügel, aber seine Mähne fächerte sich weit auf und verlangsamte den Sturz. Weitere Eisenplatten fuhren aus, und als es auf den Rücken fiel und über die Erde schlitterte, umgaben diese gewölbten Eisenteile Karim wie ein Kokon. Steine und Holzstücke prasselten auf das Dach seines kleinen Schutzraums, eine Woge von Hitze wehte ihn an, presste Glut in jede kleine Ritze. Dann senkte sich Stille über alles. In Karims Ohren rauschte und pfiff es, doch er dachte den nächsten Befehl, und die Eisenplatte hob sich, um ihn herauszulassen. Das

Pferd sank mit einem metallischen Knirschen zu Boden, nachdem er ins Freie gekrochen war.

Blutend, zerschrammt, von blauen Flecken übersät, aber lebendig.

29. IN TRÜMMERN

Katall stand noch – oder das, was von Katall übrig war. Nicht nur das Tor, auch der Großteil der vorderen Mauer war weggerissen. Schwarzer Rauch stieg auf, und vor dem Feuer rannten dunkle Gestalten hin und her.

Eine davon tauchte vor ihm auf. Selas rief etwas, doch Karim konnte ihn nicht hören, das Rauschen und Poltern in seinen Ohren war zu laut. Er wollte aufstehen, aber ihm war zu schwindlig. Sein Bruder drückte ihn auf den Boden herunter, vermutlich befahl er ihm liegen zu bleiben. Und rannte dann davon zur brennenden Burg, so wie vermutlich der Rest der Rebellen, doch nicht mit demselben Ziel. Die anderen stürzten los, um Wihaji zu finden; Selas war der Einzige, der wusste, wen sie wirklich befreien wollten.

Verdammt, Linua würde Selas umbringen, wenn er ein falsches Wort sagte.

Karim kämpfte sich auf die Knie.

Das Pferd. Ohne das Eisenpferd würde er keine zehn Meter hinter sich bringen.

»Auf«, keuchte er.

Der Kopf des Rosses war durch den Sturz abgerissen, aber es war auch nicht der Kopf, der das Geschöpf belebte, sondern die winzige Kammer in seiner Brust, in der die Magie pulsierte wie ein Herzschlag.

»Steigbügel.«

Eine der Eisenplatten senkte sich, sodass er den Fuß daraufsetzen konnte und hochgehoben wurde. Was einmal ein bequemer Sattel gewesen war, war nun dermaßen verbogen, dass die Gefahr bestand, sich wichtige Körperteile einzuklemmen. Die

Platten, die ihm als Schutz gedient hatten, waren nicht vollständig wieder eingefahren. Dennoch bewegten sich die vier Beine stolpernd vorwärts, auf sein Ziel zu.

Lan'hai-yia gab den Befehl zum Angriff, als die Burg in die Luft flog, und die Rebellen stürmten los. Später war noch Zeit, um um diesen verrückten Karim zu trauern. Niemand konnte eine solche Explosion aus nächster Nähe überlebt haben.
   All dies für Wihaji.
   Und Karim würde nicht der Letzte sein, der für den Fürsten starb.
   Im zerstörten Außenhof lagen zahlreiche Leichen, Wächter als auch Gefangene. Es gab keinen Widerstand mehr – die Kämpfe, die jetzt noch stattfanden, gingen sie nichts an, denn der Kleidung nach zu urteilen rächten sich nun die außer Rand und Band geratenen Häftlinge an ihren Wärtern.
   Die Burg brannte, das Feuer breitete sich immer weiter aus, und bis zum Eingang in den Innenhof und zu den tiefer liegenden Verliesen war es noch ein weiter Weg.
   »Wihaji!«, rief sie laut. Es war durchaus möglich, dass er in der Nähe war, dass er darauf wartete, einzugreifen, sich zu zeigen und die Führung zu übernehmen. Sie sehnte sich nach der Führung des Erben. Noch ließ sie die Schwäche nicht zu, die manchmal in ihr aufstieg, die bodenlose Erschöpfung. Wenn Fürst Wihaji in Sicherheit war, wenn er vor ihr stand und sich für seine Befreiung bedankte, würde sie endlich wieder richtig schlafen können. Er würde nicht von ihr verlangen, ihm zu dienen, sondern ihr erlauben, nach Hause zu fahren und zu sich zu kommen. Dann würde sie sich in ihrem Garten in der Kolonie in die Hängematte legen, das Buch mit Winyas Versen in der Hand, und versuchen, die letzten Jahre zu begreifen.
   »Warte!« Hinter ihr tauchten Sidon und Laikan auf. »Da gehst du nicht alleine rein.«
   Sie nickte ihnen zu. »Dann los.«

Linua fand Stiryan, den Obersten Aufseher von Katall, unter einem Türbogen, der auseinandergebrochen war. Er lag zwischen den Steinen, mit schmerzverzerrtem Gesicht, und konnte sich nicht rühren.

Sie kniete sich gerade neben ihn, als sie die Spitze eines Schwertes zwischen ihren Schulterblättern spürten.

»Zur Seite, Aufseherin.«

Die Uniformen, die sie und ihre Mitstreiterinnen angezogen hatten, waren sehr nützlich gewesen, um sich den Weg aus den verschlossenen Gängen unter der Burg nach oben zu bahnen, doch nun war die Kleidung ein Grund für Missverständnisse.

Vorsichtig drehte Linua sich um.

»Das ist Stiryan, kein Zweifel«, sagte ein blonder Mann, in dem sie trotz seines rußgeschwärzten Gesichts Herzog Sidon erkannte. Solch strahlend blaue Augen hatte sonst niemand. »Ich habe ihn schon einmal getroffen, als er eine Audienz im Palast hatte.«

Linua kannte das Aussehen der alten Helden, Wihajis Freunde hatte sie hingegen nie zu Gesicht bekommen. Kaum war sie bei ihm eingezogen, hatte Tizarun ihnen schon den Auftrag gegeben, nach Anta'jarim zu reisen. Nun war sie froh darüber, denn mit der gebrochenen Nase und dem bösen Schnitt quer über ihrem Gesicht war sie nur ein Schatten jenes hübschen Mädchens in den bunten Kleidern. Auf einmal schämte sie sich, und am liebsten hätte sie verschwiegen, wer sie war, doch die Aussicht, Wihaji in die Arme schließen zu können, war stärker als ihre Scheu.

»Ihr habt recht, das ist Stiryan, der Oberste Aufseher. Ich bin Linua. Wo ist Wihaji?«

»Linua?«, fragte Sidon erstaunt, doch er fasste sich schnell wieder und wandte sich an die Frau an seiner Seite. »Lani, das ist Wihajis Verlobte Linua. Linua, du stehst vor Lan'hai-yia von Guna, der Anführerin der Rebellen gegen Tenira.«

Die Frau mochte um die vierzig sein. Ihre Haare waren zu einem Zopf geflochten, aus dem sich zahlreiche Strähnen gelöst hatten, und ihre hellbraunen Augen blickten klug und wachsam.

»Wisst Ihr etwas über Fürst Wihaji?«, verlangte Lan'hai-yia zu wissen. »Wo können wir ihn finden?«

»Ist er denn nicht bei Euch?«, fragte Linua alarmiert. »Hat er nicht die Burg gestürmt?«

Sidon beugte sich über Stiryan. »Wir sind gekommen, um Fürst Wihaji zu holen. Als Oberster Aufseher könnt Ihr mir sicher meine Frage beantworten. Wo ist er?«

»Fürst Wihaji von Lhe'tah?« Stiryan lächelte höhnisch. »Um den geht es Euch? Den könnt Ihr hier lange suchen. Er ist nicht auf Katall.«

»Ihr lügt!«, rief die Rebellenführerin heiser. »Wir werden die ganze Burg auf den Kopf stellen, bis wir ihn gefunden haben. Und wenn wir in jede einzelne dieser verdammten Zellen schauen müssen!«

Stiryan grinste verächtlich. »Bis Ihr die ganze Burg durchsucht habt, sind die Truppen der Großkönigin längst hier. Katall ist größer, als sie von außen aussieht. Und wenn Ihr nach unten steigt, wird das Feuer Euch den Rückweg abschneiden.«

»Ihr werdet mir sagen, wo er ist! Jetzt und sofort. Oder Ihr landet selbst in einem Eurer Verliese, in einer Eurer finsteren Folterkammern. Das könnt Ihr Euch ersparen.«

Linua hatte dem Wortwechsel immer fassungsloser zugehört. Die Enttäuschung war wie ein Schock. Wihaji war nicht hergekommen, um sie zu retten? Und so endete die Hoffnung. »Er ist nicht hier«, sagte sie.

»Was?«, fragte die Rebellenführerin zornig. »Woher wollt Ihr das wissen? Werden nicht Männer und Frauen getrennt gefangen gehalten?«

»Wihaji ist nicht in dieser Burg. Wäre es so, hätten sie ihn zusehen lassen, als ich gefoltert wurde. Ich habe Stiryan kennengelernt, und ich weiß, worauf Tenira aus ist. Sie hätten sich nicht entgehen lassen, den Schmerz zu verdoppeln. Wihaji ist nicht in dieser Burg.«

»Ihr wisst gar nichts!«, rief Lan'hai-yia verzweifelt. »Er ist hier, er muss hier sein!«

»Komm.« Sidon griff nach ihrem Arm. »Das Feuer kommt näher. Wir müssen sofort hier raus. Wenn Wihaji nicht auf Katall ist, haben wir hier nichts mehr verloren.«

Die Rebellin warf Linua einen bösen Blick zu. »Du glaubst ihr? Sie sieht nicht aus wie irgendjemandes Verlobte!«

Linua war sich bewusst, wie sie aussehen musste – gewiss nicht wie die Geliebte des einst zweitmächtigsten Mannes von ganz Le-Wajun. Erst recht nicht wie die Verlobte des Erben der Sonne. Mit ihrer dunklen Haut, dem wilden Blick, der schiefen Nase und dem zerfetzten Gesicht sah sie bestimmt eher wie eine verrückte Mörderin aus. Vorsichtig tastete sie mit der Zunge über die Lücke in ihrer Zahnreihe.

»Oh ihr Götter, das ist die zukünftige Sonne von Wajun? Ich kann den Rebellen diese Frau unmöglich als die nächste Großkönigin vorstellen!«

»Das müsst Ihr auch nicht«, sagte Linua heiser.

»Wir haben ihn in ganz Le-Wajun gesucht«, sagte der Herzog. »Wenn er nicht in Katall ist, wo ist er dann?« Er schüttelte Stiryan, schrie seinen Zorn heraus: »Wo ist er?«

Linua stand reglos daneben wie eine beschädigte Statue und dachte nur: *Wihaji ist nicht da. Er ist nicht da.*

Dann begegnete sie Stiryans blutunterlaufenem Blick und zuckte zurück vor dem Hohn in seinen Augen.

»Was haben wir übersehen?«, fragte sie ihn. »Sagt es mir!«

Der blutende Mund verzog sich zu einem gehässigen Grinsen.

»Übersehen?«, fragte Lan'hai-yia verständnislos.

»Er weiß etwas«, erklärte Linua; ein Flackern in Stiryans Augen bewies, dass sie recht hatte. »Er glaubt, dass wir nicht entkommen können. Teniras Truppen ... sie sind schon hier, oder? Sie waren ganz in der Nähe, ist es das?«

Linua packte Stiryan am Kopf und zog ihn zu sich heran. »Ich mache Euch ein Geschenk«, flüsterte sie ihm ins Ohr. »Ich sage Euch, wer ich bin. Ich bin eine Spionin aus Kanchar, Ihr hattet die ganze Zeit recht. Ich bin eine Wüstendämonin, aber diesmal seid Ihr es, der mit dem Tod verlobt ist.«

Sie stieß ihn zurück in die Trümmer. Ihn zu töten wäre eine unverdiente Gnade gewesen. »Raus hier, sofort! Rennt! Rettet Euer Leben!«

Lan'hai-yia und Sidon wichen mit schreckensbleichen Gesichtern zurück. Dann drehten sie sich um und liefen. Sidon blies in ein Horn – das Zeichen zum Rückzug.

Einen Moment zweifelte Linua, ob sie ihnen folgen sollte, schwankte zwischen sofortiger Flucht und ihrer Verpflichtung gegenüber denen, die das Tor geöffnet hatten. Ihr Drang nach Freiheit war so groß, dass ihre ersten Schritte mit Macht nach draußen strebten, doch gleichzeitig wusste sie, dass sie die Informationen, die sie benötigte, nur von diesen Leuten bekommen konnte. Sie musste noch eine Weile bei ihnen bleiben.

Dann sah sie einen Mann, den sie besser kannte, als ihr lieb war.

Den Mann, der an allem schuld war, der das Reich der Sonne ins Chaos gestürzt hatte. Kaum zu glauben, dass er noch lebte. Die Götter verziehen nie, wenn man ihren auserwählten Herrscher antastete. Linua hatte es nicht über sich gebracht und vier Jahre lang gelitten, und der Mann, der es getan hatte, war davongekommen.

Karim, dieser Schweinehund. Er war verletzt; schwer stützte er sich auf einen bärtigen Mann in der abgerissenen Kleidung der Rebellen. Zu gerne hätte sie sich auf ihn gestürzt, die Gelegenheit genutzt, solange er schwächer war als sie, und zu Ende gebracht, was die Götter begonnen hatten. Und ihn vorher dazu gezwungen, ihr zu erzählen, was aus Wihaji geworden war. Doch um sie herum schlugen die Flammen immer höher, und durch das Knistern und Poltern hörte sie die Trommeln.

Die Regierungstruppen waren schon fast da.

Damit war es entschieden – sie würde das Weite suchen, solange sie noch konnte.

Das kopflose Eisenpferd stakste über die Trümmer. Überall wurde gekämpft. Männer in der zerlumpten Kleidung der Gefangenen kletterten über Steine und Leichen und rannten auf die Freiheit zu, ohne Karim zu beachten.

Vor seinen Augen hing ein blutiger Schleier, doch er hatte keine Zeit, schwach zu sein. Er musste Linua finden, bevor sie die Flucht ergriff. Noch einen Fehler würde Joaku ihm nicht verzeihen. So wichtig er in diesem Spiel um die Macht auch war, unentbehrlich war niemand, und der Meister kannte viele Möglichkeiten, jemanden zu bestrafen. Er kannte jeden einzelnen Menschen, der Karim wichtig war, also hatte er die freie Auswahl, wenn er ihm wehtun wollte. Selbst wenn man innerlich tot war, gab es noch viele Gelegenheiten, um am Schmerz zu zerbrechen.

Ein plötzlicher Ruck warf ihn vom Pferd. Gerade noch konnte er sich am Steigbügel festhalten und sich auf den Boden herunterlassen; bei einem Sturz hätte er sich womöglich das Genick gebrochen. Das metallene Geschöpf bebte und knarrte, während es sein Bein zu befreien suchte, das zwischen zwei Gesteinsplatten feststeckte.

Karim konnte ihm nicht helfen. Mühsam ließ er sich auf einem größeren Brocken nieder und hielt nach seinen Freunden Ausschau. Gleich darauf blinzelte er ungläubig und wischte sich über die Augen – zwischen den Trümmern nahm es ein Gefangener gleich gegen zwei Wärter auf. Der Mann war hochgewachsen, sehr schlank und dunkelhäutig. Sein Haar war tiefschwarz, und das, was Karim von seinem Nacken und den Armen erkennen konnte, war so dunkel wie das Fell eines Rappen.

Bevor Karim rufen konnte, erstarrte der Mann mitten in der Bewegung, dann fiel er in sich zusammen. Die Wächter wirkten überrascht, besannen sich jedoch schnell und machten sich davon.

Als Nächstes erschien ein Mann auf einer halb eingerissenen Mauer, der nun über die Steine kletterte und auf den Toten zueilte. Er zog ihm das Messer aus dem Rücken und drehte ihn dann um.

Als Karim an der Stelle eintraf, hinkend und kaum seiner Sinne mächtig, war er auf alles gefasst. »Ist es der Fürst?«, fragte er.

Prinz Laikan blickte auf. Hastig steckte er das Messer weg, und auf seinem Gesicht lag ein seltsamer Ausdruck. Für einen Moment lag die Wahrheit so offen und bloß vor Karim wie eine Wunde – Laikan, an dessen Seite Karim vier Jahre lang gekämpft hatte, war ein Fremder.

»Dieselbe Befürchtung hatte ich auch«, sagte der Prinz, der sich mit einem Blinzeln in den langjährigen Gefährten zurückverwandelte. »Aber nein, er ist es nicht. Was für ein Glück. Stell dir vor, wir hätten den Erben nach so langer Zeit befreit, und dann stirbt er im Kampf, und alles war umsonst.«

Karim betrachtete das Gesicht des Toten, das keinerlei Ähnlichkeit mit Wihaji aufwies. Er fühlte keine Erleichterung. Was er fühlte, ging weit darüber hinaus.

»Ich dachte, du wärst tot«, sagte Laikan. Misstrauen glomm in seinen Augen auf. »Bist du schon lange hier?«

»Gerade erst eingetroffen. Ich kann mich kaum rühren.« Das war nicht gelogen. »Wo sind die anderen?«

Dank eines unvergleichlichen Trainings konnte er so tun, als sei alles in Ordnung, als hätte er nicht gerade eben mitangesehen, wie Prinz Laikan einen Mann ermordet hatte, der von hinten aussah wie der verschollene Fürst.

»Sie brauchen unsere Hilfe.« Laikan kletterte über die Steine wie eine junge Bergziege.

Karim wollte ihm folgen, doch seine Knie gaben unter ihm nach. Er schwankte, und wenn nicht plötzlich jemand neben ihm aufgetaucht und ihn aufgefangen hätte, wäre er zu Boden gestürzt, um nie wieder aufzustehen.

»Sie ist hier«, sagte Selas leise. »Aber du solltest nicht hier sein, Bruder. Hast du Sehnsucht nach Kelta? Du hast mir nie erzählt, dass du dich mit ihr verlobt hast.«

»Nur mit einer ihrer Schwestern.« Karim brachte ein schwaches Lächeln zustande. Die Todesgöttin hatte ihn heute verschont, doch er war ihr versprochen, wie jeder Wüstendämon. »Und ich muss mit Linua reden.«

»Dann tu es, aber in diesem Zustand wirst du sie wohl kaum aufhalten können«, meinte Selas. »Da vorne ist sie.«

Sein Sichtfeld wurde dunkel, gerade als Linua vor ihm erschien; jedenfalls schien sie es zu sein hinter all dem Dreck und Blut. Und zum Reden war keine Zeit. Linua legte sich einen seiner Arme um die Schultern, Selas stützte ihn auf der anderen Seite, und während schon die Trommeln dröhnten und die Ankunft von Kann-bai verkündeten, trugen sein leiblicher Bruder und seine Gildenschwester ihn aus der brennenden Burg.

Als es dunkel wurde, befahl Sidon zu halten. Die Rebellen hatten sich in alle Richtungen verstreut. Wer es geschafft hatte, aus der Burg zu entkommen, bevor Kann-bai die brennende Ruine umstellt hatte, war zum Lager geflohen. Doch Lan'hai-yia hatte die letzten ihrer Getreuen weggeschickt.

Es gab keinen Widerstand mehr. Sie hatten Wihaji nicht gefunden, und nun gab es keine Hoffnung mehr. Die meisten Rebellen waren nicht namentlich bekannt. Wenn sie in ihre Dörfer zurückkehrten, konnten sie ihre Häuser wiederaufbauen und versuchen, in ihrem alten Leben Fuß zu fassen. Doch für die Führungsriege und ihre engsten Getreuen galt das nicht; längst standen auch ihre Namen auf der Liste gesuchter Verbrecher. Wenn sie sich retten wollten, mussten sie so schnell wie möglich das Land verlassen.

Das kleine Häufchen, das von der Revolte übrig geblieben war, bestand aus der Anführerin und ihrem Vetter, Prinz Laikan, Karim und seinem bärtigen blonden Freund. Auch für Linua gab es in ganz Le-Wajun keinen Platz mehr, deshalb hatte sie sich der Gruppe trotz aller Gründe, die dagegensprachen, angeschlossen. Die Richtung, in die sie flohen, gefiel ihr nicht.

Es ging nach Kanchar. In die Kolonie, wo Lani ein Haus besaß.

»Wir können kein Feuer riskieren«, sagte Sidon. »Es ist kühl, und wir sind alle hungrig, aber wir haben sowieso nichts, was wir kochen könnten. Verteilt euch hier unter die Bäume, zu zweit oder zu dritt, und macht keinen Lärm.«

Niemand wunderte sich, als Linua zu dem Gebüsch hinüberging, wo Karim versorgt wurde, denn schließlich hatten sie früher in einem Haushalt gelebt. Selas, der Salbe auf die Brandwunden strich, riss jedoch erschrocken die Augen auf, als sie sich näherte. Seine Augen irrten zu dem Messer, mit dem er eine Heilwurzel zerteilt hatte.

»Keine Sorge«, sagte Linua. »Wenn ich seinen Tod wollte, hätte ich ihn schon auf Burg Katall erledigt. Lässt du uns bitte allein?«

Selas zögerte.

»Geh ruhig.« Im Mondlicht sah sie Karims Augen glitzern. Es war keine Bitte, sondern ein Befehl, und Selas verzog sich mit einem leisen Seufzer. Linua wartete, bis er verschwunden war. Sie hörte, wie er sich gedämpft mit Prinz Laikan unterhielt. Dann erst kniete sie sich neben Karim und griff nach dem Töpfchen mit der Salbe.

»Das musst du nicht tun«, sagte er.

»Weil ich dadurch nichts an Joakus Zorn ändern kann? Darum geht es mir auch nicht.«

»Ich habe nicht den Auftrag, dich zu töten.« Er atmete scharf ein, als sie eine seiner Wunden berührte.

Sie lachte rau. »Ich glaube nicht, dass Joaku mich als seine verloren gegangene Lieblingsschülerin begrüßen will.«

Niemand wandte der Gilde den Rücken. Und niemand, der gegen seine Befehle gehandelt hatte, durfte mit Gnade rechnen. Plötzlich kam ihr der Gedanke, dass Karim vielleicht gar nicht so verletzt war, wie er tat. Sie hatte ihn halb tot aus Katall herausgetragen – war das ein Trick gewesen, damit sie ihn für ungefährlich hielt und sich ihm näherte? Das hätte gut zu einem Schüler Joakus gepasst und ihm zudem lästige Fragen zu seinem Überleben erspart. Die Erzählungen seiner Heldentat hatte Linua bereits mehrfach zu hören bekommen; die Sache mit den Brandsteinen war eine maßlose Dummheit gewesen, die seine Tarnung gefährdet hatte. Nur ein Kancharer konnte so gut mit einem Eisenpferd umgehen und wusste um die verborgenen Fähigkeiten dieser Kriegswerkzeuge. Wäre er danach unbeschadet davonspaziert, hätte er eher Misstrauen geerntet als Dankbarkeit.

»Du sollst nur nach Hause kommen«, sagte er. »Joaku hat mir nicht gesagt, was er vorhat.«

»Natürlich nicht.« Das war nicht einmal ein Lächeln wert.

»Und wenn ich nicht gehe? Wirst du mich aufhalten, wenn ich einen anderen Weg einschlage?«

Er antwortete auf eine Frage, die sie nicht gestellt hatte. »Wihaji hat mir sehr viel bedeutet. Ich bin froh, dass du ihm das Gegengift gegeben hast.«

Vielleicht war das gelogen, damit sie ihn nicht umbrachte und sich aus dem Staub machte, aber es klang ehrlich. Es war ihr immer schwergefallen, diesen Jungen einzuschätzen, schon damals in der Gildenschule. Joaku hatte ihr stets vertraut – und Karim nicht. Nur deshalb hatte er sie ebenfalls nach Wajun geschickt.

Linua hatte immer geglaubt, dass Karim sich eines Tages auflehnen und fallen gelassen werden würde; er hatte ein viel weicheres Herz, als gut für ihn war. Doch nun war sie die Verräterin. Ein Wüstendämon verliebte sich nicht in ein Zielobjekt.

Linua legte sich neben ihn auf die Decke, sie senkte ihre Stimme zu einem Flüstern. »Ist er tot?«

»Ich fürchte, ja«, sagte er ebenso leise. »Es heißt, er wurde mit Tizarun zusammen begraben.«

Sie hörte auf zu denken, zu atmen, zu fühlen.

Es war so dunkel, dass sie kaum die Stämme der Bäume erkennen konnten, und nur vereinzelt blinzelten ein paar Sterne durch das Blätterdach. Keiner der Monde war in dieser Nacht sichtbar.

»Glaubst du an die Götter?«, flüsterte sie.

»Welcher Wüstendämon glaubt nicht an Kelta und ihre Schwestern?«

Du bist eine Lichtgeborene, hatte Usita gesagt. Doch wenn sie die Tochter einer Göttin war, dann war Kelta, die Todesgöttin, wohl ihre Mutter.

»Ich habe sogar verlernt, an mich selbst zu glauben«, gab Linua zurück.

Oder war sie selbst das Einzige, was sie je von den Göttern zu sehen bekommen würde? Kein Wunder, dass es in dieser Welt so schrecklich zuging. Wenn sogar die Feen lieber mordeten, statt sich um die Herzenswünsche der Menschen zu kümmern!

»Was wird am Ende noch da sein von dem, woran wir glauben wollten?«, flüsterte sie ins Dunkel. »Wir sind jetzt schon am Ende. Es stört die Sterne nicht, dass wir hier weinen. Der Frühling wird trotzdem kommen. Alles«, sie schluckte den Schrei hinunter, der ihr beim Wort Frühling auf die Zunge sprang, »alles beginnt jeden Tag neu.«

Ihr war, als müsste jeder einzelne Stern darüber weinen, dass Wihaji fort war.

»Was bedauerst du am meisten?«, fragte sie leise.

Karim schwieg lange, und sie glaubte, er würde nicht antworten. Doch dann bewegte er sich, bettete den Kopf auf seinem Arm, und Linua ärgerte sich ein wenig, weil diese kleine Bewegung, die er machte, ohne auch nur zu stöhnen, ihr verriet, wie gut es ihm in Wirklichkeit ging.

»Dass wir nur vorwärtsgehen können und niemals zurück«, sagte er.

»Was würdest du denn tun, wenn du zurückgehen könntest?«

Er war nie ehrlich. Nie. Und doch klangen seine Worte zum ersten Mal, seit sie ihn kannte, echt. »Ich habe einmal ein Mädchen kennengelernt. Ein besonderes Mädchen. Und sie wieder aus den Augen verloren. Die Geschichte nahm kein gutes Ende. Sie ist ... sie ist im Krieg gestorben, gleich am Anfang. Wenn ich könnte, würde ich in jenen Hof gehen, im Sommer, ein Pferd stehlen und sie mitnehmen. Ich würde einfach mit ihr davonreiten, in die Wälder, egal wohin.«

Es war ein dummer Traum, und das wusste er gewiss selbst. Joaku hätte ihn gejagt, ihn bis ans Ende der Welt verfolgen lassen. Von ihr vermutlich. Karim wäre nie entkommen, erst recht nicht mit einem Mädchen. Sie wäre so oder so gestorben.

»Ein schöner Traum«, sagte sie.

»Ja«, flüsterte er. Und dann, als würde er genau wissen, welchen Weg ihre Gedanken genommen hatten, sagte er: »Wir gehen nach

Kanchar, und du wirst mitkommen. Darüber gibt es keine Diskussion.«

Denn alle Träume von Flucht waren ebendies: Träume.

Vielleicht gab es eine Welt, in der man lieben konnte, wen man wollte, und gehen, wohin es einen zog, und tun, wonach einem der Sinn stand – doch falls es eine solche Welt gab, war es nicht diese.

30. SONNENTRÄUME

Die Ohren des grauen Hengstes zuckten. Ein Schwarm Stechfliegen hatte sie entdeckt und umkreiste sie nun sirrend.

»Ruhig, Prinz. Verschwindet, ihr verdammten Viecher!« Er nahm seinen Hut ab und schlug nach ihnen, ohne etwas auszurichten. Das Pferd begann zu tänzeln. Schließlich gab Laimoc die Zügel frei und ließ den Grauen rennen. Die Hitze machte ihnen beiden nichts aus. Das Tier war hier geboren, und er selbst hatte sich daran gewöhnt. An die Sonne, an die graubraunen Felder, an die gelblichen Weiden, auf denen seine Rinder grasten. Es war eine große Herde, auf die man gut aufpassen musste, aber dafür hatte er genug Leute. Hin und wieder verloren sie ein Tier durch einen Angriff von Raubkatzen oder durch eine Giftschlange. Der Busch war zu nah. Außerdem bot er ein gutes Versteck nicht nur für wilde Tiere, sondern auch für Banditen. Aus diesem Grund waren außer den Hirten immer auch bewaffnete Wächter unterwegs. Es würde ein harter Schlag für die Farm sein, wenn man sie zwang, ihre Waffen abzugeben.

Die Gerüchte von einem nahenden Krieg dauerten an. Laimoc zweifelte nicht daran, dass es auch ihnen hier in der Kolonie an den Kragen gehen würde, wenn der schwelende Konflikt zwischen Kanchar und Le-Wajun endlich ausbrechen sollte. Man würde sie auffordern, ihre Waffen abzugeben, man würde ihnen alle Ersparnisse und wahrscheinlich auch die meisten Pferde abnehmen, aber er glaubte nicht, dass man versuchen würde, sie zu vertreiben. Das Land war für die Kancharer wertlos. Sie lebten gerne in Städten, nicht ungeschützt mitten in der Einöde, und in dieser Gegend hatte es nie Nomaden gegeben. Dass hier, mitten in der dajanischen Steppe, seit mehreren hundert Jahren wajunische

Siedler lebten, würde sich auch durch diesen Krieg nicht ändern, deshalb fürchtete er sich nicht davor. Nur wenn sie ihm seine Pferde raubten – das wäre natürlich etwas anderes.

Laimocs Reichtum beruhte auf der Rinderherde, aber seine wahre Leidenschaft war die Pferdezucht. Aus diesem Grund war er immer noch hier und hatte nicht versucht, nach Le-Wajun zurückzukehren. Für die Pferde hatte er es in Kauf genommen, dass sein Name entehrt wurde und der üble Hauch von Schande seine Familie streifte. Seine Frau Retia hasste die Hitze, die Einsamkeit und die Wildheit dieses Landes, aber das war ihm gleich. Wenn er auf dem Rücken seines Hengstes saß und über seinen eigenen Grund und Boden ritt, wusste er, dass er am richtigen Platz war. Damit hatten sie sich sein Schweigen gekauft: mit den besten Tieren aus dem königlichen Stall. Das Haus Lhe'tah schmückte sich nicht umsonst mit einem Wappen, das ein galoppierendes schwarzes Pferd zeigte, sie hatten seit jeher schnelle Pferde geliebt. Darum hatte er Tizarun schon damals beneidet, als es die Edlen Acht noch gab, vor dem Verrat und seiner Verbannung. Nicht einmal eine ganze Schar Stuten hätte ihn dazu gebracht, ihr unsägliches Spiel mitzuspielen, aber sie hatten es einfach getan, ihm Tizaruns Verbrechen angehängt und ihm dann sein Schicksal versüßt – mit Pferden und mit Land und mit genug Geld, um kancharische Zuchtstuten dazuzukaufen und die Vorzüge zweier Rassen kombinieren zu können. Seine Tiere waren zäher, ausdauernder und genügsamer als die wajunischen Reitpferde, und zugleich waren sie größer, langbeiniger und schneller als die kancharischen Steppenpferde. Er hatte Tiere bis nach Wabinar an die kaiserlichen Prinzen verkaufen können, und dafür hatte er nicht einmal seine Besten hergeben müssen.

Der Krieg. Wenn nur der Krieg nicht kam! Der König von Daja würde die Gelegenheit nutzen, um sich Laimocs Zucht einzuverleiben. Auch wenn er genug Eisenpferde hatte und seine Magier weitere Monstrositäten erschaffen konnten, vor denen sich sogar die Götter die Augen zuhielten, würde König Laon der Vorwand, die Pferde könnten für die wajunische Seite eingesetzt werden, genügen.

Laimocs Stirn legte sich in Falten, während er grübelte, dennoch genoss er die Schnelligkeit des Hengstes, sodass die Sorgen keine Chance hatten, diesen Tag zu verderben. Regelmäßig ritt er die Grenzen seiner Besitztümer ab. Von hier aus, dem äußersten Rand der Weiden, war das Haus nicht mehr zu sehen. Wie er es gewohnt war, blieb Prinz an der Straße stehen, die die weit auseinanderliegenden Farmen der Siedler miteinander verband, und schüttelte die Mähne, um die Stechfliegen zu vertreiben. Einen Moment lang überlegte Laimoc, ob er seinen Nachbarn aufsuchen und mit ihm darüber beratschlagen sollte, was sie tun würden, wenn der Krieg tatsächlich kam, aber dann entschied er sich dagegen. Wenn es notwendig werden sollte, die Pferde zu verstecken, war es besser, wenn so wenig Leute wie möglich davon wussten. Und seine Nachbarin zur anderen Seite hin war nicht zu Hause. Er hatte Lan'hai-yia nicht mehr gesehen, seit sie in den Krieg gezogen war, und vermisste sie keineswegs. Sie war mit seiner Frau befreundet, aber er wusste, wie sehr sie ihn verachtete.

»Nach Hause«, sagte er zu dem Grauen. »Machen wir Schluss für heute, Prinz.«

Es war später Vormittag. Wenn die Sonne noch höher stand, war es unklug, sich im Freien aufzuhalten. Schatten war rar. Außerdem verspürte er Hunger. Wie immer war er ohne Frühstück aufgebrochen, ungeduldig, nach draußen und zu den Pferden zu gelangen, und er freute sich auf ein gutes, gehaltvolles Essen. Manch einem verschlug die Hitze den Appetit, aber auf ihn traf das nicht zu. Es war ihm stets wichtig gewesen, dass sein Küchenpersonal etwas vom Kochen verstand, das war durchaus nicht selbstverständlich. Ein gutes Essen, ein guter Wein, gute Pferde. Seine Mutter Estil, die einst über ganz Weißenfels geherrscht hatte, über ein Schloss und die Dörfer der Gegend, hatte seinen Haushalt fest im Griff. Manchmal dachte er, dass es letztendlich dieser Umstand war, der ihn hierherverschlagen hatte – dass er die guten Dinge des Lebens schätzte, nicht den Krieg und die Intrigen bei Hofe.

Laimoc war nie wie Tizarun gewesen oder wie sein Bruder Quinoc und seine verdammten Freunde. Er hatte sich nie durch irgendetwas Besonderes hervorgetan. Nur die Pferde: Was er hier erreicht hatte, darauf konnte er mit Fug und Recht stolz sein. Und doch, und auch darauf war er stolz, hatte er nie besser ausgesehen als jetzt mit Mitte vierzig. Aus dem verwöhnten, kulinarischen und anderen Genüssen zugeneigten Jüngling, der des Landes verwiesen worden war, war ein braun gebrannter, von Sonne und Wind gestählter Mann geworden, schlank und kräftig. Seine Arme, an die Arbeit mit Pferden und Rindern gewöhnt, ließen kaum ahnen, wie stark er wirklich war. Mit jedem seiner Männer, die hüteten oder wachten, konnte er es jederzeit aufnehmen, und die Narben an seinem Oberkörper zeugten von Kämpfen mit kancharischen Banden und Strauchdieben, denen er Respekt beigebracht hatte. Er sah gut aus und wusste es, und dieses Wissen verlieh seinen Bewegungen und seiner Stimme nicht nur etwas Herrschaftliches, Autoritäres, sondern zugleich etwas Werbendes, Verlockendes. In der Kolonie gab es nicht wenige Frauen, die darauf warteten, dass er vorbeigeritten kam und sich von ihnen in ein kühles Zimmer bitten ließ. Im Gegenzug hatten die Jahre in Reichtum und Trägheit Tizarun erschlaffen lassen.

Es bereitete Laimoc große Genugtuung, das zu wissen. Immer war er begierig auf Nachrichten aus der Heimat gewesen und hatte alles, was Tizarun betraf, gierig aufgesaugt. Kaum jemand riskierte es, Bilder über die Grenze nach Kanchar zu bringen, und so mussten die Siedler mit den wenigen Gemälden auskommen, die sie heimlich besaßen. Jeder hütete die Porträts des Sonnenpaares, auch wenn sie in den Häusern der Kolonisten selten offen an der Wand hingen und meist ein Schattendasein in Truhen oder Schränken führten. Doch die Porträts wurden alt und wandelten sich nicht. Sie erzählten nichts davon, was die Zeit diesen Gesichtern in Wirklichkeit antat. Dafür malten die Reisenden, die Händler, die Besucher aus dem fernen Le-Wajun in ihren Berichten neue Bilder von Tizarun, dem Feldherrn, der, drahtig und durchtrainiert in jungen Jahren, auf dem Thron Fett ansetzte und sich von all den Genüssen des reichen Lebens verweichlichen ließ. In solchen Augenblicken fühlte Laimoc das Lächeln des Überlegenen auf seinem ganzen Gesicht, und er spielte mit der Vorstellung zurückzugehen, vor den Großkönig zu treten und zu sagen: *Sieh her, das bin ich. Das hast du aus mir gemacht.*

Laimoc, der Verbannte. Tizarun, der Göttliche. Aber der Fürstensohn aus Weißenfels hatte den Prinzen, den Göttlichen, überflügelt, und wenn auch nur in ein paar unwichtigen Dingen wie Aussehen, Körperkraft und Pferdezucht. Und – aber hier konnte er nur raten – in der Zahl der Frauen, die er ins Bett bekam. Tizarun hatte die unvergleichliche Tenira, aber Laimoc war der Herr über die Frauen der ganzen Kolonie.

Schade eigentlich, dass sein Widersacher tot war. Ihr Wettstreit war zu Ende gegangen, ohne dass er dem Großkönig je hatte sagen können, wie und worin er ihn überholt hatte.

Laimoc wendete das Pferd und ritt den Weg zum Tor hoch. Es war nötig, das Haus mit einer hohen Mauer zu schützen. Nicht nur wegen der Banditen, die stets mehr Schätze vermuteten, als man besaß, sondern auch wegen der Sklaven. Es kam zwar selten vor, dass sie zu fliehen versuchten – wohin auch in dieser Einöde? –, aber es fühlte sich besser an, wenn man seinen ganzen Besitz gut verwahrt wusste.

Der Innenhof lag in der Glut der Mittagssonne, doch die hohen Bäume vor der Mauer spendeten den Gebäuden Schatten. Laimoc sprang vom Pferd und überließ es Mago, dem Stallburschen, einem mageren Rothaarigen, der trotz seiner Jugend ein unfehlbares Gespür für Pferde hatte. Laimoc hatte das recht schnell erkannt und den Jungen vom Haus in den Stall versetzt. Er besaß nicht viele Sklaven, denn selbst hier in der Kolonie lebte noch die wajunische Weltanschauung fort, dass jeder Mensch den Willen der Götter zu tun hatte und nicht gezwungen werden durfte, den Willen eines anderen Menschen darüberzustellen. Trotzdem hatten die meisten Siedler wenigstens ein paar Sklaven erworben. Es war schwer, Dienstboten anzuheuern für das karge Leben in der Steppe; Sklaven brauchte man wenigstens nicht zu fragen, ob es ihnen hier gefiel. Der Nachteil war, dass die Sklaven eine andere Sprache sprachen als ihre Herren, aber man konnte sich daran gewöhnen, im Umgang mit dem Gesinde Kancharisch zu reden.

Seine Mutter fing ihn in der kühlen Eingangshalle ab. »Retia hat einen Magier kommen lassen, um das alte Eisenpferd zu reparieren.«

Die beiden Frauen hatten sich nie gut verstanden. Vielleicht lag es daran, dass er und Retia keine Kinder bekommen hatten, obwohl die Fürstin so sehr auf Enkel gehofft hatte. Oder sie hasste Retia, weil sie ihr den Sohn entfremdet hatte, dem die Fürstin bald nach Teniras Thronbesteigung ins Exil gefolgt war. Aber obwohl seine Mutter immer so getan hatte, als wäre sie seinetwegen in die Kolonie gezogen, hatte er keinen Moment daran geglaubt. Sie hatte immer nur Angst gehabt, Tenira könnte sich dafür rächen, wie es ihr auf Schloss Weißenfels ergangen war, für die Demütigungen und die Ablehnung. Alle seine Schwestern waren mittlerweile tot, hier ein Sturz vom Pferd, da eine tückische Krankheit. Estil hatte befürchtet, es könnte ihr ähnlich ergehen. Fürst Micoc hatte am längsten überlebt. Er war an einem verdorbenen Magen gestorben, kurz nach Ausbruch des Bürgerkriegs. Nur Laimoc und Quinoc waren noch übrig, und Weißenfels ging vor die Hunde.

»Was will sie denn mit einem Eisenpferd? Wir haben genug echte Rösser im Stall.«

»Alle ihre Freundinnen lassen ihre Kutschen von Eisenpferden ziehen.« Estil verdrehte die Augen. »Du solltest mit ihr reden. Sie wirft dein Geld mit beiden Händen zum Fenster hinaus, und du weißt doch, wie sehr ich den Anblick von Magiern hasse.«

»Ich kümmere mich darum, Mutter.«

Er wandte sich um und ging über den Hof zum Kutschenhaus.

Im Schatten der Säulengänge kam ihm ein Mädchen entgegen. Um diese Zeit hätte sie in der Küche helfen müssen, aber er wusste, dass sie sich in jeder freien Minute in den Stall verzog. Jede andere hätte er längst dafür bestrafen lassen, aber dieses Mädchen ... Es war nicht nur Mitleid, weil sie stumm war. Sie hatte etwas an sich. Etwas, das ihn reizte, das ihn betörte und dazu führte, dass er in den letzten Wochen mehrfach von ihr geträumt hatte. Sie war nicht einfach nur hübsch. Nicht einfach nur jung. Als sie hergekommen war, war sie nur ein Kind gewesen, mager und verschreckt, aber im vergangenen Jahr hatte sie begonnen, sich in eine atemberaubend schöne Frau zu entwickeln, und in dieser Phase, diesem Übergang vom Kind zur Frau, kam sie ihm vor wie ein Schmetterling, der seine Flügel entfaltet, zögerlich, ohne zu ahnen, dass er fliegen kann. Es machte ihn hungrig wie nichts sonst.

»Jinan, warte.«

Sie blickte ihn ohne Scheu an. Der Kontrast ihrer hellen Haut und ihres dunkelroten Haares bannte seinen Blick. Er wollte seine Hand ausstrecken und ihre Wange berühren, aber zuvor warf er einen schnellen Blick in die Runde und bemerkte die Gestalt am gegenüberliegenden Fenster sofort. Natürlich. Retia passte auf, wie immer. Retia überwachte ihn, als wäre sie nicht seine Frau, sondern seine Mutter. Was er tat, wenn er ausritt, konnte sie nicht verhindern, aber hier im Haus lag sie dafür umso mehr auf der Lauer.

Jinans Gesicht verzog sich zu einem winzigen, kaum merklichen Lächeln. Sie sah immer ernst aus, immer ein wenig traurig, als würde sie an etwas Schlimmes denken, immer verloren, als würde sie träumen. Am Anfang hatte er geglaubt, sie sei schwachsinnig, denn dieser nebelige Blick ins Leere hatte ihn geärgert. Damals, als sie noch ein Kind war, bevor dieses Wunderbare in ihrem Gesicht und an ihrem Körper aufgeblüht war. Aber mit der Zeit war es ihr gelungen, ihren Blick auf die Dinge zu richten. Sie schien Fuß gefasst zu haben in dieser Welt, wenn auch niemand wissen konnte, aus welchem Grund sie manchmal reglos dastand und immer noch träumte und immer noch schwieg.

»Hast du mir etwas Schönes zu Mittag gekocht?« Er nickte ihr aufmunternd zu, und sie nickte zurück. Ihr Lächeln wurde ein wenig mutiger.

»Wunderbar«, sagte er. »Ich freue mich schon darauf.«

Er hatte es sich angewöhnt, zu ihr zu sprechen, mehr als zu

jeder anderen Frau in diesem Haus, einschließlich seiner eigenen. Unbedeutende Sätze. Worte in seiner Muttersprache, durch die das verdrängte Heimweh hindurchschimmerte. Manchmal, wenn er sich unbeobachtet wusste, erzählte er ihr, was draußen hinter der Mauer geschah. Er berichtete von kalbenden Kühen, Schlangenfallen oder erkrankten Nachbarn, und sie starrte ihn an, während er erzählte, als würde er die allergrößten Weisheiten von sich geben. In ihrem Blick sah er etwas, das ihm unendlich guttat, und was keine der Frauen in den Farmen dort draußen ihm je gab: Vertrauen.

Laimoc wusste, dass Genuss keine Hast vertrug. Gute Weine brauchten Zeit, um zu reifen. Viele Jahre waren nötig, um eine neue Pferderasse hervorzubringen. Ein erlesenes Mahl mit mehreren Gängen dauerte Stunden. Und deshalb wartete er, obwohl die Ungeduld bereits in ihm pochte. Deshalb zwang er sich zu warten und beobachtete stattdessen. Er wusste nicht, wie lange er sich noch gedulden würde. Auch diesmal musste er an sich halten, um das Mädchen nicht zu berühren. Er trat einen Schritt zur Seite, um sie vorbeizulassen, und fühlte Retias eisigen Blick im Nacken.

Ja, Jinan. Wenn es um sie ging, wurde er sich selbst zum Rätsel. Und sie blieb ein Rätsel, nach wie vor. Es hatte eine Zeit gegeben, ganz am Anfang, da hatte er geglaubt, sie sei ihm von den Göttern persönlich gesandt worden, ein Zeichen des Himmels, ihre Gabe für seine Geduld. Niemand hatte sie haben wollen. Dabei hatte der Händler aus Wajun, der sie ihm anbot, nicht viel für das Kind verlangt. Schließlich war es bloß ein schwaches, mickriges Kind, krank und stumm und anscheinend völlig durcheinander. Der Mann hatte bereits mehrmals einen Arzt mit ihr aufgesucht auf der Reise und verlangte nicht mehr als die Kosten, die ihm dadurch entstanden waren – behauptete er zumindest.

»Ich würde ja gar nichts nehmen«, meinte der Händler, »aber mein gutes Herz hat mich in Schwierigkeiten gebracht. Was habe ich nicht alles getan, um ihr zu helfen ...«

»Ich brauche keine Sklaven mehr«, beschied Laimoc ihm. »Vor allem keine Mädchen.«

Beim Klang seiner Stimme bewegte sich das Kind, das auf dem Karren hockte, und öffnete die Augen. Dieselben grünen verträumten Augen, die sie immer noch hatte, als würde sie etwas sehen, das nur sie sah. Er war überrascht, wie hell ihre Augen waren, obwohl sie doch so schwarzes Haar hatte wie er. Und im selben Moment fiel ihm auf, dass es gefärbt sein musste; am Scheitel leuchtete eine andere Farbe durch die dunklen Strähnen.

»Wo«, fragte er, »ist sie her? Was sagtet Ihr doch noch?«

»Aus Wajun. Ich sagte bereits, eine Kriegswaise.« Der Mann hob das Kind aus dem Wagen und stellte es auf die sonnenverbrannte Erde des Innenhofes. Laimoc erwartete halb, dass die Kleine sofort zusammenbrach, aber sie blieb dort stehen, und in ihrem Gesicht lag auf einmal etwas Trotziges. Wie sie dastand, das Kinn leicht erhoben, dachte er unwillkürlich: *Das ist kein gewöhnliches Kind. So krank und trotzdem so stolz, nein, dieses Mädchen hat eine besondere Erziehung genossen.* Wenn ihn nicht alles täuschte, steckte wesentlich mehr dahinter, als der Händler behauptete.

Laimoc sah auf einmal Möglichkeiten vor sich, aber noch zu verschlungen wie ein Knäuel von Fäden, das er entwirren musste. Was konnte dieses Kind alles sein? Die Zeit stimmte, der Händler musste gerade in den Tagen aufgebrochen sein, als die Unruhen in Wajun begannen. Aber war das Mädchen deshalb zwangsläufig eine Waise? Vielleicht war sie das Kind reicher Eltern, die ihre einzige Tochter aus den Kriegswirren heraushaben wollten? Dann winkte dem, der sie aufnahm, vielleicht am Ende eine reiche Belohnung. Allerdings sprach dagegen, dass sie so abgerissen hier angekommen war. Nein, dieses Mädchen war nicht nur vor dem Krieg auf der Flucht, deshalb auch die falsche Haarfarbe. Und Laimoc drängte sich eine andere Gewissheit auf: Ihre Eltern hatten sie weggeschickt, damit Tenira nicht wusste, wo sie war. Ob es sich um Adlige handelte, die sich gegen die Großkönigin gestellt hatten und ihr Kind zu seinem eigenen Schutz fortsandten? Seinen Nachwuchs einem zwielichtigen Kaufmann anzuvertrauen, das taten nur Eltern, die verzweifelt waren, die Teniras Rache fürchteten oder die vorhatten zu kämpfen, ohne Rücksicht nehmen zu müssen. Während er das Mädchen umkreiste, tobte in ihm ein Sturm der Gefühle. Das Kind hier konnte die Gelegenheit für ihn sein, zurückzukehren. Er würde Tenira die Tochter ihrer Feinde übergeben und dafür die Erlaubnis erhalten, nach Lhe'tah zurückzukehren. Er würde wieder angesehen sein. Vielleicht war dieses Kind der Freibrief in ein lange verlorenes Leben.

»Was kann sie denn?«, fragte er und ließ sich nicht anmerken, dass er dieses Mädchen unbedingt haben wollte, die Geisel, die er für die Erfüllung seiner Träume eintauschen würde.

»Alles, was ihr wollt. Sie ist sehr geschickt, sehr anstellig, sehr brav, sehr still ... Ich habe sie liebgewonnen wie mein eigenes Kind.«

Laimoc hatte genug und bezahlte ihn, ohne weiter zu feilschen. Er sah an den Augen des Händlers, dass dieser glaubte, ein gutes Geschäft gemacht zu haben. Wahrscheinlich nahm er an, dass das Mädchen sowieso nicht mehr lange zu leben hatte. Aber Laimoc hatte Trotz und Stolz in dem blassen Gesicht gesehen, und er war sich sicher, dass Jinan keineswegs sterben würde.

Retia ärgerte sich sehr, dass er sich ein krankes Kind hatte aufschwatzen lassen. Natürlich verriet er ihr nichts von seiner Hoffnung. Stattdessen rief er Macha, die Haushälterin, und trug ihr auf, sich um das neue Mitglied ihres großen Haushalts zu kümmern.

Während Jinan sich erstaunlich schnell von der Reise und was auch immer für einem Leiden erholte, beobachtete er sie. Er studierte jede ihrer Bewegungen, ihrer Schritte, um herauszufinden, welcher Familie sie angehören mochte. Er versuchte nachzuforschen, welche adligen Häuser sich gegen Tenira gestellt hatten, und was mit ihren Kindern geschehen war, aber das war von Daja aus schwierig, und im Chaos der ersten Bürgerkriegsmonate kamen nur widersprüchliche Berichte in der Kolonie an. Es war Jinan selbst, die ihm verraten musste, wie viel wert sie Tenira sein mochte, aber das Mädchen schwieg. Anfangs reagierte sie nicht einmal auf ihren Namen, was Laimocs Gewissheit verstärkte, dass sie nicht wirklich so hieß. Aber durch nichts konnte er sie dazu bewegen, ihm einen anderen Namen zu nennen.

Er zählte die Adelshäuser aus ganz Le-Wajun auf und lauerte auf eine Reaktion, die nicht erfolgte. Trotzdem konnte sie keine Tochter aus einer armen Familie sein. Er sah es daran, wie Macha ihr beibringen musste, ihr Bett zu machen oder auszufegen. Die einfachsten Handgriffe schienen ihr neu und unbegreiflich. Vielleicht hatte sie mit ihrer Sprache auch ihr Gedächtnis verloren, das schien die einzig mögliche Erklärung dafür – es sei denn, sie hatte all diese Dinge nie zuvor tun müssen. Natürlich merkte Retia, dass er sich unverhältnismäßig für die neue Dienstmagd interessierte, aber da sie so jung und unscheinbar war, konnte sie nicht wirklich annehmen, dass sein Interesse sexueller Natur war.

Sklavin, Dienstmagd, Geisel – was war Jinan für ihn? So lange nicht klar war, was er mit ihr anfangen konnte, fand er es selbstverständlich, dass sie ihren Teil dazu beitrug, um sich Essen und Obdach zu verdienen. Die Haushälterin zeigte ihr, wie man die Fenster putzte und die Böden wischte. Auch das hatte das Mädchen, wie man schnell merkte, nie zuvor getan. Doch dann nahm Macha sie mit in die Küche, wo sie dabei helfen sollte, Süßwurzeln zu schälen und in Stücke zu schneiden. Zögernd gab die Köchin ihr das Messer in die Hand. Würde jemand, der nie richtig anwesend war, sich nicht fürchterlich verletzen? Doch auf einmal verstummten alle und schauten verblüfft zu. Da stand das stumme Kind, das zu allem zu ungeschickt schien, und knetete Teig. Es hatte das Messer hingelegt und nach dem Brotteig gegriffen, der in einer großen Schüssel ruhte, teilte ihn und begann ihn zu formen, zu kleinen Kugeln, Rädern und Figuren. Ihre Hände arbeiteten geschickt, flink und routiniert, obwohl sie kaum hinsah. Macha, die wohl gemerkt hatte, wie begierig Laimoc darauf wartete, Hinweise auf Jinans Herkunft zu entdecken, eilte zu ihm und bat ihn, in die Küche zu kommen, um es mit eigenen Augen zu sehen. Er kam sofort. Auf der Schwelle stehend beobachtete er das Mädchen eine ganze Weile, und die Enttäuschung rollte wie eine Woge über ihn.

Jinan war die Tochter eines Bäckers. Entweder das, oder ein Küchenmädchen in einer Bäckerei. Hier war kein Geheimnis verborgen, keine adelige Herkunft, kein Reichtum, keine Familie, die auf der falschen Seite stand. Natürlich erklärte das nicht alles. Nicht die gefärbten Haare, nicht ihre Ahnungslosigkeit in so vielen Dingen des alltäglichen Lebens. Aber das war vielleicht auch ihrer Krankheit geschuldet.

Nun gut, also hatte er ein Dienstmädchen gekauft, das backen konnte. War er nicht ein Genießer? *Es sollte dir nicht leidtun,* sagte Laimoc zu sich, *weder um das Geld noch um die geplatzten Träume.* Und irgendetwas in ihm war erleichtert, dass er das Mädchen nicht weggeben würde und nicht an ein ungewisses Schicksal ausliefern musste. Er würde sie behalten.

Als hätte er geahnt, was aus diesem stummen Häufchen Elend heranblühen würde.

Nicht die Sonne. Auf den ersten Blick dachte Jinan immer, es wäre die Sonne, jedes Mal, und sie lachte, wenn sie sich bei dem Irrtum ertappte. Natürlich war es keine Sonne, sondern eine riesige Scheibe aus Bronze. Sie wusste, dass die Scheibe dünn war, obwohl sie sie nie von der Seite oder von hinten sah. Sie kannte nur die Vorderseite, aber trotzdem wusste sie es. Wenn sie nicht genau hinschaute, schien sie ganz glatt und eben, ein Teller, strahlend wie die Sonne, nur dunkler und tiefer. Beim näheren Hinsehen wurden die Rillen immer deutlicher, die in die Scheibe eingeprägt waren, unzählige gleichmäßige, zur Mitte hin kleiner werdende Kreise. Es sah manchmal aus wie eine Spirale, aber es war keine. Es waren nur diese Kreise, riesig die am äußeren Rand und kaum noch erkennbar die in der Mitte. Und dann war der Ton da. Ein unsichtbarer Ton, denn die Scheibe schwang nicht mit, als ließe sie das tiefe, sanfte, lang aushallende und niemals ganz endende Dröhnen unberührt.

Ein Gong, dachte sie vielleicht zum tausendsten Mal, *es ist ein Gong. Ein riesiger Gong, der den Himmel ausfüllt. Er singt den*

Ton, aber niemand ist zu sehen, der den Ton geschlagen hat. Vielleicht war ich es?

Sie konzentrierte sich auf die Mitte und wartete.

Etwas würde geschehen. Sie fühlte die Gewissheit in sich, ein Prickeln bis in ihre Fingerspitzen, eine Kälte, die sich in ihrem Rücken einnistete.

Es kommt. Es kommt ...

Sie starrte in den Mittelpunkt der riesigen Scheibe, die sich vor ihr auftürmte. Ihr war, als würden sich die Kreise drehen, schneller und schneller, die milde Bronzefarbe glühte, und dann begann das Strahlen. Die Mitte wurde dunkler und tiefer, und aus ihr kam der Ton, das Dröhnen, das lauter und lauter wurde, und um sie herum loderte das Strahlen, aufblitzend, explodierend ...

Der Glanz wurde immer stärker, so hell und blendend, dass ihre Augen schmerzten. Die Sonne. Jinan stand vor der Sonne und blickte sie an, ohne Angst vor Blindheit. Sie sah sie an, und je länger sie starrte, umso größer wurde der Schmerz. Er brannte in ihren Augen und breitete sich auf ihren ganzen Kopf aus. Er drang durch den Schädel in ihr Gehirn und wütete dort, und nachdem er jede Faser ihres Denkens entflammt hatte, fiel er hinab in ihre Kehle und ihren Hals und erstickte den Schrei, der sich in ihr bereit machte. Er füllte ihren Brustkorb aus und ließ ihr Herz wild pochen, wie ein gefangenes Tier in einem glühenden Käfig sprang es auf und ab. Ihr Bauch wurde zu einer Grube heißen Schmerzes. Ihr Unterleib. Ihre Beine, bis hinab zu den Füßen. Die riesige Sonne hatte jeden Zentimeter ihres Körpers in Besitz genommen, und nun war alles Schmerz. Es tat weh, aber nicht nur. Etwas anderes war dahinter zu spüren, die Verheißung von ungeahnter Kraft ...

Jinan hielt es aus, sie gab sich der gnadenlosen Wärme hin, öffnete sich dem allumfassenden Brennen. Sie streckte die Hände aus. Sie stand nicht mehr, sie schwebte. Und das wellenförmige Flackern der Scheibe wurde zum Licht in einem Teich, zu den Wellen, die sich vom Mittelpunkt ausbreiten, flutend, glänzend, die Sterne des Lichts tanzten auf jeder einzelnen Wellenkrone.

Es war keine Scheibe. Es war ein Teich.

Sie machte sich bereit zu springen, doch im letzten Augenblick zögerte sie. Vor ihr lag die harte, undurchdringliche Oberfläche eines riesigen Gongs aus Bronze. Vor ihr war die flammende Wirklichkeit einer brennenden Sonne. Sie konnte sich nicht abstoßen und springen. Selbst jetzt brachte sie es nicht über sich, in ihren eigenen Tod zu springen.

Doch irgendwann, einen winzigen Moment vor dem Erwachen, wie ein kaum sichtbarer Riss im festen Gefüge einer Mauer, erkannte sie die Wahrheit: *Es ist das Tor zu deinem Wunsch*. Vor Freude lachte sie laut auf.

Sie wollte es festhalten, dieses wunderbare, hoffnungsvolle Gefühl, das sich kaum in Worte fassen ließ, es festhalten und mitnehmen, doch als sie die Augen öffnete, sah sie nur den Boden des Kelchs vor sich. Kein Gong, keine Sonne, kein Teich – sie hielt bloß einen schlichten Kelch in den Händen.

In dem Moment, in dem sie den Bronzekelch vor sich erkannte, fiel er auch schon zu Boden. Mit ihren rudernden Armen hatte sie ihn und ein halbes Dutzend weiterer Kelche erfasst – die anderen leider aus Glas –, die nun alle auf den harten Marmorboden aufschlugen, einer nach dem anderen, und ihr Aufprall vereinigte sich zu einem einzigen großen Poltern und Klirren.

»Jinan!«

Sie fuhr herum. Es war der Herr! Ausgerechnet jetzt, da sie den Inhalt seiner kostbaren Vitrine auf dem Boden verteilt hatte, stand er in der Tür und sah alles mit an! Schuldbewusst senkte sie den Blick, Hitze stieg ihr in die Wangen.

Mit seinen großen, ausgreifenden Schritten, in denen ebenso viel Kraft wie Geschmeidigkeit lag, kam Laimoc auf sie zu und fasste sie bei den Schultern.

»Jinan! Du hast ja gelacht!«

Sie wagte es nicht, die Augen zu erheben. Laimoc wurde sehr schnell wütend, das wusste sie. Sein ebenmäßiges, von der kancharischen Sonne gebräuntes Gesicht versteinerte dann, seine Stimme wurde tief und heiser, und er verteilte Schläge und andere Strafen. Einmal hatte er einen Sklaven halb tot geprügelt.

»Jinan.« Zu ihrer Überraschung klang er nicht zornig. Er hatte die Hand unter ihr Kinn gelegt und zwang sie, ihn anzusehen. Sie war so erstaunt, dass sie ihm tatsächlich ins Gesicht starrte, anstatt den Blick auf die Marmorfliesen zu senken, wie es sich gehörte.

»Ich habe dich noch nie lachen gehört, Jinan«, sagte er freundlich.

Ich habe verstanden, dachte sie, immer noch von ihrem Traum verwirrt, der jedoch bereits zu versickern begann. *Alles ist eins – die Sonne und die Wünsche und das große Brennen, der Klang, der alles umfasst, und der Teich, in den man springen muss.*

Doch schon im nächsten Moment verflog die Erkenntnis, und sie wusste nur noch, dass sie die Kelche in der Vitrine geputzt hatte, als der Traum über sie herfiel. Es musste die Unterseite des großen Kelches gewesen sein, die runde, gerillte Scheibe, die das alles ausgelöst hatte. Schon öfter war ihr etwas Ähnliches passiert, und immer waren es runde, glänzende Gegenstände, die diese Visionen hervorriefen. Es war, als würde die Sonne sie rufen, nein, schlimmer noch, als müsste sie die Sonne *sein*.

Wenigstens hatte sie bis heute nie etwas deswegen zerbrochen.

Der Herr folgte ihrem Blick hinunter zu den Scherben, in deren Mitte der glänzende Bronzekelch unversehrt lag. Er bückte sich, hob ihn auf und betrachtete ihn lächelnd. »Diesen Kelch hat mir König Laon überreicht, als mein Hengst Prinz das Wüstenrennen von Daja gewonnen hat. Eine schöne Erinnerung. Schon damals wollte Laon mir das Pferd abkaufen.« Er stellte den Kelch zurück in die Vitrine.

»Es war nicht deine Schuld. Ich habe dich erschreckt, glaube ich.« Er wiederholte es in ihr Schweigen hinein: »Es war nicht deine Schuld.« Schwielige Finger streichelten sanft über ihre Wange. »Weißt du, was für ein hübsches Mädchen du bist?« Seine Stimme klang leise und zärtlich.

Jinan versuchte zu lächeln, aber es misslang. Wie in ihrem Traum konnte sie sich nicht bewegen.

»Du verstehst alles, was ich sage, nicht wahr?« Seine Stimme kam wie von weither, aber seine Augen und sein Mund waren sehr nah. »Ich weiß, sie tun so, als wärest du dumm, weil du nicht sprichst, aber das glaube ich nicht.« Er beugte sich vor, sein Atem warm auf ihrer Haut. Sie zitterte. »Ich habe die Nacht nicht vergessen, als du zu uns kamst. Ein verstörtes, bleiches Kind, das immer irgendwie Fieber zu haben schien. Weißt du, warum ich dich damals in meinen Haushalt aufgenommen habe, obwohl meine Gemahlin davon abriet und meinte, du würdest sowieso zu nichts taugen?« Er kam noch näher, sein Mund streifte ihre Wangen. »Weil dein Haar rot war unter dem hässlichen Schwarz. Da dachte ich: Dieses Kind ist auf der Flucht. Dieses Kind ist vor irgendeinem furchtbaren Schicksal geflohen. Habe ich nicht recht?«

Ihre Gedanken flogen davon, suchten nach Rettung. Sie fand keine.

»Kriegskind«, flüsterte er. »Vielleicht wussten deine Eltern, wie schlimm es werden würde im Reich der Sonne? Sie haben dich fortgeschickt, bevor die Wogen des Aufstands so hoch aufbrandeten, dass sie alles zermalmten. Sie haben dich zu mir geschickt, in meine Arme, damit ich dich beschütze.«

Du bist nicht schuld, dachte Jinan. Sie hielt sich an den Worten fest, diesen kostbaren Worten, die ihr wie ein unverdientes Geschenk überreicht worden waren. *Es ist nicht deine Schuld gewesen. Kriegskind. Kind. Nicht deine Schuld, Kind.*

Ein unüberhörbares Räuspern ließ Laimoc zurückspringen. An der Schwelle stand Macha, eine gewaltige, hochgewachsene Frau, ihre Hände waren groß wie Kehrbleche. Aus den beiden Eimern, die sie trug, schwappte das Wasser über.

»Jinan!«, sagte sie scharf. »Jetzt sind die Böden dran!« Dann erst schien sie zu merken, dass der Herr anwesend war, sie deutete eine kleine Verbeugung an und säuselte eine Entschuldigung.

Laimoc flüchtete, bevor sie das Wasser in hohem Bogen auf die Fliesen kippte.

31. DER RUF DES FEUERS

Sie blickte hinaus in den sonnendurchfluteten Hof. Die Luft flirrte vor Hitze, aber hier im Haus war es angenehm kühl. Die Bäume vor dem hohen Fenstern warfen ihren Schatten ins Zimmer.

»Jinan!«

Sie drehte sich um, denn das war ihr Name. Ihr Name war Jinan, sie hatte keinen anderen. Eine kleine rothaarige Sklavin, die nicht hierhergehörte. So wirr ihre Gedanken auch waren und so brennend ihre Träume, dies war ihr klar: Sie war eine Fremde. Ihre helle Haut vertrug die Sonne von Kanchar nicht. Immer wieder schälte sie sich ab und enthüllte eine neue, gerötete Haut, dünn gespannt wie ein Seil kurz vor dem Zerreißen.

Die Haut ihrer Hände hingegen schmerzte aus einem anderen Grund. Sie war rau und rot und rissig, aber das war so, wenn man arbeitete. Der nasse Lappen in ihrer Hand war kalt und schwer und tropfte.

»Jinan! Träum nicht! So wirst du nie fertig!«

Tadelnd schüttelte Macha den Kopf. Macha herrschte über dieses Haus, sie gab die Anweisungen, an ihr lag es, ob das Haus sauber geputzt, das Essen zeitig auf dem Tisch, ob alles in Ordnung war, was in Ordnung zu sein hatte. Macha duldete es nicht, wenn etwas nicht in Ordnung war.

Träum nicht. Aber Jinan träumte. Sie träumte immer. In ihren Träumen brannten Sonnen und tanzten die Sterne, und manchmal ritt ein Junge durch den Schnee, der sie im Wald suchte. Jinan wusste nicht, ob das, was in einem nicht enden wollenden Reigen vom Himmel fiel, Schneeflocken waren oder Sterne. Sie regneten herab, sie tanzten und wirbelten durch die Luft. Sie spürte sie in ihrem Haar und auf ihrem Gesicht. Kühl. Es war ein Genuss, sie auf ihrer Haut zu spüren, kalt, eiskalt, wunderbar erfrischend auf ihrem geschundenen Gesicht. Sie fielen, und manchmal fiel auch sie. Sie fiel mitten hinein in die Sterne. Und am Ende war da ein Gesicht, ein anderes Gesicht, und doch vertraut wie ihr eigenes Antlitz im Spiegel. Ihre Träume flüsterten einen Namen. *Karim.* Irgendwo war ein Junge, der mitten zwischen den Sternen wohnte. Im Traum konnte sie sprechen, sie legte ihre Lippen an seine Stirn und wisperte seinen Namen.

Es verging kaum ein Tag, an dem Jinan nicht von ihm träumte. Manchmal stand Karim in einem Raum aus glattem, hellem Stein und schaute aus dem Fenster. Draußen flimmerte die heiße Luft. Er war älter geworden. Ihr kam es vor, als wäre sie ihm schon früher begegnet, als sie beide noch Kinder waren, aber sie konnte sich nicht daran erinnern, wann und wo das gewesen sein könnte. In ihrem Traum war er ein junger Mann mit schwarzen Augen. Er sprach zu ihr, obwohl sie außerstande war, ihm zu antworten. In seinem Gesicht lag Ungeduld. Er blickte sie an und sagte: *Komm doch endlich, tritt endlich heraus aus dem Traum.* Aber wie hätte sie aus dem Traum herauskommen können, ohne zu erwachen und in Kanchar zu sein, in Laimocs Haus?

Dann wieder träumte sie von dem Jungen, der auf seinem Pony durch den Schnee ritt. Weil sie nicht wusste, wie er hieß, hatte sie ihm den Namen Riad gegeben, nach dem Prinzen aus den alten Geschichten, dem Jungen, der durch die Wand gegangen war.

Auch wenn sie sich nicht daran erinnern konnte, woher sie solche Geschichten kannte, in denen Menschen durch Mauern traten oder durch Uhren. Und sie fragte nicht nach, sie versuchte nicht, den Schleier zu zerreißen. Dahinter war vielleicht blendendes Licht und vielleicht finsterste Nacht – wollte sie das wirklich wissen?

Karim war der Name, den sie manchmal flüsterte, doch Riad war zu geheim, sogar um sich selbst davon zu erzählen. In ihrem

Traum wanderte sie mit ihm durch den Winterwald und spürte die Kälte, wenn der Schnee über den Rand ihrer Schuhe kroch und nach ihren Knöcheln griff. Vielleicht war auch Feuer hinter dem Schleier, doch falls das so war, linderte der Schnee die Hitze, die sie verbrennen wollte. Die Schneeflocken auf ihrer Haut waren kühl und zärtlich.

Doch sobald sie blinzelte, sobald der Traum sie freigab, stand sie am Fenster und sah Laimoc draußen über den Hof gehen mit großen, federnden Schritten. Sie erinnerte sich an Laimocs Gesicht, als er mit ihr gesprochen hatte, an seine Hand, als er sie gestreichelt hatte. Sie dachte an seine Worte, leise geflüstert, als würde er ihr ein Geheimnis verraten: *Du bist nicht schuld.*

Er sprach sie frei. Er sprach sie frei von allem, was geschehen war. Natürlich hatte sie Schuld, das war ihr von der ersten Nacht an klar gewesen, obwohl sie Mühe hatte, sich an diese Nacht zu erinnern. Sie hatte niemanden gewarnt, sie hatte niemanden gerettet, stattdessen war sie geflohen. Wovor? Sie hatte die Schreie gehört und war trotzdem gelaufen.

Es war nicht deine Schuld. Was auch immer geschehen war, wer du auch gewesen bist.

Vielleicht war es falsch, dass sie sich vor Laimoc fürchtete. Und möglicherweise logen ihre Träume, logen die Gesichter und ihre Gefühle. Der Junge, der über den Hof ging und lächelte, dessen Lächeln so strahlend war, dass es wie ein Funke in ihr Herz fiel. Er war das Feuer, das sie verbrannte, so viel war ihr klar. Und dann der andere, der Junge auf dem Pony, dessen Anblick sie so glücklich machte – er war der Schnee, der sie vor dem Verbrennen rettete. Aber dies waren Träume, belanglos.

Laimoc hingegen war hier, und sie wollte daran glauben, dass er es gut mit ihr meinte. Denn er war der Mann, der sie aufgenommen und von der Schuld freigesprochen hatte.

»Jinan! Wird's bald!«, rief Macha.

Das Wasser tropfte ihr auf den Fuß. Sie wrang den Lappen aus und wischte damit über die Fensterscheibe. Es machte ein quietschendes, schlappendes Geräusch, das Jinan zum Lächeln brachte.

Du bist nicht schuld. Der Satz öffnete neue Räume, er war wie ein gleißendes Licht in der Dunkelheit.

»Gar nicht so schlecht«, meinte Macha anerkennend. »Wenn du erst mal dabei bist, geht es doch.«

Macha hatte darauf bestanden, dass Jinan nicht nur in der Küche arbeitete, sondern im ganzen Haus zum Einsatz kam. In der Küche war es heiß, und die schwere Arbeit war nichts für so ein zartes Mädchen.

Die Haushälterin kam einen Schritt näher. »Gestern, das war eine gefährliche Situation. Ich meine es ernst. Versuch, nicht allein von ihm erwischt zu werden. Halte dich immer in meiner Nähe auf. Du wärst nicht die Erste, und du wärst nicht die Letzte. Sei vorsichtig. Du weißt doch, wovon ich rede, oder? Mir gegenüber brauchst du nicht zu tun, als wärst du dumm.«

Jinan hob den Blick.

Macha seufzte laut. »Stolz? Du bist auch noch stolz darauf, dass er dich beachtet? Als was willst du denn enden? Wenn die Herrin dich hinauswirft, und das wird sie, verlass dich drauf, wo willst du dann hin? Mutterseelenallein in der Steppe! Und in der Stadt wäre es sogar noch schlimmer. Du bist zu hübsch, um allein durch die Straßen zu wandern. Genügt es dir nicht, Magd zu sein? Willst du von kancharischen Banditen aufgegriffen werden?«

Sie näherte ihren Mund Jinans Ohr. »Schrei«, riet sie ihr flüsternd, »ich rate dir, wenn er dir wieder so nahe kommt, öffne dein verfluchtes Maul und schrei dir die Seele aus dem Leib. Besser, er verprügelt dich, weil du ihm einen Strich durch die Rechnung machst, als dass du als Freiwild draußen in der Wüste landest.« Macha versetzte ihr eine schallende Ohrfeige und stürmte wutentbrannt aus dem Raum.

Jinan spürte dem Schmerz in ihrem Gesicht nach.

Eine Scheibe, ein dröhnender Gong, eine Sonne und tausend Sterne. Wann werde ich es begreifen? Der Traum hält mich in den Armen.

Wenn sie aus dem Fenster blickte, sah sie den Sommer. Sie sah ein sonnendurchflutetes Stück Hof, begrenzt von der Hufeisenform des Hauses und dem Stall auf der vierten Seite. Schlanke Säulen liefen an den Innenseiten entlang, um ein schlichtes Schattendach zu tragen, sodass man von einem Gebäudeteil in den anderen gelangen konnte, ohne in die sengende Hitze hinaustreten zu müssen. Der Brunnen jedoch war mitten im Hof. Wer zu ihm hinausging, musste sich der Sonne aussetzen, musste sein Gesicht beschatten, mit einem Hut oder wenigstens mit der Hand, und sich beeilen. Trotzdem zog der Brunnen Jinan magisch an, und wenn sie nichts zu tun hatte oder sich vor ihrer Arbeit drückte, ging sie dorthin. Sie wusste, dass man sie von jedem Fenster aus sehen konnte. Es war kein Versteck, nicht so, wie der Stall für sie Zuflucht und Versteck war. Im Stall roch es nach den Pferden, und die Träume waren sanft.

Der Brunnen bedeutete etwas anderes für sie, eine Herausforderung, ein Stück ihres Traums, dem sie sich annähern konnte, ohne von ihm vernichtet zu werden. Sie begab sich in die Hitze, in die Sonnenglut. Ihre Haut brannte und schälte sich ab, trotzdem schritt sie durch die heiße Luft wie durch ein waberndes Feuer, das mild war und sie dieses Mal nicht töten würde. Als hätte es jemals ein anderes Mal gegeben, bei dem sie im Feuer gestorben war.

Wenn sie am Brunnen angelangt war, setzte sie sich auf den Rand des steinernen Beckens. Er war immer abgedeckt, niemand konnte hineinfallen. Jinan konnte nie in Versuchung geraten, auf diesem Weg der Hitze zu entfliehen. Sie wusste nur, dass es dort unten, wo das Wasser wohnte, kalt war. Und dunkel. Kalt und tief und dunkel.

Es genügte, das zu wissen.

Das Licht flutete durch ihre Augenlider, drang so mühelos hindurch, als hätte sie sie nicht geschlossen. Es umgab sie genauso wirklich und umfassend wie ihre Träume. Da waren keine Fragen. Hier fürchtete sie sich auch nicht vor dem Schrei. Sie saß nur da in der Hitze und fühlte, wie sie langsam verbrannte.

»Jinan!« Magos Stimme überschlug sich fast. »Willst du dir den Tod holen? Willst du am Hitzschlag sterben? Geh sofort wieder rein!«

Er zerrte an ihrem Arm. »Ist dir schwindelig? Du zitterst ja. Jinan, mach endlich die Augen auf!« Er schleppte sie in den Schatten unter den Säulen und legte sie auf die warmen Steine. Gleich darauf fühlte sie, wie Wasser über ihr Gesicht schwappte. Es lief an ihren Wangen hinunter und kitzelte sie in den Ohren. Es machte die Kissen nass, die schönen weißen seidenen Kissen. Ihr Nachthemd würde nass sein, und sie würde ein neues anziehen müssen.

»Jinan, komm zu dir!« Mago schüttelte sie.

Sie wollte fragen, warum er sie nicht in Ruhe ließ, doch sofort füllte kaltes Wasser ihren Mund. Sie schluckte, hustete und öffnete verwirrt die Augen.

»Es wird dir gleich wieder besser gehen.«

Nachdem sie den Becher ausgetrunken hatte, stellte Jinan fest, dass sie nicht mehr draußen auf dem Boden lag, sondern im Stall, auf dem Stroh, in einer leeren Box. Dicht hinter der Holzwand stampfte ein Pferd.

»Warum hast du das gemacht?«, fragte Mago besorgt. »Du weißt doch, dass die Hitze dir nicht guttut.«

Weil mich das Feuer ruft, dachte sie. *Weil es mich immerzu ruft.* Aber das würde Mago nicht verstehen.

Dalma, der Stallmeister und Laimocs rechte Hand, war streng und unerbittlich. Für ihn hatte niemand etwas bei den Pferden zu suchen, der nicht für die Stallarbeit eingeteilt war. Sobald er Jinan entdeckte, würde er sie wieder hinausscheuchen. Deshalb hielt sie still, während sie im Stroh lag und darauf wartete, dass sich die wütenden Träume verzogen. Mago war anders. Er mochte sie. Vielleicht, weil er selbst kaum mehr redete als sie. Wenn es ihr bessergegangen wäre, hätte er ihr einen Hufkratzer in die Hand gedrückt oder eine Bürste und wie selbstverständlich erwartet, dass sie sich nützlich machte.

Oben auf dem Heuboden beobachtete Jinan, wie Mago eine Box nach der anderen ausfegte und frisches Stroh ausbreitete. Er war kaum älter als sie, ein langer, schlaksiger Junge mit rötlichblondem Haar, einer der wenigen Bediensteten in Herrn Laimocs Haushalt, der ihr keine Angst machte. Wenn er mit ihr redete, dann wie mit einem der Pferde, sanft und beruhigend. Vielleicht hielt Mago sie für so etwas wie ein Pferd, ein Tier mit schöner rotbrauner Mähne, das tagsüber träumte. Alle ihre Träume verbrauchte Jinan am Tag.

Nachts fiel sie in ein großes Dunkel, in dem es nichts gab außer ihr selbst und ihrem langsamen Herzschlag. Die Nacht war leer. Deswegen blieb sie wach, solange sie konnte; alles war besser, als in diese traumlose Leere zu fallen.

Mago fegte den Mist zusammen, dann stellte er den Besen beiseite, obwohl er noch nicht fertig war, und ging zum Ausgang. Nun hörte auch Jinan den Lärm. Sie kroch zur Stallwand und spähte durch eine Ritze zwischen den Brettern nach draußen.

Drei Reiter ritten über den Hof. Es gab ein rotes Pferd und ein gelbes und ein grünes. Sie sah sie vorbeipreschen, die Mähnen flatterten im Wind. Oder waren es die Umhänge? Über dem Torbogen hingen die Fahnen. Während sie die Reiter anstarrte, schmeckte sie Honig. Es duftete nach Braten, und sie fühlte kalte Fliesen unter ihren Knien. Sie saß in einer Höhle – in einem Baumhaus? Oder unter einem Tisch? –, und jemand gab ihr Kuchen in die eiskalten Hände.

Jinan blinzelte verwirrt. Da waren immer noch fremde Pferde im Hof, doch die Reiter waren nicht bunt gekleidet, sondern dunkel. Es gab weder Braten noch Kuchen, und ihre Hände waren nicht kalt. In Daja konnte man gar nicht frieren. Drei Männer ritten auf den Stall zu, nein, vier, dann folgten noch zwei Reiterinnen.

Jinan wich zurück und kroch über das Stroh zum Rand des Heubodens.

Da unten wurden gerade die neuen Pferde hereingebracht, sechs staubige, verschwitzte Pferde, die Unruhe mit sich brachten.

Dalma und Mago fingen sofort damit an, die Tiere abzusatteln und abzureiben. Sie rochen fremd. Jinan konnte es riechen, nicht nur den Pferdeduft, sondern das Fremde, das ihnen anhaftete. Fremde Menschen. Eine weite Reise, endlose staubige Straßen. Wald. Irgendwo ein blauer Fluss, durch dessen kaltes Wasser die Pferde geschwommen waren. Äpfel, die ihnen auf der Hand dargeboten wurden als Belohnung für ihr unermüdliches Ausgreifen. Die Vögel sangen und riefen in den Bäumen, hoch über den Köpfen der Pferde.

»Jinan!« Machas laute, fordernde Stimme scheuchte sie auf. »Jinan! Was machst du denn hier drinnen? Wir brauchen dich sofort in der Küche!«

Vor Schreck wäre sie beinahe die Leiter hinuntergefallen. Dalma warf ihr einen bösen Blick zu, als sie an ihm vorbei zum Ausgang huschte.

»Der Herr hat Besuch.« Macha redete, während sie Jinan vor sich herschob. »Sechs Gäste. Na los, das gibt einen Haufen Arbeit. Wie du riechst! So kannst du nicht in die Küche, du musst dich vorher waschen, da hilft alles nichts. Schrubb dir gründlich den Stallgeruch ab.«

Sie zog das Mädchen hinter sich her, über den sonnigen Innenhof ins kühle, schattige Haus. »Geh und wasch dich. Ich muss in die Küche. Ich will dich erst wieder sehen, wenn du fertig bist, und zwar ganz schnell. Hast du das verstanden?«

Jinan nickte, holte sich ein Handtuch und eins ihrer kurzen hellbraunen Dienstmädchenkleider und ging wieder hinaus. Das Wasser wurde in einem großen Kanister von der Sonne aufgeheizt und prasselte auf einen herab, wenn man sich darunter stellte und an der Schnur zog. Noch immer wunderte sie sich darüber. Gab es denn noch andere Methoden, um sich zu waschen? *Eine weiße Porzellanschüssel mit goldenem Rand, die auf einem Ständer aus schwarzgrünem Metall liegt.* Das Bild zuckte durch ihr Bewusstsein, kurz und blendend wie ein Blitz, dann ergoss sich das Wasser in einem Schwall über sie. Die Sonne hatte den Behälter aufgeheizt, sodass es fast unerträglich heiß war. Eine

Bretterwand schützte Jinan vor neugierigen Blicken. Sie trocknete sich ab, ohne sich übertrieben zu beeilen, und zog das saubere Kleid an. Mit dem Handtuch über dem Arm ging sie wieder ins Haus und sprang die Treppenstufen hinauf zu dem Zimmer, in dem sie und die anderen weiblichen Dienstboten schliefen. Sie bürstete sich das Haar, zupfte die Halme heraus und warf abschließend einen prüfenden Blick in den Spiegel. *Eine Wasserfläche. Schwarz. Du siehst dich in diesem Wasser und dann spring, spring.*

Erschrocken wich sie zurück. Seit wann konnte man in einen Spiegel springen? Es war absurd.

»Da bist du ja endlich«, schimpfte Macha, als sie nach unten kam. »Du bringst mich noch um den Verstand. Ab in die Küche mit dir. Niemand soll sagen, Herr Laimoc wüsste Reisende nicht zu bewirten.«

Während Jinans Hände arbeiteten, schnell und mit der Sicherheit einer Schlafwandlerin, schwieg ihr Geist still. Der Braten und die Soße. Das Gemüse. Die Gewürze. Wajunische Bräuche waren dem Einfluss kancharischer Kochkunst nicht vollständig erlegen, sondern hatten sich vermählt zu einer Art des Kochens, das die altvertrauten Gerichte mit einer fremdartigen, exotischen Note überhauchte. Man gewöhnte sich daran, aber manchmal sehnte sich die Zunge nach dem Geschmack von einfachen, vertrauten Speisen, ohne die bittere Schärfe der dajanischen Wüste.

Macha ordnete alles auf einer Platte an.

»So, nimm das und bring es zur Durchreiche. Die Herrschaften sitzen schon am Tisch. Diron wartet heute auf, du bringst ihm die Sachen dorthin. Du bleibst an deinem Platz stehen. Wenn Diron etwas braucht, wird er dir ein Zeichen geben. Tu, als wenn du gar nicht da wärst. Stell die Ohren auf Durchzug, und dass du über das, was du hörst, schweigen sollst, brauche ich dir ja wohl nicht extra zu sagen. Also los, Mädchen. Mach mir keine Schande.«

Mit dem schweren Tablett in beiden Händen nahm Jinan ihren

Platz an der Wand ein. Sie reichte es Diron durch die Öffnung, die Klappe blieb halb offen, sodass das Mädchen alles sehen konnte, was im Speisesaal vor sich ging. Vor ihr am Tisch saß Laimoc, am anderen Ende der Tafel thronte die Herrin und redete laut auf ihre Gäste ein. Sie sprach Wajunisch.

»Gibt es etwas Neues vom Krieg?«, fragte Retia neugierig. Sie hatte die Haare hochgesteckt, ein paar Strähnchen fielen an ihren Wangen herab, ihre faltige Haut war mit Puder und sehr viel Rouge übertüncht.

»Komm schon, Diron, wir wollen beginnen.«

Der Diener stellte seine Last ab und hob den Deckel. Sofort verströmte der heiße Braten einen köstlichen Duft. Jinans Magen knurrte leise. Wie gerne hätte sie mit den Gästen am Tisch gesessen! Diron griff nach dem beiliegenden Messer und säbelte eine Scheibe nach der anderen ab. Zuerst bekam der Herr etwas, dann die fremden Frauen, die beide links von ihm saßen. Sonst saß seine Mutter neben ihm, doch heute war die Fürstin Estil nicht anwesend. Sie ließ sich wohl ihr Essen nach oben in ihr Zimmer bringen, ihre Form des Protests, wenn ihr nicht genug Beachtung geschenkt wurde. Dafür saß nun eine aschblonde Frau neben dem Hausherrn. Die andere Frau war schwarzhaarig und dunkelhäutig. An einem Mann, sehr blond, mit unglaublich blauen Augen, blieb Jinans Blick länger hängen. Mit dem Rücken zur Durchreiche saßen drei weitere Männer, zwei von ihnen waren dunkelhaarig, einer hell, sein Haar wie feines Gold. Der besser gekleidete Schwarzhaarige sprach viel und bediente unentwegt die schlanke blonde Frau.

»Warst du schon zu Hause, Lan'hai-yia?«, fragte Laimoc. »Ich wundere mich ehrlich gesagt, dass du so kurz vor dem Ziel Rast machst.«

»Wir waren da«, sagte die hellhaarige Frau knapp. »Und haben festgestellt, dass wir erwartet werden. Keine Sorge, Laimoc, wir bleiben nicht lange.«

»Willst du uns nicht endlich deine Begleiter vorstellen, Sidon?«, fragte Laimoc.

Der Mann mit den blauen Augen lächelte. »Vielleicht ist es besser, ich tue es nicht.«

»Ich bin Laikan von Nehess«, sagte einer der drei Gäste, deren Gesichter Jinan nicht sehen konnte. »Und dies sind Freunde, die Seite an Seite mit uns gekämpft haben. Wir sind die Letzten.«

»Die Letzten wovon?«, fragte die Herrin. »Von Teniras Gegnern? Das scheint nur so. Das Land ist voll von ihnen, ob Ihr es glaubt oder nicht.« Sie warf ihrem Mann einen warnenden Blick zu.

»Ihr seid doch wohl nicht gekommen, um mich für den Kampf zu rekrutieren?«, fragte Laimoc. »Ich habe Le-Wajun den Rücken gekehrt, wie ihr wisst.«

Die Männer redeten, aber die fremden Frauen schwiegen. Jinan schloss die Augen und konzentrierte sich auf den Duft ihres Schweigens, den Duft dieser schönen Frauen, ihres hellen und dunklen Haars, der das Schweigen umrahmte, der Meeresgeschmack ihrer heimlichen Tränen. Eine der Frauen duftete nach dem Waldboden, auf dem sie gelegen hatte, herb, nach Blättern, ihr Haar war hell und weich. Sie ritt auf dem dunkelbraunen Pferd, die Augen trotzig nach vorne gerichtet, zwischen ihren Brauen eine steile Falte. Ihr Gesicht war scharf und schmal, und sie presste die Lippen aufeinander. Die Sehnsucht in ihrer Brust war so stark, dass sie alles erfasste, dass sie auf die Pferde übergriff und sogar auf die Bäume, und sie warf ihre Sehnsucht dem Himmel entgegen, verlangend. Der Ruf nach den Göttern und ihrer Hilfe war so groß in ihr, dass sie gezwungen waren zu antworten.

Die andere Frau war seltsam. Auch sie ritt still, den Blick nach vorne gerichtet. Sie saß hier an diesem Tisch, aber es war, als wäre sie nicht angekommen, noch längst nicht. Sie war immer noch dort draußen, immer noch ritt sie über die Ebene. Eine große dunkelhäutige Frau mit schwarzen Locken. Ihre Schönheit loderte um sie herum wie ein Feuer. Eine helle Narbe fing jeden Blick ein, aber sie vermochte es nicht, den Eindruck von Schönheit zu zerstören.

Ein Stern, dachte Jinan erstaunt. *Sie duftet nach einer Blume im Tau.* Nach einer kleinen weißen Blume, die Jinan – sie wusste nicht mehr wo – in einer Vase gesehen hatte, zwischen dunklen Rosen.

Und sie schien zu spüren, dass sie beobachtet wurde, denn auf einmal hob sie den Kopf, ihr Blick wanderte über die Wand und blieb an der Durchreiche hängen. Schnell trat Jinan einen Schritt zurück.

»Ihr könnt offen reden«, sagte Laimoc gerade. »Nichts, was hier geredet wird, dringt jemals nach draußen. Meine Halbschwester und ich sind nicht gerade ein Herz und eine Seele, meine Mutter ist vor ihrer Rachsucht geflohen. Also, was führt die beliebtesten Menschen des Sonnenreichs Le-Wajun in mein bescheidenes Haus?«

»Beliebt?« Die Blonde lächelte grimmig.

»Selbst Großkönigin Tenira hätte ihre Gegner gerne unter ihrem Dach.« Laimoc lächelte. »Aber wir hier in der Kolonie haben unsere eigenen Höflichkeitsregeln im Umgang mit Gästen. Du wärst nicht ausgerechnet zu mir gekommen, wenn es nicht wichtig wäre. Ich bin schließlich ihr Bruder. Zwar nur ihr verstoßener Halbbruder, aber trotzdem. Warum solltet ihr sonst hier aufkreuzen? Wenn ihr euch in Kanchar verstecken wollt, tätet ihr besser daran, die Kolonie zu meiden. Es war offenbar keine Überraschung für dich, dass dein Haus beobachtet wird, du warst vorsichtig, sonst wärst du blind in die Falle getappt.«

»Der Bürgerkrieg ist vorbei«, sagte Lan'hai-yia. »Der Krieg gegen Kanchar wird jedoch bald beginnen. Das wird auch uns alle in der Kolonie betreffen. Sobald die Kancharer herausfinden, dass du Teniras Bruder bist, bist du hier nicht mehr sicher.«

»Tenira wird ihre Wunden lecken«, sagte Laimoc langsam, »sie hat keinen Grund, gegen Kanchar vorzugehen. Warum sollte sie so etwas Irrsinniges tun?«

»Weil sie einen neuen Feind braucht. Einen Gegner von außerhalb, um ihr gespaltenes Volk wieder zusammenzuschmieden. Die Rebellion konnte sie niederschlagen, aber es gärt in ganz

Le-Wajun. Bevor sich ein neuer Widerstand zusammenrotten kann, wird sie über die Grenze ziehen. Unsere Spione haben ausreichend Hinweise gefunden, dass sie bereits Vorbereitungen trifft.«

»Und was wollt ihr dann von mir? Mich warnen?« Laimoc schüttelte den Kopf, er sah nicht im Mindesten beunruhigt aus. »Ich lebe hier seit bald achtzehn Jahren. Ich hatte nie Schwierigkeiten mit den Kancharern.«

»Wir sind nicht nur deshalb hier, alter Freund«, sagte Sidon. Laimoc griff nach seinem Weinglas. »Wer war in deinem Haus, Lani? Kancharer, die dich ausliefern wollen, oder Teniras Leute selbst? Denn falls es Kancharer waren, würde ich mir an deiner Stelle eine bessere Verkleidung zulegen. Ich kann euch landesübliche Trachten geben, damit ihr nicht auffallt.«

»Eigentlich haben wir gehofft, du könntest mit Tenira reden«, sagte Lan'hai-yia. »Quinoc ist ihr willenloser Handlanger, aber du ... du hattest schon immer deinen eigenen Kopf.«

»Warum sollte sie auf mich hören? Bin ich nicht derjenige, der Tizarun in Guna zuerst angeschwärzt hat? Und dann eben des Verbrechens überführt wurde, das ich Tizarun anhängen wollte? Sie wird mich vor die Tür jagen wie einen Hund.«

»Das ist fast zwanzig Jahre her, und du hast deine Strafe abgebüßt. Und du bist immer noch ihr Bruder.«

»Niemand von euch, den Edlen Acht«, er spuckte das Wort förmlich aus, »hat mich damals gefragt, was geschehen ist. Niemand hat mich besucht oder mir Hilfe angeboten. Und jetzt, wo ihr am Ende seid, kommt ihr angekrochen?«

»Das ist nicht wahr«, widersprach die blonde Frau, »wir haben eine gute Nachbarschaft gepflegt.«

»Sind wir nicht Freundinnen geworden?«, warf Retia ein.

»Ha!« Laimoc schnaubte bloß. »Als sich herausgestellt hat, dass du den Hof neben meinem gekauft hast, blieb dir ja nichts anderes übrig. Doch ich habe deine Blicke nicht vergessen. Das Misstrauen, das du versucht hast zu verbergen. Im Grunde deines Herzens hast du mich für einen Verbrecher gehalten.«

»Und bist du das nicht gewesen?«, fragte Lan'hai-yia.
Laimoc erstarrte, dann stellte er sein Glas auf den Tisch und stand auf. Ohne ein weiteres Wort marschierte er aus dem Speisesaal.
Das Schweigen, das er zurückließ, war unbehaglich.
»Er spricht nie über die Vergangenheit«, sagte Retia schließlich.
»Tenira ist Eure Schwägerin«, meinte Sidon. »Dennoch … Stört es Euch nicht, eine unrechtmäßige Großkönigin, eine Mörderin und Tyrannin auf dem Großkönigsthron zu wissen?«
Retia lächelte höflich. »Wajun ist weit weg, wenn man hier lebt. Dann sieht man solche Dinge etwas gelassener.«
Jinan trat wieder näher an die Durchreiche und beobachtete die dunkle Blumenfrau, die versonnen an ihrem Weinglas nippte. Sie duftete wie ein Frühlingstag mitten im staubtrockenen Hochsommer.
»Tut mir leid«, sagte Retia. »Ihr habt den weiten Weg umsonst gemacht. Wohin ihr auch geht, schließt sorgfältig hinter euch ab.«
»Tja, dann«, sagte Herzog Sidon langsam, »war unser Besuch hier wohl vergebens, und wir bitten Euch um Vergebung, dass wir Euch gestört haben.« Seine Augen waren unglaublich. Jinan konnte ihren Blick nicht von ihnen wenden, magisch angezogen vom Blau des Himmels.
»Es gibt viele Menschen, die dich dafür verfluchen, was die Rebellen an Tod und Sterben über Le-Wajun gebracht haben, Lani«, sagte Retia. »Großkönigin Tenira hat hier treue Anhänger. Die Siedler in der Kolonie zählen darauf, dass im Reich der Sonne alles seinen geregelten Gang geht. Mit dem räumlichen Abstand, den wir haben, ist es leicht, nachsichtig zu sein, und es gibt genug Menschen, die an die Sonne von Wajun glauben, auch wenn sie aus Mutter und Sohn besteht statt aus Mann und Frau. Also, wohin wollt ihr euch jetzt wenden?«
Lani und Sidon wechselten einen Blick. »Vielleicht gehen wir nach Kato.«

»Nach Kato?« Retia schnappte nach Luft. »Übers Höllenmeer?«
»Oder«, fügte die Blonde hinzu, »wir suchen nach Kirian. Aus diesem Grund bin ich schließlich ursprünglich nach Kanchar gezogen.«
»Ah, ich erinnere mich. Dein Bruder. Der Einzige der Edlen Acht, dessen Schicksal völlig ungewiss ist. Und habe ich dir nicht tausendmal gesagt, dass keine Hoffnung besteht, ihn in diesem riesigen Land aufzuspüren?«
»Warum *keine* Hoffnung? Warum sagst du nicht lieber, dass *sehr wenig* Hoffnung besteht?«
»Zu Leuten, die vier Jahre lang gegen die Armee der Großkönigin gekämpft haben, würde ich das nie sagen.« Diesmal wirkte Retias Lächeln echt. »Ich weiß, dass ein Funke dir genügt, sonst wärst du nie auf die Idee gekommen, Laimoc könnte bei Tenira etwas ausrichten. Vernunft ist weder deine Stärke noch die deines verehrten Vetters. Aber ich wünsche euch Glück bei eurem Vorhaben, egal ob ihr nach Kato fahrt oder Kirian sucht. Beides ist gleich aussichtslos.«

Als die Gäste über den Hof in ihr Quartier gingen, stand Jinan regungslos an der Tür und sah ihnen nach. Da war etwas ... aber sie konnte es nicht greifen. Hinter dem Vorhang, hinter einer Wand aus Bronze lag eine Vergangenheit und eine Wahrheit ...
Die beiden Frauen waren ihr völlig fremd, obwohl sie kaum den Blick von ihnen lösen konnte. Jinan starrte Prinz Laikan nach. Da war eine schwache Erinnerung an einen Jungen mit Sattelzeug und an ein Mädchen mit goldenen Locken. Hatte es nicht etwas mit heimlichen Briefen zu tun? Es war, als wäre er eine Figur aus einer Geschichte, die sie vor vielen Jahren gelesen hatte. Schon wollte sie den Mund öffnen, um ihn zu rufen, aber sie brachte es nicht fertig. Ihr Mund war trocken, ihre Zunge wie gelähmt. Dann der blonde Mann mit den längeren Haaren und dem kurzen Bart.

Selbst von hinten schien er seltsam vertraut... Sollte er nicht über den Flur gehen, die Gewänder über dem Arm, die bunten Gewänder?

Diese Menschen waren wie ein ganzes Buch voller Geschichten und Bilder. Doch als ihr Blick auf den dritten jungen Mann fiel, war es, als würde eine Welle von Träumen über sie hinwegschwappen. Etwas war an der Art, wie er ging, fließend und geschmeidig, etwas, das wie ein Echo ihrer Träume klang, das ein Brennen auf ihrer Zunge hinterließ. Er stammte nicht aus einer Geschichte, sondern aus einem Traum. Sein Anblick schmeckte nach Sommer und schwarzem Wasser, und wenn er sich jetzt umdrehte, würde sie sein Gesicht sehen und ein breites Lächeln und dunkle Augen. Ihre Knie zitterten. Träume waren gefährlich. Wenn man zu lange hinsah, fielen einem die Dinge aus den Händen und zerschellten. Träume waren wie Brunnen, aus denen man nie wieder herauskam. Träume verschlangen alles, sie fraßen die Seele und den Verstand und ließen einen ausgebrannt und leer zurück. In diesem Moment blieb Herzog Sidon stehen und blickte über die Schulter zurück. Ertappt zuckte sie zusammen, rannte jedoch nicht fort. Vielleicht hatte er die Antwort auf die drängende Frage, die sie nicht verstand.

Mit gerunzelter Stirn musterte er ihr Gesicht. »Wie heißt du?« Sie antwortete ihm nicht. *Jinan*, dachte sie, *ich heiße Jinan*.

»Prinzessin?« Es war kaum mehr als ein Wispern, für die anderen nicht zu verstehen. »Sie ist tot«, murmelte er vor sich hin, »sie sieht ihr ähnlich, aber die kleine Prinzessin ist tot.« Dann schüttelte er den Kopf und setzte seinen Weg fort, eilig, um seine Gefährten einzuholen.

Jinan gab kein Zeichen des Erkennens von sich. Wenn sie jemals zuvor sein Gesicht gesehen hatte, war das in einer anderen Welt gewesen, zu einer anderen Zeit, in einem anderen Traum. Drei Reiter, einer in Rot und einer in Grün und einer in Gelb.

Frag nicht. Wie ein leises Raunen kam es zurück, wie das Rascheln der Blätter im Wind. *Frag nicht.* Die Blätter waren rot und golden, und wenn sie sich im Wind bewegten, sahen sie aus wie züngelnde Flammen. Der ganze Wald brannte. *Frag nicht*, flüsterten sie alle. *Oh bitte, frag nicht.*

Aber von irgendwo anders, von tief unten, weit unter den Wurzeln der Bäume, wo es kühl und feucht war, unter der Erde aus Sand und Gestein, kam ein anderes Flüstern. *Prinzessin*, wisperte das Wasser, tief unten am Grund, *Prinzessin.*

32. PRINZESSIN

Das Heu umfing sie mit seinem Duft. Eine kleine Katze schmiegte sich schnurrend an sie, und von irgendwoher kam ein Bild zu ihr: Katzen. Katzen und Rosen. Jinan wusste nicht, was beides miteinander zu tun hatte. Ein Zimmer voller Katzen, ein Zimmer voller Rosen. Ihre Hand glitt leicht über das kurze dunkle Fell. Die Katze war erst seit einigen Tagen hier und versteckte sich vor allen, aber mit Jinan hatte sie bereits Bekanntschaft geschlossen.

Sie legte sich hin, das Tier an sich gekuschelt, und wartete auf den Schlaf, auf das Ende der vielen Bilder und Rätsel.

Doch sie konnte nicht einschlafen. Diese dunkle Frau ließ sie nicht los. Sie hatte sie nie zuvor gesehen, da war sie sich sicher, und doch... Kannte sie sie nicht aus einem Traum? *Ich habe dich gesehen, im Wald, ein Wald voller Stimmen, und um dich herum dieser Gesang, dieser unglaubliche Gesang.*

Jinan schloss die Augen. Der Schlaf kam, langsam... Morgen würde sie ausgeschimpft werden, weil sie nicht in ihrem Bett gewesen war, weil sie nach Pferden roch. Aber das war ihr gleich. Im Zimmer der Dienerinnen war sie nicht allein. Dort war Macha, die fürchterlich schnarchte, und die Köchin, die sich grunzend in ihrem Bett herumwälzte. Es gab keinen Platz wie diesen Ort im Heu, und sie nahm dafür gerne eine Strafpredigt in Kauf.

»Ihr müsst sofort abreisen.«

Jinan hob den Kopf. Durch die Bretter sah sie mehrere Gestalten, in der spärlichen Beleuchtung kaum auszumachen.

»Entziehst du uns wieder deine Gastfreundschaft?« So gedämpft die blonde Frau auch sprach, Jinan konnte sie dennoch verstehen.

»Laimoc wird euch verraten. Er wird sich diese Gelegenheit

nicht entgehen lassen, sich Tenira gewogen zu machen und eine Amnestie zu erwirken. Wenn der Krieg kommt, werden wir alles verlieren, und das ist der einzige Weg, um vorher nach Le-Wajun zurückzukehren. Also eilt euch. Sucht euch frische Pferde aus und lasst dafür eure hier. Ich habe für Proviant gesorgt. Hier ist Geld, das müsste für einige Wochen genügen, mehr kann ich dir leider nicht geben.«

»Warum tust du das?«, fragte Lan'hai-yia. »Du fällst deinem eigenen Mann in den Rücken!«

»Weil ich vier Jahre lang gehofft habe, die Rebellen würden siegen. Laimoc tut zwar so, als wäre ihm alles gleichgültig, aber er steht auf der Seite des Hauses Lhe'tah, und alles andere zählt für ihn nicht. Tenira mag meine Schwägerin sein, aber ich habe nicht vergessen, dass sie sich nie um uns geschert hat. Von ihr haben wir keine Gnade zu erwarten – und ihr ebenso wenig. Wollt ihr also endlich aufbrechen, oder legt ihr es darauf an, in Kürze vor Tenira zu stehen und ihrer Gnade ausgeliefert zu sein?«

»Sie kennt keine Gnade«, flüsterte die dunkle Frau.

»Und erst recht nicht für dich, Fremde.«

»Ihr kennt mich?«

»Geht nach Kato. Vergesst alles andere, vergesst Wihaji und Kirian und wen auch immer ihr suchen wollt – rettet euer Leben. Und du, Soldatin? Man hat sich das Maul über dich zerrissen, über die Geliebte des Fürsten. Solche Gerüchte kommen sogar in der Kolonie an, glaubt mir. Schön, dunkel, kancharischer Akzent – also, wen sonst sollte Teniras Erzfeindin mit auf die Reise nehmen, wenn nicht die Frau, die in Le-Wajun verloren wäre? Weder dort noch hier ist dein Leben sicher, Mädchen. Tenira wird dich in der Luft zerreißen, und wenn du wirklich eine entlaufene Sklavin bist, werden die Kancharer sich gerne daran beteiligen.« Sie lachte, ein trockenes, rasselndes Husten. »Überrascht es dich, dass ich so über die Familie meines Mannes rede? Das ganze Geschlecht ist verflucht, glaubt mir. Wir haben keine Kinder, und wir sind da nicht die Einzigen. Die Adelshäuser von Lhe'tah sterben aus, langsamer als das Haus Anta'jarim, aber wir sind auf dem gleichen Weg in den Staub. Verrat ist das Einzige, wozu unsereins noch fähig ist. Also nehmt die Pferde und verschwindet, im Namen der Götter, jetzt! Bis zum Hafen der Nebel ist es von hier aus nicht weit.« Mit großen Schritten marschierte Retia zur Tür.

»Danke!«, rief Lan'hai-yia ihr nach, dann schritt sie rasch durch den Stall, in einer Hand eine Laterne, mit der sie in die Boxen hineinleuchtete. »Das. Und das. Und die zwei Rappen dort. Und die beiden Braunen.«

»Nein, ich nehme ihn«, sagte Sidon und zeigte auf einen riesigen grauen Hengst. Jinan hielt den Atem an. Es war Prinz, Laimocs Lieblingstier, sein wertvollster Zuchthengst. Aber sie unternahm nichts. Sie machte sich nicht bemerkbar, sie hielt bloß still und horchte. Der Stallmeister war nicht da, Mago ebenfalls nicht. Die Fremden sattelten die Tiere selbst. Sie suchten sich auch noch ein kräftiges Packtier aus und luden ihm die Taschen auf.

»Und ich dachte, wir könnten uns hier ausruhen, bevor es weitergeht«, seufzte Prinz Laikan.

»Eine überraschend weise Frau«, meinte Sidon. »Mit einem Blick hat sie die Wahrheit erfasst. Sie scheint eine wirklich gute Freundin zu sein.«

»Ich weiß ja nicht«, meinte Lan'hai-yia nachdenklich. »Ich glaube, die Möglichkeit, dass Tenira den Krieg hierhertragen könnte, hat sie in Panik versetzt. Sie wollte nicht, dass man uns bei ihr antrifft. Womöglich sind Teniras Schergen bereits unterwegs, und sie nimmt lieber Verluste in Kauf, als dass man sie verdächtigt, Rebellen zu beherbergen. Das wäre ein sicheres Todesurteil.«

»Dann los jetzt«, sagte der Prinz. »Wir müssen weg hier. Was ist denn, Sidon? Macht Euer Paradehengst Zicken?«

Sidon zögerte, während er den grauen Hengst zum Ausgang führte. »Ich habe das Gefühl, ich habe etwas vergessen.«

»Es ist zu gefährlich, noch einmal nach drinnen zu gehen.«

»Ich weiß. Und trotzdem ... Es ging alles zu schnell. Ich habe das Gefühl, dass da etwas Wichtiges war. Die kleine Dienerin ... Ich hätte Laimoc fragen sollen, woher sie kommt.«

»Ihr solltet ihn jetzt lieber nicht wecken. Ist Euch bewusst, dass wir gerade seine besten Pferde stehlen?«

»Es war auch nur ein Gedanke, ein ganz verrückter Gedanke..« Er schüttelte den Kopf. »Ein Hirngespinst, mehr nicht.«

Die Stalltür schwang auf. Sie ritten hinaus in die Nacht. Jinan drückte die kleine Katze an sich und wurde prompt in den Finger gebissen. Ihre Gedanken wollten etwas ergründen, sie versuchte, sie auszuschicken, aber sie prallten an eine Grenze. Irgendwo im Ungewissen war etwas, so nebelhaft wie Kato jenseits des Höllenmeeres. Sie streckte einen Fühler vor und tastete damit die Grenze ab. Es war keine Mauer, nur ein dünner Schleier. Es würde nicht schwer sein, ihn wegzuziehen und dahinter zu blicken. *Eine Reise. Ich freute mich auf die Reise. Wenn ich den Vorhang anhebe, sehe ich die schönen Pferde und die Kutschen und ein Mädchen mit goldenen Locken.*

Jinan zuckte zurück, als hätte sie sich verbrannt. Gleich dahinter war der Schrei. Wenn sie nur einen Fingerbreit weiter vorrückte, würde er da sein. Sie konnte ihn spüren, beißend wie Rauch, eisig und tödlich wie eine Nacht draußen im Schnee.

Sie hielt der spielenden Katze ihre Hand hin und ließ sich kratzen. Es war so ein kleiner, schöner Schmerz, der sie ablenkte von der Versuchung des Vorhangs. Sie atmete tief durch.

Prinzessin? Nein. Frag nicht, frag nicht. Wenn dir dein Leben lieb ist, frag nicht. Trostsuchend barg sie ihr Gesicht im Heu und atmete den Duft ein. *Denk an die Scheibe*, befahl sie sich. *Denk an die Sonne.*

Aber Jinan konnte sich nicht darauf konzentrieren. Stattdessen sah sie das Gesicht des Herzogs von Guna vor sich. Woher sollte sie ihn kennen? Diese blauen Augen, sein spöttisches Lachen. Wie hätte sie ihn vergessen können, wenn sie ihn jemals gesehen hätte?

Drei Männer reiten durch den Sommertag unter der blendenden Sonne. Sie stürmen auf das Schloss zu.

Welches Schloss?

Jinan drückte die Katze fester an sich.

Das Haus. Laimocs Haus. Das war das Gute, das war ihr ganzes Leben. Alles andere war zu gefährlich. Sie konnte den Schrei schon riechen, seinen bitteren Geschmack im Mund fühlen, sie konnte ihn in ihren Ohren gellen hören. Und er würde nie aufhören, das wusste sie. Wenn er begann, wenn er jemals beginnen sollte, gäbe es kein Ende.

Wie immer, wenn das Feuer kam, rettete sie sich in Gedanken zu dem Jungen im Schnee, dachte an die weißen Atemwolken des Ponys, daran, wie sein Fell dampfte. Sie konzentrierte sich auf das hübsche Gesicht des jungen Reiters. Riad. Er war älter geworden, von Traum zu Traum, und schon lange kein Kind mehr. Das Pony war klein, es war immer noch dasselbe Tier, doch die langen Beine des Jungen erreichten längst den Boden, seine Stiefel schleiften durch den Schnee. Dunkle Haare sprossen auf seinem Kinn. Er lächelte nicht, doch seine Augen leuchteten, als er sie sah. Und obwohl er kein Ritter auf einem stolzen Ross war, war er der Einzige, bei dem sie sich geborgen fühlte. Er erwartete nicht, dass sie mit ihm sprach. Es genügte, dass sie neben ihm durch den Wald ging, sich mit ihm unter die harzigen Zweige der Tannen duckte, bis zu der Stelle, zu der er immer hinritt. Dorthin, wo der Blick aufs Tal sich öffnete. Adler kreisten über den weißen Hängen.

Jinan machte die Augen zu und schloss alle Träume aus.

Nachts ließen die Träume sie eigentlich in Ruhe, doch heute kam der Traum trotzdem zu ihr. In der Stille schnaubten die Pferde, raschelte das Stroh. Die Katze schnurrte an ihrer Seite und zuckte plötzlich so heftig erschrocken zusammen, dass sie ihre Krallen in Jinans Seite bohrte. Dann huschte sie davon.

Die Dunkelheit entließ einen Schatten. Eine Gestalt, groß, schwarz wie verdichtete Nacht. Seine Schritte waren leise im Heu, als würden sich die Halme an ihn schmiegen.

»Hab keine Angst«, flüsterte er.

Jinan fragte nicht, denn sie fragte nie. Sie sprach nicht, ihre Stimme war schon seit Langem verstummt.

Seine Gegenwart war wie ein Traum, und doch war er real. Sein

Körper strahlte Wärme aus, als er sich neben sie ins Heu legte und seine Hand nach ihrer tastete.

»Ich bin es, Karim.«

Es war so finster, sie konnte ihn nicht sehen. Dies musste ein Traum sein, doch seine Stimme war so vertraut, als würde er aus einer fernen Vergangenheit nach ihr rufen.

»Erinnerst du dich? An unseren Kuss? An die Geschichte, die ich dir erzählt habe?« Warme Finger streichelten ihre Hand, ihren Arm, kitzelten ihre Wange, hinterließen eine Spur aus Feuer. »Du bist so jung heute, so unendlich jung... Ich wünschte, ich könnte dich vor dem bewahren, was noch auf dich zukommt.«

»Karim.« Ein Wispern, leiser als ein Hauch; keine Stimme, kaum mehr als ein Ausatmen. Und doch fand sie in diesem Moment ein Wort in sich, einen Namen, einen Traum, der mehr war als ein Traum. »Karim.«

Er rückte näher heran, und in diesem Traum, der ein Traum sein musste – wie hätte er mehr sein können als das? –, spürte sie seinen Atem auf ihrem Gesicht, seine Lippen, die ihre streiften. Er schmeckte süß, und sie seufzte und streckte die Hände nach ihm aus. Zog ihn näher an sich heran, flüsterte seinen Namen.

»Karim.«

Dunkle Augen. Ein Lächeln in einem sonnendurchfluteten Hof, von dem man jahrelang träumen konnte. Ein Kuss, jung und unschuldig. Aber jetzt war er hier, war der Traum überwältigend.

»Wenn ich es verhindern könnte, wenn ich dich nur mitnehmen könnte... aber ich kann nicht, Anyana. Ich darf nicht. Denn wenn du deinen Weg nicht gehst, wird noch viel mehr zerbrechen.«

Weinte er? Der Kuss war salzig, er drängte sich an sie, barg sein Gesicht an ihrer Brust. »Es tut mir so leid, Anyana, so unendlich leid. Es ist zu schwer, dich hierzulassen. Ich weiß nicht, wie ich das schaffen soll.«

Er gab ihr einen Namen. Er flüsterte, er weinte, er küsste sie. Er streichelte sie, er umarmte sie, er entlockte dem Traum Gefühle, die Jinan noch nie gefühlt hatte. *Nein, nicht Jinan, Anyana.*

»Karim.« Sie hielt ihn so fest, dass sie an ihm verbrannte.

»Ich liebe dich so sehr«, flüsterte er.

Dies war es, wovon die Geschichten erzählten, was die Träume verhießen – die Glut der Sonne und die Kühle der Nacht und der Geliebte in den Armen seines Mädchens.

Mit ihm einzuschlafen war, als wäre sie endlich angekommen.

Laute Flüche rissen sie aus ihrem Schlaf.

Stallmeister Dalma stampfte und brüllte. Der Tag riss sie in sich hinein und ließ ihr keine Gelegenheit zur Gegenwehr. Sie öffnete die Augen, tastete über das Heu. Hatte sie nicht etwas geträumt? Ihr war, als könnte sie seine Küsse immer noch schmecken, den Duft seiner Haut riechen. Sie fühlte sich wund.

Aber er war nicht da. Wie hätte auch etwas, das sie geträumt hatte, sich als wirklich geschehen erweisen können?

»Karim«, flüsterte sie.

»Mago!«, schrie Dalma. »Kommst du wohl her, Mago! Wo sind die Pferde? Wo hast du die Pferde hingebracht?«

Mago duckte sich unter Dalmas Schreien. »Keine Ahnung, Herr.«

»Warum warst du nicht da? Hast du nicht die Nacht über hier zu sein?«

»Ja, aber ... aber die Herrin hat mich gerufen und ins Haus geschickt.«

»Und wie soll ich das dem Herrn Laimoc erklären?« Eine Ohrfeige klatschte laut, der Schlag war so heftig, dass der Stallbursche rücklings ins Stroh stürzte. Blut lief aus seiner Nase, aber er gab keinen Laut von sich.

Dalma hob den Kopf. »Du da! Jinan! Los, komm runter! Wird's bald!«

Langsam kletterte sie die Sprossen der Leiter hinunter und stellte sich seinem Zorn.

»Was hast du gesehen? Warst du die ganze Nacht da oben? Nun rede doch endlich, was ist passiert?« Er holte aus zum Schlag, zu einem solchen Schlag, der sie nicht einfach ins Stroh, sondern gegen einen Pfosten schmettern würde, der ihr Gesicht für immer zerstören würde. Er war so wütend, dass er sie vernichten wollte, da war sie sich sicher. »Starr mich nicht an, sprich endlich!«

»Dalma!« Laimoc stand hinter ihm, Eiseskälte im Blick. »Du wirst dieses Mädchen nicht schlagen.«

»Ja, Herr, aber sie muss gesehen haben, was passiert ist. Sie war die Nacht über hier, sie hat alles gesehen, keinen Finger hat sie gerührt, dieses kleine Biest. Tut so unschuldig, aber sie hat Euch und Euer Haus verraten, ohne mit der Wimper zu zucken! Schaut sie doch an, Herr, dieses kleine Miststück!«

Die Herrin kam in den Stall gerauscht. »Was ist passiert? Es fehlen doch nicht etwa ein paar unserer kostbaren Pferde?«

»Dalma«, sagte Laimoc sehr ruhig, »lass uns allein.«

Die Wut flackerte noch einmal in den Augen des Stallmeisters auf. Dann senkte er den Blick und verschwand aus dem Stall.

»Warum hast du das getan?«, fragte Laimoc seine Frau. Seine Stimme war ruhig, fast heiser.

»Unsere Gäste fortgeschickt? Vielleicht, weil mir das Gastrecht heilig ist. Oder tut es dir um die Pferde leid?«

»Warum?«, fragte er. »Verdammt, Retia, warum? Das war meine Chance. Das war *unsere* Chance. Warum hast du das getan!«

Jinan zog sich zurück, Schritt für Schritt, unhörbar und fast unsichtbar. Sie wollte von diesem Streit nichts hören und nichts wissen. Der Ausgang schien ihr unerreichbar weit. Die Leiter zum Heuboden drückte an ihrem Rücken, aber sie wagte es nicht, hinaufzusteigen und durch das Knarren der Holzsprossen die Aufmerksamkeit auf sich zu ziehen. Die beiden Eheleute hatten ihre Anwesenheit völlig vergessen, ihr erregtes Wortgefecht versetzte die Pferde in Unruhe. Die Worte trieben an Jinan vorbei wie Holzstücke auf den Wellen, und sie hörte zu, ohne nach den schwimmenden Stücken zu greifen. Der Traum von Karim war noch zu nah.

Ihr Name. Er hatte ihr ihren eigenen Namen zurückgegeben.
»Anyana«, wisperte sie. »Ich bin Anyana von Anta'jarim.«
Anyana. Und da war das Feuer. Da war alles, was sie hinter den Schleier geschoben hatte. Das kleine Schloss im Garten. Ihr Vater. Ein bellender Hund. Schnee, von einer Rußschicht bedeckt.

»Hör auf zu träumen, Retia!«, rief Laimoc. »Wenn wir jemals zurück nach Lhe'tah wollen, brauchen wir Tenira, und du hast unsere einzige Chance zunichtegemacht, sie dazu zu bringen!«

»Ich wollte...«

»Ja, was wolltest du denn?«, tobte Laimoc. »Du hast unsere Hoffnung auf Rückkehr zerstört und unsere Pferdezucht gleich mit dazu!«

Er hielt inne, als von draußen das Stampfen schwerer Hufe erklang. Im nächsten Augenblick schlug etwas gegen das Tor. Einmal, zweimal, dann zerbarst es mit einem ohrenbetäubenden Krachen. Retia und Laimoc wichen zurück.

Mit großen Augen sah Jinan zu, wie ein gewaltiges Eisenpferd auf der Schwelle erschien. Das Licht des frühen Morgens ließ seine Umrisse glühen. Die Panik setzte sie in Bewegung. Jinan flog beinahe die Leiter hinauf, doch in dem Getöse und Stampfen gingen die verräterischen Geräusche unter. Hastig kroch sie ins Heu und lugte über die Kante.

Auf dem Pferd saß ein dunkel gekleideter Kancharer, der ein Tuch um den Kopf geschlungen hatte, das nur seine Augen freiließ. Ein krummer Dolch blitzte auf. Retia stieß ein Wimmern aus, dann straffte sie sich und trat vor. »Was wollt Ihr?«, fragte sie in nahezu akzentfreiem Kancharisch.

Neben dem Reiter erschienen weitere Krieger, im Hintergrund knirschten die Gelenke der Eisenpferde, der Boden vibrierte unter ihnen.

»Was wir wollen? Lan'hai-yia von Guna«, sagte der Mann. »Sowie eine Schar ihrer Getreuen.«

»Davon wissen wir nichts«, sagte Retia. »Ist sie nicht in Le-Wajun?«

»Das war sie bis vor Kurzem. Doch ihre Spuren führen bis zu ihrem Haus – und von dort hierher.«

»Was macht Euch so sicher, dass es ihre Spuren sind?«, fragte Laimoc. »Schon seit Wochen treiben Banditen in dieser Gegend ihr Unwesen. Ich befürchte schon seit Längerem, dass sie meinen Hof ausspionieren.«

Der Reiter zog das Tuch von seinem Gesicht. Er hatte kalte Augen und einen grausamen Mund, der kurze, sorgfältig gestutzte Bart wies darauf hin, dass er ein Magier war. Die anderen Kancharer glitten mit geschmeidigen Schritten näher, einer trat an die Boxen der Pferde, mit denen die Besucher gekommen waren.

»Diese stammen nicht aus Eurer Zucht.«

»Doch dafür sind sie bestimmt«, behauptete Laimoc. »Ich habe frisches Blut aus Le-Wajun kommen lassen, um noch mehr Schnelligkeit in die neue Linie zu bringen.«

»Das sind Kriegspferde.«

»Schnelligkeit und Mut. Eisenpferde mögen unverletzlich sein, doch nichts ist so wendig und tapfer wie ein echtes Pferd.«

Der Magier musterte ihn durchdringend. »Ich könnte Euch auf den Thron der Wahrheit setzen.«

»Tut, was Ihr nicht lassen könnt«, sagte Laimoc. »Ihr verschwendet nur Eure Zeit. Solltet Ihr nicht lieber dafür sorgen, dass die Räuberbanden aus dieser Gegend dingfest gemacht werden? König Laon hat immer seine Hand über die Kolonie gehalten. Darf ich daran erinnern, dass wir stets pünktlich und ohne zu murren unsere Steuern bezahlen?«

»Erlaubt, dass wir überall nachsehen«, sagte der Magier in höhnischem Tonfall. »Falls sich Räuber auf Eurem Hof verkrochen haben, werden wir sie mit Sicherheit finden.«

Jinan duckte sich tiefer ins Heu, als die Krieger ausschwärmten und den Stall durchsuchten. Einer stieg die Leiter hoch. Starr vor Angst hielt Jinan den Atem an, als er seinen Dolch zog. Dunkle Augen funkelten in seinem verhüllten Gesicht. Er trat so dicht vor sie hin, dass seine Schuhspitzen ihr Bein berührten, und sie unterdrückte einen Schrei, denn er stieß mit der gebogenen Klinge zu –

an ihr vorbei, ins Heu. Dann, ohne ein Wort zu sagen, drehte er sich um und stieg wieder hinunter.

Die Kancharer suchten nicht nach einem rothaarigen Mädchen.

»Nun das Haus«, befahl der Anführer. »Auch die Nebengebäude.«

Jinan war sich sicher, dass die verhüllten Gestalten genau wussten, wo sie überall suchen mussten. Diese Worte waren nur für das Paar bestimmt, das unten stand und wartete. Retia klammerte sich an Laimocs Arm.

»Da Ihr diese Pferde für den Krieg gezüchtet habt, seid Ihr sicher froh, wenn sie genau diesem Zweck zugeführt werden«, sagte der Kancharer.

»Der Krieg ist weit entfernt«, entgegnete Laimoc.

»Nicht weit genug für den Bruder der Großkönigin.« Er saß ab und baute sich vor dem Paar auf. »Ach, es überrascht Euch, dass ich davon weiß? Wir wissen alles über Euch und Eure Verbannung. Wenn Teniras Truppen über die Grenze kommen – was meint Ihr, wird sie Euch hier einen kleinen Besuch abstatten?«

»Wohl kaum. Ich bedeute ihr nichts. Ich arbeite nicht für die Großkönigin.«

»Und auch nicht gegen sie«, fügte Retia rasch hinzu. »Wir haben mit den Rebellen nichts zu schaffen.«

»Mein Schicksal wird sie nicht kümmern. Also falls Ihr überlegt, ob ich als Geisel dienen könnte, um Tenira davon abzuhalten, ihren Fuß über die Grenze zu setzen, dann verwerft diesen Gedanken rasch wieder.«

»Oh, aber falls uns etwas passiert, wird es sie wohl doch kümmern«, warf Retia ein. »Ob als Vorwand oder aus echter Anteilnahme ist unerheblich.«

Der Magier lachte leise. »Hier treiben Räuberbanden ihr Unwesen. Da kann immer etwas passieren.« Er streichelte etwas, das er in der Hand hielt. Jinan konnte nicht sehen, was es war, doch Retia stieß einen Schrei aus. »Sagt mir nur eins: Wenn König

Laon Euch zu Eurer eigenen Sicherheit nach Daja befiehlt, werdet Ihr kommen?«

»Ja, gewiss«, sagte Retia, doch Laimoc zögerte.

»Mit den Pferden?«

»Würdet Ihr Eure kostbare Zucht nicht lieber dem König anvertrauen, der etwas davon versteht, als Euren unzuverlässigen Bediensteten?«

In diesem Moment kehrte einer der Kancharer zurück und teilte dem Magier leise etwas mit.

»Ihr hattet unlängst Gäste? Der Braten soll vorzüglich gewesen sein. Welche Beilagen habt Ihr dazu serviert? Ich bin sicher, der Wein war exzellent.«

Retia stöhnte leise, Laimoc stand gebeugt da, die Fäuste geballt.

Der Magier pustete sacht auf seine offene Handfläche. Ein kleiner Stein lag darauf, der aufglühte und wieder erlosch.

»Würdet Ihr auch mich bewirten? Schließlich bin ich einer Eurer besten Freunde. Wie wäre es mit ... Pferdefleisch?«

Er warf seinen Dolch, bevor irgendjemand begriff, was geschah. Die gebogene Klinge wirbelte durch die Luft und bohrte sich in den Hals einer Stute, die den Kopf neugierig über die Trennwand gereckt hatte.

»Nein!«, schrie Laimoc, als das Blut aus dem Hals des Pferdes sprudelte. »Nein, nicht meine Pferde!«

»Still.« Der Magier packte ihn am Kragen und hob den Stein in die Luft. »Ganz still. Ihr lasst das Mahl zubereiten. Jetzt. Als Sohn eines Fürsten solltet Ihr wissen, was sich für Gäste gehört.«

»Sie sind heute Nacht fortgeritten«, stammelte Retia. »Ich habe ihnen gegeben, was sie wollten. Frische Pferde, Proviant. Ich wollte sie nur loswerden, es ging nicht darum, ihnen zu helfen. Ich wollte nur ...«

Jinan konnte hören, wie die verletzte Stute zusammenbrach. Ihre Hufe polterten gegen die Bretterwand.

»Wohin wollten sie?«

»Zum Nebelhafen.«

»Wohin auch sonst«, murmelte der Magier.

Dann geschah etwas, das Jinan von ihrem Beobachtungsposten aus nicht sehen konnte. Es endete mit einem Schrei, der abrupt abbrach, und einem Sturz.

»Bitte«, sagte Laimoc mit erstickter Stimme.

»Wir werden sie einholen. Ihr solltet zu Euren Göttern beten, dass wir sie einholen. Einer meiner Männer bleibt hier, zu Eurer ... Sicherheit.«

Er schwang sich auf sein Eisenross und zog sich wieder das Tuch vor den Mund. Knirschend und fauchend bäumte sich das metallene Pferd auf, kam mit einem Krachen wieder auf die Erde und stürmte davon. Stille trat ein. Das echte Pferd, das verwundete Pferd, zuckte in seinem Todeskampf. Laimoc stand da, reglos, und stieß ein Geräusch aus, als würde er schluchzen.

Jinan kroch ein wenig näher an die Kante des Heubodens und sah die Herrin Retia reglos, mit weit aufgerissenen Augen, im Stroh liegen.

Sie musste ein Geräusch gemacht haben, denn Laimocs Blick wanderte nach oben.

Er erstarrte. »Jinan«, sagte er. »Oh, Jinan.«

Was hätte sie dafür gegeben, unsichtbar zu sein. Doch Wünschen half nichts. Sie kletterte die Leiter herunter, und noch bevor sie unten angekommen war, hob er sie herab und presste sie an seine Brust. Sie verschwand in seiner Umarmung, in seiner Wärme, in den trockenen Schluchzern, die aus seiner Kehle drangen.

»Jinan.« Er warf ihr ihren Namen hin, den falschen Namen, während er auf ihr Haar weinte, seine Hände hineinwühlte. »Jinan, es ist vorbei, mein Leben, mein Werk, die Pferde ... alles vorbei. Fast mein halbes Leben habe ich hier verbracht, und was tun die Kancharer? Trau ihnen nicht. Du darfst ihnen nie trauen. Nun habe ich nichts mehr.«

Jinan schwieg. Es war ein seltsames Gefühl, ihn zu halten, ihm Trost zu geben. Es war zu nah, viel zu nah. Ihr Herz flatterte, aber sie versuchte nicht, sich aus seinem Griff zu winden.

»Ich habe kein Pfand, um Tenira gnädig zu stimmen, ich habe nichts, um die Kancharer zu besänftigen, meine besten Pferde sind fort, eine Zuchtstute ist tot, und ich habe nicht einmal mehr eine Frau!«

Hilflos hing sie in seinem Griff. Er hielt sie so fest, dass sie vor Schmerz kaum denken konnte.

»Wenn ich mir vorstelle, dir wäre etwas passiert... Der Magier hätte nicht gezögert, dich zu ermorden, um mich zu treffen. Es war gut, dass du stillgehalten hast, dass niemand dich gesehen hat. Ich hatte solche Angst, sie könnten dich entdecken.« Dann zögerte er. »Du warst hier. Du warst die ganze Zeit hier.« Laimoc fasste sie am Kinn, damit sie ihn ansah. »Dalma sagte, du hättest die Nacht hier verbracht. Hast du gesehen, wie die Rebellen fortgeritten sind und meine Pferde gestohlen haben?«

Sie konnte nur nicken.

»Wenn du nur reden könntest! Du hättest mich geholt, nicht wahr, wenn du reden könntest? Sag mir, ob sie wirklich zum Nebelhafen reiten wollten. Wenn ich wüsste, wo sie hingeritten sind, vielleicht kann ich doch noch etwas unternehmen. Wenn ich ihnen mit allen meinen Wachen nachreite... Es sind Soldaten, allesamt, ja, verflucht, aber mit zwanzig bewaffneten Männern könnte ich sie aufhalten, nicht wahr, Jinan?«

Wieder nickte sie; vielleicht war es ihm wirklich ein Trost, wenn sie zustimmte. Wenn sie ihm Hoffnung gab.

Ihre Gedanken drehten sich im Kreis. Da war der Traum in dieser Nacht, der Traum von Karim, da waren der Magier und seine Schergen, das Blut, und dort im Stroh lag Retia, die Augen so groß und starr.

»Oh, Jinan. Wenn du es mir nur sagen könntest.«

Wenn sie ihm nur helfen könnte. Sie war nur ein Dienstmädchen, nur eine Magd, die sich um das Haus und das Essen kümmerte.

Ein Name stieg aus den Tiefen des Traumes herauf: Anyana. Sie wollte nicht daran denken, aber sie musste es tun. Wie ein Schleier haftete alles an diesem Namen, alles Schreckliche. Er brannte in ihrer Seele. Und dennoch ... Laimoc hatte alles verloren, aber sie auch. Sie wusste, wie es war.

Sie öffnete den Mund: »Ich bin nicht Jinan.«

33. DIES BIN ICH NICHT

»Ich bin nicht Jinan.« Ihre Stimme war ihr selbst fremd geworden.
Laimoc erstarrte. Dann stieß er sie grob zurück. »Du sprichst? Du kannst reden? Du tust so stumm, dabei kannst du sprechen, wenn du nur willst?« Etwas in seinen Augen veränderte sich. »Da hast du mich ja ganz schön reingelegt. Wolltest du unser Mitleid wecken? Tust so hilflos, so schwach, und dabei bist du gar nicht stumm? Ein bisschen schwachsinnig tun, wie, damit wir dich gar nicht wahrnehmen? Du verdammtes Stück Dreck!« Sein Gesicht rötete sich. »Du warst hier, du lässt zu, dass Retia mich verrät, dass die Rebellenhunde meine Pferde stehlen, und du hast nichts getan? Es ist dir nicht etwa eingefallen, mich zu holen? Jetzt habe ich alles verloren, und es ist deine Schuld!« Er packte sie bei den Schultern und schüttelte sie. »Alles ist verloren!«, brüllte er. Seine Hände legten sich um ihre Kehle, er drückte zu. »Das ist deine Schuld!«
Ich bin Anyana, wollte sie sagen. *Ich bin*. Doch alles, was sie herausbrachte, war ein Wimmern, als er sie gegen die Leiter schleuderte. Alles wurde schwarz.

Bis sie vom Schmerz erwachte. Im Schmerz. Er raste in Schüben durch ihren Körper. Stroh stach in ihre Wange. Sie lag auf dem Bauch, auf ihrem Rücken ein Gewicht, das sie auf den Boden drückte, und zwischen ihren Beinen nur Schmerz. Es hatte nichts mit ihrem Traum zu tun, mit der Sanftheit und der herrlichen warmen Glut zwischen ihr und dem Jungen, nach dem sie sich sehnte. Dies war nichts als Qual und Entsetzen. Mit der Stirn stieß sie gegen die Bretterwand, sie dachte: *Es ist eine der Pferdeboxen. Sie muss leer sein.*

Da war ein Keuchen über ihr, das sich mit dem Ächzen mischte, das in ihrer Kehle brannte.

Sie hörte auf zu denken. Sie hörte auf zu träumen. Die Welt verstummte, während sie auf den Schmerz horchte, der in ihrem Inneren tobte. Das war die Sonne, die sich durch sie hindurchbrannte. Das war das Feuer, das sich durch alle Schichten des Vorhangs fraß, bis nur ein kleines Fenster übrigblieb. Sie fühlte, wie ihr eigenes Blut in ihren Ohren dröhnte, hörte den Hall des riesigen Gongs. Das Vibrieren erfasste alles, es war eine riesige Welle des Klangs, ein Ring nach dem anderen breitete sich aus und nahm den Ton mit hinaus. Und dort war das Tor. Die Scheibe drehte sich, schnell, kreiselnd, alle ihre Ringe glühten im Bronzeton, immer schneller, immer heißer. Der Schmerz grub sich durch alle Schichten. Er war es, der sie hinter den Traum blicken ließ. Sie spähte hindurch, noch zögernd, die gewaltige Hitze versengte ihre Haut. Sie sah durch die Flammen und hielt Ausschau nach dem großen Vogel. Aber sie sah nur die Katzen. Die felligen, springenden Katzenkinder in Urgroßmutter Unyas Rosenzimmer. Sie hielt den Blick auf diesen Raum gerichtet, ganz fest. Sie hielt sich fest an dem metallenen Bett und an dem kleinen Tisch und dem Schaukelstuhl. Vertrocknete Rosenblätter lagen auf dem Boden.

Und da wusste sie, dass sie weinen würde. Sie wollte sich an etwas festklammern, aber da war nichts. Ihre Finger krallten sich um Strohhalme, kratzten über Staub und Splitter, während ihr Blick die Katzen und den Schaukelstuhl verlor. Während Unyas Zimmer in den Schatten versank, erahnte sie ein anderes Zimmer, ein Zimmer voller Flammen und Geschrei, und sie wollte es nicht sehen. Sie wusste, sie musste hinschauen, sie hatte keine Wahl, aber noch schreckte sie davor zurück. Sie rief die Rosen zurück, die trockenen Rosen auf dem Boden und auf dem Tisch, die Stiele in der Vase und den Duft. All das rief sie zurück, während sie schon die Flammen durch die Tür züngeln sah und ihr Vater schrie: *Das hat Tenira getan!* Der kleine Hund bellte gegen das Wüten des Feuers an. Sie spürte die harten Kanten des Fensterrahmens und die Kälte der frostigen Nacht. Sie spürte den Schrei in sich aufsteigen, den endlosen, entsetzlichen Schrei, der ihre Kehle zerreißen würde, der die Welt entzweiteilen würde, aber plötzlich war Riad da. Er ritt auf dem Pony und beugte sich vor und streckte die Hand nach ihr aus. Sie ergriff seine Hand, die fest und warm war, und hielt sich an ihm fest, während der Schnee ihr in die Schuhe kroch und an ihren Waden hinaufkletterte und Schneeflocken sich auf ihr Gesicht legten wie kalte Küsse.

Der Traum zerbrach wie eine Eierschale.

Sie hörte die Pferde wiehern, aus weiter Ferne. Das Stroh roch nach Pferd und nach Blut.

Sie sank in die Umarmung der Dunkelheit und wusste nichts mehr.

»Ich kenne die Wahrheit«, sagte eine leise Stimme. »Über Euch und Tizarun und über das, was in Trica geschah.«

»Und?«, fragte Laimoc zornig. »Diese alte Geschichte werde ich niemals loswerden. Ich habe meine Schuld längst verbüßt.«

Jinan hob den Kopf. Atmen war eine Qual. Sich zu bewegen war eine Unmöglichkeit. Doch sie rückte ein klein wenig vor, näher an die Bretterwand. Durch eine Ritze konnte sie die beiden Männer sehen. Der eine war ihr Herr. Er sah aus, als sei nichts passiert. Der andere war kleiner und schmaler und trug die dunkle Kleidung der kancharischen Reiter. Das musste einer der Männer sein, die der Magier hiergelassen hatte, um Laimoc zu bewachen.

»Eure Schuld?«, fragte der Kancharer. »Für das, was in Trica passierte, tragt Ihr keine Schuld. Nur für die Dinge, die danach kamen. Dafür, dass Tizarun Großkönig werden konnte, dafür, dass ganz Le-Wajun ihn vergötterte. Ihr habt zugelassen, dass er mit seinem Verbrechen davonkam. Trica wurde für den Hinterhalt berühmt, dem Tizarun entkam, nicht für das Blut, das dort geflossen ist. Für eine Handvoll edler Pferde und ein Stück Land habt Ihr ein Verbrechen begangen, das nicht seinesgleichen hat – die Schuld eines Mannes zu decken, der in den Rang der Sonne gehoben wurde. Damit niemand erfuhr, dass der Kandidat für den Thron eine gunaische Adelsfamilie ausgelöscht hatte.«

»Woher wisst Ihr das?«, wisperte Laimoc. »Niemand außer meiner Mutter weiß davon. Ich habe es nicht einmal Retia erzählt. Es gibt keine Zeugen mehr.«

Der Kancharer zog das Tuch von seinem Gesicht. Er war jung, um die zwanzig. Er war schön. Und – Jinan wollte ihren Augen nicht trauen – es war Karim.

»Du! Du warst bei Lanis Begleitern! Du gehörst zu ihren Leuten!«

»Ich habe nie zu ihren Leuten gehört.« Seine Worte waren reinstes Kancharisch, sie trugen den rauen Klang der Wüste in sich. »Ich habe nie zu irgendjemandem gehört.« Und dann wechselte er ins Wajunische, doch er klang nicht wie Laimoc oder die vielen anderen Wajuner, die Jinan kannte. Es war eine Melodie in seinen Sätzen, die herber war und rauer, und mit einem Schaudern begriff Jinan, dass Karim, der wie ein Wajuner klingen konnte oder wie ein Kancharer, ganz wie es ihm beliebte, nun endlich seine wahre Muttersprache benutzte. Sie hatte diesen Klang schon gehört. Lan'hai-yia hatte ihn verloren, aber er schwang in jedem von Sidons Worten nach.

Guna.

Karim von Lhe'tah, Wihajis ehemaliger Knappe, der die Kleidung eines kancharischen Kriegers trug, stammte aus Guna.

Laimoc wurde blass. »Wer bist du?«

»Die Edlen Acht teilten sich auf. Ihr, Graf Kann-bai, Euer Bruder Quinoc und Prinz Tizarun seid nach Trica geritten, um die Kancharer zu vertreiben. Dort habt Ihr Euch getrennt. Erst später habt Ihr erfahren, was passiert war, dass Tizarun auf Widerstand traf. Er kämpfte gegen die Männer und Frauen, die ihr Dorf verteidigten, und da er ein herausragender Kämpfer war, tötete er viele von ihnen. Männer, Frauen, sogar Kinder. Doch das hätte seinem Ansehen nicht geschadet. Es ist üblich, im Krieg zu töten.«

Karims dunkle Augen waren fest auf Laimoc gerichtet, dessen Hände zitterten. »Das Tragische an dieser Geschichte ist, dass der Prinz seinen Zorn nicht an einer kancharischen Familie auslebte. Sogar wenn es bettelarme Gunaer gewesen wären, nach denen keiner gefragt hätte, wäre er davongekommen, denn solche Dinge passieren eben. Doch Tizarun wusste nicht sehr viel über das Land, um das er kämpfte. So wird ihm nicht klar gewesen sein, dass der Dorfälteste, der sich ihm entgegenstellte, ein Abkömmling des Königshauses von Guna war. Er war ein angesehener Mann in der Gegend, sein Name war weit bekannt. Schon immer haben die gunaischen Herzöge und Prinzen mitten unter dem Volk gelebt, ohne sich durch Schlösser und golddurchwirkte Kleider von den armen Leuten zu unterscheiden. Der Älteste bat Tizarun, die kancharischen Dorfbewohner zu schonen. Er trat für sie ein, wie er für jeden eingetreten wäre, gleichgültig welchen Blutes. Tizarun erschlug den Mann, der ihm ohne Waffen entgegengetreten war. Er töteten die ältesten Söhne. Und er schändete seine Frau. Er war gründlich, er vernichtete alles, was den Sieg gefährdete. Aber er war nicht gründlich genug. Der jüngste Sohn hatte sich versteckt und überlebte. Und als die letzten Kancharer aus Trica über die Grenze flohen, gingen die Frau des Dorfältesten und ihr Sohn mit ihnen. König Laon von Daja nahm sich ihrer an.«

Laimoc ächzte. »Du ... Ihr ... Ihr seid dieser Sohn! Ihr seid der Zeuge! Aber was wollt Ihr von mir? Ich habe Eure Familie nicht getötet! Ich wollte reden, aber mir wurde der Mund verboten. Als die Gerüchte aufkamen, dass Tizarun Gunaer von königlichem Blut umgebracht hatte, wurde mir die Sache in die Schuhe geschoben. Diese Tat hätte Le-Wajun die ganze Provinz Guna kosten können! Schlimm genug, dass so etwas Schreckliches passiert war, aber wenn herausgekommen wäre, dass es der Sohn des Königs war, der sich an Leuten von Adel vergriffen hatte! Und als Tizarun der Kandidat für den Sonnenthron wurde ... Guna hätte sich auf der Stelle von Le-Wajun losgesagt, der Krieg wäre wieder aufgeflammt, und ganz Guna wäre in Blut und Feuer untergegangen!

So leid es mir tut, was Eurer Familie widerfahren ist, es ging um viel mehr als um ein einzelnes Schicksal.«

»Es geht immer um mehr.« Karim trat näher. »Und ich bin nicht das Kind, das sich versteckte. Ich bin ihr anderer Sohn. Ich bin der Junge, den sie in Daja gebar.«

»Ihr seid ... Ihr seid Tizaruns Sohn? Oh ihr Götter! Ihr seid sein Bastard!«

»Man sagte mir, ich sehe ihm ähnlich.« Mit geschmeidigen Schritten glitt Karim auf ihn zu. »Ihr werdet zu Tenira gehen, Fürst Laimoc. Sie kennt die Wahrheit nicht, aber es ist Zeit, dass sie davon erfährt. Sagt ihr, dass Ihr unschuldig verbannt wurdet. Sagt ihr, wer Tizarun wirklich war. Ein Mörder.« Er lachte leise. »Und ich komme ganz nach ihm.«

»Sie wird mir nicht glauben! Sie verehrt Tizarun unendlich, Ihr habt ja keine Ahnung. Eher lässt sie mich in Ketten hinausführen, als mir zu glauben!«

»Dann stellt es klug an. Streut Gerüchte. Tretet ihr nicht allein gegenüber. Sprecht mit Fürst Quinoc. Ich bin sicher, Euch wird etwas einfallen.«

»Aber ...« Laimoc klang mehr als verzweifelt. »Ich muss nach Daja. Der König wird mich verfolgen lassen, wenn ich nach Le-Wajun fliehe. Er hat mir einen Aufpasser hiergelassen.«

»Ich bin dieser Aufpasser«, sagte Karim. »Laon hat seine Pläne, ich habe meine. Und ich versichere Euch, mein Arm reicht weiter als seiner.«

»Aber der Magier ...«

»Wird die Rebellen nicht finden und zurückkommen. Sie sind nicht unterwegs zum Nebelhafen, ich habe sie woanders hingeschickt. Der Magier wird Euch umbringen, wenn Ihr dann noch hier seid. Ich könnte ihm die Mühe ersparen, aber ich biete Euch einen Ausweg.«

Anyana wollte sich bemerkbar machen. Sie wollte die Hand heben, ihn rufen. Sie wollte, dass er sie aus dem blutigen Stroh hob, heraus aus ihren Schmerzen, und sie von hier forttrug. Sie wollte, dass er die Arme um sie legte und ihren Namen flüsterte.

Karim, wollte sie rufen. *Hier bin ich! Ich bin doch hier!*
Aber als sie den Mund öffnete, kam nur ein Stöhnen heraus. Sie schaffte es nicht, sich aufzurichten. Ihr Unterleib war in Feuer getaucht, ihre Beine waren schwer wie Blei, ihr Hals war so rau und geschwollen, dass sie fast erstickte.
»Was war das?«, fragte Karim.
»Mein Pferd«, sagte Laimoc. »Dieser verdammte Magier hat es tödlich verletzt. Es quält sich schon seit Stunden. Ich muss mich darum kümmern.«
Anyana kämpfte. Sie schlug mit der Stirn gegen die Bretterwand, und der Schmerz löschte alles aus.

Als sie erneut die Augen öffnete, schien die Sonne durch das zertrümmerte Tor und spielte im Stroh. Das Licht blendete und stach wie Pfeilspitzen in ihren Schädel. Sie wunderte sich, wie schwer es war, sich aufzurichten. Ihre Hände waren merkwürdig dunkel.
Ihr Kleid war zerrissen. Überall die dunkle, klebrige Farbe. Überall war der Schmerz. Sie betastete ihr Gesicht und schrak zurück. Als sie die Hände auf ihren Bauch legte, entrang sich ihrer Kehle ein Stöhnen. Irgendwie schaffte sie es, sich halb aufzurichten, gekrümmt lehnte sie sich an die Bretterwand. Das Pferd in der Nachbarbox betrachtete sie und schnaubte nervös.
Sie wankte. Sie horchte. Sie fühlte. Da war der Vorhang. Sie sah ihn vor sich, schwer und samtig, er verbarg den Hohlraum unter einem Thron. Sie konnte sich dahinter verstecken, in der dunklen, sicheren Höhle. Sie konnte sich verkriechen und dortbleiben. Sie wusste mit absoluter Klarheit, dass sie dort in Sicherheit war, und das Verlangen nach dieser Geborgenheit wurde fast übermächtig. Dort waren die Stille und das Schweigen. Sie musste sich nur dorthinflüchten, und alles würde gut sein. *Der Schmerz. Sonnenträume. Drei Reiter.* Sie würde die Reiter vorbeidonnern sehen und nie wissen, wie sie hießen, und was sie vorhatten. Sie würde sich selbst zusehen und gehorchen, wenn jemand sie mit dem Namen »Jinan«, rief. Sie würde es aushalten, wenn in ihren Träu-

men ein Gesicht zu ihr kam und Riad auf seinem Pony nach ihr Ausschau hielt. Es gab keinen Betrug dort unter dem Thron, unter seinen bergenden Stufen. So hatte sie die vergangenen vier Jahre gelebt.

Versteck dich nicht unter den Stufen, sonst wirst du nie auf dem Platz sitzen, der dir gehört. Du bist Prinzessin Anyana von Anta'jarim. Du hast überlebt.

Sie hatte überlebt. Und sie träumte nicht mehr. Nie wieder würde sie in die Träume zurückkehren und sich darin verstecken.

Sie war von königlichem Blut. In ihren Adern floss das Blut ihrer Ahnfrau Jarim, die den Hirschgott liebte, und sie würde nicht zulassen, dass jemand ihr wehtat. Das war vorbei. Sie würde nicht zulassen, dass man sie schlug und demütigte.

Ich erlaube nicht, dass sie uns verbrennen und schlagen und in die Asche drücken. Ich werde nicht zulassen, dass mein Vater schreit, und ich werde nicht Nacht für Nacht durch die Kälte irren. Nein. Ich werde es nicht dulden. Nein.

Sie biss die Zähne zusammen, als sie aus der Box wankte. Das Pferd nebenan scheute, und im Hof waren die Stimmen der Diener zu hören.

Wenn Karim dort draußen war ...

Sie bewegte die Lippen, die aufgesprungen waren und bluteten. Ihre Zunge war so dick, dass sie wie ein Fremdkörper in ihrem Mund lag. Sie hatte entsetzlich großen Durst. Der Schrei, der wie ein wildes Tier in ihr wohnte, regte sich in ihr und hüpfte eine Stufe höher. Er lehnte sich an die Leiter und wartete.

Draußen im Hof war das Licht wie ein Brand. Es schwappte über sie hinweg, eine gleißende Feuersbrunst. Karim war nicht da. Kein Pferd, kein Eisenpferd, nichts stand für sie bereit. Er hatte nicht gewartet. Er hatte sie nicht mitgenommen, hatte sie nicht gesucht, hatte nicht nach ihr gerufen. Er war einfach fortgeritten.

Ohne ihr zu helfen, für sie zu kämpfen, sie zu rächen.

Sollten die Todesgöttinnen ihn holen.

»Jinan!« Macha tauchte vor ihr auf, verschwommen wie ein

Gespenst, ihre Umrisse flirrten im Licht.»Jinan! Bei den Göttern, Jinan!«

»Ich bin nicht Jinan«, formten ihre blutigen Lippen. Und der Schrei sprang wieder eine Sprosse höher. Er plusterte das Gefieder auf. Es glänzte schwarz und wunderbar.

Macha streckte die Hand nach ihr aus, vorsichtig. »Komm, Mädchen. Komm. Ich werde nach einem Arzt schicken...«

Sie schüttelte die Hand ab, die wie Flammenfinger in den Schmerz tauchten.

Ich bin nicht Jinan. Eine Prinzessin bin ich. Ich laufe über den Hof und tauche in die Gluthitze der Küche ein. Haben wir Kuchen? Zuckerwerk? Was haben wir? Was wird der Prinzessin schmecken?

Sie nahm die Gesichter der Küchengehilfen wahr, das ungläubige Entsetzen in ihren Augen. »Jinan!«, rief Macha immer wieder. »Haltet sie doch auf. Jinan!«

Sie schritt durch die Küche und ging durch den kühlen Flur zum Speisezimmer. Laimoc saß mit seiner Mutter am Tisch, Retia war nicht da, ihr Stuhl war leer. Also hatte sie nicht geträumt, dass der Magier sie getötet hatte. Die Fürstin Estil hielt die Gabel in der Hand und wirkte besorgt, aber Laimoc lachte.

»Wenn ich Tenira den Kopf des Bastards vor die Füße werfe, wird sie mich begnadigen. Uns beide. Sie wird uns beide begnadigen.« Er klang betrunken, seine Augen waren rot, seine Hand, in der er das Weinglas hielt, zitterte. »Ich werde ihm eine Falle stellen, ich werde ihn kriegen. Was glaubt er, wer er ist? Ein Prinz? Er ist ein Nichts, das ist er. Der Bastard einer gunaischen Hure, einer Verräterin. Ich lasse mir nicht drohen. Ich lasse mich nicht benutzen. Im Gegenteil, ich werde ihn benutzen.«

Da war Diron, der den Braten in Scheiben schnitt, in schöne, knusprige, dampfende Scheibchen, die in der Soße schwammen. Der Duft sprang sie an. Fleisch. Ja, Fleisch.

»Oh ihr Götter!«, kreischte Estil.

Anyana stieß Diron zur Seite und nahm das Messer. *Ich bin eine Prinzessin. Ich bin die Erbin von Anta'jarim, die Letzte meines*

Geschlechts. Wie konntest du es wagen, mir so wehzutun. Warum hast du mir nur so wehgetan, Laimoc, du verdammter Lhe'tah, warum, warum?

»Jinan«, sagte Laimoc warnend. Er schob seinen Stuhl zurück, um aufzustehen. »Jinan, sei doch vernünftig.«

»Ich – bin – nicht – Jinan«, sagte sie langsam.

Diron packte sie von hinten am Arm, aber sie stieß ihn mit dem Ellbogen zurück. Sie war stark. Und der Schrei brach aus ihr heraus, endlich, der Schrei, den sie seit jener Nacht des Feuers mit sich getragen hatte. Er sprang aus ihrem Mund und verwandelte die Welt, und während sie das Messer in seinen Leib wühlte und durch seine abwehrenden Hände schnitt, während Estil und der Diener an ihr zerrten und schrien, während Laimoc brüllte, schraubte sich ihr eigener Schrei in die Höhe und brach aus ihr heraus und zerschmetterte alles mit seiner Wucht: alle Angst, alle Trauer, alles Verstecken und Vergessen und Nichtwahrhabenwollen. Und sie schrie den Schrei ihres Vaters und ihrer Mutter, sie schrie für Dilaya und ihre kleinen Vettern und für König Jarunwa und Königin Rebea und Nerun und Lugbiya, für sie alle, für ihre Familie. Für sie alle schrie sie und warf ihren Schrei hoch zu den Göttern, sie forderte Rache und Erbarmen, Wiedergutmachung und Heilung. Sie schrie so lange, bis der Traum sich zu ihr umdrehte und sie mit seinen glänzenden Augen ansah. Es waren Augen, die wie Sterne glitzerten, die Augen ihres Vaters. *Mein Kind*, sagte er.

Vater, sagte sie. *Ist dies das Ende von allem? Hat sich der Riss aufgetan, und werden die Götter nun hinabsteigen und mich in ihre Arme nehmen und mir wiedergeben, was ich verloren habe? Wo ist das Tor? Wo bist du, Vater?*

Meine Süße, sagte er nur und lächelte geheimnisvoll, dann löste er sich auf wie Rauch, den der Wind verweht.

»Jinan, oh, Jinan, was hast du getan?« Machas Stimme dicht an ihrem Ohr.

Aber sie war nicht Jinan. Anyana lag auf dem Boden, auf den kalten, glatten Fliesen, die Wange an die wohltuend kühlen Steine gepresst. Jemand drückte sie auf den Boden, jemand hielt ihre Hände fest. Vor ihr lag Laimoc, seine Augen ohne Blick.

»Oh, Jinan«, jammerte Macha.

»Schafft sie fort!«, rief die Herrin Estil. »Schafft sie mir aus den Augen.«

Macha und Diron zogen sie hoch, hielten sie fest. Das Messer auf den Steinplatten war rot, es lag in einer Lache aus geschmolzenem Feuer.

Mein Vater ist tot, dachte sie. *Meine Mutter ist tot. Ich werde Dilaya nie wiedersehen. Oh ihr Götter, sie sind alle verloren.*

»Sie braucht einen Arzt«, sagte Macha.

»Schafft sie endlich weg!«, schrie Estil.

Anyana ließ sich den Flur entlangschleifen und wurde in ein Zimmer geworfen, dessen Tür man vor ihr öffnete. Dort kroch sie auf das schmale weiße Bett.

»Ich bin nicht Jinan«, sagte sie, denn so dunkel und unsicher die Zukunft auch war, dies war gewiss.

PERSONENVERZEICHNIS

Adla von Lhe'tah, Schwester von Tizarun, später Königin von Lhe'tah
Anyana von Anta'jarim, Tochter von Prinz Winya von Anta'jarim und Prinzessin Hetjun von Gaot
Ariv von Kanchar, Kaiser von Kanchar
Aruja von Wajun, legendärer Großkönig aus dem Hause Anta'jarim, verheiratet mit Unya
Atedec von Weißenfels, Tochter von Fürst Micoc von Weißenfels

Bahamit vom grünen Baum, Prinzessin aus den Legenden
Baihajun, Kindermädchen von Anyana
Bino, Küchenjunge auf Schloss Weißenfels
Blufin, Zeremonienmeister auf Schloss Anta'jarim

Cimro, Doktor am Hof von Wajun

Dalma, Pferdeknecht auf Schloss Weißenfels, später Stallmeister von Laimoc von Weißenfels
Diatah von Lassim, Königin von Lhe'tah, verheiratet mit Naiaju von Lhe'tah, Mutter von Tizarun
Dilaya von Anta'jarim, Tochter von Prinz Nerun von Anta'jarim und Lugbiya von Rack-am-Meer
Diron, Diener von Laimoc von Weißenfels

Edrahim von Rack-am-Meer, Bruder von Lugbiya, Graf aus Anta'jarim, später König von Anta'jarim
Enna, Gefangene auf Burg Katall

Eslion von Malat, Ritter aus den Legenden
Estil von Schanya, Fürstin von Weißenfels, Mutter von Quinoc und Laimoc von Weißenfels

Finuja von Wajun, 11. Großkönig von Le-Wajun

Gerson, Oberkoch auf Schloss Anta'jarim
Ginat von Schanya, Fürst, Bruder von Minetta von Schanya

Hetjun von Gaot, Ehefrau von Prinz Winya von Anta'jarim, Mutter von Anyana von Anta'jarim
Hinga, Küchenhilfe auf Schloss Anta'jarim

Ibra, Gefangene auf Burg Katall

Jarim, Ahnherrin von Haus Anta'jarim
Jarunwa von Anta'jarim, König von Anta'jarim, Bruder von Prinz Winya und Prinz Nerun
Jinan, Frau des Gärtners Vehotjan in Wajun
Jinan, angenommener Name von Anyana von Anta'jarim
Joaku, Meister der Wüstendämonen von Kanchar
Jowarie, Edelfräulein aus Weißenfels

Kann-bai von Schanya, Graf von Schanya, einer der Edlen Acht, Cousin zweiten Grades der Brüder Laimoc und Quinoc
Karim, Knappe von Fürst Wihaji von Lhe'tah
Kinjohen, Vetter von Jinan
Kir'yan-doh von Guna, genannt Kirian, Graf von Guna, Bruder von Lan'hai-yia von Guna und Cousin von Sidon von Guna, einer der Edlen Acht

Laimoc von Weißenfels, Sohn von Fürst Micoc von Weißenfels, Bruder von Quinoc von Weißenfels und Halbbruder von Tenira, einer der Edlen Acht
Lan'hai-yia von Guna, Gräfin von Guna, ältere Schwester von

Kir'yan-doh und Cousine von Sidon von Guna, eine der Edlen Acht
Laon von Daja, König von Daja
Lijun von Anta'jarim, ältester Sohn von König Jarunwa von Anta'jarim
Lintjon, Schneidermeister auf Weißenfels
Linua, Geliebte von Fürst Wihaji von Lhe'tah, stammt aus Kanchar
Lubika, Hausmädchen von Fürst Wihaji von Lhe'tah

Macha, Haushälterin von Laimoc von Weißenfels
Mago, Stallbursche von Laimoc von Weißenfels
Maurin von Anta'jarim, Sohn von Prinz Nerun von Anta'jarim und Prinzessin Lugbiya von Rack-am-Meer
Micoc von Weißenfels, Fürst von Weißenfels, verheiratet mit Estil von Schanya, Vater von Quinoc und Laimoc von Weißenfels sowie von Tenira mit der Schneiderin Niamie
Minetta von Schanya, Schwester des Fürsten Ginat von Schanya, ursprünglich als Braut für Tizarun vorgesehen, Nichte von Estil von Schanya

Naiaju von Lhe'tah, König von Lhe'tah, Vater von Tizarun von Lhe'tah
Nenuma von Nehess, Sultan von Nehess, Vater von Rebea von Nehess
Nerun von Anta'jarim, Prinz von Anta'jarim, Bruder von König Jarunwa und Prinz Winya von Anta'jarim
Niamie, Schneidergehilfin auf Schloss Weißenfels, einstige Geliebte von Fürst Micoc von Weißenfels, Mutter von Tenira

Olaja, Gefangene auf Burg Katall
Quiltan, Haushofmeister am Hof des Großkönigs in Wajun
Quinoc von Weißenfels, Sohn von Fürst Micoc von Weißenfels, Bruder von Laimoc von Weißenfels und Halbbruder von Tenira, einer der Edlen Acht

Riad vom Turm, Prinz aus den Legenden
Retia von Lagrun, Frau von Laimoc von Weißenfels
Ronik, Meister der Heilmagie und Hofmagier von Kaiser Ariv von Kanchar
Ruanta von Wajun, Großkönigin von Le-Wajun, Schwester von König Berya von Anta'jarim, war verheiratet mit Großkönig Weanun

Sadi von Wajun, Sohn von Großkönig Tizarun und Großkönigin Tenira von Wajun
Selas, Kammerdiener von Prinz Winya von Anta'jarim
Sidon von Guna, Herzog, Cousin von Kir'yan-doh von Guna und Lan'hai-yia von Guna, einer der Edlen Acht
Sirja'nun von Wajun, einstiger Großkönig aus dem Haus Anta'jarim, starb bei einem Brückeneinsturz
Stiryan, Oberster Aufseher auf Burg Katall

Tenira von Wajun, uneheliche Tochter von Fürst Micoc von Weißenfels und Niamie, spätere Großkönigin von Le-Wajun, verheiratet mit Tizarun von Wajun, Mutter von Sadi von Wajun
Terya von Anta'jarim, jüngerer Sohn von König Jarunwa von Anta'jarim und Königin Rebea von Nehess, Bruder von Lijun von Anta'jarim
Tizarun von Wajun, Prinz von Lhe'tah und späterer Großkönig, Sohn von Naiaju von Lhe'tah und Diatah von Lassim, verheiratet mit Tenira

Unya von Wajun, legendäre Großkönigin an der Seite Arujas von Wajun, Urgroßmutter von Anyana von Anta'jarim
Uscha, ein Herzog aus Anta'jarim
Usita, Gefangene auf Burg Katall

Vehotjan, Gärtner am Hof des Großkönigs in Le-Wajun

Weanun von Wajun, Großkönig von Le-Wajun, war verheiratet mit Großkönigin Ruanta
Wihaji von Lhe'tah, Fürst von Lhe'tah, Cousin des Großkönigs Tizarun von Wajun
Winya von Anta'jarim, Prinz von Anta'jarim, verheiratet mit Hetjun von Gaot, Bruder von König Jarunwa und Prinz Nerun von Anta'jarim, Vater von Anyana von Anta'jarim, genannt ›Der Dichter‹

Ybrina vom Wald, Prinzessin aus den Legenden

Die Edlen Acht

Tizarun von Lhe'tah
Wihaji von Lhe'tah
Quinoc von Weißenfels
Laimoc von Weißenfels
Kann-bai von Schanya
Sidon von Guna
Kir'yan-doh von Guna
Lan'hai-yia von Guna

Einige der bekannten Götter

Antar, Gott der Jagd
Beha'jar, Gott des Waldes
Bianan, Göttin der Frühlingsnächte und der Fruchtbarkeit
Gori, Göttin der Weisheit
Kalini, dunkle Göttin des Todes, die Ruferin
Kelta, Schwester von Kalini, steht den Mördern und Dieben bei
Mechal, Gott der schicksalhaften Verknüpfung
Sivion, Gott der Tagundnachtgleiche und des Gleichgewichts aller Dinge

Taran-Manet, Göttin des Sommers
Zria, Gott der wilden Tänze und der sprunghaften Gedanken

Die Community für alle, die Bücher lieben

Das Gefühl, wenn man ein Buch in einer einzigen Nacht verschlingt – teile es mit der Community

In der Lesejury kannst du
- ★ Bücher lesen und rezensieren, die noch nicht erschienen sind
- ★ Gemeinsam mit anderen buchbegeisterten Menschen in Leserunden diskutieren
- ★ Autoren persönlich kennenlernen
- ★ An exklusiven Gewinnspielen und Aktionen teilnehmen
- ★ Bonuspunkte sammeln und diese gegen tolle Prämien eintauschen

Jetzt kostenlos registrieren: www.lesejury.de
Folge uns auf Facebook:
www.facebook.com/lesejury